Boris Falkow

FRIEDENSSTIFTER

Eine Provinzchronik aus den Zeiten
des Imperiums

Roman

Aus dem Russischen von
Annelore Nitschke

List Verlag
München · Leipzig

Der russische Originaltitel lautet:
Mirotworzy. Privinzialnaja Chronika wremjon Imperii.

ISBN 3-471-77 552-8

Satz: Compusatz GmbH, München
Druck und Bindung: Offizin Andersen Nexö, Leipzig

Glückselig die Friedensstifter;
denn sie werden Söhne Gottes heißen.
Matth. 5,9

Die Kriege der Menschen
sind den Göttern angenehm.
Heraklit

Weshalb gelingt es den Historikern nicht, die Gesetze des Lebens aus der von ihnen erforschten Vergangenheit abzuleiten, und dem Menschen, sich auf diese Gesetze zu stützen, um fürderhin keine Fehler zu machen? Weil sich die Historiker und der Mensch auf die Vergangenheit stützen, die aber ist vergangen. Sie ist tot, das Leben dagegen lebt. Und aus dem Toten kann man keine Gesetze des Lebens ableiten. Die Ursachen, die sie in der Vergangenheit ansiedeln, und die exakten Folgen daraus sind nicht der Welt eigen, sondern dem Gedächtnis, das sich auf die Vergangenheit stützt. Das ist der Kardinalfehler der Historiker, welche Gräber ausgraben und nicht die lebendige Quelle des Lebens.

Die Vergangenheit ist tot, die Gegenwart ist unfaßbar, das Tote kann nicht die Ursache des Lebendigen sein, die wahre Quelle des Lebens ist also in der Zukunft. Dort, wo noch nichts sterben konnte. Die Vergangenheit ist mit Leichen angefüllt, die Zukunft dagegen noch von nichts. Dort ist es leer, dort ist noch nichts. Aber alles Lebendige erschafft der Schöpfer aus diesem Nichts.

Der Historiker, der die lebendige Geschichte erforschen und ihr getreuer Chronist werden möchte, muß das Gedächtnis vergessen, sich von der Vergangenheit abwenden und sich mit seinem Geist, der frei ist vom falschen Gedächtnis der Vergangenheit, der Zukunft zuwenden. Die echte historische Chronik beschreibt die Zukunft, nicht verfallene Grabmäler. Der Mensch aber, der sich auf die Regeln des Lebens stützen möchte, wird entscheiden müssen: Erzeugt die Geschichte diese Chronik oder umgekehrt, erzeugt diese von einer Prophezeiung nicht zu unterscheidende Chronik die Geschichte? Hat er das zweite als richtig erkannt, so wird er sich auf die wahre Quelle des Lebens stützen, auf die Leere, auf das Nichts. Man braucht nicht zu erschrecken: Eine verläßlichere Stütze gibt es nicht.

Boris Kiebitz

Inhalt

VIERTER TEIL: ZWISCHEN ADAM UND EVA

Prolog

Der Tag des Erwachens

Am Morgen begannen die Vögel zu singen, leise wie Engel. Quecksilbrig kalt glitzerten die Grashalme, nachts hatte es geregnet. Die Sonne warf die ersten Blicke durch die Ritzen des hohen Zaunes und traf die Pfirsichgesichter der Stiefmütterchen. Einige Blicke fielen auf den Rosenbusch, und die Rosen öffneten nervös blinzelnd die Lider. Das Löwenmäulchen gähnte, erzitterte wie von einem Niesen und schnupperte: Ja, das duftete nach Aprikosenkonfitüre, die im Kupferkessel auf der Veranda kochte.

Auf die blanke Kesselflanke war bereits ein fetter Sonnenstrahl aufgesprungen. Im Haus aber, hinter den zugezogenen Vorhängen, regte sich erst schwach aschfahles Frühgrau, wie eine matte Fliege, die sich in einem starken Spinnennetz verfangen hat.

Doch der Konfitürenduft, der sich sacht durch die Ritzen des Fensterrahmens stahl, vermischte sich im Schlafzimmer schon mit den Düften nach Kölnisch Wasser und Puder. Die zarte Mischung drang in Ecken und Spalten ein, die Wände sogen sie auf... Das alte Haus speicherte dieses sommerliche Aroma, um ihm im Spätherbst die Düfte nach brennenden Holzscheiten und Naphtalin, Bohnerwachs und abtauendem Tannenreisig beizumischen. Doch das waren bereits ganz andere Gerüche, Vorboten eines anderen Lebens, nicht des sommerlich sonnigen, sondern des winterlich mondhaften, wo nasse Pelzmäntel in der Diele und Wolldecken das Bild beherrschten, wo das alte Buffet mit dem geschnitzten Zierat den Kühlschrank zurückdrängte, wo das magische Feuer im Kachelofen und natürlich im kleinen Hof vor der Veranda – der langsam fallende Schnee die Atmosphäre bestimmten. So langsam und so leise, wie an einem Winterabend grundlose Traurigkeit das von Vorahnungen beklommene Herz befällt, wenn die Fensterläden im Schlafzimmer für die Nacht geschlossen werden, was im wahren irdischen, also sommerlichen Leben nicht geschieht. Im Sommer wird das Schlafzimmerfenster nicht verrammelt, ganz im Gegenteil – es wird weit geöffnet, mit einem dicken Metallgitter versehen und durch einen braunen Vorhang geschützt. Hebt Boris, der am Fenster im Bett liegt, einen Vorhangzipfel hoch, so kann er die vom frühen Sonnenlicht beschienenen Pappeln sehen, die am hohen Zaun wachsen, und auch den oberen Teil des Zaunes, der vom Regen schwarz geworden ist, obwohl ihn dichtes Laub von wildem Wein und Efeu bedeckt. Und er kann hören, wie in diesem weichen, flaumbedeckten Laub und in den harten, wie aus Metall gegossenen Blättern der riesigen Pappeln die Vögel singen, leise wie Engel.

Und wie der Sommer ganz und gar nicht die Fortsetzung des mondhaften Winterschlafes ist, sondern sonnige Wirklichkeit, so ist auch dieser neue Sommertag ganz und gar nicht die Fortsetzung der Nacht oder des gestrigen Tages. Nein, er rollt Boris aus dem Bereich des Morgen entgegen, wie eine grüne, klingelnde, mit fröhlichen Fahrgästen vollbesetzte Straßenbahn. Ihre Fenster sind von wildem Wein umrankt, an der Haltestange hängen Girlanden aus roten Blumen, und vom Schreien heisere Nestlinge rutschen darauf herum. Die Sitze sind glitzernde Aquarien, gefüllt mit Fischen in allen Regenbogenfarben. Im Gang dazwischen drängen sich Menschen, die ihre Herzen weit füreinander geöffnet haben. Und der Stromabnehmer, der das gewölbte Dach bekrönt, sprüht Funken des Glücks. Boris erwartet die Straßenbahn ungeduldig an der Haltestelle, nur von Vorfreude besänftigt. Das heißt, er liegt weiterhin friedlich in seinem Bett, während ein Fest von Empfindungen in ihm aufbrandet, in allen bewegungsbereiten Muskeln, im Mund, der sich schon mit Spucke gefüllt hat, auf den Lippen und auf der Zunge.

Auf die Zuverlässigkeit dieser Vorfreude konnte sich Boris auch diesmal furchtlos verlassen, waren doch die köstlichen Erwartungen bisher stets in Erfüllung gegangen. Niemals hatte es einen Grund zur Vermutung gegeben, daß es auch anders sein könnte, daß sich dies irgendwann einmal ändern und auch die Vorfreude täuschen könnte und daß er dann vom Tag, der ihm entgegenrollte, vom werdenden und ihm nahenden Leben gar nicht das erhielte, was ihm am Morgen versprochen war. Deshalb brauchte er sich auch nicht zu beeilen: Er schlug die Decke zurück, ließ die Füße auf den Vorleger hinab, tastete nach den Pantoffeln und machte erst dann den ersten Schritt ins aschfahle Halbdunkel, als er sich ganz am wohligen Vorgefühl gesättigt hatte.

In dem gefährlich geneigten Toilettenspiegel erschienen allzu magere Schultern, eine Unterhose mit sehr langen Beinen und ein Haarschopf auf dem im übrigen kahlrasierten Kopf. Boris wandte sich vom Spiegel ab, kniff vorsorglich die Augen zu und schob energisch den Vorhang beiseite. Eine Lichtflut brach ins Schlafzimmer herein und überströmte zuerst die auf dem Teppich verstreuten Bauklötzchen mit den Bildern und Buchstaben auf den Seitenflächen. Boris' zusammengekniffenes Gesicht verwandelte sich in eine verdrossene Grimasse.

Für den Verdruß gab es gewichtige Gründe: Trotz seiner sechs Jahre und der nun schon zwei Jahre dauernden ununterbrochenen Bemühungen der Erwachsenen hatte Boris immer noch nicht lesen gelernt. Die stets auf dem Teppich verstreuten Klötzchen – und das bei Großmutters Ordnungsliebe – waren das aufdringliche Zeichen ihrer Fürsorge. Sie, die Erwachsenen, versuchten mit allen Mitteln zu beweisen, daß man unmöglich das schwierige Leben meistern, es wohl einrichten und ein würdiges Dasein führen konnte, wenn man des Lesens unkundig war. Nach den Beteuerungen der Erwachsenen konnte man ohne diese Lesekundigkeit nicht einmal ein sattes Dasein erreichen, geschweige denn ein würdiges. Alle ihre Beweisargumente zerschellten indes an Boris' eigener zwar kurzer, doch recht ausgeprägter Lebenserfahrung. Als Gegenbeispiel zu allen erwachsenen Behauptungen stets zur Hand war der leseunkundige, aber reiche Schuster und wohl gar Millionär, der in seiner Bude auf dem Marktplatz saß und ein sorgloses Leben führte. Der Schuster war nicht nur immer lustig und satt, sondern auch ganz offensichtlich betrunken.

Allein schon der Anblick dieses Boris und allen erwachsenen Stadtbewohnern wohlbekannten Glückspilzes widerlegte die düsteren pädagogischen Prophezeiungen. Hätte das Beispiel des Schusters nicht ausgereicht, dann hätte eine angeborene Fähigkeit den Ausschlag zugunsten des kleinen Zynikers gegeben: Beim ersten Hören blieb Boris nämlich alles im Gedächtnis haften, was ihm die Erwachsenen vorlasen. Konnte man jemandem, der diese Fähigkeit besaß, plausibel machen, daß er noch einmal selbst in den Text schauen müsse? Na, und die Nützlichkeit, einmal etwas selbst lesen zu können, wenn es doch die Großmutter gab, bewies nicht einmal der zudringlichste Erwachsene.

Dennoch setzte sich Boris auf den Teppich und begann die widerlichen Klötzchen willkürlich zusammenzulegen. Nein, schämten sich auch die anderen dafür, daß er nicht lesen konnte, so empfand er selbst doch keinerlei Scham. Dafür bekümmerte es ihn, wenn er den großen Leuten Kummer machte. Er wollte die Freuden des neuen Tages durchaus mit ihnen teilen. So gab er sich gehorsam mit den gräßlichen, primitiven Figuren ab und fügte sie, auf sein zufälliges Glück hoffend, zu Mauern und Türmchen. Doch das Zufallsglück machte sich über Boris lustig. Dieses Hantieren führte mitnichten zum Lesen. Wahrscheinlich würde heute wieder nichts daraus. Wie denn auch?

Wie die Buchstaben hießen, wußte Boris. Es blieb ihm jedoch unbegreiflich, wie aus diesen toten Lauten und diesem mitunter sinnlosen Stammeln lebendige Sprache entstehen konnte. Heute aber, heute tauchte in diesem leidigen Spiel etwas Neues auf. Kaum standen mehrere kleine schmuddelige Leichname in einer Reihe, war es Boris, als höre er plötzlich das ferne Murmeln dieser Sprache, als schimmere etwas vor ihm auf... etwas Bekanntes, das er nicht gehört, sondern gelesen hatte, und nicht nur einmal. Nein, er dachte nicht nach, sondern versuchte sich zu besinnen, wo er DAS schon gesehen hatte?

Zuerst das schlangenähnliche S, dann das Kreuz mit der abgezwickten Spitze – T, dann das fertige Wörtchen IN, und andere... Die Hoffnung auf den glücklichen Zufall flammte mit neuer Kraft auf und sprang zwischen den Buchstaben herum. Sie verschoben sich von allein, wurden lebendig und schienen Boris sogar spöttisch zuzuzwinkern. Sogleich geriet er in den edlen Zorn eines Mannes, der ausgelacht wird, und wollte schon das kaum empfangene Werk zerstören. Doch da warfen S und T einander Blicke zu, und das zwischen ihnen entstandene Band schloß auch ihren Schöpfer mit ein. Im selben Augenblick erinnerte er sich, wo er diese Verbindung gesehen hatte: Ja, überall, ringsum! Sie wiederholte sich auf den

Plakaten und in den Zeitungsköpfen, wurde oft von den Leuten ausgesprochen und vielleicht noch öfter von den Vögeln gezwitschert ... Natürlich, dieses Wort hieß: Stalin.

Ein Kälteschauer kribbelte Boris unterm Herzen und flaute ab, da begriff er, daß er lesen konnte. Sofort, ohne Nachprüfung, war klar, wie auch alle anderen Wörter gelesen wurden. Jauchzend rannte er aus dem Schlafzimmer, stürmte durch die Küche und die Kammer und stürzte auf die Veranda hinaus.

»Großmutter! Großmutter!« schrie er, und seine Stimme überschlug sich wie ein Hahnenschrei. Die Mitteilung selbst erfolgte dann ziemlich unfeierlich: »Ich kann lesen.«

Die Mitteilungsformel enthielt in ihrer äußeren Vollkommenheit einen kleinen Fehler. Sie schien die Annahme auszudrücken, daß Lesenkönnen nicht die Frucht des Lernens oder der Arbeit sei, sondern ein Geschenk. Ein Geschenk von außen, vielleicht auch von oben. Diese Formel konnte durchaus Ansichten im Keim enthalten, die ebenjenes Ziel gefährdeten, das mit dem Lesenkönnen erreicht werden sollte: die Wohlbestelltheit des Lebens. Denn ein Geschenk setzt als Minimum die Existenz eines Schenkers voraus.

Na schön, diesen unangenehmen Fehler hatte niemand bemerkt, weil die Großmutter wie auch der zweite Zeuge des Ereignisses, der Nachbar Jurij Pawlowitsch Starko, von etwas anderem völlig in Anspruch genommen waren. Sie rührten die Konfitüre im Zweifamilienkessel um. Jurij Pawlowitsch half allerdings der Großmutter nicht unbedingt, eher störte er sie. Er besaß die andere Haushälfte und war ein Freund, ob freiwillig oder unfreiwillig, darüber braucht man sich keine Gedanken zu machen. Weit wichtiger ist es zu wissen, daß Jurij Pawlowitsch einen gestreiften Schlafanzug trug. Als sie die Neuigkeit gehört hatten – nur ihren Inhalt, nicht die Form –, schlugen die Großmutter und der Nachbar im Gleichklang die Hände über dem Kopf zusammen, riefen synchron »na endlich« aus und liefen ins Schlafzimmer, um zu prüfen, ob der kleine Junge nicht gelogen hatte. Der rechnete ja wohl mit dem Angebot, zur Belohnung als erster von der Konfitüre zu probieren und den Schaum zu kosten.

Im Schlafzimmer demonstrierte der Junge stolz »Stalin«, wodurch er nicht nur neuerliches Händezusammenschlagen auslöste, sondern aus irgendeinem Grund auch schräge Blicke.

Zuerst von Jurij Pawlowitsch zur Großmutter hin, dann umgekehrt von der Großmutter zu ihm hin. Infolge dieses rätselhaften Blickwechsels entstand möglicherweise die Idee einer weiteren Überprüfung. Boris setzte auch andere von den Erwachsenen gewünschte Wörter zusammen. Jetzt staunte er selbst, wie er eine so kinderleichte Sache zuvor nicht gekonnt hatte, ja, wie normal und gewohnt ihm dieses Wunder des Lesenkönnens in wenigen Minuten geworden war.

»Na«, erklärte Starko endlich, »heute ist ein Festtag. Dieser Tag ist festlicher als der Namenstag, der Freudentag des Engels. Er ist sogar festlicher als der Geburtstag. Dieser Festtag ist das Erwachen der Persönlichkeit. Wir müssen ihn feiern.«

Ein neuer vorwurfsvoller Blick der Großmutter.

»Nach dem Frühstück besuchst du mich«, grinste Jurij Pawlowitsch darauf. »Ich werde dir auch etwas zeigen. Jetzt ist das möglich, jetzt bist du ein denkendes Wesen. Frühstücke und komm dann, tu mir die Liebe.«

Starko ging in seine Wohnung, offenbar, um sich auf den Besuch vorzubereiten. Die Großmutter schüttelte zwar den Kopf, sagte aber nichts. Sie war nur zerstreuter als sonst, setzte Boris an den Tisch, schenkte ihm Milch in den Becher ein und schnitt ihm ein Stück von dem runden Brot ab.

»Iß«, brummelte sie, das war alles.

Boris verdrückte die schlecht gekauten Bissen, war rasch mit dem Frühstück fertig und begab sich in die benachbarte Haushälfte, begleitet von Anweisungen, wie man sich zu benehmen habe, wenn man zu Besuch sei. Er war auch früher schon auf der drüberen Seite gewesen, aber heimlich und inoffiziell. Heute war es anders, beinahe feierlich: Er hatte eine Einladung erhalten. Aus diesem Anlaß mußten die Manieren ordentlich sein, durfte der Gang kein kükenhaftes Gehüpfe und der Mund nicht voll sein. Die Aufmerksamkeit mußte sich auf die Finger konzentrieren, insofern, als man unter keinem Vorwand an den Nägeln knabbern durfte.

Auf die drübere Seite führte ein Trampelpfad im Gras. Folgte man ihm, so mußte man ums Haus biegen und den winzigen, mit Flieder bepflanzten Vorgarten durchqueren, der noch zu Großmutters Garten gehörte. Hierher, in diesen abgeschlossenen Raum zwischen Zaun und Hauswand, schaute die Sonne nicht herein, deshalb war es die frischeste Stelle im Geviert um das Haus. Aus demselben Grunde lag hier auf allem ein düsterer, widerspenstiger Ausdruck. In den geheimnisvollen Winkeln zwischen den Sträuchern lebten wahrscheinlich unbekannte feuchte Wesen, von denen Boris nur ein sehr unbeholfenes vor Augen kam: eine direkt am Zaun lebende alte Kröte.

Boris nahm ein wenig von der Feuchtigkeit und dem Ernst auf, die der Vorgarten ausströmte, klopfte höflich an die Tür und trat gleich darauf ein. Starko empfing ihn mit einem Satz, der das vor wenigen Minuten unterbrochene Gespräch fließend fortsetzte:

»So, du kannst also lesen. Was bedeutet das? Das bedeutet, daß du erwacht bist, die Füße aus dem Bett auf den Boden gestellt und den ersten Schritt gemacht hast. Jetzt bist du unterwegs. Wohin? Zu deinem Schicksal. Höre, Junge, nein, junger Mann, was ist dein Schicksal? Das bist du, so wie du dich selbst machst, dich selbst erschaffst. Indem du dich Schritt für Schritt erschaffst, wirst du die Welt um dich herum erschaffen, in der du leben wirst, und ihr ganzes Schicksal. Schritt für Schritt, Körnchen für Körnchen, Federchen auf Federchen, bis du dich in ein harmonisches, buntes Gefieder gekleidet hast. Was ist das für eine Methode der Fortbewegung? Kriechen, wie manche Menschen versichern? Nein, das ist Fliegen. Damit dein Schicksal das Fliegen wird, mußt du heute schon unverzüglich den zweiten Schritt tun, nämlich das Malen lernen. Dann wirst du gänzlich flügge werden und vielleicht sogar ein Wesen, das den Hang zum selbständigen Denken hat. Und dann... Aber wir wollen nicht vorgreifen.«

»Ich habe gehört, daß man auch noch Klavierspielen lernen muß«, bemerkte Boris mit heimlicher Hoffnung, wobei er offenbar Gedanken ausdrückte, die einstweilen nicht seine eigenen waren, sondern die der abwesenden Großmutter.

»Das ist was für Weiber!« empörte sich Jurij Pawlowitsch, bekundete damit einen überraschenden Scharfblick und erfüllte zugleich die geheimen Wünsche seines Gesprächspartners. »Gehn wir doch lieber...«

Er riß die Tür zum zweiten Zimmer auf.

»Und wo ist Katja?« fragte Boris ein wenig enttäuscht. Katja, Jurij Pawlowitschs Tochter, war nämlich genauso alt wie er.

»Sie ist mit der Mutter zum Markt gegangen«, winkte Starko ab. »Gott sei Dank. Nun geh schon durch!«

Das zweite Zimmer sah sehr merkwürdig aus. Augenblicklich verstand man, weshalb Boris bis zum heutigen Tag nicht für wert befunden worden war, hier hereingebeten zu werden.

Zunächst sah man nur ein heilloses Durcheinander, das niemand in einzelne Gegenstände mit einem bestimmten Verwendungszweck hätte aufteilen können. Die aus dem Chaos herausgefischten Gegenstände dann ihrer entsprechenden Verwendung zuzuführen, davon durfte man nicht einmal träumen. Als er sich von seiner ersten Erschütterung erholt hatte – nach Großmutters Ordnung nun dies! –, konnte Boris doch einiges entdecken: Gipsbüsten auf den Nachttischen in den Ecken, an der Decke einen ausladenden Kronleuchter mit Klunkern dran und auf dem Fußboden entlang der Scheuerleiste leere Bilderrahmen in allen möglichen Farben und Größen. Danach lösten sich die Bilder aus dem Chaos, die ungerahmt an den Wänden hingen, leuchtende und fröhliche zumeist, die unbekannte Personen darstellten. Und schließlich entdeckte er mitten im Zimmer, dort, wo bei allen anderen Leuten, die Boris kannte, der Eßtisch stand, ein wunderliches Gebilde: einen von einem Bettbezug bedeckten sperrigen Turm.

»Ach, diese Weiber...«, Starko legte die linke Hand auf Boris' rasierten Kopf und die rechte auf den wunderlichen Turm. »Hier, junger Mann... *mein Sohn,* auch ich könnte mit meinem Schicksal ganz glücklich sein, wenn es sich anders gestaltet hätte. Weißt du, was das ist?«

Jurij Pawlowitsch streichelte den Bettbezug zärtlich. Boris schwieg fragend.

»Das ist eine Staffelei. Ein Ding, das man unbedingt zum Malen braucht. Ich wollte immer nur eins, mein Sohn: malen und nur malen. Ich wurde dazu geboren und wußte es. Und was ist aus mir geworden? Etwas Unvorhersagbares, ein Klarinettist, der auf seiner Schalmei bläst. Schön, wenn der aus mir geworden wäre und mich verlassen hätte, um weit weg von mir Töne zu produzieren... Aber nein. Dieser Klarinettist war ich selbst, ich selbst hatte mich in einen Klarinettisten verwandelt. Und ich bin es, der Töne produziert, um mich und meine Weiber zu ernähren.«

Starko lächelte melancholisch.

»Ja. Aber ich habe den Mut nicht verloren, nein! Was soll's, sagte ich mir, wenn ich nicht schweigend mit Malen mein Brot verdienen kann, dann werde ich eben blasen. Malen werde ich danach, für mich selbst und für diejenigen, die mir nah sind und uneigennützig. In der Geschichte der Malerei gibt es massenhaft Beispiele dafür, daß der wahre Künstler erst nach seinem Tode anerkannt wird. Naja, naja... Aber das ist noch zu früh für dich, für dich ist das noch nichts... Dir will ich jetzt folgendes sagen: Was ist das Unangenehmste im Leben? Was ist das Schädlichste und Hinderlichste, um flügge zu werden und sein Schicksal so einzurichten, daß man es später nicht bedauert? Was ist dem Fliegen am feindlichsten? Lassen wie das falsche Philosophieren... die kläglichen Theorien... und betrachten wir uns den harten praktischen Grund. Du weißt keine Antwort, natürlich, woher solltest du sie auch wissen. Wisse sie von nun an: Unser erster und ganz konkreter Feind ist die Verstopfung. Glaub mir, junger Mann, das stimmt. Und glaub mir noch eins: Ich weiß, wie man sie bekämpft. Und noch eins: Ich bin ein echter Maler, du wirst dich gleich selbst davon überzeugen. Leider begreift das sonst niemand um mich herum. Dein Vater, Boris, den ich für meinen engen Freund halte, hat es vielleicht begriffen, aber wo ist er jetzt?... Ringsum nur diese jämmerlichen Menschen! Dieser Sumpf! Oh, sie sind grausam und gleichgültig zugleich, obwohl man meinen sollte, daß sich ersteres nicht mit letzterem verträgt. Doch das ist wiederum nichts für Kükenöhrchen, mein Junge... Noch nichts für dich... Für dich, Boris, ist folgendes: Du hast alle Chancen, starke Flügel zu erwerben, und du hast das heute bewiesen, wo du selbständig lesen gelernt hast. Was sind deine Chancen, wenn wir wieder von der Theorie absehen und uns den praktischen Grund anschauen? Deine Chance bin ich. Vielmehr, mit meiner Hilfe kannst du selbständig malen lernen. Was sagst du nun?«

»Ich bin einverstanden«, antwortete Boris mit Blick auf den praktischen Grund wie aus der Pistole geschossen, womit er Starko in Begeisterung versetzte.

»Dann also hier!«

Und Jurij Pawlowitsch schlug mit großartig tragischer Gebärde den Bettbezug zurück.

Es kam eine gewaltige Leinwand zum Vorschein, deren oberer Teil mit Farbe bedeckt war. In die Mitte waren der sorgfältig gemalte Kopf und die Schultern einer Frau gesetzt. Alles übrige war einstweilen noch ein Spinnennetz aus Kohlelinien. Dem überwältigten Boris erschienen die Farben leuchtend. Die Frau hielt in den mit Kohle skizzierten Armen einen ebenso mit Kohle gezeichneten Säugling, dessen Gesicht selbst in dieser näherungsweisen Version etwa zehn Jahre älter war als sein Körper. Die dunkelblauen Augen der Frau betrachteten diesen Mangel ruhig und zärtlich. Das friedliche Licht, das aus ihnen strömte, übergoß beide: den kaum skizzierten Säugling und Boris. Und beiden gefiel es.

Jedenfalls gefiel Boris das Bild. Dennoch fragte er: »Wer ist das, und wieso ist er so alt?«

»Er ist jünger als du«, lachte Starko bereitwillig, aber mit einer Spur Bitterkeit. »Sein Gesicht ist nicht alt, sondern weise. Denn er ist ja Gottes Sohn, das heißt unser Gott. Und das ist seine Mutter, also ist sie es auch für uns. Das heißt, sie ist für alle die echte Urmutter... Und nicht die, die... aber das interessiert dich nicht.«

Er hatte recht. Das Bild war weitaus interessanter als die Kommentare. Es roch aromatisch nach Farbe und Verdünnung. Boris riß den Mund auf, schloß ihn aber gleich wieder, doch schon mit dem hinterlistigen Finger darin, knabberte an dem verbotenen Nagel und betrachtete den weisen Säugling. Der verschwommene Säugling aber betrachtete ihn. Und Boris spürte deutlich, daß er das alles schon einmal erlebt hatte und vielleicht noch viele Male erleben würde. Daß all dies eine notwendige Wiederholung war. Aber er gab sich keine Mühe, sich zu erinnern, wann er das schon erlebt hatte und wo.

Indessen gab es keine leichtere Aufgabe als diese. Es war gerade erst heute morgen gewesen, als Boris gleich nach dem Aufwachen in den Spiegel geschaut und dort einen im Halbdunkel verwischten Jungen erblickt, der Junge im Spiegel aber Boris vor sich gesehen hatte.

Aber das war ebenfalls ein Kommentar, und Boris interessierte, wie gesagt, das Bild weit mehr. Deshalb versuchte er sich auch an nichts zu erinnern und stellte sich keinerlei Aufgaben. Wozu auch, wenn der weich gestimmte Jurij Pawlowitsch jetzt nicht nur die vergötterte Staffelei streichelte, sondern auch Boris' Kopf? Die nachwachsenden Haare knisterten unter seiner warmen Hand. Dieses Geräusch ließ Boris in angenehme Erstarrung versinken.

»So weit, so gut«, brabbelte Starko vor sich hin. »Du wirst

das auch können. Ich werde dich leiten. Und vielleicht wirst du mehr Glück haben als ich.«

»Womit?« Es war nicht ganz klar, womit Jurij Pawlowitsch kein Glück gehabt hatte. »Sie sind doch ein sehr guter Maler, das sieht man ja sofort!«

In Starkos Augen stieg feuchter Nebel auf.

»Danke, danke, ich verstehe deine Worte so, daß du einverstanden bist, gemeinsam zu arbeiten, stimmt's?«

»Ja, ja«, nickte Boris eifrig.

»Dann wollen wir es nicht auf die lange Bank schieben. Deine erste Aufgabe. Du wirst gleich morgen früh beginnen. Was hast du zum Beispiel seit heute morgen getan? Seit dem frühen Morgen?«

»Nichts«, sagte Boris. »Ich bin einfach dagelegen und habe geträumt.«

»Aha! Das darf nicht mehr sein. Nein, wir werden nicht gleich zum Pinsel greifen, nicht einmal zum Bleistift. Wir werden uns zunächst im buchstäblichen Sinne innerlich auf unsere Heldentat vorbereiten. Ja, auf unsere Heldentat. Schritt für Schritt, Federchen auf Federchen – erinnerst du dich? Was bedeutet das? In erster Linie Disziplin. Nur eine disziplinierte Heldentat ist eine erfolgreiche Heldentat. Deshalb werden wir mit Selbstdisziplin anfangen. Also mit der Ordnung des Tages, vielmehr mit der des Morgens...«

Hier beugte sich Starko zu Boris' Ohr hinunter, als wollte er ihm ein wichtiges Geheimnis enthüllen.

»Die Morgentoilette! Das ist es, was ein wahrer Künstler morgens tut, unbeirrt und unausweichlich. Damit beginnt er seinen Tag und nicht mit müßigen Träumen. Mit Gottes schöner Welt gemeinsam erwacht, nimmt er sich sofort in den Griff und zwingt sich mit frohem Herzen, wie ein des Morgens singender Vogel, groß aufs Klo zu gehen. Er zwingt sich, da er nicht immer Lust dazu hat. Ja, am Anfang ist es ein Zwang, das heißt Zwangsarbeit. Und sogar Krieg. Aber später wird es leichter. Die Methode der Selbstbeschränkung ist folgendermaßen: Glückt es dir heute nicht, dann gestatte dir nicht, es später am selben Tag noch einmal zu versuchen, sondern warte bis zum nächsten Morgen! Um Gottes willen nicht mittags oder abends! So wirst du unbeirrt und konsequent dein Schicksal selbst zu gestalten beginnen. Und du wirst es gestalten, wenn du unbeirrt bleibst. Du wirst das Leben erschaffen, es wird sich dir unterwerfen, und du wirst ein großer Künstler werden!«

»Und Sie«, fragte Boris ganz ohne Arg, »wie ist das bei Ihnen, gelingt es Ihnen immer? Jeden Morgen?«

»Mir gelingt es mit wechselndem Erfolg.« Starko war leicht verlegen. »Na schön, ich habe ja schon gesagt, daß ich ein Pechvogel bin. Das ist jetzt alles für heute, geh! Und denke daran: gleich morgen früh. Ich muß jetzt ein bißchen arbeiten. Weißt du, ich arbeite an dieser Sache schon acht Jahre... Und das ist nicht die erste Fassung.«

»Acht Jahre!« Das war länger als Boris' ganzes Leben.

»Was sind schon acht Jahre!« rief Jurij Pawlowitsch freudig aus. »Der Maler Iwanow malte zwanzig Jahre an einem Bild! Und ich werde vierzig daran malen. Dann wird man es anerkennen, dessen bin ich gewiß. Schließlich haben es nicht einmal die deutschen Besatzer angerührt, dabei haben sie alle Museen der Welt geplündert.«

»Das ist wirklich ein sehr schönes Bild«, sagte Boris.

»Ich weiß«, stimmte Jurij Pawlowitsch zu. »Aus deinem Munde, Kind, spricht die Wahrheit. Das habe nicht ich gesagt, sondern dieser weise Säugling hier auf dem Bild. Er hat es auch über dich gesagt, und ich sage es... über ihn. Und über dich... du sagst es selbst...«

Es sah ganz danach aus, als habe sich Starko in seiner letzten Satzkonstruktion verheddert. Boris hatte den Faden verloren.

Jurij Pawlowitsch bemerkte es: »Nun geh. Ich muß heute noch trillern.«

Ohne die Erstarrung abschütteln zu können, die Starko mit seinen Worten und seinem Streicheln ausgelöst hatte, ging Boris in den Vorgarten hinaus. Überall vermeinte er jetzt die Augen des Säuglings und seiner Mutter zu sehen. Die Blumen, die Blätter, die über das Beet flatternden Schmetterlinge, alles schaute Boris mit diesen Augen an. Und mit denselben Augen blickten ihn die bereits wie am Tage singenden Vögel an. Na, vielleicht nicht mit denselben Augen, sondern mit deren Doppelgängern, den zutraulichen Vogelseelen, sofern diese aus den Vogelpupillen schauenden Seelen nicht einfach das Spiegelbild von Boris' Augen waren.

»Na, wie war's?« fragte die Großmutter, die in der Konfitüre rührte. »War's schön?«

Die Erstarrung löste sich augenblicklich. Den Aprikosendampf schnuppernd, teilte er gleichgültig mit: »Mhm.«

»Magst du einen Apfel?«

»Mhm.«

»Wie oft soll ich dir noch sagen, daß es dieses Wort ›mhm‹ nicht gibt!« ärgerte sich die Großmutter. »Hier nimm!«

Boris schlug die Zähne in den Apfel. Der saure Saft spritzte auf seine Brust. Die Großmutter lachte. Ihre Augen wurden auch den blauen gemalten ähnlich, aber nur sehr entfernt. Großmutters Augen waren von vielen Fältchen umrandet.

»Du Schelm«, bemerkte sie vergnügt.

Wieder erschien Jurij Pawlowitsch auf der Veranda. Er hatte den Schlafanzug inzwischen gegen eine schwarze Kombination vertauscht. Sein Gesichtsausdruck entsprach dem offenbar bevorstehenden Begräbnis. Noch mehr entsprach ihm der Klarinettenkasten in seiner Hand.

»Aha, zum Trillern«, sagte die Großmutter mißbilligend. »Wer ist denn eigentlich gestorben, um wen wird getrauert?«

»Nicht getrauert wird, sondern gejubelt!« entgegnete Starko munter. »Sie haben vergessen: Heute ist ein Tag des Jubels, der Jahrestag, an dem unsere Stadt von der deutschen Besatzungsmacht befreit wurde.«

»Aah...«, die Großmutter leuchtete auf, »dann nehmen Sie vielleicht Boris mit? Was soll er sich hier allein langweilen, soll er lieber zuschauen.«

»Natürlich«, schrie Jurij Pawlowitsch. »Soll er sich das Leben anschauen! Es brodelt, soll er das Brodeln ruhig studieren. Denn es gibt keine Kunst ohne Brodeln. Nur zu, mein Kind, beeil dich!«

»Schnell, zieh dich an!« rief auch die Großmutter aus.

Mit vereinten Kräften zogen sie Boris ein weißes Hemd und eine kurze, graue Hose mit Trägern an. Jurij Pawlowitsch nahm ihn an die Hand, und zusammen marschierten sie los, um das Brodeln des Lebens kennenzulernen.

Ihr Marsch wurde von behaglichen akazienbestandenen Sträßchen geleitet. Je mehr sie sich der Stadtmitte näherten, desto häufiger begegneten ihnen Bekannte. Vor jedem verneigte sich Jurij Pawlowitsch schweigend, ließ Boris' Hand los und lüftete ein wenig den Hut. Das Wunderbare befand sich mitten im Zentrum. Auf der breiten Hauptstraße, die an der Anlage vor dem Bahnhof begann und vor dem riesigen Gebäude des Theaters endete, ragte genau der städtischen Militärkommandantur gegenüber eine rot bespannte Tribüne auf. Die Gehwege daneben und die nächstgelegenen Gassen waren von festlich gekleideten, heiter gestimmten Bürgern erfüllt.

Jurij Pawlowitsch stellte Boris neben die Tribüne und befahl ihm: »Warte hier. Sieh dich um: Das ist das Leben. Studiere es. Aber schau vor allem mich an.«

Er ging weg. Doch bereits nach einer Minute kam er wieder und zog einen dicken Mann mit schwimmenden, kleinen Äuglein und auffallend spiegelnder Glatze hinter sich her. Der Dickwanst starrte den ihm vorgestellten Boris gleichgültig an.

»Bobka!« sagte der wesentlich heiterere Starko. Der Grund für diese Veränderung ließ sich ebenso leicht erraten, wie der von Jurij Pawlowitsch ausströmende neue Duft zu bestimmen war. Es war derselbe, den man an den meisten Bürgern erschnuppern konnte. »Bobka, ich mache dich mit dem Direktor der Schule bekannt, in die du bald gehen wirst. Nicht jene Schule des Lebens, in die ich dich einführe, sondern die allgemeinbildende, für, pardon, alle Trottel ohne Ausnahme. Er heißt Iwan Iwanytsch, noch mal pardon. Ich vertraue dich ihm eine Weile an. Benimm dich entsprechend.«

Starko rannte wieder davon. Boris betrachtete scheu Iwan Iwanytschs dicke Backen.

»Wie alt bist du, Junge?« fragte dieser, da er die schweigende Besichtigung nicht aushielt.

»Schon sechs.«

»Weißt du, was die Schule von dir verlangt?«

»Ich kann schon lesen«, spielte Boris seinen erst jüngst erworbenen Trumpf aus.

»Das ist müßig. Und übrigens auch unwesentlich. Wichtig ist etwas ganz anderes, weißt du was?«

»Ja«, Boris zog das Trumpfas aus dem Ärmel.

»Nein, das kannst du nicht wissen«, erklärte der Direktor überzeugt. »Die Disziplin. Kennst du die etwa?«

»Natürlich«, antwortete Boris ein wenig herablassend seinem Gesprächspartner auf die verspätete Frage. War sie auch erst in der heutigen Unterhaltung mit Starko gestellt worden, so war sie jetzt eben schon verspätet. Die Straßenbahn war abgefahren. »Natürlich. Der erste Schritt der Disziplin ist in die Toilette, das heißt jeden Morgen groß. Mittags oder abends aber auf keinen Fall!«

Iwan Iwanytsch trat etwas von seinem künftigen Schüler zurück und musterte die vor ihm stehende Gestalt endlich etwas genauer.

»Ich sehe, du bist ein Spaßvogel«, beschloß er seine Untersuchung. »Verstehe, mit dir wird es schwierig werden. Doch wie sagt man so schön? Den Vogel, der zu früh singt, frißt die Katze. Ja, es gibt jetzt viele schwierige Kinder.«

»Überhaupt nicht!« Boris erschrak ein wenig. »Die Großmutter sagt auch...«

»Ein Kampfhahn bist du auch noch«, bestätigte Iwan Iwanytsch seine bereits gebildete Meinung.

Boris erschrak gehörig und schwieg. Da sich der Direktor eine endgültige Vorstellung von ihm gemacht hatte, hielt auch er es nicht für nötig, das Gespräch fortzusetzen.

Während sie sich unterhalten hatten, waren Männer in gleichen schwarzen Anzügen und schwarzen Seidenkrawatten auf der Tribüne erschienen. Sie sahen aus wie die Dohlen, die sich währenddessen auf dem grünen Rasen vor dem Theater niedergelassen hatten. Ohne die grauen Hüte abzunehmen, stellten sich diese Männer am vorderen Rand der Tribüne auf, und einer von ihnen gab das Signal. Der langerwartete Umzug begann, und Boris vergaß sofort Iwan Iwanytschs Existenz.

Die grauen und schwarzen Festtagsanzüge der Bürger, die prächtigen Papierfähnchen und -blumen und dazu die wie Pfauenfedern leuchtenden Volkstrachten der in den Kolonnen Tanzenden, die auf Kommando ausgestoßenen Schreie, der Gesang, all das versetzte Boris in ungewöhnliche Erregung. Dieses Leben hätte er endlos studieren können. Vor Ungeduld zitternd, wartete er auf Jurij Pawlowitschs Erscheinen. Endlich hub das große Blasorchester zu spielen an, noch am Bahnhof – aber es war auch hier sehr gut zu hören.

Das Orchester näherte sich der Tribüne. Gleich hinter ihm fuhr ein offener Wagen mit einem nagelneuen Auto darauf, das mit Girlanden und Bändern geschmückt war. Auf seinem Dach posierte reglos eine Sportlergruppe in weißen Trikots und schwarzen Turnhosen. In der ersten Reihe des Orchesters schritt Jurij Pawlowitsch und hatte – o Freude! – niemanden und nichts vergessen. Er zwinkerte Boris ganz deutlich zu.

»Hurra!« schrie Boris, ohne nachzudenken. Und die Gehsteige antworteten ihm: »Hurra, hurra!«

Es war klar, daß alle Boris' Freund Jurij Pawlowitsch zujubelten, alle sein Erscheinen begrüßten, ihn liebten und achteten. Folglich liebten und achteten sie alle Boris, und er schrie noch lauter.

»Hurra!«

Die Kolonne marschierte vom Bahnhof bis zum Theater und löste sich dann auf. Doch damit war Jurij Pawlowitschs Trillern noch nicht zu Ende. Nachdem er mit dieser Kolonne von einem Ende der Straße zum anderen gezogen war, kehrte Starko hinter den Zuschauern auf dem Gehsteig rasch zum Ausgangspunkt zurück und stellte sich in eine neue Kolonne, die sich gerade marschbereit machte.

Als er an Boris vorbeilief, kommandierte er: »Noch weiter warten, noch weiter studieren. Das ist noch nicht alles.«

Boris strengte seine Phantasie an – was gäbe es denn noch? Doch seine Phantasie schwieg.

Da begann ein anderes Blasorchester zu spielen, noch lauter als das erste, und marschierte ebenfalls an der Tribüne vorbei. An der Spitze in der ersten Reihe ging wieder Jurij Pawlowitsch mit seiner in der Sonne blinkenden Klarinette.

Und wieder entfuhr es Boris, zwar nicht so verwegen wie beim vorigen Mal, aber immerhin: »Hurra!«

Starko, der zum zweitenmal die Straße bis zum Ende abgegangen war, rannte wiederum zu ihrem Anfang zurück, um ein drittes Mal vor den Tribünen aufzutreten. Es zeigte sich, daß dieser dritte Auftritt die Hauptnummer war.

Das Orchester begleitete nicht irgendeinen Wagen, auch keinen mit Auto darauf, sondern einen echten Panzerspähwagen, der dahergefahren kam. Auf dem Geschützturm stand, die Hand zu Volk und Tribüne ausgestreckt, der lebendige Lenin. Er lächelte allen zu, einschließlich Boris. Direkt vor der Tribüne drosselte der Panzerspähwagen die Geschwindigkeit, das Orchester spielte ein wenig leiser, Lenin winkte und sagte irgend etwas. Wegen der unaufhörlichen Schreie aus der Menge hörte Boris nicht, was nun genau Lenin allen und ihm sagte. Trotzdem schrie er mit den anderen zusammen besonders feurig »hurra« und schämte sich wie viele andere nicht, die feucht gewordenen Wimpern mit der Faust abzuwischen. Weshalb sollte sich die Menge auf den Gehsteigen auch schämen, wenn der Direktor Iwan Iwanytsch, wenn sogar die dohlenähnlichen Männer auf der Tribüne, die bisher ganz ruhig dagestanden und nur gelegentlich die Hand zum Gruß erhoben hatten, wenn sogar diese Männer in Bewegung kamen, sich Blicke zuwarfen und mit den anderen zusammen schrien? Man sah, daß sie mit den Feierlichkeiten sehr zufrieden waren, die mit diesem Schlußakkord endeten.

Die von dem gewaltigen Finale aufgescheuchten Dohlen setzten sich wieder auf den Rasen. Die Zuschauer hingegen begannen sich rasch zu zerstreuen. Boris besann sich wieder auf die nüchterne Erkenntnis, daß er neben seinem zukünftigen Direktor stand, unter seiner bedrohlichen Obhut, die vielleicht neue Prüfungen nach sich zog. Boris wollte aber keine Prüfungen, da er nicht ohne Grund annahm, daß sie ihm seine Zufriedenheit mit dem Fest trüben könnten. Der fröhliche und noch stärker als vorhin riechende Jurij Pawlowitsch hüpfte herbei und half ihm aus der Klemme.

»Ist er echt?« Boris packte sofort den Stier bei den Hörnern.

»Wer?« fragte Starko scheinbar erstaunt, blickte aber doch kurz den Direktor an.

»Lenin, wer denn sonst?«

»In... welchem Sinne meinst du das?«

Wieder warf der listige Jurij Pawlowitsch dem Direktor einen schrägen Blick zu.

»Ist er lebendig oder nicht?« präzisierte Boris unerbittlich seine Frage.

»Sieh mal... er ist heute lebendiger als alle anderen«, schmetterte Starko die Frage ab, wandte sich an den Direktor und schnitt sogleich ein anderes Thema an. Iwan Iwanytsch wurde munter und begann lange und ermüdend von den Schwierigkeiten seines Amtes zu erzählen, von den Intrigen und der Heimtücke seiner Untergebenen. Von irgendeiner Marja Gawrilowna, die ihn immer schikanierte und die Opposition gegen ihn anführte... Boris verlor rasch das Interesse an dieser faden Geschichte, bei der man schon alles vorher wußte, weil man alles kannte. Erschien Boris doch das, worüber sich Iwan Iwanytsch beschwerte, in Gestalt der Figuren aus den russischen Märchen, die er auf den Illustrationen unendlich oft angeschaut hatte: in Gestalt des Drachens, der Hexe Baba-Jaga, der Recken und der rotbackigen Königstochter-Unke. Der Drachen hieß zweifellos Iwan Iwanytsch, Marja Gawrilowna wurde der Königstochter in den Sarg gelegt, obwohl die von ihr angeführte Opposition aussah wie die Hexe Baba-Jaga, die ein Spinnennetz knüpfte. Das wiederum war die Intrige.

Die dem unsterblichen Zauberer und dem Dummkopf Iwanuschka entsprechenden Figuren kamen in der Geschichte des Direktors nicht vor. Na, schön. Bis zum Erscheinen dieser Figuren auf der Bühne der Phantasie hatte sich Iwan Iwanytsch schon von Starko verabschiedet und ging fort, ohne auch nur einen letzten Blick auf seinen künftigen Schüler zu werfen.

»Naja«, zog Starko die Bilanz aus der Unterhaltung. »Hol ihn der Waldgeist!«

Boris bezog in die Szene, die seine Phantasie beschäftigte, unverzüglich auch den Waldgeist ein, der den Direktor an der Brust forttrug.

»Und wohin marschieren wir nun?« fragte Jurij Pawlowitsch wieder lebhafter. »Wohin zieht uns die unbekannte Kraft? Da wir beide Maler sind, vermute ich, daß sie uns zum Pleinair zieht.«

Obwohl Boris nicht wußte, was Pleinair war, stimmte er sofort zu, dorthin zu gehen, in der Hoffnung, daß dieser Ort weit von zu Hause entfernt wäre. Jurij Pawlowitsch nahm ihn an der Hand, und sie marschierten los. Schon bei den ersten Schritten erfüllten sich Boris' Hoffnungen. Der Marsch ging in die Richtung, die ihrem Zuhause entgegengesetzt war. Bald kamen die Wanderer an den Fluß, gingen am Ufer entlang und blieben an der Brücke stehen. Genauer, an der Bude, wo man offenen Wein kaufen konnte. Jurij Pawlowitsch belegte seinen Platz in der ziemlich langen Schlange und ging mit Boris ein wenig abseits. Die Gespräche in der Schlange waren nichts für Kinderohren.

Während die Schlange langsam vorrückte, standen Lehrer und Schüler auf der hohen Uferböschung und schauten zum jenseitigen Ufer hinüber, wo das andere Ende der Brücke und der andere Teil der Stadt mit dem wunderlichen Namen Gottesfeld im Rauchschleier verschwammen. Genau an der Brücke flossen zwei Flüsse zusammen, Bug und Sinjucha, und die Stadt wurde durch ihre Läufe, dieses Riesen-V, in drei Teile geteilt. Die von der Gabelung gebildete Landzunge beherbergte einen weiteren Stadtteil, Olwiopol. Weder dort noch in Gottesfeld war Boris je gewesen. Sein Lebensraum beschränkte sich bisher auf dieses Flußufer, auf das Stadtzentrum mit Namen Golta, in dem auch Großmutters Haus lag. Außer diesen drei Hauptstadtteilen gab es noch die sogenannte Vorstadt, doch die lag außerhalb jedes vorstellbaren Raumes: Man konnte sie auch von der Brücke nicht erkennen, und es war schwer, etwas über sie zu erfahren. Man mußte einen gewissen Wagemut besitzen, um sich nach ihr zu erkundigen. Hatte irgendein Waghalsiger auch nur zufällig dieses Wort Vorstadt benutzt, so verzog er vor Schmerz das Gesicht, und die es gehört hatten, spuckten auf die Schuhe des Sünders.

Nicht die ganze Welt eröffnete sich von der Brücke aus, keineswegs. Doch auch das, was man sehen konnte, genügte, um es das wunderschöne Maiwunder zu nennen, oder wie es sonst üblich war: Bezirksstadt Pjerwomaisk.

Im müden Blau zerschmolzen alle einander gegenüberliegenden, sich gegenseitig reflektierenden Ufer. Links zog sich ein breites blaues spiegelglattes Band hin, rechts die beiden anderen, die ein wenig schmaler waren. Der leise Wind trug den Duft der dortigen Kräuter herüber, der aromatisch war und nicht bitter wie hier. Und mit ihm flogen die aufreizenden Düfte verlockender Gerichte aus fremden Küchen herüber. Jenseits des Flüßchens Sinjucha mußte eine uralte Stadt mit einem weißen Kloster und einem roten Palast liegen, davon war Boris überzeugt. So stellte er sich nämlich Gottesfeld vor. Die Menschen, die es bewohnten, liefen in hohen Mönchskappen und schwarzen Kutten herum, manche auch in lustig bestickten Kaftanen. Auf der Landzunge in der V-Gabelung erwartete Olwiopol den Wanderer, mit einer hölzernen Anlegestelle, Häusern aus gelbem Muschelkalk, flachen Dächern und Schwengelbrunnen. Auf dem Hauptplatz von Olwiopol stand ein Tempel mit Säulen und Portikus, die Menschen trugen rote und weiße, locker über die Schulter geworfene Tücher und Sandalen mit langen Riemen an den bloßen Füßen. Vor dem Tempel ragte das Standbild einer Frau mit männlichen Gesichtszügen auf, eine Lanze in der Hand und einen Helm mit Eulenaugen auf dem Kopf. Neben dem Standbild führten die Bürger tiefsinnige Gespräche über den Staat und das Leben. Was die unberührbare Vorstadt betraf, deren Namen zu erwähnen unanständig und gefährlich war, so wieherten dort natürlich das ganze Jahr über die Pferde, an allen Ecken und Enden brannten im Kreise spitz zulaufender Zelte qualmende Lagerfeuer, und in den darüber aufgehängten Kesseln kochte ständig eine übelriechende, dicke Suppe. Tierähnliche Wesen in Fellen saßen um die Feuer herum und rührten in den Kesseln, pfiffen sich zu und wetzten kreischend die Säbel. Das liebe Golta nahm sich in der Gesamtkomposition wie ein einfaches Provinznest aus mit winzigen Häuschen mit roten Ziegeldächern, was es im Grunde auch war. Die Menschen in Golta hatten durchweg graue oder schwarze Festtagsanzüge mit Krawatten an, spielten Klarinette und kochten Konfitüre. O teures, immersanftes Golta! Du bist ein einziger Aprikosengarten! Freilich hatten erst vor kurzer Zeit die abscheulichen deutschen Besatzer hier gestanden, aber die waren von Menschen mit Klarinetten und Krawatten flink vertrieben worden, und jetzt gab es nicht nur in Golta selbst keinen einzigen Deutschen mehr, sondern nicht einmal mehr in der Vorstadt. In allen guten und weniger guten Welten gab es sie nicht mehr. Sie waren von dieser heimatlichen, himmelblau und silbern strahlenden Erde gänzlich verschwunden.

Boris' Tagträume hatten alle ihren Ursprung in den Büchern, die ihm die Großmutter vorlas. Und in den Bildern in diesen Büchern. Die Großmutter hielt nur zwei Bücher für einen Jungen im Vorschulalter geeignet: die russischen Märchen und die griechischen Sagen. In diese Träumereien versunken, kam Boris unwillkürlich ins Faseln: »Es heißt, unter dem Bug sei ein unterirdischer Gang nach Olwiopol gegraben.«

»Vielleicht stimmt es, vielleicht auch nicht«, antwortete der erfahrene Ureinwohner Jurij Pawlowitsch weise, ohne Entrüstung über die kindlichen Ungereimtheiten, ganz im Gegenteil – seine Äußerung zeugte von Übereinstimmung mit Boris' Gedanken.

»Ich glaube, es stimmt«, sagte Boris, der sich brennend wünschte, es wäre so.

Starko schickte sich an, auch darauf etwas zu sagen, doch da wurde er gerufen. Er war jetzt an der Reihe und mußte den kleinen Wahrheitssucher seinen Überzeugungen überlassen. Oder seinen Irrtümern. Eine Minute später kam Starko mit einem Glas Wein zurück und in Begleitung eines Mannes in Militäruniform. Auch für diesen Mann fand sich sofort ein Platz in den Illustrationen der russischen Märchen. Er wurde durch die tiefdunkle Hautfarbe des Soldaten und seine ungewöhnlich lang geschnittenen, schmachtenden persischen Augen bestimmt. Und durch die sanft gebogenen Wimpern. Er war die genaue Nachbildung des Türkenchans, der im Zweikampf von dem russischen Recken besiegt wurde. Die Nachbildung des Chans wirkte indes etwas erschöpft und schien sich nicht ganz fest auf den Beinen zu halten. Trotzdem lachte der Chan fröhlich, als er Jurij Pawlowitsch eine Begebenheit erzählte, die sich gestern auf der Hochzeit zugetragen hatte, wo er zuletzt ein Scherflein nebenbei – auf eine für Boris nicht mehr ganz so rätselhafte Weise – verdient hatte.

»Ich weiß nicht, was mich dorthin gezogen hat«, er rollte mit den schönen Augen, »aber plötzlich sehe ich, daß ich schon übers Feld gehe, ringsum keine Menschenseele. Es ist finster, wie beim Neger im ...«

»Pst. ...«, unterbrach ihn Starko. »Sachte, Hirth, hier sind Kinder.«

»Kinder? Ah... grüß dich, Kleiner. Wessen Junges, deins? Das Nachbarküken, alles klar. Schön. Ich gehe also weiter übers Feld, und aus irgendeinem Grund kriege ich plötzlich Angst. Zu Recht, denn mit einem Mal kommt jemand hinter einem Busch hervor und sagt undeutlich, so zwischen den Zähnen hindurch: ›Ach, du altes Aas, bist du endlich da? Komm schnell hierher, wir warten schon lang auf dich.‹ Und seine Zähne knirschen, und seine Kehle röchelt, und in seinem Bauch grummelt es, als hätte er einen hungrigen Stier dort drinnen... Ich schleudere vor Schreck die Posaune auf ihn und renne weg. Ich erinnere mich nicht, wohin und wie ich gerannt bin, aber plötzlich komme ich wieder bei der Hochzeit raus. Dort spielen meine Jungs, ganz verschwitzt, und wollen mir schon die Fresse polieren, weil ich sie ohne Solo sitzengelassen habe. Sie drohen damit, mir kein Geld zu zahlen. Sie haben's mir auch nicht bezahlt, meine Posaune lag ja im Feld!«

Hier lachte Hirth dröhnend auf. Jurij Pawlowitsch verzog das Gesicht.

»Also, das Geld haben sie mir nicht gegeben, Schnaps haben sie mir nicht eingeschenkt – haben mich nach Hause gejagt. Und heute erfahre ich, daß hinter jenem Busch unser Kontrabassist mit heruntergelassener Hose saß! Und es war gar nicht seine

Stimme, sondern mit dem Bogen hat er geröchelt. Er hat sich einfach einen Spaß gemacht. Die Posaune haben sie mir heute wiedergebracht, ein Bild... als wäre ein Traktor drübergerollt.«

Hirth lachte wieder los, Jurij Pawlowitsch aber lächelte höflich und verabschiedete sich. Danach begab sich der Türkenchan wieder zur Bude, und Boris mit seinem Vormund nach Hause.

»Jurij Pawlowitsch, wieso nennen Sie ihn Hirt? Was hütet er denn – Stiere?«

»Das ist sein Nachname. So was gibt's...«, seufzte Starko. »Du solltest ihn dir übrigens einprägen, als Beispiel. Als schlechtes Beispiel, natürlich. Hirth ist ein sehr talentierter Musiker, nur ohne Disziplin. Und was ist aus ihm geworden? Du hast es selbst gesehen: nicht einmal ein Posaunist. Im Grunde ein unglücklicher Mensch.«

»Wieso ist er so fröhlich, wenn er unglücklich ist?«

»Wegen eines anderen Unglücks, wegen der Bude«, antwortete Jurij Pawlowitsch unwillig. »Das ist ein weiteres schlechtes Beispiel für dich. Übrigens wird jeder unglücklich, wenn er von klein auf für die Armee bestimmt ist.«

»Wie das – von klein auf?« Boris sah in dieser verlockenden Tatsache gar keinen Grund für Unglück.

»Er ist ein Regimentszögling, Sohn eines Regiments – kapiert? Hast du den Film gesehen? Ach...« Jurij Pawlowitsch winkte ab. »Er ist ein Waisenkind, ist als kleiner Junge ins Regimentsorchester eingetreten und dient dort bis heute. Und pendelt von der Kaserne zur Bude. Keinen Schritt nebenraus. Verstanden?«

Boris fand auch darin keinen Grund, unglücklich zu sein, außer vielleicht den einen: Das Wort »Waisenkind« machte ihn beklommen. Es reichte aus, daß er keinen Wunsch mehr verspürte, das Thema fortzusetzen. Es war auch schon spät, sie waren zu Hause angelangt.

Die Großmutter empfing sie natürlich mit Vorwürfen. Und lud sofort Jurij Pawlowitsch mit seiner ganzen Familie zum Essen ein. Starko dachte gar nicht daran abzusagen. Er erschien mit nassen Haaren und wieder im Schlafanzug am Tisch. Mit ihm kam die Familie, seine Frau Walja und seine Tochter Katja.

Die Großmutter hatte auf der Veranda gedeckt. Der große runde Tisch war vollgestellt mit Vorspeisen und Stapeln sauberen Geschirrs. Den Ehrenplatz inmitten des Überflusses nahm eine Karaffe mit hausgemachtem Kirschlikör ein. Auf dem gestärkten Tischtuch sah sie aus wie das rubinrote magische Auge. Die Großmutter achtete die Speiserituale. Damit verbunden waren ihre eigenen Vorstellungen von Disziplin, die sie aus ihrer Jugend mitgenommen hatte: aus jener fernen Zeit, die sie in Königsberg verbracht hatte.

Zunächst tranken die Erwachsenen auf die Anwesenden, dann auf die Abwesenden, also auf Boris' Eltern. Die Kinder bekamen Limonade eingeschenkt. Boris schluckte ergeben die eklige gelbe Flüssigkeit hinunter. Daß ihm der Likör viel besser schmeckte, verhehlte er lieber, hatte er doch heimlich mit ihm Bekanntschaft geschlossen und ihn in Abwesenheit von Zeugen aus dem geschnörkelten Buffet geholt. Die minder erfahrene Katja kannte keinen anderen Unterschied zwischen Likör und Limonade als die Farbe und ertrug die Diskriminierung ruhig. Das Essen verlief ohne Komplikationen, und die Großmutter, die erst seit kurzem den Enkel mit an den Erwachsenentisch setzte, war zufrieden.

Nach dem Essen unterhielten sich die Erwachsenen am Tisch weiter, die Kinder wurden zum Spielen in den Garten geschickt. Zum Warmlaufen rannten sie um die Rosen- und Petunienbeete, doch nach dem kräftigen Mahl war diese Beschäftigung zu anstrengend. Im Garten war es heiß, obwohl die Sonne schon untergehen wollte. Die Bienen und die riesigen smaragdgrünen Fliegen summten stärker. In der Ecke des Zaunes hing eine Hängematte zwischen zwei Pappeln. Sie kletterten hinein und schaukelten ein wenig, schließlich fiel Katja ein, was sie spielen könnten. Doch begann sie die Verhandlungen vorsichtig.

»Wollen wir spielen?«

»Wie du willst«, stimmte Boris gleichgültig zu. Er empfand keine Verlegenheit, hielt sie ja auch noch nicht für ein richtiges Mädchen.

»Was?«

»Was du willst.«

»Mutter und Kind«, Katja wurde munter, »nein, Krankenhaus.«

»Ja, spielen wir Krankenhaus.«

»Dann Unfallhilfe«, beschloß sie, da sie zu Recht auf die Hauptrolle in diesem Spiel spekulierte, arbeitete ihre Mutter doch bei der Unfallhilfe.

Die Handlung des Spiels entwickelte sich nach von Katja festgelegten Gesetzen. Zunächst wurden in den Vorgarten, außerhalb des Blickfeldes der Erwachsenen, Puppentisch, Puppengeschirr und die Puppen selbst hinausgetragen. Auf dem Tischchen wurde das Lazarett eingerichtet. Katja vollzog die ersten Manipulationen an den eingelieferten Puppen. Sie hatten alle Verstümmelungen: der einen war das Bein abgerissen, der anderen der Kopf, der dritten... von der dritten war vielmehr nur noch ein Arm übrig, aus dem der Befestigungsgummi herausragte.

»Müssen sie nicht ausgezogen werden?« fragte der große Realist Boris.

»Das hier ist die Unfallhilfe, nicht das Krankenhaus. Zum Ausziehen ist keine Zeit«, entgegnete Katja, die eine noch größere Realistin war. »Um rasch zu helfen, darf man keine Zeit verlieren.«

Über ihre Logik verblüfft, dachte Boris eine Weile nach und fand ein Argument zu seinen Gunsten.

»Ist denn das hygienisch?«

Das vertraute Wort ließ Katja nachdenken. Am Ende ihrer Überlegungen beschloß sie, daß sie es ins Spiel aufnehmen und folglich auch die Puppen ausziehen konnte. Das warf seinerseits neue Probleme auf.

»Jungen und Mädchen können nicht nackt nebeneinanderliegen«, sagte Katja. »Sogar angezogen gehen sie auf verschiedene Schulen.«

»Dann legen wir sie getrennt«, stimmte Boris zu.

»Aber wenn sie nichts mehr anhaben, woran sollen wir dann erkennen, wer Junge und wer Mädchen ist?«

Katjas Naivität beschränkte sich sichtlich nicht nur auf die Unkenntnis des Unterschiedes zwischen Fruchtlikör und Limonade.

»Ganz einfach«, sagte Boris rauh.

Aber es war gar nicht so einfach. An den entkleideten Puppen waren keinerlei Geschlechtsmerkmale zu erkennen. Und auch die ausgezogenen Kleider waren jetzt bloß Stoffetzen ohne erkennbaren Zweck.

»Ich glaube, es sind alles Mädchen«, erklärte Boris unschlüssig.

»Und wieso keine Jungen?«

»Weil sie nichts zwischen den Beinen haben.«

»Was müssen die Jungen denn zwischen den Beinen haben?«

»Dieses Kind weiß auch gar nichts!« Boris blickte zum Himmel, wie es die Großmutter in vergleichbaren Situationen tat. »Und da will sie Kranke behandeln! Hat dir deine Mama nichts gesagt? Vielleicht weiß es deine Mama selber nicht?«

Katja war für ihre Mutter gekränkt, doch die Neugier überwog rasch die Kränkung.

»Na, was haben denn die Jungs, sag's doch, wenn du so siebengescheit bist!«

»Das, womit sie... wir pieseln.« Boris senkte die Stimme und blickte sich zur Veranda um, wo die von hier aus unsichtbaren Erwachsenen hinter einer Bretterwand plauderten. Katjas Fragen nach zu schließen, hielt sie ihn auch nicht für einen Jungen. Durch dieses voreilige – wie sich herausstellte – Urteil erklärte sich das »wir«, das Boris hinzugefügt hatte.

»Aber wir... ich piesele auch!« verkündete Katja.

»Ja! Aber!« Hier zeigte sich, daß nichts schwieriger war, als das Offensichtliche zu erklären, und deshalb fiel die Antwort wie folgt aus: »Wenn du groß bist, wirst du es wissen, du Dumme.«

Doch die Neugier des Mädchens, und war's auch noch kein richtiges, war unstillbar.

»Wenn du's nicht sagen kannst, dann zeig's doch!«

»Wie...« Boris blickte sich wieder um. Die Erwachsenen waren nicht zu sehen.

»Hast du Angst?«

Das war ein heimtückischer Zug.

»Ich habe vor nichts Angst!«

»Dann zeig's!«

Es blieb ihm nichts anderes übrig, als sich zu fügen. Boris knöpfte die Hosenträger ab, ließ die Hose herunter und zeigte das, worüber der Streit entbrannt war. Katja schmiegte das Kinn in die Hand und bemerkte in skeptischem Tonfall, den sie offenkundig von ihrer Mutter hatte: »Und das ist alles? Hm, wozu braucht man das, wenn...«

Ohne die Hose hochzuziehen, versuchte Boris Erklärungen zu geben, wie man dies zu benützen habe. Doch die Erklärungen wollten ihm nicht gelingen, da seine Überzeugung, er wisse alles über diesen Gegenstand, falsch war. Deshalb näherte sich das Gespräch rasch der Phase, wo der Vergleich der Diskussionsgegenstände gefordert wurde. Katja hob das Kleidchen.

In dieser Phase ertappte sie Jurij Pawlowitsch, der sich unbemerkt in den Vorgarten geschlichen hatte. Das unschuldige Spiel und der natürliche Wissensdrang wurden unverzüglich so gedeutet, wie es den Erwachsenen eigen ist. Die Kinder bekamen eine schmerzhafte Ohrfeige, wurden in die verschiedenen Haushälften geführt und eingekerkert. Katja heulte, Boris schwieg stoisch.

Nachdem sie ihre Pflicht erfüllt hatten, trennten sich auch die Erwachsenen in verdorbener Stimmung und mit den düstersten Vorahnungen, was das Schicksal der heranwachsenden Generation betraf. Die Großmutter grollte Boris bis zum Abend. Als er nach einer Stunde aus dem Kerker kam, strich er um sie herum und wartete auf das höchstrichterliche Urteil zur Frage, wer eine Probe von der Konfitüre nehmen dürfe. Nach dem Vorfall ließ sich die Entscheidung schlecht vorhersagen.

Doch zum Abendessen, als der Samowar kochte und es aromatisch nach Tee duftete, erschien die Konfitüre auf dem Tisch. Die arme Großmutter hatte eine Entscheidung fällen müssen, die nicht nur einen Philosophen in Bedrängnis gebracht hätte. Sie mußte die schwierige Wahl zwischen gerechter Bestrafung und Barmherzigkeit treffen. Die Wahl wurde dadurch erschwert, daß sich der Barmherzigkeit ein weiteres Gefühl zugesellte, mit dem nicht zu rechnen gewesen war: der Wunsch, ihre kulinarische Kunst zu demonstrieren und ihren Ruf als Köchin zu festigen, den sie im vorigen Jahr erworben hatte. Und in den anderen Jahren, die sie so sorglos hatte verstreichen lassen. Im Unterschied zu den Philosophen traf die Großmutter diese heldenhafte Entscheidung. Die Barmherzigkeit erwies sich erneut als Siegerin. Und der Gerechtigkeitssinn, dem sich ungern andere Gefühle zugesellen, um ihm zum Sieg zu verhelfen, verlor – wie immer.

Die abendlichen Tafeleien waren das Beste, was das Leben am Morgen versprach und dann unbeirrbar erfüllte. Oh, dieser von Rascheln und geheimnisvollen Bewegungen erfüllte Garten! Oh, dieser Kontrast zwischen der tiefen Dunkelheit und der hell erleuchteten Veranda! Der Tag ist vorüber wie die fröhlich vorbeiklingelnde Straßenbahn. Im Haus ist es still geworden wie im Starenkasten. Dem feuchten Dunkel entströmen Düfte nach Veilchen und Tabak, unbekannte Nachtinsekten kribbeln, und die dummen Schmetterlinge streben zur Lampe über dem Tisch in ihr Verderben. Die Nacht streicht durch das Laub der Pappeln, sie klirren ein wenig wie die Silberfolie, die irgendwo hoch oben, am darübergestülpten, unsichtbaren Himmel klirrt. Auf die Wipfel der Pappeln ist eine Flitterkrone aufgesetzt wie auf einen Weihnachtsbaum. In großen Sternen ertränkt ist der ruhige, zauberische Mond.

Und dieser beschwingende Tee, von dem die Großmutter bis zu fünf Gläser trinkt, und der schwere silberne Teeglashalter... Und die unzähligen Konfitüren, die sich nur in einem gleichen: im Wonneschauer, den die Zunge bei der Berührung mit ihnen auslöst... Und das auf dieser Zunge zergehende Gebäck... Und die Käseküchlein, an denen man sich den Gaumen verbrennt, und die behagliche Stimme der Großmutter, die vor dem Einschlafen aus den Märchen oder Sagen vorliest. Dann das nach Puder und Veilchen duftende Schlafzimmer. Die leise schwingenden braunen Vorhänge. Das knisternde gestärkte Bettuch. Das Ächzen des Hausgeistes im Bufett. Und das Stück Mond im Spalt zwischen den Vorhängen, der absichtlich offengelassen wurde, damit die bittere, auf Blumen und Fröschen angesetzte Nachtluft aus dem Garten ungehindert hereinströmen kann. Damit das Zirpen eines unbekannten einsamen Wesens ungehindert aus dem Garten in die Stille des Hauses eindringen kann. Und mit ihm der Schlaf, das letzte erfüllte Versprechen des Tages und Zwillingsbruders aller anderen Tage.

Die Vögel schlafen längst. Still schlafen die Engel. Auch Boris schlummert wie sie alle ein, um zu schlafen. Herrliches Leben, du, kleines, unausgereiftes Mädchen, du, Nestling – jung wie Katja –, betrüge nicht!

ERSTER TEIL
MUTTER DER RUSSISCHEN STÄDTE

Erstes Kapitel

Heimkehr ins Nest

Betrüge nicht. Dieses kleine, dieses lästige Gebet... Wie, kann das stolze Leben prellen? Vielleicht. Doch soll es Verheißungen und Hoffnungen erfüllen, muß man es bitten: Leben, belüge mich!

Gute dreißig Jahre waren vergangen, vielmehr pfeifend vorübergebraust. Was waren das für Jahre? Keine besonderen. Boris Andrejewitsch Kiebitz hatte sie wie viele andere auch verlebt. Und nun, als sich das Leben ein wenig schräg legte, als es plötzlich stockte und stillstand wie ein Zug auf einer Zwischenstation, fügte sich das Vergangene zu einem glatten Band von Ereignissen, die sich leicht mit ein paar Stenokürzeln notieren ließen.

Kiebitz mußte doch nicht in die von Iwan Iwanytsch geleitete Schule gehen. Im Sommer vor seiner Einschulung holten ihn seine Eltern, die in Moskau ihr Studium beendet hatten, von der Großmutter zu sich, ins große Charkow, das sie aus irgendeinem Grund unter all den Provinzstädten ausgewählt hatten, die ihnen bei der Stellenverteilung angeboten worden waren. Die Großmutter blieb für immer in ihrem winzigen Pjerwomaisk fast an der Grenze zu Moldawien, dort, wo Sinjucha und Bug zusammenflossen. Läßt man einmal ihren einzigen Besuch in Charkow außer acht, so sah Boris seine Großmutter nie mehr wieder.

Die Schule in Charkow wurde für Boris zur Summe kleiner Unannehmlichkeiten, war aber ebenfalls nichts Besonderes. Nach kurzem Kampf war er anerkannter Zweiter in der Klasse, nicht Erster, doch das stellte ihn selbst durchaus zufrieden. Als die getrennte Erziehung abgeschafft wurde und Mädchen in die Schule kamen, mußte er ein weiteres Mal um seinen zweiten Platz kämpfen. Der Kampf endete nicht ganz ohne Beulen, jedoch erfolgreich. Die Lehrer wiesen Boris instinktiv ebenfalls ins zweite Glied der Schüler, obwohl er schon vor der Schule vieles hatte lesen können und selbst mit Shakespeares Komödien zurechtgekommen war, von den griechischen Sagen ganz zu schweigen. Um zu beweisen, daß ihr Instinkt richtig war, zwang ihn die Lehrerin der ersten Klasse, laut Silbe für Silbe zu lesen. Er bockte. Das Ergebnis seiner Bockigkeit war, daß seine Gesamtleistung für immer mit Gut, aber nicht mit Sehr gut bewertet wurde. Er mußte sich weder innerhalb noch außerhalb des Kollektivs hervortun, tat es nicht und blieb immer bei der zweiten Rolle. Und auch das war eine kleine Unannehmlichkeit.

Denselben Platz nahm er auch in der Hierarchie des Hofes seines großen Hauses auf dem Kaltenberg ein, im Kreis der kleinen Rowdys, die ihre Karriere starteten.

Dann ging es schneller. Zurückbleiben in den exakten Wissenschaften und Erfolge in den übrigen. Malzirkel. Bücher und Mädchen. Erste große, unglückliche Liebe. Zeugnis.

Fast ohne Übergang – Leningrad, Ausbildung zum Bühnenbildner an der Theaterhochschule. Wohnheim in der Mochowaja, andere Bücher, Wodka. Heirat. Diplom. Rückkehr nach Charkow, Bühnenbildner am Schauspieltheater. Arbeit. Frau. Und schließlich Scheidung.

Nach der Scheidung empfand es Kiebitz auch so: als Stehenbleiben des Zuges. Er war müde. Zum erstenmal mußte er aus dem absoluten Nichts heraus die Entscheidung treffen, wie es weitergehen sollte. Zum erstenmal, da früher alles wie von selbst gegangen war, folgerichtig, alle Folgen hatten Ursachen, und sie waren ihm bewußt. Jetzt wußte er nur eins: wie müde er war. Und als die Wohnung und der Hausrat zwischen ihm und seiner ehemaligen Frau geteilt waren, war das erste, was ihm einfiel: wegfahren. Wohin? Die Frage war eigentlich keine Frage. Natürlich nach Moskau, wohin alle fuhren. Weshalb ausgerechnet nach Moskau, konnte Kiebitz nicht sagen. Aber das hätte schließlich auch kein anderer genau sagen können. Also wieder nichts Besonderes.

Bestimmte Pläne machte sich Kiebitz nicht für Moskau. Der Theaterurlaub rückte näher, und für den Anfang beschloß er, einfach hinzufahren und sich dort umzusehen. Kiebitz schob die unvermeidlichen Entscheidungen in die Zukunft auf und definierte sein Reisevorhaben als Urlaub. Um dieses ganz unverbindliche Ziel zu betonen, beschloß er, nicht auf dem direkten

Wege nach Moskau zu fahren, sondern überhaupt zu REISEN. Unter anderem auch nach Moskau. Das Problem, wohin denn nun überall gereist werden sollte, war nicht schwierig zu lösen. Zuerst nach Pjerwomaisk. Natürlich. Die drei glücklichen Jahre bei der Großmutter waren ihm als ein heller Lebensabschnitt im Gedächtnis geblieben, der ganz anders als die übrigen Jahre seines Lebens war, aber so erfüllt wie sie alle zusammen. Er war müde und mürb, hatte keine großen Wünsche. Vielleicht konnte er sie mit lebendigen Erinnerungen wiedererwecken. Wiederbeleben, so bezeichnete er auch das, was er mit sich selbst vorhatte.

In der Schlange vor dem Fahrkartenschalter war er in einer Stimmung, die er für den Augenblick passend fand: eher traurig als gehoben. Das Gefühl, daß mit diesem Schritt ein neues Leben beginnen würde, war mehr als bescheiden, es war theoretisch. Äußerlich zeigte sich dies an der Zögerlichkeit, an der Uneile, mit der er sich zum Schalterfenster hinunterbeugte. Und in der Unsicherheit, mit der er sagte: »Einmal nach Pjerwomaisk, bitte.«

»Wohin?«

Die Kassiererin war sehr gereizt.

»Nach Pjerwomaisk!« wiederholte Kiebitz nun schon energischer.

»Nach welchem denn? Wissen Sie, wie viele Städte es gibt, die Pjerwomaisk heißen?«

»Meins liegt im Gebiet Kirowograd...«, sagte Kiebitz beleidigt. Die plötzlich entdeckte Vielfalt entwertete die Einmaligkeit seiner Erinnerungen. Gab es viele Pjerwomaisks, dann gab es ja wohl auch viele Kiebitze, und sie alle verspürten dasselbe Heimweh nach ihrer rosigen Kindheit und der Großmutter und natürlich dasselbe Bedürfnis nach einem glücklichen Leben. Es war, als entdeckte Kiebitz plötzlich, daß auch bei diesem harmlosen und scheinbar so privaten Unternehmen eine Schar Konkurrenten auftauchte. Wieder mußte er mit ihnen kämpfen, und worum? Immer um dasselbe, den ihm vorbestimmten Platz im zweiten Glied.

Die Kassiererin blätterte verbissen in ihrem Tarifbuch. Die Schlange hinter Kiebitz wurde unruhig. Schon fielen grobe Bemerkungen, die ihm galten.

»Im Gebiet Kirowograd gibt's kein Pjerwomaisk«, fällte die

Kassiererin das Urteil. »Machen Sie hier keinen Radau und verschwinden Sie.«

»Wieso denn nicht!« rief Kiebitz. Der Kampf um seinen Platz hatte offenbar begonnen. »Wenn doch dort meine Großmutter wohnt. Das heißt, wenn dort meine Großmutter gestorben ist.«

»Hau ab, Junge!« Er wurde von hinten gestoßen. »Wenn sie tot ist, brauchst du auch nicht hinzufahren.«

Es blieb ihm nichts anderes übrig als zu gehen. Einen Augenblick lang zweifelte Kiebitz, ob die Entscheidung, zuerst nach Pjerwomaisk zu fahren, richtig war. Er hatte überhaupt keine Lust, sich wieder auf einen Kampf einzulassen. Aber daß es sein Pjerwomaisk nicht geben sollte, war so absurd, daß es fast nach einer Laune des Schicksals roch. Daher unterdrückte Kiebitz den Wunsch, sich dem Zufall auf Gnade und Ungnade zu ergeben, wehrte sich gegen die Versuchung, seine Pläne sausen zu lassen, und begab sich zum Fahrdienstleiter. Er tat es gewissermaßen mit dem Ziel, dem blinden, dummen Schicksal zu beweisen, daß es nicht allmächtig war, o nein.

Der Fahrdienstleiter, nach dem er lange suchen mußte, erwies sich als ein aufgewecktes Kerlchen. Er durchschaute flugs die Situation, durchstöberte die Fahrpläne, rief irgendwo an und fand die verschollene Stadt. Es stellte sich heraus, daß die Bezirksstadt Pjerwomaisk bei der Eisenbahn ein echtes Pseudonym hatte: Bahnhof Golta, während sie bei der Post und allen anderen Behörden Pjerwomaisk geblieben war. Golta! Natürlich, das konnte sehr gut stimmen! Kiebitz erinnerte sich an diesen Namen, den er fast vergessen hatte, und auch daran, wie die anderen Stadtteile hießen. Jetzt war klar, wie es zu diesem absurden Durcheinander gekommen war. Als die drei kleinen Städtchen zu einer Stadt zusammengelegt wurden, die einen neuen Namen bekam, hatte man eben einfach vergessen, den Bahnhof umzubenennen, oder es nicht getan, um Mißverständnisse mit den Reisenden zu vermeiden. Letzteres war nicht gelungen, wie man aus Kiebitzens Mißgeschick ersehen konnte. Aber schließlich war Kiebitz auch ein besonderer Fall, und die Charkower Kassiererin keineswegs der Zeigefinger des Schicksals. Man brauchte sich nicht zu wundern, daß sie von nichts wußte. Aus der Sicht eines Charkowers war Pjerwomaisk ein abgelegenes Provinznest. Na also.

Die Strecke von Charkow nach Kirowograd verbrachte Kiebitz im Liegen und schaute nur ab und zu aus dem Fenster. Den Gleisen entlang erstreckten sich freudlose Landschaften: bis zum letzten Fleckchen umgepflügte Erde, unfreundliche Waldstreifen aus stachligen Akazien und weißen Maulbeerbäumen, die dieses Land in rechteckige Abschnitte unterteilten. Vor den Waldstreifen ein paar verwaiste Kühe. Alle Dörfer waren gleich, wie Küken aus dem Inkubator, solide aus Stein gebaut. Nur selten sah man ein Strohdach dazwischen. Diese Brutkastendörfer lagen so dicht, daß man den Eindruck hatte, beim Verlassen des einen müßte man sofort ins nächste gelangen. Und immer so weiter bis ans Schwarze Meer. Die Strecke war nicht sehr lang, doch Kiebitz wurde von der Eintönigkeit draußen müde und stieg befriedigt in Kirowograd aus, wo er in einen anderen Zug umsteigen mußte, der nach Pomoschtschnaja fuhr.

Er hatte Glück und mußte auf diesen Zug nicht warten. In einer Stunde fuhr er ab. Kiebitz ließ die Fahrkarte nach Pomoschtschnaja lochen und schlenderte auf dem Bahnsteig auf und ab. Im Bahnhof von Kirowograd waren aus einem unerfindlichen Grund mehr Menschen als in dem riesigen von Charkow. Die abgehenden Züge waren überfüllt. Kiebitzens Zug, der einfuhr, war es ebenfalls. Es waren alles Schlafwagenwaggons ohne Abteile. Trotzdem fand Kiebitz nur mit Mühe einen Platz. Er setzte sich auf die Bankecke neben eine dicke Frau, die in drei Schultertücher übereinander gewickelt war, und hielt so bis Pomoschtschnaja aus.

Es stellte sich heraus, daß dies noch komfortable Verhältnisse waren, erst die Schwelle zur Hölle. Das Inferno selbst begann auf dem Kreuzungsbahnhof. Auf dieser winzigen Umsteigestation, die wie Hunderttausende ihrer Art tief im Hinterland verloren lag, konnte man sich nur mit Gewalt zum Bahnhofsgebäude durchkämpfen, von den Schaltern ganz zu schweigen. Kiebitz mußte indessen seine Fahrkarte wieder lochen lassen, diesmal nach Pjerwomaisk, genauer, nach Golta.

Schaute man sich um, so konnte man meinen, der Krieg habe begonnen, der Feind nähere sich Pomoschtschnaja und dessen Bevölkerung werde evakuiert. Der Bahnhof wurde gestürmt. Menschen mit Sack und Pack, Kinder auf den Schultern, Invaliden auf Karren oder Krücken, übermäßig viele Soldaten und ein Schwarm schräger Vögel in einem Aufzug ohnegleichen, dieses bunte Gemisch aus verschiedenen Stämmen brodelte wie dicke

Konfitüre im erhitzten Kessel, trat und stieß sich gegenseitig, Kinder und Gepäck über den Kopf gehoben, damit man nicht zerquetscht wurde. Kiebitz wurde sofort gegen die Bahnhofsmauer gedrängt und bekam einen Schlag mit einem harten Gegenstand. Doch auch hier stellte sich sein gewohntes »nichts Besonderes« ein, und dementsprechend kam er wieder glimpflich davon. Er wurde an dieser Mauer bis zur Tür entlanggeschleift, wobei er sich beinahe den Ärmel seines Jacketts zerriß, und der Trichter, in den er mit den ungestümsten Dränglern eingesaugt wurde, löste sich genau vor dem Schalter auf. Dort splitterte sich die homogene Menge in Einzelkämpfer auf, jeder gegen jeden.

Den Püffen in der Keilerei ausweichend, streckte Kiebitz seine Fahrkarte unter irgendwessen Ellbogen durch, hielt sie einem Obersten hin, der ganz vorne am Schalter stand, und brüllte: »Bis zur Endstation! Bis Golta lochen!« Der Oberst verstand, nahm die Fahrkarte, und im nächsten Augenblick warf sie ihm die wie ein Automat arbeitende Kassiererin gelocht wieder hin. Kiebitz umschloß die Fahrkarte fest mit der Hand und preßte sie an den Bauch, dann riß er sich mit dem ganzen Körper los, um den ihn erstickenden Schultern, Rücken und Knien zu entkommen... Im Nu war er vor Anstrengung und wohl auch Angst durchnäßt, daß er hier, unter den Füßen der Reisehungrigen, umkommen werde, ohne auch nur einen Mucks sagen zu können, nicht einmal Vornamen, Nachnamen und: »Richten Sie es meiner Mutter aus!« Aber da schwappte die Welle gemäß dem Gesetz der Reflexion zurück auf den Bahnsteig. Er geriet in ihren Sog und wurde fast umgeworfen, doch auf ihrem Kamm spülte sie ihn ohne besondere Beschädigungen hinaus an die Luft. Das Gefieder war allerdings leicht zerzaust.

Jetzt galt es, mit List und Schläue in den Wagen zu kommen. Der Zug wurde noch härter gestürmt als der Schalter, da sich hier die Aktivsten keilten, welche die Feuerprobe der Evolution bestanden hatten, die natürliche Auslese also aus der Konkurrenz der Kämpfenden. Von einem Sitzplatz durfte man nicht einmal träumen. Wer es nicht schaffte, auf die überfüllten Plattformen zu gelangen, stürzte sich auf die Kupplungen zwischen den Waggons. Dort wiederum von Stärkeren vertrieben, kletterten sie höher hinauf, auf die Waggondächer. Dort warfen sie diejenigen auf den Bahnsteig hinunter, die den anderen am stärksten auf die Hacken traten, und wieder strebten sie zu den Kupplungen, um das Ganze von vorn zu beginnen. Aus den Fenstern wurde hinausgedrückt, wer als erster einen Sitzplatz ergattert hatte, und war für einen Augenblick der Letzte, wie es prophezeit ist. Durch dieselben Fenster herein auf die noch warmen Bänke kletterten in plötzlich erwachter Hoffnung toll gewordene Pilger, die sich infolge der Armut ihres Körpers und Geistes schon mit dem Gedanken abgefunden hatten, daß ihr Himmelreich nicht der heutige Zug war, sondern der morgige, und daß es nicht hier im Pomoschtschnaja, sondern über den Wolken und in der Zukunft lag.

Kiebitz schien es, als habe er selbst den Verstand verloren. Das stimmte im großen ganzen auch. Voller Widerwillen gegen das, was ihm und den anderen geschah, tat er dennoch alles, um sich keine Chance entgehen zu lassen und nicht plötzlich unter den Pechvögeln zu sein, die auf die zukünftige Wiederherstellung der Gerechtigkeit, den nächsten Zug nämlich, hoffen mußten, sondern um jetzt seinen Platz im Geschehen einzunehmen, der zwar nicht der erste, aber auch nicht der letzte war. Wie die anderen brüllte er herum, ohne zu wissen, was. Er drohte allen der Reihe nach, ohne zu wissen, womit. Er rempelte alle an, tat es so schmerzhaft wie möglich, und preschte vor.

Als der Zug anfuhr und die letzten Pechvögel von ihren unbequemen Positionen auf den Bahnsteig hinunterfielen, da begriff Kiebitz, der sich nicht unter ihnen befand, sondern unter denen, die auf der Plattform standen, daß er die Schlacht aufs neue gewonnen hatte. Daß ihn sein Glück nicht im Stich gelassen hatte. Der Platz war freilich nicht der allerbequemste, die Handbremse bohrte ihm den Hebel zwischen die Schulterblätter, die abgerissene Plombe kratzte seinen Hals, ein Kartoffelsack zerquetschte seinen Fuß, doch es war zweifellos ein Erfolg. Ja, er war nicht zurückgeblieben, sondern mitgekommen.

Die vom Sturm zermürbten Reisegefährten standen Schulter an Schulter. Keiner sagte einen Ton. Der Zug ratterte träge durch die immer noch genauso eintönigen, durch Waldstreifen in Rechtecke unterteilten Felder. Eine halbe Stunde später hatten sich viele mit ihrer neuen Situation vertraut gemacht. Man dachte an die in Pomoschtschnaja zurückgebliebenen Pechvögel, die nun ihren Mißerfolg beweinten. Hier und da tauchte ein Lächeln auf und sogar etwas zu essen. Nachdem Kiebitz diese halbe Stunde dem Obersten gegenübergestanden hatte, der ihm am Bahnhof geholfen hatte, lächelte er ebenfalls und bedankte sich bei ihm.

Der antwortete. Sie kamen ins Gespräch. Der Oberst setzte Kiebitz mit seiner ungewöhnlich tiefen Baßstimme in Erstaunen, sie übertönte alle Geräusche im Waggon. Und auch mit seinem spitz zulaufenden, wie Flügel gespreizten Oberlippenbart, der längst aus der Mode gekommen war. Der Blick des Obersten über diesem Bart war fest und energisch.

Der wackere Offizier diente nicht weit von jener Vorstadt, jenem Pjerwomaisker Stadtteil, von dem sich der kleine Boris eine so unbehagliche Vorstellung gemacht hatte. Seine kindlichen Gefühle verschwieg Kiebitz, dafür erkundigte er sich, womit sich dieses Tohuwabohu in den Provinzzügen erklären lasse. Nach den Worten des Obersten war es ganz normal. Die Züge hielten auf ihrer Strecke an zu vielen Stationen. Die Zusammenballung der Menschen auf zu wenig Raum war gewaltig und explosiv. Die kurzen Entfernungen legten die meisten per Zug zurück. Es war billiger, als von Autos mitgenommen zu werden und den Fahrern ein Trinkgeld zu geben. Die Eisenbahn aber war alt, das Netz schlecht. Direkte Verbindungen gab es kaum. Und fast jede Station war ein Umsteigepunkt.

Die anderen Reisenden kamen ebenfalls ins Gespräch. Das löste Durst aus und das Gegenteil. Die Toilette war jedoch zugenagelt. Als sich diese so gegensätzlichen, doch auf ein Ziel gerichteten Wünsche ausreichend entwickelt hatten, fanden sich Freiwillige, welche die Tür aufbrachen. Wasser war in der Toilette nicht zu entdecken. Die nun eröffnete Möglichkeit, den einen Wunsch zu befriedigen, verstärkte jedoch nur den anderen.

Auch der Durst, der den Obersten und Kiebitz quälte, verstärkte sich. An der nächsten Station – es gab alle fünfzehn Minuten eine – fragte der unternehmerische Oberst über die Köpfe der Nachbarn hinweg den, der auf dem untersten Trittbrett hing, ob er nicht zum Kiosk auf dem Bahnsteig laufen und sich und ihm auf seine Kosten etwas zu trinken holen könne. Der war einverstanden. Das Gesicht des Gesandten konnte Kiebitz nicht sehen, war aber angenehm überrascht, als er neben der gekauften Flasche das Rückgeld auf den Zehnrubelschein erblickte: einen Rubel und ein paar Zerquetschte. Es war eine Flasche Sekt, etwas anderes hatte es am Kiosk nicht gegeben. Der Oberst und Kiebitz tranken nach und nach das warme Gesöff aus, bis sie in Golta ankamen, dort durchbrachen sie die Menge, die den Zug belagerte, und kämpften sich auf den Bahnhofsplatz hinaus.

Der Platz verblüffte Kiebitz damit, daß er seinen Erinnerungen an ihn so unähnlich war. In seinem Gedächtnis hatte sich eine weite, glänzende Bühne für Paraden erhalten, von der eine schöne Straße ins Parterre, zum Flußufer, hinabging. Die Straße war in seiner Erinnerung mit alten Linden bestanden und von prächtigen Häusern gesäumt. Die Wirklichkeit sah ganz anders aus: Der Platz war lächerlich klein und widerwärtig schmutzig. Keine Festbeleuchtung reinigte ihn, vielmehr besudelte ihn das trübe Licht der gelben Straßenlampen noch mehr. Aber es war nichts zu machen, zurück konnte er nicht... Kiebitz, der sich vom Obersten verabschiedet hatte, senkte den Kopf, um keine neuen Enttäuschungen zu erleben, und trottete zu Großmutters Haus.

Es war nicht weit zu gehen, wie er sich erinnerte. Eng umschlungen mit der Dämmerung wälzte sich der Nebel zu seinen Füßen, wie ein Penner mit einem Weib. Die feuchte Luft gluckerte in seiner Lunge. Durch blinde Zäune drang wie durch schiefe Zähne der faulige Geruch verwahrloster Gärten. Wie Knochen, die in der Kehle steckengeblieben waren, ragten die dunklen Ziegeldächer empor. Ringsum Dreckströme, auf den Gehwegen und dem Straßenpflaster, auf den Mauern der Gebäude. Auf den Gesichtern der Passanten derselbe bläuliche Schmutz. Vielleicht war diese bläuliche Schattierung durch ein gewisses Getränk zu erklären. Der Geruch, den die Entgegenkommenden zum Teil verströmten, schien es zu bestätigen. Da ihnen jedoch jede Angeheitertheit fehlte, mußte man diese Erklärung sofort fallenlassen.

Aber der Geruch, der Geruch war so stark, daß er in Kiebitz ein neues Bild von Pjerwomaisk formte, wie sehr der sich auch dagegen sträubte. Und er verdrängte den alten, den Duft des vertrauten Nestes nach Puder und Aprikosen. Roch Leningrad, wie er sich erinnerte, nach Klamotten aus einem muffigen Schrank, Moskau nach Stuck und Benzin und Charkow aus irgendeinem Grund nach Ruß und Friedhof, so hatte das Aroma von Pjerwomaisk noch nichts von Friedhof an sich, war immer noch diesseitig, aber todbringend. So roch nicht Gift, sondern der von ihm bewirkte Tod. Wonach roch es nur? Ganz entfernt nach modernden Wurzeln, nein, nach Knollen einer unbekannten Pflanze, die zufällig in einem aufgelassenen U-Bahn-Stollen aufgesprossen ist. Es war ein richtiger Wurzelgeruch, als befänden sich die Wurzeln der gesamten faulenden Zivilisation hier, in Pjerwomaisk, am Zusammenfluß von Bug und Sinjucha und nicht zwischen Euphrat und Tigris. Die Wurzeln der Menschheit und darauf die Früchte: von Faulbrand befallene Knollen.

Kiebitz hatte noch kaum an Faulbrand und Tod denken können, da tauchten diese beiden Kumpane schon vor ihm auf, in Fleisch und Blut sozusagen. Er bog um die Ecke der Uferstraße, die an einem häßlichen, kleinen Kanal entlangführte, und erblickte ein Häuflein Bürger, die über irgendein Ereignis diskutierten. Sie redeten übertrieben laut und kreischend, in einem Dialekt, der sich nicht einordnen ließ, und gestikulierten verzweifelt. Als er auf ihrer Höhe war, sah Kiebitz den Gegenstand der Diskussion: den halb in der Gosse versunkenen Körper eines Mannes. Der Kopf der Leiche, und zweifellos war es eine Leiche, glänzte, als wäre er mit Fett eingerieben. Auf der öligen dunkelblauen Haut spiegelte sich die über den toten Mann geneigte Straßenlampe. Vertreter der den Tod behandelnden Dienste waren nicht zu sehen. Die Bürger aber sprachen über den Vorfall wie gute Bekannte des Toten und warfen diesem verspätet vor, dem Alkohol über die Maßen zugesprochen zu haben. Sie erinnerten an Aasgeier, die sich um den halbverwesten Körper eines unkenntlich gewordenen Tieres scharen.

Die bedrückende Szene und die noch bedrückenderen Gedanken ließen Kiebitz den Kopf tiefer senken und rasch vorbeigehen. Schon bald stand er vor dem windschiefen alten Gartentürchen, das langsam wie ein Foto in schwacher Lösung vor seinen Augen auftauchte, zuerst in der Dunkelheit und dann auch in seiner Erinnerung.

Er mußte lange klopfen. Endlich hörte man das Laub rascheln und Schritte unsicher näher kommen... Die Gartentür kippte eher zur Seite, als daß sie aufging... Kiebitz erblickte dahinter einen gestreiften Schlafanzug, einen um den Hals gewickelten Schal und die ganze gekrümmte Gestalt, in der er den Freund seiner Familie erkannte, seinen ersten Lehrer, den Maler und

Klarinettisten Jurij Pawlowitsch Starko. Vor plötzlicher Erregung verschlug es Kiebitz kurze Zeit die Sprache. Jurij Pawlowitsch starrte lange in die Dunkelheit, dann fragte er: »Zu wem wollen Sie?«

»Wohnt hier die Witwe Rabinowitsch?« stammelte Kiebitz erschrocken. »Vielmehr, ach, Jurij Pawlowitsch! Ich bin's, Boris.«

»Boris«, fragte Starko unsicher nach. »Wie das, wie das... Übrigens, welcher Boris denn?«

»Kiebitz! Boris Kiebitz!«

»Wie das...«, wiederholte Starko. Plötzlich schrie er auf: »Bobka! Du bist hier – ist das wahr? Bobka, ja, laß uns doch reingehn, was stehen wir denn hier herum!«

Er packte Kiebitz um die Taille und schleppte ihn durch den Garten ins Haus.

Der Garten war winzig, ein Dutzend Schritte lang. Die Pappeln an seinem Rand waren gar nicht hoch. Der Zaun hatte Löcher. Das Spinnengewebe aus trockenen Stengeln einer Kletterpflanze konnte sie nicht verdecken, und nicht einmal ein einziger Vogel, wär's auch ein ganz verstoßener, hätte darin Zuflucht finden können. Viel Schmutz blieb an den Sohlen hängen, und bevor Kiebitz das Haus betrat, streifte er lange die Schuhe am Besen vor der Schwelle ab.

Endlich öffnete sich die Tür zur Abstellkammer, dann zur Küche, und er erblickte Großmutters vertraute Einrichtung. Derselbe runde Tisch, dieselben braunen Vorhänge. Aber der Geruch... Der Geruch hatte sich auch hier verändert. Statt nach Vanille, vermischt mit Naphtalin und Kölnisch Wasser, roch es nun auch in Großmutters Hälfte nach Terpentin. Die Enttäuschung nagte immer noch an Kiebitz, obwohl an dieser Veränderung nichts Überraschendes war. Er wußte, daß Starko nach Großmutters Tod seinen Eltern die von ihnen geerbte Haushälfte abgekauft hatte und das ganze Haus jetzt Jurij Pawlowitsch gehörte. Dennoch regte sich Enttäuschung, nichts zu machen.

Über dem Tisch brannte Großmutters Kronleuchter. Darunter saß eine sehr dicke, häßliche Frau. Sie strickte.

»Katjuscha!« schrie Starko und zerrte Kiebitz in die Küchenmitte. »Schau doch nur, welches Vögelchen zu uns hereingeflogen ist!«

Katjuscha schaute den Gast ziemlich kühl an, und Kiebitz

begriff, daß sie ihn nicht erkannte. Zugleich erschrak er darüber, in was für eine fette Ente sich seine ehemalige Freundin verwandelt hatte, jenes tolpatschige, aber liebe Entchen. Er fand die Kraft zu einem Lächeln.

»Sie erkennt mich sicher nicht...«

»Bobka, Bobka ist das...«, meldete der mit der Szene überaus zufriedene Jurij Pawlowitsch. »Boris Kiebitz.«

Er schlug dem Gast kräftig auf die Schulter. Katjas Brauen wanderten langsam in die Höhe, das Strickzeug fiel von ihren Knien auf den Boden. Je weiter die Meldung in ihr Bewußtsein sackte, desto tiefer rutschten ihre Brauen, bald hatten sie wieder ihre normale Position erreicht. Nach dieser Operation stand Katja träge auf und kam auf Kiebitz zu, um ihn zu küssen. Sie bewegte sich eher kraftvoll als plump und sah in der Bewegung nicht mehr ganz so dick aus. Katja küßte Kiebitz sachlich – auf der anderen Seite küßte ihn Jurij Pawlowitsch –, nahm ihn am Ellbogen, und nun führten beide den Gast zum Tisch und ließen ihn Platz nehmen.

»Wieso allein?« fragte Katja, nachdem sie auch diese Operation beendet hatte. »Wo ist deine Frau?«

»Ich lebe in Scheidung«, sagte Kiebitz.

»Na schön, warte«, mischte sich Starko taktisch klug ein. »Laß ihn erst mal verschnaufen. Wir werden alles erfahren, haben ja die ganze Nacht vor uns. Schnell, stell das Teewasser auf.«

Katja stellte den Teekessel auf den Herd und ging ins andere Zimmer.

»Die ganze Nacht«, lachte Kiebitz. »Sie sind wohl wie früher ein Nachtvogel, was, Jurij Pawlowitsch?«

»Wir sind bescheidene Werktätige«, lachte auch Starko, »sitzen immer im Nestchen, strecken den Schnabel nur selten raus. Nicht so wie ihr Federfuchser: immer vor Publikum, immer draußen auf dem Platz.«

Hinter der Wand klapperte Katja mit Geschirr. Wahrscheinlich holte sie es aus Großmutters bauchigem Buffet.

Starko blickte sich nach dem Geräusch um und senkte die Stimme: »Hast du gesehn, wie sie gleich wissen wollte, wo deine Frau ist? Du mußt ihr gegenüber an diesem Punkt vorsichtiger sein, Mann-Frau, verstehst du? Du siehst selbst, wie sie in die Breite gegangen ist... Das gibt Komplikationen, Bobka.«

»Sie ist nicht so sehr aufgegangen«, entgegnete Kiebitz nicht gerade überzeugt. »Es gibt Schlimmeres. Wenn das Kind da ist, wird sie schon wieder. Aber... wie geht es Ihnen, Jurij Pawlowitsch, und Ihrer Frau?«

»Sie ist doch gestorben, Bobka«, antwortete Starko munter. »Schon vor vier Jahren. Nein, sie war schon eine gute Frau... Na, aber weshalb hast du dich scheiden lassen, wenn es kein Geheimnis ist?«

»Es ist kein Geheimnis. Und es hat auch keine besonderen Gründe. Hat eben nicht geklappt...«

»Hat nicht geklappt! Und weshalb nicht? Schweig, ich werde es selbst sagen: Ihr hattet keine Disziplin, du hattest keinen Zeitplan. Hättest du dich an einen Zeitplan gehalten, wie es sich gehört, dann wäre das nicht passiert. Aber du hast immer geglaubt, daß die Disziplin nur ein dummer Einfall von mir ist.«

»Und wie geht es Ihnen damit, wie früher mit wechselndem Erfolg?«

»Ja, im großen ganzen geht's so... Nein, ich sag's ganz offen, mir geht es schlecht: Ich habe häufiger Verstopfung. Und schlimm. Aber das ist das Alter, Bobka. Ob man dagegen ankämpft oder nicht, es bleibt sich gleich. Ich weiß schon, wenn dieser Apparat so gestört ist, werde ich bald sterben.«

»Nicht doch, Jurij Pawlowitsch, übertreiben Sie nicht!«

»Na gut, du wirst dich selbst überzeugen, wirst es mir einmal glauben müssen. Ihr seid alle so, Skeptiker, solang ihr's nicht selbst an den eigenen Federn erlebt habt, glaubt ihr's nicht. Und wenn ihr's erlebt, dann ist es bereits zu spät, nichts mehr zu machen... Katja, na was ist los, kommst du bald?«

»Ich komm schon«, antwortete Katja hinter der Wand. Das Teewasser kochte wie wild.

»Na«, Starko rieb sich die Hände, »und jetzt sag du: Wozu bist du hergekommen. Lüg nicht, daß du uns einfach besuchen wolltest, das werde ich nicht glauben. Na, mit welchem Ziel?«

»Ganz recht, ich bin zu Besuch gekommen«, lachte Kiebitz. »Ich wollte mal sehen, wie wir hier früher gelebt haben... Vielmehr, wie Sie jetzt hier leben, wo früher...«

Ihm war klar, weshalb er sich in diesem einfachen Gedanken so verhedderte: die leidigen Probleme des Eigentums, der Tod von Angehörigen, die Veränderungen an Katja und wohl auch an Starko, all das hinderte ihn, die Antwort zu Ende zu formulieren. Sie hätte zu hart und grob geklungen. Auch Jurij Pawlowitsch war dies klar, auf seine Weise.

»Na schön, lassen wir einstweilen diese Version gelten«, zwinkerte er listig. »Wenn du nicht willst, *nicht kannst*, dann sag es nicht. Katja, wo bist du denn?«

»Hier bin ich«, sagte Katja in der Tür. »Wieso hast du's denn so eilig?«

Sie brachte Tassen und die Zuckerdose. Weder das eine noch das andere erkannte Kiebitz. Dafür war das Tischtuch dasselbe. Kiebitz breitete es schwungvoll auf dem Tisch aus, es duftete nach Stärke und leichtem Frost. Dann erschienen darauf ein dünn aufgeschnittenes Brötchen, eine Butterdose und Kochwurst.

»Mehr haben wir leider nicht«, sagte Katja.

Sicher, sehr reich waren sie nicht. Von Katjas Seite war keine besondere Freude über den Anlaß zu bemerken. Der Tee schmeckte nicht, war zu dünn. Die Wurst war genau die, die Kiebitz normalerweise nicht aß. Er gab sich jedoch Mühe, mehr davon zu essen: Starko und Katja ließen ihn nicht aus den Augen.

»Ja«, resümierte Jurij Pawlowitsch und schaute bald den Gast, bald seine Tochter an, »wie die Zeit vergeht! Wie flüchtig doch alles ist auf unserer Welt... Kann man euch etwa heute noch erkennen, ihr Lieben?«

Er seufzte, trank einen Schluck Tee und fuhr fort: »Das ist ein Gedanke: Alles auf der Welt ändert sich.«

»Außer Hirth«, lächelte Katja finster. »Und der Direktor der Schule.«

»Halt, welcher Hirth denn!« rief Kiebitz aus. »Doch nicht der Schönling, der immer angeheitert ist, mit den persischen Augen?«

»Genau der«, bestätigte Starko. »Veränderungen haben über ihn wirklich keine Gewalt. Selbst das Schicksal ist gegen ihn machtlos.«

»Er ist selbst sein Schicksal«, sagte Katja, »und es heißt Schnapsbude.«

»Sind Sie wie früher mit ihm befreundet, Jurij Pawlowitsch? Ich erinnere mich...«

»Nicht ich, nicht ich. Er kommt jetzt zu Katharina, als Bräutigam.«

»Was?« staunte Kiebitz. »Als... Bräutigam? Wieso nicht als Ehemann? Katja, er ist doch ein schöner Bursche, ich erinnere mich...«

»Er ist zwanzig Jahre älter«, empörte sich Katja. »Und wird nicht trocken. Er hat mir schon so viele Scherereien gemacht. Jeden Tag kommt er zu mir in die Schule und spielt den Ehemann! Von allen Lehrern verlangt er in meinem Namen Geld, um was gegen seinen Kater zu trinken.«

»Ah, du arbeitest an der Schule?«

»Ja«, sagte Katja stolz. »Ich leite das Mädchen-Ressort.«

Hinter diesem Stolz verbarg sich etwas anderes, vielleicht ganz anderes.

»Hör mal«, beeilte sich Kiebitz, der das spürte, »du sagst, auch euer Direktor sei immer noch derselbe?«

»Iwan Iwanytsch«, fauchte Katja, »natürlich. Wo soll er denn sonst sein. Der lebt ewig.«

»Ich sehe, du hast ihn auf dem Kieker«, bemerkte Kiebitz.

»Getroffen!« lachte Starko laut auf. »Am wundesten Punkt! Sie hat ihn nicht auf dem Kieker, sie steht auf Kriegsfuß mit ihm.«

»Auf Kriegsfuß«, nickte Kiebitz verstehend. »Das Ressort ist ja wirklich das Wichtigste in der Schule. Iwan Iwanytsch ist natürlich eifersüchtig. Er unterrichtet sicher Geschichte? Das habe ich mir gedacht... Aber, pardon, wie alt ist er denn? Ich erinnere mich, daß er schon damals kein Jüngling mehr war.«

»Wie alt er ist, das weiß niemand. Vielleicht achtzig, vielleicht auch zweihundert. Aber es geht gar nicht um ihn selbst, sondern um seinen Klüngel!« Der Gegenstand des Gesprächs war offenkundig Katjas wunder Punkt. »Ein Klüngel, eine Mafia... ein ganzer Schwarm Raubvögel hat sich um ihn geschart, und keiner ist vor ihnen sicher. Er hat Handlanger. Petka Suworow, der Unterrichtsleiter, und der Ukrainischlehrer Dachno. Besonders dieser Dachno läßt keinen zur Ruhe kommen. Nur Marja Gawrilowna hilft uns bislang noch aus der Patsche... Und außerdem ist unsere Rettung, daß der Unterrichtsleiter ständig auf Dienstreise ist und nur selten in der Schule aufkreuzt. Aber das ist auch so eine Frage, wohin der die Dienstreisen immer macht! Das ist es, was wir gerade herausbekommen wollen...«

Katja hatte sich so in ihre Erregung hineingesteigert, daß auf ihrer Stirn eine dicke Vene in Form eines V angeschwollen war.

Von weitem sah man, daß der Krieg schon lange währte und nicht zum Spaß geführt wurde. Der eine und andere hatte bereits sein Stück Brot eingebüßt. Direktor Iwan Iwanytsch aber plante neue Entlassungen für die nächste Woche. Unter denen, die entlassen werden sollten, war anscheinend Katja. Alle Gekränkten hatten schon früher Beschwerdebriefe geschrieben und schrieben sie auch jetzt, an die Abteilung für Volksbildung, ja noch höher, ans Ministerium, und heischten Wahrheit. Doch je höher man ging, um so weniger fand man dort, was man suchte. Das meinte jedenfalls Katja.

»In keinem einzigen Antwortschreiben auf unsere Briefe wird der Direktor erwähnt, obwohl er Gegenstand der Beschwerden ist«, sagte sie gegen Ende. »Als ob er gar nicht existierte. Wir hatten auch schon den Eindruck, als gäbe es ihn tatsächlich schon lange nicht mehr. Als säße ein Strohmann an seinem Platz, damit man ihn durchs Fenster sehen kann. Nicht mal ein Strohmann, sondern ein Körper, eine Zelluloidpuppe. Und der Direktor knechtet uns deshalb so unermüdlich, weil er eine unermüdbare, seelenlose Puppe ist!«

»Oha!« Kiebitz war über die Wendung von Katjas Gedanken verblüfft und wußte noch nicht, ob er lachen durfte. Um so mehr, als Starko alles, was seine Tochter erzählte, mit einem Nicken bestätigte.

»Ja, Bobka, so was gibt's. Nimm nur zum Beispiel den unterirdischen Gang nach Olwiopol. Wir haben doch früher darüber gelacht, aber den gibt es wirklich!«

»Was Sie nicht sagen!« staunte Kiebitz.

»Ja, Bobka, man hat ihn entdeckt! Zufällig gefunden. Vorläufig darf man noch nicht rein, es ist verboten, aber ich will ihn mir unbedingt mal anschauen... Wenn so was möglich ist, weshalb sollte dann der Direktor keine Puppe sein, keine ausgestopfte Vogelscheuche?«

Um ihre Lesart zu bekräftigen, führte Katja Beweise an und krümmte beim Zählen die Finger: »Er verläßt sein Büro seit Jahren nicht – eins. Hält schon lange keinen Unterricht mehr – zwei. Zu ihm in die Sprechstunde zu kommen, ist unmöglich – drei, obwohl von draußen immer zu sehen, ist, daß er an seinem Tisch sitzt. Tag und, wie es heißt, Nacht. Die Frage ist nur, *wer* ist das? Iwan Iwanytsch selbst oder ein Doppelgänger, den man für ihn gefunden hat, den man für ihn *gemacht* hat?«

»Aber... gut, nehmen wir das mal an«, sagte der über ihre Energie verblüffte Kiebitz. »Dann sag, wozu soll das alles gut sein? Und wem sollte das was nützen?«

»Wie, wozu und wem!« schrien die Starkos wie aus einem Mund. »In der Schule regiert doch die Mafia. In wessen Namen tut sie das? In seinem, Iwan Iwanytschs. Wenn er aber schon tot ist, in wessen Namen könnte sie es dann? Im eigenen? Bring uns nicht zum Lachen, es sind alles kleine Vögelchen. Soll man auf einen neuen Direktor aus dem Zentrum warten? Dann wartet man, und währenddessen fliegt die ganze Mafia auf und davon. Sie hat schließlich nicht nur in der Schule Gegner, sondern auch im Ministerium und noch höher. Und es gibt ja auch noch andere Mafias! Petka Suworow fährt wahrscheinlich immer nach Moskau, um unbemerkt Ersatz für den Verstorbenen herbeizuschaffen. Oder um sich selbst auf seinen Platz setzen zu lassen. Und solang die Sache noch nicht entschieden ist, haben sie eben eine Vogelscheuche auf Iwan Iwanytschs Platz gesetzt: außen hat sie seine Federn, und innen ist sie mit Lumpen ausgestopft, damit sie dick aussieht und kein anderer sich auf seinen Stuhl setzt. Petka will, daß Iwan Iwanytsch nicht auf den Friedhof gebracht, sondern in Pension geschickt wird!«

»Das ist eine Idee«, sagte Katja, die über das nachdachte, was sie eben spontan herausposaunt hatte.

»Eine gute Idee«, bestätigte Starko.

»Aber wenn dieser Betrug entdeckt wird, dann sieht es doch böse für sie aus«, bemerkte Kiebitz. »Sie riskieren doch...«

»Ent-deckt wird«, wiederholte Katja verächtlich. »Zehn Jahre kämpfen wir schon, und er wird immer noch nicht entdeckt, man will es nicht. Und was riskieren sie, hm? Sie werden diese Vogelscheuche zum zweiten Mal auf den Friedhof bringen, das ist alles. Wo soll da ein Risiko sein? Die Situation aber bleibt wie sie war.«

»Ja-ja. Ja!« Auch das bestätigte Starko. »In der ganzen Stadt ist sie so, Bobka, genau wie in der Schule. Der Teufel weiß, was mit allen geschehen ist! Sie haben angefangen zu saufen – und wie. Werden schwarz und sterben – und lassen sich immer weiter vollaufen. Alle haben Visagen, die entweder blaugeschlagen oder mit dem Messer zerschnitten sind. Die Nerven sind gespannt, die Toten kann man gar nicht mehr alle begraben... Bei den Soldaten in der Garnison gibt es sehr viele besondere Vorkommnisse, bald ein Dutzend an jedem Tag.«

»Und je länger das so geht, um so mehr werden es«, prophezeite Katja, und ihre kleinen Äuglein weiteten sich.

Starko war ebenfalls in Fahrt gekommen. Seine Stimme zitterte, in seiner Kehle vibrierten Tremoli: »Ja, Bobka, bei den Soldaten ist es genau dasselbe – und das ist sehr wichtig! Die Soldaten saufen noch mehr als die Zivilisten, und die Offiziere duellieren sich. Die Soldaten desertieren. In den Regimentern gibt es eigene Mafias. An der Schnapsbude gibt's vor Soldaten kein Durchkommen, sie stürzen sich darauf wie die Dohlen auf die Müllgrube.«

Seltsam, aber die geschilderte Situation schien Jurij Pawlowitsch gar nicht unangenehm zu sein.

»Es kracht schon alles, Bobka!« Er streckte den Zeigefinger zur Decke. »Es fehlt nur noch der Tropfen, der das Faß überlaufen läßt.«

Kiebitz wurde plötzlich schwindlig. Die Müdigkeit von der Reise schlug durch.

»Übertreiben Sie nicht?« fragte er vorsichtig.

»Übertreiben? Wir untertreiben!« brüllte Starko beleidigt. Katja ließ die Mundwinkel verächtlich hängen. »Und wieviel dreiste Krähen es jetzt in den Waldstreifen gibt, fette, aggressive, hast du das nicht bemerkt? Jesses Maria, wie vor dem Jüngsten Gericht... Und daß man in der Stadt schon lang keine Miliz mehr sieht, habe ich das gesagt? Und daß die Mafia im Stadtrat schlimmer ist als die in der Schule, habe ich davon geredet? Und daß sich die Leute aus Golta in Olwiopol oder Gottesfeld lieber nicht blicken lassen sollen, weißt du das? Und wenn du dein Leben mit Selbstmord beenden willst, dann ist eine Fahrt in die Vorstadt die zuverlässigste Methode, glaubst du das? Und...«

Hier mußte Jurij Pawlowitsch, der sich in Rage geredet hatte, husten, er rannte aus der Küche.

»Mhm«, sagte Katja.

Kiebitz dachte daran, was er auf der Fahrt nach Pjerwomaisk und in Golta selbst gesehen hatte, und mußte innerlich zugeben, daß Starkos Erzählungen in manchem der Wirklichkeit entsprachen. Natürlich hatte er vieles übertrieben, aber dennoch...

Nachdem er sich draußen ausgehustet hatte, kam Jurij Pawlowitsch in die Küche zurück.

»Die Verstopfung kommt auch immer öfter«, teilte er auf der Schwelle mit. »Man sollte sie übrigens auch in der Apokalypse erwähnen. Also, jetzt haben wir dir alles erzählt und nichts beschönigt. Du hast alles erfahren, was du wissen mußt. Das Bild ist vollständig, benütze es: Sag es denen, die dich hergeschickt haben, wenn du willst. Du kannst aber auch hier Maßnahmen ergreifen, wie du willst. Doch jetzt bist du dran, dich uns zu öffnen: Mit welchem Auftrag hat man dich hergeschickt, was hat man dir befohlen, in dieser Lage zu unternehmen? Wir sind keine Fremden für dich, Bobka. Und du hast sicher verstanden, wie wir die Dinge sehen...«

»Aber, Jurij Pawlowitsch!« schrie Kiebitz. »Ich habe doch schon gesagt, daß ich auf Durchreise hier bin, fast zufällig! Ich bin einfach hergekommen, um zu schauen, wie Sie hier so leben, wo ich mal gewohnt habe...«

Wieder verhedderte er sich in dem einfachen Satz. Katja wandte ihm ihr Profil zu und schnaubte wieder. Jurij Pawlowitsch war merklich eingeschnappt, auch er war müde.

»Na, schön«, sagte er mit heiserer Stimme. »Wollen wir nicht schlafen gehen? Du hast doch eine Reise hinter dir.«

»Ja«, bestätigte Kiebitz. »Wir werden uns noch nach Herzenslust unterhalten. Ich habe schließlich nicht vor, morgen schon wieder abzudampfen.«

»Willst du an deinem alten Platz schlafen?«

»Gern.«

»Stoß dich nicht an der Unordnung. Ich habe jetzt auch in diesem Zimmer ein Atelier.«

»Das Haus gehört Ihnen, was für einen Anspruch könnte ich stellen?« scherzte Kiebitz und beendete damit endlich seine Versuche, das heikle Problem des Eigentums zu formulieren.

Er ging hinter Starko her in sein ehemaliges Schlafzimmer. Das Durcheinander darin war größer als erwartet. Der Zugang zu der mitten im Zimmer stehenden, wie früher mit einem Bettbezug zugedeckten Staffelei war erschwert.

»Jurij Pawlowitsch!« rief Kiebitz aus. »Was macht Ihre Arbeit, haben Sie Ihr Bild fertiggemalt? Zeigen Sie es doch!«

»Fast fertig«, sagte Starko stolz und bescheiden. »Es gab Tage, da konnte ich keine Hand heben. Aber ich bin wieder wie der Phönix auferstanden und habe weitergemacht. Auch heute arbeite ich weiter und flehe Gott an, daß er mich so lange leben läßt, bis die Arbeit fertig ist. Mehr möchte ich nicht, ich brauche nur wenig.«

Er machte eine feierliche Handbewegung, der Bettbezug flog zu Boden. Und Kiebitz erkannte mit beinahe heiligem Schrekken in dem schmerzensreichen, zauberhaften Bild, in der liebevollen Frau mit dem weisen Säugling im Arm eine stümperhafte Kopie von Leonardo da Vincis Madonna mit dem Kind. Er blickte sich verstohlen um und entdeckte auch die Reproduktion, nach der diese Kopie gemalt wurde: Nicht weit von der Staffelei lag ein Heft der Illustrierten »Ogonjok«, in dem die Seite mit dieser Abbildung aufgeschlagen war. Die Reproduktion war mit Bleistift in Kästchen eingeteilt. Und Kiebitz begriff plötzlich, daß der arme Jurij Pawlowitsch nicht nur nicht dieses Bild von Leonardo, sondern auch kein anderes jemals im Original gesehen hatte.

»Was sagst du, du Akademiker?« fragte Starko stolz und ironisch.

»Wunderschön«, antwortete Kiebitz, ohne zu zögern. »Das habe ich nicht erwartet.«

Als alles im Haus still geworden war und er mit offenen Augen in der Dunkelheit lag, versuchte er, das Fazit des vergangenen Tages zu ziehen. Resigniert gab er den Versuch auf, vergrub den Kopf im Kissen und schlief ein.

Zweites Kapitel

Lieben Sie das Theater?

Am nächsten Morgen weckte ihn niemand. Er erwachte davon, daß der Regen auf das Dach der Veranda klopfte.

Vor dem beschlagenen Fenster lag durchnäßtes, lehmiges Brachland. So sah jetzt Großmutters Garten aus. Der Zaun war fast entblößt.

Beim Anziehen bemühte sich Kiebitz, nicht aus dem Fenster zu schauen. Dann ging er in die Küche. Die Wanduhr zeigte drei. Es war Großmutters Uhr mit den Katzenaugen. Am runden Tisch saß Jurij Pawlowitsch im schwarzen Anzug. Ihm gegenüber, ein Glas mit etwas Dunkelrotem in der Hand, hatte es sich ein braunhäutiger Militär in Uniform ohne Schulterstücke bequem gemacht. »Hirth!« Kiebitz erkannte ihn.

Bei seinem Anblick warf Hirth den Kopf in den Nacken, leerte das Glas, wischte sich mit dem Zeigefinger die Lippen ab und brüllte erst dann seine Begrüßung heraus: »Da schau her, was der für ein Ganter geworden ist! Das muß gefeiert werden.«

Seine länglichen Samtaugen blitzten. Das beharrliche Saufen schien diesen Glanz nur zu verstärken. Glatte, braune Haut überspannte Hirths Habichtsbackenknochen. Man hätte ihm keine vierzig gegeben. Offenbar bekam die Lebensweise, die andere so ruinierte – man denke nur an den gestrigen Leichnam am Kanal –, manchen auserwählten Aposteln vorzüglich: Diesen lebenslänglichen Söhnen des Regiments, die ihre angeborenen Fähigkeiten ständig trainierten.

Da Kiebitz auf den Vorschlag, die Begegnung gemeinsam zu feiern, nicht reagierte, tat Hirth es allein. »Es muß sein«, meldete er im Ton einer Urteilsverkündung, holte die unter dem Tisch stehende Flasche hervor, schenkte sich das Glas voll und trank es in einem Zug aus. Starko verfolgte seine Übungen mit unverhohlenem Bedauern.

»Wo wollen Sie denn hin?« fragte Kiebitz.

»Zum Trillern«, antwortete Jurij Pawlowitsch traurig. »Heute ist doch Feiertag.«

»Was für ein Feiertag?« wunderte sich Kiebitz, der nicht wußte, was diesen Tag besonders auszeichnen sollte.

»Der Jahrestag, Bobka. An diesem Tag wurde unsere Stadt von den deutschen Besatzern befreit.«

»Und von anderen, schlimmeren besetzt«, ergänzte Hirth.

»Ach, ja...«, meinte Kiebitz, der sich an so etwas in seiner Vergangenheit erinnerte, die unaufhaltsam dahinschmolz.

Der Regen vor dem Fenster wurde heftiger und vernichtete die Reste dieser Vergangenheit: das zerstörte Beet inmitten des Gartens. Die Wolken hingen an den Wipfeln der Pappeln. Eine sah aus wie eine Hand mit warnend erhobenem Zeigefinger. Diese Warnung wie auch das zufällige Zusammentreffen mit dem Feiertag hatten etwas Unheilverkündendes. Man hätte sich diesen Verheißungen gerne widersetzt.

»Ein Fest bei diesem Wetter?« fragte Kiebitz.

»Was tut das Wetter schon?« Starko drehte sich nicht einmal zum Fenster um. »Ist doch nichts Besonderes, draußen die Drosseln, hörst du sie? Sie singen. Gottes Vöglein gereicht jedes Wetter zur Freude.«

Kiebitz lauschte. Tatsächlich, irgendwo am Zaun gab eine einsame Drossel ihr Arpeggio zum besten.

»Gottes Vöglein«, grinste Hirth. »Unter ihren Federchen haben sie jede Menge Parasiten, Ihre Singvögelein. Läuse. Wie alle anderen Solosänger auch...«

Hier blickte Hirth Kiebitz vielsagend an, vergaß indes nicht, seine Antwort an Starko zu beschließen: »Wie ist das möglich? Heißt das nicht, daß auch Ihr Gott ein lausiger Gott ist?«

»Sie sind ja auch keine Vöglein, Sie säen und pflügen«, sagte Kiebitz. »Und der gute Anzug, sicher der einzige, ist es nicht schade drum?«

»Äh... uns macht das Wetter jetzt auch nichts mehr aus«, entgegnete Starko. »Wir ziehen jetzt nicht mehr mit der Musik durch die Straßen. Wir feiern jetzt im Theater. *Sie* sind es leid, auf den Tribünen zu stehen, und sitzen lieber in den Logen.«

»Die Besatzer«, ergänzte Hirth. »Kommen Sie doch mit uns mit, dort gibt's ein Buffet.«

»Mit uns mit«, brummelte Starko vor sich hin. »Mit fremden Federn fliegen, weil ihm seine eigenen schon gestutzt sind. Er ist längst aus allen Orchestern gefeuert worden, Bobka. Ich muß zum Trillern, aber er? Er will nur zum Buffet. Um dort wieder Skandal zu machen und dann im Knast zu übernachten.«

»Entschuldigen Sie«, entgegnete Hirth. »Die Apostel haben auch den Wein genossen. Dazu ist er ja da. Ringsum trinken alle pausenlos und sind an nichts schuld, und ich soll für alle die Schuld tragen, ich, das Alkoholikerschwein. Gorin, der Dirigent, ist immer besoffen, aber dem macht keiner Vorwürfe. Weshalb? Weil er ein Stümper ist! Mir hält man also nicht das Saufen vor, sondern mein Talent. Außerdem bin ich ehrlich und mache kein Hehl aus meinen Neigungen, Gorin aber kann lügen: immer in Schirmmütze, messerscharfe Bügelfalten, die Visage glattrasiert... Was ist der? Ein Gnadenbrotempfänger, Lakai, Papagei. Er tut, was euch beliebt, alles. Und wird sich selbst ›dummer Papagei‹ nennen, wenn's nötig ist. Ich aber spiele mein eigenes, originelles Solo. War niemandes Lakai und werde es auch nicht sein. Deshalb steh ich auf der Straße, und Gorin steht am Pult. Aber daß der sich nach dem heutigen Spektakel nachts im Bahnhofslokal wie ein Schwein unterm Tisch wälzen wird, das regt niemanden auf. Der darf das.«

Hirth hieb wütend mit der Faust auf den Tisch.

»Und Ihr Rabin! Dieser bescheidene Schuster, in dessen Schuh vom frühen Morgen an nicht weniger als eine Million steckt! Auch der nimmt an euren Spektakeln teil. Was ist der? Auch ein Papagei: Gehorsam stellt er für fünfzehn Rubel das Denkmal eures Führers auf dem Panzerspähwagen dar. Was bedeutet ihm dieses Honorar bei seinen Millionen? Daß er sich bei der Darstellung des Führers ausruht. *Ausruht.* Zu tun hat er woanders. Und außerdem? Außerdem ist er ein besoffenes Schwein wie alle. Alle wälzen sich im Dreck, wenn sie saufen, das schadet ihrer Karriere gar nichts. Ich aber habe diese Angewohnheit nicht, ich habe mich noch kein einziges Mal im Dreck gewälzt! Und mich hat man auf die Straße gesetzt. Wie ist das möglich, wo bleibt da die Gerechtigkeit?«

Er wandte sich an Kiebitz.

»Diesen Rabin haben sie gleich morgens ins Kostümlager eingesperrt, damit er sich nicht bis zur Vorstellung vollknallt. Er nagt sich trotzdem einen Spalt durch und besorgt sich was zum Trinken. Und wieder wird das Standbild des Führers auf dem Revier übernachten, mit angeklebtem Bärtchen und aufgemalten Fältchen um die Augen. Es gibt keine Zelle, wo Rabin nicht in Gewahrsam gewesen wäre. Es gibt auch keine Staatsgrenzen. Weil er auch im Ausland Kontakte hat, und innerhalb unseres Landes hält ihn eine Hand, die...«

Hirth blickte sich argwöhnisch in der Küche um.

»Ist im Stromzähler ein Mikrophon versteckt? Ich verstehe. Ich erzähle später, welche Hand Rabin...«

Kiebitz lächelte.

»Jetzt wird's aber Zeit!« besann sich Starko plötzlich. »Wir kommen noch zu spät! Du ißt was, Bobka, während ich mich fertigmache.«

Kiebitz zwang sich, die Stulle von gestern zu essen. Hirth trank unterdessen seine Flasche aus und hielt sie bedauernd gegen das Licht.

»Alles vergeht«, seufzte er. »Außer Gorin, Rabin und den anderen: Es wird immer Ungerechtigkeit geben, und sie wird immer Lakaien brauchen.«

Mit diesen Worten holte er eine neue, volle Flasche aus der Tasche und kippte sich die Hälfte direkt in den Schlund.

»Aber Gerechtigkeit wird es auch immer geben«, fügte er hinzu.

»Zieh dich an, Bobka«, sagte Starko. »Alle sind fertig.«

»Nicht alle«, entgegnete Hirth und leerte die Flasche mit einem zweiten Schluck bis zum Boden. »Jetzt sind's alle.«

Auf der Straße musterte ihn Kiebitz. Nein, um nichts auf der Welt hätte man vermuten können, daß er getrunken hatte. War das gerecht oder nicht? Kiebitz lächelte, da er seine Gedanken unwillkürlich in Hirths Kategorien formuliert hatte.

Sie gingen durch die krummen Gäßchen, kamen auf die Hauptstraße, die nur dreihundert Meter lang war, und standen bald vor einem düsteren Gebäude mit drei Stockwerken, das aus porösem grauen Stein errichtet war, eine geknickte Dachlinie und eine schwere Tür hatte. Es war der städtische Klub, den die Bürger hartnäckig Theater nannten, obwohl bislang kein einziges Stück darin aufgeführt worden war. Diese Einzelheit verstärkte übrigens nur die Bedeutung der bevorstehenden Aufführung.

In der Garderobe ließ Starko Kiebitz in Hirths Obhut zurück, vielleicht aber auch umgekehrt. Jurij Pawlowitsch wurde im

Orchester erwartet. Hirth führte den Gast auf den Balkon und verschwand – zum Buffet, wohin denn sonst?

Kiebitz saß auf dem Balkon, die Ellbogen auf die Brüstung gestützt, und beobachtete von oben, wie sich der Saal langsam füllte.

Für einen Provinzklub war es tatsächlich ein selten luxuriöser Raum, mit richtigen Logen in mehreren Rängen, Stuck und Lüster an der Decke sowie einer sehr großen Bühne. Hier konnte man in der Tat nicht nur ein Stück aufführen, sondern auch ein Ballett. Das Publikum sickerte ins Parterre und nahm auf den mit rotem Plüsch bezogenen Sitzen Platz. Es benahm sich nach Kiebitzens Meinung, der etwas vom Theater verstand, allzu ungezwungen. An verschiedenen Stellen des Saales zankte man sich um die Plätze, schubste sich weg, und hier und da spuckte man auch wütend auf die Sitze. Es war klar, daß sich fast alle kannten, obwohl die Menge sehr bunt war: Militärs mit Achselschnur, Beamte in verdächtig neuen Anzügen, langhaarige Burschen in Jeans und ihre Mädchen mit nackten Beinen... Es gab aber auch ein soigniertes Publikum: weiße Anzüge mit Fliege, Dekolleté... Dagegen kontrastierte das Rudel Landstreicher in Lederjacken, die aussahen wie Zigeuner. Die Männer im Rudel waren gesetzt und hochmütig. Ihre Frauen in farbenfrohen Röcken knackten virtuos Sonnenblumenkerne und spuckten die Schalen auf den Boden. Von oben wirkte der Saal wie eine Sammlung Vogeleier, die in Kisten verpackt waren: Köpfe, Köpfe, Köpfe. Bunte Köpfe, glatte Köpfe, kahle Köpfe, Wuschelköpfe, Köpfe mit kurzem Haar, Köpfe mit Perücken, gefärbte Köpfe... Kiebitz vergnügte sich damit, daß er versuchte, die Personen darunter sozialen und nationalen Gruppen zuzuordnen, jeden Vogel nach seinen Federn zu bestimmen. Das gelang nicht immer. Es gab auch welche, die ganz undefinierbar und unscheinbar waren... die Stillen.

Bald war der Saal brechend voll. Der Balkon erbebte unter dem Gewicht der Zuschauer, die sich wie Hühner auf der Stange darauf drängelten. Hirth war immer noch nicht wieder da, den Platz neben Kiebitz nahm nun ein Beamter im neuen Anzug ein. Sein Geruch zeugte davon, daß auch er schon das Buffet besucht hatte.

Der Vorhang wurde noch nicht hochgezogen. Vereinzelt wurde ungeduldig geklatscht. Anfangs durchaus anständig mit den Händen, dann wurde man etwas mutiger und trommelte unter Gelächter mit den Füßen auf den Boden und gegen die Rücklehnen der vorderen Sitze. Hier und da schrie einer: »Los, anfangen!« Andere fielen ein: »Diese Schufte, uns schmoren lassen!« Es gab auch gröbere Rufe. Als der Lärm seinen Höhepunkt erreicht und die bösen Töne endgültig das Gelächter verdrängt hatten, erschien ein bescheiden gekleideter Mann unbestimmbaren Alters in der Mittelloge. Kaum war er eingetreten, verstummte alles im Saal, und sogar die Zigeunerinnen spuckten keine Schalen mehr auf den Boden. Alle reckten das Kinn und starrten den Mann in der Loge an. Das durch die Reihen gehende Flüstern drang auch zu Kiebitzens Ohr vor: »Adamenko« und: »Der Erste, er Selbst.« Oder so ähnlich.

Er Selbst oder Adamenko setzte sich gemächlich auf den Sessel, der etwas weiter hinten in der Loge stand, winkte den ihn begleitenden kräftigen Burschen mit dem Finger zu sich heran und sagte ihm etwas. Der Bursche rannte aus der Loge, offenbar um den Befehl auszuführen. Er Selbst begann mit demselben Finger auf die Brüstung der Loge zu klopfen und das Theater zu mustern. Sein über die Reihen im Parterre gleitender Adlerblick war der Blick eines Mannes, der nicht die einzelnen Plätze wahrnimmt, sondern nur die Reihen insgesamt. Der Blick eines Mannes, der sich nicht für Details interessierte, sondern nur für die Generallinie, und der das Theater vielleicht nicht einmal in Bühne und Saal aufteilte. Kiebitz kannte diesen Blick. Wer kennt ihn nicht?

Dieser Blick sprach ganz und gar nicht davon, daß sein Herr nicht aus demselben Lehm geformt war wie die anderen, unter ihm im Parterre sitzenden Personen auch. Nein, Kiebitz war diesem Blick so oft begegnet, in verschiedenen Situationen, daß er zugeben mußte: Er ist für jeden Lebenden charakteristisch, nur bei manchen ist er stärker verdichtet als bei anderen. Und bei wenigen auserwählten Wesen ist dieser Blick ihre Haupteigenschaft. Somit verdichtet sich bei diesen Auserwählten bis zum Absoluten das, was auch bei allen Nichterwählten weniger entwickelt vorhanden ist. Sie sind einander nicht fremd, nein. Und die Auserwählten enthalten die ganze Summe dessen, was jeder Nichterwählte in zerstreuter, nutzloser Form enthält. Kann man diesen Blick summierend nennen? Ja. Aber besser sollte man ihn als souverän bezeichnen.

Wenn Kiebitz sich auf irgendwelche Scherereien hatte einlassen müssen, kleine oder große, und hatten sie auch nur der Behauptung seines nicht einmal ersten, sondern bescheidenen zweiten Platzes gegolten, so war er jedesmal Menschen mit diesem unterschiedlich stark verdichteten Blick begegnet. Die Fragen, die von diesen Menschen geklärt wurden, waren ebenfalls unterschiedlichen Kalibers gewesen. Bei den Mitschülern und Lehrern in der Schule, im Rektorat der Leningrader Hochschule, in der Direktion des Charkower Theaters, beim Schlosser aus der Hausverwaltung, bei seiner Frau im Gerichtssaal, beim Kontrolleur in der Straßenbahn – bei allen erschien im entscheidenden Augenblick dieser leicht oberflächliche, scheinbar gleichgültige, distanziert sachliche und die Situation absolut ausschöpfende Blick. Er enthielt nichts, was eine Brücke zwischen dem Bewußtsein des Blickenden und seinem Gesprächspartner hätte schlagen können, das heißt zwischen all diesen Menschen und Kiebitz.

Das Wesen, das in der Loge des Stadttheaters saß, konnte immer so blicken, und dadurch unterschied es sich von denen, bei denen sich dieser Blick nur manchmal einstellte, von einmaligen Umständen zum Leben erweckt. Das Wesen, das immer so blicken konnte, unabhängig von den Umständen, war selbst der Hauptumstand, wußte alles über die übrigen Umstände und wollte zugleich nichts von ihnen wissen. Es konnte auch ohne ihre Hilfe alles tun und bewies das durch die Tat. Zugleich aber war es absolut hilflos, irgend etwas zu tun. Und auch das bewies es durch die Tat. Mit einem Fingerzeig konnte es das Leben eines Menschen verändern, doch wenn es dies tat, so nicht, weil es wußte, wie dies zu tun war, sondern weil sein Finger selbst die Fähigkeit besaß, sich zu bewegen und zu verändern. Und dieser Finger beschrieb oft so unvorhergesehene Figuren, daß dies seinen Herrn Stellung und Freiheit hätte kosten können. Manchmal auch das Leben. Diese ständige Möglichkeit, die über dem Herrn des Fingers schwebte, der ihrer ständig eingedenk war, was sich in seinem Blick widerspiegelte, nahm allen anderen Möglichkeiten jegliche Bedeutung.

Jeden Augenblick dachte das Wesen mit diesem Blick daran, daß es über seiner Macht eine fremde Macht gab, die stärker als seine eigene war. Daß sein Stuhl eine Sprosse in einer Leiter mit unendlich vielen Machtsprossen war, es gab weder eine oberste noch eine unterste. Und diese unendliche Leiter war nichts vor der Allmacht jenes mächtigen Ich, in dem sie ganz enthalten war. Der Weg auf ihr nach oben führte keinen Mächtigen zur Allmacht, weil die Leiter nirgendwohin führte. Freilich wußte dieses Wesen, daß seine Macht desto stärker wäre, je weniger Stärkere über ihm wären. Je höher es die Leiter hinaufstiege, desto weniger gäbe es über ihm, die ihrerseits Macht besaßen. Dieses Wissen spiegelte sich ebenfalls in seinem souveränen Blick wider, obwohl es ebenfalls sinnloses Wissen war, so sinnlos wie der Begriff »weniger« in einer unendlichen Größenreihe. Die Logik dieses Wissens war in jeder seiner Bewegungen und jedem seiner Gedanken zugegen, obwohl es eine schwache, widersprüchliche Logik war. Die Notwendigkeit und das Verlangen, die Leiter hinaufzuklettern, wirkten in diesem Wesen so ausdauernd, wie die unerreichbare Allmacht es lockte. Jeder Augenblick seines Lebens galt zumindest dem Gedanken ans Hinaufklettern, wenn es nicht diesem selbst galt. Wenn das keine Logik war, was ist dann Logik?

Sie verlieh diesem Wesen jenen Blick, den auch der in der Loge des Stadttheaters sitzende Adamenko, Er Selbst, besaß.

Der von ihm ausgesandte kräftige Bursche kam in die Loge zurück und führte einen einarmigen Mann hinter sich her. Der sprach sehr frei mit Adamenko, sogar ungezwungen, und erlaubte sich, Ihm Selbst etwas ins Ohr zu flüstern. Dann musterte der Einarmige ebenfalls souverän das Theater, doch Saal und Bühne schon getrennt, und winkte mit seiner einzigen Hand.

Auf dieses Signal hatte man gewartet: Sogleich erlosch der Lüster, der Vorhang ging in die Höhe und ein ziemlich normales Programm begann. Um den großen Tisch auf der Bühne hatten sich Männer in nagelneuen Anzügen und Seidenkrawatten gesetzt. Ein weiterer Mann mit Seidenkrawatte hielt vom Pult aus einen Vortrag über die Innen- und Außenpolitik des Staates und sprach dem Saal seine Glückwünsche zum Fest aus. Danach erhoben sich die anderen der Reihe nach vom Tisch, gingen ans Pult und sagten lobende Worte über den Vortrag. Danach verschwand der Tisch mitsamt den daran Sitzenden hinter den Kulissen, das Pult wurde weggebracht und im Graben zog das Orchester ein. Die Hälfte der Musiker trug militärische Uniform. Unter den Orchestermitgliedern im schwarzen-

Anzug erblickte Kiebitz Starko. Die Musiker nahmen ihre Plätze ein. Jurij Pawlowitsch war leider in der allerletzten Reihe.

Das Orchester spielte die Staatshymne, dann die der Republik. Das Publikum im Parterre hörte stehend zu. Das Publikum auf dem Balkon sitzend. In der Loge war es dunkel, und man konnte nicht feststellen, in welcher Weise Adamenko die Hymnen hörte.

Als sie verklungen waren, setzte sich alles im Saal, und kurzgeschorene Jungen rannten auf die Bühne, wahrscheinlich verkleidete Soldaten. Manche von ihnen steckten in Rotarmisten- und Weißgardistenuniformen, andere in Partisanenjacken und deutschen Stahlhelmen. Die Soldaten setzten sich ein Weilchen, sprangen wieder auf, versammelten sich in Grüppchen und zerstreuten sich wieder. Manchmal schlossen sie sich zum Kreis und schauten einem einzelnen Jungen zu, der sich in ihrer Mitte hinsetzte und aufsprang. Dann wiederholten sie alle zusammen seine Bewegungen. Das Orchester spielte sehr laut. Ohne dieses Getöse zu beachten, zeigten die Jungs dem Publikum mit Hinsetzen und Aufspringen die ganze Geschichte des Staates. Ein blankgeputztes Instrument blitzte auf, als ein Musiker im Graben aufstand und ein Solo spielte.

Der Dirigent in sorgfältig gebügelter Paradeuniform mit Hauptmannsschulterstücken gab sich alle Mühe. Große Schweißperlen rannen ihm unter der Mütze herab über die Wangen. Aber seine Bemühungen ließen auf seiner Hauptmannsjacke kein einziges Fältchen entstehen, und das über dem Schirm blinkende Wappen verrutschte keinen Millimeter von der Stirnmitte. Der mustergültige Sitz seiner Uniform war für den Dirigenten sichtlich die Hauptnummer des Programms.

Der durch den überlangen Vortrag gereizte Saal reagierte stürmisch auf die Vorstellung. Von den ersten Beifallsrufen ging das Publikum rasch zu Pfeifen und Trampeln über. Das Schauspiel hatte seine Erwartungen offenbar nicht erfüllt. Jemand – anscheinend eine der Frauen im bunten Rock – machte sich das beginnende Durcheinander zunutze, warf dem Dirigenten irgend etwas gegen den Rücken und traf. Der Dirigent ließ sich von dem Anschlag nicht rühren. Im Saal wurde es heiß. Im Publikum knöpfte man sich die am strammsten sitzenden Knöpfe auf. Die Damen fächelten sich mit der Zeitung Luft zu.

Das Ballett ging unterdessen weiter. Der Bühnenprospekt

verwandelte sich in eine Filmleinwand, und darauf flimmerten Szenen vom Zusammenbruch der Monarchie. Unter den Jungs, die gerade saßen, erschien ein Mädchen mit einer Flagge. Zweifellos symbolisierte es die Revolution. Die Revolution rannte auf die Vorbühne, drehte sich zu den Kulissen um und winkte dort jemanden mit der Flagge heraus. Das Ballett gab augenblicklich den Weg frei, das Orchester verstummte. Auch der Saal erstarrte erwartungsvoll.

Ein Panzerspähwagen aus stümperhaft bemaltem Sperrholz rollte auf die Bühne. Auf seinem Geschützturm stand ein Standbild mit vorgestreckter Hand, vielmehr ein auf Standbild geschminkter lebendiger Mensch, im Anzug mit Weste, mit spitz zulaufendem Bärtchen und Glatze. Das Bärtchen belebte das Standbild besonders – es war ein wenig verrutscht.

Der Panzerspähwagen rollte bis zur Rampe vor, bremste ab und knarrte in der Stille mit den Sperrholzplatten. Das Standbild winkte mit der Hand und öffnete den Mund. Diesem entfuhr kein Laut. Es herrschte Totenstille. Dann, nach einem neuen Atemzug, winkte das Standbild noch einmal mit der Hand. Und sagte wieder nichts. Lächelte nur schuldbewußt. Und alle begriffen, daß das Standbild stockbetrunken war.

Im Saal begann blubberndes Gemurre. Das Standbild ließ schicksalergeben die Hand sinken. Plötzlich fiel ein Schuß. Der Panzerspähwagen knarrte. Irgend jemand im Publikum stöhnte auf. Doch sogleich stellte sich heraus, woher der Laut gekommen war: Der Stab in der Hand des Dirigenten war zerbrochen. Das Standbild blickte hinunter und entdeckte in den Augen des Hauptmanns offenbar etwas Furchtbares, weil es sofort in wilde Geschäftigkeit ausbrach, sich hinsetzte wie ein Kranich, der vom Turm abheben und weit ins Land fliegen wollte. Dabei machte es den Mund bald zu, bald auf. All das tat es so schwungvoll, daß es das Gleichgewicht verlor, wankte und in den Orchestergraben stürzte. Im Flug blieb es hängen und schlug dem unvorsichtigerweise an die Rampe getretenen Dirigenten die spiegelblanke Mütze vom Kopf. Sie rollte, vom Blick der Musiker begleitet, zwischen deren Beinen hindurch. Der Saal stöhnte einhellig auf.

Auf dem Schädel des Dirigenten blinkte eine unkorrekte Glatze. Der Hals flammte in herbstlichem Purpur auf. Er packte das gestürzte Denkmal am Zaum – an der getüpfelten Krawatte

– und hob es hoch, als wolle er es dem Volk zeigen. Dann holte er weit aus und schlug ihm aufs Auge. Der betretene Führer flog etwa drei Meter weit und stürzte ab, wobei er gegen den Trompeter stieß.

Der quietschte auf. Das Orchester aber, das auf die letzte Geste des Dirigenten automatisch wie auf einen Auftakt reagiert hatte, schmetterte zum Abschluß des Programms die Internationale. Der feierliche Akkord klang etwas unstimmig, da das halbe Orchester aufgesprungen war. Doch die fehlende Klangkraft wurde vom Saal kompensiert: Er explodierte.

Alle Zuschauer sprangen von ihren Sitzen auf, reckten die Hälse und hoben die Arme wie die Bürger Roms in ihrem Zirkus oder die aufgeschreckten Bewohner eines Hühnerstalls bei der Ankunft des Schlachters. Ob auch Er Selbst, der in seiner dunklen Loge saß, vom Sitz aufsprang, war übrigens nicht zu sehen. Die Mauern des Theaters erbebten vom Gebrüll, das Hunderte von Kehlen ausstießen. Der mit allen anderen aufgesprungene Kiebitz hielt sich die Ohren zu: In die Trommelfelle bohrte sich wütend modulierendes Gepfeife. Um die Entwicklung der Ereignisse besser verfolgen zu können, war das Publikum im Parterre auf die Sitze geklettert. Die Akteure auf der Bühne dagegen waren in den Posen erstarrt, in denen sie der Ausfall des Dirigenten festgenagelt hatte. Die zentrale Handlung verlegte sich in den Saal.

Die Stühle begannen zu zersplittern. Hier und da wurden sie absichtlich von ebenjenen unauffälligen, stillen Zuschauern zerbrochen, die Kiebitz bei der Klassifizierung der Typen vor der Vorstellung Schwierigkeiten gemacht hatten. Die Zigeuner schienen sich einig zu sein, bei wem sie mit ihrem Beitrag zur allgemeinen Sache beginnen wollten. Das war auch ohne große Überlegungen klar. Die langhaarigen Burschen in Jeans und ihre halbnackten Mädchen stimmten ein Lied an, dessen Text man nicht verstehen konnte. Doch seinen Sinn begriff man auch ohne Worte. Selbst die Geschäftsleute in den weißen Smokings fletschten gierig die Zähne und stießen die Nachbarn mit den Ellbogen weg. Es gab keinen einzigen Zuschauer im Saal, der gegen die Niedertracht des Dirigenten protestiert hätte. Keine einzige Menschenseele. Alle Seelen waren von Jubel ergriffen, sie strebten zueinander hin und verschmolzen zu einer einzigen wilden Seele.

Angesichts dieser Seeleneinheit der Masse war es bemerkenswert, wie rasch deren Körper seine vielfältigen Organe, die zur Ausführung verschiedener Funktionen bestimmt waren, an die Situation anpaßte. Kiebitz, der vielleicht einzige Außenstehende in diesem Saal, der Gast und Zuschauer, beobachtete unwillkürlich das Verhalten der Gruppen weiter, die ihm zuvor schon aufgefallen waren. Die Unscheinbaren und Stillen zeigten natürlich als erste zielgerichtetes Handeln. Sie scharten sich um die sich langsamer versammelnden Militärs – Achselschnüre und Schulterklappen dienten ihnen im Halbdunkel des Saales als Orientierungspunkte – und schlugen taktisch versiert auf sie ein, nämlich jeweils mehrere auf einen. Den Unscheinbaren gesellten sich rasch andere Gruppen zu. Nachdem sie ausreichend über die Militärs hergefallen waren, rissen sie ihnen die Schulterklappen ab und fesselten ihnen die Hände mit den Achselschnüren und Schultergehängen. Seltsam, auch der Verursacher des ganzen Tumults, der Dirigent Gorin, war unter den Gefesselten, die feierlich auf die Bühne getragen und den zu einem brüderlichen Trupp verschmolzenen Deutschen, Partisanen, Weißen und Roten vor die Füße geworfen wurden. Das Revolutionsmädchen war nirgends zu sehen, dafür kreischten die übrigen Frauen ununterbrochen. Kiebitz, der es allmählich mit der Angst zu tun bekam, versuchte sich vom Balkon ins Foyer durchzuboxen, doch man drängte ihn so gegen die Brüstung, daß an Weggehen nicht zu denken war. Dafür konnte er aus dieser Position alles bestens sehen.

Plötzlich wurde offenbar, daß manche Gruppen mit Pistolen bewaffnet waren, die sie den Militärs abgenommen hatten. Wozu hatten die sie aber zu den Feierlichkeiten mitgenommen? Zu den Pistolen kamen die Waffen, die im Ballett benützt worden waren. Sie stammten aus der Requisitenkammer des Klubs, aber auch von den Soldaten aus der Garnison, die an der Vorstellung teilnahmen. Diese waren mit ihrer Ausrüstung zu den Feierlichkeiten entsandt worden, und ihre Waffen waren echt. Vielleicht gab es aber auch noch andere Quellen, wer weiß. Die bewaffneten Gruppen stellten sofort ihre Ordnung her und verboten vor allem – wiederum sehr sonderbar – das Geschrei. Sie stellten also Stille her. Ihr Einsatz hatte rasch Erfolg, insbesondere als das Publikum sah, daß bewaffnete Männer an allen Saaltüren standen und den Ausgang blockierten. So konnten die unbewaffneten Teilnehmer an der Handlung keinen Unterschied mehr zwischen dem Los der gefesselten Militärs und ihrem eigenen empfinden. Tatsächlich ließ sich jetzt nur schwer feststellen, was die meisten der Sieger ihren Opfern auf der Bühne voraus hatten. Auch das brachte sie zum Verstummen und zur Unterordnung unter die wiederhergestellte Ordnung.

Sie war noch nicht gänzlich wiederhergestellt, als ein Militär ohne Schulterklappen zum immer noch an der Rampe stehenden Panzerspähwagen rannte, auf dessen Turm kletterte, die blitzende Posaune schwenkte und die Aufmerksamkeit des Publikums auf sich lenkte. Kiebitz erkannte Hirth nicht sofort in dem Militär, als er ihn aber erkannte, galt sein erster Gedanke der Posaune. Sie war zweifellos eine vom zerschlagenen Orchester erbeutete Trophäe. Hirth überschrie das letzte Gekreisch der Frauen: »Die Kunst gehört dem Volk! Also mir.«

Er setzte die Posaune an den Mund und spielte höhnisch verzerrt das Lied »Oh, du lieber Hirtenbub, dir bin ich gut«. Das Publikum johlte kurz auf, verstummte aber sofort, als Hirth andeutete, daß er sprechen wolle. Kiebitz wartete mit wachsendem Grauen auf seinem Balkon, was weiter geschähe.

»Weiß das Volk«, rief Hirth aus, »in wessen Händen es sich befindet? In wessen Händen sich dieses Theater hier befindet? Wißt ihr, liebe Mitbürger, daß es im Theater fünfzig Stellen gibt, auf denen drei Taugenichtse durchgefüttert werden?«

Hirths Redekunst verblüffte Kiebitz. Man hätte denken können, Cicero und Demosthenes hätten ihre Rezepte am Buffet feilgeboten, das der Orator vor der Vorstellung aufgesucht hatte.

Als erste erwiderten die Zigeuner die Fragen ans Volk: »Nein, wir wissen es nicht, sprich!«

»Aha«, bemerkte Hirth zufrieden. »Und wer diese drei sind, wißt ihr das? Natürlich auch nicht. Ich zähle sie auf: Der erste ist der Direktor, er hat keine Hände, wird aber als Akkordeonspieler geführt. Gefällt euch das? Wußtet ihr, wen ihr dafür bezahlt, daß er eure Kinder im Musikzirkel sittlich verdirbt? Doch das ist noch nicht alles, man führt den Armlosen auch als Theaterverwalter, den es gar nicht gibt, als Kartenverteiler, künstlerischen Leiter, Stellvertreter und Assistenten des Direktors, das heißt seiner selbst, als seinen eigenen Sekretär und seine Tippse. Der zweite ist die Revolutionsgöre, die eben mit dem Banner hier herumgerannt ist.«

Hirth deutete hinter sich, ohne sich umzudrehen.

»Sie ist Tanzmeisterin, Kassiererin, Primadonna, Schneiderin, Leiterin der Zirkel für Malen und Hauswirtschaft und einfach ein Soldatenflittchen. Die dritte ist die Alte da, die Putzfrau und Nachtwächterin des Klubs. Außerdem ist sie Kapelldienerin, Bibliothekarin – dabei gab es hier nie eine Bibliothek –, Botin und Mutter des stellvertretenden Direktors! Na!«

Hirth hieb mit der Posaune auf den Turm des Panzerspähwagens ein, und der erdröhnte.

»Sie sind es, die euch alle in der Hand haben, liebe Mitbürger! Ihretwegen könnt ihr nicht auf eurer Erde leben und bei einem anständigen Lohn friedlich eure Sprache sprechen! Sie sind es, die euch daran hindern!«

Seine letzten Worte gingen in dem erneut anschwellenden Lärm unter. Dafür hatten alle vorigen unverzügliche Folgen: Den gefesselten Offizieren wurden ein paar Milizionäre zugesellt, die für die Einhaltung der früheren Festordnung hatten sorgen sollen, sich zur neuen Ordnung jedoch bislang neutral verhielten. Ihre Waffen ergänzten das Arsenal der Sieger. Irgendwoher zerrte man auch die Revolutionsmaid, die sich erfolgreich versteckt hatte, und schubste sie auf den Stapel der Gefangenen. Auch die sich sträubende Hexe, die alte Putzfrau, wurde dorthin gezerrt. Zuoberst auf den Stapel legte sich der einarmige Klubdirektor, den man direkt aus der Loge Seiner Selbst geholt hatte. Ihn Selbst brauchte man natürlich nicht mehr zu suchen: Der Hahn hatte noch nicht gekräht, da war der Flüchtling schon über alle Berge. Vor dem Gefangenenstapel hielt ein Posten mit einer Pistole Wache, die er in der Schlacht vom Feind erbeutet hatte. »Richtet sie!« wurde aus dem Saal geschrien. »Stellt sie vors Volksgericht, das heißt vor unseres!«

Hirth zeigte dem Volk die offene Handfläche, und es verstummte gehorsam.

»Gut«, sagte er unheilverkündend. »Aber das ist noch nicht alles. Genauso eine Bande wie im Theater...«

Er konnte nicht zu Ende reden: Die starke Hand einer auf die Bühne gesprungenen dicken Frau, in der Kiebitz ohne besondere Verwunderung Katja Starko erkannte, stieß ihn vom Turm.

»Genauso eine Bande wie in der Schule, wo ihr eure Kinder hinschickt, damit sie kostenlos verkrüppelt werden«, setzte Katja den Monolog ihres Vorgängers fort, den sie unterbrochen hatte. »Was ist der Direktor Iwan Iwanytsch? Eine ausgestopfte Vogelscheuche. Und wer ist sein Handlanger? Der Moskauer Okkupant Petka Suworow. Fangt ihn, Bürger, solang er nicht in sein Moskau entwischt ist! Holt auch die Vogelscheuche her, die sich auf den Direktorensessel gesetzt hat, und richtet sie!«

Die Menge toste nicht mehr ganz so laut auf, dafür bedrohlich. Man suchte Iwan Iwanytsch unter den Zuschauern, fand ihn aber nicht. Dafür fand man den Ukrainischlehrer Dachno. Obwohl man Dachno keinesfalls der Spionage für Moskau bezichtigen konnte, wurde er doch gefesselt. Man erpreßte von ihm das Geständnis, daß er für Kiew spioniere, und erhielt die Bestätigung, daß Petka Suworow, Unterrichtsleiter und Russischlehrer, tatsächlich wieder einmal auf Dienstreise mit unbekanntem Ziel war. Danach warf man auch den zu Tode erschrockenen Ukrainischlehrer zu den Gefangenen. Frauen aus allen Gruppen kreisten wie die Aasgeier über ihnen, hackten auf sie ein und kniffen sie. Sie bildeten einen neuen Stand. Wer am aktivsten war, wurde als Führerin anerkannt. Die anderen verjagte die bewaffnete Wache und half ihnen ungewollt, weniger ehrenvolle Plätze in der sich umstrukturierenden Welt einzunehmen.

Noch fiel kein Schuß. In den Kreisen der Bewaffneten ließ sich sogar eine gewisse Ordnung erkennen, eine scheinbar vorgeplante Disziplin. Jetzt bestanden die bewaffneten Gruppen nicht nur aus den Unscheinbaren, die von Anfang an Grips gezeigt hatten, sondern auch aus anderen Männern mit betont sportlichem Aussehen. Diese neuen Männer begannen, den Unscheinbaren unmerklich die Waffen abzunehmen, und wenn diese Widerstand leisteten, dann brachten die Sportlichen sie rasch zur Räson. Aber bisher noch alles ohne einen Schuß.

Auf der Bühne bereitete Hirth seinen nächsten Auftritt vor. Zuerst durchschnitt die heisere Posaune, Stimme des Gerichts, die Luft.

»Noch ist nicht Zeit zu schlafen, noch ist nicht alles getan, liebe Mitbürger!« Hirth griff ihre abgebrochene Melodie so präzise auf, daß es schien, als spreche die Posaune selbst. »Verliert nicht euren Scharfblick und eure Wachsamkeit! Die Stadt, unsere Stadt, wird von einer ebensolchen Mafia regiert, von ebensolchen Vogelscheuchen! Ergreift auch sie, solange es noch nicht zu spät ist, schlitzt ihnen den Bauch auf und holt die stinkenden Lumpen raus... Wo ist der, der in der Loge sitzt? Bringt ihn her. Ah, er ist abgehauen? In die Stadt? Rennt ihm nach, sucht ihn in der Stadt, sonst... sonst ist es um euch alle geschehen, Bürger!«

Kiebitz stöhnte, als er sich vorstellte, wozu die Erfüllung von Hirths Aufruf führen mußte. Die letzte düstere Prophezeiung erregte das Publikum besonders: Man begriff, daß sie im großen und ganzen zutraf. Sogar die Wächter gerieten in Verwirrung, verloren ihre Selbstbeherrschung und ließen die Riegel schnappen. Ein eilends gebildeter Trupp marschierte auf die Bühne und wollte die Gefangenen lynchen. Hinter ihm her zerrte man die kleinen Beamten aus dem Stadtrat. Die Zigeuner hatten die Finger zwischen die Lippen gesteckt, bereit, den Räuberpfiff auszustoßen.

Da erschien Jurij Pawlowitsch Starko in seinem alten, abgetragenen, aber gepflegten Anzug auf der Vorbühne. Er faltete die Hände flehend über der Klarinette und drückte sie ans Herz, was lange keine solche Wirkung hatte wie Hirths Posaunenstöße, doch diese Wirkung übertrumpfte er sogleich mit der Sanftheit seiner Klarinette, als er eindringlich bat: »So nehmt doch Vernunft an!«

Tochter und potentieller Schwiegersohn zogen ihn am Jakkett und versuchten, ihn am Sprechen zu hindern. Doch er bemerkte es nicht.

»Was tut ihr denn, Leute? Was macht ihr? Gleich wird Blut fließen... Ihr werdet sagen: Sie sind schuld. Ja, werde ich sagen, sie sind schuld. Nein, ich sage es jetzt gleich, denn ihr werdet das Blut vergießen!«

Die rednerischen Möglichkeiten des armen Jurij Pawlowitsch blieben deutlich hinter Hirths Talent zurück, darin zeigte sich seine Abneigung gegen das Theaterbuffet. Die Menge reagierte deshalb auf seine Bitte mit dem Vorschlag, auch den Verräter mit der Klarinette zu den Kriegsgefangenen zu stecken, und ihn anschließend zu verurteilen, damit alle zusammen hingerichtet würden. Man müsse auch die übrigen Orchestermitglieder überprüfen, die Lakaien der gestürzten Mafia. Schon rückte die Lynchmannschaft auf Jurij Pawlowitsch zu, bereit, nicht viel

Federlesens mit ihm zu machen. Weiterhin Beobachter zu bleiben, hätte bedeutet, sich den Henkern anzuschließen. Kiebitz kletterte also über die Balkonbrüstung und sprang aus fünf Metern Höhe hinunter. Der Läufer im Gang zwischen den Stuhlreihen milderte den Aufprall, aber der Schmerz in den Fersen war doch sehr heftig. Die Knie trafen Kiebitzens eigenen Kiefer. Kaum hatte er die sekundenlange Trübung seines Bewußtseins überstanden, da arbeitete er sich auch schon zur Bühne vor. Dort trat bereits Katja Starko für ihren Vater ein und stellte ihre persönlichen Angelegenheiten gezwungenermaßen erst einmal zurück. Als Verteidigungsargument und Beweis für die Unschuld des Angeklagten diente justament Jurij Pawlowitschs Vaterschaft. Hirth wölbte die Gockelbrust vor und deckte den potentiellen Schwiegervater mit seinem eigenen Körper. Aber schon packten diesen gierige Hände am Revers.

Kiebitz stürzte auf die Bühne, als bereits alles, was er hätte tun können, nichts mehr fruchtete. Doch da trat auf der gegenüberliegenden Seite eine Gestalt aus den Kulissen heraus, die allein durch die Kühnheit ihres Erscheinens die Aufmerksamkeit der Bürger auf sich lenkte. Sie steckte in Paradeuniform mit den Schulterklappen eines Obersten. Die mit mehreren Ordensspangen geschmückte Brust des Kommandeurs klirrte bedrohlich im Takt zu seinen schweren Schritten.

»Abteilung halt! Stillgestanden!« erdröhnte ein Baß von solcher Kraft, daß er auch durchgegangene Pferde angehalten hätte. Auch die hätten sich wie vom Donner gerührt aufgebäumt und wären vor Schreck ergraut. Der Donner rollte und stellte augenblicklich eine Stille her, wie sie in diesem Saal seit Beginn der Feierlichkeiten noch keiner hatte herstellen können. Die Kühnheit, nein, die Frechheit des Offiziers, der in vollem Staat provozierend vor den Richtern und Henkern erschien, zeugte von trefflichen Eigenschaften. Kiebitz erkannte in dem Donner schleudernden Obersten jenen Mann, der kürzlich im Zug sein Reisegefährte und in gewissem Sinne sein Beschützer gewesen war, ja sogar sein Retter. Mit einer Marschallsgeste hielt dieser professionelle Retter nun seine Eisenhand auch über den unschuldigen Starko.

»An-treten! Still-gestanden! Oder es wird euch schlecht gehen. Man wird euch die Haut abziehen und die Federn ausrupfen, eure verwaisten Kinder werden hungern – und aus wird's mit euch allen sein.«

Die Menge unter ihm kam in Bewegung. Der eine oder andere versuchte die Bewegung zu seinen Gunsten zu nutzen. Viele fanden später ihre Geldbörse nicht mehr in der Tasche. Langsam breitete sich Geflüster aus: Den haben wir nicht erwischt... wie konnten wir den entkommen lassen... wo hat der sich versteckt... Doch immer noch schwang etwas vom Donnergrollen im Saal, das der Oberst mit seinem Baß ausgelöst hatte, und ließ das Flüstern nicht zum offenen Ruf anschwellen, auch diesen Schuft zu fassen. In der Menge sahen sich die meisten, immer noch vom Donner gerührt, genötigt, sich zwar nicht hinzusetzen, aber doch verhältnismäßig ruhig zu stehen. Fast so, wie der prächtige Schnurrbart des Kommandeurs: Stillgestanden.

»Was schlagen Sie uns vor, Oberst?« zwitscherte eine vibrierende Frauenstimme dazwischen, die im Strudel der Ereignisse ihren koketten Beiklang nicht verloren hatte.

»Ja, ja!« unterstützten sie auch andere, irgendwie erfreute Stimmen. »Was sind Ihre Vorschläge?«

»Meine Vorschläge?« brüllte der Oberst, als empörte ihn die Frage. »Ich habe nur einen Vorschlag!« Er spannte sich an und schien am ganzen Leib rot anzulaufen: »Eine Regierung! Freie Wahlen für eine provisorische Regierung! Damit alles untersucht werden kann.«

Der Vorschlag wurde mit Schweigen aufgenommen. Diese ernsthafte Wendung hatte niemand erwartet. Doch da machte sich im Publikum eine neue Bewegung bemerkbar. Und neues Geflüster: Was?... Das ist doch gar nicht dumm... Nicht dumm?... Was könnte man sich denn sonst noch einfallen lassen?... Provisorisch, meinetwegen provisorisch, aber eine Macht... Ja, wir brauchen eine Macht, und wir müssen alles untersuchen. Die Mehrheit, das heißt der auf die weniger ehrenvollen Plätze gedrängte Teil der Menge, der folglich den Geschmack an den Ereignissen und seinen Eifer verlor, war für diesen Vorschlag. Auf dem Höhepunkt der tobenden Feierlichkeiten begannen also die Gemäßigten, die rascher schaffensmüde wurden, die Oberhand über die Masse zu gewinnen. Der Oberst spürte dies – oder hatte es schon vorweggenommen, wenn man an sein ungewöhnlich freches Erscheinen auf der

Bühne denkt –, und insistierte weiter: »Ich schlage vor, eine provisorische Regierung zu wählen.« Er ließ seine geröteten Augen über die Nächststehenden wandern. »Hier, diesen ehrlichen Bürger.«

Der ehrliche Bürger war Jurij Pawlowitsch Starko. Er wehrte sich nicht wie das eingesperrte Huhn auf dem Markt, als ihn der Oberst unterm Flügel nahm und ihn mit dem Gesicht zum Saal drehte.

»Und diesen hier!« Mit dem anderen Arm umfaßte der Oberst Hirth.

»Zuwenig«, schrie man im Saal. Irgend jemand hatte bereits an dem geordneten Wahlprozeß Gefallen gefunden.

»Ihn auch!« schrie Hirth, der seine erkämpfte Popularität nicht verlieren wollte. Er zeigte seinerseits auf den Obersten, der nach dem nächsten Regierungsmitglied Ausschau hielt. Hirths Wahl wurde von allen gebilligt.

»Und sie auch«, fügte Hirth, das heiße Eisen schmiedend, hinzu. Er zog die vor Anspannung schnaufende Katja mit der auf der Stirn angeschwollenen Vene zu sich her. Jetzt standen sie Arm in Arm zu viert an der Rampe. Jemand schrie ihnen aus dem Publikum zu: »Richtig, ohne Frau könnt ihr's nicht.«

Das ganze Parterre brach in erleichtertes Gelächter aus.

»Schluß jetzt, ich glaube, es reicht«, faßte der Oberst zusammen. »Bringt den Tisch her. Wir eröffnen die Sitzung.«

Die Bühne drehte sich, hinter den Kulissen kam der Tisch heraus, an dem zu Beginn des Abends ein anderes Präsidium gesessen hatte. Bei dieser Drehung verschwand ein Teil der Truppe, die während des Sturms die Bühne besetzt hatte, hinter der anderen Kulisse. Beim Anblick dieses friedlichen, gewohnten Wechsels der Szenerie und besonders bei den Worten »wir eröffnen die Sitzung« runzelten viele Bürger die Stirn und blinzelten wie ein plötzlich erwachter Mensch, der zu verstehen versucht, wo und weshalb er wo ist.

Auch Jurij Pawlowitsch Starko, der bislang in seinem Innenleben erstarrt war, erwachte plötzlich in die Außenwelt und nahm ebenfalls an deren Umgestaltung teil: »Wie das – es reicht? Wer wird denn unsere Regierung zu einem Gehirn vereinigen, wer wird ihr Vorsitzender sein? Wir können diesen Posten nicht in die Hände der Militärs geben. Dann droht uns die Diktatur, das müßt ihr, liebe Mitbürger, verstehen. Wer wird unser

Premierminister? Wer soll es sein? Ihr wißt es nicht. Aber ich weiß es.«

»Wir kommen ohne Primaballerina aus«, fiel ihm Hirth ins Wort. »Alle Macht dem Ballettkorps – ich wollte sagen, dem Volk.«

»Nein, wir kommen nicht ohne ihn aus«, widersprach der Oberst, und seine Augen leuchteten auf. »Aber hinsichtlich der Militärs sind Sie, ehrenwerter Bürger, im Irrtum: Unter den Offizieren gibt es viele Patrioten und Demokraten. Und keinen einzigen Diktator. Ich erinnere Sie an die Dekabristen... Im übrigen, wenn Sie Angst haben, dann werden Sie doch selbst unser Vorsitzender. Einverstanden?«

»Ich selbst?« rief Jurij Pawlowitsch aus, und seine Augen leuchteten ebenfalls auf, doch im heiligen Licht der Entsagung. »Nein, niemals. Aber dieser hier, der muß es werden, unbedingt!«

Starkos Gesicht glühte, er stürzte zu Kiebitz und zerrte ihn auf die Vorbühne. Kiebitz sträubte sich nicht, er wollte nicht lächerlich wirken.

»Was ist das für ein Ganter, wieso kennen wir den nicht?« grummelte es im Saal.

»Richtig, ihr kennt ihn nicht«, sagte Jurij Pawlowitsch stolz. »Ihr müßt ihn auch nicht kennen. Aber Ich kenne ihn schon lange: Er ist ein Mann aus dem Zentrum!«

»Aus welchem Zentrum! Sie haben den Verstand verloren«, flüsterte ihm Kiebitz, der sich nicht zurückhalten konnte, ins Ohr.

»Ist denn Charkow kein Zentrum?« Starko lächelte listig und zwinkerte ihm zu. »Oder bist du nicht aus Charkow?«

Kiebitz hielt es für das Beste zu schweigen. Der in allen flackernde Irrsinn ließ ihm keine Zeit, seine Gedanken zu sammeln, und um eine Infektion zu vermeiden, mußte er sich passiv verhalten. Außerdem war es gefährlich, hier irgend jemandem zu widersprechen, selbst der Unschuldstaube Starko. Und auch zu spät: Kaum hatte der Oberst einen schrägen Blick auf den neuen Kandidaten geworfen und ihn erkannt, da unterstützte er sogleich den letzten Vorschlag.

»Ich bin einverstanden.«

»Ich auch, ich auch«, stimmten Katja und Hirth fast gleichzeitig zu, wenn auch sichtlich widerstrebend.

Tief im Herzen hatte Kiebitz offenbar die Hoffnung gehegt, daß die anderen Mitglieder der provisorischen Regierung mit seiner Kandidatur nicht einverstanden wären. Anders konnte man die Hitzigkeit nicht erklären, mit der er herausplatzte, als er den unerwarteten einstimmigen Beschluß vernahm, ihm eine Rolle zu geben, die weit über seine bescheidenen Ambitionen hinausging, die Rolle des Premierministers: »Aber, warten Sie doch! Ich, ich bin nicht einverstanden! Haben Sie mich nach meiner Zustimmung gefragt? Was ist das überhaupt für eine Komödie?«

»Eine Volkstragödie darf man nicht Komödie nennen«, dröhnte der Oberst vorwurfsvoll. »Das steht einem echten... Intellektuellen nicht an.«

Das Wort Intellektueller klang etwas provozierend. Aus dem Saal kamen sofort Zwischenrufe: Intellektueller? Komödie? Wer wirft uns da Knüppel zwischen die Beine – wieder die Intelligenz? Wir haben heute einen vom Panzer geworfen, klettern sie wieder rauf? Laßt uns auch diesen...

»Nein, nein, ihr habt ihn nicht verstanden«, sagte Starko erschrocken, und dicke Tränen traten in seine Augen. »Er wird unbedingt unser Vorsitzender, weshalb hätte man ihn sonst hergeschickt! Er ist gütig...«

»Nein, ich bin nicht gütig!« protestierte Kiebitz noch wütender.

Doch da erblickte er das ungewöhnlich strenge Gesicht des Obersten und dessen Blick, der hart war wie eine Stahlstange. Als ob ihn diese Stange durchbohrte, gab Kiebitz klein bei und verstummte. Wie feuchter Nebel zog in sein Herz das Grauen, das ihm die ganze Sache einflößte, an der er nun selbst teilnahm. Es war zweifellos eine gewaltige Sache, die keine deutlichen Umrisse, jedoch Ziele hatte, die irgend jemand kannte. Eine fremde Hand stieß ihn in diese Sache, ohne Rücksicht darauf, ob er wollte oder nicht. Er spürte mit dem ganzen Körper – mit Haut, Muskeln und Knochen: Es war eine eherne Hand, und sie war nicht abzuschütteln. Kiebitz sah ein, daß Widerstand nichts fruchtete, und unterwarf sich ihrem Druck. Aber was wäre, wenn er sich nicht unterwürfe? Er wäre trotzdem schon dort, wohin ihn die Hand gestoßen hatte. »Man hätte früher drüber nachdenken müssen... man hätte nachdenken müssen, bevor das alles passierte, wozu mußte ich überhaupt in dieses stinkende Nest fahren«, so dachte er, »aber jetzt bin ich selbst schuld: sitze im Käfig – friß, Vogel, oder stirb.« Zum Sterben hatte er keine Lust, deshalb sagte er sich weiter, daß jetzt nichts mehr zu machen sei, aber in Zukunft könne er sich vorsichtiger verhalten und einzig mit dem Ziel handeln, Blutvergießen zu verhindern und Bestialitäten, zu denen es zweifellos kommen würde, wenn niemand das Geschehen in seine Hand nähme. Er sagte sich, daß es eben so hatte sein sollen und er dieses ihm aufgebürdete Kreuz tragen wolle um... der anderen Menschen willen, der Menschen, die so beklagenswert waren wie kopfscheu gemachte Hühner. Vielleicht um der Menschheit willen, deren Mehrheit nicht die Verantwortung für ihre eigenen Handlungen übernahm. Diese kindlich rührende, herzlich dumme und blind in ihrer Eierschale hockende Mehrheit. Zum übrigen kleinen Teil der Menschheit zählte sich Kiebitz natürlich selbst. Seine Augen wurden feucht. Er seufzte edelmütig auf und sagte: »Gut, ich bin einverstanden.«

O, diese Küken, diese wunderbaren, schlichten Menschenseelen! Als hätten sie den Allerhöchsten selbst darum gebeten, so hoben sie ihn jetzt vor lauter Freude hoch, warfen ihn in die Luft und fingen ihn wieder auf, dann warfen sie ihn noch einmal in die Luft und fingen ihn wieder auf, danach trugen sie ihn zum Tisch, setzten ihn auf den Stuhl in der Mitte, drückten ihm die Glocke aus der Requisitenkammer in die Hand und läuteten erst einmal selbst damit. Der Vorsitzende aber, der seine tränennassen Augen über den Saal gleiten ließ, über sein Volk, das mit ihm, dem eben noch völlig Fremden, die Einheit erlangt hatte, fühlte, daß er zum zweitenmal geboren war, um ein zweites Mal zu leben. Nein, er war nicht einfach geboren, er war zum zweitenmal zum Leben erwacht, um sich endlich nicht mehr durchzuschleppen, sondern zu fliegen. Aber dieses Gefühl befreite sein Herz natürlich nicht von Zweifeln und Schmerz: Er war ja gewohnt, die zweite Rolle, nicht die erste, zu spielen. Die Zweifel und Schmerzen waren jedoch schwach, was Kiebitz erlaubte, ihnen keine Bedeutung beizumessen. Sie waren fast nicht zu spüren.

Der Oberst erkundigte sich nach den Namen seiner Mitstreiter und verkündete sie dem Saal. Das Publikum, das sich wieder ordentlich auf die Plätze gesetzt hatte, für die es eine Eintrittskarte besaß, applaudierte bei jedem. Kiebitz, der durch den

Tränenschleier die Einzelheiten im Parterre nicht mehr erkennen konnte – die einzelnen Reihen, Sitze und Gesichter –, sondern nur den Saal insgesamt sah, sein riesiges, verschwommenes Gesicht, läutete mit der Glocke und eröffnete die erste Sitzung seiner Regierung.

Es wurde still wie in einer Gruft.

Drittes Kapitel

Die Wetsche oder Einführung in die Ornithologie

»Also«, erklärte der Oberst, »die von unserer demokratischen Versammlung gewählte Pjerwomaisker provisorische Regierung setzt sich aus folgenden Personen zusammen: Vorsitzender – Kiebitz, Boris Andrejewitsch, der Mann aus dem Zentrum. Stellvertretender Vorsitzender – Oberst Lisjutkin, das heißt ich. Die übrigen Mitglieder sind der ehrliche Bürger Starko, die Lehrerin Katharina Starko und der Vertreter der bäuerlichen... hm, Intelligenz Hirth.«

»Wieso der bäuerlichen!« entrüstete sich Hirth. »Haben Sie's etwa vergessen? Ich bin Musiker. Und außerdem protestiere ich entschieden gegen die reaktionäre Benennung unserer Stadt. Und die reaktionäre Einstellung des stellvertretenden Vorsitzenden zu unserer soeben errungenen Freiheit. Kaum haben wir uns befreien können und unsere Unabhängigkeit gewonnen, da bindet man uns aufs neue die Hände. Sehr schlau, aber da wird nichts draus!«

Aus dem Saal kamen Beifallsrufe. Hirth musterte die Regierung mit Siegermiene.

»Was meinen Sie damit?« Oberst Lisjutkin war gezwungen, von der geraden Linie abzuweichen, die er eingeschlagen hatte. »Drücken Sie sich klarer aus.«

»Ich meine, die Stadt sollte ihren richtigen Namen zurückerhalten, nämlich Golta«, erklärte Hirth. »Die Zusammenlegung Goltas mit den anderen Städten Olwiopol und Gottesfeld sollte als gewaltsam erklärt und abgeschafft werden, damit eine neue, gerechte Union zwischen ihnen hergestellt werden kann. Schließlich sollte nicht vergessen werden, daß ich ein berühmter Musiker assyrischer Abstammung bin, also in gewissem Sinn ein kultureller Seelenhirte, und nicht nur der Bauern, sondern der ganzen Menschheit...«

»He, du Seelenhirt!« lachte man im Saal, aber nicht ganz ohne

Feindseligkeit. »Hast du vergessen, wie du als Kind die Gänse gehütet hast?«

»Das ist schon so lange her.« Hirth ließ sich nicht aus der Ruhe bringen.

»Keine Anarchie«, sagte der Oberst streng.

»Ja«, bekräftigte Starko, »halten Sie Disziplin!«

»Also gut, ich berichtige«, der Oberst blickte finster drein. »Wer für die provisorische Regierung Goltas in dieser Besetzung ist, der soll bitte die Hand heben.«

Der Saal hob einmütig die Hand und bestätigte damit die Ausgangsbasis für die Politik der neuen Regierung. Wer seine Hand nicht hob, wurde von seinen Nachbarn sogleich registriert. Auf Katja Starkos Bitte wurde eine Liste derer zusammengestellt und auf die Bühne gereicht, die nicht die Hand gehoben hatten. Schon lag auf dem Tisch, an dem die Regierung tagte, eine irgendwoher aufgetauchte Aktenmappe, in welcher die erste Deklaration des unabhängigen Golta verschwand: die frei zusammengestellte Aufzählung der Abtrünnigen und Konterrevolutionäre.

»Einstimmig!« faßte der Oberst die Abstimmung zusammen und löste damit stürmischen Applaus aus. Während der Beifall andauerte, flüsterte er Kiebitz zu: »Führen Sie die Versammlung weiter, sagen Sie, was Sie wollen, nur lassen Sie keine Pause entstehen.«

Die Selbstsicherheit des Obersten hatte magische Wirkung. Kiebitz, der blaß geworden war, erhob sich und platzte, ohne nachzudenken, worüber er sprechen sollte, mit dem Satz heraus: »Ich gratuliere Ihnen, Bürger des Freien Golta!«

Dabei verfuhr er folgendermaßen: Er fing mit dem schüchternen »Ich gratuliere« an, bekam allmählich Flügel, wurde mutig und schloß so, daß »Golta« wie ein streitbarer Falke in den Saal hinausflog und dank des Echos sogleich zu einem ganzen Falkenschwarm wurde. Kiebitzens am Charkower Theater gewonnene Erfahrung schlug offenbar ein, und selbstverständlich auch seine natürlichen Anlagen. Aber nicht immer gereicht diese Verbindung zum Segen.

Kiebitz wurde mit Hurrarufen bestätigt, nach der ersten Liste nun reibungslos einstimmig. Unklare Erinnerungen regten sich in ihm... Auf den Gesichtern, die dem Vorsitzenden aus dem Saal zugewandt waren, halbverschwommen durch seine noch nicht ganz getrockneten Tränen, leuchtete eine neue, jedoch vertraute Wahrheit. Kiebitz schwankte etwas, wie er sie definieren sollte. Der Saal löste sich in Freiheit auf, die einen Ausdruck für sich suchte, und die vollständige Auflösung hätte eine unpassende Definition erfordern können, nämlich Unfreiheit. Indessen sollte ein vorsichtiger Mann diese Definition vermeiden, die Gesichter im Saal waren so jung, so leuchtend geworden... Die dunklen Farben darauf waren verschwunden, sie erstrahlten jetzt in einem neuen Glanz. Deshalb ließ Kiebitz die Definiton »Unfreiheit« fallen und nahm eine andere: »Glück«.

»Ich gratuliere Ihnen zum Beginn unserer Arbeit«, fuhr er, von der neuen Definition geleitet, fort und fand den ihr entsprechenden Ton. »Öffentliche Transparenz, Glasnost allein ist zu wenig, und sei es auch einstimmige Transparenz. Wir müssen unsere Arbeit damit beginnen, daß wir Golta als Herd, als Schmiede der Umgestaltungen begreifen. Begreifen wir unsere Verantwortlichkeit für sie, denn wir sind die Schmiede.«

Die Worte kamen ihm glatt und mühelos über die Lippen, Begeisterung bemächtigte sich seiner. Er spürte seine Verwandtschaft mit den im Saale Sitzenden, verstand ihre Gedanken und Wünsche, sogar die geheimen. Deshalb hörte man ihm mit großer Aufmerksamkeit und spürbarer Erregung zu.

»Wird Golta ein vollkommen selbständiges Gebilde sein, oder sollten wir es nur als den Beginn einer Entwicklung betrachten, die sich auf das ganze Land ausbreiten wird? Ist es ein Experiment, ein Umgestaltungslabor für alle Städte oder eine geschlossene, nur für sich selbst arbeitende Gemeinde? Wird es nur zu unserem kleinen, von einem hohen Zaun umfriedeten Häuschen, wenn auch gemütlich und mit gepflegtem Vorgarten, oder ist es der Keim eines riesengroßen Hauses für die gesamte Menschheit? Das ist die vorrangige Frage, und sie muß unverzüglich beantwortet werden, weil von dieser Antwort unser ganzes weiteres Vorgehen abhängt. Ich lege Ihnen die Argumente ›für‹ und ›gegen‹ die Alternativen dar...«

Er blickte sich um. Auf den Gesichtern der Mitglieder der provisorischen Regierung fand er seine eigene Begeisterung wieder.

»Der erste Vorteil, welcher der Erklärung Goltas zum eigenen, unabhängigen Staat entspringt, ist der: Wir können sofort bei der UNO Unterstützung beantragen und als Vollmitglied in diese Organisation eintreten. Zugleich erfolgt die Anerkennung Goltas durch die großen Staaten Europas und Amerikas. Warum auch nicht? Kiew und Minsk sind schließlich auch schon dort vertreten. Auf diese Weise werden auch wir die Schwelle ins gemeinsame Haus der Menschheit überschreiten. Der zweite Vorteil unserer Unabhängigkeit besteht darin, daß wir uns konzentriert mit unseren Problemen befassen werden, ohne unsere Kräfte nach außen zu verzetteln und internationale Abenteurer nach Golta zu locken, die ihre eigenen, selbstsüchtigen Ziele verfolgen. Zugleich werden wir Barrieren gegen Zuwanderer aus anderen Gebieten errichten, gegen die Massen, die darauf brennen, die Früchte der nicht von ihnen ausgebrachten Saat zu ernten. Der dritte Vorteil: Wir werden unsere eigenen Probleme viel leichter lösen können, wenn wir sie von denen des ganzen Landes abgetrennt haben, das sich heillos darin verstrickt und nicht in der Lage ist, sie zu lösen. Infolge all dessen werden wir auch die Verluste vermeiden, die mit einem falschen Freiheitsverständnis verbunden sind, das heißt mit der Nichtunterscheidung zwischen der Freiheit des Wortes und der Freiheit der Tat. Kurz – mit der unkontrollierten Entwicklung der eingeleiteten Umgestaltungen.«

»Vernünftig, höchst vernünftig«, bemerkte Lisjutkin zu sich selbst. »Und eine gute Feder.«

Der Tonfall, in dem der Oberst die bisherige Rede des Vorsitzenden guthieß, erschien Kiebitz zweifelhaft, doch er hatte keine Zeit, dem nachzugehen. Die Trägheit seines eigenen Sprechens und die Hoffnungen, die er, wie seltsam es auch scheinen mochte, in sich selbst erweckt hatte, zogen ihn weiter.

»Jetzt die Argumente ›dagegen‹. Wenn wir uns aus der früheren Union lösen, werden wir ein Nachbarstaat für sie. Sogar zu einem internen Nachbarstaat, da wir von nun an von fremdem Territorium umgeben sein werden. Ich will nicht sagen, von feindlichem, aber was, wenn es so wäre? Wenn, sagen wir, Krieg ist, können wir dann dem Riesenreich standhalten, das unser Gebiet schon eingekesselt hat? Dem ethnisch verwandten Reich, was im übrigen den Krieg gemäß der Genfer Konvention in einen verwandeln würde, der dieser Konvention nicht gemäß wäre, nämlich in einen Bürgerkrieg. Der würde Unterstützung aus dem Ausland für uns vereiteln. Können wir es verantworten, diesen Krieg zu provozieren? Das ist das Hauptargument gegen die völlige Abspaltung... In seinem Licht wollen wir die Alternative untersuchen, das zweite Modell. Golta als Anfang, als Zentrum der Reformen, als Experiment, das unser ganzes Land gestartet hat und das es gänzlich erfassen soll. Ich kann mich dafür verbürgen, daß die Sachlage, die in Golta zum Reformbeginn geführt hat, auch in anderen Städten und anderen Teilen unseres Landes vorhanden ist, ich meine... es fehlt nur noch der Tropfen, der das Faß überlaufen läßt.«

Der Saal beklatschte die bildhafte Metapher. Kiebitz selbst war mit ihr zufrieden und hatte ganz vergessen, daß sie nicht von ihm stammte, sondern vom mucksmäuschenstillen Jurij Pawlowitsch. Der machte im übrigen auch nicht seine Urheberrechte geltend. So wurde die Metapher öffentliches Gut.

»Weiter. Wir dürfen nicht vergessen, daß auch das als unabhängig erklärte Golta durchdrungen bleiben wird von den alten Verbindungen zur Metropole, die hier tiefe Wurzeln hat. Alle von uns neu geschaffenen Institutionen werden die alten Strukturen und die alten Kontakte zu den Institutionen in den anderen Landesteilen übernehmen müssen, also vom Ausland abhängig sein. Von Charkow oder Kiew. Und auch von Moskau. Sie werden abhängig sein, weil die Verbindungen Goltas zum ganzen Land vorwiegend vertikal waren. Sie bestanden eben zu vorgesetzten Behörden. Als gestern erst von dort eingetroffener Zeuge lege ich meine Hand für diese Aussage ins Feuer. Sollte man das nicht berücksichtigen und zu guten Zwecken nutzen – zur Verbreitung unserer Reformen auf das ganze Land mit Hilfe dieser Verbindungen? Wäre es klug, statt dessen diese Kontakte abzubrechen und Moskau zu nötigen, sie gewaltsam wiederherzustellen, und nicht nur wiederherzustellen, sondern auch zu befestigen, zu verhärten und unser gesamtes Vorhaben zu vereiteln? Indessen könnten wir diese Verbindungen nutzen und unsererseits Moskau und die anderen Metropolen zwingen, uns zu folgen. Es lassen sich noch andere Argumente ›für‹ das zweite Modell anführen. Ich nehme aber an, daß die bisherigen ausreichen. Wir halten also zwei Versionen in der Hand, von denen nur eine übrigbleiben darf, die bessere. Eins der beiden Programme. Unsere weiteren Schritte werden einen Punkt hinter das eine oder andere Programm setzen. Wir dürfen nicht mit diesen Schritten zögern, ein Anhalten auf halbem Wege käme dem Tod gleich. Folglich müssen wir heute die Entscheidung treffen, morgen könnte es schon zu spät sein. Wer sich dazu äußern möchte, bittesehr...«

Die letzten Worte sagte Kiebitz, als er sich schon auf seinen Stuhl fallen ließ. Er war müde.

Der Appell zur Meinungsäußerung schlug sofort ein. Ein Mann sprang flink auf die Bühne, in dem man auf Anhieb das Standbild von vorhin erkannte, ein wesentliches Fragment des Reiches. Der ehemalige Führer hatte schon das Bärtchen und die Perücke abgenommen, unter der ein völlig kahler Schädel zum Vorschein gekommen war. Zugleich war der ungeschickte Schauspieler nüchtern geworden, und jetzt mußte man sich die Frage stellen, wie er das Pech hatte haben können, am Zaum über die Menge hochgehoben zu werden. Das Publikum jauchzte bei seinem Erscheinen.

»Meine Vorschläge sehen so aus!« schrie der Mann tänzelnd. »Als Vertreter der unterdrückten Handwerker in Gestalt der freien Schusterinnung fordere ich die Garantie dafür, daß unsere geknechtete nationale Minderheit einer privaten Erwerbstätigkeit nachgehen kann. Noch größere Garantien erfordern unsere Einnahmen. Oder etwa nicht? Sie wissen doch selbst, wie viele Schuhe ich von Ihnen reparieren muß, um meine Tochter zu ernähren. Manche sagen: Trink weniger. Sie haben recht. Ich habe getrunken, mich versündigt. Aber von nun an werde ich nicht mehr trinken. Wieso bin ich mir dessen so sicher? Weil mich meine Umwelt dazu getrieben hat zu trinken. Jetzt wird die frühere Umwelt vernichtet, und ich habe keinen Grund mehr zum Trinken. Ich bin für die Vernichtung.«

»Zur Sache«, unterbrach Hirth den Mann, »mach deine Vorschläge. Wir sind selbst dafür, du brauchst uns nicht zu bearbeiten.«

»Mach ich«, erwiderte der Mann. »Ich, der freie Schuster Rabin, schlage folgendes vor: Wir zerstören das Alte und schaffen das Neue. Und dies bezeichnen wir als Revolution. Mir gefallen eure Definitionen nicht: Reform, Umgestaltung... Sie riechen nach Verrat. Revolution! Und sie muß verteidigt werden, das wissen alle. Sie kommt ohne harte, bewaffnete Hand nicht aus. Natürlich unterliegt das revolutionäre Bewußtsein der Bürger Goltas keinem Verdacht. Aber noch existieren die anderen Bezirke des abgeschafften Pjerwomaisk – Olwiopol und Gottesfeld. Sie sind ebenfalls Ausland für uns, und das wichtigste. Bevor wir über das ferne Kiew oder Moskau nachdenken, sollten wir daran denken: Es ist gleich nebenan, jenseits des Flusses. Niemand hat es bisher abgeschafft, und es wird uns nicht weniger feindlich. Im Gegenteil, Olwiopol und Gottesfeld werden verbittert sein, wenn sie von unserer Unabhängigkeit erfahren, da sich ja alles Interessante in Golta befindet: das Theater, das Kino, das Restaurant, der Markt und die Brauerei. Unsere Unabhängigkeit bedeutet für sie den Verlust all dessen. Sie haben überhaupt alles verloren. Der verehrte Vorsitzende, ein Mann aus dem fernen Zentrum, darf das vergessen. Wir, Goltaner, dürfen es nicht. So hören Sie mir nun aufmerksam zu, liebe Mitbürger: Wer von Ihnen weiß, was im Augenblick außerhalb unserer Versammlung geschieht? Außerhalb des Theaters? Jenseits des Flusses? Wer kann mir das sagen, na?«

Rabin hielt seine Rede und spielte dabei bewußt oder unbewußt seine gewohnte Standbildrolle weiter: Er steckte die eine Hand in den Westenausschnitt, wies mit der flachen Hand nach vorn und nach oben, wenn er vom Ausland sprach, drehte dem Publikum wie ein Vogel das Profil zu, blickte es schräg an und schnarrte. Während er sprach, nutzte Kiebitz den Moment, um dem Obersten auf die Spur zu kommen.

»Oberst, rücken Sie raus damit«, schlug er unumwunden vor. »Was haben Sie im Sinn? Ich glaube nicht, daß Sie sich die Folgen nicht denken können ...«

»Sie können es nicht!« dröhnte Lisjutkin sofort los, als hätte er diese Frage längst erwartet. »Sagen wir es im Klartext. Was ist die Hauptsache? Blutvergießen zu vermeiden. Glauben Sie, daß man das ohne vorherige Einmischung kann? Haben Sie überhaupt eine Ahnung, was hier passiert wäre, wenn wir die Sache hätten laufen lassen? Oder uns scharf dagegengestellt hätten? Nein, wir dürfen ihnen keine *fremde* Sache aufbinden, bevor wir nicht *ihre* Sache in *unsere* Hand genommen haben. Dann sehen wir weiter.«

»Ja, ja, Sie haben recht ...«, stimmte Kiebitz unsicher zu. »Es ist nur so, daß es von außen so scheint, als nähmen Sie *ihre* Sache ernst.«

»Was, piept's bei Ihnen?« Lisjutkin rollte die Augen. »Hören Sie: Diese Posse soll ruhig so lang wie möglich dauern, sie sollen ruhig tagen und warme Luft produzieren, ihre Redefreiheit kann ruhig erblühen und verwelken. Die rascher Ermüdenden sollen ruhig die Unermüdlichen dämpfen. Jeder Haufen besteht überwiegend aus normalen Durchnittsbürgern, die essen und schlafen müssen, im Unterschied zu den von ihnen gewählten Führern. Schauen Sie sich doch um, sehen Sie die dort, mit der Waffe? Das ist es ja. Sie schweigen, und das ist schlimmer als jedes Geschrei. Werden Sie sich ihnen etwa anschließen und auch schweigen? Also, lieber Freund, lassen Sie die Bürger ordentlich krakeelen, lockern Sie die Leinen weiter. Möge ... möge Ihnen Ihr Gewissen bestätigen, was ich ihm sage: Sie halten nicht nur Ihr Leben in der Hand.«

Hier unterbrach Rabin seine Rede an Volk und Revolutionäre mit der Frage an die Regierung: »Wird ein Protokoll geführt?«

»Natürlich«, antwortete Katja kalt, da Kiebitz es nicht tat. Tatsächlich notierte sie sich den gesamten Versammlungsverlauf in ein dickes Heft

»Dann fahre ich fort«, erklärte Rabin. »Nachdem wir unsere Sache Revolution genannt haben, schlage ich vor, unsere Versammlung nach alter russischer Tradition Wetsche zu nennen. So stellen wir die abgerissene Linie der demokratischen Entwicklung in unserem Lande wieder her und grenzen uns von fremden Demokratieformen ab, von Parlamenten nach deutschem Muster. Wir haben nicht den westlichen und nicht den östlichen Weg vor uns, sondern einen dritten.«

»Den nahöstlichen«, bemerkte Hirth hämisch.

»Hurra!« Seine Bemerkung wurde vom Saal übertönt.

»Lassen Sie mich alles sagen!« Rabin, der Hirths Meinung wegen des Lärms nicht gehört hatte, hob die Hand. »Mein dritter Vorschlag ist, nicht nur Golta als souveräne Republik auszurufen, wovor der Mann aus dem Zentrum aus verständlichen Gründen Angst hat, sondern sofort den unfreiwillig ebenfalls souverän gewordenen Nachbarstaaten den Krieg zu erklären. Wenn wir den Krieg gewonnen haben, sollten wir unter den neuen Bedingungen eine Union mit ihnen gründen. Und uns dann erst um Hilfe und Anerkennung an die UNO wenden. Die Kriegserklärung bedeutet noch nicht den Krieg selbst, der Sieg bedeutet nicht, daß wir eine Niederlage riskieren. Es genügt, den Krieg zu erklären. Sind wir also im Krieg mit den Nachbarn, so befestigen wir gerade damit unsere Grenzen. Die Republik braucht wie die Revolution eine starke Hand, die Hand aber geschickte Finger. Welche die Waffe halten. Wer also schon eine hält, der soll sie nicht ablegen, wie das der Stellvertreter des Mannes aus dem Zentrum anscheinend will, sondern im Gegenteil: Er erkläre sich zum Volksgardisten und Hüter unserer Freiheit.«

Lisjutkin blickte Kiebitz vielsagend an. Der wurde rot.

»Andererseits!« schrie Rabin, »andererseits muß die Freiheit der Gardisten selbst abgesichert werden, sind sie doch auch Bürger der Republik mit denselben Rechten wir die anderen, dafür ist die Sperrstunde einzuführen. Das ist mein vierter oder fünfter, spielt keine Rolle, Vorschlag, notieren Sie! Und der sechste: Treten Sie in die Garde ein, und der siebte: Laßt eure Kinder nicht zur Armee gehen. Einer ihrer Vertreter sitzt in der provisorischen Regierung, und das reicht völlig. Er soll sich keine Sorgen machen, die Garde wird auch die Interessen der Armee verteidigen, sie tut es ja schon. Schon sind ihre feindlichen Elemente festgenommen, ihre Offiziere nämlich. Und so wird es jedem ergehen, der vorhat, das zarte Pflänzchen der Revolution zu zertreten. Der grobe Fuß im Militärstiefel wird es nicht berühren, dessen Schaft, ich spreche als Fachmann, aus weichem Chevreau ist, die Sohle aber aus panzerraupenähnlichem Schweinsleder. Und deshalb der achte Vorschlag: Die Armee ist in ihrem eigenen Interesse als konterrevolutionär zu erklären.«

»Nehmt Rabin in die Regierung auf!« piepste eine Frauenstimme.

»Aufnehmen!« ertönten noch ein paar Stimmen.

Lisjutkin erhob sich von seinem Stuhl.

»Aufnehmen, aber natürlich nicht lang. Und wie sollen wir ihn dann entfernen? Ich wollte sagen: Als was sollen wir ihn aufnehmen? Doch nicht als Schuster, wie der Kandidat selbst vorschlägt. Die Regierung geht auch in altem Schuhwerk, wenn das Volk gar keins hat.«

»Nicht als Schuster«, entgegnete Rabin wie aus der Pistole geschossen, »obwohl die Verachtung des Handwerks, welches es auch immer sei, den stellvertretenden Vorsitzenden der provisorischen Regierung nicht ziert. Ich muß aufgenommen werden... als Vertreter der jüdischen Minderheit in der internationalen Selbstverwaltung! Ich kann auch alle übrigen Minderheiten vertreten.«

»Aha.« Lisjutkin setzte sich wieder auf seinen Platz. Bei dem

Minderheitenproblem mußte man besonders vorsichtig sein. Mit Rücksicht auf manche Besonderheiten Goltas extrem vorsichtig. »Stimmen wir ab. Wer ist dafür? Alle sind einstimmig dafür. Setzen Sie sich an den Tisch, Rabin. Bitte...«

Der Beifall war diesmal übrigens spärlich. Das Publikum begann offensichtlich müde zu werden. Kaum hatte Rabin am Tisch Platz genommen, als ganz überraschend Hirth aufsprang. Überraschend, weil er bis dahin völlig ruhig dagesessen und sogar im Takt zu Rabins Rede genickt hatte, als zählte er mit seinem Nicken die Balsamtropfen, die Rabin in das leidgeprüfte bäuerliche Herz des Vertreters der befreundeten assyrischen Minderheit träufelte. Es stellte sich heraus, daß das Nicken mehr Gift enthielt als Balsam.

»Bedenkt doch, was ihr tut, liebe Mitbürger!« schrie Hirth. »Wem vertraut ihr das Schicksal der Revolution an! Wißt ihr, wer das ist?«

Mit zitternder Hand deutete er auf Rabin, der es sich am Tisch bequem gemacht hatte.

»Freier Schuster, glaubt ihr das? Keineswegs, er ist ein freier Maurer! Er ist der internationale Freimaurer Isaak Rabin, wenn es jemand noch nicht wissen sollte! Oberst der Freimaurerloge. Er verfügt über das Weltkapital und unser aller Sklaverei – den habt ihr in die Regierung gewählt.«

Regierung und Volk erstarrten, als sie diese Enthüllung hörten.

»Weg mit Rabin«, schlug Hirth vor.

»Sie sind noch kein Seelenhirt!« brüllte Lisjutkin. »Wecken Sie keinen Rassenhaß, Hirth!«

»Was hast du denn phantasiert, Hirth? Geh und schlaf dich aus!« schrie auch Kiebitz.

Er kam sogar hinter dem Tisch hervor und packte den Ankläger am Ellbogen. Rabin lächelte geringschätzig und blieb sitzen. Hirth entriß dem Vorsitzenden seinen Ellbogen und wetterte mit neuer Kraft:

»Ihr seht es, ihr seht es selbst, Bürger! Kaum habt ihr Rabin in die Regierung gebracht, da sind schon alle Demokraten seine Lakaien. Er sitzt ruhig da, aber seine Lakaien halten mir den Mund zu. Kaum haben wir die Freiheit des Wortes kosten können, schon will man uns die Zunge abschneiden. Kaum haben wir fliegen gelernt, da will man uns schon die Flügel stutzen. Und das ist erst der Anfang. Habt ihr es eben gehört? Rabin stellt eine Garde auf. Glaubt ihr, er tut es für euch? Nein, für sich. Er sagt, er wolle die Armee entschärfen, sie mit der Garde ausgleichen, die beiden einander gegenüberstellen... Er lügt! Wen nimmt er in seine Garde auf? Freimaurer natürlich. Und bewaffnet sie mit seinem internationalen Kapital. Dann wird er sich mit seiner Garde unseres unterirdischen Ganges bemächtigen und ihn für uns schließen. Für sich aber wird er ihn öffnen. Und wohin? Nach Palästina, Bürger, nach Israel! Und von dort werden die Heerscharen seiner Glaubensbrüder zu uns einströmen und nicht mehr die Minderheit sein, sondern...«

Hier packten Kiebitz und der herbeigerannte Lisjutkin Hirth unterm Arm und schleppten ihn hinter die Kulissen. Was konnten sie noch tun? Hirth entwand ihnen seinen hageren Körper, stürzte in die Freiheit und präsentierte sich als prächtiges Beweisstück für seine soeben geäußerten Beschuldigungen. Als sie das erkannten, ließen Kiebitz und der Oberst den Märtyrer gehen. Der nützte das sofort aus, rannte an die Rampe und schoß inhaltlich wie formal geschliffene Parolen in den Saal:

»Wir fordern Freizügigkeit, unter anderem auch ungehinderte Flüge ins Ausland! Nieder mit allen Staaten, sie alle sind Werkzeuge des Freimaurertums! Nieder mit allen Regierungen bis auf die des Gewissens! Nieder mit allen Dirigenten! Nieder mit dem Krieg, wir fordern friedliche Waffen in private Hände: Trompeten und Posaunen! Es lebe die Musik, denn dann wird sie endlich dem Volk gehören.«

Diese Anstrengungen brachten den einigermaßen zur Ruhe gebrachten Saal wieder in Aufruhr. Hier und da flammten die Streitereien erneut auf. Lisjutkin knirschte mit den Zähnen. Das Leben forderte wieder eine starke Hand, und der Oberst packte die Zügel mit eisernem Griff.

»Halt! Das Vaterland ist in Gefahr!«

Seine Stimme hatte keinen Tropfen ihrer Überzeugungskraft verloren. Der Saal horchte noch einmal auf und verstummte.

»Wenn das so ist«, orakelte Lisjutkin, »wenn die Einstimmigkeit Risse bekommt und die Meinungen das Volk zu spalten beginnen, dann muß sich auch unsere Wetsche in Fraktionen aufgliedern. Wie man sieht, fordert das Leben Pluralismus. Wir können seine Forderungen nicht ignorieren. So ist das Leben eben, nichts zu machen: Der eine pickt Körner, der andere ernährt sich von Fleisch. Man muß Realist sein, und ich bin auch für Pluralismus. Wir brauchen keine Angst zu haben, wir bleiben ein einiges Volk, eine Krähe hackt der anderen nicht die Augen aus. Einverstanden?«

»Ja-ah!« brüllte der Saal auf, wie ein »Hurra« aus tausendfach umgedrehten Hälsen.

»Und ein Wurm am Haken ist wohl auch nahrhaftes Fleisch, was?« flüsterte Rabin. Das »ja-ah« dauerte jedoch noch an, und Rabin wurde nur von Kiebitz gehört, der keinen Sinn in diesem Einwurf fand.

»Ruhe, Bürger!« fuhr Lisjutkin fort. »Vor euren Augen zerfällt das Imperium, und das ist für viele ungewohnt. Das verstehe ich. So sehen wir unterschiedlich strukturierte Aktionsprogramme. Die Anhänger der jeweiligen Programme schließen sich zu Fraktionen der Wetsche zusammen. Weshalb nenne ich diese Gruppen nicht Parteien, sondern Fraktionen? Weil bei uns alle Meinungen möglich sind, nur nicht der Gedanke an den Verrat der gemeinsamen Sache. Ich bin sicher, daß es unter uns, in unserem Pluralismus, einen nicht gibt und nicht geben kann: den Verteidiger des alten Regimes, den Anhänger der Restauration!«

»Doch, den gibt es!« ertönte eine Stimme.

»Wer ist das? Wer stört uns? Welcher Schuft ist das?« raunte man im Saal.

»Treten Sie vor, Sie Reformgegner«, bat Lisjutkin. »Alle sollen Sie sehen. Keine Angst, wir haben Pluralismus und Meinungsfreiheit.«

Der Saal geriet in Bewegung, und ein grauhaariger Geistlicher erklomm die Bühne, dessen ganze Erscheinung fürwahr einen konservativen Eindruck machte.

»Vor eurer Freiheit habe auch ich keine Angst«, entgegnete er würdevoll. »»Vor dir aber, Unmensch, vielleicht ein bißchen mehr, aber dennoch.«

»Wenn es so ist, dann sagen Sie es geradeheraus, ohne billigen Populismus«, sagte Lisjutkin.

»Wozu mit ihm reden!« brüllte Hirth. »Stellt ihn an die Wand, in die hinterste Ecke.«

»Warte, du Gockel.« Starko streichelte ihm besänftigend die Schulter. »Du hast doch schon gekräht, jetzt ist er dran.«

»Gebt dem Alten das Wort!« schrie man auch aus dem Saal.

»Wir geben es ihm ja«, brummte der Oberst ergrimmt.

Kiebitz läutete mit der Glocke und nickte dem Geistlichen zu. Der nahm eine würdevolle Haltung an und sagte: »Alle sind Diener des Antichrist.«

Sein Finger deutete der Reihe nach auf alle Mitglieder der Regierung und besonders lange auf den Vorsitzenden.

»In der Offenbarung des Johannes ist gesagt: Alle werden ihm nachfolgen. Auch ihr seid ihm gefolgt.«

Hier beschrieb der Finger einen Kreis über dem Saal.

»Was weiter kommen wird, ist in der Offenbarung auch gesagt. Flugzeuge werden kommen, und Soldaten, sie werden Bomben auf euch werfen und Granaten. In den Bergwerken werdet ihr eure Tage beenden. Eure Kinder werden über die Welt versprengt werden. Im Namen Christi beschwöre ich euch: Besinnt euch!«

»Ach«, flüsterte Lisjutkin zu Kiebitz gebeugt. »Ein guter Mensch, er tut mir leid: ein Vollidiot. Stellen Sie sich vor, was wäre, wenn wir ihn jetzt unterstützten und den ganzen Haufen nach Hause gehen ließen? Der dann in der Stadt verbreitet, was hier passiert ist?«

»Gehet hin«, fuhr der Geistliche fort. »Geht nach Hause und schweigt. Niemand wird erfahren, was hier los war. Euch wird nichts geschehen. Strafe erwartet nur diese...«

Hier deutete er wieder auf Kiebitz.

»Nein, hört nicht auf ihn!« Jurij Pawlowitsch war aufgesprungen. Er war erschrocken und erzürnt, lauschte der Saal dem Geistlichen doch mit großem Interesse. »Das sagt er doch nicht von sich aus, er ist vom Usurpator gesandt! Ich weiß noch nicht, von welchem, aber es ist doch klar, daß er gesandt ist.«

»Von wem? Von Christus natürlich«, erklärte der Geistliche.

»O nein!« entgegnete Starko. »Der ging selbst, niemand sandte ihn an seiner Stelle. Aber diese Leute kennen wir, die hat vor siebzig Jahren der erschossene Märtyrer Patriarch Tichon verflucht. Und auch dieser Mann kommt von dort, aus der Kirchenverwaltung am Lubjankaplatz. Er kommt aus der Dserschinski-Kirche.«

Beim Wort »Lubjanka« hielt es Hirth nicht mehr aus. Seine Mandelaugen blitzten, als er dem nächststehenden Gardisten die Pistole entriß, auf den falschen Apostel zielte und abdrückte. Niemand konnte ihn daran hindern. Der Geistliche fiel, den Arm anmutig ausgestreckt. Der Saal stöhnte auf und erstarrte.

Man weiß nicht, wie sich das interne Geschehen weiterentwickelt hätte, denn da stürzte, den Posten am Eingang beiseite schiebend, ein anderer Gardist in den Saal, der das Foyer bewacht hatte.

»Die Sache kommt voran, in der Stadt ist der Teufel los«, teilte er freudig mit.

»Ein Aufstand!« rief Lisjutkin und wurde blaß.

Kiebitz stockte das Herz, um aufs neue wie rasend zu schlagen. Hirth schrie »hurra« und wurde vom Saal unterstützt, wenn auch ein wenig unsicher. Katja Starko lächelte, beugte sich über ihr Heft und schrieb noch schneller. Jurij Pawlowitsch legte den Arm um Rabins Schulter, und sie flüsterten miteinander wie zwei Eingeweihte, die diese Wendung erwartet hatten.

»Bürger...«, begann Lisjutkin, doch er wurde unterbrochen. Hirth feuerte wieder einen Pistolenschuß ab, diesmal in die Luft, und verkündete mit sichtbar erstarkender Gewißheit: »Tod den Nissen der Konterrevolution!«

Das Schießen gefiel ihm ganz offenbar. Manche im Saal fanden ebenfalls im Schießen eine Quelle der Lust. Hirths Aufruf folgend, stürzten Freiwillige auf die Bühne, um dieser Lust schneller teilhaftig zu werden und die dafür bereitgehaltenen Gefangenen hinzurichten. Doch die Häscher erlebten eine Enttäuschung: In der Bühnenecke erwartete sie niemand mehr. Die Gefangenen waren entkommen und hatten die Riemen auf dem Boden zurückgelassen, mit denen sie gefesselt gewesen waren. Zugleich wurde festgestellt, daß die Zigeuner aus dem Saal verschwunden waren.

»Verrat«, sagte Hirth heiser, als er diese beiden Tatsachen in Bezug zueinander gebracht hatte.

»Zurück auf Ihre Plätze, Bürger!« Lisjutkin nutzte die neue Verwirrung. »Wir setzen die Sitzung fort: Wie Sie sehen, haben sich neue Umstände ergeben.«

Kiebitz läutete wie wild mit der Glocke, und alle setzten sich, zum wievielten Male schon, auf ihre Plätze. Als sie alle saßen, entdeckte Hirth, daß der Leichnam des Geistlichen auch verschwunden war.

»Der unterirdische Gang, auch hier der unterirdische Gang!« erklangen von Panik erfüllte Schreie.

»Vorsitzender, leiten Sie die Versammlung!« befahl der Oberst. Zu Kiebitz heruntergebeugt, fügte er hinzu: »Ich muß dienstlich in die Stadt.«

Obwohl er keine klare Vorstellung hatte, wozu Lisjutkin dienstlich weg mußte, erfüllte Kiebitz die Bitte. Er schlug dem Saal vor, über die Entsendung einer Expedition abzustimmen; eine Gardistenabteilung unter Lisjutkins Kommando sollte in die Stadt marschieren, dort den unterirdischen Gang ins Ausland blockieren und die Flüchtigen fassen. Die Wetsche billigte den Vorschlag, und der Oberst begab sich unverzüglich in die Außenwelt, wobei er ein Dutzend Gardisten mitnahm. Man gab ihm das Geleit, als ob er an die Front führe. Die Damen winkten mit Taschentüchern und Zeitungen.

Nach dem Abmarsch der Expedition führte Kiebitz die Abstimmung über die bereits angesprochenen Probleme durch. Danach stellte sich heraus, daß sich die Wetsche in vier Fraktionen aufgeteilt hatte. Ohne Rücksicht auf die Meinung des abwesenden Lisjutkin wurde beschlossen, sie Parteien zu nennen. Also von rechts nach links: Partei der Volksfreiheit, Vorsitzender und Vertreter in der Regierung: Starko-Vater; Partei der Gesellschaftsfunktionäre, Vorsitzender: Rabin; Partei des Parteilosen Maximums: Hirth, und schließlich die Partei der Einheit – deren Vorsitzender war zugleich der Regierungsvorsitzende Kiebitz, der zwei Stimmen hatte. Lisjutkin und Starko-Tochter blieben ein überparteiliches Zweiergespann, das die Armee vertrat, von der man noch nicht wußte, wie sie eingestellt war, und die Garde, von der man es wußte. Als Garde- und Regierungssekretär wurde Katja Starko bestätigt, da sie als Lehrerin zweifellos Kenntnisse im Umgang mit Papieren hatte und das Haus in Ordnung halten konnte. Außerdem war Katja allen als unbestechliche, unermüdliche Wahrheitssucherin bekannt. Daran erinnerten viele bei der Abstimmung und erklärten, sie seien immer auf ihrer Seite gewesen und hätten ihr sogar beim Kampf gegen die Vogelscheuchen geholfen.

Dann wurde bei der Erörterung der neuen Verfassung beschlossen, die Regierung als internationalistische Nationalkoalition zu betrachten und die Parteien als Parteien neuen Typs; die eingeleiteten Umgestaltungen sollten verankert und als Revolution bezeichnet werden. Bei der Verabschiedung der neuen Verfassung erklärte Kiebitz die Eintrittskarten des alten Regimes für ungültig, die jedem seine erniedrigende Hühnerstange zuwiesen, und setzte die Teilnehmer an der Wetsche nach ihrer Parteizugehörigkeit um. Die rechten Parteien setzten sich nach rechts, die linken nach links. Die Diskussion, von wo aus rechts und links definiert werden sollte, von der Bühne oder vom Saal aus, war rasch beendet. Es wurde beschlossen: vom Saal aus. Die Galerie nahm die Menschen ohne Parteizugehörigkeit auf. Balkon und Loge waren für die Schwankenden bestimmt und die, welche Zuschauer bleiben wollten. Ihnen allen wurde Sicherheit versprochen.

So gelang es Kiebitz, die Zeit bis zu Lisjutkins Rückkehr herumzubringen, ohne den er sich, ehrlich gesagt, unbehaglich fühlte. Auf dieselbe Weise beruhigte er sein Gewissen: Er stellte eine Ordnung nicht schlechter her als eine Geflügelzüchterin auf ihrem Hof. Er begann in dem Geschehen sogar gewisse Gesetzmäßigkeiten und einen allgemeinen Sinn zu erkennen. Obwohl er nicht vergaß, daß er nur nach Lisjutkins Anweisung handelte, hatte er das Gefühl, nicht der schlechteste Führer und in gewissem Maße sogar dazu berufen zu sein. Sozusagen, um dem Willen der Massen Ausdruck zu verleihen.

Während der ganzen Zeit trafen Nachrichten über die Vorgänge in der Stadt ein. Lisjutkin vergaß nicht, die neugeborene Regierung zu betreuen. Binnen kurzem konnte man sich annähernd ein Bild dessen machen, was der Oberst übereilt als Aufstand erklärt hatte.

So hatten die Zigeuner die Wachen getäuscht, waren unbemerkt auf die Straße entwischt, hatten sich geradewegs zum Juwelierladen begeben und dort mit dem Pogrom begonnen. Dem einsamen Enthusiasten, einem alten Milizionär, hatten sie eins übergebraten und ihn zum Ausnüchtern aufs Pflaster geworfen. Hierauf begannen sie die Beute organisiert aus dem Laden herauszutragen. Das Schrillen der Alarmanlage am Festabend zog Schaulustige an. Innerhalb kürzester Zeit hatte sich die Kunde von der Revolution im Theater über die Stadt verbreitet. Als unwiderlegbarer Beweis für den Beginn der neuen Epoche diente der betäubte Milizionär. Nachdem die Stadtbewohner diesen eindrucksvollen Zeugen gehört hatten, reagierten sie ganz natürlich auf die Revolution und prügelten sich um die Pistole des Milizionärs. Der Gewinner der Schlacht war bereits, die Trophäe schwenkend, dabei, den Wächter vor dem Spirituosenladen zu verjagen. Die Städter, die den Mangel an Schnaps ärger empfanden als den an Gold und Brillanten, stürzten hinter die Theke, schlugen den Flaschen die Hälse ab und tranken alles ruckzuck aus. Vor dem Spirituosenladen versammelte sich eine große Menschenmenge. Es waren Frauen und Kinder darunter. Das alles geschah, als die Sonne schon jenseits des Flusses unterging und im Theater der Geistliche erschossen wurde, der dann entwischte.

Natürlich war der listige falsche Apostel nicht getötet, sondern nur verwundet worden. Er hatte sich vielleicht auch nur verletzt gestellt, um später ungehindert über den Fluß nach Gottesfeld zu entkommen. Die übrigen Gefangenen waren seinem Beispiel gefolgt, hatten sich über eine andere Brücke nach Olwiopol davongemacht und waren dort spurlos verschwunden. Die Zigeuner, die genausoviel geraubt hatten, wie sie tragen konnten, hatten sich in ihre Vorstadt getrollt.

Deshalb traf Lisjutkin, als er mit seiner Abteilung am Tatort erschien, nur Feuer und eine stockbetrunkene Menge von ein paar tausend Menschen an. Rädelsführer waren keine mehr da. Viele von den Tausenden lagen dort, wo sie das zu sehr mit Spiritus verschnittene Blut des Heilands niedergestreckt hatte. Man hätte sie für tot halten können und sollen. Alle Schaufenster in der Hauptstraße waren eingeschlagen, und der einzige Ordnungshüter, der Milizionär, hing mit seinem Schulterriemen aufgehängt an einer Straßenlampe. Es gelang Lisjutkin nicht, die Menge durch gutes Zureden zu zerstreuen, und da er unverhohlen bedroht wurde, gab er den Schießbefehl. Etliche Trunkenbolde wurden verletzt und zwei zur Abschreckung getötet.

Daraufhin teilte der Oberst sein Kommando und schickte fünf Mann aus, um den Bahnhof zu besetzen. Von nun an durfte niemand mehr weg. Züge, die einen anderen Zielbahnhof hatten, mußten ohne Halt durchfahren, um eine Massenflucht aus der Stadt zu verhindern. Die Nachricht von der Revolution durfte sich nicht nach außen verbreiten. Mit den anderen fünf begab er sich in die Quartiere der ehemaligen Stadtobrigkeit, um der reaktionären Mafia die Möglichkeit zum Widerstand gegen die Reformen abzuschneiden. Er traf jedoch niemanden an: Alle Vogelscheuchen und ihre Familienangehörigen wußten, wie man sich in einer derartigen Situation verhalten mußte. Sie waren darauf vorbereitet und hatten sich alle hinter dem

Rücken der Öffentlichkeit und ohne Wartezeiten Autos gekauft. So konnte man nicht einmal feststellen, ob es sie früher gegeben hatte, diese Vogelscheuchen. Vielleicht waren Katja Starkos Behauptungen über ihre Existenz, die so unrealistisch geklungen hatten, gar nicht phantastisch genug gewesen. Es konnte doch sein, daß die durchaus körperlichen Puppen und Vogelscheuchen, die Katjas Welt bevölkerten, überhaupt keinen Körper hatten und in Wirklichkeit nur verdichteter Nebel, getrocknete Spucke auf dem Trottoir oder Schwefelduft des Leibhaftigen waren.

Lisjutkin, der nur diesen Duft geschnuppert, aber nichts Greifbares in den Händen hatte, schickte seine Leute enttäuscht zur Telefonzentrale und ins Gebäude des Staatssicherheitskomitees. Danach war das Arsenal der Garde aufgefüllt. Mit den neuen Waffen rüstete der Oberst die Freiwilligen von der Straße aus, die sich ihm angeschlossen hatten, und stürmte zu den Brücken über Bug und Sinjucha, um sie zu besetzen. Auf der Seite Goltas stellte er Posten vor den Brücken auf. An den anderen Ufern war alles still.

Das Feuer breitete sich in der Stadt aus. Man munkelte etwas von Brandstiftern und Saboteuren. Die Gardisten erhielten den Befehl, ohne Warnung auf Marodeure und Personen, die der Brandstiftung verdächtig waren, zu schießen.

Nach einer Stunde waren alle wichtigen Lymphknoten der Stadt besetzt und ihre Arterien abgebunden, die Straßen nämlich, auf denen sich eine der neuen Ordnung feindliche Macht dem Theater hätte nähern können. Nur noch das Gefängnis war nicht unter Kontrolle gebracht. Dort hatten sich die Reste der Miliz und ihre Anhänger unter den Reaktionären eingeschlossen und leisteten den revolutionären Gardisten Widerstand. Lisjutkin war verdrossen, daß sein Plan, die Stadt unter Kontrolle zu bringen, nicht in allem gelang. Es verdroß ihn wahrscheinlich auch, daß der sinnlose Aufstand mit neuer Kraft aufflammen könnte. Etwas ganz anderes hätte ihn jedoch verdrießen müssen, seine erfolgreichen Aktionen nämlich. Da er dem amorphen Aufstand organisierte Formen verlieh, verhalf er ihm selbst zur wahren Lebensfähigkeit, also zu etwas, das über den einfachen Aufstand hinausging.

Während der Oberst die strategischen Nester eroberte, erreichten die Ausschreitungen in der Stadt exzessives Ausmaß.

Der Abend verdichtete sich, es kam eine Zeit, die auch ohne jeden Meuterer gefährlich war. Die Gemüter waren so erhitzt, daß jeder Streit mit einem Passanten, der früher mit einer kleineren Prügelei und anschließendem friedlichem Besäufnis geendet hätte, heute zu Blut und Tod führen konnte. Am gefährlichsten waren plötzlich die Frauen. Als hätten sie nur auf ihre Stunde gewartet, so schüttelten sie im Nu Zurückhaltung und Anstand ab, betranken sich, zogen durch die Straßen und hetzten die Männer zu weiteren Pogromen auf. Sie zettelten sie als erste an. Alles gelang ihnen heute... Die verlassenen Milizreviere, Restaurants und die Stadtbibliothek wurden konsequent verwüstet. Das Denkmal für den roten Kommandeur, den Bürgerkriegshelden Schtschors, wurde gestürzt und das gesamtstaatliche Steinwappen vom Dach des Gewerkschaftshauses heruntergeschlagen. Die Häuser der privaten Handwerker, Intellektuellen und Juden wurden demoliert. Nach Meinung der Zerstörer waren alle drei Kategorien erstaunlich oft in einem Körper verwirklicht. Das erleichterte ihnen die Fahndung. Alles Interessante, was man in den verwüsteten Häusern fand, wurde auf der Stelle ausgetrunken. Am Horizont der Wünsche blinkte die Brauerei. Das brachte die Menge auf den Gedanken, doch einmal nachzuschauen, was die Parasiten im Theater fürs Volk taten.

In vielen Gebäuden gähnten bereits frische Löcher. Im Haus der stadtbekannten Bürgerin, die den besten Apparat zum Schwarzbrennen unterhielt, fand ein Zwischenfall statt, bei dem sie auf der Stelle getötet wurde. Während sie gerade ihren perfekten Apparat mit Zucker lud, durchbrach ein überfüllter Bus die Hausmauer und fuhr direkt in ihre Küche. Die Bürgerin erkannte unter den Fahrgästen noch ihre Konkurrentin aus Gottesfeld, dann hauchte sie ihren Geist aus. Es verbreitete sich das Gerücht, daß ein Infanterie- und Panzerregiment in Bussen aus der Vorstadt ausgerückt sei, um den Aufstand in Golta niederzuwerfen. Eine andere Version lautete, daß eine Division Zigeuner im Anmarsch sei, in der sich sämtliche Zigeunerfamilien und -lager der Umgebung zusammengeschlossen hätten, um Golta dem Erdboden gleichzumachen und auf dem freien Gelände ihr Zigeunerimperium zu errichten.

Das Durchkommen auf den Straßen wurde behindert durch Trümmer, herausgerissene Pflastersteine und die fehlenden Autos, welche die Mafia der Revolution gestohlen hatte. Deshalb ließ die Garde die Hoffnung auf revolutionären Transport fahren und marschierte zu Fuß. Oberst Lisjutkin befand, daß sie heute alles, was möglich war, getan hatte, auch lagen Kriegserfahrung und Gewissen ihres Kommandeurs nicht mehr im Widerstreit miteinander. Er gratulierte der Garde zu den erfolgreichen Aktionen und kehrte ins Theater zurück, wo er zu seiner zusätzlichen Befriedigung völlige Ordnung antraf. Die Wetsche setzte ihre Sitzung fort. Gerade stand die Eingemeindung Olwiopols und Gottesfelds in Golta zur Diskussion.

»Ich will nicht streiten«, sagte Kiebitz, »vielleicht wollen sie sich auch gar nicht eingemeinden lassen. Aber ihnen das vorzuschlagen, als Erbauer des gemeinsamen friedlichen Hauses, dazu sind wir verpflichtet.«

Die Wetsche billigte den Beschluß, eine Delegation über den Fluß zu schicken, die vom Autor dieses Vorschlags, dem Vorsitzenden Kiebitz, geleitet würde. Die Wetsche empfahl der Delegation auch, ihr Erscheinen im Ausland nicht vorher an die große Glocke zu hängen, da die Reaktion der Ausländer bislang noch nicht voraussagbar sei. So wuchs die Sache in die Tiefe und Breite, und Kiebitz verstrickte sich immer tiefer darin. Schon hätte man niemandem mehr beweisen können, daß seine Teilnahme an den Umgestaltungen reiner Zufall, reine Willensschwäche war. Man hätte nicht einmal sagen können, daß seine Teilnahme gar nicht so wichtig war.

Lisjutkin trat auf die Bühne und erstattete über die Lage an den Fronten und die ergriffenen Maßnahmen Bericht. Die Reaktionen auf seine Meldung entsprachen den Plattformen der Parteien, die sich mittlerweile gebildet hatten. Von der Galerie ertönten ohrenbetäubende Pfiffe. Die Rechten schrien etwas von Menschen- und Bürgerrechtsverletzung. Die Zentristen drückten ihr Bedauern über Blutvergießen und Populismus aus. Die Linken fuchtelten mit den Armen und sprangen auf die Bühne. Jurij Pawlowitsch Starko läutete verzweifelt die Glocke, die er dem müde gewordenen Kiebitz weggenommen hatte. Endlich gelang es, die Ruhe wiederherzustellen. Auch Starko erhielt die Möglichkeit, seine persönliche Meinung zu äußern.

»Liebe Mitbürger!« Jurij Pawlowitschs Stimme klang gramerfüllt, wie die tiefsten Töne der Klarinette. »Da hat sich nun unser Traum erfüllt. Und was nun? An seinem Fuße liegen wieder Leichen, ist wieder Blut geflossen. In unserer Stadt werden wieder Menschen getötet! Und wer tut es? Ein Feind, ein Diversant oder gar der deutsche Invasor? Nein, wir selbst. Auch Pogrome und Brandstiftung finden statt. Mich, der ich vorhabe, Minister für Kunst und Bildung im neuen Golta zu werden, schmerzt es unsäglich, zu erfahren, daß... Ich lasse meine Flügel hängen, die mir schon wachsen wollten, und meine Hände sinken. Ich wasche sie in Unschuld. Angesichts der sich abzeichnenden Tendenzen erscheint es mir unmöglich, in der Führungsspitze zu bleiben. Ich trete aus der Regierung aus. Leben Sie wohl.«

Er ließ den Kopf hängen und die Hände wirklich unter den Tisch sinken, ging jedoch nirgendwohin fort, sondern blieb auf seinem Platz sitzen. Hirth, der neben ihm saß, nutzte dies und auch das Recht des künftigen Schwiegersohns, umarmte ihn und beteuerte: »Nein, mein Lieber! Du gehst nirgendwohin. Du bleibst bei uns.«

Er drehte sich zu Lisjutkin um und drohte mit der Faust.

»Gehen muß der da! Dieser, den ich... dem ich mit meiner eigenen Hand...«

Der Oberst blitzte nur achselzuckend mit seinen Schulterklappen und wandte sich an Starko:

»Jetzt ist nicht die Zeit, zu flennen, ehrlicher Bürger! Sentiment? Ist nichts für uns. Was, glauben Sie, ist jetzt die größte Gefahr und Schmach für uns? Unsere Stärke, die wir mutig gezeigt haben? Nein, unsere fehlende Einigkeit. Sind Sie sich bewußt, daß es auch eine äußere Bedrohung gibt, die Intervention nämlich, angesichts derer Ihr Versuch zur Spaltung nicht nur gefährlich ist, sondern auch verbrecherisch?«

Lisjutkin drehte sich zum Saal um.

»Wißt ihr, daß die Intervention aus der Vorstadt schon da ist? Es werden keine zwei Stunden vergehen, dann haben sie uns in der Hand, wenn wir jetzt nur herumjammern. Ich frage euch, in dieser Minute: Dürfen wir jetzt herumjammern?«

»Nein«, antwortete der fast verzagte Saal einhellig mit frisch erwachter Begeisterung.

»Dann vernehmt meine Anordnungen!« brüllte Lisjutkin. »Erstens: Starkos Rücktritt nicht annehmen. Zweitens: Die Garde ganz durchorganisieren. Wer sofort in die Garde eintreten will, der komme her und lasse sich registrieren! Du da, und du, hast du dich schon als Freiwilliger gemeldet? Wach auf und tritt ein, die Waffe wirst du dem Feind abnehmen!«

Die Mitglieder aller Parteien ließen sich eilig registrieren. Jeder fühlte den drohenden Zeigefinger des unbestechlichen Obersten auf sich gerichtet. Aber die meisten Freiwilligen kamen aus der linken Partei. Die Listen erstellte Katja Starko, die wie ein Berg über dem dicken Heft dräute.

»Die Idee, die provisorische Regierung in ein Ministerkabinett umzuwandeln, halte ich für richtig«, fuhr Lisjutkin ohne Rücksicht auf das entstandene Durcheinander fort. Oder im Gegenteil, mit großer Aufmerksamkeit. »Und zeitlich passend. Ich bringe das Paket des Ministerkabinetts zur Abstimmung. Jurij Pawlowitsch Starko ist seinem Wunsch gemäß Kultus- und Bildungsminister. Bürger Rabin ist Außenminister, Bürger Hirth Arbeits- und Landwirtschaftsminister.«

»Aber das sind doch dieselben Leute, die schon in der provisorischen Regierung gesessen haben! Jetzt werden sie also verewigt?« ertönte ein einsamer Rufer, doch die Stimme des Volkes schrie ihn nieder: »Zum Teufel, wir wollen diese.«

»Welches Amt haben Sie sich selbst zugedacht, Oberst?« beharrte der verdammte Rufer.

»Ich werde Verteidigungsminister«, sagte Lisjutkin opfermütig und streng. »Jetzt müssen wir nur noch den Premierminister bestellen. Logischerweise muß es der Vorsitzende der ehemaligen provisorischen Regierung Kiebitz werden, der Mann aus dem Zentrum und Zentrist.«

»Es lebe der Premier!« schrien sie im Saal und erfreuten sich an dem schönen Wort. Es schien zu sagen: Seht ihr, wir können es auch, auch bei uns geht es ordentlich zu. Viele umarmten sich, da sie zu Recht annahmen, daß die Sitzung dem Ende zuging.

Seine Ernennung zum Premier verstärkte Kiebitzens Verdacht, den er Lisjutkin gegenüber hegte. Die neuerlichen Umgestaltungen hatten dazu geführt, daß seine Rolle als Führer der verworrenen Ereignisse gefestigt wurde, während sich der Oberst endgültig als außerparteiliche, außerpolitische und ganz allgemein friedensstiftende Figur definiert hatte. Zugleich hatte Lisjutkin ungeheure Macht über alle erlangt, unter anderem auch über ihn, den Premier. Jetzt näherte sich Kiebitz der Überzeugung, daß ihn der heimtückische Oberst einfach gelinkt hatte. Das Bild, das er vor sich sah, ließ ihm die Haare zu

Berge stehen: Der Bronzemann mit der Eisenstimme und dem Stahlschnurrbart ragt mit blitzenden Schulterklappen über allen auf, wie die Statue des Komturs. Um seine Finger waren Fäden gewickelt, deren Enden wie Schlingen über die Hälse der Minister, der Wetsche und des Volkes geworfen waren, und zwar schon lang, schon vor Beginn des Balletts. Der Bronzemann zog an diesen Fäden und zwang alle, nach seiner Choreographie zu tanzen. Nur einer aus dem Ballettkorps tanzte im Narrenkostüm abseits seine noch nicht endgültig festgelegte Partie: Rabin. Das Bild, das sich Kiebitz plötzlich enthüllte, war eine allegorische Darstellung der blutigen Diktatur, die Lisjutkin errichten und mit Hilfe der mit der Armee vereinten Garde stützen wollte. Vor seinem inneren Auge sah Kiebitz bereits, wie die Allegorie in Geschichte umgesetzt wurde, zunächst in den siegreichen Feldzug des Obersten gegen die Partisanen in der Vorstadt, und danach in Blutströme, die in den Bug flossen. Das in der Phantasie des Premierministers Kiebitz entstandene Bronzestandbild des Obersten war grandios und finster. Aus der Sicht des Bühnenbildners Kiebitz aber wirkte es häßlich und komisch. Deshalb lächelte er als Fazit seiner Überlegungen und versuchte, die düsteren Vorahnungen zu vertreiben.

»... und ich versichere unserem verehrten Premier und unserem ehrlichen Bildungsminister«, schien der geschickte Lisjutkin dieses Fazit zu bekräftigen, »daß die Anwendung von Gewalt nicht über das notwendige Minimum hinausgehen wird.«

Dazu senkte auch der bereits besänftigte Jurij Pawlowitsch zustimmend den Kopf. Alle Parteien applaudierten, halb ihm, halb dem Obersten. Übrigens war auch Lisjutkin offensichtlich müde. Aber aus der Art, wie er sich an den Tisch setzte, konnte man seine Entschlossenheit lesen, die Sache zu Ende zu führen. Als er sich gesetzt hatte, zwinkerte er Kiebitz zu.

»Alles läuft normal. Runden Sie die Versammlung ab.«

Kiebitz stand auf.

»Das Ministerkabinett hält es für möglich, das Fazit der ersten Versammlung der Volkswetsche im neuen Golta zu ziehen. Das Ministerkabinett faßt die geplanten Erlasse zusammen, die sofort nach Beendigung der Versammlung in Kraft treten werden.«

Durch die lange, inhaltsreiche Handlung bis zum Umfallen

ermüdet, drückte die Wetsche ihren Beifall für das nahende Finale aus. Auf der Galerie schickte man sich als erste an, in die Garderobe hinauszustürmen. Katja nickte zum Zeichen dessen, daß sie bereit war, die ersten Erlasse der neuen Regierung mitzuschreiben. Von ihrem Gesicht wich nun das Lächeln nicht mehr, das sich Kiebitz nicht ganz deuten konnte. Doch er hatte keine Lust, darüber nachzudenken, auch er war totmüde.

»Die Wetsche«, erklärte er trotz seiner Müdigkeit in straffem Ton, »ist der dem alten Regime an die Schläfe gesetzte Revolver der Reformen. Deshalb müssen die Reformatoren selbst die Disziplin und revolutionäre Ordnung wahren. Räuber und Plünderer, Brandstifter und Marodeure, alle Personen, die sich nicht den Beschlüssen der Wetsche unterordnen, werden am Ort der Zuwiderhandlung der gerechten Bestrafung unterzogen. Es steht ein harter Kampf bevor gegen die Herstellung und Verbreitung alkoholischer Getränke und Waffen sowie gegen die Organisation von Banden. Zum Zwecke der besseren Organisation dieses Kampfes wird eine Abteilung eingerichtet, das Komitee für Öffentliche Ordnung. Es wird mit besonderen Vollmachten ausgestattet. Zum Leiter der Abteilung beziehungsweise Vorsitzenden des Komitees wird die Lehrerin Katharina Starko ernannt. Das Komitee wird sich auf die Garde stützen. Weltweit wird die Friedfertigkeit Goltas erklärt und bei der UNO der Antrag gestellt, Golta als Vollmitglied aufzunehmen. Zu den Nachbarvölkern Olwiopols und Gottesfelds werden Delegationen entsandt, die einen Friedensvertrag vorschlagen sollen. Die Ausführung wird Außenminister Rabin übertragen. Zugleich wird Oberst Lisjutkin, der Verteidigungsminister, beauftragt, die militärischen Truppen zum produktiven Schutz der Grenzen zu reorganisieren. Um die Gefahr zu bannen, daß sich die bewaffneten revolutionären Kräfte in einer Hand konzentrieren, wird die Garde nicht dem Verteidigungsminister unterstellt.«

Lisjutkin lächelte ebenfalls – in seinen Schnauzbart hinein.

»Als Grenzen Goltas sollen die Flüsse Bug und Sinjucha gelten«, fuhr Kiebitz fort, bemüht, die geplanten Erlasse noch lakonischer zu formulieren. »Jetzt zu Brot und Spielen... Es sollen freie Preise festgesetzt und Lebensmittelexpeditionen, verstärkt von der Garde, in die umliegenden Dörfer geschickt werden. Die Ausführung wird dem Arbeitsminister Hirth übertragen. Es sollen Massenattraktionen und Konzerte organisiert werden, die dem Volk den Sinn der Umgestaltungen erklären. Für die Organisation verantwortlich ist der Kultusminister Starko. Alle laufenden Angelegenheiten sind dem Ministerkabinett anzuvertrauen, die Wetsche soll nicht öfter als einmal im Monat tagen. Die Arbeit der Wetsche bezieht ihren Sinn aus der größtmöglichen Unterstützung der von ihr gewählten Regierung. Und des von der Regierung eingesetzten Komitees für Öffentliche Ordnung – KÖO. An das KÖO sind alle Dokumente abzuliefern, die während dieser Sitzung entstanden sind, darunter auch die Listen der Umgestaltungsfeinde, damit sie weiter ergänzt werden. Unterschrift: Premierminister, Vorsitzender Kiebitz. Die Richtigkeit bestätigt: Katharina Starko, Vorsitzende und Sekretärin.«

Die Wetsche stimmte diszipliniert und ohne Verzögerungen ab. Nur die Galerie antwortete auf alles mit Schnalzen, Zwitschern und Pfeifen. Als Galerie war das ihr gutes Recht. Jurij Pawlowitsch händigte seiner Tochter feierlich die Aktenmappe mit den Papieren aus. Das Pfeifen auf der Galerie wurde während dieser Prozedur heftiger.

Ein Bürger beugte sich über die Brüstung und schrie über den Lärm hinweg: »Ich als Bahnhofsvorsteher der Stadt Golta protestiere! Ihre Beschlüsse sind verfassungswidrig! Die Eisenbahn erklärt sich für nicht angeschlossen!«

Katja lächelte unheilvoll und notierte etwas in ihr dickes Heft. Sie steckte es in die deutlich gebauchte Aktentasche. Der Eisenbahner wurde blaß und versuchte in der Menge zu verschwinden.

»Und jetzt«, Kiebitz hob die Stimme und näherte sich fast dem Ton des Obersten an, doch ohne besonderen Erfolg, »gestatten Sie, daß wir die erste Versammlung der Wetsche Goltas für geschlossen betrachten. Es lebe die Wetsche!«

Sein »Hurra« schrie das Publikum schon im Gehen. Es stellte sich auf das Gerangel an der Garderobe um. Unterdrücktes Grummeln und einzelne Pfiffe begleiteten den Auszug.

Über der tausendköpfigen Menge schwebte Lisjutkins eisenhartes Abschiedswort, sein erzenes »Gute Nacht«: »Wohlstand ist Sicherheit. Denken Sie daran. Bringen Sie Ihre Beschwerden und Vorschläge zum KÖO, wie Ihr Geld zur Sparkasse. Sagen wir Nein zur Anarchie. Hurra!«

Die Mitglieder der nun nicht mehr provisorischen Regierung blieben auf der Bühne am Tisch sitzen. An den Türen standen die Gardisten wie versteinert. Die letzten gemeinen Wetscheteilnehmer hatten den Saal verlassen. Es herrschte eine eigenartige Stille. Die Minister blickten einander nicht an, schwiegen. Aus den Kulissen flatterte ein Windhauch heraus, flog über die Bühne, raschelte ein wenig in den Papieren, die nicht in Katjas Aktentasche hineingegangen waren, und versteckte sich unter dem Tischtuch.

Lisjutkin räusperte sich. Seine stählerne Kehle vibrierte. Der salutähnliche Laut prallte an den leeren Wänden des Theaters ab, schoß in seinen Ecken hin und her und kehrte kein bißchen schwächer geworden zum Obersten zurück. Wie von diesem Laut mitgebracht, legten sich scharfe Schatten auf das Gesicht des Verteidigungsministers. Vielleicht war es auch nur ein einziger Schatten, der seiner erzenen Seele.

»Also, Freunde, laßt uns nun miteinander reden.« Er räusperte sich noch einmal.

Alle wandten sich ihm zu.

Viertes Kapitel

Ins Netz geraten – vergiß Saratow!

Vera Nikolajewna Dolskaja, wie der Name der Zugereisten auf dem Anmeldungszettel lautete, wachte im Einzelzimmer des Bahnhofshotels rechtzeitig auf. Die Rolle des Weckers spielte das Kopfkissen, das sich über Nacht in einen platten Fladen verwandelt hatte. Einige Minuten lag Vera reglos da und bekämpfte die Restwirkung des am Abend zuvor eingenommenen Schlafmittels. Lange liegenbleiben durfte sie jedoch nicht. Ihr Zug ging um acht Uhr dreißig, und auf der Uhr, die sie gestern unters Kopfkissen gelegt hatte, war es schon fast acht.

Vera Dolskaja zwang sich aufzustehen und die Federn zu glätten, sich anzuziehen und zu frisieren. Waschen wollte sie sich im Zug. Noch besser wäre es, in der Bahn weiterzuschlafen, doch auf einen derartigen Luxus machte sie sich keine Hoffnungen. Vera wußte schon, wie es in den Regionalzügen zuging. Ihre Erfahrung beruhte auf zwei qualvollen Umsteigeerlebnissen und diesem erzwungenen Aufenthalt in Golta, wo sich herausgestellt hatte, daß die nächste Marter auf den morgigen Frühzug verschoben war. Totmüde vom Gedrängel in den Waggons, vom Sitzen auf dem äußersten Rand der Bank und vom ungestillten Durst, hatte sie gerne das Hotelzimmer genommen, wo sie sich die Decke über den Kopf ziehen und ein bißchen über den Tod des Vaters vor drei Tagen weinen konnte. Fast eine Woche lang hatte sie nicht mehr ausgezogen unter einer Decke gelegen. Erst das Telegramm mit der Bitte zu kommen, dann die eilige Reise, der Tod des Vaters in ihren Armen, das Begräbnis, die Scherereien beim Kauf der Rückfahrkarte nach Saratow und schließlich diese unheimliche Fahrt... Nachdem Vera Dolskaja mit Hilfe des Schlafmittels gut zwölf Stunden wie eine Tote geschlafen hatte, fühlte sie sich ganz anders.

Die gewohnte Nüchternheit kehrte zurück, das Leben bekam wieder so etwas wie Standfestigkeit auf seinem zwar nicht immer poetischen, aber stets zuverlässigen Fundament. Kleine Dinge in der klaren Folge von Ursache und Wirkung, die waren das Fundament. Also keinerlei Tragödien mehr. Statt dessen die Handtasche nicht im Hotelzimmer vergessen, der Etagenbetreuerin ein Trinkgeld geben, ins Erdgeschoß hinunter- und durch den Tunnel auf den Bahnsteig hinausgehen. Schon verging das Leben wieder, wie es sich gehörte, in einem Fluß.

Bis zur Einfahrt des Zuges waren es noch fünf Minuten, als Vera Dolskaja das alles schon erledigt hatte. Auf dem Bahnsteig stand das Wasser in Pfützen. Es fiel ein feiner Nieselregen. Aber die hier versammelten Menschen wurden lieber naß, als daß sie in der Enge der Wartesäle erstickten. Die Menge war spürbar erregt. Vera hörte, wie offen geschimpft wurde, auf die Unordnung und die Eisenbahn und überhaupt. Sie atmete zufrieden die seltsamen Gerüche ein, die man mit nichts hätte vergleichen können, wenn ihnen nicht vertraute Elemente beigemischt gewesen wären: Maschinenöl und feuchte Erde.

Hinter der Kurve erschien der Kopf des Zuges. Das Publikum schob sich an den Rand des Bahnsteigs heran. Vera versuchte sich in den ersten Reihen zu halten. Doch der Zug, der seine Fahrt schon verlangsamt hatte, hielt nicht an. Ein Mann in Schirmmütze mit rotem Deckel und unter dem Kinn wackelnden Hautfalten, der wie ein Truthahn aussah, rannte am Bahnsteigrand neben der Lokomotive her und winkte mit der Signalflagge.

»Los, los, fahr weiter! Was ist, hast du das Telegramm nicht gekriegt?«

Der Lokführer antwortete irgend etwas, der Mann mit der roten Schirmmütze griff sich an die Jackentasche, der Zug beschleunigte die Fahrt. Immer schneller rollten die grünen Waggons an Vera Dolskaja vorbei. Es waren gepolsterte Kupeewagen darunter. Hinter deren Fenstern ruckelten weiße Lampenschirme und neugierige, fröhliche Gesichter. Auf den Tischchen klirrten die Teegläser in den Glashaltern. Menschen in gestreiften Schlafanzügen saßen daran und tranken süßen Tee. Auf den Plattformen standen lächelnde Schaffnerinnen. Donnerndes Getöse, Wind, immer schnelleres Rattern der Räder – und Schluß, Ende, aus der Traum: Der Zug war durch Golta durchgefahren.

Das Volk auf dem Bahnsteig heulte wütend auf. Vor Zorn

rasende Delegaten stürzten sich auf den Truthahn in der roten Schirmmütze, doch der hatte sich noch rechtzeitig in seinem Diensttrakt einschließen können. Die Tür zu seinem Trakt wurde sofort belagert. Man versuchte sie aufzubrechen. Vera Dolskaja sah das alles mit großem Befremden. Es mutete sie seltsam an, daß die Menge so rasch vom Fluchen zur Tat überging und daß außer der roten Schirmmütze ringsum keine einzige Amtsperson zu sehen war, weder ein Milizionär noch ein Gepäckträger.

Die Tür zum Diensttrakt war schnell aufgebrochen, doch dahinter fand man niemanden. Der Truthahn war offenbar durch die Hintertür verschwunden. Enttäuscht brauste die Menge auf. Vera Dolskaja wußte nicht, was sie weiter tun sollte. Sie versuchte sich zum Informationsschalter durchzuarbeiten und schaffte es auch, aber vergebens. Der Schalter war geschlossen. Sie wanderte lange im Bahnhof auf der Suche nach irgend jemandem herum und fand ihn schließlich auch in einem der kleinen Seitengänge: den Truthahn mit der roten Schirmmütze. Sie verlangte Erklärungen von ihm: Er musterte Vera argwöhnisch von Kopf bis Fuß und fragte: »Wer sind Sie denn?«

»Eine Durchreisende«, antwortete Vera lakonisch, denn sie wollte Härte zeigen.

»Du-urchreise-ende«, ahmte sie der Truthahn gedehnt nach. »Das sehe ich selbst. Gut, kommen Sie mit.«

Vera Dolskaja glaubte, er wolle ihr helfen, und folgte ihm. Die rote Schirmmütze brachte sie in ein Zimmer, wo fünf aufgedunsene Kerle auf einer langen Bank saßen. Sie alle hatten Pistolen am Gürtel.

»Wen hast du da?« fragte der am Rand sitzende Bursche die rote Schirmmütze.

»Eine Durchreisende«, grinste der. »Sieht man ihr das nicht an? Sie hat schon mehrere Durchreisende hinter sich.«

»Wo fahren Sie hin?« fragte der Bursche Vera.

»Nach Saratow.«

Die Grobheit und Zweideutigkeit, die sich der Truthahn ihr gegenüber herausnahm, waren unerhört, und Vera kehrte ihm den Rücken zu.

»Weshalb?« fragte der Bursche.

»Ich fahre nach Hause. Aber was geht das Sie an?« Vera Dolskaja versuchte, ihrer Empörung Luft zu machen.

»Uns?« lächelte der Bursche rätselhaft. »Ein bißchen höflicher, Fräulein. Und Fragen stellst du überhaupt nicht, verstanden?«

»Doch, das tue ich. Mit welchem Recht verhören Sie mich hier?« beharrte Vera.

»Du willst wohl alles wissen?« Das Lächeln verschwand vom unrasierten Gesicht des Burschen. »Sag mal, hat man dich eingeschleust? Raus mit der Sprache: Wer hat dich eingeschleust und wozu! Doch nicht etwa aus der Vorstadt?«

Vera Dolskaja schwieg. Sie kannte keine Vorstadt. Und bekam allmählich Angst.

»Sie antwortet nicht«, stimmte sich der Bursche selbst zu. »Gardist Schurbin, zu mir!«

»Na, was denn ...«, murmelte der auf derselben Bank sitzende blutjunge Kerl, der aber ebenfalls eine Pistole hatte.

»Du führst das Fräulein ins Theater ab, so. Sollen die dort schauen, was das für ein Vogel ist.«

»Na, um mit ihr anzubandeln«, lachte der Junge, »müßte man sie um die Ecke bringen ... oder ins Hotel.«

Bis auf den ersten lachten auch alle anderen Kerle.

»Du Hornochs«, sagte er bedauernd. »Und die Informationen, die sie hat? Führ sie hin, Befehl deines Kommandeurs!«

»Zur Starko?«

»Wohin denn sonst? Und du, Fräulein, verhalte dich klüger. Nicht daß es heißt: Saratow ade. Kapiert?«

Diesen Rat gab der Kommandeur Vera Dolskaja mit auf den Weg, als sie der freche Junge schon auf den Gang hinausgeführt hatte.

Auf dem Bahnhofsplatz war Vera verblüfft, nein, endgültig verstört bei dem Anblick, der sich ihr bot. Vor ihr lag eine kurze, gerade Straße mit einem grauen Gebäude am anderen Ende. Alle Schaufenster in dieser Straße waren zerschlagen, die Splitter lagen überall auf den Gehwegen verstreut. Das Straßenpflaster war herausgerissen und mit abgebrochenen Zweigen, zertrümmerten Möbeln und irgendwelchen anderen, nicht mehr erkennbaren Gegenständen zu Barrikaden aufgetürmt. Neben einem umgekippten Bus lag ein gestürztes Bronzedenkmal mit der Nase im Beet. Zwei oder drei Brände schwelten aus. Das schauerlichste Detail der Landschaft war der an einer Straßenlaterne aufgehängte Mann in Milizuniform ohne Mütze, dem der

Regen aus den Haaren troff. Vera Dolskaja begriff, daß in dieser Stadt etwas Unausdenkbares und für sie sehr Gefährliches geschehen war.

»Junger Mann«, fragte sie ihren Begleiter, »was war hier los? Ein Erdbeben?«

»Sie interessiert sich«, sagte der Junge kokett von der Seite her, als sei noch ein dritter zugegen. »Hätte sie ein bißchen gewartet, hätte sie's ohne zu fragen erfahren.«

Vera Dolskaja beschloß zu warten. Sie gingen rasch die Straße hinunter und waren im Nu vor dem Eingang jenes grauen Gebäudes. Am Eingang stand ein Posten mit einer Flinte, die offensichtlich ein veraltetes Modell war. Vera hatte solche Schießgewehre in Filmen über die Revolution gesehen. Daneben hing ein Plakat. Der Begleitgardist blieb stehen und las, was darauf geschrieben stand. Auch Vera Dolskaja las es. Hier der Text:

»Deklaration der Rechte und Appell an die Bürger der Republik Golta. Auszüge aus der Verfassung der Republik Golta.

§ 2. Durch die Versammlung der Volksvertreter der Wetsche hat das Volk die erste Stufe auf der Freiheitsleiter erklommen, die es zur letzten Stufe führen wird – zur vollständigen Freiheit. Solange diese Stufe nicht erreicht ist, braucht die freiheitsliebende Bevölkerung eine sachkundige, starke Selbstverwaltung. Dafür hat die Wetsche eine Regierung gewählt, welche die Leitung der Reformen übernommen hat. Die Regierung handelt mit Hilfe der von ihr verabschiedeten Erlasse.

Blatt 1 der Erlasse.

1. In der Republik wird die Sperrstunde eingeführt, von 8 Uhr abends bis 5 Uhr früh. Zuwiderhandelnde werden streng bestraft.

2. Die Bahnhöfe, Banken und die Stadtverwaltung gehen in die Hände des Volkes über. Alle Presseorgane sind zu schließen bis auf das Blatt der Freiheit, dessen erste Nummer diese Deklaration der Rechte und Appell ans Volk ist. Zuwiderhandelnde werden streng bestraft.

3. Zum Kampf gegen Unordnung und Anarchie wird eine mit besonderen Vollmachten ausgestattete Volksgarde eingerichtet. Personen, die sich weigern, Befehle der Gardisten auszuführen, werden streng bestraft.

4. Künftig werden bis zu einer besonderen Verfügung die

Herstellung und der Verkauf alkoholischer Getränke unterbunden. Zuwiderhandelnde werden sofort vor Gericht gestellt und streng bestraft.

5. In den wetschetreuen Truppen wird der Unterschied zwischen Soldaten und Offizieren abgeschafft und das freiwillige Prinzip der Kommandeurswahl installiert. Zuwiderhandelnde gegen das freiwillige Wahlprinzip werden erschossen.

6. Alle Waffen, die Privatpersonen gehören, müssen bis 6 Uhr des heutigen Tages abgegeben werden. Zuwiderhandelnde werden streng erschossen.

7. Es werden freie Festpreise für Erzeugnisse der Landwirtschaft eingeführt. Konkrete Einzelheiten auf Blatt 2.

8. Die Information des Feindes und Verbreitung von Gerüchten wird mit dem Tod bestraft.

Unterschriften: Regierungsvorsitzender und Premierminister B.A. Kiebitz. Vorsitz und Sekretariat des Komitees für Öffentliche Ordnung K.J. Starko.«

Starko, zu dem Vera Dolskaja gebracht wurde, hatte also das Amt mit dem äußerst unangenehmen Namen. Sie erschauerte innerlich, riß sich jedoch zusammen und stellte keine Fragen. Vera wurde durch einen Gang geführt, dann eine Treppe hinauf in den ersten Stock und an zahlreichen beschilderten Türen vorbei – Direktor, Ballettmeister, Schminkraum –, bis sie vor einer Tür haltmachten, auf der mit Lippenstift geschrieben stand: Komitee für Öffentliche Ordnung. Vera Dolskaja wurde ins Zimmer gestoßen und sah, daß dieser Starko mit dem unheimlichen Amt eine aufgedunsene, unausgeschlafene Frau war. Die Frau saß an einem mit Papieren vollgehäuften Tisch. Sie hob den Kopf, musterte Vera Dolskaja langsam und nickte befriedigt.

»Hör zu«, sagte sie zu dem Jungen mit der Pistole, »auf meiner Tür steht ›Komitee‹. Aber ich bin schon lange ›Kommission‹. Während du da draußen rumstehst und auf die Verhaftete wartest, änderst du das, kapiert? Hol dir aus dem Schminkraum Farbe.«

Der Junge gehorchte und ging. Ohne um Erlaubnis zu fragen, ging Vera zum Tisch und setzte sich auf den Stuhl der Kommissionsvorsitzenden gegenüber, die das »schon lange« war. Etwas wie ein Lächeln, das Vera Nikolajewna die Ameisen den Rücken hinunterkrabbeln ließ, erschien auf Starkos Gesicht.

Nach einer langen Pause, in der Vera die letzten Reste ihres Mutes schwanden, fragte die Vorsitzende: »Wo wurden Sie festgenommen?«

»Im Bahnhof«, antwortete Vera Dolskaja mit gedämpfter Stimme.

»Machen Sie Witze? Das mag ich. Sind Sie von hier?«

»Nein.«

»Wozu sind Sie hergekommen?«

Vera erklärte es, so gut sie es vermochte.

»So«, zog Katja Starko das Fazit, als sie alles aufgeschrieben hatte.

»Ich hoffe, ich werde jetzt entlassen«, sagte Vera Dolskaja.

»Natürlich«, bestätigte die Vorsitzende. »Aber zuerst erzählen Sie mir die Wahrheit. Also, wozu sind Sie hergekommen?«

Trotz ihres innerlichen Versprechens, sich nicht auf die Palme bringen zu lassen, erregte sich Vera.

»Nach welchem Recht?«

»Nach dem Recht des von der Volkswetsche Bevollmächtigten«, erklärte Katja Starko. »Wie? Erkennen Sie dieses Recht nicht an?«

»Doch«, sagte Vera Dolskaja. Jeder an ihrer Stelle hätte dasselbe getan.

»Also«, Starko hielt den Stift wieder bereit, um zu notieren. »Wozu?«

Vera Dolskaja wiederholte ihre Geschichte in der Einsicht, daß ihr die Erwähnung des Rechts keinerlei Nutzen gebracht hatte.

»Gut.« Die Vorsitzende schrieb auch dieses Poem auf. »Und jetzt sagen Sie mir: Woher sind Sie geschickt worden und wozu?«

Da hielt Vera Dolskaja die Anspannung nicht mehr aus und begann zu weinen. Während sie weinte, vorsichtig, um die Wimperntusche nicht abzuwaschen, wartete Starko geduldig. Als Veras Tränen versiegt waren, fragte sie: »Konkret: Hat die Mafia Sie geschickt? Wo ist Dachno? Wo ist Petka Suworow? Was macht er in Moskau? Schweigen Sie nicht, das Schweigen bringt Ihnen gar nichts.«

Vera Dolskaja schwieg tatsächlich, da sie nicht wußte, wie sie ihre Henkerin von der Absurdität all dieser Fragen überzeugen sollte.

»Na, was soll's«, seufzte die Starko. »Der Kleine da draußen, der Sie hergebracht hat, ist nichts Größeres als ein Gockel. Vor vier Jahren wurde er von der Schule geworfen, an der ich gearbeitet habe. Er ließ meine armen Mädchen nicht in Ruhe. Dann saß er wegen Vergewaltigung im Gefängnis, kam aber bald wieder heraus: Er war noch minderjährig. Er ist ein bißchen krank, verstehen Sie? Na, wenn dieser eine Ihnen nicht genügt, werden sich noch andere finden... Also, hat Sie die Mafia hergeschickt?«

Vera Dolskaja begann zum zweitenmal zu weinen. Diesmal gelang es ihr jedoch nicht, die Wimpern zu retten.

»Wischen Sie es ab«, sagte die Starko und reichte ihr ein Taschentuch. »Entschuldigen Sie, aber ich sehe mich dazu genötigt... Wir haben wenig Zeit. He, Junge! Schurbin!«

Seltsam, ihr Ton klang wirklich entschuldigend. Das Verhör trat in die zweite, sehr unangenehme Phase ein. Vera Dolskaja wischte sich verzweifelt unter den Augen die Farbe ab und überlegte sich eine andere Version für ihre Reise. Sie war sich unschlüssig, ob sie gewaltsam Widerstand leisten sollte, wenn der Junge auftauchte...

Doch statt Schurbin betrat ein großer Mann das Zimmer, ein Militär mit den Schulterklappen eines Obersten. Nachdem er sich umgesehen hatte, ließ er seinen furchterregenden Schnurrbart erzittern und dröhnte in schauerlichem Baß los: »Katharina Jurjewna! Verfahren Sie schon wieder nach Ihren Methoden? Wieder weint ein Untersuchungsgefangener. Sie haben doch die Anweisung erhalten!«

Vera Dolskaja fuhr sich ein letztes Mal über die Wangen und ließ das Taschentuch fallen. Der Oberst sah sie noch einmal aufmerksam an und fügte hinzu: »Katharina Jurjewna, da Sie sich den Beschlüssen des Kabinetts nicht unterordnen wollen, müssen wir Ihnen die Verhaftete entziehen.«

»Was haben Sie für eine Einstellung zur Sicherheit!« schrie die Starko auf. »Sie ignorieren den Erlaß über die Abtrennung der Armee von meiner Kommission und der Garde!«

»In diesem Fall vertrete ich nicht die Armee, sondern das Ministerkabinett«, erklärte der Oberst. »Und das hat bisher noch niemand von Ihnen abgetrennt. Dem Premier gefällt Ihr Vorgehen auch nicht. Es gefällt keinem, außer Hirth. Ihnen sind besondere Vollmachten gegeben, das stimmt. Aber sie sind

Ihnen zusammen mit besonderen Pflichten gegeben! Und die bestehen darin, daß Sie der gemeinsamen Sache nicht schaden. Also, folgen Sie mir, Bürgerin Verhaftete.«

»Nach welchem Recht! Wer sind Sie, wo kommen Sie überhaupt her? Das müssen wir noch untersuchen... Ihnen werden wir auch noch beikommen...«

Jetzt war es an Katja Starko, diese unnützen Worte herauszuschreien, hinter den Zuhörern her. Der Oberst stützte Vera Dolskaja höflich unter dem Ellbogen und schob sie auf den Gang hinaus.

»Menschen gibt's«, sagte er fast bittend, während er die Verhaftete den Gang entlangführte, »Dilettanten, Fanatiker, sie verderben jedes gute Unterfangen.«

Sie betraten das Kabinett, auf dessen Tür stand: Kriegskommissar Lisjutkin. Der Oberst ließ Vera Dolskaja am Tisch Platz nehmen.

»Bitte, Bürger Kommissar«, flehte sie. »Erklären Sie mir, was hier bei Ihnen vorgeht. Ist eine Katastrophe eingetreten, irgendeine schädliche Strahlung aus dem Kosmos?«

»Bewegung geht hier vor, nach vielen Jahren der Stagnation«, sagte Lisjutkin feierlich. »Und Umgestaltung. Das, was Sie sehen, ist kein Zusammenbruch, kein Irrsinn. Es sind einschneidende Veränderungen eingetreten: Die Geschichte ist erwacht und wird aufs neue gemacht. Sie dürfen mich übrigens einfacher anreden, kameradschaftlicher. Sagen Sie: Oberst.«

In seiner Feierlichkeit schien Ironie mitzuschwingen, folglich Hoffnung für Vera Dolskaja.

»Was für ein Graus ist Ihre Geschichte«, sagte sie lächelnd. »Ich kann sie nicht verstehen.«

»Dann lassen Sie es«, stimmte Lisjutkin zu. »Wozu sollten Sie sie verstehen. Sagen Sie mir lieber, ob Sie begriffen haben, daß es in der Stadt gefährlich ist? Sehr gefährlich?«

»Das habe ich begriffen«, antwortete Vera Dolskaja.

»Und haben Sie begriffen, daß die Umgestaltungen irreversibel sind, daß Ihnen Unannehmlichkeiten und sogar der Tod drohen, wenn Sie Ihre Versuche nicht unterlassen, sich den Umgestaltungen zu widersetzen? Das heißt, wenn Sie sich nicht der neuen Ordnung anpassen?«

»Glauben Sie, daß ich mich anpassen kann?«

»O ja. Sie natürlich. Ich sehe, Sie sind eine attraktive Frau, aber zart und schwach. Ihr Schnäbelchen will kein Fleisch, sondern Blumen zerreißen. Sie sind ein Kolibri, ich bitte um Verzeihung, ein exotisches Vögelchen aus Übersee. Sie müssen entweder zurück übers Meer oder sich akklimatisieren. Anders geht es nicht: Gegen alle kämpfen können Sie nicht, dafür haben Sie nicht die Krallen. Aber unter uns, die erste Version ist bereits unmöglich. Der Zug ist abgefahren, das heißt, Sie können nicht weg, der Verkehr ist blockiert. Schon ist das Vöglein ins Netz geflattert, halt, du entkommst ihm nicht. Kennen Sie dieses Liedchen? Selbst wenn es Ihnen gelingen sollte, die Gardisten zu bestechen, würden Sie die Eisenbahner nicht weglassen. Sie haben geschworen, die neue Regierung auf Tod und Verderben zu sabotieren und den Zugverkehr im Bezirk Golta lahmzulegen. Was, wie nicht weiter verwunderlich, mit der Entscheidung der Regierung selbst übereinstimmt, die ihrerseits die Eisenbahner für vogelfrei erklärt hat. Ihnen bleibt nur eins... Ich rate Ihnen aufrichtig, sich anzupassen.«

»Wie stellen Sie sich das vor, ich habe nichts, wo ich wohnen könnte! Und nichts, wovon ich leben...«

»Das sind schon praktische Fragen. Ein kluges Köpfchen. Dann gebe ich Ihnen noch einen Rat: Sie brauchen einen Beschützer, der das hat, was Ihnen fehlt. Der Autorität hat und Sie in jeder Situation beschützen kann. Der eine Waffe hat und bewaffnete Männer, um seine Autorität mit Gewalt zu verteidigen. Sie brauchen einen Mann, Offizier und Beamten mit Machtbefugnis in einer Person. Kurzum, dieser Mann sitzt vor Ihnen, der Kriegsminister. Ich bin es. Halt! Antworten Sie nicht, ohne nachgedacht zu haben, wie es sich gehört!«

»Was soll ich denn antworten? Ich kann doch nicht ohne jede Basis... Und wie verträgt sich das mit Ihrer Position als Minister? Kann ein Minister offen mit einer durchreisenden Frau herumhuren, wie der Koch mit der Marketenderin?«

»Die Basis werden wir schaffen. Sie werden meine Frau. Offiziell. Niemand wird es wagen, einen Finger...«

Vera Dolskaja sprang so abrupt auf, daß der Oberst vor Überraschung an die Pistolentasche griff.

»Aha!« rief sie aus. »Sie wollen mich also mit Gewalt zwingen, mit der Pistole!«

Lisjutkin war verlegen.

»Nein, natürlich nicht. Beruhigen Sie sich. Aber bedenken Sie: Wenn Sie nicht zustimmen und ein anderer kommt, der nicht so zurückhaltend ist wie ich, und Sie tatsächlich mit der Pistole zwingt... Nein, stellen Sie sich vor...«

Auch dieser Handel wurde an der interessantesten Stelle unterbrochen. Ohne anzuklopfen, betraten ein paar Leute gleichzeitig das Kabinett, unter denen auch die fürchterliche Starko war. Sie umstellten den Tisch und redeten auf dessen Herrn ein, ohne von Vera Dolskaja Notiz zu nehmen.

»Halt, halt«, der Oberst war sichtlich verärgert, »nicht alle auf einmal. Boris Andrejewitsch, worum geht es?«

»Die letzte Versammlung muß unbedingt fortgesetzt werden«, sagte Boris Andrejewitsch, ein hagerer Mann im zerdrückten Jackett, mit Nachdruck.

»Aber so setzen Sie sich doch... ich bitte Sie!« schrie Lisjutkin.

»Hier sind Fremde«, bemerkte die Starko giftig.

»Das ist keine Fremde«, entgegnete Lisjutkin. »Das ist meine Frau.«

Er zwinkerte Vera zu. Die schwieg, da sie einsah, daß jetzt nicht die richtige Zeit war, um zu streiten. Boris Andrejewitsch blickte sie flüchtig an und verbeugte sich höflich.

»Erstens«, begann er, »steht die Ausgabe von Blatt 3 bevor, in das ich folgende Erlasse aufzunehmen plane: über das Staatsmonopol auf Bekanntmachungen, da Flugblätter mit konterrevolutionärem Inhalt aufgetaucht sind, Verbot aller Versammlungen außer der Wetsche und besonders Maßnahmen gegen das Verstecken von Lebensmitteln.«

»Vortrefflich«, sagte der Oberst. »Der Zeitpunkt ist richtig gewählt. Nehmen Sie sie auf.«

»Ich kann sie nicht aufnehmen, solange die freien Preise nicht genau festgesetzt sind!«

»Das soll Jurij Pawlowitsch Starko machen. Er ist human. Ist das alles?«

»Nein, jetzt zu den Auslandsbeziehungen... Man muß wenigstens den Anschein schaffen, daß wir sie haben, solange unsere Republik noch nicht vom Ausland anerkannt ist. Sonst sind die Gerüchte von einer Invasion nicht zu stoppen.«

»Ich glaube, es wird genügen, im Ausland die Fahndung nach den flüchtigen Mitgliedern der ehemaligen Mafia einzuleiten«, sagte ein älterer Mann mit leiser Stimme, der, wie Vera Dolskaja fand, die Rolle des edlen Vaters hätte spielen sollen, nicht die des Revolutionärs. »Dann ist sofort klar: Das Ausland existiert, und wir agieren dort. Soll der Außenminister eine entsprechende Resolution verfassen. Die Preisliste mache ich, seien Sie unbesorgt.«

»Genial, Jurij Pawlowitsch!« Der Oberst war begeistert. »Rabin! Vergessen Sie nur nicht, die Flüchtigen für vogelfrei zu erklären und eine Prämie auf ihren Kopf auszusetzen.«

Ein anderer, lächerlich glatzköpfiger Mann neigte seinen Kopf zum Zeichen des Gehorsams.

»Außerdem muß noch der Vorstadt der Krieg erklärt werden«, erregte sich ein Militär in Uniform ohne Schulterklappen, »und zwar sofort. Solang der kriegerische Elan von Goltas Bürgern, die sich befreit haben...«

»Aber das haben wir doch schon abgesprochen, Hirth!« schrie Boris Andrejewitsch. »Du vergißt unsere Hauptziele!«

»Wieso«, bemerkte der Oberst, »das klingt vernünftig. Na also, erklären wir den Krieg. Das heißt ja nicht, daß wir tatsächlich in den Krieg ziehen. Dafür halten wir den Feind auf Distanz, soll er ruhig denken, wir wären bewaffnet und gefährlich. Außerdem macht eine fehlende Kriegserklärung gar nichts aus, man kann den Krieg auch ohne beginnen.«

»Ich war immer gegen *Ihre* Ziele, Boris Andrejewitsch«, stellte Hirth kategorisch fest. »Und habe nie ein Hehl daraus gemacht.«

»Aber wenn wir nicht einig sind, wie können wir dann von den einfachen Bürgern Disziplin verlangen? Hirth, wir haben doch vor allem abgemacht, daß sich die Minderheit unter uns der Mehrheit unterordnen wird. Stimmt's?«

»Ich erfülle diese Bedingung ja auch«, sagte Hirth finster. »Noch.«

»Ausgezeichnet!« Der Oberst warf Vera Dolskaja einen schrägen Blick zu. »Jetzt steht die Frage zur Entscheidung an, wie sich die Delegation ans andere Ufer zusammensetzen soll. Boris Andrejewitsch!«

»Ein Kommando aus drei Gardisten und ich als Verantwortlicher«, sagte Boris Andrejewitsch. »Wir sind bereit. Gegen zehn Uhr rücken wir aus. Waffen nehmen wir nicht mit.«

»Wie – nehmen wir nicht mit? Wer wird euch denn glauben,

wer wird euch zuhören, wenn ihr keine Waffen habt?« schrie Hirth.

»Wenn du wieder Radau machst«, mischte sich Katja Starko ein, »verhafte ich dich.«

»Du? Mich?« Hirth lachte sarkastisch. »Vielleicht willst du mich, deinen einzigen Verbündeten, sogar erschießen?«

»Wenn es sein muß, erschieße ich meinen Verbündeten als ersten.«

»Jetzt hört doch auf...«, versuchte Lisjutkin den Streit zu beenden.

»Aufhören!« höhnte Katja Starko, die sich zu ihm umgedreht hatte. »Ich weiß, daß das auch *Ihr* Ziel ist. Daß alle mit allem aufhören und Ihnen die volle Freiheit für Ehehandlungen geben. Ihnen würde es passen, wenn wir alle auf Expedition gingen und nicht zurückkämen. Sie würden sich, wenn Sie unsere Kontrolle los wären, einen Harem einrichten. Sie suchen in der Revolution doch nur die Freiheit, Weiber zu rupfen wie die Hühner! Für Sie, Lisjutkin, ist die Revolution ein Hühnerstall!«

»Na und?« Der Oberst blieb ungerührt. »Ich bin doch ein Mann. Das können Sie leider nicht reformieren.«

»Aha!« schrie die Starko. »Seht ihr, er hat es sofort zugegeben? Und warum? Weil er sich damit tarnt! Er tut nur so, als sei ihm die Gier nach Hühnern die Hauptsache. Und in Wirklichkeit ist er was? Napoleon! Sein Ziel ist die Diktatur. Da trichtert er euch ein: Mann, Frau, widerstehen kann man nicht... Fragt ihn doch, was er vor einer Stunde in der Vorstadt gemacht hat! Ich frage Sie, Lisjutkin, was haben Sie dort gemacht? Und wieso haben Sie die Regierung nicht in Kenntnis gesetzt? Wäre nicht das revolutionäre Bewußtsein der Gardisten, die Sie überreden wollten, Ihren Schritt zu decken, dann hätten wir nie etwas von Ihren Handlungen erfahren. Die ich für verbrecherisch halte, Lisjutkin!«

»Stimmt das?« fragte Jurij Pawlowitsch finster.

»Ist das wahr, Oberst?« wunderte sich auch Boris Andrejewitsch.

»Na ja, ich war da«, gab Lisjutkin gereizt zu. »Bin einfach noch nicht dazu gekommen, es zu melden. Das hatte alles mit der Reorganisation der Armee zu tun. Mit ihrer Umwandlung in ein Berufsheer. Sie haben mir das doch selbst aufgetragen, Kiebitz!«

»Aber wir haben Ihnen die Vorstadt nicht aufgetragen! Und weshalb heimlich?« Boris Andrejewitsch Kiebitz zuckte die Achseln.

»Weshalb, weshalb!« Hirth rannte um den Tisch herum. »Weil er gekauft ist von den Freimaurern, die sich dort verschanzt haben. Sie haben ihn in der Hand. Er wird ihnen einen Napoleon beschaffen. Fragt Rabin, ob das stimmt.«

»Jetzt hör doch auf, Hirth«, sagte Kiebitz, »störe nicht!«

»Ich störe! Ja, ich störe. Aber wen? Rabin, der mich meiner Heimat beraubt und sie an Palästina verkauft. Fragt ihn, weshalb er sich wieder mit Olwiopol vereinigen will? Und sogar mit der Vorstadt? Weshalb verrät er die Unabhängigkeit Goltas und restauriert Pjerwomaisk, das er, um seine Absichten zu tarnen, Städtebund nennen will, in seinem Vogeljiddisch SB? Ich möchte in keinem Vogel-SB leben, ich will in einer normalen Stadt leben, in meiner Stadt! Ich will stolz auf sie sein! Kann ich auf SB stolz sein?«

»Reden Sie doch keinen Unsinn«, sagte der Glatzkopf, der bis dahin noch kein einziges Wort von sich gegeben hatte. »Halten Sie das Maul. Der Befehl, daß die revolutionären Kräfte die Kontakte zum Ausland abbrechen sollen, betrifft mich nicht, ich bin kein Militär, folglich auch keine Kraft. Im Gegenteil, als Außenminister...«

»Da haben wir's!« Hirth riß seine schönen Samtaugen auf. »Da ist sie, die Wahrheit! Verweigerung der Befehlsausführung? Sehr gut. Gemäß Erlaß Nummer drei auf Blatt Nummer eins sind Personen, die es ablehnen, sich Befehlen unterzuordnen, unverzüglich und streng zu erschießen. An die Wand, an die Wand mit dir, du Freimaurergeneral! Verrat, Mitbürger! Schreibt schnell das Urteil für Rabin!«

Ohne jedoch das Urteil abzuwarten, langte Hirth nach der Pistole und zielte auf den Kahlkopf. Der bückte sich und kroch unter den Tisch. Die übrigen stürzten sich auf Hirth und entwanden ihm die Pistole. Der Oberst und Kiebitz verdrehten ihm die Arme auf den Rücken.

Katja Starko ordnete an: »Wache!«

Zwei langhaarige Burschen polterten ins Kabinett.

»Verhaften. Bürger Hirth, Sie sind verhaftet im Namen...«

Die Starko präzisierte nicht, in wessen Namen. Das war auch schwierig: Noch existierte kein Gesetz der Umgestaltungen.

Die Burschen gingen strahlend auf Hirth zu. Einer streckte die Hand nach seiner Schulter aus. Hirth schlug in der Umarmung seiner früheren Freunde um sich und heulte auf wie ein vom Pfahl durchbohrter Vampir. Dann fuhr der Bursche dem Meuterer mit der Faust unter die Rippe, sein Kamerad packte den verdrehten Arm, im Gehen beugten sie Hirths Körper nach vorn und zerrten ihn hinaus.

»In den Keller«, gab ihnen die Starko mit auf den Weg. »Unter verschäfte Wache.«

»Das ist ein Teufel«, sagte der Oberst schwer atmend. »Macht noch die ganze Sache zuschanden.«

»Und wieder Gewalt«, sagte Kiebitz bedauernd. »Was passiert, wenn er doch in die Stadt ausbricht?«

»Er wird nicht ausbrechen«, versprach die Starko unheildrohend.

Alle schwiegen. Vera Dolskaja zweifelte nicht mehr daran, daß sie unter Verrückte geraten war. Irgendeine Infektion hatte diese Menschen und die ganze Stadt zu tollwütigen Idioten gemacht. Wunderliche Erlasse und Handlungen, Ausland, Intervention... und dieser ganze Vogellärm – alles bestätigte die Diagnose. Am wenigsten verrückt erschien noch Boris Andrejewitsch. Doch auch er... Konnte denn ein normaler Mensch an dieser Sache teilnehmen? Dennoch, entschied Vera, wenn mir hier jemand helfen kann, dann dieser Kiebitz.

»So wird es jedem ergehen«, faßte Jurij Pawlowitsch vielsagend den Vorgang zusammen. »Der ganze Erfolg der Bewegung hängt davon ab, ob wir den Eindruck von anständigen Menschen machen werden oder nicht. Das ist wie mit dem Darm: Wenn seine Erkrankung anständig aussieht, besteht Hoffnung auf Heilung.«

»Quatsch«, entgegnete Rabin, der sich von seinem Schrecken erholt hatte. »Man muß alle Utopien aufgeben und die Sache durchziehen. Da hat man über mich dahergelogen, ich sei ein Verfechter des SB. Dabei denke ich das Gegenteil: Wir müssen uns entschieden abgrenzen.«

»Rabin glaubt, die Bewegung könne in einer einzigen, von der Welt abgeschnittenen Stadt siegen«, bemerkte Jurij Pawlowitsch boshaft. »Und er nimmt an, diese Stadt sei Golta. Rabin will die Zeit unter dem Zaren zurückholen, wo Golta durch die Seßhaftigkeitslinie seiner Stammesgenossen von den anderen

Bezirken abgeschnitten wurde. Aber er vergißt, daß die Seßhaftigkeitslinie damals beweglich war und mal diesseits des Bug, mal jenseits verlief.«

»Hören Sie auf«, unterbrach ihn Kiebitz. »Ich erinnere noch einmal an unsere Resolution, der auch Sie zugestimmt haben. Wir haben unsere Rolle als die des Opfers definiert. Wir haben beschlossen, daß wir unsere Haut opfern, damit ja kein Blut von Unschuldigen fließt. Wir haben beschlossen, daß wir danach, wenn alles vorbei ist, die Strafe anstelle dieser Unschuldigen auf uns nehmen. Wir haben festgestellt, daß wir das Salz des Volkes sind. Mag man uns in seine Wunden streuen. Das heißt auf sein friedliches Brot... nein, auf sein...«

Kiebitz verhedderte sich in der einfachen, bereits formulierten und zu Protokoll gebrachten Definition. Das kam daher, daß ihm niemand widersprach, das hielt er nicht aus. Die Lider der Anwesenden waren leicht gesenkt, als verberge jeder etwas darunter, was er den anderen nicht zeigen wollte.

Nach einer Pause bemerkte Rabin: »Ja, so muß einer denken... ein Zentrist.«

»Und Sie?« fuhr Katja Starko auf. »Denken Sie etwa nicht so, müssen Sie nicht so denken?«

»Na, wieso denn«, entgegnete Rabin. »Ich muß nach der letzten Versammlung auch einfarbig denken, vielmehr farblos. Wenigstens teilweise.«

»Und wie sind Ihre übrigen Teile?« Die Starko ließ nicht locker. »Welche Farbe haben die? Welche Farbe, Rabin, hat Ihre Partei dieser gesellschaftlichen... Verräter, na?«

»Der gesellschaftlichen Aktivisten, wenn Sie belieben, Madame Katja«, verbesserte Rabin. »Verzeihung, Mamsell. Die Partei nützlicher Menschen für die Gesellschaft. Und Ihre Partei, ist die nützlich? Im übrigen sind Sie ja keine Partei, sondern eine Kommission.«

»Ganz recht«, stimmte Katja Starko plötzlich ruhig zu. »Eine Kommission. Und als Kommission kann ich alles fragen, was in ihren Kompetenzbereich fällt. Zum Beispiel, was bei Ihnen unter Punkt fünf im Personalbogen steht, Rabin?«

»Ja«, erwiderte Rabin, »ich bin Jude, na und? Das verhehle ich auch gar nicht. Wir haben eine internationale Gesellschaft und Regierung. Und was sind Sie? Welche Nationalität vertreten Sie in unserer Regierung, vielleicht eine internationale?«

»Schauen Sie in meinem Paß nach.« Katja verzog die Mundwinkel herablassend nach unten. »Wenn man Ihnen das gestattet.«

»Ihr Paß ist gefälscht!« schrie Rabin. »Von welchem Staat ist Ihr Paß ausgestellt? Er ist von unserer Bewegung mitsamt Ihrem Meldevermerk und Foto ungültig gemacht worden. Sogar Ihr Foto muß jetzt neu bestimmt werden. Ich fordere, daß Sie jetzt vor allen Anwesenden sagen, was Sie sind!«

Katja zuckte nur die Achseln.

»Genau«, sagte Rabin auf einmal liebevoll und zärtlich. »Sie wissen es nicht. Ich bitte zu beachten: Sie hat nicht gelogen, sich nicht geirrt, sie weiß es einfach nicht. Dennoch, aus welchem Schwarm sind Sie, Mädchen? Wo haben Sie Ihre Wurzeln – im Polowzer Lager, im Hunnenzelt oder in beidem zusammen: in einer ukrainischen Hütte?«

Das letzte kam sehr sarkastisch heraus. Der Sarkasmus weckte sogar Jurij Pawlowitsch, der gerade einnicken wollte.

»Wissen Sie, sie ist nicht schuld«, warf er ein. »Als Vater nehme ich die Verantwortung auf mich. Katjas verstorbene Mutter war wohl Ukrainerin. Und ich bin tatsächlich ... Ich bin wahrscheinlich so ein, wie heißen die noch ... Skythe!«

Hier duckte er sich und flüsterte: »Aber dem ungültigen Paß nach Russe.«

»Ein Waräger«, sagte Rabin, »also ein Deutscher. Ich gratuliere. Ist Ihr Familientotem der Adler? Haben Ihre Vorfahren schon vor tausend Jahren hier gesiedelt, an der größten Straße, um friedliche Menschen auszurauben?«

»Nein, mein Totem ist der Star«, korrigierte Jurij Pawlowitsch. »Denken Sie an meinen Nachnamen.«

»An welcher Straße, an der in die Vorstadt?« fragte Lisjutkin erschrocken.

»Wo denken Sie hin?« erwiderte Rabin liebenswürdig. »Nach Byzanz, heute Palästina. Wohin im Herbst immer die Stare ziehen, obwohl sie auch Deutsche sind.«

»Mein Gott, was für Haarspaltereien!« murmelte Kiebitz, und sein Gesicht verzerrte sich von ungespieltem Kummer. »Es geht um die Rettung von Menschenleben, und sie schwätzen wie die Elstern, streiten sich herum wie in der Kaderabteilung.«

Er winkte müde ab.

Zum zweitenmal widersprach ihm niemand. Aber in den

Augen, die ihn anstarrten, sah Kiebitz etwas, das einer Zustimmung nicht sehr ähnlich sah. Als er diese Einigkeit entdeckte, geriet er in Verwirrung: Er las dies in allen auf ihn gerichteten Augen! Nur nicht in denen der Frau, die er noch gar nicht richtig hatte betrachten können. Daß sie Lisjutkins Frau sein sollte, wollte er nicht so recht glauben.

Schon zwei oder drei Stunden nach der Veröffentlichung der ersten Erlasse, nach der Erarbeitung des zukünftigen Aktionsplans in einer geschlossenen Sitzung, kam Kiebitz ein unangenehmer Verdacht. Er argwöhnte, daß die Gründe, die ihn genötigt hatten, an der Sache teilzunehmen, keineswegs denen glichen, von denen seine Regierungskameraden geleitet wurden. Auch ihre Absichten widersprachen wohl nicht nur denjenigen des Premiers, sondern auch dem, was sie laut sagten. Das mußte zu sehr Schlimmem führen, zu dem, was Kiebitz am meisten befürchtete und was er, sich selbst opfernd, zu verhindern versuchte: zum allgemeinen Untergang.

Sein Verdacht betraf vor allem Lisjutkin, der Kiebitz auf den Gedanken gebracht hatte, zum Retter der unvernünftigen, kleinen, unverantwortlichen Küken zu werden. Auf den tückischen Gedanken, ein Messias zu sein. Unter den neuen Umständen, die sich vor ihm auftaten, nahm sich Lisjutkin wie ein Fuchs aus, der im Hühnerstall eingebrochen war. Dieses Bronzestandbild seiner selbst wurde in Kiebitzens Augen mit einem Mal zu einem schlichten Provokateur, der eine schwache Saite in seiner Seele gefunden hatte und darauf seinen Marsch spielte. Jetzt konnte man sich nur daran ergötzen, wie gehorsam und fröhlich alle nach seiner Musik tanzten.

Kiebitz war sich fast sicher, daß sein Verdacht zutraf, und beschloß, dem Provokateur das Wort zu erteilen.

»Also, Oberst, wie verläuft die Reorganisation der Armee?«

»Streng genommen«, antwortete Lisjutkin bereitwillig, »gibt es keine Armee. Das, was von der Garnison übrig ist, kann man nicht als Armee bezeichnen. Von den zweieinhalbtausend Soldaten und Offizieren sind etwa tausend, die Hälfte also, in die umliegenden Dörfer desertiert. Der eine und andere blieb in der Stadt, um zu saufen. Die verbliebene Truppe, etwa fünfhundert Bajonette, hat ein gewisser Major Kasarjan nach Olwiopol geführt und sich dort mit ihnen verschanzt. Wie man sagt, hält er eiserne Disziplin. Vielleicht hat er sich dort auch nur festgesetzt, um die Disziplin zu wahren, und führt sonst nichts weiter im Schild. Vielleicht... Aber weshalb hat er dann gegen Morgen Olwiopol zum Sperrgebiet und sogar zum militärisch befestigten Gebiet erklärt? Weshalb hat er die Sperrstunde eingeführt? Ein Überläufer von der anderen Seite, ein Fähnrich des Baubataillons, hat berichtet, daß Kasarjan offenbar nichts von den Ereignissen in Golta an den Stab des Militärbezirks gemeldet hat. Warum wohl nicht?«

»Das riecht alles sehr schlecht«, sagte Kiebitz. »Meine Mission wird immer wichtiger.«

»Natürlich«, pflichtete ihm der Oberst bei, und wieder leuchtete in seinen Augen ein Gedanke auf, der dem Gesagten widersprach, vielmehr der Triumph, daß sein Gedanke den gewünschten Erfolg hatte. Es war ihm gelungen, die Puppe nach seinem Willen am Schnürchen tanzen zu lassen.

»Und was weiß man aus Gottesfeld?« fragte Rabin interessiert.

»Unbestätigten Gerüchten zufolge hat sich dort der von Hirth verwundete Geistliche Alexander... ich weiß seinen Nachnamen nicht... festgesetzt. Er soll vom Altarvorraum aus wütende Propaganda gegen Golta machen. Und zugleich auch gegen Olwiopol. Seine Agitation scheint nicht nur in Gottesfeld Erfolg zu haben, sondern auch bei der Bevölkerung der nächstgelegenen Dörfer.«

»Na ja«, bemerkte Kiebitz, »das kann vielleicht nur gut sein...«

»Kapitulant!« schrien Vater und Tochter Starko wie aus einem Mund. »Intellektueller Schlappschwanz!«

»Wie, halten Sie es auch mit der Lubjankakirche?« erkundigte sich Rabin.

»Na, nicht so hart«, mischte sich der Oberst ein. »Jeder hat das Recht auf persönliche Überzeugungen. Aber persönliche Handlungen dürfen der gemeinsamen Sache nicht zuwiderlaufen. Verbal kann Kiebitz Vater Alexander ruhig gutheißen. Das tut er übrigens öffentlich, nicht hinter unserem Rücken. Und er verschickt schließlich auch keine geheimen Telegramme, keine nicht mit uns abgestimmten Erlasse und keine persönlichen Boten! Er ordnet sich schließlich den Beschlüssen seines Kabinetts unter. Deshalb nicht so hart, nicht ›Kapitulant‹! Wir wollen jetzt lieber unseren Beschluß bestätigen, das Ausland nicht über die Vorgänge zu informieren, dann können wir den Rat von mir aus schließen.«

»Aber«, protestierte Rabin, »wenn wir passiv bleiben und es Alexander erlauben, die Baptisten auf seine Seite zu ziehen, von denen es in Gottesfeld ein paar Tausend gibt, was dann?«

»Das ist eine andere Frage«, sagte der Oberst. »Ich schlage folgende Lösung vor: Wir schicken Landetruppen hinüber, um den geistlichen Vater zu verhaften, und zwar geheim, damit die Bevölkerung ruhig bleibt. Der Engel wird hierhergebracht und isoliert. Das muß unverzüglich geschehen. Kommandeur der Landetruppen bin ich. Wer ist dafür?«

Nur Kiebitz war dagegen.

»Auf, an die Arbeit!« schrie Lisjutkin. »Jeder an seine!«

Alle begaben sich einträchtig zum Ausgang, außer Jurij Pawlowitsch, der plötzlich stehenblieb und die Hände auf seinen Bauch preßte.

»Was haben Sie?« Kiebitz sprang ihm bei. »Brauchen Sie einen Arzt?«

»Nein, nein! Das ist wieder die Verstopfung, Bobka. Ich habe dich gewarnt«, erwiderte Jurij Pawlowitsch. Er hätte sich diese Warnung natürlich selbst zu Herzen nehmen müssen. »Schon den vierten Tag. Aber das geht vorbei. In dieser Zeit hat niemand das Recht, krank zu sein!«

Der arme Jurij Pawlowitsch richtete sich mühsam auf und zeigte damit, daß auch er sich dieses Recht nicht erteilte. Sein Gesicht drückte gequälten Enthusiasmus aus.

»An die Arbeit«, erinnerte Lisjutkin und schaute Vera Dolskaja aus dem Augenwinkel an. Wieder begaben sich alle zum Ausgang.

Vera begriff, daß ihre vielleicht letzte Chance entschwand. Bisher hatte sie friedlich auf ihrer Stange gesessen und keinen Versuch gemacht, die Aufmerksamkeit auf sich zu lenken. Vielleicht wäre sie weiter so sitzengeblieben, doch mit seinem schrägen Blick von eben hatte sich Lisjutkin die Sache verdorben. Dieser Blick diente Vera Dolskaja als Startsignal. Sie stürzte auf Kiebitz zu, der schon in der Tür stand, faßte seinen Arm und flüsterte: »Ich bitte Sie dringend, hören Sie mich an!«

Ihr Gesicht leuchtete vor jäher Begeisterung, vor der Begeisterung des Flehens. Ihre weit aufgerissenen, von verschmierter Wimperntusche umschatteten Augen blitzten zärtlich. Die feuchten Lippen waren leicht geöffnet. An der Schläfe pochte ein blaues Äderchen. Das aschblonde Haar zerstob nach beiden Seiten der runden Stirn wie Flügel, wie Wellen, wie bläulicher Schnee. Als er dieses Gesicht ansah, das ihm so nah, so intim hingestreckt wurde, erbebte Kiebitz. Vor ihm drehte sich die Welt, an deren Himmel verschwommene, wie von einer unscharfen Reproduktion abgezeichnete Bilder schwebten. In dieser Welt hatte alles den Blick dieser zärtlichen Augen: die Vögel, die Schmetterlinge, die Kinder und ihre liebevollen Mütter. Lächelnd gaben die Mütter ihren Säuglingen die weiche Brust, und die nahmen sie mit ihrem rosigen Mund. Die Frauen trugen ebenso elegante graue Kostüme wie diese Unbekannte, ebenso schmale Schuhe und dunkle, durchsichtige Strümpfe. Diese Frauen dufteten nach Parfum und Blumen, die einst auch Großmutters Schlafzimmer erfüllt hatten. Auch die Stadt und ihre Straßen waren dort schlank und begeistert, und das Flehen verhärtete nicht das Herz des Angesprochenen, sondern machte es weich.

»Natürlich, natürlich«, murmelte Kiebitz. Er begriff plötzlich glasklar, daß die in ihm erwachten Bilder tot waren. Sie würden nie mehr leben. Vielmehr, er würde sie nie mehr sehen. Alle diese Bilder waren nur noch Erinnerung. Für immer. Vor Weh verkrampfte sich sein Herz. Nie mehr. Er wollte zurück, ins Kabinett des Obersten. Doch Vera Dolskaja hielt ihn fest.

»Nein, nur nicht hier«, flüsterte sie und preßte Kiebitzens Hand.

»Bitte, kommen Sie zu mir«, stimmte er zu, da er mit einem Mal alles begriffen hatte.

Lisjutkin zwirbelte finster die Enden seines Schnurrbarts und schloß, ohne ein Wort zu sagen, hinter ihnen die Tür. Jurij Pawlowitsch Starko-Vater ging, um seine Entwürfe auszuarbeiten, die den Denkmalschutz betrafen, und Rabin, um die Landetruppen für den Obersten zu sammeln gegen Leib und Seele des in Gottesfeld Unruhe stiftenden Vaters Alexander. Die entsetzliche dicke Starko-Tochter stand starr im Flur und blickte Kiebitz nach, den Vera Dolskaja immer noch am Arm hielt. Als sich die Tür mit der Aufschrift: Vorsitzender – Premierminister hinter dem Paar geschlossen hatte, senkte Katja den Kopf und sah nun den vollgespuckten Fußboden, auf dem gelber, klebriger Dreck festgetreten war.

»So ist das bei uns«, bemerkte Kiebitz vage, als er sich mit Vera Dolskaja in seinem Büro eingeschlossen hatte.

»Daß Sie sich nicht schämen, diesen Irrsinn mitzumachen!« platzte die Dolskaja heraus. »Das ist doch ein Irrenhaus. Was reden die denn alle, diese unheimlichen Wesen! Das ist doch kein Reden, sondern ein Gekreisch... ein Gezeter! Ich habe Schreie gehört, wie sie Möwen in ihrer Brutkolonie ausstoßen, wenn man sie aufscheucht und reizt. Aber doch nicht Menschen! Gut, und was wird dann, und zwar schon bald... Haben Sie darüber nachgedacht?«

»Wenn das so einfach wäre«, lächelte Kiebitz traurig, »wenn es wirklich nur ein Irrenhaus wäre...«

Seine Augen schimmerten feucht, und Vera Dolskaja dachte, daß sie lieber nicht von Irren sprechen sollte.

»Verstehen Sie«, fuhr der Vorsitzende erregt fort, »diese Leute haben keine Schuld. Hirth ist nicht schuld, Jurij Pawlowitsch, Katja und all die vielen Stadtbürger sind nicht schuld. Sie brauchen Hilfe, und wie kann man ihnen helfen? Ich weiß nicht, ob meine Kräfte dafür reichen...«

»Hauptsache, Ihre Kräfte reichen, um von hier zu fliehen!« rief Vera aus. »Was für ein Messianismus! Sie sind doch nur zufällig hier, das sieht man doch gleich. Woher kommen Sie, aus Moskau?«

»Nein«, sagte Kiebitz, »ich will nach Moskau, das heißt, ich bin aus Charkow.«

»Das habe ich mir gedacht! Lassen Sie uns zusammen fliehen, nicht Sie helfen mir, sondern ich Ihnen. Was wollen Sie denn hier noch, den russischen Aufstand zu Ende anschauen? Den ukrainischen, na schön... aber das ist noch schlimmer. Sie werden hier... umgebracht werden!« begriff Vera Dolskaja plötzlich und begann auf einmal wieder zu weinen. Aber jetzt dachte sie dabei nicht mehr an ihre Wimperntusche. Die war ja auch schon weggespült.

»Wie heißen Sie?« fragte Kiebitz.

»Vera«, lächelte die Dolskaja durch die Tränen hindurch.

»Vera«, wiederholte Kiebitz. »Vera, Glaube, Hoffnung... Verstehen Sie doch, gerade das kann ich unter gar keinen Umständen: fliehen und sie hier allein lassen. Besser sie zertrampeln mich hier, als daß ich mich mein Leben lang an diesen Verrat erinnern muß. Ihnen werde ich natürlich beistehen, damit Sie hier wegkommen. Ich fürchte aber, daß es schwierig werden wird, aber ich werde es schaffen. Verstehen Sie, der öffentliche Verkehr wird boykottiert. Die Grenzen sind zu. Wenn ich Sie über die Grenze schmuggeln wollte, könnten daraus Komplikationen entstehen. Der Oberst... ach, Sie wissen nicht, was das für einer ist! Und Rabin ist auch nicht einfach, gar nicht einfach.«

»Was sollen *wir* denn tun?« fragte Vera Dolskaja niedergeschlagen. »Ich muß doch in Saratow wieder zur Arbeit, mein Urlaub ist vorbei.«

»Wir? Ich«, Kiebitz lächelte wieder, »muß nach Olwiopol. Und Sie müssen warten, bis ich wieder zurück bin. Es bleibt Ihnen nichts anderes übrig, aber ich werde Sie an einem Ort unterbringen, wo Sie niemand anrühren wird. Ich weiß einen und bringe Sie dorthin. Vertrauen Sie mir?«

»Ja«, antwortete die Dolskaja. Diese Frage hätte eigentlich sie dem Vorsitzenden stellen müssen, wenn es schon um ein geheimes Nestchen ging, das ihm gehörte. Des beiderseitigen Vertrauens wegen.

»Na schön«, sagte Kiebitz.

Er klopfte sich ohne erkennbaren Sinn auf die Jackentaschen. Dann sammelte er Papiere auf dem Tisch ein und versuchte sie in die Schublade zu stecken. Ein Teil der Papiere fiel herunter. Er begann sie aufzulesen, ließ sie wieder fallen und versuchte sie wieder in die Schublade zu schieben. Vera Dolskaja merkte, daß ihr dieser Mensch gefiel, selbst wenn sie die Umstände mit berücksichtigte. Sie vertraute ihm tatsächlich, worin konkret, das wußte sie nicht. Nur tief in ihrem Herzen versteckte sich noch die Furcht, daß das liebenswürdige Betragen dieses Mannes auch Täuschung sein könnte, die nur sehr gut überspielt war. Aber diese Furcht blieb friedlich und rührte sich nicht. Außerdem hatte Vera keine Wahl: Ob sie ihm vertraute oder nicht, sie mußte diesem Menschen folgen. Es gab keinen anderen.

Am Theaterausgang wurde Kiebitz von einem Kommando aus drei schweigenden Burschen ohne Waffen erwartet. Er befahl ihnen, ihm zu folgen, und führte Vera Dolskaja durch das wirre Netz der Gäßchen. Nach einem kurzen Stück Wegs standen sie vor einem halbvermoderten Holzzaun. Kiebitz beugte sich über die Gartentür und öffnete sie. Vera ging voraus.

Hinter der Tür war ein kleiner, verwahrloster Garten, dann eine unverschlossene Haustür, eine Kammer und ein Zimmer, das als Küche benützt wurde, obwohl es kaum an eine Küche erinnerte. Hinter der Tür, die sich in ein weiteres Zimmer öffnete, war es dunkel. In der Dunkelheit erahnte man die wilde Unordnung eines lange nicht mehr aufgeräumten Raumes.

»Hier sind Sie in Sicherheit«, sagte Kiebitz.

»Was ist das für ein Haus?« fragte Vera Dolskaja argwöhnisch.

»Das ist mein Haus«, antwortete der Vorsitzende traurig. »Vielmehr, es war einmal mein Haus. Jetzt gehört es Jurij Pawlowitsch Starko. Sie haben ihn gesehen, ein sehr lieber Mensch. Keine Angst, er hat zu tun. Hierher wird er nicht kommen. Niemand wird hierher kommen. Alle stecken bis zum Hals in Arbeit. Ich will mich bemühen, nicht zu lange wegzubleiben ...«

Er hatte sichtlich keine Lust zu gehen.

»Etwas zu essen finden Sie dort, im Buffet.«

Er zeigte ihr, wo.

»Vielleicht wollen Sie... lieber hierbleiben?« fragte sie. »Noch besteht die Möglichkeit.«

»Nein, die besteht nicht«, sagte er fest und ging.

Vera Dolskaja ließ sich still auf einem Stuhl nieder. Im Haus roch es nach Farbe und Terpentin. Katzenaugen schielten auf der Wanduhr. Plötzlich rasselte es darin, schnalzte, dann schlug sie zehn. Ihre Schläge waren ziemlich düster.

Kiebitz ging auf die Straße hinaus und begab sich zum Bug. Die Gardisten folgten ihm. Am Brückenaufgang stand eine Wache aus zwei Freiwilligen mit Gewehren. »Volk«, sagte Kiebitz. »Wetsche«, bekam er zur Antwort. Als er bis zur Mitte der Brücke gegangen war, blickte er sich um.

Im regenverhangenen Morgen verschwammen die grauen Häuschen von Golta. Eine schwere Wolke lastete mit ihrem Bauch auf ihren Dächern. Leichtere Wolken trieben weiter zur Vorstadt. Kiebitz schaute in die andere Richtung, zum anderen Ufer hinüber, und erblickte dort genauso ein Städtchen. Die gleichen Ziegeldächer, Wolken und Regen. Das gleiche unsterbliche Leben, das die Erinnerung an seine sterblichen Bilder mißachtete: an die hölzerne Mole, die Menschen in Toga, den Tempel auf dem Platz und vor ihm die Statue der Athene in einem eulenähnlichen Helm. Die Ähnlichkeit dessen, was hinter Kiebitz lag, mit dem, was er vor sich sah, war so vollständig, daß er nicht gleich darauf kam, wohin er gehen sollte. Sie waren identisch, Golta und Olwiopol. Es war nicht voneinander zu unterscheiden, was er verlassen hatte und was er zu finden hoffte. Diese Ähnlichkeit und die schwierigen Seelenregungen, die in Kiebitz auf der Brückenmitte erwachten, foppten ihn und spielten ihm mehrere Streiche. Seine Gardisten waren von schlichterem Wesen, sie verloren nicht die Orientierung. Die Vorzüge der Schlichtheit sind natürlich lehrreich, doch sollte man nicht über Vorzüge sprechen, bevor man nicht weiß, wohin die Orientierung geführt hat.

Die Ähnlichkeit wurde bekräftigt, als auf der anderen Seite der Brücke eine ebensolche Wache auftauchte: zwei Posten mit Gewehren. Dieselben Gewehre, dieselben müden Gesichter, dasselbe Begehren:

»Die Parole!«

»Volk«, antwortete Kiebitz, ohne zu überlegen. Er besann sich zwar sofort, konnte den Fehler jedoch nicht mehr gutmachen.

Die Posten legten die Flinten an:

»Halt! Keine Bewegung!«

Kiebitzens Gardisten, die nicht von seinen komplizierten Empfindungen belastet waren, schalteten schneller: Sie machten kehrt und rannten zurück. Die Posten schossen, einmal, zweimal... Nur einer der drei konnte seine Seite erreichen. Was gewinnen die, die nicht von der richtigen Richtung abgekommen sind? Was erlangen die, die sie verloren haben? Fehler, nichts als Fehler. Auch das ist lehrreich, nur schade, daß keine Zeit zum Lernen ist, und niemand da, der lernen könnte: Die Posten zielten bereits auf Kiebitz.

»Was tut ihr da!« schrie er erschrocken. Vor seinen Augen zwei schwarze Löcher, hinter seinen Schultern die Brücke und darauf zwei Tote, auch auf seinem Herzen diese Toten, aber ebenso Vera, Glaube und Hoffnung: »Ich bin ein friedlicher Gesandter! Vom Volk der Republik Golta ins befreundete Olwiopol geschickt. Ich bin der Vorsitzende Kiebitz!«

Fünftes Kapitel

Andere und Leonardo

»Ich bin Kiebitz, der Regierungsvorsitzende von Golta«, wiederholte Boris Andrejewitsch bereits ruhiger. »Ich habe ein Mandat.«

»Auf dich haben wir gerade gewartet«, lachte der ältere Posten. »Gehen wir.«

Hundert Meter nach der Brücke endete die Ähnlichkeit mit Golta. Olwiopol, durch dessen Straßen der Vorsitzende geführt wurde, hatte überhaupt nicht unter dem Aufstand gelitten. Es waren keine zerschlagenen Fenster und keine Brandspuren zu sehen. Es gab auch keine herumlungernden freien Bürger. Dafür patrouillierten an jeder Ecke Soldaten mit einem Offizier. Ihre Uniformen waren tadellos in Ordnung. Maschinenpistole, Patronentasche und sogar Feldflasche hingen am Riemen. Gleichgültig blickten sie Kiebitz mit seinen Begleitposten nach. Ohne eine einzige Frage. Kiebitz witterte in dieser Disziplin sofort etwas Ungutes, auch das ist lehrreich.

Sie blieben vor dem Schulgebäude stehen. Neben seinem Eingang stand ebenfalls eine Patrouille.

»Befehl, den Vogel herzubringen, sobald er angeflogen ist«, meldete der Begleitposten dem Patrouillenoffizier.

»Her mit ihm«, befahl dieser. »Geh du zurück auf deinen Posten, aber dalli!«

Der Begleitsoldat verschwand. Der Offizier deutete mit einem Nicken auf den Eingang. Kiebitz betrat die Schule, hinter ihm der Offizier. Wie ein Schüler, der eine Schandtat begangen hatte, wurde der Vorsitzende durch einen langen Gang geführt und an seinem Ende auf einem Stuhl vor der Tür mit der schlichten Nummer 1 plaziert. In den Gängen der Schule standen überall Posten, einer davon direkt neben dem Stuhl, auf dem Kiebitz saß. Der Offizier klopfte korrekt an die Tür Nummer 1, vernahm ein »Herein« und trat ein.

»Ein Vogel von der anderen Seite will zu Ihnen«, meldete er irgend jemandem.

»Führ ihn rein. Ein Überläufer?«

»Hab ich nicht gefragt«, sagte der Offizier und winkte Kiebitz mit dem Finger zu sich her. Der trat ebenfalls ein.

»Ach... sieh mal an!« rief der am Tisch in Nummer 1 sitzende Major mit den schwarzen Augenbrauen aus. »Das ist ja der Bürger Vorsitzende! Oder irre ich mich?«

Der Major holte ein Foto aus der Tischschublade und betrachtete es aufmerksam.

»Nein, ich irre mich nicht«, beantwortete er freudig seine Frage.

Dann drehte der Major das Foto um, so daß der Offizier und Kiebitz sehen konnten, was ihn so erfreute. Zweifellos wollte er seine Freude mit ihnen teilen. Kiebitz erkannte sich sofort auf der Aufnahme, aber in einer seltsamen Situation: Mit den Ellbogen die Menge auseinanderboxend, arbeitete er sich zu einer Treppe vor, die einer Gangway glich. Das Foto war sehr lebendig.

»Guten Tag, Kiebitz. Wir haben Sie schon erwartet. Gestatten Sie, daß ich mich Ihnen vorstelle – Major Kasarjan.«

»Ich habe von Ihnen gehört. Aber gestatten Sie!« protestierte Kiebitz. »Was ist das für ein Foto, wieso haben Sie mich erwartet? Wo haben Sie mich fotografiert?«

»Schauen Sie doch selbst genau hin«, riet Kasarjan, und reichte ihm lachend das Foto. Zugleich nickte er dem Offizier zu, und der verließ den Raum.

Kiebitz nahm das Foto, betrachtete die Einzelheiten darauf und begriff, wann es gemacht worden war. In dem Augenblick nämlich, wo er mitsamt der verzweifelten Menschenmenge den Zug erstürmte. Wo war das noch gewesen, in Pomoschtschnaja? Es sah so aus. Jedenfalls konnte es nur vor seiner Ankunft gewesen sein.

»Was denn«, stammelte Kiebitz völlig verwirrt. »Was soll denn das heißen? Sie haben mich schon damals fotografiert? Aber wozu?«

»Das verstehen Sie nicht«, bestätigte Kasarjan.

»Wußten Sie etwa«, Kiebitz begann etwas zu dämmern, »wußten Sie etwa schon damals... Nein, das kann nicht sein! Aber wenn es so ist, wozu dann das alles?«

»Alles brauchen Sie auch nicht zu wissen.« Kasarjan nahm ihm das Foto ab und löschte das Lächeln. »Setzen Sie sich, wir wollen ein bißchen miteinander reden.«

Kiebitz setzte sich verdattert.

»Wir werden nicht lange herumreden«, erklärte der Major. »Unser Metier ist militärisch knapp. Wir wissen alles über Sie. Stellen Sie uns vorläufig keine Fragen. Ich werde zuerst einen Vorschlag machen, und dann hat der Beklagte das Wort. Also: Die Macht gehört unvermeidlich uns, den Militärs. Sie haben, als Sie durch Olwiopol gegangen sind, selbst gesehen, wieso das unvermeidlich ist. Bisher haben in Golta Sie Macht gespielt. Gut. Aber nun reicht es. Von jetzt an kein Laienspiel mehr. Ich schlage Ihnen vor, aus freien Stücken in die Zusammenarbeit mit uns einzuwilligen. Und zwar sofort. Die abgestimmten weiteren Aktionen werden folgende Form haben: Nominell bleiben Sie auf Ihrem Vorsitzendenstuhl. Sie bleiben auch Premier, wenn Sie es wünschen. Aber alle Weisungen bezüglich des konkreten Vorgehens werden von uns kommen. Das ist doch auch in Ihrem Interesse, nicht wahr? Es befreit das Gewissen und den Verstand. Sie werden sich noch davon überzeugen. Also, Sie nehmen jetzt sofort meinen Vorschlag an, geben mir eine Garantie und ab nach Hause, zu der jungen Dame.«

»Zu welcher jungen Dame?« fragte Kiebitz töricht.

»Hören Sie doch auf!« Kasarjan verzog das Gesicht. »Sie sehen doch: Wir wissen alles.«

»Aber woher denn?«

»Das ist unser Beruf«, antwortete der Major nicht ohne Stolz. »Lassen Sie Ihre Schelmenstückchen bleiben, haben Sie gehört... Hoffnungen sind dumm, Berechnungen... Verstehen Sie doch: Wenn Sie den Vorschlag nicht annehmen, werden Sie sofort spurlos verschwinden. Wir werden mit Ihnen kein Federlesens machen, dafür haben wir keine Zeit. Verstanden? Also, überlegen Sie es sich.«

Er wandte sich ab und betrachtete ohne sonderliche Ungeduld die Landschaft vor dem Fenster: eine kleine Wiese, zwei Bäume drauf, die Schulgarage und der sich vor dem Regen unter ihrem Vordach schützende Posten.

Kiebitz versuchte, seine Gedanken zu sammeln, aber sie gehorchten ihm nicht. Statt über den Vorschlag nachzudenken, überlegte er, wie sie das alles hatten in Erfahrung bringen können. Und wer *sie* eigentlich waren?

»Wer ist Ihr Chef?« Die Frage rutschte ihm von selbst heraus.

»Was für einen Unterschied macht das für Sie?« fragte Kasarjan verdrießlich zurück. »Ich sehe, Sie stellen immer noch irgendwelche Berechnungen an. Haben Sie sich noch nicht davon überzeugt, daß wir überlegen sind?«

»Aber trotzdem!« hakte Kiebitz nach. »Das ist einfach Neugier!«

»Nehmen Sie den Vorschlag an, und wir stillen Ihre Neugier.«

Vielleicht sollte er ihn tatsächlich annehmen? Jetzt sammelten sich Kiebitzens Gedanken um diese Frage. Aber... was hatten *sie* weiter vor?

»Welche Ziele haben Sie, was für ein Programm?« fragte er. »Ohne sie zu kennen...«

»Kapieren Sie doch endlich!« explodierte Kasarjan und offenbarte damit tiefliegende Charaktereigenschaften. »Was feilschen Sie denn, wollen Sie den Preis für sich in die Höhe treiben? Kein Mensch braucht Sie, niemand! Wir haben es mit Ihnen zwar bequemer, aber wir kommen auch ohne Komfort aus, ist das klar?«

Er beugte sich zu Kiebitz. In dieser Bewegung lag eine Drohung. Kiebitz dachte währenddessen angestrengt nach, ob er, wenn er den Vorschlag annähme, die Sieger danach an der Nase herumführen könnte. Offenbar spiegelten sich diese Gedanken auf seinem Gesicht wider und der Major las sie.

»Ohne Finten. Ja heißt ja«, warnte er. »Lavieren bringt nichts.«

»Unter diesen Bedingungen«, begann Kiebitz vorsichtig. Kasarjan schaute ihm abwartend auf die Nasenwurzel. »Einfach so... blindlings? Nein, das kann ich nicht.«

»Du Tropf! Wir werden dich erschießen, und damit hat sich's!« brüllte Kasarjan, der plötzlich einen kaukasischen Akzent hatte, besonders klar bei dem Wort »erschießen«. »Diese Dilettanten, nichts kann man mit ihnen anfangen... Ich werde dich selbst erschießen, auf der Stelle!«

Der Major knöpfte die Pistolentasche auf, die an seinem Gürtel hing, konnte die Pistole aber nicht herausziehen: Die

Gardine vor dem zweiten Fenster flog zur Seite wie ein Theatervorhang – erwartet unverhofft, und vor den beiden Gesprächspartnern erschien der bislang dahinter versteckte Oberst Lisjutkin. Der Auftritt war höchst effektvoll. Kiebitz aber empfand weder eine Katharsis noch auch nur Verwunderung.

»Ruhe, Major, Ruhe«, grollte der Donnerschleuderer Lisjutkin. »Schlagen Sie nicht mit den Flügeln, es wird schon noch. Sie wollten den Chef, Kiebitz? Der bin ich.«

»Das war zu erwarten«, sagte Kiebitz giftig.

»Ja?« Lisjutkin hob die Brauen. »Sehr gut. Weniger Scherereien. Aber die Falkenblicke, die Sie mir drüben in Golta dauernd zugeworfen haben, und die tückischen Fragen, die Sie mir dauernd gestellt haben, was für eine Gefühlsduselei, du liebe Zeit! Na, haben Sie sich jetzt davon überzeugt, daß der Major nicht gespaßt hat?«

»Ja, schon«, sagte Kiebitz. »Weit mehr noch.«

»Na, dann frage ich jetzt, zum letzten Mal: Stimmen Sie zu? Wenn ja, dann unterschreiben Sie den Rücktritt. Nach dem, was Sie hier aufgeführt haben, können Sie nicht mehr Vorsitzender bleiben. Entschuldigen Sie, so diktiert es das Leben. Das heißt, Sie diktieren es selbst. Obwohl... wenn Sie auch noch unterschreiben, daß Sie mit uns zusammenarbeiten wollen, dann bleiben Sie es. Zumindest bleiben Sie für alle anderen, was Sie waren.«

»Und wenn nicht«, fügte Kasarjan hinzu, »dann hier.«

Er zog die Pistole aus der Tasche und legte sie auf den Tisch.

In Kiebitzens Bauch grummelte es. Es ging alles viel zu schnell. Er kam gar nicht dazu, die Ereignisse gedanklich zu erfassen. Genausowenig konnte er die Feder erkennen oder sie zurückhalten, die an der Stelle auseinanderschnellte, wo es gerade gegrummelt hatte: irgendwo in seinem Bauch. Sie sprengte ihn vom Stuhl und schleuderte ihn nach vorn, mit der Brust auf den Tisch. Erst als er auf der Tischplatte aufschlug und den Schmerz fühlte, griff Kiebitz ganz bewußt nach Kasarjans Pistole, trat dann ein paar Schritte von den Offizieren zurück und befahl leise:

»Kein Wort und keine Bewegung. Ich habe nichts zu verlieren.«

Niemand bewegte sich irgendwohin. Die Profis hatten schnell geschaltet.

»Oberst! Nehmen Sie dem Major das Schultergehänge ab und fesseln Sie ihn. Vergessen Sie den Knebel nicht!«

Lisjutkin führte recht geschickt den Befehl aus. Der Major half ihm, indem er Hände und Füße in die Schlaufen steckte. Sie hatten von Kiebitz wohl kaum ein derart entschlossenes Handeln erwartet, verstanden es aber, sich den Umständen anzupassen. Nach einer Minute lag Kasarjan gut verpackt da und hielt das Taschentuch des Obersten im Schnabel.

»Und Sie, Lisjutkin, kommen mit mir.«

»Hören Sie, Kiebitz, machen Sie keine Dummheiten«, sagte der Oberst vollkommen ruhig. »Sie werden nichts erreichen, nur die kleine Vera zugrunde richten.«

»Wir werden sehen«, entgegnete Kiebitz. »Geh voraus, du Aasgeier, und halt den Mund. Wenn du ein Wort sagst, schieße ich.«

Lisjutkin zuckte nur die Achseln und ging voraus. Kiebitz steckte die Pistole in die Jackentasche, behielt sic aber in der Hand. Sie gingen ohne Komplikationen durch den Schulkorridor. Der Patrouillenoffizier schaute sie nur an und salutierte vor dem Oberst. Der antwortete. Unter dem Vordach der Garage rauchte der Wachposten heimlich.

Sie marschierten in Richtung Brücke. Auch auf der Straße hielt sie niemand auf. Die Posten an der Brücke hatten sie bereits bemerkt und streiften die Gewehrriemen von den Schultern. Der als erster um die letzte Ecke vor der Brücke gebogene Lisjutkin räusperte sich plötzlich und rannte Kiebitz davon. Der versuchte vergeblich, die Pistole herauszuziehen, die in seiner Jackentasche hängenblieb. Die Posten wurden unruhig und ließen die Gewehrschlösser klicken. Der Oberst fiel aufs Trottoir, auf halbem Weg zwischen den Posten und dem verwirrten Vorsitzenden, und schrie.

»Schießt, er haut sonst ab!«

Die Posten rissen die Gewehre hoch. Kiebitz rannte zurück, bog um die Ecke. »Die Sache ist im Eimer«, dachte der glücklose Gangster und tauchte im nächsten, von Gebüsch zugewucherten Hof unter. Hinten im Hof sah er einen Schuppen. Als er hineingestürmt war, wollte er schon die Tür mit Holzscheiten, die dort aufgeschichtet waren, verbarrikadieren. Doch es wurde ihm rasch klar, daß die Barrikade seine Situation nicht radikal verändern konnte. Kiebitz schaute sich um und entdeckte im unbefestigten Fußboden eine Luke mit einem Holzdeckel. »Dort drinnen werde ich abwarten, bis alles vorbei ist«, dachte er. Er öffnete die Luke und sprang hinunter, in die Dunkelheit. Der Flug dauerte überraschend lange, der Keller war tief. Kiebitz kam mit den schon im Theater geprellten Fersen auf und jaulte vor Schmerz. Er erinnerte sich aber sogleich daran, daß man ihn oben hören könnte, und verstummte, ächzte nur, biß die Zähne zusammen und ballte die Fäuste.

Als der Schmerz nachließ und sich die Augen an das Halbdunkel gewöhnt hatten, erkannte er einen Gewölbegang, Wände aus grob behauenem Stein und Reihen riesiger Fässer. Durch die Luke, die jetzt unerreichbar hoch oben war, tröpfelte spärliches Licht auf den Kopf des Flüchtlings. Kiebitz ging vorsichtig die Faßreihen entlang. Sie rochen nach Fusel. Am Ende des Ganges kam eine Biegung und dahinter ein weiterer Keller, doch dort standen keine Fässer mehr, dafür hingen reihenweise Würste, Tierhälften und unbekannte Lebensmittel an Schnüren von der Decke. Kiebitz schritt auch durch diesen Gang und entdeckte eine neue Biegung, wieder in derselben Richtung. Als er unter Einhaltung der Vorsichtsmaßregeln um die Mauerecke lugte, blinkte ihm ein Licht entgegen, vor sich hörte er Stimmen.

Er zog den Kopf zurück und lauschte.

Die Stimmen kamen näher. Dann löste sich eine klar heraus, und Kiebitz vernahm ein entschlossenes: »Hier.«

»Gott sei Dank«, antwortete eine andere Stimme.

Man hörte, wie irgendwelche Gegenstände auf die Erde geworfen wurden. Dann vernahm Kiebitz ein Geraschel, aus dem er schließen konnte, daß sich die Besitzer der Stimmen hinsetzten. Das alles geschah gleich neben ihm, so nah, daß Kiebitz das Schnaufen der Ankömmlinge hören konnte und sie wahrscheinlich mit der Hand hätte erreichen können. Er bemühte sich, seinen eigenen Atem anzuhalten. Noch hatte er den Eindruck, daß es mehr als zwei waren. Was folgte, bewies, daß er sich nicht geirrt hatte.

Doch vorläufig setzten die ersten Stimmen das Gespräch fort.

»Sind Sie sicher, daß niemand etwas von diesem Ort weiß?«

»Natürlich.«

»Aber Sie verhalten sich trotzdem zu unvorsichtig. Auf Sie sind doch alle Augen gerichtet.«

»Unsinn. Vor denen braucht man keine Angst zu haben, die sehen doch nichts.«

»Na, sagen Sie das nicht... Zumindest dieser Lisjutkin könnte...«

»Dieser in sich selbst verliebte Dummkopf? Dieser Hahn in Pfauenfedern? Der nichts bemerkt, außer seiner Stimme und seinem Schnurrbart, dieser singende Krieger, den der Ruhm Schaljapins und Budjonnys am Schlafen hindert? Bringen Sie mich nicht zum Lachen.«

»Und dieser Starko...«

»Der Star, der reden kann? Die Friedenstaube, die über ihrem eigenen Gurren nichts hört? Gruu-gruu! ... Den können Sie vergessen.«

»Und der Vorsitzende...«

»Kiebitz? Na ja, der ist wirklich gefährlich. Solange man nicht weiß, weshalb er zu uns gekommen ist. Aber er ist nicht gefährlich, weil er klug ist, sondern weil er von unserer Sache nichts versteht. Und weil er Glück hat. Er wurde Vorsitzender, nicht weil er weiß, wie man Karriere macht, sondern einfach, weil er Glück hatte. Die sind gefährlich, da haben Sie recht.«

»Sie sind ja ein Mystiker, Isaak Jakowlewitsch! Das habe ich nicht erwartet.«

»Und Sie ein Empiriker, Vater Alexander? Das ist ja die größte Überraschung.«

Kiebitz hätte beinahe losgelacht. Ein ungeheurlicher Zufall hatte ihn mit seinem spaßigen Feind zusammengeführt. Spaßig? Der Geistliche gehörte nicht zu den Lämmern, die Häresie verziehen. Aber was taten er und Rabin hier?

»Und Sie, Sie sind ein unvorsichtiger Feigling!« schnaubte der Geistliche.

»Wie bitte?« wunderte sich Rabin. »Sie sind schwer zu verstehen, ehrwürdiger Vater... Ich bin kein Feigling, das wissen Sie sehr gut. Ein Feigling würde kein solches Geschäft machen. Es ist schließlich kein Pappenstiel, den Zigeunern aus der Vorstadt das Diebesgut abzukaufen. Mit der Summe, die ich da hatte, hätte es sein können, daß ich nicht mehr lebendig aus der Vorstadt zurückkomme.«

»Ich habe nur Spaß gemacht«, knurrte der Geistliche. »Natürlich sind Sie kein Feigling. Doch wir sollten jetzt an die Arbeit gehen. He, du da, Hans!«

»Hier bin ich«, erwiderte die dritte, sehr tiefe Stimme des Kiebitz unbekannten Hans.

»Los, Hans, diesen Stein da...«

»Jawohl.«

Eine Zeitlang hörte man das Hantieren mit dem Stein, der offenbar nicht klein war. Dann polterte der Stein dumpf auf die Erde.

»Toll verpackt«, bemerkte Rabin.

»Haben Sie den Reibach schon gezählt?«

»Ungefähr dreihunderttausend netto. Weniger, als erwartet. Daran ist Olwiopol schuld, wir haben hier wenig bekommen. Die Militärs mit ihrer Ordnung haben alles vermiest.«

»Ich habe Ihnen doch gesagt, bringen Sie mir alles nach Gottesfeld!«

»Na, was soll's jetzt... Das nächste Mal. Hier, alles sortiert: Das sind Scheine, das Klunker und das Lotterielose fürs nächste Jahr...«

»Der Wucherer hat den Verstand verloren! Lotterien, jetzt!«

»Man sollte nicht ablehnen, wenn man sie kriegt«, sagte Rabin. »Und da getrennt, die Obligationen.«

»Hans! Mach wieder zu«, befahl Vater Alexander.

Wieder hörte man, wie gearbeitet wurde. Bald darauf meldete Hans:

»In Ordnung.«

»Vergiß, was du gesehen hast, Hänschen«, sagte Rabin zärtlich.

»Ich kenne meinen Job«, gab Hans gekränkt zurück.

»Beleidigen Sie mir mein Hänschen nicht«, hörte man eine vierte Stimme, die sich erst jetzt in das Gespräch einmischte. »Bedanken Sie sich lieber bei ihm. Und bei mir auch. Lassen Sie uns jetzt das Gesamtergebnis besprechen.«

»Einverstanden, Karl Iwanytsch«, stimmte der Geistliche zu. »Hans! Schau gut her.«

»Also«, sagte irgendein Karl Iwanytsch, »rechnet man diese dreihunderttausend dazu, dann beläuft sich unser Gesamtkapital auf zwei Millionen. Dazu müssen wir noch das rechnen, was Sie, Rabin, in der Bank von Golta versiegelt haben. Das ist unser Kapital, das können wir den leeren Taschen von Kiebitzens

Regierung und den kümmerlichen Tausendern der Armeekasse gegenüberstellen. Unsere Feinde sollen ruhig versuchen, ohne Federn zu fliegen. Ich glaube, es ist klar, wie das ausgeht. Für den Extremfall gibt es noch Reserven. Wenn es nötig sein sollte, werde ich mich an meine Gemeinde wenden, die wird unsere Mittel aufstocken.«

»Lieber Karl Iwanytsch, das sollten Sie nicht tun. In den Augen seiner Gemeinde muß der Presbyter eine absolut unpolitische Haltung einnehmen. Ihr Privatleben ist eine andere Sache. Niemand hat das Recht, sich darin einzumischen. Nein, es müßte sich irgendein anderer an Ihre Gemeinde wenden, nicht Sie. Ich zum Beispiel werde auch nicht vom Altarvorraum aus meine Gemeinde bitten, Geld für eine politische Plattform und nicht für die Kirche zu spenden!«

»Ich sehe keinen großen Unterschied«, murmelte Karl Iwanytsch. »Na, gut. Ich weiß schon, wer sich an meine Gemeinde wenden wird... Aber, Alexander Semjonytsch, was werden wir weiter tun? Wie soll die Taktik unseres Bundes aussehen? Seine Strategie kenne ich. Wie ist beispielsweise unsere Einstellung zum Krieg?«

»Gestatten Sie, daß ich antworte, Vater«, warf Rabin rasch ein.

»Ich muß sagen«, unterbrach ihn Karl Iwanytsch, »daß mir dieser Ausländer hier, dieser Antichristjud, nicht gefällt. Wieso macht er sich dauernd an nordische Menschen ran?«

»Na, hören Sie mal!« erregte sich Rabin. »Ich bin doch nur dem Paß nach Jude! In Wirklichkeit bin ich Judäer wie Ihr Christus auch. Und glaube an denselben Gott. Nur ist Christus aus Palästina, und meine Vorfahren waren Chasaren. Ich bin Chasare, stamme aus einem Turkvolk! Und wenn Sie ein Antisemit auf religiöser Basis, nicht auf der des Blutes sind, Verehrtester, weshalb haben Sie dann mit mir das Abkommen unterschrieben?«

»Ich hab's getan«, seufzte der Presbyter. »Und jetzt weiß ich nicht mehr, ob's die Sache wert war. Wie könnte ein Arier mit Atheisten und Freimaurern ein Geschäft machen? Ich kann es nicht fassen. Der Teufel hat mich dazu verführt. Halt, ich werde alles sagen! Sie halten die ganze Welt in der Hand, sogar das heilige amerikanische Land. Die katholische Inquisition haben Sie gefressen, die orthodoxe Kirche zugrunde gerichtet, und jetzt haben Sie es auf den wahrsten Glauben, auf meinen Glauben, abgesehen. Nein! Wenn ich keine Sicherheits- und Glaubensgarantien bekomme, nehme ich mein Wort zurück!«

»Hören Sie«, kicherte der Geistliche. »Sie bringen ja alles durcheinander. Die Freimaurer haben keine orthodoxe Kirche gefressen. Hier ist sie, sie sitzt vor Ihnen, sehen Sie das nicht?«

»Doch«, entgegnete Karl Iwanytsch. »Ich sehe ihre abgenagten Knochen vor mir sitzen. Ihren lebendigen Leichnam. Und dann sehe ich noch ihr Denkmal auf dem Lubjankaplatz.«

»Erst haben die Romanows die Freimaurer vertrieben!« schrie Vater Alexander. Der Presbyter hatte ihn offensichtlich getroffen. »Und danach die Bolschewiken! Keiner ist übriggeblieben. Woher sollten sie plötzlich auftauchen?«

»Aus Jerusalem«, erklärte der Presbyter. »Sie leben dort, nachdem das Heilige Land nach Amerika umgezogen ist.«

»Ist das ein Blödsinn!« sagte Rabin. »Gut, was für Garantien brauchen Sie? Ich werde sie Ihnen geben. Obwohl, gestatten Sie mir die Bemerkung, welche Garantien könnte es bei unserer Sache geben?«

»Das kann ich Ihnen sagen!« Karl Iwanytsch machte eine lange Pause. »Die Taufe! Taufen Sie den Juden, Alexander Semjonytsch, sofort oder ich gehe.«

»Warum wollen Sie ihn nicht selbst in Ihre Gemeinde aufnehmen?« bemerkte der Geistliche bissig.

»Weil meine Gemeinde Leute wie ihn auf den Tod nicht ausstehen kann, aber Ihre – ist doch genau richtig für ihn. Taufen Sie ihn! Oder Sie können mich mal.«

»So ein Idiot«, sagte Rabin. »So ein blöder Idiot.«

»Ich werde Ihnen gleich den Idioten zeigen... Hänschen!«

»Halt!« schrie Vater Alexander. Karl Iwanytsch schien wirklich etwas zeigen zu wollen. »Wir werden das so machen. Sie, Rabin, lassen sich taufen. Natürlich nicht jetzt, hier sind die entsprechenden Voraussetzungen nicht gegeben. Ich taufe Sie nachher, oben. Aber Sie geloben sofort Jehova, daß Sie die Taufe annehmen werden. Karl Iwanytsch, paßt Ihnen diese Lösung?«

»Natürlich nicht«, versetzte Karl Iwanytsch kurz. »Aber ich bin einverstanden.«

»Sie, Rabin, frage ich nicht nach Ihrem Einverständnis. Sie sind ein vernünftiger Mann.«

»Ich gelobe es!« bestätigte Rabin sogleich diese Charakterbeschreibung.

»Na, dann kommen wir jetzt auf die Taktik zurück«, sagte der Geistliche. »Darüber wird uns sowieso am besten unser Neophyt berichten.«

»Also«, begann Rabin frisch und fröhlich, als hätte er nicht gerade erst den Glauben seiner Väter mitsamt der ganzen, hehren Erinnerung an das Chasarenreich verraten. »Wir besitzen Kapital, das den Gegner schlägt, und damit schießen wir den Vogel ab. Welchen Vogel? Die Macht. Wenn man Kapital hat, braucht man nicht einmal mehr so etwas wie Ideologie, um die Gesellschaft sachkundig zu manipulieren und die Macht über sie zu behalten. Man braucht auch keine Waffen, obwohl es schon wünschenswert wäre. Aber davon später... Ich möchte Sie nicht kränken, aber man braucht auch keine Religionen. Das Kapital besiegt auch sie, hat sie eigentlich schon besiegt. Wir wollen jedoch die Traditionen in Ehren halten: Wir sind keine Revolutionäre, sondern Reformatoren. Die Macht werden wir unvermeidlich erringen, weil wir das Kapital haben. Wir können zulassen, daß alle Konfessionen und alle ideologischen Einrichtungen in der Gesellschaft bestehen bleiben, weil alle Religionen und Ideologien tot sind. Wie werden sich die Ereignisse entwickeln? Zu unseren Gunsten. Schon heute abend werden Kasarjan und Lisjutkin ohne große Mühe Golta einnehmen. Das Ministerkabinett wird natürlich türmen. Ich zum Beispiel werde schon gar nicht mehr dorthin zurückkehren. Die Armee wird die Anarchie ersticken. Aber es gibt noch das Ausland, das die Armee nicht akzeptiert: Gottesfeld und die Vorstadt. In Gottesfeld gibt es, wie Sie wissen, eine Untergrundbewegung. Und in der Vorstadt, ich kann es selbst bezeugen, stellen die Zigeuner eine Division zusammen, um wieder nach Golta einzumarschieren. Wenn sie einen Bund mit anderen Stämmen bilden, besonders mit den Tataren, wird es einen Mongoleneinfall und eine Bartholomäusnacht zugleich geben. Das wird auch die neue Ordnung für unsere Philister sein, nämlich: zuerst Lisjutkin und die Folgen, dann die Nomaden und die Folgen, dann wieder Lisjutkin und noch mal die Folgen. Im Endeffekt wird das Militär natürlich alle erwürgen, dafür hat es ja die Disziplin. Aber was wird letzten Endes von ihm bleiben? Napoleon hat Moskau auch eingenommen, und was geschah weiter? Was werden unsere Kämpfer essen? Was wird aus ihrer Kraft, der Disziplin? Was kann sie schließlich ersetzen? Geld. Und nochmal Geld. Und wer hat es? Wir. Dann werden wir der Diktatur unsere eigenen Bedingungen diktieren. So ist es also: Noch ein kleines Weilchen, und auch wir haben Waffen. Lisjutkin ist ein Idiot, aber kein Dummkopf. Er kennt den Wert des Geldes, und seine Macht. Er weiß, daß er ohne Geld futsch ist, Moskau liegt nicht hinter den Bergen. Der freieste und unabhängigste Bürger wird Moskau unterstützen, wenn er eine Zeitlang gehungert hat. Selbst wenn es ihm kein Brot gibt. Auch gegen Moskau braucht Lisjutkin Geld. Selbst Napoleon brauchte welches. Und in Moskau gibt es viele Leute, die es nicht weniger brauchen, ja sogar mehr, weil die Schweizer Bank näher bei Moskau liegt als bei Golta. Alles klar?«

»Unter welchen Bedingungen und zu welchen Garantien statten wir unseren Napoleon mit Geld aus? Mit welcher Summe und in welcher Währung?«

»Der und Napoleon! Der ist nicht mal Marschall Murat und schon gar nicht Marschall Budjonny. Wir werden ihm den Zaster nach seinem Rang zuteilen, seiner Figur entsprechend weniger. Nicht in Francs, sondern in Rubeln. Was wir von ihm verlangen werden, ist Freiheit. Natürlich nicht für beliebig alles, sondern für das Kapital. Wir wollen Freiheit der religiösen und ideologischen Einrichtungen, aber keine religiöse Ideologie für das Kapital. Und vor allem wollen wir endgültige Unabhängigkeit. Ich meine, des Kapitals.«

»Versteht sich«, sagte Karl Iwanytsch. »Obwohl das noch erklärt werden muß.«

An der Stelle des Presbyters hätte Kiebitz diese Erklärungen sofort verlangt. Der listige Rabin hatte in seinem Wortschwall über die Taktik nichts über das hinaus gesagt, was Karl Iwanytsch im Rahmen der Strategie bereits selbst mitgeteilt hatte. Aber Kiebitz beabsichtigte nicht, für einen Fremden zu arbeiten, er hätte den Herren selbst Fragen stellen können.

»Was nun«, fragte der Geistliche, »an die Arbeit?«

Um besser zu hören, schob sich Kiebitz unwillkürlich näher an die Mauerecke heran. Zu guter Letzt stellte er sich sogar auf die Zehenspitzen. Da geschah etwas Unvorhergesehenes. Sein Fuß knickte um, er griff in die Luft, statt nach dem Mauerwerk, und fiel den Verschwörern vor die Füße. Die erstarrten. Kiebitz konnte ihre Erstarrung indes nicht nutzen, Hänschen war flinker. Er packte den Vorsitzenden an den Schultern und preßte ihn gegen seine Brust wie ein Vater seinen langerwarteten verlorenen Sohn. Gestützt auf sein väterliches Recht, versetzte er ihm mit dem Ellbogen ein paar Rippenstöße. Kiebitz hätte beinahe seinen Geist ausgehaucht.

»Drück nicht so«, brachte er nur heraus.

Hänschen lockerte ein wenig seinen Griff.

»Ta-ta-ta!« trompetete Rabin. »Das ist ja unser Premierminister!«

»Der Diener des Antichrist!« ächzte der Geistliche.

»Der Spion aus dem Zentrum.« Vor Überraschung bekreuzigte sich der Presbyter.

»Wie kommen Sie denn hierher? ... Ach, wie unpassend! Wie unvorsichtig...«, Rabin schüttelte bedauernd die Glatze. »Sind Sie allein?«

»Ja.« Hänschen schaute um die Ecke, hinter der Kiebitz herausgekugelt war, ohne jedoch seine Vaterpflichten zu vernachlässigen.

»Hinrichten, wenn er allein ist«, flüsterte der Geistliche pfeifend. »Soll einer für alle sein Blut vergießen. Ein Opfer für alle. So sagte Kaiphas und wusch sich die Hände. Wir werden unsere auch waschen.«

»Einverstanden«, nickte Karl Iwanytsch.

»Ich freue mich, daß Sie einem Juden zustimmen«, sagte Rabin salbungsvoll. »Man sieht, daß langersehnte Zeiten angebrochen sind: die Hochzeit des Lammes mit dem Löwen. Aber gestatten Sie mir zuerst eine Frage, lieber Premierminister Kiebitz mit der wohlklingenden Stimme! Was machen Sie hier überhaupt? Sie haben Ihren Staatsposten aufgegeben und das Mädchen zurückgelassen... Verkaufen Sie mir das Mädchen, Premier! Und den Posten dazu. Hänschen, laß mich mal näher an ihn ran... Also, verkaufen Sie? Ich lasse mich nicht lumpen. Vielleicht werde ich auch mit einem Leben bezahlen, mit Ihrem nämlich. Das müssen wir noch aushandeln.«

Er drehte sich zu seinen Leuten um und erklärte: »Der Posten taugt nichts, aber das Mädchen ist Zucker.«

»Schämen Sie sich, Rabin, das ist eine heilige Sache«, dröhnte der Presbyter.

»Keine Verzögerung, hinrichten«, pfiff der Geistliche.

»Zuerst soll er sagen, wo er hergerollt ist«, lachte Rabin. »Haben Sie am Ende gar den unterirdischen Gang gesucht, Premier?«

Dieser Gedanke versetzte auch die anderen Verschwörer in Entzücken. Sie stimmten in Rabins Gelächter ein. Rabin selbst, der sich buchstäblich totlachte, beugte sich unvorsichtig weit vor, und seine Glatze war etwa einen halben Meter von dem Gefangenen entfernt. Wieder ohne lang zu überlegen, was er tun sollte, riß Kiebitz den Arm unter Hänschens Ellbogen heraus, zog die Pistole aus der Tasche und hieb damit auf den Schädel des ehemaligen Außenministers ein – genau auf die Stelle, wo der Widerschein der Fackel als helles Mal blitzte. Für eine Sekunde tauchte vor Kiebitz das Bild des Dirigenten Gorin auf, wie er dem falschen Führer in die Fresse langte. Dann hörte er einen unangenehmen, dumpfen Laut. Rabin fiel ihm aufs Knie, zuckte noch einmal und wurde still.

Der Geistliche und der Presbyter waren zurückgetreten, als sie die Pistole gesehen hatten. Kiebitz machte noch einen Ruck und riß sich endgültig aus Hänschens Umarmung los, sprang in eine neue Position – zwei Schritte nach links – und zielte: Er hatte jetzt die ganze Gruppe ins Visier genommen.

»Stehen Sie ganz ruhig«, sagte er, hauptsächlich zu Hänschen, »ich schieße Sie ab.«

Hänschen, der Einfaltspinsel, war jedoch nicht auf den Kopf gefallen. Auch er sah die Pistole.

Nachdem sich Kiebitz überzeugt hatte, daß die Priester ebenfalls keinen Versuch machen würden, ihn zu hindern, ging er um sie herum und zog sich zurück. Zuerst schrittweise mit dem Gesicht zu ihnen, dann drehte er sich um und rannte durch den Stollen davon, ohne zu wissen, wohin ihn der unterirdische Gang führen würde. Hoffentlich recht weit weg. Nach einer weiteren Biegung, wieder im rechten Winkel und in dieselbe Richtung, befand er sich plötzlich unter einer geöffneten Luke, die er wiedererkannte. Es war dieselbe, durch die er kürzlich in den Keller eingedrungen war. Der vermeintliche unterirdische Gang erwies sich als Bunker, der zwar ungewöhnlich groß war, aber doch nur ein Bunker, dessen Stollen eine geschlossene Figur bildeten: ein Quadrat. Kiebitz hatte alle vier Ecken umrundet und damit seine eigenen unterirdischen Irrwege abgeschlossen, ihr Ende stimmte mit ihrem Anfang überein. Er konnte nichts tun, als weiter auf dem bekannten Wege zurückweichen.

Kiebitz rollte ein leeres Faß unter die Luke, kletterte darauf und hangelte sich nach oben. Im Schuppen war es still. Vor der Tür sah er die halbfertige Barrikade. Alles war unverändert. Kiebitz schaute durch einen Spalt in der Tür: Der Hof war leer. Vorsichtig trug er die Barrikade ab und ging hinaus.

Auf der Straße war auch alles leer. Rasch lief er bis zur letzten Ecke vor der Brücke und lugte hinter ihr hervor. An der Brücke standen keine Posten. Irgend etwas war geschehen, während Kiebitz unter der Erde umherirrte. Etwas Bedeutsames. Ohne weiter nachzudenken und Vorsichtsmaßnahmen zu treffen, rannte er über die Brücke. Auf der anderen Seite standen ebenfalls keine Posten.

Er begab sich tief in das menschenleere, stumme Labyrinth, in die Gassen Goltas, und raste auf kürzestem Wege dorthin, wo die einzige Seele in dieser Welt auf seine Rückkehr wartete, zu Vera Nikolajewna. »Das Mädchen ist Zucker«, ging ihm ständig durch den Kopf. Ein wenig beunruhigte Jurij Pawlowitschs verwischtes Bild sein hart gewordenes Herz. Ohne seinen Lauf zu verlangsamen, versprach Kiebitz diesem Bild hoch und heilig: Sobald Vera bei ihm wäre und sie zusammen, ja – zusammen! wären, würden sie den sanften Starko aufstöbern und sich mit ihm gemeinsam in Sicherheit bringen. Wie und wohin – soweit dachte er nicht, doch war er überzeugt, daß sie sich in Sicherheit bringen würden. Das Versprechen beruhigte sein Herz.

Er stürmte durchs Gartentürchen und durch den vertrauten kleinen Hof, rannte durch die Kammer, flog in die Küche und erstarrte: Am runden Tisch in *seiner* Küche saßen Katja Starko und Hirth wie zwei Birkhühner auf einem Zweig und balzten friedlich miteinander. Kiebitzens von den bedrückenden Ereignissen und vom Schlafmangel getrübtes Bewußtsein reagierte schwerfällig im Vergleich zu dem des Landwirtschaftsministers, der sich im Theaterkeller vorzüglich ausgeschlafen hatte. Der Premier hatte noch nicht die kleinste Bewegung in Richtung Jackentasche tun können, als ihm schon die Mündung der Pistole in der Hand des bäuerlichen Intellektuellen auf die Nasenwurzel schaute. Katja betrachtete die Szene mit versteinerter Miene. Vera Dolskaja war nicht in der Küche.

»Ich ergebe mich«, teilte Kiebitz schwer atmend mit.

»Das will ich meinen«, bestätigte Hirth boshaft. »Gib die Waffe her!«

»Er hat keine.« Katja regte sich. »Wir hatten den Beschluß gefaßt, auf die Expedition keine Waffe mitzunehmen.«

»Richtig«, erinnerte sich auch Hirth. Er war sehr nüchtern. »Na dann, setz dich und erzähle.«

»Ihr müßt mir erzählen, was in Golta los ist«, entgegnete Kiebitz. »Ich war ja weg, auf Dienstreise, ich weiß von nichts.«

»Du hast Glück gehabt«, bemerkte Hirth.

»Hier ist nichts Besonderes los«, sagte Katja. »Alles wie vermutet. Der Verräter Lisjutkin hat das Theater mit den Streitkräften erobert. Rabin ist geflohen. Wo mein Vater ist, wissen wir nicht. Und wir sind hier...«

»Wir überlegen hier«, fiel Hirth fröhlich ein, »wie wir uns in die Vorstadt absetzen könnten. Was sagst du dazu, kommst du mit in die Vorstadt, Vorsitzender?«

»Wozu?«

»Wie – wozu? Womit willst du denn Lisjutkin aus dem Theater und Golta rauswerfen, mit deinem Rotz etwa?«

»Und wo ist eure Garde?«

»Hurt längst mit den Weibern in den Häusern rum. Denen ist das doch egal. Wir kennen nicht mal ihre Namen. Außer von denen, die in den Freiwilligenlisten stehen. Und aus denen eine Garde bilden? Die treten heute noch freiwillig in die Armee ein, wenn man ihnen Angst macht. Oder sind schon eingetreten.«

»Wo ist Jurij Pawlowitsch?«

»Davon später«, sagte Katja. »Antworte: Kommst du mit uns mit?«

»Unter einer Bedingung«, begann Kiebitz vorsichtig.

Er konnte nicht ausreden. Die Tür vom Schlafzimmer, von Großmutters Schlafzimmer, ging auf und heraus kam Vera Nikolajewna Dolskaja. Kiebitz schien es, als fahre eine wunderschöne Hochseejacht unter vollen Segeln in die Küche ein oder als eröffne sich von der Wolga aus der Blick auf das unerreichbare Ufer von Saratow.

»Geh nicht mit, geh nicht mit ihnen, Boris«, lispelte sie. »Ich habe gehört, daß sie dich umbringen wollen. Sie haben gerade darüber gestritten, wem sie dich ausliefern, um sich selbst freizukaufen. Er will dich irgendwem in der Vorstadt übergeben, und sie dem Obersten.«

»Hirth!« schrie Katja auf. »Da hast du deine Hirtin!«

Vera Dolskaja stürzte auf Boris zu, stolperte, fiel vor seine Knie und umfaßte sie.

»Borja.« Kiebitz wurde heiß. »Borja, Lieber.«

»Rührend«, sagte Hirth. »Und gelungen. Jetzt ist es für den Vorsitzenden höchste Zeit zu antworten, ob er in die Vorstadt geht. Gehst du, Premier, damit der Hirtin nichts Unangenehmes zustößt?«

»Er wird dich nicht hinbringen, er wird dich töten!« schrie Vera wieder. »Ich habe es gehört, er wird dich nur tot ausliefern. Damit du schweigst.«

»Schweig selbst, du Hure!« zischte Katja haßerfüllt. »Schieß den Kanarienvogel tot, Hirth!«

»Sie lügt auch.« Vera Dolskaja konnte nicht aufhören, oder wollte es nicht. »Sie ist überhaupt nicht aus dem Theater entflohen. Der Oberst hat sie entlassen, damit sie schlafen und sich erholen kann!«

»Wenn Sie sie anfassen, rühr ich mich nicht von der Stelle«, versprach Kiebitz.

»Und wenn wir es nicht tun?« Hirth spielte mit der Pistole.

»Gehe ich mit Ihnen. Wohin Sie wollen.«

»Das glaube ich nicht!« schrie Katja. »Ich glaube ihm nicht! Er lügt seit seiner Kindheit, er ist gewohnt, zu lügen, deshalb hat er auch so eine wohlklingende Stimme. Ich durchschaue ihn, den Missionar aus dem Zentrum... Töte ihn, Hirth, und seine Schlampe dazu!«

»Töte...«, echote es aus der Kammer. Die Tür ging auf und herein fiel Jurij Pawlowitsch. Er war furchtbar anzusehen. Seine Augen quollen heraus, seine Lider waren schwarz, seine Wangen eingefallen. Mit beiden Händen und gespreizten Fingern hielt er sich seinen Bauch wie einen fremden Gegenstand. Jurij Pawlowitsch hielt ihn so sorgsam und fest, als schleppe er ein mit Wasser und aggressiven Fischen gefülltes Aquarium nach Hause.

»Auch hier tötet man«, stöhnte er auf und stürzte zu Boden.

Die allgemeine Erstarrung nutzend, zog Kiebitz die Pistole aus der Tasche und schoß, ohne zu zielen. Fast im selben Augenblick tat dies auch Hirth. Er traf Kiebitz jedoch nicht, seine Kugel durchschlug Großmutters hell klirrenden Teekessel. Dafür traf Kiebitz, wohin er treffen wollte. Sorgsam wie Jurij Pawlowitsch preßte Hirth die Hände auf den Bauch, ließ die Waffe fallen und glitt vom Stuhl. Kiebitz betrachtete kummervoll den zerstörten Teekessel.

»Überall Blut, Blut«, flüsterte Starko unablässig.

Seelenruhig wie eine dicke Puppe oder ausgestopfte Vogelscheuche ging Katja zu Hirth, der mit dem Gesicht nach unten dalag, und hob seine Hand auf... Die Hand fiel mit einem harten Aufprall zurück.

»Tot? Tot«, sagte Katja.

Ihre Worte erinnerten Kiebitz an die Duellszene in »Eugen Onegin«. Er vermied es, den Verstorbenen anzusehen, stand auf und steckte sich dessen Pistole in die Tasche. Seine eigene Kaltblütigkeit verwunderte ihn. Dann schleifte er mit Vera Dolskajas Hilfe Starko ins Schlafzimmer und legte ihn aufs Bett, das einmal sein eigenes gewesen war. Katja kam hinterher und setzte sich ein wenig abseits, finster und wuchtig wie ein Skythengrabmal.

»Boris, jetzt hast auch du Blut an den Händen«, flüsterte Starko von seinem Bett aus.

»Still«, sagte Kiebitz. »Womit können wir Ihnen helfen, Lieber?«

»Mit nichts«, antwortete Starko. »Womit ist dem Tod zu helfen? Der Bauch... hat mich umgelegt. Meinen ganzen übrigen Körper. Aber nicht meine Seele, die nicht! Ich habe mich nicht an ihren Verbrechen beteiligt, an der Umgestaltung der Hölle. Da haben sie mich verprügelt, Boris! Sie haben mich in meinen kranken Bauch getreten! Haben mich getötet. Oh, dieser Lisjutkin! Dieser blutrünstige Aasgeier!«

Jurij Pawlowitsch knirschte mit den Zähnen.

»Aber den Mund haben sie mir noch nicht zugestopft, und solange ich lebe, werde ich dem ganzen Volk laut... das verkünden!«

Starko langte nach seiner Jackettasche, konnte sie aber nicht erreichen. Kiebitz holte selbst das zerdrückte Blatt Papier heraus, auf das Starkos offizielle Distanzierung von der erfolgten Umgestaltung gedruckt war, offenbar sein öffentliches Testament.

»Lies es laut, Boris!« befahl Jurij Pawlowitsch.

Kiebitz las.

»Von oben, aus dem Fenster meines Ministeriums, mit Schmerz und Grauen auf die russischen Felder hinabschauend, die bedeckt sind von Leichen und Geiern, und das Stöhnen der Kinder, schwangeren Frauen und Greise im Ohr, danke ich, der Kultusminister des ehemals freien Volkes von Golta, von meinem Posten ab, auf den ich von der ehemaligen Wetsche gesetzt wurde. Ich danke unter Tränen ab. Ich weine euretwegen, meine lieben Kinder, deinetwegen, du mein gutes, flügellahmes Volk, denn ihr wißt nicht, was ihr tut. Ich sage euch, ich vermache euch dies: Es werden kommen Rasende und Unbedachte, Kaltblütige wie Schlangen und Scharfe wie Hunde, sie werden eure Hoffnungen und Sehnsüchte zerreißen und in den Graben werfen, werden Erde darauf schaufeln, und ihr werdet nicht wissen, wo sie vergraben sind. Wisse, unglückliches Golta, die Geschichte deines Kampfes ist beispiellos kühn! Aber sie ist schon tot. Und meine Abschiedsträne für sie ist für immer versiegt. So leb denn wohl, verblutetes Golta, Mutter der künftigen freien russischen Städte, die du nicht geboren hast! Und du beklagenswerter Vater, Pjerwomaisk, leb wohl für immer.«

Kiebitz drehte das Blatt um. Auf der Rückseite stand von Hand geschrieben: »Hammelfleisch, nicht mehr als 3,5 pro kg, Schweinefleisch nicht mehr als 2,70 pro kg, Rindfleisch nicht mehr als 3,20 pro kg. Brot nicht mehr...«

Welche freien Festpreise das Brot haben sollte, hatte Jurij Pawlowitsch nicht mehr hinschreiben können. Kiebitz hätte am liebsten geweint.

»Jurij Pawlowitsch, Lieber«, sagte er zärtlich, »es ist für dich noch zu früh zum Sterben. Du hast noch zu tun.«

Er zeigte auf die zugedeckte Staffelei.

»Nein, Boris, nein«, Starko richtete seine Augen darauf. »Auch diese Sache ist beendet. Weder ich noch irgendein anderer wird sie fortsetzen.«

Kiebitz erschauerte, ging zur Staffelei und streifte den Bettbezug ab. Die Leinwand war zerschnitten und eingerissen. Der größte Riß hatte das Gesicht der Mutter und des Kindes fast zerstört.

»Schau hin und denk daran, Boris«, hörte er Starkos schwache Stimme vom Bett, die seltsamerweise zu triumphieren schien. »Denk daran, wozu der Mensch fähig ist. Der Deutsche hat meine Arbeit nicht angerührt, der kaukasische Skythe mit dem Schustermesser ging vorüber... Und das nun haben mir meine Kinder angetan, meine Mitbürger. Denk daran, Boris, und wenn dir irgend jemand sagt, daß das alles ist, wozu der Mensch fähig ist, dann glaub ihm nicht. Er ist noch zu mehr fähig. Er ist nicht nur fähig zu Zerstörung und Tod, sondern auch zum Leben. Denk auch daran, und wenn du schwankst und den Glauben daran verlierst, dann erinnere dich an mich. Ich habe meine Lieben weder mit Wort noch mit Tat getötet, ich habe auch ihre Worte und Taten nicht getötet, ihre Bilder nicht zerschnitten. Und sterbe ich jetzt auch, so war ich doch immer auch zum Leben fähig, bleibe es sterbend. Weil ich... war auch mein Talent als Maler nicht so groß, sondern gewöhnlich, wurde ich auch nicht Leonardo oder Iwanow... weil ich euch, ihr Küken, liebe. Das ist mein Talent, mein großes Talent, niemand wird es mir abstreiten.«

Jurij Pawlowitsch verzog das Gesicht.

»Ich sage es auch euch: Liebet einander. Söhnt euch aus und heiratet einander. Ich meine auch Katja, meine Tochter. Und dich, Boris, mein Sohn. Und dich, du mir kaum bekannte Frau... So, jetzt habe ich euch mein Vermächtnis gesagt, die Eingeweide sind geplatzt und haben mein Herz mit Blut überschwemmt: Es ist schwer, euch zu verlassen, meine Kinder, dich, mein Volk, und dorthin zu gehen, wo es weder Volk noch euch, noch sonst irgendwelche festen Körper gibt...«

Er redet wirres Zeug, dachte Kiebitz, es steht ganz schlecht um ihn. Er setzte sich zu Starkos Füßen auf die Bettkante.

»Jurij Pawlowitsch, verschwenden Sie keine Kraft. Alles wird wieder gut.«

»Ich habe nichts zu verschwenden«, seufzte Starko. »Keine Kraft mehr. Noch einmal, meine Lieben... Erinnert euch an mich, obwohl ihr denkt, ich sei ein absurder Mensch. Ich weiß, daß ihr es denkt. Na und, was ist dabei? Ja, ich bin absurd und darin ein echter Sohn meines absurden Volkes und auch sein Vater, laut meinem Testament!«

Er stützte sich auf den Ellbogen und schrie plötzlich: »Und jeder! Jeder, der Sohn und Vater ist, ist absurd! Je mehr er Vater und Sohn ist, desto absurder ist er. Dafür umspült sie ein Geist, der nicht böse und nicht gut ist, der Geist der Liebe. So, ich gehe jetzt, und ihr bleibt da.«

Er seufzte noch einmal auf, seine Augen aber blieben bereits an einem Punkt haften. Dann fiel er zurück auf sein Kissen und starb, ging fort, nach seinen letzten Worten.

Vera Dolskaja begann zu weinen. Kiebitz betrachtete ungläubig das Gesicht des Verstorbenen: Der Vorgang war in der Tat absurd. In der Ecke saß Katja, reglos wie ein Götzenbild.

Kiebitz langte über den Körper, drückte Starkos schwarz gewordene Lider zu und zog die Decke über sein Gesicht. Dann nickte er Vera zu, und beide gingen zur Tür des Schlafzimmers, der Grabkammer. Auf der Schwelle blieb Kiebitz stehen.

»Hör zu, du leblose Vogelscheuche. Vergiß nicht, deine Toten zu begraben.«

Katja rührte sich nicht. Kiebitz nahm Vera an der Hand, und sie gingen an Hirth vorbei, der auf dem Küchenfußboden lag, ohne auch nur einen Blick auf ihn zu werfen. Sie gingen auf die Straße hinaus. Ein frischer Wind blies ihnen ins Gesicht. Sie wanderten weiter, ohne sich nach dem Haus umzusehen, diesem verwaisten Starenkasten, in dem nacheinander viel Schönes gestorben war: die Jugend, die Großmutter, der Garten, die Vögel, der unbeugsame Glaube und die großen Hoffnungen; heute war das Letzte dahingegangen: der Maler und sein Bild. Und heute war auch das Haus selbst gestorben, das ihnen schon lange als Grab gedient hatte.

Streifen wir den Staub der Verwesung von unseren Füßen, die dorthin laufen, wo man vielleicht diesen Todesstrudel heil überleben kann! So poetisch definierte Kiebitz den Ort, zu dem er die bleiche, niedergeschlagene Vera Dolskaja an der Hand führte. Indessen meinte er die überaus prosaische Eisenbahn, vielmehr die Weiche, die er aus den Zeichnungen kannte, die Oberst Lisjutkin der Regierung gezeigt hatte. Setzte man die Verteidigung der Stadt als Kriterium an, so war sie ihre Hauptschwachstelle.

Dort vor ihnen, wo sich diese Weiche befand, erwachte etwas Neues und Schönes zum Leben, eine kleine, bescheidene Hoffnung. Und hinter ihnen? Hinter ihnen in den Trümmern des Hügelgrabes saß weiterhin die gesetzliche Nachfolgerin aller wunderbaren Verstorbenen reglos da, das aus Stein gehauene Skythengrabmal Katja Starko. Ihre vom Venen-V gezeichnete Stirn entsprach genau dem Sektor G 5 auf der Generalstabskarte Nr. 17 des Verteidigungsministeriums von Pjerwomaisk, dem

Vater der russischen Städte. Jenem Sektor, der von Bug und Sinjucha in drei Teile gespalten wurde, wenn man sie von oben besah – aus den Fenstern des Ministeriums oder aus der trostlosen Vogelperspektive.

Sechstes Kapitel
Frühlingswanderungen

Über das freie Land, das aufgequollen war wie ein Schwamm, wie ein Vampir, jagten wilde Wolken und tränkten die Äcker mit unaufhörlichem Nieselregen. Nach allen Seiten der trüben, leblosen Welt zogen sich von Waldstreifen unterteilte Rechtecke hin. Nicht weit von hier im Osten dämmerte die Vorstadt dahin.

Hinter den Truppen, die im Waldstreifen ihr Lager aufgeschlagen hatten, sah man die äußersten Dächer von Golta. Hinter diesen erahnte man den bleigrauen Streifen des Bug, noch weiter Olwiopol und Gottesfeld. Hinter all dem zogen sich wieder endlose Äcker, Waldstreifen, Dörfer und Städtchen hin. Immer weiter bis zu den Grenzen dieses trostlosen Landes, bis zu den Karpaten im Westen und bis zum Meer im Süden. Im Norden und Osten begrenzte es nichts außer Kälte und Vorsehung.

Über den Wolken, die über diesem Lande hingen, erahnte man die Sonne im Zenit. Aber man erahnte sie nur; es war dämmergrau wie am Abend. Jenseits des trüben Dunstes stellte man sich weidende Herden vor, befahrene Straßen und fliegende Vögel. Aber man stellte sie sich nur vor. Nichts dergleichen war zu sehen, das Land war leer wie ein verlassener Starenkasten. Naja, natürlich nicht ganz leer... Hier und da wurde es dennoch von nassen Heuschobern belebt wie ein aufgelassener Friedhof von Grabhügeln. Im übrigen war es – ganz recht – eine von Waldstreifen in Rechtecke unterteilte Öde. Der einsame Friedhofsengel, der über die öden Äcker dahinflog, verwandelte sich in einen Raben und krächzte dreimal. Auf dieses Signal hin begann sich das Bild ein wenig zu ändern.

Mit einem Mal flaute der Wind ab. Dann wurden die Spatzen unruhig, welche die Starenkästen im Waldstreifen besetzt hatten. Das unter den Akazien und Maulbeerbäumen lagernde Bataillon horchte auf. Von der Vorstadt her bemerkte man eine unbestimmte Bewegung, als wachse dort der Rain und rege sich sacht. Ein dunkler Streifen zeichnete sich auf dieser Seite ab, bildete einen Winkel und rückte näher. Je näher er herankam, desto deutlicher konnte man die Gestalten in der heranmarschierenden Kolonne erkennen. Beim Anblick Goltas formierte sich die Kolonne zur Kette um.

Das Bataillon in seinem Hinterhalt war durchnäßt, die Soldaten zitterten vor Kälte und Erregung. Der eine und andere klapperte mit den Zähnen, dann vernahm man ein: »Still!« An Baumstämmen und Maschinenpistolen rollten Regentropfen herab.

Der Kopf der Kette war nun deutlicher zu sehen. Die Heranmarschierenden waren bewaffnet, in der Hauptsache mit Nahkampfwaffen: mit Knüppeln, Äxten und Beilen. Nur manche hatten Heugabeln und Stutzgewehre. Dies konnte nur die Vorhut sein, die zur Kette geordnet vorrückte. Die restliche Horde bewegte sich im großen Haufen auf Karren und zu Fuß. An der Flanke waren ein paar Kavalleristen zu einer besonderen Einheit zusammengefaßt. Es war vermutlich eine national homogene Zigeunerschwadron. Die Vorhut rückte immer näher an den Stadtrand von Golta heran, und dabei ergossen sich immer neue, von der Vorstadt ausgehende Wellen in die rückwärtige Horde. Bis zum Hinterhalt der Armee war es nur noch ein ganz kurzes Stück.

Die Hände der unter den Akazien lauernden Soldaten waren klamm. Sie konnten das gewaltige Ausmaß der auf sie zumarschierenden Horde kaum mit dem Verstand fassen. Tückisch flüsterte ihnen die Phantasie ein, daß das ganze Land gegen sie aufgestanden sei. Unter den Angreifern waren mit großer Wahrscheinlichkeit Verwandte und Bekannte der Soldaten, die hier im Waldstreifen lagen. Jeden durchzuckte dieser Gedanke, und jeder verscheuchte ihn sogleich. Es war zu spät, um darüber nachzudenken: Alles war schon zu fest zu einer Ereigniskette verknüpft, und der Befehl, den das Bataillon erhalten hatte, schweißte diese Kette fest zusammen. Man hätte früher denken müssen, als das Gehirn noch denken konnte, aber nicht jetzt, wo es sich weigerte, das durchaus anschauliche und eindeutige Bild zu speichern: die gewaltige Größe der aus der Vorstadt herausströmenden Horde.

»Fertigmachen!« Im Nu hatte sich der Befehl im Bataillon

verbreitet. Die Schlösser klickten. »Kurze Feuerstöße. Ohne Kommando nicht schießen.«

Die Horde marschierte schweigend. Sie war jetzt ganz nahe herangekommen. Es gab darin eine gewisse Ordnung, keine erzwungene Organisation und Disziplin, sondern eine natürliche, elementare Harmonie gleich dem Blutkreislauf im Organismus. Die Harmonie zirkulierte nach einer tausendjährigen Gewohnheit im Organismus der aus Menschen gebildeten Horde. Die Männer gingen gewohnheitsmäßig zu Fuß, auf den Karren hatten gewohnheitsmäßig Frauen und Kinder Platz genommen, und die wenigen Zigeunerkentauren waren mit ihren ungesattelten Pferden verwachsen. Die Stämme, die die Vorstadt bewohnten, hatten sich zu einem Volk zusammengeschlossen, als sie den Marsch auf die Stadt als einigendes, allen verständliches Ziel erhalten hatten.

»Feuer!« schrie Lisjutkin freudig.

»Feuer!« wiederholten seine Offiziere.

Die Maschinenpistolen knatterten im Chor aus dem Waldstreifen. Von den Äckern flogen die Dohlen auf und ließen sich sogleich wieder auf ihrem alten Platz nieder. In der Vorhut fielen etwa ein Dutzend Figuren. Die Zigeuner kreischten und rasten, die Pferde peitschend, zurück. Die Horde kam zum Stehen.

»Kommando zurück!« befahl Lisjutkin. Er hob das Megaphon an den Mund und schrie, als die Schüsse verstummt waren: »Wir schlagen den Aufständischen vor, umzukehren und sich der Macht zu unterwerfen.«

Das Rollen des donnernden Diakonsbasses scheuchte die Dohlen wieder auf. Der Todesengel, der sich unter sie eingeschmuggelt hatte, plusterte zufrieden die Federn. Die Horde reagierte auf diesen Vorschlag mit keiner Bewegung.

»Ich wiederhole! Alle heim in ihren Stall! Ich verspreche, daß ich die Rädelsführer nicht suchen und die übrigen nicht bestrafen werde.«

Die Horde stand so unbeweglich da wie zuvor.

»Zum letzten Mal biete ich an, daß ihr euch zerstreut. Wenn nicht, eröffne ich das Feuer.«

Die letzte Warnung hatte eine überraschende Wirkung. Statt den Mahnungen zu gehorchen, bewegte sich die Menge plötzlich unentschlossen vorwärts. Offenbar war die Trägheit des ursprünglichen Anstoßes zu groß. Hinter den zu Fuß Gehenden brach die Zigeunerschwadron wieder hervor und galoppierte schreiend auf die Soldaten im Hinterhalt zu. Aus dem rechten, bis dahin schweigsamen Waldstreifen ratterten Maschinengewehrsalven. Zwei Pferde stürzten zu Boden. Die übrigen rasten über den Acker, blieben dabei immer wieder kurz im Schlamm stecken und jagten wieder in die Etappe zurück. Wieder kam die Horde zum Stehen. Die von den getöteten Pferden abgestürzten Kavalleristen krochen auf allen vieren zu ihren Leuten.

»Na, wollen wir kämpfen?« erklang des Obersten metallischer Schrei übers Feld.

Endlich rührte sich die Menge und wich zurück. Als erste türmten die Zigeuner. Die Karren knarrten, als sie wendeten. Die Horde stimmte ein tiefes, die Erde erschütterndes Gebrüll an. Einmütig, als zirkuliere auch die Harmonie des Rückzugs in ihrem Organismus, begab sich die Menge in die entgegengesetzte Richtung, und bald waren ihre letzten Reihen hinter den äußeren Gebäuden der Vorstadt verschwunden.

Die hinter den Wolken versteckte Sonne hatte den Zenit überschritten. Sich mehr deren Anziehungskraft unterwerfend als den Befehlen des Obersten, war die Flut der Invasion von der Ebbe abgelöst worden. Ebenso zog sich auf der anderen, mondbeschienenen Seite der Erde das Meer vom Festland zurück. Wieder blies der Wind. In den Starenkästen beruhigten sich die Spatzen und gingen ihren alltäglichen Beschäftigungen nach. Der Rabe erspähte auf dem Schlachtfeld keinen Gewinn. Die Horde hatte beim Zurückfluten die Verletzten und Toten mitgenommen. Der Todesengel krächzte unzufrieden auf und flog auf einen Maulbeerbaum.

»Prächtig!« schrie Lisjutkin ins Megaphon. Die Soldaten lachten erleichtert.

Für den Obersten war der Arbeitstag indes noch nicht zu Ende. Die Armee hatte ihren Sieg noch gar nicht feiern können, als ein Bote aus der Stadt angeradelt kam. Er meldete, daß der seit dem Morgen seinen Kater bekämpfende Pöbel Goltas gegen Mittag wieder betrunken war, wieder zu toben begonnen hatte und nun das Gefängnis stürme, in dem sich die Reste der Miliz und die wohlbehalten aus dem Theater entkommenen Offiziere erst gestern eingeschlossen hätten. Dank der hohen Mauern und Schußwaffen halte sich das Gefängnis noch, sagte der Bote, doch sei es zweifelhaft, ob es sich auch nur bis morgen weiter halten könne. Die in den Zellen eingesperrten Kriminellen hätten einen Gegentumult angezettelt. Als Lisjutkin die Meldung gehört und einen Augenblick nachgedacht hatte, schnippte er mit den Fingern und sagte wieder: »Prächtig.« Dann flüsterte er dem Boten etwas ins Ohr. Der lachte, setzte sich auf sein Fahrrad und fuhr davon. Der Oberst lachte auch und befahl Major Kasarjan, den MG-Zug unter sein Kommando zu nehmen. Die MG-Schützen sollten hierbleiben in der Hoffnung, daß die Horde aus der Vorstadt erneut auf die Stadt vorzudringen versuchte. Die übrigen ließ der Oberst in die Transporter einsteigen, formierte die Autos zur Marschkolonne und gab das Kommando, Richtung Golta abzufahren. Enttäuscht, daß er auf dem Feld zurückgelassen wurde, ließ sich Major Kasarjan ein Zelt aufschlagen, kroch hinein und legte sich schlafen.

Vor dem Pjerwomaisker Gefängnis hatte sich eine Menschenmenge versammelt, die von ebenjenen stillen, unauffälligen Bürgern aufgewiegelt wurde, die unlängst den Aufstand im Theater angestiftet hatten. Viele Frauen waren in der Menge, ohne sie kam kein einziges Befreiungsvorhaben aus. Die nassen Bäume auf dem Platz waren übersät von Spatzen und kleinen Buben, die gleichermaßen ihre Freude an dem Spektakel hatten und mit ohrenbetäubendem Tschilpen und Pfeifen auf alles antworteten. Die Menge forderte die Freilassung der Gefangenen.

Lisjutkin, der mit seiner Truppe unbemerkt hinten auf dem Platz aufgefahren war, erkannte die kritische Lage. Das schwere Gefängnistor war mit einem herausgerissenen Telegrafenmast schon fast aus den Angeln gestemmt. Die Rädelsführer, die diesen Rammbock aufschaukelten, stießen im Takt ihrer Stöße ein grausiges Geheul aus, in das die Menge einstimmte. Das Eisentor dröhnte wie eine Kirchenglocke.

Dem Plan gemäß, den der Bote den Belagerten telefonisch hatte übermitteln sollen, schoß Lisjutkin zwei Leuchtraketen ab. Auf dieses Signal hin sollten die Gefängnisverteidiger mutig den Belagerern das Tor aufreißen und sie sogleich mit langen Feuerstößen aus dem zuvor im Gefängnishof postierten Maschinengewehr empfangen. Zugleich würde Lisjutkin im Rücken der Menge zuschlagen. Damit wäre der Pöbel eingekreist und vernichtet. Als Bedingung für seine Hilfeleistung hatte Lisjutkin verlangt, daß sich ihm die Gefängnisverteidiger vorbehaltlos unterordneten, und zwar während der Schlacht und danach, wenn der unvermeidliche Sieg die Belagerten befreit hätte. Sollten sie sich weigern, diese Bedingung zu erfüllen, würde sich der Oberst nicht in das Geschehen einmischen und die Starrköpfe ihrem selbstgewählten Schicksal überlassen. Sollte das Schicksal es den Starrköpfen aber erlauben, selbst mit der Gefahr fertigzuwerden, dann wollte sich der Oberst dennoch einmischen und dieses ungerechte Zugeständnis rückgängig machen. Er würde die Unbotsamen wieder im Gefängnis einsperren, nun aber mit den einsitzenden Kriminellen in einer Zelle zusammen.

Nach dem vereinbarten Signal schwang also das Tor auf, und zur großen Verwunderung der Menge ergaben sich die Verteidiger nicht, sondern empfingen sie mit MG-Salven. Die ersten Schüsse setzten das Kommando am Rammbock außer Gefecht. Auch andere wurden getroffen, die passiver an der Belagerung teilnahmen. Daraufhin feuerten Lisjutkins Maschinenpistolen von hinten in die Menge. Die in Bedrängnis geratenen Bürger rannten zwischen den beiden Feuerlinien hin und her. Die Vordersten wurden aus nächster Nähe erschossen. Die Kugeln, die keinen der Aufständischen trafen, prallten von den Pflastersteinen zurück und flogen nach allen Himmelsrichtungen. Zersplitternde Fensterscheiben und abgehauene Zweige prasselten auf die Bürgersteige. Die kleinen Gaffer fielen von den Bäumen wie überreifes Obst, und mit ihnen bunt durchmischt die Spatzen, als hätte ein jäher Frost eingesetzt. Das Pflaster war im Nu mit ihren erstarrten Bälgern und Federklümpchen übersät.

Als von der Menge, die eben noch auf dem Platz gewütet hatte, nur noch ein paar klägliche Häufchen von wenigen Dutzend Menschen übrig waren, befahl Lisjutkin, das Feuer einzustellen. Auch das Maschinengewehr im Gefängnishof stellte das Feuer ein. Zwei riesige Lastwagen fuhren aus dem Tor heraus. Von der anderen Seite krochen die Armeefahrzeuge auf den Platz. Zur Kette entfaltet, fuhren sie auf die verstört herumhastenden Häuflein zu, um sie zu einem großen Haufen zusammenzutreiben und in den Gefängnishof zu drängen wie Schafe in den Pferch. In wenigen Minuten war die Sache erledigt. Etwa hundert Tote und Verwundete lagen vor dem Tor herum. Die gefangenen Aufständischen wurden aufgefordert, sich im

Pferch auf den Asphalt zu setzen. Auf Erden herrschte wieder Frieden und in Oberst Lisjutkin, der mit eisernem Schritt mitten auf den Platz gegangen war, Wohlgefallen.

Aus dem Tor kam der Gefängnisdirektor zu ihm gerannt und meldete: »Major Nikitin steht bereit, Ihre Befehle entgegenzunehmen!«

Lisjutkin breitete beim Lächeln die Schnurrbartspitzen aus und hielt dem Major kameradschaftlich die Hand hin. Der Major drückte sie fest und erstarrte längere Zeit bei diesem Händedruck, durchdrungen von der ehernen Kälte der Kommandeurshand. Der Sieg war total.

In einem anderen Stadtbezirk, an der Weiche, hatte sich eine andere Menge versammelt. Die verängstigten und durch die Ereignisse der letzten vierundzwanzig Stunden gewitzten Goltaner aus dem Mittelstand hatten versucht, den Bahnhof anzugreifen, waren dort jedoch auf eine verstärkte Bewachung gestoßen. Außerdem wirkte sich bereits der von der Eisenbahn erklärte Boykott aus: Die Züge hielten nicht im Bahnhof Golta. Der eine oder andere Flüchtling war in vager Erwartung auf dem Bahnhofsplatz geblieben, die meisten aber hatten beschlossen, zur Weiche am Stadtrand zu marschieren. Dort wurden die Züge, die jetzt an Golta vorbeifuhren, auf andere Strecken geleitet und mußten unbedingt die Geschwindigkeit drosseln. Wenn man sich anstrengte, konnte man auf die fahrenden Züge aufspringen. Das Risiko war natürlich groß. Doch in der Stadt zu bleiben, war ein noch größeres Risiko. Die Menge hatte sich an der Weiche gelagert und wartete auf eine passende Gelegenheit.

Zur selben Entscheidung hatten die Umstände auch Kiebitz genötigt. Jetzt saß er zwischen den anderen auf dem nassen Gleis, Schulter an Schulter mit Vera Dolskaja. Kiebitz fürchtete, daß ihn einer der Flüchtlinge erkennen könnte. Deshalb versteckte er sein Gesicht in den Händen und tat so, als ob er döse. Er hatte nicht erwartet, hier an der Weiche eine derartige Menge Ausreisewilliger vorzufinden. In seiner Phantasie spielte sich schon das grausige Stück vom Sturm auf den fahrenden Zug ab. Auch dieses Stück machte Kiebitz angst.

Auf dem Bahnübergang neben der Weiche herrschte intensiver Verkehr in beiden Richtungen, in die Stadt und aus ihr heraus. Die Flüchtlinge zerstreuten sich damit, daß sie sich mit den Passanten unterhielten. Den Bauern, der sein Gemüse zum Markt fuhr, informierten sie lachend, daß es den Markt schon lang nicht mehr gebe, sondern freie Festpreise, die mit Waffengewalt durchgesetzt würden. Sie rieten ihm kehrtzumachen. Den Kolchosvertretern, die Genaueres über den von Lisjutkin bereits angekündigten Erlaß der Lebensmittelsteuer erfahren wollten, erklärten die Emigranten, daß man alles abliefern müsse. Die Kolchosleute glaubten es nicht und fuhren weiter. In der Gegenrichtung schwärmten die demonstrativ bewaffneten Lebensmittelkommissare über denselben Übergang ins Umland aus. Bei ihrem Erscheinen verstummten die Flüchtlinge.

Das Warten zog sich hin. Alle waren durchnäßt und zitterten, aber niemand ging weg. Vera Dolskaja redete Kiebitz nicht mehr mit »Lieber« an und versuchte von Zeit zu Zeit zu weinen. Wenn er ihr vom Weinen verquollenes Gesicht anschaute, fühlte er seine Schuld ihr gegenüber wachsen, noch schneller wuchs seine Sympathie für sie. Das Gefühl der Einsamkeit, das ihn nach Starkos Tod erfaßt hatte, war der Grund für das eine wie für das andere. Welche Hoffnungen wurden von diesen Gefühlen geweckt, was erwartete er von Vera Dolskaja, die in den Lebensstürmen die Ähnlichkeit mit einer eleganten Hochseejacht verloren hatte? Diese Fragen ließen sich mühelos beantworten: Hafen, Wärme, Zuflucht, Anker. Aber Kiebitz wollte sich diese Fragen nicht stellen, da er eine andere Antwort auf sie fürchtete, die ebenfalls möglich war: keine Hoffnung.

Den Zug in Ruhe abzuwarten, gelang nicht. Die Flüchtlinge bemerkten, daß vom Bahnhof Golta her ein bewaffnetes Kommando auf die Weiche zukam, das von einem Mann in Lederjakke angeführt wurde.

»Bahn frei!« schrie der Mann schon von weitem und schwenkte die Pistole. »Na, wird's bald!«

Die Flüchtlinge standen unwillig von ihren Plätzen auf. Die Lederjacke fand, daß der Befehl nicht schnell genug ausgeführt wurde.

»He, ihr Deserteure!« brüllte er. »Ist euch der Hintern angefroren? Marsch! Wer das Leben leid ist, dem kann ich helfen: an die Wand mit ihm!«

Die Befehle hatten keine besondere Wirkung. Auch die Pistole, mit der die Lederjacke drohte, und die Gewehre seines Kommandos schüchterten die Flüchtlinge nicht ein. Sie hatten es nicht eilig, die Bahn frei zu machen. Kiebitz wandte das Gesicht ab, aus Furcht, von allen Seiten zugleich erkannt zu werden. Die Lederjacke schaffte es nicht, die Drohung wahrzumachen, der Zug tauchte auf. Er näherte sich der Weiche, fuhr in die Kurve ein, drosselte die Geschwindigkeit... Und Kiebitz durfte sich zu seinem Vagabundenstatus gratulieren, der bislang nur seinen Verdruß erregt hatte.

Ihn hinderten keine Siebensachen. Alle anderen aber waren vollbepackt. Die Goltaner schleppten recht sonderbare Dinge ins freiwillige Exil: Federbetten, Kissen und sogar Möbel. Sobald die Lokomotive auf der Höhe des Übergangs war, stürzten die Entschlossensten auf das Trittbrett zu. Der zweite Lokführer stieß sie mit dem Schürhaken von den Stufen hinunter. Den Hartnäckigsten drosch er auf die Finger, mit denen sie den Haltegriff umklammerten. Auf den Waggonplattformen standen Begleitbrigaden und deckten ihre Verteidigungsabschnitte. Es hagelte Schläge auf die Köpfe der Emigranten, die neben den Waggons herrannten. Die sperrigen Sachen waren hinderlich, aber niemand warf seine wertvolle Habe weg. Kiebitz sah, wie ein Goltaner, der mit seinem Kleiderschrank emigrierte, diesen über seinen Kopf hob und die Rivalen damit rammte. Die Menge stieß ein Gebrüll aus, das Kiebitz schon fast vertraut anmutete. Der ganze brüllende Haufen lief parallel zum fahrenden Zug die Gleise entlang. Die bewaffnete Abteilung, die die Emigranten vertreiben sollte, und ihr Kommandeur in der Lederjacke wurden umgerannt und niedergetrampelt.

Kiebitz hielt Vera Dolskajas Hand fest umklammert und rannte mit allen anderen mit. Ein Waggon nach dem anderen überholte sie. Ein Flüchtling nach dem anderen blieb entkräftet zurück, doch Vereinzelten gelang es, unter dem Opfer ihrer Habe die Kupplungen zu erklimmen. Jetzt stießen sie die Nachfolgenden hinunter. Die Flinkesten hangelten sich mit Sack und Pack auf die Dächer hinauf. Schon war der vorletzte und jetzt der letzte Waggon neben dem rennenden Kiebitz... Mitsamt der letzten Hoffnung fuhr auch die letzte Plattform des Zugendes vorbei... Leer!

Das war ein Wunder. Mit letzter Kraft stürzte Kiebitz zur Plattform und klammerte sich mit der einen Hand an ihr Geländer. Mit der anderen zog er Vera zu sich her. Ihre Beine knickten ein, doch auch sie schaffte es, die Eisenstangen zu packen. Irgendwoher bezog er noch die Kraft. Kiebitz schubste Vera Nikolajewna hoch und stieß sie auf die Plattform – sie fiel auf die Knie, dann sprang er selbst hinauf und brach mit ausgebreiteten Armen auf dem pickligen Eisenboden zusammen.

Zurück blieben die glücklosen Emigranten, die von ihnen niedergetrampelten Gardisten und die auf den Bahndamm geworfenen Habseligkeiten. Bald darauf verschwand all das hinter der Kurve. Der Zug beschleunigte und brauste fröhlich ratternd davon, weg von Golta.

Nach einer kurzen Schnaufpause setzte sich Kiebitz auf. Während er so mit dem Gesicht nach unten dalag, hatte ihn Vera Dolskaja betrachtet und dabei das unangenehme Gefühl verspürt, einen Fehler gemacht zu haben. Jetzt war ihr schleierhaft, womit dieser Mensch ihre Aufmerksamkeit hatte erregen können. Er unterschied sich durch nichts von den Männern, die man meiden und fürchten mußte, von einem erbärmlichen, tollwütig gewordenen Flüchtling oder einem Banditen, der aktiv bei der Rebellion mitgemacht hatte. Dieser Mann war verdreckt und unrasiert wie die anderen. Sein Jackett war widerlich naß und stank wie eine abgetragene, verkotete Wattejacke. Als sich dann dieser Mann aufsetzte, erblickte Vera Dolskaja dieselben entzündeten, irren Augen, wie sie die anderen auch hatten.

Und nun sagte dieser schreckliche Mensch, der erfolglos versuchte, weich und ruhig zu sprechen, heiser und krächzend: »Gott sei Dank, wir sind entkommen, *Verotschka*...«

»Und auch... dafür muß ich Ihnen danken«, antwortete Vera Dolskaja nervös. »Das werde ich immer tun.«

Sie drückte sich ebenfalls nicht allzu gewählt aus.

»Waren wir nicht schon per du?« Kiebitz versuchte ein Lächeln.

»Wirklich? Entschuldigung, in dieser Hölle...«

»Nein, nein«, entgegnete Kiebitz, »halten Sie es bitte so, wie es Ihnen angenehm ist.«

»Es fällt mir schwer, mich mit jemandem zu duzen, entschuldigen Sie«, sagte Vera Dolskaja und bezwang ihre Nervosität.

»Wie es Ihnen angenehm ist«, wiederholte Kiebitz.

»Wohin fahren wir eigentlich?« Vera Dolskaja wechselte das Thema. »In welche Richtung, doch nicht etwa nach Golta?«

Sie lachte über ihren Scherz. Es klang gespannt.

»Was?« Kiebitz fuhr zusammen und betrachtete die vorbeisausende Landschaft. Er nahm den Scherz ernst. Ringsum zogen sich immer noch dieselben Äcker und Waldstreifen hin. Die Richtung, in die sie fuhren, ließ sich nicht bestimmen.

»Nein«, sagte er nach einiger Überlegung. »Wenn wir nach Golta fahren würden, wären wir schon da.«

»Ich habe nur Spaß gemacht«, sagte Vera Dolskaja. Die Gereiztheit überkam sie wieder.

Die Lage war überhaupt beschissen, egal, wohin sie fuhren. Das wußten sie beide, Kiebitz vielleicht nicht ganz so sicher. Er schaute Vera Dolskaja an, und sein Blick bekam etwas Gespanntes, als ob er es ahne.

»Wahrscheinlich sind wir bald in Pomoschtschnaja«, sagte er plötzlich. »Was wollen Sie dann tun?«

»Mich in keinem Fall dort aufhalten«, antwortete Vera Dolskaja. »Ich werde in Saratow erwartet.«

»Haben Sie Familie?«

»Nein. Aber die Arbeit und meine Freunde...«

»Wo arbeiten Sie?«

»In der Bibliothek.«

»Ein nettes Plätzchen«, sagte Kiebitz. »Gemütliche Arbeit. Aber wahrscheinlich schlecht bezahlt? Und was wäre, wenn... wenn Sie mit mir mitfahren würden?«

»Wie meinen Sie das? Wohin?« wunderte sich Vera Dolskaja.

»Egal, wohin. Nach Moskau. Und wenn Sie wollen, nach Charkow.«

»Was soll ich denn dort?«

»In die Bibliothek gehen«, schlug Kiebitz bissig vor. »Entschuldigen Sie. Dort leben, was denn sonst.«

»Aber wozu? Hören Sie, Sie scheinen von Ehe zu sprechen?«

»Es geht auch ohne Ehe.«

»Aha«, sagte Vera Dolskaja. »Das ist der Preis für die Rettung. Ich verstehe.«

»Du Dummes«, sagte Kiebitz, »ich hab dich lieb. Vom ersten Augenblick an, wo ich dich gesehen habe. Ich kann auch mit dir mitgehen, wohin du willst.«

»Das kommt so... überraschend«, sagte Vera Dolskaja und wurde rot. Es hatte schon sehr falsch geklungen. »Ich kann das nicht so schnell... so schnell annehmen und zustimmen.«

Kiebitz lächelte düster.

»So schnell muß es auch nicht sein. Sie haben noch Zeit zum Überlegen.«

Wieder schwiegen sie. Es nieselte. Der Nieselregen schien die Situation mit Absicht noch ungemütlicher zu machen.

»Aber entscheiden müssen Sie sich bis Pomoschtschnaja«, bemerkte Kiebitz plötzlich.

»Weshalb?«

»Dort kann es Schwierigkeiten geben.«

»Ich überleg's mir«, versprach Vera Dolskaja, ohne zu fragen, was für Schwierigkeiten das sein könnten, und wandte sich ab.

Jetzt sah Kiebitz sie von hinten und dachte, wie schön es wäre, wenn sie zustimmen würde. Aber irgend etwas benagte und piekte sein Herz, fast zärtlich, als küßte es das Würmchen der Vorahnung.

Der Zug fuhr langsamer. Kiebitz sah nach. Ja, das mußte der Umsteigebahnhof Pomoschtschnaja sein.

»Wir steigen nicht auf den Bahnsteig aus«, warnte Kiebitz, »sondern zur anderen Seite.«

Er fragte nicht, was Vera Dolskaja beschlossen hatte und ob sie überhaupt etwas beschlossen hatte. Er zögerte den Augenblick hinaus, wo diese Antwort ausgesprochen würde, weil auch er Angst davor hatte. Dabei wußte er nicht genau, was er mehr fürchtete, das Ja oder das Nein.

»Gut«, sagte Vera Dolskaja.

Kiebitzens Vorsichtsmaßnahmen brachten nichts ein. Welche tun das übrigens? Bei der Einfahrt in Pomoschtschnaja stellte sich heraus, daß der Zug umzingelt war. Auf beiden Seiten des Gleises hatten Soldaten eine Kette gebildet. Die vorausschauenden Emigranten, die auf der dem Bahnsteig gegenüberliegenden Seite absprangen, gerieten ebenfalls ins Netz. Hartnäckige Anhänger der Freizügigkeit, die nicht vorhatten, die Waggondächer zu verlassen, wurden von den Soldaten mit den Gewehrkolben heruntergejagt. Alle Flüchtlinge mußten zu einem Haufen gedrängt auf dem nassen Asphalt Platz nehmen. Sie wurden ebenfalls umstellt. Vera Dolskaja und Kiebitz saßen unter den anderen. Für diesen Fall hatte Kiebitz keine Gegenmaßnahme parat, obwohl er sie hätte haben sollen.

Die Kette der Wachposten trat auseinander, und in ihren Kreis trat ein hagerer, sehr sonnengebräunter Hauptmann, der für seinen nicht gerade hohen Rang zu alt war. Er ließ vergnügt seine Stahlzähne blitzen, musterte die Sitzenden und hieß sie willkommen.

»Angekommen? Dann aussteigen.«

Die Soldaten kicherten.

»Ich bitte um Verzeihung, Kinderchen, daß wir keinen Begrüßungsmarsch spielen. Aber die Musiker streiken, wegen Regen. Die Instrumente würden rosten.«

Die Soldaten lachten laut. Der Hauptmann bekam immer mehr Geschmack an dem Stück, das er spielte. Sein regennasser Zinken glänzte.

»Aber Kinderchen, wie seht ihr denn aus? Wie Landstreicher, sage ich euch. Verlorene Söhne und Töchter seid ihr. Und wir haben hier gedacht, wer sie wohl sein mögen, die heldenhaften Aufrührer von Golta? Garibaldis? Cromwells? Am Ende gar Pugatschows? Aber ihr, bitteschön, ihr seid einfach lausige...«

»Grünschnäbel«, fiel der Soldat ein.

»Richtig«, stimmte der Hauptmann zu. Plötzlich brüllte er los: »Meuterer! Schurken, ihr habt wohl den Arsch offen! Ich werde euch wie Wanzen zerquetschen! Und zwar gleich. Keiner wird sich verpissen können.«

Die Emigranten gerieten in Aufregung. Manche sprangen auf und versuchten dem Hauptmann zu erklären, daß sie nichts mit den Aufrührern zu tun hätten, selbst gelitten hätten und vor dem Aufstand geflüchtet seien. Dem Hauptmann stand jedoch der Sinn überhaupt nicht danach, die Goltaner in Tauben und Falken zu sortieren und sie nach ihrem Anteil am Aufruhr in die Tabelle der Elemente einzuteilen. Es genügte ihm vollkommen, daß sie allesamt in diese Tabelle hineingehörten, ins aufständische Golta, das er blockierte.

»Ich nehme trotzdem ein Dutzend und schlage es hinterm Bahnhof tot«, gab er den Emigranten auf ihre Loyalitätsbeteuerungen zur Antwort. Er lächelte ermunternd, wobei er sich vorstellte, welche Diskussion jetzt wohl entbrennen würde über die Frage, wer in dieses Dutzend aufgenommen werden sollte.

Durch die Erfahrung der letzten vierundzwanzig Stunden gewitzt, nahmen die Flüchtlinge seine Worte ernst. Jetzt gab schon gut die Hälfte überstürzte Erklärungen ab. Deren Qualität wurde dadurch natürlich nicht besser. Der Hauptmann befahl, daß alle auf ihre Plätze zurückkehren sollten, aber niemand gehorchte. Immer lauter und verworrener wurden die

Verwünschungen der provisorischen Regierung von Golta, die an allem schuld sei, immer bitterer die Klagen über das traurige Schicksal, die Brände und die ins Nichts verwehte Habe, über Blut und Tod... Manch ein Flüchtling fiel vor dem unbeugsamen Hauptmann auf die Knie, vor diesem blutgierigen Geier mit dem eisernen Schnabel, und flehte, daß er ihn laufenlassen möge, da er im Unterschied zu den anderen nicht nur unter dem Aufstand gelitten, sondern auch bis zum Umfallen Widerstand geleistet habe. Der Hauptmann gab ein Zeichen. Einer der MP-Schützen feuerte eine Salve in den Himmel ab. Die Menge wich zurück und verstummte... In der eingetretenen Stille öffnete der Hauptmann den Mund für einen neuen Befehl...

Diese Pause nutzte Vera Nikolajewna Dolskaja.

»Hier ist er!« schrie sie und tauchte aus der Menge auf. »Er hat alles ausgeheckt! Wir sind nicht schuld, ergreifen Sie ihn, den Vorsitzenden der provisorischen Regierung! Ich flehe Sie an, Hauptmann, ergreifen Sie ihn und halten Sie ihn fest!«

Von der Anstrengung ihrer Stimmbänder wurde Vera Dolskaja rot im Gesicht, ihre Augen füllten sich mit Tränen. Sie umklammerte mit der einen Hand die knarrenden Riemen des Hauptmanns, mit der anderen zeigte sie auf Kiebitz, der auf dem Asphalt saß. Dieser Gesichtsausdruck stand ihr gar nicht, und auch diese Gesten waren unvorteilhaft. Sie wußte das und versuchte, die Sache rascher zu Ende zu bringen.

Der Hauptmann, verdutzt über ihren jahen Ausfall, begriff nicht gleich, was ihm da vorgeschlagen wurde. Doch als er es begriffen hatte, handelte er entschlossen. Er entblößte seine angerostet aussehenden Zähne, zog die Pistole und krächzte mit gepreßter Stimme, was bei diesem Erfolg durchaus verzeihlich war: »Wo?«

»Da, da sitzt er! Kiebitz, Boris Andrejewitsch!«

Dolskaja zeigte mit beiden Händen auf ihn.

»Aufstehen!« bellte der Hauptmann. »Und die Frau festhalten, sonst beißt sie noch.«

Der Vera Dolskaja nächststehende Soldat umfaßte sie wie ein Bruder. Kiebitz stand auf.

»Sie sind das also... dieser Vogel?« fragte der Hauptmann einschmeichelnd, während er auf ihn zuging.

Kiebitz sah ein, daß er nichts zu verlieren hatte, setzte sich wieder auf den Asphalt und sagte betont grob: »Ein bißchen höflicher geht's wohl nicht?«

»Geht schon«, stimmte der Hauptmann bereitwillig zu und trat dem Vorsitzenden mit der Stiefelspitze ins Gesicht. Der fiel rücklings um. Vera Dolskaja schrie kurz auf und hielt sich die Hand vor den Mund.

»Es geht noch höflicher«, sagte der Hauptmann und trat den stöhnenden Vorsitzenden wieder. Diesmal in die Seite.

»Willst du noch einen?«

Kiebitz schüttelte verneinend den Kopf.

»Also der Regierungsvorsitzende persönlich«, sagte der Hauptmann nicht ohne Verwunderung. »Der kommt auch mit hinter den Bahnhof, und dann...«

Die Züchtigung vor ihren Augen hatte die Emigranten erregt. Nach Vergebung dürstend umdrängten sie den Hauptmann.

»Wozu das denn? Wir machen ihn hier fertig, Genosse, mit unseren eigenen Händen!«

Ohne die Erlaubnis abzuwarten, begannen sie schon verstohlen, ihren Vorsitzenden zu piesacken. Dabei war der vielleicht ihr Schutzengel gewesen in der Nacht, die um ein Haar zur Bartholomäusnacht geworden wäre. Auf Befehl des Hauptmanns mischten sich die Soldaten in das Handgemenge ein und rissen die in gerechtem Zorn entbrannten Flüchtlinge auseinander. Die Umzingelung wurde enger. Kiebitz, der sich mitten im Gewühl befand, träumte nur von einem: daß sie ihn nicht allzusehr verprügelten, wenn es schon nicht ohne Prügel abging. Bei seinen Versuchen, den Schlägen auszuweichen, kroch er zwischen den Beinen der Raufenden hindurch und war plötzlich außerhalb des Kessels.

Er begriff nicht gleich, daß er sich im Rücken der Soldaten befand. Anfangs nutzte er nur die Möglichkeit, die ihm beigebrachten Beschädigungen zu untersuchen. Dann drang es wie ein Donnerschlag an sein Ohr: Freiheit! Freiheit und vielleicht auch Leben.

Wie ein Tier wieselte er auf allen vieren zum Zug, der neben dem Bahnsteig stand, tauchte unter ihm hindurch und stürzte zum Zug auf dem Parallelgleis. Die Soldatenkette um die Waggons, auf denen die Emigranten angekommen waren, war bereits aufgelöst worden. Der Zug sollte weiterfahren. Als

Kiebitz zwischen den Rädern des zweiten Zuges durchkroch, wurde sein Verschwinden entdeckt. Doch der auf dem Gleis stehende Zug fuhr an und hielt die Verfolger zurück.

Kiebitz rannte, ohne sich umzuschauen. Hinter ihm fielen Schüsse. Das war ein Segen, denn es verlieh ihm neue Kraft. Kiebitz überquerte alle Gleise des Bahnhofs von Pomoschtschnaja, rannte hinaus und durch die Straßen des Städtchens. Dabei fuchtelte er so komisch mit den Armen, als wolle er Anlauf nehmen, um zu fliegen. Die Jagd auf ihn verlief ungeordnet. Die Soldaten kannten sich in Pomoschtschnaja ebensowenig aus wie er selbst. Er hatte Glück und fand auf Anhieb aus dem Städtchen hinaus, das an Ackerland angrenzte. Vor ihm, in etwa zwei Kilometern, wurde der Acker von einem Waldstreifen begrenzt.

Kiebitz schleppte seine bleischweren Schuhe, an denen die nasse Erde klebte, über den Acker, taumelte nach unbestimmter Zeit in den Waldstreifen und fiel unter einen Maulbeerbaum. Das Gras unter seinem Körper knisterte. Der ungepflügte Boden ließ ihn sicher aufliegen wie ein Mädel, das tüchtig geschlagen worden war. Die Freiheit umwehte sein brennendes Gesicht mit einem heilenden Windhauch. Er bekam Angst, daß er diesen verräterischen, verfrühten Liebkosungen nicht widerstehen und der Versuchung erliegen könnte, an diesem unsicheren Zufluchtsort liegenzubleiben. Zähneknirschend stand er wieder auf und schleppte sich weiter. Er wußte nicht wohin, Hauptsache weg von Pomoschtschnaja. Der lockere Ackerboden saugte seine Füße auf, die zahllosen Waldstreifen luden ihn ein, sich darin zu verstecken und abzuwarten, aber er blieb nicht stehen. Vor Anspannung wurde ihm übel. Ohne stehenzubleiben, wischte er sich den Mund ab.

Sein Bewußtsein trübte sich und schwand, verließ ihn vielleicht gar. Dann verließen ihn die Sinne. Er taumelte weiter, fiel in den klebrigen Schlamm und rappelte sich wieder auf. Doch auch im Fallen hielt er nicht inne und setzte seinen Weg kriechend fort.

Der Todesengel, der in Rabengestalt über das Feld flog, bemerkte unter sich die besinnungslos dahintaumelnde Figur, stieß herab und setzte sich auf ihren Weg. Ringsum war Leere. Nur ihnen beiden war dieses Feld gegeben, nur für sie jagten die Wolken darüber hin und nieselte reibungslos der Regen. Die

Erde trank sich am Himmelsblut satt und schwoll auf wie ein Schwamm, wie ein Vampir.

Aus den Waldstreifen, die den Leib der Erde zergliederten, stieg ein drohender Hymnus zum Himmel auf, das Aufheulen eines unheimlichen Chores. Dann strudelte der Wind in den Fluglöchern der von allen verlassenen Starenkästen. Wie skythische Hügelgräber standen die dunklen Heuschober auf diesem endlosen Friedhof, darüber spannte der Abend die Flughäute aus, die von Osten heranschwirrende Fledermaus. Dort, wohin der von seiner Mühsal erschöpfte Mensch strebte, flammten die spärlichen Lichter der Vorstadt auf.

Der Mensch sah sie nicht. Er fiel zum letzten Mal auf den Boden, der unter seinem Gewicht nachgab, vergrub das Gesicht im Acker und rührte sich nicht mehr. Der Rabe, Engel des Todes, wartete auf ein Lebenszeichen. Es kam nicht.

Da ging der Vogel zum Menschen und pickte ihm dreimal auf den Scheitel. Einmal und noch zweimal.

Dann krächzte er wohlgefällig.

»Karr!«

ZWEITER TEIL
PFERDEZWIST

Siebtes Kapitel

Eine schlimme Wissenschaft, die Agronomie!

Unter den Windstößen rissen die Wolken auf, und in den aufgerissenen Löchern kam tiefblauer Himmel zum Vorschein. Der Nieselregen, der die Erde verseucht hatte, hörte auf. Die Wolken wurden schneller, fegten zum Horizont und verschwanden dort. Als er seine Aufgabe erfüllt hatte, machte der Wind einen Kontrollgang, teilte sich auf und flog in alle vier Himmelsrichtungen davon. Die Sonne wanderte zielstrebig zum Zenit und verströmte die ganze Hitze auf die Erde, die sich über den Wolken angestaut hatte. Der aus der Stadt auf seinem Karren heimkehrende Bauer nahm seine Mütze ab und wischte sich die Stirn. Die Hälfte des Wagens war mit Kisten voller Gemüse und Beeren beladen. Der Bauer hatte all das auf dem Markt verkaufen wollen, es jedoch nicht geschafft. Der Markt war heute nicht geöffnet worden.

Der Acker dampfte. Auch die durchnäßte Kleidung des Bauern dampfte: die stutzerhaft im Rücken durch einen Gürtel zusammengehaltene Wattejacke und die in die Stiefel gesteckte schwarze Hose. Die Jacke konnte man bereits ausziehen, aber aus irgendeinem Grund tat es der Bauer nicht. Voll Bedauern schaute er ringsum auf die vom Regen durchweichten Äcker, murmelte irgend etwas vor sich hin und sprach manchmal auch zu seinem Pferd. Was er diesem Pferd sagte, als er etwa vierzig Meter rechts von der Straße den Mann mit dem Gesicht nach unten liegen sah, weiß man nicht. Aber das Pferd hatte nichts dagegen. Der Mann lag da und hatte die Nase in den schwarzen Acker vergraben. Auf seinem Hinterkopf, im wirren, schmutzverklebten Haar, saß ein krummbuckliger Rabe und blickte stolz in die Gegend. Doch es war niemand da, vor dem er mit seiner Beute hätte prahlen können. Die von den Waldstreifen zerteilten Felder waren öde und leer.

Der Bauer schrie dem Pferd etwas zu, hielt es an und kletterte vom Wagen. Als er auf den Mann zukam, erkannte er in dem schmutzigen Lumpen, den dieser trug, einen teuren Stadtanzug. Empört darüber, daß sich ein Rivale seiner legitimen Beute näherte, flog der Rabe mit breit gespreizten Schwungfedern weg. Der Bauer strengte sich sehr an und drehte seinen Fund auf den Rücken. Das Gesicht des Mannes war mit einer Lehmkruste bedeckt wie mit einer Maske. Es war die Maske eines noch jungen Mannes.

»Ach«, seufzte der Bauer, der einen dem Alkohol verfallenen Landstreicher zu sehen erwartet hatte, statt dessen aber einen anständigen, nur sehr schmutzigen Städter vor sich sah. Vielleicht einen Ingenieur, oder gar einen Lehrer, der entweder schon gestorben war oder dies unverzüglich vorhatte. Lieber sich so schnell wie möglich aus dem Staube machen, solang ihn niemand mit dem Leichnam allein antraf. Der Bauer wollte sich schon trollen. Doch da stöhnte der falsche Landstreicher auf und versuchte die Augen zu öffnen. Seufzend half ihm der Bauer und pulte ihm die Maske ab. Die Augen des Mannes öffneten sich, sie ließen kein Anzeichen von Bewußtsein erkennen. Ihn jetzt hier einfach liegenzulassen, war schlechterdings unmöglich.

Der Bauer räusperte sich, strengte sich an und schleifte seinen Fund zur Straße. Dann breitete er seine Wattejacke neben den Kisten aus und legte den Landstreicher darauf, dazu mußte er den halbtoten Körper stückweise über den Rand des Karrens hieven. Der Landstreicher gab keinen Laut von sich.

Der Bauer kletterte wieder auf den Bock und schrie dem Pferd etwas zu. Das zuckte zusammen, legte sich müde ins Zeug und schleppte seine schwerer gewordene Bürde weiter. Der Rabe besah sich das alles mit einem boshaft schielenden Auge.

Der Leiterwagen knarrte. Die Kisten rumpelten. Als das Rad über Steine holperte, krachte und knallte es wie bei einem Erdbeben. Das Pferd schnaufte vor Überanstrengung. Der Bauer kitzelte seine Kruppe mit der Gerte und setzte seinen unterbrochenen Dialog mit ihm fort.

»Unser Babylon! Unser Sodom. Golta. Und die anderen Städte. Was sollen die Menschen dort tun? Man weiß es nicht. Wozu sich auf einem Haufen zusammenknäulen? Unbegreiflich. Sie haben alles: die Physik, die Chemie, den Kosmos und die Ökonomie. Nur keinen Verstand. Gibt's hier wirklich nichts mehr zu tun, muß man in den Kosmos fliegen? Wenn du nicht weißt, was du hier tun sollst, dann komm zu mir, ich werde es dir sagen. Die Wissenschaft, fragst du?«

Das Pferd schnaubte auf. Der Bauer freute sich und heizte ihm mit der Gerte ein.

»Die Wissenschaft also? Deine Wissenschaft ist komplett in der Offenbarung dargelegt, dazu seit zweitausend Jahren. Dort ist gesagt: Der Mond ist leer. Weshalb dorthin fliegen? Der Leere wegen? Und wie sollte er auch nicht leer sein, wenn es im Kopf der Astronauten und Agronomen leer ist! Und im Herzen ist es auch leer. In dieser Leere hat sich ein Dämon festgesetzt, ausgestattet mit einem Fernrohr. Er schaut hindurch, sieht irgend etwas Leeres und nichts wie hin. Dieser Dämon hat einen abscheulichen Namen: Agronomie. Die Agronomie sitzt da und schleudert Satelliten durchs Fernrohr, und die kommandieren, wann zu säen ist, wann zu ernten, wie etwas wachsen soll, wann und wie teuer etwas verkauft werden soll... Es wächst aber nichts. Wie sollte es auch in der Leere wachsen? Im Kosmos? Es ist Zeit, den Dämon zu verjagen, sagen sie. Aber verjagst du ihn, treten sieben an seine Stelle, die noch teuflischer sind. Wir haben im Leben schon viele gesehen. Was haben sie Neues, den Fernseher? Hol ihn der Geier, er schwätzt immer nur über die Agronomie. Und was er auch sagt, es geht genau andersrum, da lachen doch die Hühner. Er sagt: Morgen scheint die Sonne, es wird warm. Wir wachen auf und was sehen wir: Dauerregen. Gestern hat er gesagt: Nieselregen. Ich hab den Gemüsegarten stehenlassen, zusammengepackt und bin gleich in der Früh auf den Markt gefahren. Aber heute ist Sonne, und der Markt hat geschlossen, bitte sehr. Der Fernseher hat vom ewigen Frieden auf Erden geredet, und was ist? Krieg. Na, die Agronomen haben eben keinen Verstand, aber wo ist dann wenigstens ihr Gedächtnis! Es steht doch in der Offenbarung, und es war immer so... Sobald man einen Friedensvertrag abschließt, sobald man sagt, Friede sei mit euch und Freude, schon bricht der Krieg aus. Ein grausamerer Krieg als vor dem Vertrag. Die neue Obrigkeit dort in der Stadt hat einen Erlaß ausgehängt über den Frieden und das Land. Und sofort einen Haufen Leute erschlagen. Dann einen Erlaß über Freiheit und Gerechtigkeit. Und sofort wurden die Scheunen durchstöbert, ob dort nicht was locker liegt. Die Vorräte konfiszieren, den Markt schließen. Die

Groß- und Einzelhandelspreise in Steintafeln meißeln. Zerquetsch denn Kulaken! Hörst du?«

Das Pferd schüttelte den Kopf.

»Aber wo ist dieser Kulak heute? Heute gibt es nur noch den Agronomendämon im Kosmos.«

Der Bauer kam immer mehr in Fahrt, redete lauter und verlangte von seinem Zuhörer nicht mehr nur Aufmerksamkeit, sondern auch Zustimmung. Zum Beweis, daß seine Theoreme stimmten, führte er immer schlagendere Argumente an: Die Gertenhiebe auf die Kruppe wurde heftiger. Das Pferd stimmte allen Argumenten zu, das heißt, es tat ein paar Rucke und heuchelte stärkeren Einsatz. Auf die Geschwindigkeit wirkten sich diese Rucke überhaupt nicht aus, dafür brachten sie den auf dem Karren liegenden Menschen wieder zu sich. In seine Augen, die in das tiefe Himmelsloch starrten, trat ein erstaunter Ausdruck. Der Grund für dieses Erstaunen war zweifellos die in den blauen Strudel eintauchende Sonne, welche die Dekoration mit einem Schlag ins Gegenteil verändert hatte. Das Erstaunen half dem Menschen, endgültig zu sich zu kommen und sich vor allem bewußt zu werden, daß er ein Lebewesen war, mit Empfindungen und Gewohnheiten, mit Armen und Beinen, einer Biographie, Vor- und Zunamen... kurz, der Tatsache, daß er Kiebitz, Boris Andrejewitsch war.

Als er nach rechts schielte, erblickte Boris Andrejewitsch eine ungewöhnliche Landschaft. Statt der regenverhangenen Äcker und langweiligen Waldstreifen stand rechts ein wunderschöner Hain, der von der Sonne in grüne, rote und silberne Töne getaucht war. Vor dem Hain lag eine smaragdgrüne Wiese. Kiebitz schielte nach links und erblickte einen See und am jenseitigen Ufer ein Dörfchen, das aussah wie eine Traube fröhlich angemalter Starenkästen. Das Dörfchen versteckte sich hinter hohen Pappeln und versank in Wiesen, über die riesige Kamillen ausgestreut waren. In den aufsteigenden warmen Luftströmen zitterten graue Stroh- und grüne Blechdächer. In den behaglichen Höfen ragten lange Stangen mit dunklen Nestern darauf. In einem Nest stand reglos mit gebogenem Hals ein Storch.

Hinter der Rückwand des Leiterwagens war die Straße zu sehen, die in die Ferne verlief und sich im Dunst verlor.

Irgendein rettender Zauberer hatte Kiebitz der Hölle entrissen und in dieses Paradies gebracht. Der Kulissenwechsel deutete den Beginn eines ganz neuen Stückes an. Mit ganz anderen Rollen für die Schauspieler. Darauf deutete noch etwas anderes hin, das sich nicht nur in der Dekoration erschöpfte, das nicht vom Auge gesehen wurde, das aber das Wichtigste an der Veränderung war, an dem Unterschied zwischen den aneinandergrenzenden Zonen der Hölle und des Paradieses. Wer dieses wichtige Etwas erkannte, hätte ein zermürbendes Rätsel gelöst, hätte das innerste Wesen des Paradieses begriffen. Kiebitz strengte sich an, sein halbtotes Gehirn zum Leben zu erwecken, und begriff, was es war: die Stille.

Die ganze Landschaft ruhte in der unvorstellbaren, runden Stille, wie Kiebitz im Karren, in der gemütlichen Krippe, ruhte. Das Knarren der Räder schmückte diese Stille nur, wie es das Gemurmel seines Kutschers tat, dieses Charons in die Gegenrichtung.

»Erlaß auf Erlaß. Denkmalschutz! Naturschutz! Mal ordnet man an, den Wolf zu schützen, dann setzt man eine Prämie auf seinen Kopf aus. Man baut ein Wasserkraftwerk und schreit dann, daß die Flüsse kaputtgehen. Und der Mensch, der ist doch auch eine Naturerscheinung! Daß man ihn auch schützen muß, das ordnen sie nicht an. Vielleicht ist es ja besser so. Sonst setzt man später auch eine Prämie auf seinen Kopf aus... Was heißt denn später? In Golta hängt doch schon so ein Erlaß. Fünfzigzausend zahlen sie für den Kopf eines entsprungenen Verbrechers. Wer zahlt das? Andere Verbrecher. Jener Verbrecher hat sich wohl besonnen, sein Gewissen ist erwacht, zumal er seine Komplizen verlassen hat. Also ist er auch irgendwie kein Verbrecher. Lügen tun sie alle, und dieses Geld werden sie niemandem zahlen. Woher hätten sie welches? Die Militärkasse sollen sie ja auch schon entwendet haben, die Gauner.«

»Großvater, Großvater«, rief Kiebitz schwach, er hatte das Alter des Kutschers nach dessen Stimme richtig geschätzt. »Wo sind wir?«

»Wieder bei Sinnen!« freute sich der Großvater. »Auf Erden sind wir, mein Lieber, auf Erden. Und woher kommen wir? Aus der Erde. Du kommst geradewegs aus ihr.«

»Und welcher Ort ist das auf Erden?« fragte Kiebitz und zeigte mit zitternder Hand auf das kleine Dorf.

»Das, mein Lieber, ist mein Haus«, antwortete der Großvater fröhlich. »Es heißt Pferdezwist.«

»Hast du viele Pferde?« versuchte Kiebitz zu scherzen.

»Überhaupt keine«, erklärte der Großvater noch fröhlicher. »Mein Pferdchen hier ist auch eine einsame Witwe. Eine für alle Zwistigkeiten. Und die haben wir, Junge, soviel du willst. Das Vorwerk wurde damals so genannt, als noch auf allen Feldern ringsum Pferdeherden weideten. Jetzt ist nichts mehr da, weder Vorwerk noch Pferde: Babylon. Also die Kolchose.«

»Wo sind denn die Pferde hin?«

»In die Wurst. Heute hat man diese Wurst vergessen. Von allen Lebewesen auf unserem Vorwerk ist heute nur noch ein Vogel da. Und auch der...«

Der Großvater machte eine wegwerfende Geste.

»Was – und auch der?« fragte Kiebitz.

»Und auch der ist ein Huhn«, sagte der Großvater.

»Und die Störche«, widersprach Kiebitz und deutete auf das Nest, dessen Herr immer noch genauso reglos darin stand.

»Naja«, stimmte der Großvater zu. »Versuch den mal zu kauen. Du beißt dir alle Zähne auf einmal aus.«

Dieser Scherz erschien Kiebitz grob. Als er den eleganten, langhalsigen Vogel jedoch genauer betrachtete, verstand er, daß der Großvater keineswegs gescherzt hatte. Der Storch selbst und die Köpfe der Jungen, die sich ihm aus dem Nest entgegenstreckten, waren nicht echt, nicht lebendig. Es war eine aus Holz geschnitzte, naturgetreu bemalte Skulpturengruppe, eine hölzerne Vogelscheuche. Das erklärte auch die friedliche Reglosigkeit der Vögel.

Unterdessen bog der Wagen langsam um den See, und Kiebitz verlor Pferdezwist aus dem Blickfeld. Das Pferd hielt Kurs darauf. Kiebitz lag bequem, obwohl ihm seine Muskeln und Knochen höllisch weh taten. Er wäre am liebsten weitergefahren auf diesem Wagen, durch diese wunderschöne Gegend, endlos lange, immer weiter.

»Und wozu brauchen wir diese Wurst? Ist doch abartig«, schwatzte der Großvater. »Und das übrige Fleisch, wozu? Es sind geschlachtete Tiere, Leichen. Gift für den Körper, Schädigung der Seele. Wir sind doch keine Aasgeier! Wir Menschen sollten Brot essen, und Kartoffeln. Tomaten, Zwiebeln und Kohl. Na, und ein bißchen Milch. Und Beeren...

»Aha!« rief Kiebitz aus. »Du bist also Vegetarier!«

»Und du offenbar ein Agronom?« gab der Großvater schlagfertig zurück. »Ich esse kein Fleisch und lebe schon bald zweiundachtzig Jahre. Und wie alt bist du?«

»Bald vierzig.«

»Na! Und wer von uns liegt im Wagen, und wer lenkt das Pferd?«

»Ich bin einfach völlig entkräftet, habe zwei volle Tage nichts zu beißen bekommen.«

»Das läßt sich ändern. Gleich sind wir da und stärken uns. Bloß ... wenn ich zwei volle Tage nichts essen würde, und ich habe wochenlang gefastet, dann würde ich nicht kraftlos werden, sondern stark. Weil mein Organismus nicht fleischgetrübt ist, sondern rein, und meine Seele lebendig und leicht ist. Der Organismus ist nicht von Aas vergiftet und die Seele nicht von der Agronomie.«

»Bist du gegen die Wissenschaft?« fragte Kiebitz. Eine Schwächewelle, ausgelöst durch das Gespräch übers Essen, überrollte ihn plötzlich aufs neue.

»Ich?« Der Großvater wandte sich empört zu ihm um. »Ich bin gegen nichts! Freiheit den Freien. Nur ... was habe ich damit zu tun? Weshalb will man mich zwingen? Ich bin auch frei, auf meine Art. Aber Widerstand leisten, niemals, da sei Gott vor. Was ist, das ist. Alles kommt von Gott. Dank sei ihm dafür.«

Kiebitz fiel wieder in eine Art Ohnmacht und schwieg. Der Wagen fuhr schon in Pferdezwist ein. Die kleinen Häuser des Vorwerks standen wirr und eng beieinander, von Straßen gab es keine Spur. Irgendein Plan ließ sich nur in der gestuften Anordnung der Häuser am Abhang des Hügels zum Seeufer hinunter erkennen. Das Pferd blieb von allein vor dem hellblauen Tor stehen.

»Aussteigen, wir sind da«, sagte der Großvater.

Kiebitz rührte sich nicht. Er hatte keine Kraft, der Einladung zu folgen. Der Großvater öffnete das Tor, das Pferd zog seine Bürde in den Hof. Der Großvater schloß das Tor.

»Na, mach schon, ganz langsam«, redete er vor sich hin, während er dem Findling half. Kiebitz trat unsicher auf, einen Schritt, noch einen ... Ihm schwindelte. Er sank an die Schulter des alten Mannes, und der führte ihn in den Hof hinein zum Haus hin. Das Haus war niedrig und lang, das war alles, was

Kiebitz bemerken konnte. Sie stießen die grob gezimmerte Tür auf und traten in den Hausgang. Dort war es dunkel. Der Großvater stieß die nächste Tür auf. Dahinter befand sich ein geräumiges, fast leeres Zimmer. In der Mitte stand ein Holztisch und entlang der Wand eine leuchtend hellblau gestrichene Bank.

»Mädels, wo seid ihr!« brüllte der Großvater.

»Was schreist du so«, antwortete man ihm hinter der Wand. Eine Frau mittleren Alters kam ins Zimmer, sie trug eine ebensolche Wattejacke wie der Großvater. Trotz der Hitze war der Kopf der Frau in ein dickes, braunes Tuch gehüllt. Im Haus war es übrigens nicht ganz so heiß... Die Frau musterte Kiebitz finster.

»Hast du wieder einen angeschleppt«, sagte sie und spitzte verächtlich die Lippen. »Mal bringst du eine Katze an, mal ein verlaustes Ferkel... Und jetzt ist es ein richtiges Schwein. Hast du völlig den Verstand verloren, Alter?«

»Maul halten, Weib!« schrie der Großvater fröhlich. »Da ist sie, die Agronomie. Ergötze dich an ihr, Junge! Hast du vergessen, Weib, daß du meine Tochter bist? Und daß ich das Recht habe, dich zu verprügeln? Und deinen nichtsnutzigen Ehemann auch. Ich habe das Recht, euch zu verprügeln und aus dem Haus zu jagen. Und so wird es sein, du wirst schon sehen. Früher oder später wird man euch verprügeln und hinausjagen.«

Die Tochter schaute ihn mürrisch an. Kiebitz schien es, als schimpfe sie im stillen.

»Großvater«, mischte er sich ein. »Schon gut, ich geh wieder.«

»Und du hältst auch den Schnabel«, brauste der Großvater auf. »Dir werd' ich's zeigen... ich geh wieder! Wegen diesem gräßlichen Weib da? Na, Galina, mach, daß wir was zu essen kriegen! Und daß das Badehaus geheizt wird und er frische Kleider kriegt, verstanden? Marsch!«

Zu Kiebitzens Verwunderung gab Galina keine Widerworte. Verdrossen schnaubend drehte sie sich um und ging hinaus. Der Großvater wurde sogleich wieder fröhlich.

»Es lohnt nicht«, sagte Kiebitz. »Es ist mir irgendwie peinlich.«

»Doch, doch«, entgegnete der Großvater. »Nur so begreifen sie es. Sie glauben, wenn man sanft und höflich ist, ist man ein schwacher Mann. Mit dem kann man Schlitten fahren. Sie glauben, es sei Stärke, wenn man schreit und Spucke verspritzt.

Mach, was man dir sagt, ich weiß es besser... Und meine Tochter ist in dem Alter, wo sie den Verstand verlieren, die Weiber. Und ihr Mann taugt auch nichts. Du bist in meinem Haus, nicht in ihrem, hast du das verstanden?«

Die finstere Galina brachte einen Teller Sülze herein, dazu Brot und eine Flasche ganz undurchsichtiger Flüssigkeit. Der Großvater holte höchstpersönlich zwei Schnapsgläser aus dem Buffet, die Kiebitz durch ihre feine kunsthandwerkliche Arbeit erstaunten. Er nahm eins in die Hand und betrachtete es.

»Gefällt es dir?« fragte Großvater. »Das ist etwas Altes. Ich habe es, seit sie unsern Zaren gestürzt und wir unsern Herrn ausgeweidet haben. Schön, nicht? Gib gut drauf acht. Als mein Vater starb, hat er mir auch eingeschärft, drauf achtzugeben. Als Andenken an bessere Zeiten als heute. Die wohl kaum wiederkommen, und da sei Gott vor, ehrlich gesagt!«

Der Großvater blickte in die Ecke, wo eine bescheidene Gottesmutter durch die Scheibe des Schreins zu sehen war, und bekreuzigte sich kurz.

»Und das Schränkchen, schau her! Das ist aus der Stadt. Als die Deutschen aus Golta abzogen und unsere Truppen noch nicht da waren, standen dort viele Häuser leer. Der eine marschierte den Deutschen hinterher, der andere war noch nicht wieder aus dem Ural zurück... Das kam uns zugute, den Ackerbauern. Dem Volk.«

Der Großvater zog den Papierstopfen aus der Flasche und schenkte den Selbstgebrannten in die Gläschen ein. Es roch scharf nach verbranntem Gummi.

»Auf unsere Bekanntschaft! Daß wir uns weiter mögen. Wie heißt du?«

»Boris.«

»Das hab ich mir gedacht. Und ich heiße Grigorij. Nenn mich einfach Großvater Grischa. Zum Wohl!«

Der Großvater kippte das Gläschen flott hinunter. Kiebitz tat dasselbe wesentlich ungeschickter, der Schnaps war schon sehr eklig. Dafür schmeckte die Sülze ausgezeichnet. Der Großvater aß seinen Geleeanteil säuberlich vom Tellerrand weg.

Kiebitz konzentrierte sich zwar darauf, sich den Mund vollzustopfen, versäumte aber doch nicht, zu fragen: »Was tust du denn, Großvater Grischa? Du hast doch gesagt, du ißt nichts Geschlachtetes.«

»Red nicht so dumm daher«, antwortete der Großvater. »Mach die Augen auf. Siehst du nicht, daß ich nichts davon esse, das Fleisch rühre ich nicht an. Und die Bouillon, was ist das schon... abgekochtes Wasser.«

»Und das Schnäpschen, genehmigst du dir das oft?«

»Nur vor dem Essen. Und vielleicht noch ein ganz kleines vor dem Schlafengehen. Und an Feiertagen. Aber sonst nie! Der heilige Petrus hat gesagt: Auf keinen Fall am Morgen.«

»Vielleicht rauchst du auch noch?«

»Gott bewahre! In der Jugend habe ich schon gesündigt, das stimmt. Aber damals sind wir auch freigebig beschenkt worden: ein Krieg nach dem anderen, Revolution auf Revolution, ohne Verschnaufpause. Ohne was zu rauchen, war es schwer, man fror und hatte Hunger. Aber ein guter Mensch hat mich später dazu überredet, es aufzugeben. Naja, damals war ich gerade sechsundsechzig geworden. Ganz genau. Seitdem kein einziger Zug mehr. Nein, mein Junge, rauchen soll man nicht. Wenn man raucht, macht man es nicht lang, da stirbt man jung.«

Sie tranken noch ein Gläschen, diesmal löste der Selbstgebrannte bei Kiebitz keinen Schauder aus. Der Großvater stellte die Flasche in das Schränkchen zurück, das er in Golta erbeutet hatte. Auch die Gläschen stellte er dort hinein, ungespült.

»Galina!« brüllte er, nachdem er diese Operation erfolgreich durchgeführt hatte. »Dumme Gans! Wo steckst du denn?«

Im Nu erschien die rauhe Galina.

»Das Dampfbad?« fragte der Großvater militärisch knapp.

»Ist doch schon seit dem Morgen geheizt«, antwortete Galina und warf Kiebitz Kleider vor die Füße, die von nun an seine neue Uniform sein sollten: Soldatenunterwäsche, Soldatenstiefelhose und Stiefel mit völlig abgelaufenen Sohlen. Oben auf dieser ganzen Pracht lag eine fast neue Wattejacke mit Rückenspange.

»Zieh das an«, preßte sie zwischen den Zähnen hindurch. Das Geschenk bedeutete keineswegs, daß sich ihr Zorn in Güte gewandelt hätte.

»Gute Klamotten«, sagte der Großvater. »Aus Militärbeständen. Sie reichen dort viel über den Zaun, gegen Schnaps versteht sich. Nimm sie und bedank dich nicht. Das ist ein schlechtes Vorzeichen. Gehn wir.«

Kiebitz hob die Kleider auf und folgte dem Großvater bereits viel munterer auf den Hof. Jetzt konnte er sich aufmerksamer umschauen. Den größten Teil des von einem Flechtzaun umgebenen Hofes nahm das solide Haus ein, das genauso blau war wie die Bank in seinem Hauptzimmer. Das grüne Blechdach, die roten Fensterläden, das Haus sah aus wie im Märchenbuch. In der einen Hofecke stand die Stange mit dem darauf befestigten Holzrad, auf dem das riesige Nest ruhte, wo die Familie der Holzstörche wohnte. In der anderen Ecke sah man ein Blockhaus, dessen Schornstein auf dem Dach rauchte. Dorthin führte der Großvater Kiebitz. Dieses kleine, von hohen Pappeln umstandene Anwesen war gemütlich wie ein Kinderzimmer. Es sah so aus, als hätte es ein spielendes Kind aus bunten Bauklötzen gebaut, um seine Puppen darin wohnen zu lassen. Wer es dabei beobachtete, mochte unwillkürlich lächeln. Kiebitz lächelte.

»Das Dampfbad ist eine Gottesgabe«, sagte der Großvater, als sie sich auszogen. »Wirf deine alten Kleider nicht weg, die taugen noch was. Leg sie hierher.«

Der Großvater zeigte in die Ecke. In den Ecken des Vorraumes war es kühl und feucht. Kiebitz legte seinen Anzug auf den angewiesenen Platz. Die ungesunde Haut des Städters ohne jede Spur von Sonnenbräune löste beim Großvater Neugier, aber auch Mißbilligung aus.

»Du solltest ein bißchen an der frischen Luft arbeiten, im Gemüsegarten. Solche wie dich zeigen sie nur im Theater oder im Fernsehen.«

Kiebitz lächelte auch über diese hellsichtige Bemerkung. Der Großvater sah prächtig aus. Sein gar nicht greisenhafter Rumpf war von der Sonne braunrot gebrannt, er hatte die Farbe starken Tees. Gesicht und Hals waren fast schwarz wie Kaffee. Auf diesem vorteilhaften Hintergrund wirkten seine hellblauen Augen wie Kristallsplitter. Seine kräftigen, langen Beine, die ganz weiß waren, vervollständigten das Bild. Es war klar, daß diese vielfältige Palette nicht am Strand erarbeitet worden war, sondern bei unvermeidlichen Arbeiten. Fügte man den prächtigen Haarschopf hinzu und den gestelzten Gang, dann verwandelte sich der komische Alte in einen langbeinigen Vogel, in einen Kranich. Das unter der Bank hervorgeholte Schnapsgläschen in der Hand des Großvaters krönte die Komposition. Sie war jetzt vollkommen. So hätte Kiebitz das Porträt des Großvaters gemalt. Männlicher Akt oder Kranich mit Schnapsglas. Schöner Titel für eine Ausstellung.

Der Schwitzraum war nach allen Regeln der Kunst eingerichtet. Es roch nach Fichtennadeln. Der Großvater feuchtete das gewaltige Reisigbündel in einer Schüssel an und verspritzte etwas aus dem Gläschen auf die Steine. Es zischte und duftete nach Fusel. Doch sogleich goß der Großvater Wasser darüber. Wieder zischte es, und eine Dampfwelle schlug ihnen entgegen. Der Fuselbeigeschmack verschwand und ein zarter Duft breitete sich aus, der Kiebitz an das Schlafzimmer seiner Großmutter erinnerte.

Es war sehr heiß, zu heiß. Man konnte kaum atmen, das Herz schien stehenzubleiben. Doch der Großvater beachtete Kiebitzens Klagen gar nicht, sondern wies ihn an, sich auf das Brett zu legen. Der legte sich hin wie aufs Folterrad und verfluchte innerlich seinen Henker... Aber nach wenigen Minuten hatte er sich an die Folter gewöhnt und fand seine Lage sogar angenehm.

»Ein bißchen schwitzen wir noch«, erklärte der Großvater.

Kiebitz überlegte schlapp, wie er antworten sollte: mit Worten oder nur mit einem Nicken. Aber er fand keine Antwort. Sein Gehirn wurde schläfrig.

»Nicht sträuben, Junge, entspannen«, sagte der Großvater. Kiebitz unterschied in seinem Tran nicht die einzelnen Worte, nicht einmal ihren allgemeinen Inhalt, sondern hörte abwesend diesem Kranichgeschrei zu. »Und dösen. Das Dösen ist ein natürlicher Seelenzustand. Das ganze Leben der Seele ist ein Dösen, wenn sie mit der Natur übereinstimmt. Und die Natur ist der Herrgott. Was tut der Herrgott? Er döst. In der Offenbarung ist es auch so gesagt. Wenn Er erwacht, dann wird Er alle wecken und sie rufen!... Aber das kommt erst noch, vorläufig müssen alle dösen. Und nach seinem eigenen aufmüpfigen Willen darf niemand und nichts erwachen, Meutern ist nicht befohlen. Wer gemeutert und sich selbst geweckt hat, der wird sofort zu den bösen Teufeln gesteckt. Wer ist der Oberteufel? Der, der als erster gemeutert und einen Sturm heraufbeschworen hat, der zu kämpfen begonnen hat. Und wenn deine noch engelsgleiche Seele eigenmächtig ihre Nase aus Gottes Dösen in Sturm und Kampf hinausstreckt, wie sollte sie der böse Teufel dann nicht abbeißen? Aber dann wird deine Seele unter der abgebissenen Nase leiden: Wozu hat sie sie rausgestreckt? Doch dann ist es zu spät, dann hat sie keine Nase mehr. Wie der Tod. Du, Boris, nutze die Ruhepause, laß das Loch an der Stelle deiner Nase heilen und denke zu deinem Vorteil drüber nach, wie es geschehen konnte, daß du von der Natur abgefallen bist. Dann wird man weitersehen... Na schön, wir werden später noch reden können. Leg dich jetzt so hin, daß ich dich mit dem Reisigbündel bearbeiten kann.«

Kiebitz legte sich zuerst auf den Bauch, dann auf den Rücken. Der Großvater traktierte ihn mit der Geschicklichkeit des in diesem Metier erfahrenen Mannes. Nach dem Reisigbündel kam der Bastwisch dran. Und kaltes Wasser, das Kiebitz verbrühte und ihn durch seinen ausgesprochen faden Geschmack verblüffte. Die Prozedur wurde dreimal wiederholt. Ich sterbe, dachte Kiebitz schlaff, aber sei's drum... Doch sein Körper hatte genug Widerstandskraft. Dann ging es in den Vorraum, danach gab es Tee und wieder Gespräche, sinnloses Kranichgeschrei. Der im Bewußtsein von seinem Bewußtsein abgetrennte Körper wurde rasch von der verhaßten Müdigkeit geheilt und die Seele von der Vergiftung. Kiebitzens Seele schien in ihrem erneuerten Gefäß neue Formen anzunehmen. Vor allem aber verschwand der angestrengte, ständig im Gehirn nagende Gedanke: Wo ist der Ausweg, was soll ich weiter tun?

Dieser angenehme Zustand, der durch Großvaters Gemurmel und den Geschmack des Tees heraufbeschworen wurde, war, ob Kiebitz es wollte oder nicht, der Anfang dessen, daß sich die banale Lebensphilosophie realisierte, die ihm Großvater Grischa eintrichterte. Tatsächlich fand sich von ganz allein eine Betätigung, die aus vielen kleinen Operationen bestand. Jede von ihnen zog unausweichlich die nächste nach sich... So konnte man das Leben verbringen. Warum auch nicht? Alle diese Operationen und die Tätigkeit selbst verlangten von dem Lebenden keine Pläne, keine Energie für ihre Verwirklichung und keinen Unternehmungsgeist. Von ihm wurde kein Erwachen verlangt. Hinter diesen Operationen stand keine Notwendigkeit, die eigenen Handlungen durch ihren höheren Sinn zu rechtfertigen, ihre Offensichtlichkeit genügte. Sie hatten keine erhabenen Ziele, dafür lag Güte in ihnen. Jede von ihnen war vollendet.

Als Kiebitz nach dem Dampfbad die von Galina erhaltene

Uniform angezogen hatte, war er damit gleichsam in diesen neuen Empfindungskreis geschlüpft. Wie die Robe des Oxforder Professors der akademischen Weltanschauung des Geistes entsprach, so entsprachen diese abgetragene Feldbluse, die Stiefel und die Wattejacke der banalen Herzensphilosophie des Großvaters. Das neue Kleid des ehemaligen Vorsitzenden, des nackten Kaisers, verwandelte ihn in eine neue Figur. Er strich sich mit der Hand über die Wangen. Seine Bürste war für diese Figur gerade richtig: ein Dreitagebart.

Der Großvater bemerkte seine ungeübte Geste und mischte sich sofort ein:

»Willst du dich rasieren? Das rate ich dir nicht. Das entspricht dir jetzt nicht. In besseren Zeiten, Gott möge ihre Rückkehr verhüten, liefen nur die Schauspieler bartlos herum. Ich habe sie gesehen: dumme Leute, blöde Beschäftigung. Nicht umsonst haben sie Kino und Fernsehen erfunden, damit sie sich nicht lebendig den Menschen zeigen müssen. Sie genieren sich selbst. Ich habe gehört, daß sie jetzt überhaupt nicht mehr im Theater auftreten, sondern nur im Programm aufgeführt werden. Alles machen jetzt die Regisseure für sie. Na, schön: Die Führer, die Regisseure haben alle Bärte, das ist normal. Laß du dir auch einen stehen. Dann erkennt man dich nicht so leicht, vielleicht wirst du ja mal ein Führer.«

Kiebitz wunderte sich, daß die Worte des Großvaters mit der objektiven Sachlage übereinstimmten, von der er doch nichts wissen konnte. In der Tat, er sollte sich einen Bart wachsen lassen, dann wäre er schwer zu erkennen. Dazu noch diese neuen Kleider... Die Frisur mußte er auch ändern. Diesen Entschluß führte Kiebitz sofort aus und strich die Haare nach vorn. Jetzt bedeckten sie seine Stirn.

»So siehst du schon ganz wie ein Mensch aus«, meinte der Großvater beifällig. »Das andere war überhaupt nichts: Futter für den Raben oder fürs Gefängnis.«

»Und du, Großvater Grischa!« lachte Kiebitz. »Wo ist dein Bart?«

»Meiner wächst schlecht«, klagte der Großvater. »Gott hat mich bestraft, für meine Sünden.«

Sie gingen in den Hof hinaus. Die Sonne war bereits im Untergehen. Kirschrot zog der Abend herauf. Ein rosa Nebelschleier lag über dem See. Es roch leicht nach Algen. Am

Himmel erschien ein durchsichtiger Mond, der mit jedem Augenblick strahlender wurde, als wachse einem Gespenst Fleisch. Ein wenig tiefer, wo schon grünliche und violette Regenbogen entstanden, hing ein riesiger, hellblauer Stern am Fädchen. Die Sonne ging immer schneller unter.

»Wun-der-bar!« seufzte der Großvater in drei Stößen auf. »Wir dürfen jedoch nicht vergessen, daß der apokalyptische Stern auch schön ist. Jetzt wollen wir zu Abend essen.«

Auf dem Tisch im großen Zimmer stand schon ein Topf. Vom Duft des Borschtsch wurde Kiebitz ganz schwindlig. Am Tisch saßen Galina und ihr Mann, ein Bauer mit grobem Gesicht, der nicht viel jünger als der Großvater Grischa aussah. Sie hatten mit dem Essen auf die beiden aus dem Dampfbad gewartet.

»Aha! Alle vollzählig«, lobte der Großvater. »Hast du nicht vergessen, dem Onkel aufzugeben?«

»Natürlich nicht«, antwortete Galina nicht mehr ganz so finster.

»Und das ist also ihr Mann,« stellte ihn der Großvater Kiebitz vor. »Er heißt Wanja.«

Der gastfreundliche Wanja schielte sie nur von der Seite an wie ein Uhu und sagte nichts.

Etwas Köstlicheres als diesen Borschtsch hatte Kiebitz noch nie im Leben gegessen. Außer verschiedenen Gemüsen schwamm auch ein Hühnerbein in der Schüssel. Die dreimal größere Portion als normal, die Kiebitz hinuntergeschlungen hatte, wirkte wie ein Keulenschlag auf ihn, er wurde schläfrig. Nach dem Borschtsch erschien ein kleinerer Topf mit dicker roter Grütze. Sie wurde in andere Schüsseln aufgegeben und mit denselben Löffeln wie der Borschtsch gegessen. Das war die reine Völlerei, bei Gott.

»Aus Beeren«, redete der Großvater vor sich hin. »Aus unseren eigenen. Heuer gab's wenig, zuviel Regen. Aber für die Grütze reichen sie. Und ein bißchen zum Verkauf. Sie haben bloß den Markt geschlossen, die Unmenschen.«

Wanja warf ihm einen schrägen Blick zu, schwieg jedoch.

Den Borschtsch aß Großvater Grischa genauso wie die Sülze. Er untersuchte jeden Löffel auf Fleischfasern. Manchmal fand er ein Stückchen, dann fischte er es mit den Fingern heraus und legte es neben die Schüssel auf die Wachstuchdecke. Auf diese waren Fußbälle gedruckt und Sträußchen aus Blumen, die den Botanikern unbekannt waren. Jedesmal, wenn der Großvater einen Fund beiseite legte, schnaubte Galina. Den Großvater rührte das nicht im mindesten, er fragte nur:

»Hast du nicht vergessen, dem Onkel von der roten Grütze zu bringen?«

»Nein, habe ich nicht«, antwortete Galina.

Wanja schwieg.

Nach dem Abendessen schlenderte Kiebitz auf den Hof hinaus, um frische Luft zu schnappen. Er setzte sich auf die Vortreppe und schaute stumpf in die auf Erden einziehende Dämmerung. Von den Wiesen strömte jetzt mehr Feuchtigkeit her als vom See. Die Sterne flammten einer nach dem anderen an dem etwas theatralischen Himmel auf, in festgesetzter Reihenfolge.

»Gefällt es dir?« Großvater Grischa war dem Gast offenbar auf die Vortreppe gefolgt.

»Mhm«, stimmte Kiebitz zu.

»Dann bleib da«, schlug der Großvater vor. »Werde gesund und geh dann weiter.«

»Ich bin doch nicht krank.«

»Alle sind krank. Und alle glauben, sie wären gesund. Dann wundern sie sich, daß es plötzlich aus ist. Sie rennen und rennen wie die Hamster im Rad, stumpfsinnig immer auf der Stelle... Ist so ein Leben keine Krankheit? Auf einer Stelle soll man nicht rennen, sondern sitzen. Na schön, für den Hamster taugt das Rad schon. Aber dein Rad, dieses Menschenleben um dich herum, das dreht sich doch auch ohne dein Gerenne, nicht wahr? Der Hamster rennt übrigens immer gegen das Rad, ist dir das nicht aufgefallen? Denk selbst nach, ob er die Möglichkeit hat, *nicht* gegenan zu rennen. Er hat sie nicht. Wenn du rennst, dann immer gegenan. Und wozu? Um immer auf derselben Stelle zu sitzen? Also bleib ruhig hier sitzen. Du mußt nirgendwohin rennen.«

»Du hast natürlich recht, Großvater«, sagte Kiebitz ernst. »Danke für die Herberge. Aber werde ich euch nicht zuviel?«

»Auf dieser Erde ist für alle Platz«, entgegnete der Großvater, »wie für die Schächer am Kreuz.«

»Meinen Sie mich damit?«

»Wir sind alle Schächer am Kreuz, der eine rechts, der andere links.« Der Großvater wich einer direkten Antwort aus.

»Galina und Iwan sind unzufrieden, daß du mich hergebracht hast.«

»Keine Sorge, sie sind mit allem unzufrieden. Iwan ist ein Faulpelz, ein Nichtstuer. Früher war er den Weibern hinterher, und auch jetzt läßt er nichts aus. Vom Fusel ist er aufgedunsen. Wenn ich nicht wäre, wären er und seine Frau nicht vom Schnaps, sondern vom Hunger aufgedunsen. Ich ernähre sie, verstanden? Ich bin immer mit Gewinn vom Markt zurückgekommen. Mal gehen die Himbeeren, mal die Erdbeeren weg. In den letzten Jahren wurden die Tomaten gern gekauft. Die Stadt hat abgewirtschaftet, kratzt alles zusammen. Iwan hat sein Leben lang keine Kartoffel gesetzt, was sind schon Kartoffeln – das Kind kann doch nicht alles machen, der morsche Klotz da! Er strebt immer nach Höherem, will am Tisch sitzen. Will zu den Buchhaltern oder Agronomen. Um im Beistellschrank die Schnapsflasche griffbereit zu haben. Aber sie haben ihn nicht reingelassen. Wozu brauchen sie einen überzähligen Trinker? Doch er hat Talent, nur eins, aber das hat er: anderen im Pelz zu sitzen. Das kann man ja verstehen, dieses Talent wird ja schon in der dritten Generation entwickelt, schon auf der Schulbank werden sie drauf getrimmt.«

»Was ich schon die ganze Zeit fragen wollte. Wer ist dieser Onkel, dem du über Galina Essen geschickt hast? Wohnt er auch bei euch?«

»Ach, das ist mein Bruder, mein leiblicher Bruder. Er liegt im Schlafzimmer, in seiner Zelle. Er steht nicht auf.«

»Ist er krank?«

»Wieso krank, Gott bewahre? Im Gegenteil, er ist gesund. Er will nicht aufstehen, basta.«

»Wie das, will nicht aufstehen?«

»Was für eine Frage? Tust du denn, was du nicht willst? Na, und er tut auch nicht, was er nicht will. Er wollte nicht mehr gehen, so liegt er eben. Er hat ein Gelöbnis getan: nicht mehr aufzustehen.«

»Und wie lange liegt er schon so?«

»Etwa acht Jahre... Seitdem er sich mit unserem ehemaligen Popen zerstritten hat. Na, der ist längst weg, aber mein Bruder liegt immer noch: Das Gelöbnis ist nun mal getan.«

»Weshalb haben sie sich zerstritten?«

»Wer soll sich da auskennen, in ihren Wissenschaften?« Der

Großvater zuckte verdrießlich die Achseln. »Alle Wissenschaften sind dummes Zeug, nichts wie Streit. Und was haben wir damit zu tun? Wenn du willst, dann frag ihn morgen selbst.«

»Ah«, begriff Kiebitz, »dann spricht er mit den Menschen!«

»Warum sollte er das nicht? Er lebt doch schließlich... Viele kommen zu ihm, um mit ihm zu sprechen, sogar von weither. Damit hat ja alles zwischen ihm und dem Popen angefangen. Sie kamen zu meinem Bruder, zu dem anderen kamen sie nicht. Da wurde der Pope eifersüchtig.«

»Na so was!« rief Kiebitz aus. »Zwei Beichtväter, und Pferdezwist ist so klein. Da entstehen natürlich Zwistigkeiten.«

»Was, der Heide Alexander und Beichtvater?! Er war hier... so was wie ein Parteisekretär, wie der Vorsitzende unserer Kolchose! Am Jahrestag der Revolution baute er schon am Morgen die Tribüne neben dem Dorfsowjet auf und befahl, eine Demonstration abzuhalten. Aber wer sollte bei uns demonstrieren? Um diese Uhrzeit trinken alle gesunden Männer einen gegen den Kater. Drei Krüppel kamen, und einen mußte man noch vom Friedhof aus dem Grab herschleppen. Er war schon lange dorthin umgezogen. Na, zum Teufel mit deinem Popen! Zeit zum Schlafengehen. Was meinst du?«

»Richtig«, stimmte Kiebitz zu, besänftigt durch das Gutenachtmärchen vom Dorfpopen und dem bettlägerigen Starzen, seinem Konkurrenten. Seit Großmutter ihm nicht mehr vorlas, hatte Kiebitz niemand mehr eine Geschichte erzählt.

Der Großvater ging ins Haus. Kiebitz blieb noch draußen, um zu schauen, wie der zauberhafte Abend endgültig auf ihn herabsank, mit funkelnden Sternenaugen, die Flügel vom Wiesentau gestärkt. Wie feierlich und still sank er herab. Schon war er da. Wie Lanzen drangen die spitzen Silhouetten der Pappeln in den Abend ein, und er erzitterte wie ein großer blauer Falter, der im Album auf eine Nadel gespießt ist. Im Fenster des Märchenhäuschens flammte der letzte Stern auf, das ewige Licht. Im Nachbarhof bellte ein einsamer Hund. Ein Fenster klirrte... Das schöne Mädchen, das es schloß, flocht sich wahrscheinlich den Zopf auf und schüttelte das Kissen auf seinem jungfräulichen Bett... Dann blickte es in den Spiegel und weinte. Sacht strich der Kater an ihr vorbei und streichelte mit seinem Schwanz ihre traurig herabhängende Hand.

Da wurde Kiebitz auch ins Haus gerufen. Er erfuhr, daß er

mit dem Großvater im selben Zimmer schlafen werde, zog sich aus und legte sich auf das steife, knisternde Leintuch. Er konnte sich noch über dieses Leintuch wundern, so etwas war sonst nicht auf kleinen Höfen in Gebrauch. Wahrscheinlich hatte es der Großvater während des Krieges ebenfalls in der verlassenen Stadt gefunden, als diese abgezogen und jene noch nicht angekommen waren. Vielleicht lagen diese Leintücher im selben Schränkchen, und niemand hatte sie seither ein einziges Mal benützt. Der Großvater sagte etwas zu ihm, aber er hörte es nicht. Er konnte gerade noch fühlen, wie sich der herzensgute Falter des Abends auch auf seine Brust setzte und seine Flügel dort zusammenlegte, dann schlief er ein.

Der Großvater bemerkte es nicht sofort, aber als er es bemerkt hatte, hörte er auf zu plappern und schlief auch ein. Im Hause wurde es totenstill. Nur im Schrein glomm das ewige Licht.

Achtes Kapitel

Herberge und Klause

Die Sonne war kaum aufgegangen, da weckte der Großvater Kiebitz.

»Aufstehen! Sonst wacht Gott noch auf und ruft zum Gericht.«

Noch ganz benommen stand Kiebitz auf, zog sich an und folgte dem Großvater in den Hof hinaus. Hinter dem Flechtzaun fiel der Hügel steil zum See ab. Der Großvater tauchte einen Finger ins Wasser und gab ein wohlgefälliges Räuspern von sich.

»Komm her«, sagte er bestimmt. »Wasch dir die Federn.«

»Du bist gut, das ist doch viel zu kalt!« erschrak Kiebitz.

»Du wirst schon nicht erfrieren. Komm her, sag ich.«

Kiebitz zog sich aus, doch fehlte es ihm an Beherztheit, den Befehl auszuführen. Der Großvater trat hinter ihn und gab ihm einen kräftigen Stoß. Kiebitz konnte kaum aufstöhnen, da stand er schon knietief im See. Der Schwung hielt an, und er tauchte mit dem Kopf unter Wasser. Danach zog Kiebitz zähneklappernd und noch naß am Körper Wäsche und Wattejacke wieder an, das unfreiwillige Bad erschien ihm bereits komisch. Als er wieder warm war, fand er manches lehrreich daran.

Damit war das Morgenprogramm aber noch nicht zu Ende. Der Großvater winkte ihm mit dem Finger und kletterte den Hügel hinauf. Kiebitz folgte ihm gehorsam und versuchte sich auszumalen, was sich der alte Sonderling noch für ihn ausgedacht hatte. Sie kamen oben auf dem Hügel rechts vom Haus an. Vor ihnen öffnete sich die Aussicht auf den ganzen See und die Wiesen dahinter. Die anderen über den Abhang verstreuten Gebäude des Vorwerks unterschieden sich nicht vom Besitz des Großvaters. Nur eines stach heraus, eine Blockhütte aus rohem Holz, wie man sie hierzulande selten antraf. Auf der Rückseite seines Hauses hatte der Großvater einen Gemüsegarten angelegt und eine kleine Parzelle mit Apfelbäumen.

»Na, sehen wir nach, was Gott uns geschickt hat«, sagte er.

Der Großvater schob den Gast zu den Erdbeerbeeten. Kiebitz fügte sich gerne. Die Erde war feucht. Wie Kiebitz so die Blätter hochhob und die Beeren darunter pflückte, hatte er im Nu verschmierte Hände und schwarze Ränder unter den Fingernägeln. Aber das war angenehm. Und nützlich. Kiebitz mußte lächeln, als er an seine neue Tarnkluft dachte.

Es waren nicht sehr viele Beeren reif. Kiebitz sammelte etwa dreißig Stück in Großvater Grischas Mütze. Sie aßen sie, ohne sie zu waschen, geradewegs im Gemüsegarten. Der Alte ging zu den anderen Beeten und seufzte:

»Dieser Regen ist eine Strafe Gottes.«

»Wofür müßtest du denn bestraft werden?« lachte Kiebitz.

»Wofür alle bestraft werden müssen«, antwortete der Großvater rauh. »Für unsre Sünden.«

»Hast du Sünden?«

»Bist du mein Beichtvater? Werde erst einmal gesund ... Aha! Siehst du dort am Ufer? Dort, ein bißchen weiter links, in der Bucht – siehst du die Frau?«

Kiebitz spähte hinunter. Am Wasser stand eine Frau mit offenem Haar im bunten Rock. Sie schien Wäsche zu waschen. Der Rock war lang, das Haar schwarz, die Frau sah aus wie eine Zigeunerin.

»Eine Zigeunerin?« fragte Kiebitz.

»Alles dieselben Ungläubigen«, antwortete der Großvater rätselhaft. »Eine Fledermaus.«

Die Frau bemerkte sie ebenfalls, winkte mit der Hand und kletterte plötzlich den Hügel herauf. Bald war sie ganz in ihrer Nähe, und Kiebitz konnte sie genau betrachten: eine üppige Schönheit und vom Typ her eher eine Perserin als ein Zigeunerin. Ihre länglichen, feuchten Augen erinnerten Kiebitz an Hirth, seinen Regierungskollegen unvergeßlichen Angedenkens. Die Schöne mochte etwa vierzig Jahre alt sein.

»Na, was steht ihr hier herum und sperrt das Maul auf?« schrie sie. »Kann eine Frau nicht einmal mehr in Ruhe baden?«

Kiebitz hatte einen fremden Akzent erwartet, vielleicht einen kaukasischen, aber die Schöne drückte sich im selben Idiom aus, das Großvater Grischa benützte und womit der bäuerliche Intelligenzler den verstorbenen Jurij Pawlowitsch Starko – Gott, wie viele Verstorbene! – so gerne schockiert hatte.

»Bist keine Jungfrau«, entgegnete der Großvater ärgerlich. »Brauchst dich nicht zu schämen. Und wir, haben wir vielleicht noch keine Weiber gesehen?«

»Solche noch nicht!« Die Schöne ließ ihre weißen Zähne blitzen. »Sind Ihnen, junger Mann, solche Frauen in der Stadt begegnet?«

»Nein.« Kiebitz lachte auch.

»Geh heim, Marusja, geh!« Der Großvater ärgerte sich aus irgendeinem Grund. »Ich sehe, du hast schon wieder am frühen Morgen ein Gläschen gegen deinen Kater gekippt.«

»Wann sollte ich's denn sonst tun?« wunderte sich Marusja. »Am Abend etwa?«

Die Körperfülle schadete ihr überhaupt nicht, im Gegenteil, sie verlieh ihrer persischen Schönheit noch mehr Gewicht. Der Großvater hatte recht: Als ihr langer Rock wippte, erinnerte Marusja tatsächlich an eine Fledermaus. Aber weniger als an das Tier als vielmehr an die Operettenfigur. Von deren Existenz konnte der Großvater allerdings kaum etwas wissen.

»Junger Mann, sind Sie auch gegen ein Gläschen?«

Kiebitz erkannte in dieser Frage die klare Einladung und ging auf das kokette Spiel ein:

»In unserem Land ist die Frau frei.«

»Als Ackergaul«, sagte Marusja. »Und die jungen Leute, was sind die in unserem Land?«

»Pferde«, sagte Kiebitz, »vielmehr Pferdewurst.«

»Dann kommen Sie mal zu mir auf eine Tasse Tee und ein Schnäpschen. Ich werde auch Wurst aufschneiden. Und ich werde Ihnen aus der Hand lesen und Ihnen Ihre Zukunft voraussagen: Auf Pferde ist gut Kartenlegen. Ich wohne dort.«

Sie zeigte auf die auffällige Blockhütte.

»Ich werde kommen«, versprach Kiebitz. Er war sichtlich genesen, wie sonst ließ sich erklären, daß er sich auf das bevorstehende Abenteuer freute?

Marusja schwenkte noch einmal den Rock und entfernte sich, mit den Hüften schwingend. Der Großvater spuckte aus und tat gekränkt. Kiebitz gab sich den Anschein, als bemerke er es nicht. Grollend ging der Großvater geradewegs durch die Beete zum Haus, der Gast umrundete sie sorgfältig und lachte sich eins.

»Genug gegrollt, Großvater Grischa«, sagte er, als sie schon im Hof waren. »Was hast du gegen sie? Sie ist halt ein lustiges Weib.«

»Ein Teufelsweib!« spuckte der Großvater aus. »Wenn ihr nur Unfug treiben könnt! Was nachher kommt, das ist euch egal.«

»Was nachher? Kinder etwa?«

»Ki-inder«, äffte ihn der Großvater nach. »Kleine Teufelchen! Der Teufel wirft mit Hilfe des Weibes die Netze aus und fängt uns darin ein, um sich fortzupflanzen. Verstanden? Und du? Kaum hast du den Kopf gehoben, kaum hast du angefangen, dich aus dem Netz herauszuwinden, schon geht's zurück, wieder ins Netz.«

»Na gut, ich hab nur Spaß gemacht... Ich werde nicht zu Marusja zum Teetrinken gehen«, sagte Kiebitz besänftigend. »Ich bin nur in Stimmung gekommen und habe dummes Zeug geredet. Daran bist übrigens du schuld, Grigorij. Das hat deine Heilkunst bewirkt. Ich danke dir.«

»Glaub nicht, daß du schon ganz gesund bist«, entgegnete der Großvater milder. »Dein Fuß kann noch mal umknicken, und dann fliegst du wieder hin. Fordere Gott nicht heraus. Und falle ihm nicht zu lästig.«

»Steht das auch in der Offenbarung?«

»Nein«, antwortete der Großvater ernst, »das sage ich.«

»Du hast mir doch versprochen, mich zu deinem Bruder zu führen, erinnerst du dich?«

»Ich hab's versprochen und werde dich hinführen.«

Sie gingen ins Haus. Galina hantierte am Ofen und beachtete sie nicht. Iwan war nicht zu sehen. Der Großvater murmelte etwas, das ihm galt, und führte Kiebitz tiefer ins Haus hinein. Die Tür zum hinteren Zimmer war sehr schmal und niedrig. Kiebitz zog den Kopf ein, um nicht am Türsturz anzustoßen, und betrat nach dem Großvater den Raum. Das spärlich möblierte, klausenähnliche Zimmer war fast dunkel. In der Ecke erahnte man ein Bett und darauf einen Menschen.

»Schläfst du, Wassenka?« fragte der Großvater vorsichtig.

»Nein, mein Lieber, komm rein«, erklang vom Bett eine zittrige , dünne Stimme.

Der Großvater schob Kiebitz vorwärts.

»Heute bin ich nicht allein, ich habe einen guten Menschen mitgebracht.«

»Ich weiß, daß er gut ist, schlechte kommen nicht zu mir«, lautete die Antwort. »Die schlechten wetzen ihren Schnabel über mich.«

»Wie hast du geschlafen, Wassenka?«

»Überhaupt nicht. Die ganze Nacht sind die Nissen auf mir herumgehüpft und haben mich nicht schlafen lassen. Die fürchten Christi Wort nicht mehr! Erst gegen Morgen konnte ich sie verjagen.«

»Na, Gott sei Dank.«

»Natürlich! Ich habe mich mit Seiner Hilfe zusammengenommen und die Nissen verjagt. Und du, guter Mensch, weshalb bist du gekommen? Um Fragen zu stellen? Dann sprich. Wie heißt du, Nikolaj?«

»Nein«, entgegnete Kiebitz, »Boris.«

»Na, hab ich's nicht gesagt! Ich hab's erraten, also Boris. Ich errate es immer. Was quält dich, Boris, erzähle.«

»Ist das der Beunruhigung wert?«

»Beunruhigen heißt, dem Teufel seine Ruhe nehmen! Und du fragst, ob es das wert sei. Ich sage dir, das ist es wert. Ruhe kann auch vom Menschenfeind ausgehen.«

»Nicht so barsch, Wassenka«, sorgte sich Grigorij. »Was gibt uns der Herr sonst als Lohn und Trost, wenn nicht Ruhe und Licht? Es tut weh, dir zuzuhören.«

»Es tut weh, weil du irrst. Was den Trost betrifft, so irrst du auch. Gott erlegt dir ein schweres Kreuz auf. Und dieses Kreuz ist dein Trost, nicht die Ruhe.«

»Irgendwas stimmt da nicht, Wassenka. Das Kreuz trägt man unter Qualen, so steht es im Evangelium. Unser Erlöser hatte keine Freude daran.«

»Schweig, Judäer! Nicht ich bringe etwas durcheinander, sondern du. Nicht dein Kreuz gibt dir der Herr um der Freude willen, was für eine Freude könnte daran sein? Sein eigenes Kreuz gibt er dir, damit du ihn unterstützen kannst und Anteil daran hast. Wenn du kein Judäer bist, dann nimmst du es und trägst es mit Freuden anstelle des Erlösers. Und bist getröstet.«

»Ist ja gut«, meinte Grigorij. »Reg dich nicht auf. Du wirst müde werden und Kopfschmerzen bekommen.«

»Der Kopf schmerzt nicht von meinen eigenen Worten, sondern von fremden. Die ganze Nacht haben Unholde hinter der Wand getuschelt, Intrigen geschmiedet und schlecht geredet. Der Mann deiner Tochter, Grigorij, ist mitnichten ihr Mann, sondern ein Schandmaul!«

»Ich weiß.«

»Und deine Tochter, Grigorij, ist mitnichten deine Tochter.«

»Sondern wessen?« erschrak der Großvater.

»Die Tochter der Hölle ist sie, Gefäß des Bösen. Mit ihr knüpft der Atavist Iwan seine Buchhalternetze. Ich höre alles durch die Wand. Bin kein so tauber Michel wie du. Warte nur, deine Kinder werden dir die Teufel in Lederjacken, Mauserpistolen und roten Satanssternen an den Hörnern ins Haus holen! Du wirst noch weinen, daß du nicht auf mich gehört und die Verräter beizeiten aus dem Haus gejagt hast.«

»Wieder bringst du alles durcheinander, Wassja. Diese Teufel mit den Mausern, wann war denn das? Das ist doch schon ein halbes Jahrhundert her!«

»Ein halbes Jahrhundert!« brauste der liegende Mann auf, dessen Gesicht Kiebitz im Dämmerlicht immer noch nicht erkennen konnte. »Du bist wohl nicht ganz bei Trost?! Was ist denn für die Teufel ein halbes Jahrhundert, ja die Zeit selbst? Ein Augenblick. Alles, was war, wird wiederkommen. Es wird nur wesentlich schlimmer werden, als es war. Weil ihr noch dümmer seid, als ihr wart. Der Herr muß euch immer wieder neue ägyptische Plagen schicken, weil ihr aus den früheren nichts gelernt habt. Wie unsere Mutter und unser Vater das Leiden damals auf sich genommen haben, hast du das auch vergessen? Gut, jetzt wird man dich an all das erinnern, du wirst das Leid selbst auf dich nehmen, an deiner eigenen Haut wirst du es erfahren. Du wirst zugrunde gehen, wir alle werden es. Und du, gepeinigter guter Mensch, wirst das Verderben auch annehmen.«

»So dankst du mir alle Sorge um dich!« rief Grigorij aus. »Wir kümmern uns alle um dich, ernähren dich, und du? Als Antwort kündest du uns das Verderben. Wozu?«

»Ihr ernährt mich und haltet mir das vor, was? Deshalb habe ich mich ja in die Klause zurückgezogen, wegen eurer Vorwürfe. Euretwegen liege ich hier. Eure Vorwürfe haben mich so zermürbt, als ich noch an einem Tisch mit euch aß. Ihr seid noch schlimmer als jener Teufel im Priesterrock! Der hat wenigstens nicht geheuchelt.«

»Hast du vergessen, was du an jenem gemeinsamen Tisch eingeführt hast?« schrie der Großvater außer sich. »Hast du vergessen, wie du dich zum Essensausteiler aufgespielt hast, wie du bestimmt hast, wer heute etwas bekam und wer nicht? Wen du an diesem Tag zu den Sündern zähltest, dem gabst du nichts zu essen. Und wem du das Essen erlaubtest, dem warfst du die Brocken vor wie einem Tier! Du hast dir damals eine Macht im Haus angemaßt, wie man sie nur im Kreml hat! Und hast sie so benützt, wie die dort.«

»Nein, nicht so, sondern wie unser Erlöser am letzten Abend. Meine Macht war von dort. Und du hast das, hast Ihn ganz vergessen. Also gehörst du auch auf die andere Seite der Welt, zu den Teufeln. Und bist verstockt wie sie.«

»Ich sehe, du hast schlecht geschlafen, Wassja, wir kommen ein andermal wieder«, zischte der Großvater und stieß Kiebitz in die Gegenrichtung, zur Tür hin.

»Sieh dich vor, Grigorij!« rief ihm der Bettlägrige hinterher.

Aber der Großvater schob Kiebitz schon aus der Klause ins große Zimmer hinaus, der stieß mit dem Kopf gegen den Türsturz und ächzte vor Schmerz.

»Aha!« rief der Alte im Bett erfreut. »Ich hab's ja gesagt, und es hat nicht auf sich warten lassen. Alle meine Worte sind wahr. Alles erfüllt sich.«

Der Großvater schloß die Tür fest hinter sich zu. Kiebitz wurde heiter, als der Schmerz nachgelassen hatte. Im Grunde war das Gespräch mit dem Starzen eine erfrischende Ablenkung gewesen. Noch heiterer wurde er, als er das Frühstück auf dem Tisch sah: einen Topf Kartoffeln, Brot und Milch. Beim Anblick des Essens rieb sich Grigorij die Hände. Seltsamerweise war auch er nicht verstimmt über die Szene, die sich gerade abgespielt hatte. Auch die schweigsame Galina saß mit ihnen am Tisch. Solch eine Milch hatte Kiebitz schon lang nicht mehr getrunken und solches Brot – selbstgebackenes – überhaupt noch nie gegessen.

»Ist dein Bruder«, fragte er mit vollem Mund, »oft so... nervös?«

»Was?« wunderte sich der Großvater. »Das sollen die Nerven sein?... Iß. Die wahre Nervosität hast du noch nicht erlebt. Übrigens wirst du sie noch erleben.«

Und richtig. Kaum hatte er das gesagt, da ertönte eine schwache, brüchige Stimme aus der Klause:

»Grischa, Grischa! Verzeih. Komm zu mir. Verzeih dem Knecht Gottes, dem nichtswürdigen ...«

Der Großvater unterbrach sein Frühstück und winkte Kiebitz hinter sich her. Der griff sich einen Kanten Brot und folgte seinem Führer wieder ins Gemach des Klausners.

»Grischa, verzeih mir meinen Zorn«, bat Wassilij. »Ach, Gott, was für eine Sünde! Nie werde ich Verzeihung dafür erflehen können.«

»Na, du hast ja schon bereut, ist schon wieder gut«, sagte Grigorij gutmütig. »Jetzt wird dir leichter werden.«

»Nein, Bruder! Mir wird nicht leichter. Dich, guter Mensch, der bei uns zu Gast ist, bitte ich auch – verzeih mir.«

»Ja, wie ...«, stammelte Kiebitz verlegen mit vollem Mund.

»Verzeih ihm«, trieb ihn der Großvater an. »Sag ihm, daß du ihm verzeihst.«

»Na, ich verzeihe dir«, sagte Kiebitz unbeholfen.

»Ach, jetzt ist mir schon viel wohler!« freute sich Wassilij. »Aber noch nicht ganz. Oh, wie schwer meine Sünden sind, sie lasten auf meiner Brust!«

»Leide nicht so, Wassja«, riet der Großvater. »Jetzt frühstückst du, und dann geht es dir noch besser. Mit Leiden verkürzt du dir nur deine Tage. Und die sind doch auch von Gott, und nicht deine. Du hast kein Recht, über sie zu verfügen.«

»Richtig«, stimmte Wassilij zu. »Und es ist nicht an uns, zu befinden, ob sie kürzer werden sollen oder nicht. Das steht nicht in meinem Wissen. In meinem Wissen steht nur, daß mir mehr gegeben sind als anderen, folglich ist auch der Anspruch an mich höher. Und die Sünden lasten noch schwerer auf meiner Brust.«

»Woher wissen Sie denn, daß Ihnen mehr als anderen gegeben sind?« schaltete sich Kiebitz ins Gespräch ein. Er hatte sein Brot aufgegessen.

»Wie woher? Wem mehr gegeben ist, der weiß es eben! Gott teilt es ihm mit, wenn er es ihm gibt. Durch die Gewißheit, die der Mensch empfindet. Die Gewißheit ist Gottes Sprache. Wenn jemand von Zweifeln geplagt wird, wenn jemand nicht weiß, wieviel ihm gegeben ist, dann ist ihm wenig gegeben. Die Zweifel sind auch von Gott, sind auch von Ihm mitgeteilt.«

»Das heißt also, Sie haben keinerlei Zweifel?«

»Du hast doch gesagt: Fragen gibt es nicht«, ächzte Wassilij. Er hatte offenbar seine Lage verändert. Kiebitz erinnerte sich genau, daß er nichts dergleichen gesagt hatte, schwieg aber. »Zweifel habe ich auch mehr als ihr, als alle. Siehst du, ich liege im Dunkeln. Und die Dunkelheit eignet sich vorzüglich für Zweifel. Aber ich zweifle an ganz anderem, als ihr es tut! Ich zweifle nicht an Gott wie ihr. Sondern an euch, an den Menschen. Du, guter Mensch, hast bei meinem Bruder Zuflucht gefunden und mich in meiner abgeschiedenen Klause besucht. Doch du kommst aus einer geschäftigen Welt, und deshalb beunruhigen dich müßige Fragen. Auf die werde ich nicht antworten. Vergiß diese Fragen. Und finde andere. Finde meine Fragen! Dann werde ich antworten.«

»Schreiben Sie sie mir auf«, platzte Kiebitz heraus, ohne nachzudenken, »ich werde sie Ihnen laut vorlesen. Dann wird es keine Fehler geben... Entschuldigen Sie, ich wollte sagen, woher wissen Sie, daß mich müßige Fragen beunruhigen?«

»Du bist doch nicht der erste, der zu mir gekommen ist! Schon viele Jahre kommt ihr mit euren Fragen zu mir. Wie sollte ich sie nicht kennen? Alle eure Fragen sind nur eine dumme Frage: Wie sollt ihr leben? Wie ihr sterben werdet, danach solltet ihr fragen! Dann wird auch das Leben klarer werden.«

»Was ist das überhaupt, Leben?« sagte Kiebitz nachdenklich. »Niemand weiß es. Sie zum Beispiel leben doch im normalen Sinne gar nicht. Aber Sie sind auch nicht gestorben. Wie soll man sich das zusammenreimen?«

»Im normalen Sinn«, wiederholte der Starez bissig. »Aber was ist der normale Sinn, also eurer? Was versteht ihr normalerweise unter Wahrheit, Leben, Gott? Unwissenheit, das ist es. Unwissenheit aber ist eine Verirrung, aus der heraus alle weiteren Irrtümer stattfinden. So schrieben die Kirchenväter, so sagte Markus der Gottesstreiter. Die Unwissenheit ist der Gigant des Bösen! Die Unwissenheit richtet Böses an, ohne zu wissen, daß sie Böses anrichtet. Du hast gesagt, ich lebte nicht, sei aber auch nicht tot. Was ist das? Deine Unwissenheit. Du weißt nicht, was Mönchstum ist, deshalb scheint dir: Wassilij lebt nicht und ist nicht tot, wie soll ich mir das zusammenreimen? Es ist mir ein leichtes, dir darauf zu antworten, und danach keine neuen Fragen mehr: Es reimt sich im Mönchstum zusammen. Im Mönchstum gibt es weder Leben noch Tod, sondern unsterbliches Leben. Was ist daran das Wichtigste? Das Freisein von Schicksal. Das ist an diesem Schicksal das Wichtigste.«

»Ein seltsames Schicksal«, meinte Kiebitz, »davon könnte man träumen.«

»Ich sehe, mein Sohn, du verstehst unter Schicksal Fatalismus. Indessen ist es Gottes Vorsehung. Den Fatalisten wird das Maul versiegelt werden wie auch den anderen vom Teufel Betrogenen. Sie werden keinen Pieps mehr sagen, geschweige denn Fragen stellen können. Es gibt keine kalte Vorbestimmung und Notwendigkeit, es gibt nur eine Notwendigkeit: die Barmherzigkeit und Gerechtigkeit Gottes. Doch das kann man nicht verstehen, das muß man glauben. Glaube, guter Mensch, und auch dir wird wohl werden.«

»Glauben, daß es zwischen Gerechtigkeit und Barmherzigkeit keinen Unterschied gibt? Nein, das kann ich nicht. Das ist schwer, ja unmöglich.«

»Du bist es, der keinen Unterschied zwischen schwer und unmöglich sieht. Der Teufel flüstert dir ein: Man kann das nicht glauben, weil man es nicht verstehen kann. Ich aber sage: Man kann es nicht verstehen und deshalb kann und muß man es glauben. Ich liege im Dunkeln, und im Dunkeln spricht Gott mit mir. Du rennst im Hellen herum, und am hellichten Tag flüstert dir der Teufel ein: denke, überlege, prüfe... Na los, überlege. Während du überlegst, geht dein Leben zu Ende und fertig.«

»Aber haben Sie so frei, so ohne jede Überlegung, dieses Liegen für sich gewählt, ich wollte sagen, das Mönchstum? Gab es nicht irgendwelche Gründe, irgendeinen Konflikt mit der Welt?«

Großvater Grigorij räusperte sich warnend.

»Na, die gab's schon«, stimmte Wassilij zu. »Verfolgungen, Kämpfe mit den Pharisäern, Leiden, das gab es. Aber das meinst du doch nicht, stimmt's? Du meinst die Gründe, die dir manche Leute schon haben nennen können, und vielleicht nicht nur einfach Leute, sondern meine Feinde. Was aber meine Feinde sagen, das ist nur Dummheit und Unwissenheit. Denk an das, was ich dir über die Unwissenheit gesagt habe! Daß die Unwissenheit das größte, ursprüngliche Böse ist.«

»Wie denn das?« Kiebitz wunderte sich aufrichtig. »In der Bibel steht doch, daß die Unwissenheit selig war. Und erst als Adam sie verloren hatte...«

Der Großvater räusperte sich wieder, diesmal lauter.

»Eben«, sagte Wassilij erregt. »Hörst du's? Mein Bruder weiß, was ich meine, wenn ich von meinen Feinden spreche. Er weiß, daß der Stolz ihn hindert, seine Unwissenheit einzugestehen und dieses Eingeständnis mit menschlichen Worten auszudrücken, deswegen räuspert er sich nur. Macht nichts, andere muhen. Und du, guter, spekulierender Mensch aus der Stadt, wie ich jetzt verstehe, tust auch nicht mehr, als dich vor mir zu räuspern und zu muhen. Was bedeuten diese sinnlosen Laute anderes, die du eben ausgestoßen hast?«

»Wassja«, sagte Großvater Grischa vorwurfsvoll, »du fängst schon wieder an.«

»Ich fange an!« schrie der Starez. »Diese Schlacht, deren schwacher Schatten jetzt durch meine karge Klause flattert, begann mit dem Sündenfall unsrer Brutmutter Eva! Adam verlor nicht seine Unwissenheit, sondern seine Unschuld, hörst du, guter Mensch aus der Stadt? Und er wurde dorthin gestürzt, wo schon der gestürzte Engel Luzifer auf ihn wartete. Also wohin? Hierher zu uns, in die Städte wie in die Dörfer, in die Landwirtschaft wie in die Industrie, in Staat und Kirche, auf die Tribüne, in die Schule, in die Theaterloge und auf die Bühne und in die Presse. Überall sitzt, rennt und kämpft der verderbte, sündige Adam gegen Gott. Er ist Luzifer. Und die Schlacht? Die wurde von Gott selbst begonnen, er führt sie, und ich bin nur ein bescheidener Soldat in seinem Heer! Sie tobt in Stadt und Land, in Palästen und Hütten und auch in meiner stillen Klause. Und du, Grigorij, solltest das längst begriffen haben und dich fügen.«

»Was soll denn das heißen, Wassja! Soll ich mich vielleicht neben dich legen? Dann werden wir bald Hungers sterben. Wer wird uns dann ernähren?«

»Zu mir werde ich dich nicht lassen, dazu taugst du nicht. Du hast doch selbst gesagt, wer uns ernähren wird. Also hast du vergessen, daß Gott alle ernährt. Gib zu, daß das Mönchstum höher steht als weltliche Frömmigkeit! Das genügt. Füge dich und lebe weiter, wie du gelebt hast.«

»Das werde ich nie zugeben«, erklärte der Großvater. »Der Mönch rettet nur sich selbst. Und ich ernähre übrigens auch den Mönch.«

»Da haben wir's! Da haben wir den Hochmut auf Stelzen! Das ist der Riese des Bösen!«

»Halt!« mischte sich Kiebitz ein. »Was, wenn Sie sich damit versöhnten, daß beide gleich sind. Daß beide Gott gleich lieb sind. Und beide gleich in Gottes Hand.«

»Junge!« schnaubte der Starez verächtlich. »Du verstehst Gottes Hand wie die, die allen Weibern gleichermaßen unter den Rock fährt. Du schreibst auch Gott zu, daß er das tut, ich weiß es.«

»So sind Sie also gegen die Fortpflanzung des Menschengeschlechts?«

»Nein«, gab Wassilij zurück. »Es ist gesagt: Mehret euch. Das ist Gottes Absicht. Aber ich bin gegen das Reiben mit gewissen Organen auf anderen Organen zum Zwecke des Samenausstoßes und der Lust.«

»Aber ohne den Samenausstoß kann auch das Geschlecht nicht fortbestehen.« Kiebitz war gereizt. »Diese Organe scheinen Sie nicht sehr gut zu kennen. Hinsichtlich dieser Organe scheinen Sie sich selbst in Unwissenheit zu befinden.«

»Das ist der Teufel, der Teufel ärgert sich in dir über meine wahren Worte!« Wassilij hatte natürlich die Gereiztheit des guten Menschen aus der Stadt bemerkt. »Treib ihn aus!«

Er spuckte auf den Boden und bekreuzigte sich.

»Ich sage euch noch einmal: Wahrlich, ihr seid in der Hand des Teufels und verratet Gott. In diesem Augenblick und zu jeder Stunde.«

»Wo sind wir denn!« schrie auch Großvater Grischa. »Ich soll Ihn verraten?«

»Richtig«, antwortete Wassilij und deutete vergnügt mit dem Zeigefinger auf den Großvater. »Du bist der erste Verräter. Der Hauptverräter. Weil du mein Bruder bist. Und da ich Gottes treue Schulter bin, stehst du Ihm folglich nahe, direkt neben Seiner Schulter. Wer stand Gottes Schulter am allernächsten? Bekanntlich Judas. Du, Grigorij, bist Judas. Mein Sohn, guter Mensch auf der Durchreise, fall nicht auf Judas' tückische Worte herein, laß dich nicht von seinem Essen bestechen! Mit einem Mal sitzt du dem Teufel auf den Hörnern. Seine Herberge scheint nur gastfreundlich zu sein, in Wirklichkeit ist sie eine Falle, in der Netze für die Seelen ausgespannt sind! Mein Bruder ist ein Seelenfänger, er fängt die durchreisenden Seelen für den Teufel!«

»Sie raten mir also zu gehen«, sagte Kiebitz.

»Gehen? Wohin?« brauste Wassilij auf. »Wo hast du einen Ort gesehen, der nicht von Judas bewohnt wäre?«

»Das übersteigt meine Kräfte!« schrie Großvater Grischa. »Wo ist dein Gewissen, daß du mich mit diesem Wort bezeichnest? Was habe ich dir Schlechtes getan, außer daß ich dich ernähre, wasche und beruhige? Du liegst hier – na, dann liege eben, wer reizt dich denn auf? Wer stiftet dich immer wieder zu Händeln an?«

»Aha. Hat sich endlich die Wahrheit gezeigt. Du wolltest dir mit Almosen für einen heiligen Starzen das Himmelreich verdienen. Nein, da wird nichts draus. Willst du, daß ich auch noch zu hungern gelobe? Hat dich dieser garstige Pharisäer, dieser Alexander, hergeschickt, um den letzten heiligen Starzen in Rußland Hungers sterben zu lassen, nachdem du mir dieses Gelöbnis abgeluchst hast? Ich weiß, er schickt dir in seinen Briefen ausführliche Anweisungen, wozu man mich treiben muß, damit ich öfter in Sünde falle. Und dein guter Mensch da, ist der nicht auch geschickt, damit ich meine reinen Gebete in Einsamkeit einstelle und die giftigen Gase aus Gottesfeld einatme? Damit ich euch beide entlarve und damit öfter in ruchlose Wut gerate?«

»Genug, genug für heute«, erklärte der Großvater entschlossen. »Er ist heute völlig krank im Kopf. Du hast ihn mit irgendwas besonders getroffen, Boris. Gehen wir. Sonst sagt er noch solche Sachen, daß er sich anschließend aufhängt.«

Er packte Kiebitz am Ellbogen und zerrte ihn zur Tür.

»Sie fliehen, die verfluchten Teufel!« schrie ihnen Wassilij frohlockend nach. »Sie halten die Wahrheit nicht aus. Vom wahren Wort besiegt, fliehen sie! Die große Schl...«

Seine Stimme überschlug sich, er röchelte. Kiebitz wollte schon zu Hilfe eilen, doch Grigorij ließ ihn nicht.

»Macht nichts, es ist nicht das erste Mal. Er wird allein wieder zu sich kommen«, versicherte er und schob Kiebitz aus der Klause. »Frühstücken wir zu Ende. Es ist nicht gut, Essen wegzuwerfen.«

Das Frühstück hatten sie völlig vergessen. Sie setzten sich wieder an den Tisch.

»Ja, dein Bruder ist ganz schön unruhig«, bemerkte Kiebitz und trank einen Schluck Milch.

»Ein bißchen«, stimmte der Großvater zu. »Er schläft

schlecht, das ist es. Ohne Luft. Wieder peinigen ihn die Erinnerungen.«

»Woran?«

»An den von der gottlosen Macht zu Tode gefolterten Patriarchen Tichon.«

»Aber wann war denn das! Das ist doch ein halbes Jahrhundert her.«

»Je länger es her ist, desto stärker peinigt es ihn. Wassilij stand neben dem Patriarchen. Gott rettete ihn vor der Kugel. Und jetzt macht er sich immer mehr mit dem Gedanken vertraut, daß der Patriarch einen Nachfolger zurückgelassen habe. Nämlich ihn, Wassilij. Jetzt peinigt er sich damit, daß auf dem Patriarchenstuhl unberufene Männer sitzen, einer nach dem andern, die dem gefolterten Tichon feindlich gesonnen sind, während er, Wassilij ...«

Grigorij winkte ab und verstummte. Kiebitz kam plötzlich der Gedanke, daß es schön wäre, in diesem gastfreien und ein wenig verrückten Haus für immer zu bleiben, zwischen Herberge und Klause zu wohnen, dem Streit der Brüder zuzuhören, sich von Erdbeeren mit Milch zu ernähren, morgens in den See zu gehen und Marusja dort zu treffen.

»Sieh mal, Boris«, sagte Grigorij traurig, »sein Gewissen plagt ihn auch. Als wir entkulakisiert wurden, und Vater und Mutter... Als damals die Kommissare bei uns auftauchten, da hat sich Wassilij auf sie gestürzt, wie heute auf uns... Aber halt, ich werde dir alles der Reihe nach erzählen.«

Neuntes Kapitel

Die Zusammenkunft oder die natürliche Auslese

Aber kaum hatte der Großvater seine Geschichte begonnen, wurde er unterbrochen. Im Hausgang hörte man es poltern, die Tür flog auf, und Wassilijs Prophezeihung erfüllte sich: Drei Männer in Lederjacken kamen herein. Ihre Gesichter waren ernst.

»Wer ist das?« fragte der erste Kiebitz barsch. Er war offenbar der Anführer.

»Keine Begrüßung?« entgegnete der Großvater so rasch, als hätte er das alles längst erwartet oder sich antrainiert. »Habt ihr das nicht in der Schule gelernt?«

»Aus der Schule bin ich schon lange, Großvater. Hab schon alles vergessen«, gab der Anführer schlagfertig zurück. »Dafür habe ich nicht vergessen, wie du mich mit der Rute aus den Erdbeeren gejagt hast, du Kulak. An diese Lehre erinnere ich mich. Also kläff nicht so!«

Der Großvater nickte.

»Na, wer ist das nun?« Der Anführer wandte sich wieder an Kiebitz. Die beiden anderen standen schweigend an der Schwelle.

»Ein Pilger«, definierte der Großvater Kiebitz. »Ist gekommen, um mit unserem Wassilij zu sprechen. Aber Wassilij ist nicht bei Laune. So sitzen wir eben hier und warten, bis sich seine Laune ändert.«

»Großvater, nicht du wirst gefragt! Ich sage dir, hüte deine Zunge. Und du, bist du stumm? Oder willst du nicht antworten?«

»Es stimmt, ich bin ein Durchreisender«, sagte Kiebitz vorsichtig.

»Deinen Ausweis!«

»Das ist es ja, ich habe keinen«, erklärte Kiebitz scheinbar bereitwillig.

»Also treibst du dich ohne Papiere herum. Da ist was faul. Aus Moskau? Das sehe ich dir an: Ein sauberer Russe, ein ganz gerissener bist du. Und schnatterst ja auch wie die. Also, Moskauer, wer bist du und wie heißt du?«

»Wieso denn Moskauer?« fragte Kiebitz und versuchte heiter zu wirken. »Ich bin aus Charkow und heiße Sperling. Von Beruf bin ich Maler.«

»Schwirrst wohl in fremden Starenkästen herum? Na schön«, befand der Anführer. »Bleib erst mal sitzen, und keine Witze mehr. Wir werden uns zuerst mit dem Großvater unterhalten. Über die Kulakenfrage. Dann kommen wir zu dir, wart's ab.«

»Ich bin kein Witzbold«, sagte Kiebitz, der aus Erfahrung wußte, was weiter folgte.

»Also, Großvater, hör zu«, begann der Anführer feierlich. »Es wurde verfügt, überschüssige landwirtschaftliche Produkte für die öffentliche Verwendung einzusammeln. Der Kommissar ist aus der Stadt gekommen und hat uns die Anweisung gegeben. Wir haben dafür gestimmt. Also los, kram alles raus, was du ungesetzlich gehortet hast.«

»Nach welchem Recht!« schrie der Großvater. »Welcher Kommissar, wer hat das verfügt? Und wer bist du überhaupt? Ich kenne dich nicht und will dich auch nicht kennen.«

»Du kennst mich, lüg nicht so dumm. Wenn du's vergessen hast, werde ich dich dran erinnern: Ich bin Stepan, Gmyrja. Derselbe, den du als Kind Hungers sterben lassen wolltest, du Kulakenschuft, weil du mich aus den Erdbeeren gejagt hast. Aber ich habe überlebt, und jetzt geht es andersrum. Ich werde dich verjagen. Weil ich Bevollmächtigter bin in Sachen Einschränkung des Privatsektors, den die verrottete Macht in der Zeit der Anarchie hat auswuchern lassen. Folglich bin ich bevollmächtigt, deine Wirtschaft einzuschränken, Großvater. So ist es verfügt worden. Und von wem? Von uns, dem Kleinbauernrat.«

»Du lügst! Es gibt keinen Kleinbauernrat. Das hast du dir selbst ausgedacht, du willst dich für die Rute rächen, mit der ich dir Beine gemacht habe, du Dieb. Es gibt bei mir nichts zu holen, ich komme selbst kaum über die Runden.«

»Verwechsle eine öffentliche Maßnahme nicht mit Rache, Großvater. Alles hat seine Zeit, warte nur. Wir werden gleich nachschauen, ob's bei dir nichts zu holen gibt. Ich sehe übrigens schon, was man holen könnte. Ich sehe ein Pferd, Großvater.«

»Wa-as!« schrie der Großvater wie von der Tarantel gestochen auf. »Das Pferd? Du bringst mich ins Grab, du Mörder. Ist das vielleicht nur ein Pferd? Das ist mein Leben! Wie soll ich ohne mein Pferd in die Stadt kommen, wie und wo soll ich meine Beeren verkaufen, wie meine Familie ernähren? Ich geb's nicht her, du Teufelsbrut. Ihr kriegt es nur über meine Leiche.«

»Du kannst sowieso nirgendwo mehr was verkaufen, der Markt ist zu, für immer«, sagte Gmyrja. »Über deine Leiche, sagst du? Schön, einverstanden, dann eben über deine Leiche.«

Er nickte dem einen an der Schwelle stehenden Gehilfen zu. Der fackelte nicht lange, sondern zog seine Pistole und zielte auf den Großvater. Schnell sind die, mußte Kiebitz denken, die hat bestimmt der Kommissar von Golta bewaffnet und geschult, wie man das Ding drehen muß. Durch seine Erfahrung gewitzt, öffnete er den Mund, um sich einzumischen... Doch der Großvater hatte auch Erfahrung, vielleicht nicht ganz so frische, dafür nachhaltige, und er verfügte über die entsprechende Taktik.

Grigorij ging unverzüglich auf die Knie und kroch zu Gmyrja hin. Seine Stiefelspitzen quietschten auf dem Boden.

»Stepan, bring mich nicht um!« schrie der Großvater auf allen vieren. »Verzeih, daß ich dich mit der Rute gezüchtigt habe, vergiß es!«

»Mach dir keine Schande, Grigorij«, antwortete Gmyrja. »Besudle die bäuerliche Ehre nicht. Steh auf, du zerreißt dir noch die Hose. Und mach nicht so ein Theater. Dein Pferd müssen wir holen, darüber gibt es einen Beschluß. Keine Sorge, du kriegst eine offizielle Quittung. Und deine Familie wird das Recht auf die gleiche Ration haben wie alle, wird nicht verhungern.«

»Ich werde dir ein Lösegeld geben, Stepan«, flüsterte der Großvater und umfaßte die Knie des Bevollmächtigten. »Ich werde dich nicht betrügen.«

»Bestechung!« schrie Gmyrja mit fürchterlicher Stimme. Sogar seine Gehilfen zuckten zusammen. Der Großvater wurde grün. »Haben alle zugehört? Korruption. Da hat sie sich versteckt, die Seuche. Du willst mich, den Bevollmächtigten des Kleinbauernrates, also des Volkes, weil das Volk der Kleinbauer ist, du willst mich bestechen? Wie einen General? Raus in den

Hof, Großvater. Auf der Stelle. An die Wand mit dir. Weil wir den Erlaß haben, Marodeure und korrupte Schweine unverzüglich und streng zu erschießen. Ohne Gerichtsurteil.«

»Stepan, Stepan«, wehklagte der Großvater so prompt, als hätte er gewußt, daß es so weiterginge. »Ich bin ein ungebildeter, alter Mann, bin nicht mal zur Schule gegangen. Das ist ein unmenschliches Wort – korru... karr... Ich kann's nicht mal aussprechen! Na, wenn du kein menschliches Lösegeld willst, dann sag's doch. Tu, was deine entmenschte Pflicht dir befiehlt: Der alte Mann wird in Demut alles als Strafe Gottes annehmen.«

»Aber das ist doch noch nicht alles, Grigorij«, fuhr Gmyrja etwas sanfter fort. »Wir werden noch ein bißchen suchen und bestimmt noch was zu deinem Pferd finden. Schrei nicht mehr so rum, das nächste Mal kommst du nicht so leicht davon.«

Jetzt sah er Kiebitz an, und der begriff, daß er jetzt an der Reihe war. Kiebitz beugte sich zum Großvater hinunter, der auf den Knien zum Tisch zurückkroch, und flüsterte ihm leise zu: »Sei nicht traurig, Grigorij. Laß doch das Pferd...«

»Wer soll traurig sein, ich?« Der Großvater zeigte seine spärlichen Zähne. »Ich bin heilfroh, daß es nur das Pferd ist. Ist doch nicht das erste Mal.«

Das zischte er und schluchzte dabei weiter. Kiebitz war begeistert: Die schwierige Rolle war perfekt gespielt, also gab es Hoffnung, daß ihn der Großvater auch schützen, genauer gesagt, nicht ausliefern würde.

»Tuschelt nur«, bestätigte Gmyrja. »Wenn man euch beide in eine Zelle steckt, habt ihr noch genug Zeit dafür.«

»Weshalb sollten wir in die Zelle gesteckt werden?« erkundigte sich Kiebitz. »Es liegt doch gar nichts vor.«

»Es liegt immer was vor«, entgegnete Gmyrja zu Recht. »Ihr Städter habt dem Volk gegenüber ewige Schuld. Deine persönliche ist es zum Beispiel, dich der Volksmacht widersetzt zu haben.«

»Wenn ihr vom einen Teil des Volkes Eigentum konfisziert und es dem andern Teil des Volkes gebt, wird es eine Kettenreaktion geben«, sagte Kiebitz mit dem unverkennbaren Ton des Städters. »Es wird zu Zwistigkeiten kommen.«

»Ein Gelehrter, ein Intelligenzler?« fragte Gmyrja. »Du hast doch gesagt, du wärst Maler?«

»Wegen meines Pferdes wird es Zwist geben«, mischte sich

der Großvater ein. »Unser Vorwerk wird seinen Namen rechtfertigen. Vom Pferdefleisch gibt es Zwist. Was wollt ihr denn mit dem Gaul machen, doch nicht etwa pflügen? Oder ihn fressen? Oder ihn als Vogelscheuche ausstopfen und ins Museum der Revolution stellen?«

»Halt's Maul, Grigorij«, befahl Gmyrja. »Und du, schlauer Moskauer, sag jetzt die Wahrheit: Weshalb bist du hier?«

»Ich möchte zuerst wissen, wer Ihren Rat bevollmächtigt hat, dessen Bevollmächtigter Sie sind, mich persönlich zu verhören!« verfolgte Kiebitz seine Linie und gab sich einen geradezu literarischen Tonfall. »Der Kommissar von Golta, hat der das befohlen? Weiß man in der Bezirks- und Gebietsleitung davon? In Charkow und Kiew?«

»Die können uns egal sein«, entgegnete Gmyrja, schon etwas unsicher. »Das haben wir Bauern selbst beschlossen, auf unserer Zusammenkunft, die das junge Organ der Bauernschaft ist.«

»Ihr selbst!« rief Kiebitz aus, der mit Freuden die Unsicherheit des Bevollmächtigten bemerkte. »Wißt ihr nicht, daß man euch dafür nicht streicheln wird? Wißt ihr, wonach Selbstverwaltung riecht?«

Gmyrja war verlegen und tauschte mit den Gehilfen Blicke. Die konnten ihm nicht helfen und zuckten nur die Achseln. Kiebitz freute sich über den Erfolg seiner Politik, die nicht weniger Erfolg hatte als die des Großvaters. Er wollte die begriffsstutzigen, aber im allgemeinen gesetztestreuen Bauern weiter einschüchtern, schaffte es aber nicht. Wieder polterte es im Hausgang, irgend etwas fiel um, und Iwan stürmte ins Zimmer, Galinas Ehemann. Er trug ebenfalls eine Lederjacke – wie schnell das bei ihnen ging! –, aber dazu noch eine Ledermütze. Sein Gesicht drückte volle Zufriedenheit mit dem Dasein aus.

»Wanja, hilf! Du siehst, sie plündern!« diagnostizierte der Großvater die Situation.

»Für den einen bin ich Wanja, für den andern der Vorsitzende des Rates unabhängiger Gemeinden«, entgegnete Iwan feierlich, als eröffne er eine Versammlung und erteile sich selbst das Wort. »Deshalb bin ich für dich Iwan Sergejewitsch. Sonst wäre das Mißachtung der Staatsgewalt, Papa. Und darauf steht die entsprechende Bestrafung.«

Grigorij verstummte.

»Also, Iwan Sergejewitsch«, sagte Kiebitz verdrossen, daß er von neuem beginnen mußte. »Sie werden die Sache als Vorsitzender auch klären müssen. Ihre Leute überziehen zweifellos ihre Vollmachten. Sie sind ja ein Rat, wie Sie selbst gesagt haben, aber keine Strafverfolgungsbehörde! Und was soll das für ein Verhör sein, Sie kennen mich doch persönlich, nicht wahr?«

»Jawohl«, bestätigte Iwan. »Deshalb habe ich auch auf der Sitzung des Rates die Frage gestellt, wer dieser zwielichtige Vogel ist, der bei Grigorij übernachtet. Du wirst also im Einklang mit dem Gesetz verhört und hast zu antworten. Was die Teilung der Gewalten in strafverfolgende und beratende betrifft, so kannst du sie vergessen: Beide sind für immer abgeschafft. Es reicht, wir haben genug davon. Jetzt sind sie in einer Behörde zusammengefaßt.«

»Aber es hat sich auch noch herausgestellt, daß das alles eigenmächtig ist! Daß weder die Stadt, noch das Gebiet...«

»Die Stadt!« schrie Iwan und verlor seine Vorgesetztenwürde. »Die Stadt kannst du auch vergessen. Wir haben sie abgeschafft! Aus dem Register gestrichen! Es gibt keine Städte mehr. Sie sind bis auf die Grundfesten geschleift. Durch eine Resolution. Alle haben zugestimmt.«

»Ach, Iwan, das wird dir noch leid tun«, jammerte der Großvater. »Ob abgeschafft oder nicht, aus jenen Städten werden Panzerdivisionen kommen, die Geier werden herbeifliegen, euch greifen und zerfleischen... Du hast doch selbst erst noch vor kurzem nur davon geträumt, wie du in die Stadt kommen könntest!«

»Ja, das habe ich«, stimmte Iwan zu. »Aber weshalb? Um sie von innen auszuhöhlen und zu vernichten. Jetzt ist es anders. Man muß elastisch bleiben und die Taktik ändern, wie das Leben sie vorgibt. Das Leben steht nicht still. Gut... Jetzt sage, wie du heißt?«

»Sperling«, sagte Kiebitz, und da er nichts fand, was er dem hinzufügen könnte, schwieg er.

An seiner Stelle äußerte sich plötzlich die schweigsame Galina, die sich bisher nicht eingemischt hatte. Für alle überraschend sprang sie vom Tisch auf, lief auf Iwan zu und gab ihm eine schallende Ohrfeige. Der hatte sich nicht abwenden können und hielt sich das Gesicht.

»Du Schuft, du, miserabliger!« schrie Galina. »Gegen wen hebst du die Hand, gegen meinen Vater, du Habenichts?«

Gmyrjas Kleinbauern kamen als erste zu sich. Sie verdrehten Galina die Arme auf den Rücken und stießen sie in den Hof hinaus. Von dort erklang ihr noch lauteres Geschrei.

Iwan nahm die Hände vom Gesicht: Auf seiner Backe tauchte binnen kurzem ein brauner, vierfingriger Schatten auf.

»Mit eurer Macht ist es vorbei«, sagte er schadenfroh. »Wir sind es leid. Wem dein Häuschen gehört, Großvater, werden wir rasch herauskriegen. Und was mit dem illegalen Gemüsegarten ist, aus dem du deine Profite schlägst, auch. Du, Sperling, wirst erst mal in der Scheune sitzen. Das Volk wird entscheiden, was mit dir geschehen wird.«

Sein Pech verfluchend, stand Kiebitz vom Tisch auf. Gmyrja und seine Gehilfen gingen ihm entgegen. Schon wollten sie ihn binden, der eine Kleinbauer hielt bereits den vorsorglich mitgebrachten Strick in der Hand.

Da flog die Tür des hinteren Zimmers auf und auf der Schwelle erschien zunächst noch gekrümmt, dann aber sich zu voller, stolzer Größe aufrichtend der liegende Mönch Wassilij. Kiebitz, der seine Züge in der dunklen Klause nicht hatte erkennen können, überzeugte sich nun von der großen Ähnlichkeit der beiden Brüder. Wassilij war fast Grijorijs Kopie, nur mit dem Unterschied, daß ersterer das Positiv und letzterer das Negativ war. Der letzte Starez Rußlands war vom langen Liegen im Dunkeln bleich, seine hellblauen Augen wirkten im Kontrast zu dieser Blässe durchdringend blau, füllten sich im Licht mit Tränen und funkelten... Sein Hemd, das lang wie das eines biblischen Propheten war, wogte um seine mageren Beine.

»Nicht Vorsitzender, sondern Ataman!« Er wies mit dem Zeigefinger zuerst zur Decke, dann auf Iwan. »Ataman der Verstorbenen!«

Die von seinem Erscheinen völlig überrumpelten Teilnehmer an der Szene erstarrten in den unbequemsten Posen. Es war unbegreiflich, wie manche es schafften, das Gleichgewicht zu halten.

»Ich habe alles gehört«, erklärte Wassilij schon weniger drohend. Der Eindruck, den er mit seinem Auftritt gemacht hatte, war offenbar so recht nach seinem Herzen. »Der Herr hat mir längst eure Verschwörung offenbart. Ich erinnere mich, daß die

Nissen die ganze Nacht auf mir herumgekrochen sind, das wart ihr, die ihr hinter der Wand getuschelt habt. Ich weiß, daß aus eurem Plan nichts wird. Die Städter werden kommen und euch wie Hunde an Stangen aufhängen. Sie werden euch den Bauch aufschlitzen, Sägespäne hineinstopfen, die Federn ausrupfen und euch statt der Vogelscheuchen im Gemüsegarten aufstellen, damit ihr die anderen Raubvögel verjagt. Dich aber, Iwan... nein, nicht Iwan, Judas, der du den Vater verraten hast! Dich werden sie nicht aufhängen. Nein. Dich werden sie auf einen Pfahl aufspießen. Auf einen ungehobelten.«

»Erschießt ihn!« schrie Iwan, der aus seinem Starrkrampf erwachte. »Dieser Agitator ist das Oberscheusal! Er will uns einen Popen in den Nacken setzen und sich selbst auf den Patriarchenstuhl des Staates! Sein Wappen, der doppelköpfige Adler, liegt unter seinem Bett. Sein Plan ist es, den ganzen Staat zum Kirchenrevier zu machen. Erschießt ihn!«

Die Kleinbauern zögerten jedoch und schossen nicht. Gmyrja wußte nicht, ob er diesen Befehl ausführen sollte. Auf alle Fälle steckte er die Hand in die Jackentasche.

»Ja, schießt nur!« stieß Wassilij aus, der sich noch immer weiter aufrichtete, als wollte er zur Decke fliegen. »Zum Ruhme Gottes nehme ich die Hinrichtung auf mich. Doch vor dem Antichristen werde ich mich niemals beugen. Schießt, und wenn ihr nicht schießt, werde ich euch alle dem Pfahl ausliefern und selbst nachhelfen, ihr Unmenschen!«

Die Waage der Zweifel im Herzen der »Unmenschen« senkte sich zugunsten der Notwendigkeit zu schießen. Sollte Wassilij ruhig werden, wonach er dürstete: ein neuer Märtyrer. Gmyrja zog schon die Hand aus der Tasche, und zwar nicht leer. Doch da klopfte und polterte es wieder im Hausgang, im großen Zimmer wurde es schlagartig eng, als es sich mit allen Bauern gefüllt hatte. Auch Galina war darunter. Gmyrja zögerte und ließ seine Knallbüchse wieder verschwinden. Die Bauern, von denen nur ein Teil ins Haus eingedrungen war, traten unschlüssig von einem Bein aufs andere und sahen sich an. Sie begriffen offenbar nicht, was sie hier tun sollten.

»Freunde, nehmt uns in Schutz!« ertönte Grigorijs Stimme. »Was geschieht hier – man geht auf die eigenen Leute los! Nicht mal eine Krähe hackt der anderen die Augen aus, sind wir etwa schlimmer als die Aas fressenden Vögel?«

»Das werden wir untersuchen«, dröhnte der größte Bauer, der alle um Haupteslänge überragte. »Alle wieder in den Hof, Freunde, hier kann man sich ja nicht mal umdrehen.«

Erleichtert stolperten alle aus dem Haus hinaus. Im Hof aber und um ihn herum hinter dem Flechtzaun standen noch etwa zweihundert Menschen. Ein paar Männer nahmen Gmyrjas Gehilfen, die noch kein Wort hatten sagen können, fester unterm Arm, von ihnen wußte man auch ohne Untersuchung, daß sie berüchtigte Rowdys waren. Auf der Vortreppe blieben diejenigen stehen, die lautstark hatten zu Wort kommen können und sich damit das Recht verschafft hatten, den Volkswillen auszudrücken. Einstweilen wurden sie noch von diesem rasch zur Macht gelangenden Willen geschont: Grigorij und Wassilij, Galina und Iwan Sergejewitsch, Gmyrja und Kiebitz. Sie waren es nämlich, deren Rolle untersucht werden sollte.

Durch das sperrangelweit geöffnete Tor drängten die Verspäteten herein. Von der Vortreppe aus sah man gut, wie aus den Häusern, die fern vom Schauplatz lagen, alte Männer und Frauen herauskamen und auf den Hügel hinaufkrochen, um wenigstens von weitem das ungewöhnliche Ereignis mitzuerleben: Die Zusammenkunft auf dem Berge.

Die Menge war noch nicht still geworden, da stieß Wassilij Gmyrja vor und erklärte dem Volk: »Hier ist er, der Judas, der euch alle verraten hat. Er hat sich in Schweinsleder gekleidet, eine Mauser bekommen, sich mit dem Stadtkommissar abgesprochen und ist Bevollmächtigter geworden! Gegen die Gemeinschaft der Bauern, gegen Gott ist er ausgezogen – danach wollte er das Weite suchen und in die Stadt gehen. Mir ist alles offenbar. Ich weiß alles.«

»Na los, Stepan, sag du was!« Die Bauern waren erregt. »Welcher Kommissar, wer hat dich bevollmächtigt?«

»Freunde!« entgegnete Gmyrja. »Hört nicht auf ihn, er bringt alles durcheinander, er ist alt geworden... Hat zu lang gelegen. Dieser Iwan Sergejewitsch hat alles gemacht und mich reingezogen. Er hat mich betrogen, ich dachte doch, das ist eure Entscheidung, Leute. So hat er's mir gesagt: Die Zusammenkunft hat einen Rat gewählt und Iwan Sergejewitsch zum Vorsitzenden des Rates. Ich sollte ausgeschickt werden, um das Eigentum der Kulakenausbeuter zu beschlagnahmen. Ich bekam den Befehl und ging los. Und nun stellt sich heraus, daß sich Iwan und dieser Kommissar das alles allein ausgedacht haben! Es gibt überhaupt keinen Rat, und auch eure Zusammenkunft gab's gar nicht!«

»Und jetzt Iwan!« Die Menge toste. Offenbar hatten viele Iwan auf dem Kieker.

Trotz seines verzweifelten Widerstandes wurde Iwan auf der Vortreppe dem Volk vorgeführt. Gmyrja half eifrig, den Verschwörer zu bändigen. Die Stimmen aus der Menge kamen sofort zum Kern der Sache: »Raus mit der Sprache, was hast du angezettelt? Wir wollen wissen, weshalb wir werden leiden müssen.«

Iwan mußte in der unangenehmsten Lage antworten: Die Verwandten stießen ihn von hinten und hätten ihn am liebsten von der Vortreppe ins Volksgewühl hinuntergeschubst. Freilich ist nur schwer ein Mensch zu finden, der dieses Los freiwillig wählt und sich dabei noch irgendwelche Hoffnungen macht. Auch Iwan gehörte nicht zu dieser Sorte. Er erkannte in der Menge die Gesichter, denen er nicht Aug' in Auge hätte gegenübertreten wollen. So zögerte er nicht lange mit Erklärungen. Seine Stirn furchte sich zur genauen Karte seiner angespannten Gehirnwindungen.

»Im Dorfladen verkauft man euch Gift«, begann er, »mit dem ihr euch betrinkt. Der Wermut wird aus DDT hergestellt. Drei kräftige Männer trinken eine Flasche und fallen tot um. Außer dem Wermut gibt es dort nichts. Da habe ich beschlossen, schleunigst die Macht an mich zu nehmen, solange noch nicht alle ausgestorben sind. Anschließend kann man ja immer noch reden... So habe ich sie eben übernommen, nicht meine, sondern unsere unabhängige, neue Macht!«

»Keine Parolen!« fiel ihm einer aus der Menge ins Wort.

»Gut. Und wo wird der Wermut hergestellt? In der Stadt. Das heißt also, das Gift für uns produziert die Fabrik in Golta. Ich will kein böses Wort über die Arbeiterklasse sagen, es sind Lohnarbeiter. Aber die Stadtoberen sind gebildete Leute, deren Siegel klebt auf den Flaschen, das fünfzackige Zeichen für Qualität.«

»Das Teufelssiegel«, bemerkte Wassilij.

»Von mir aus. In der Stadt also, wo das Gift fürs Volk hergestellt wird, hat man eine neue Ordnung eingeführt. Wir dachten, die lügen wieder, verbreiten Gerüchte. Aber nein, es ist die Wahrheit. Die Kommissare der neuen Ordnung fahren überallhin, auch bei uns war einer. Einmal geh ich zum Dorfrat, schau rein, kein Rat da, schon aufgelöst. An seiner Stelle sitzt der Kommissar da. Der erzählt mir von der neuen Ordnung. Es stimmt also. Aber was ist das für eine neue Ordnung? Sie ist schlechter als die alte. Was uns betrifft, so soll uns das Gift ohne Verzug geliefert werden, als Entgelt dafür will man uns alle Lebensmittelüberschüsse wegnehmen. Jedem einzeln. Ich dachte, jetzt ist es aus mit uns. Sie haben bei uns immer wie die Maden im Speck gelebt, jetzt wollen sie es noch fetter haben. Schon haben sie Festpreise eingeführt, erster Schritt zur Beschlagnahme der Überschüsse. Für Dünger und Futter auch, das in der Stadt mitsamt dem Gift in derselben Fabrik für uns hergestellt wird. Und wie sind diese Preise? Zehnmal höher als früher! Was wird jetzt aus unserer Hühnerfarm? Auf dem Markt sind die Preise auch fest, aber zehnmal niedriger! Die Hühnerfarm wird eingehen und unser ganzes Geflügel verhungern. Dann dachte ich: Was wäre, wenn wir selbst unsere Überschüsse einsammeln und in einer Scheune unterbringen würden, die wir dann gemeinsam bewachen? Dann könnte doch nicht jeder einzeln geplündert werden! Alle zusammen plündert man nicht aus, das wäre ja noch schöner. Aber der Kommissar sitzt da, was sollte ich tun, die Höfe abklappern und es herumerzählen? Dafür war keine Zeit. So stimmte ich zu, mich zum Vorsitzenden bestellen zu lassen, um keine Zeit zu verlieren. Und dafür bekam ich vom Kommissar Waffen. Jetzt dienen sie nicht ihm und nicht der Stadt, sondern uns, den Bauern.«

»Was für ein Bauer willst du sein, Buchhalter?« hörte man sagen. »Weißt du wenigstens, auf welchem Baum die Hühner wachsen?«

»Männer!« rief Iwan erregt. »Verliert keine Zeit. Es geht mir doch um euer Wohl, ehrlich. Unterstützt mich. Ihr seht doch, daß ich um des Volkes willen sogar meine Verwandtschaft nicht geschont habe.«

»Richtig«, rumorte es in der Menge. »Nur wenn er nicht mal seine Verwandtschaft geschont hat, wen schont er dann?«

»Vielleicht stimmen wir ab, wer mit mir einverstanden ist?« schlug Iwan unsicher vor. »Ich bin es schließlich, der eure Zusammenkunft vorbereitet hat. Ohne mich gäbe es keine.«

»Da schau her«, knurrten die Bauern. »Erst sagt er: Bei uns ist es nicht wie in der Stadt. Und jetzt macht er's genauso, will gleich abstimmen lassen.«

»Die Zeit drängt, Leute!« beharrte Iwan.

Das hätte er nicht sagen sollen.

»Er will uns ans Messer liefern, Jungs!« Grigorij wand sich aus Iwans Ellbogen heraus. »Er plant so was, das weiß ich. Und von wem hat er diese Pläne? Vom selben Kommissar. Diese Pläne wurden in der Stadt geschmiedet.«

»Hört nicht auf den Kulaken!« Iwan versuchte den Großvater zu überschreien. »Haltet fest an der Kleinbauernmacht!«

»Leute!« Grigorij breitete die Arme weit aus, als wollte er das Volk umarmen. »Iwan ist fest mit der Stadt verbandelt. Und die Stadt stößt uns absichtlich in diesen Aufruhr, um dann unser Blut zu vergießen. Ihr Durst auf unser Blut ist unstillbar.«

»Wißt ihr, wieso mir dieser Alte den Mund stopfen will?« Iwan stieß Grigorij weg. Jetzt redeten sie im Duett zum Volk. Das von der doppelten Arie tüchtig aufgeheizte Volk schob sich auf die Vortreppe zu.

»Weil er selbst für feste Preise ist«, erklärte Iwan. »Die Stadt hat ihm dafür Bestechungsgeld gegeben, das hat er sich gestern geholt. Und heute hat er mir Bestechungsgeld angeboten, ebenfalls wegen der Festpreise. Gmyrja auch. Bestätige das, Gmyrja!«

Gmyrja nickte ehrlich. Dic Menge geriet in noch größere Erregung.

»Er lügt...«, piepste Grigorij.

»Du wirst dich vor dem Volk verantworten«, unterbrach ihn Iwan. »Weswegen? Wegen dunkler Machenschaften mit denen, die es vergiften wollen. Und wegen Verleumdung seines ehrlichen Verteidigers.«

Iwan schlug sich auf die Brust und zwinkerte gleichzeitig Gmyrja zu. Der schlich sich leise von hinten an den Großvater an und schubste ihn mit einem plötzlichen Stoß von der Vortreppe hinunter. Die Menge hatte das offenbar erwartet. In ihrem riesigen Organismus reagierten die Nerven darauf und gaben das Signal ans Kleinhirn weiter. Bevor Galina und Kiebitz Grigorij zu Hilfe eilen konnten, umringte die Menge schon den Großvater und schlug ihn zu Boden. Die vorderen, die auf Grigorij eindrängten, konnten sich unter dem Ansturm der

Nachdrückenden selbst nicht auf den Beinen halten und bedeckten ihn mit ihrem Körper. Der Großvater verschwand aus dem Sichtfeld.

Die Luft erbebte vom Triumphgeheul. In diesem Geheul gingen alle nüchternen Stimmen unter, die versuchten, die Menge zur Vernunft zu bringen. Nur einer, der Bauer, der alle um Haupteslänge überragte und seine Eignung zum Führer schon gezeigt hatte, entschloß sich, dem natürlichen Kataklysmus entgegenzuwirken. Er stürzte sich ins Getümmel, riß die besinnungslos tobenden Bauern auseinander und schleppte Grigorij zurück auf die Vortreppe. Hier half auch Kiebitz, den Großvater ordentlicher hinzulegen. Die Hilfe schien bereits überflüssig zu sein. Großvater Grischa lag wie ein Lumpen da, wie eine ausgestopfte Vogelscheuche, den hageren Kranichhals gereckt und die Knie an den Bauch gezogen. Eine Puppe ohne Anzeichen von Leben, Alter und Geschlecht auf der Puppenvortreppe des Puppenhauses. Ach, wenn es doch wirklich eine Puppe gewesen wäre! Wie die in Großmutters Vorgarten: aus Zelluloid, ohne Nabel und mit aufgemalten Ohren... Kleine Katja, wo ist unsere Jugend? Wo ist deine Mutter, wo der Rettungsdienst? Es gibt euch nicht mehr.

»Wie die Kinder«, sagte der große Bauer unpassend. Oder doch passend? Kiebitz würgte es.

Unterdessen versuchte Iwan seinen Erfolg zu festigen: »Wir brauchen rasche Aktionen und eine richtige Strategie. Dann wird sich unsere Bauernrepublik gegen die fremde Stadtrepublik erheben. Kraft haben wir... wie man sieht.«

Er deutete mit dem Kopf auf Großvater Grischas Körper, und sein Blick fiel auf Kiebitz.

»Den dürft ihr nicht vergessen!« schrie er und hob sich auf die Zehenspitzen. »Den Spion aus der Stadt. Der ist Großvaters Verbindungsmann, Grischa hat ihn gestern aus der Stadt mitgebracht und ihm mit einem Dampfbad schöngetan. Der Spion hat sich verkleidet und läßt sich einen Bart wachsen. Faßt ihn, faßt ihn schnell!«

Die Menge hatte den Blutgeruch noch nicht aus der Nase verloren. Jetzt drängte sie auch auf Kiebitz ein. Schon puffte ihn jemand zwischen die Schulterblätter, schon knarrten die Bretter der Vortreppe unter den Füßen derer, die sich für die jahrhundertelange Verhöhnung des Dorfes durch die Stadt rächen wollten. Schon brachten unangenehme Vorahnungen Kiebitz ins Schwitzen.

Doch da trat Wassilij vor, der bis dahin gramerfüllt geschwiegen hatte. Wie um Kiebitz abzuschirmen, breitete er seine Arme aus, gleichsam eine an sich selbst gekreuzigte Vogelscheuche, die im Gemüsegarten über die karge, kostbare Ernte wachte. Leise, aber so, daß es alle hören konnten, sagte er: »Das lasse ich nicht zu.«

Als hätte sie ihn erst jetzt gesehen und erkannt, ging ein Raunen durch die Menge: »Er ist aufgestanden, der Starez ist aufgestanden, also hat ihn was so gebissen, daß er's nicht mehr ausgehalten hat!« Und: »Ach, mir schwant Unheil.« Zugleich stellte sich heraus, welche Macht Wassilij besaß! Hatte er recht gehabt, und war ihm wirklich mehr als anderen gegeben? Ob man wollte oder nicht, man mußte seinen Augen trauen: Das Volk verstummte, als Wassilij vor ihm erschien, so als hätte es nicht gerade eben einen Menschen zu Tode gequält und sich schon angeschickt, den nächsten zu peinigen. Dem bedingungslosen Glauben an Wassilijs angeborene besondere Begabungen schadete nur ein kleines, unerklärliches Detail. Es war bereits viel geschehen und mindestens eine halbe Stunde vergangen, seit er aufgestanden war. Weshalb bemerkte und erkannte ihn das Volk erst jetzt und war bereit, ihn zu hören? Brauchte etwa auch Wassilij Vorläufer? War er selbst ein Vorläufer? Laß das, sagte sich Kiebitz im stillen, dies ist nicht gerade der richtige Zeitpunkt, um sich für Details zu interessieren.

»Ich werde euch sagen, wer schuldig ist und woran. Und wo der Schuldige zu suchen ist«, fuhr Wassilij ruhig fort. »Schuld ist nicht der Wermut, der euch schon morgens taumeln macht. Nicht mein armer Bruder Grigorij, den ihr totgetrampelt habt, ist schuld. Nicht einmal der Reisende, der für ihn eingetreten ist, obwohl er aus der Stadt kommt. Schuld ist ...«

Hier machte Wassilij eine lange, wohlbemessene Pause. Es wurde so still, daß viele hörten, wie der offenbar doch nicht ganz erstickte Großvater Grischa röchelte. Darüber freuten sich viele.

»Schuld ist«, Wassilij hob die Stimme, »der noch vor Anbruch des Jüngsten Tages zu ewigen Qualen verdammte Verführer Iwans, Gmyrjas und aller anderen, der Pseudopriester ...«

Noch eine Pause, diesmal ein wenig kürzer.

»Alexander!«

Dieses Wort warf Wassilij mit übermenschlicher Kraft in die Menge, und als wäre ein Berg auf sie herabgestürzt, so liefen Wellen über sie hin, schäumte Gischt auf. »Wo ist Alexander?« fragten die Bauern verängstigt. »Besinn dich doch, Alter, der ist schon lange nicht mehr da... der hat sich in Gottesfeld verschanzt, weit weg von hier.«

»In Gottesfeld?« Wassilij hob die Arme. »Weit weg von hier? O nein! Wer Augen hat, der sieht: Er gräbt euch hinter eurem Rücken eine Grube, stellt Fangeisen auf, legt Netze aus, schickt mir die Nissen! Nein, er ist nicht weit weg von hier. Fragt ihr wo? Da ist er.«

Wassilij ließ beide Arme so weit sinken, daß sie auf den Popen Alexander deuteten, der sich tatsächlich in der Menge verborgen hielt, verkleidet als normaler Bauer in Wattejacke und Stiefeln. Es war, als wäre plötzlich ein halbvergessener Traum Wirklichkeit geworden. Kiebitz rieb sich sogar die Augen... Aber nein, der Traum ging weiter. Alexander boxte sich aggressiv zum Tor durch, um wie immer in irgendeinem Versteck zu verschwinden.

Doch diesmal gelang das Zauberkunststück nicht. Der Pope wurde aufgehalten. Unzählige Hände reichten Alexander aneinander weiter, trugen ihn beinahe zur Vortreppe und hoben ihn dort hinauf. Jetzt stand der ehemalige Dorfpope, von heiligem, gerechtem Zorn erfaßt, wie eine Salzsäule da, wie ein in die Erde gerammtes Götzenbild. Im übrigen war er unversehrt wie ein Neugeborenes: kein Kratzerchen, kein blauer Fleck. Vielleicht begann er gerade, die letzten Minuten seines Lebens zu zählen... Doch äußerlich war das nicht zu merken. Berücksichtigte man die Umstände, so hielt sich Alexander gar nicht schlecht.

»Schurke, elendiger«, begann Wassilij sein Verhör, »antworte: Was hast du dir dabei gedacht, als du hier wieder auftauchtest? Und wisse, wenn du lügst, wird Gott es mir sofort sagen. Und du wirst gekreuzigt werden, aber nicht am Kreuz, wie Gottes Sohn, sondern am Pfahl wie eine Gans am Bratspieß, wie ein Vampir.«

»Sag du, womit ich beginnen soll, du falscher Apostel!« fragte der bleiche Pope mutig.

»Damit, wie du vor sechzig Jahren den Großmärtyrer Patriarch Tichon ans Schlachtmesser geliefert hast«, schlug Wassilij schmeichelnd vor.

»Das habe ich nicht«, entgegnete Alexander. »Ich war damals gar nicht dabei.«

»Die erste Lüge«, antwortete Wassilij. »Nächste Frage: Weshalb hast du der Gestapo verraten...«

»Auch das war ich nicht!« unterbrach ihn Alexander stolz. »Das konnte ich gar nicht, ich bin ein ehrlicher Patriot.«

»Zum zweitenmal hast du gelogen. Lügst du zum drittenmal, so wirst du hingerichtet.«

Das Volk erstarrte.

»Böser Geist, sage uns nun das Wichtigste: Welchen Rang hast du in der Lubjanka und mit welchem Decknamen redet man dich dort an? Wahrscheinlich mit einem ganz miesen und wahrscheinlich bist du etwas ganz Unbedeutendes, Fähnrich vielleicht.«

»Nein«, antwortete Alexander erregt, und seine Wangen brannten. »Sie haben mir überhaupt keinen gegeben.«

»Haben alle gehört?« schrie Wassilij frohlockend. »Haben alle begriffen, daß er eine falsche Schlange ist? Er hat es selbst zugegeben. Mehr brauchen wir über den Schurken nicht zu wissen. Was wollen wir mit ihm machen, Leute, ich bitte um eure Vorschläge!«

Wassilij hielt die Situation so fest im Griff, daß niemand aus der Menge auf seinen Aufruf reagierte. Jeder verstand, daß alle Fragen und Appelle des weisen Starzen rhetorisch gemeint waren.

»Ja, ich bin auch dieser Meinung«, sagte Wassilij. »Sperren wir die Wanze bis morgen in die Scheune und wählen gerechte, ehrliche Volksrichter. Gottes barmherziger Richter ist schon bestellt, von der Erschaffung der Welt an. Dann wird der Schurke morgen in Gerechtigkeit und Barmherzigkeit seine ewige Strafe bekommen. Möge er nur murren. Amen.«

Ein paar Freiwillige hoben den widerstandslosen Vater Alexander hoch, trugen ihn in den kleinen Schuppen am Tor und hängten ein gewaltiges Schloß an dessen Tür. Während er getragen wurde, starrte der Geistliche mit glühenden Augen in die Menge. Nein, Mut konnte man ihm nicht absprechen. Viele wendeten verlegen das Gesicht ab.

»Aha!« Wassilij bemerkte dies. »Seht ihr, Brüder, wie dieser kleine Teufel nach Helfern unter euch sucht. Wie er sucht, wen er verführen könnte oder einschüchtern, damit hinterher alle dem Hauptteufel dienen, dem Herrn der Hölle selbst: Satan.«

»Nein«, entgegnete Kiebitz. »Den Helfer hat er schon, und verführen muß man ihn gar nicht. Der verführt selbst jeden. Man muß nur klären, wer wessen Helfer ist. Und es ist nicht der Satan, sondern der stinknormale Schuster Isaak Rabin. Dort ist er, in der Mitte. Seht ihr, wie er mir zuzwinkert?«

Der im Getümmel eingekeilte Rabin war ebenfalls als Bauer verkleidet. Doch außerdem war sein Kopf mit einem schmutzigen Verband umwickelt. Als Kiebitz diesen Verband bemerkte, geriet er seinerseits in Verlegenheit. Rabin wurde auf einen Fingerzeig Wassilijs hin unverzüglich ergriffen.

Während der unternehmungslustige Schuster zum Schuppen geschleppt wurde, wo er mit dem Popen vereinigt werden sollte, strampelte Rabin in den Armen seiner Bändiger und schrie: »Und wißt ihr, wer dieser Kerl ist? Ich sehe, ihr habt keine Ahnung, wer dort oben auf der Tribüne steht. Ach, ihr Dörfler... Das ist doch Kiebitz, der flüchtige Regierungschef von Golta! Auf seinen Kopf ist eine Prämie ausgesetzt, und keine kleine! Und ihr habt ihn in eure Führung aufgenommen!«

»Stimmt das?« fragte Wassilij verblüfft.

»Ja«, gab Kiebitz ehrlich zu.

»Räuber!« schrie der Starez auf. »Wie konntest du es wagen, in unser friedliches Heim einzubrechen! In meine heilige Klause! Du von unschuldigem Blut geröteter Dieb, wie konntest du das? Ja wäre... wäre nicht mein lieber Bruder, würdest du auf der Stelle hingerichtet, ohne gerechtes Gericht, dessen du nicht würdig bist. Indes brauchst nicht du Gerechtigkeit, sondern wir brauchen sie. Deshalb verfahren wir mit dir ebenfalls nach unserer Barmherzigkeit: Du wirst wie die anderen morgen vor Gericht gestellt. Amen. In die Scheune mit ihm, Brüder!«

»Laß mich wenigstens noch ein Wort sagen«, bat Kiebitz. »Alle dürfen es, nur ich nicht?«

»Sprich«, stimmte Wassilij plötzlich bereitwillig zu. »Aber mache es kurz, wir haben keine Zeit.«

»Ich werde selbst in die Scheune gehen, ihr braucht mich nicht zu schleppen. Nicht um Nachsicht will ich euch bitten, sondern ich möchte euch warnen. Ganz uneigennützig. Ich sage euch, was ihr nicht wissen könnt. Ich selbst habe es eben erst ganz begriffen. Alexander und Rabin sind eine Aktiengesellschaft. Auch der Presbyter Karl gehört dazu, und wenn ihr ihn sucht, werdet ihr ihn hier auch irgendwo finden. Na, allein ist er ein Nichts. Die Aktiengesellschaft hat ein Kapital von Millionen angehäuft. Damit konnte man nichts anfangen, solange es in Golta ruhig war, solange dort Winterschlaf herrschte. Deshalb provozierte die Gesellschaft den Aufstand, weckte die friedlichen Bürger aus ihrem Winterschlaf, und die verloren den Verstand. Das war der Aktiengesellschaft gerade recht. Eine verrückte Regierung gelangte an die Macht, darunter auch ich. Während des Aufstandes vergrößerte die Aktiengesellschaft ihr Kapital und dehnt jetzt ihren Einflußbereich über die Stadtgrenzen hinaus aus. Damit erklärt sich ihre Anwesenheit in diesem Vorwerk. Damit erklärt sich auch Iwans und Gmyrjas Vorgehen und eure Zusammenkunft. Und euer Wahnsinn, nehmt es mir nicht übel. Ihr tanzt ebenfalls nach der Pfeife der Gesellschaft ›Alexander, Rabin und Karl‹. Bauern, besinnt euch. Ihr seid doch die Wurzel, seid das Volk! Denkt nach...«

»Schluß, jetzt sitz auch du, uneigennütziger Mensch, in der Scheune ein«, unterbrach ihn Wassilij. »Bis morgen.«

Kiebitz seufzte und ging zum Schuppen – allein. Viele in der Menge begleiteten ihn mit teilnahmsvollem Blick.

»Halt! Komm zurück!« Auch Wassilij hatte diese Blicke bemerkt.

Bis zum Schuppen waren es nur noch ein paar Schritte. Kiebitz drehte sich um und ging zurück zur Vortreppe.

»Brüder«, sagte Wassilij, »wir dürfen keine Fehler machen... Er ist flüchtig, also ist er vor jenen Geiern geflohen, die bei uns hinter Schloß und Riegel sitzen! Und denen wollen wir ihn mit unseren Händen übergeben! Sie werden ihn zerfleischen. Er wird nicht nur das Jüngste Gericht nicht mehr erleben, sondern auch das morgige nicht.«

»Das stimmt«, ertönte eine Stimme. »Er darf nicht in die Scheune.«

»Brüder, Heim und Klause sind sowieso geschändet, sie müssen wieder geweiht werden. So könnte dieser Bursche doch bis morgen bei mir wohnen. Wollt ihr ihn mir anvertrauen? Was meint ihr?«

»Na!« Der alle überragende Bauer trat vor. »Von Vertrauen

zu sprechen, ist noch zu früh, obwohl wir Achtung für dich haben, Wassilij. Der Bursche soll lieber bei jemandem wohnen, der ihn aufnehmen möchte, aber hier selbst keine Reden hält. Er soll im Niemandsland wohnen.«

»Schau her, der Ljoschka! Gut überlegt, alle Achtung!« Alle waren entzückt.

»Na, wer will ihn aufnehmen?« fragte Ljoschka mit schallender Stimme.

»Meinetwegen ich«, flötete eine Frauenstimme, und jene persische Schönheit trat vor, die Kiebitz am Morgen kennengelernt hatte. Alle lachten. Sogar Wassilij lächelte.

»Das ist ein Weib, die läßt nichts aus! He, Marusja«, schrie man aus der Menge. »Einer reicht dir nicht! Nimm noch einen! Nimm alle!«

»Auch alle reichen nicht, wenn man richtig zählt«, versetzte Marusja schnippisch. »Besonders Männer wie ihr aus dem Stamm der Gockel. Aus euch kann man bloß Sülze machen, und die bleibt einem in der Kehle stecken, wenn man keinen Wermut dazu trinkt.«

Sogar Kiebitz lachte laut. Nur die im Schuppen eingesperrten Geier lachten wahrscheinlich nicht.

»Na, was ist, gebt ihr ihn mir?« Marusja schwenkte geschmeidig die Hüften.

»Nur zu, nimm ihn«, stimmte das Volk zu.

»Amen«, bestätigte Wassilij den Volksentscheid. »Aber daß er bis morgen keinen Fuß aus deinem Hof setzt, Mädel!«

»Nach einem Stündchen bei ihr wird der Kerl keinen Finger mehr rühren und schon gar keinen Fuß«, schrie ein pickliges Bürschchen, das sich unter den erwachsenen Männern herumdrückte. »Die Frau ist besser als jeder Wachposten.«

Damit war der Fall Kiebitz endgültig entschieden.

»Hört zu, Männer«, sagte der große Ljoschka, »jetzt mal im Ernst. Feixen ist nicht gut.«

»Im Ernst? Wir müssen das Begonnene abschließen«, pflichtete ihm Wassilij bei. »Alle, die offenkundig mit Alexander in Kontakt stehen, müssen ebenfalls in die Scheune. Dann sollen dort die einen Geier den anderen im Dunkeln die Augen aushakken.«

Iwan und Gmyrja versuchten irgend etwas zu ihrer Verteidigung zu sagen, doch sie wurden nicht gehört. Wieder quietschte das gewaltige Schloß. Gmyrjas Helfer konnten beide verschwinden.

»Sei's drum!« Der große Ljoschka winkte großherzig ab. »Das sind kleine Vögel.«

»Jetzt, Brüder, müssen wir uns überlegen, wie es weitergehen soll«, sagte Wassilij. »Wer in der Stadt herrscht, die Kriegskommissare oder diese Aktiengesellschaft, das weiß man nicht. Und es ist uns ja auch gleichgültig. Weder die einen noch die anderen rechnen mit uns. Sie kümmern sich nicht um uns, machen sich höchstens Gedanken, wie sie uns besser melken können. Wir sind Melkziegen für sie, Hühner, die goldene Eier legen. Wir müssen uns selbst um uns kümmern. Die Zusammenkunft muß eine ständig arbeitende Gemeinde gesetzlich verankern, einen Dorfältesten und einen Ältestenrat wählen. Sie muß eine von der Stadt unabhängige Wirtschaft begründen. Vielleicht wird uns die wirtschaftliche Unabhängigkeit auch politisch unabhängig machen, was heißt, daß wir auch eigenes Geld drucken werden. Wir werden sehen, was wird... Ist jemand anderer Meinung?«

»Ja!« schrie das picklige Bürschchen, das sich nach seinem erfolgreichen Einsatz für Marusja noch lebhafter unter den erwachsenen Männern herumdrückte. »Wieso nur ein Ältestenrat? Sollen die Jungen wieder draußen bleiben? Wir haben übrigens nicht mal einen Klub. Für die Jungs in Golta soll sogar eine Diskothek aufgemacht worden sein.«

Das Bürschchen spielte sich ungeniert auf, es war sogar unbemerkt auf die Vortreppe geklettert. Über diese Frechheit waren viele empört. Manche äußerten sich in dem Sinne, daß die Rotznase verprügelt gehörte. Wer kannte ihn nicht, den kleinen Gockel? Das war doch Ljuska aus der Vorstadt! Alle erinnerten sich noch, wie er mit nacktem Bäuchlein im Vorwerk herumgerannt war; dann war sein Vater in die Vorstadt verduftet. Das war doch dieser böse Ljuska mit dem Weibernamen, der dem früheren Vorsitzenden die Kuh abgeschossen hatte, vor der Hasenjagd, zum Training! Und die neue Schule hatte er in Brand gesteckt, keine Stunde Unterricht hatte man halten können.

»Ruhe!« mischte sich Wassilij ein. »Der Gerechtigkeit halber müssen wir auch einen Säugling anhören, wenn er den Wunsch äußert, seine Meinung zu sagen. Sprich, Kleiner.«

»Ich habe keine Meinung«, erklärte Ljuska. »Ich vertrete hier die Meinung eines anderen Menschen. Schlagt mich also bitte nicht, wenn sie euch nicht gefällt.«

Dieser Anfang kam gut an, und Ljuska wurde nicht am Weiterreden gehindert.

»Mich hat der Ukrainischlehrer Dachno hergeschickt. Er ist jetzt der Chef in der Vorstadt. Dort entsteht nämlich unser eigener Staat, ohne Russen und ohne Arbeiter und Intelligenzler aus der Stadt. Und auch ohne Militär und Miliz. Der Lehrer Dachno hat mich hergeschickt, weil ich hier geboren bin, um euch die Zusammenarbeit zwischen dem Freien Pferdezwist und der Vorstadt vorzuschlagen. Sein Vorschlag lautet: Uns zu vereinigen und unseren befreiten, vereinten Zorn gegen die Stadt zu richten. Der Große Lehrer Dachno hat gesagt: Wie viele verwaiste, obdachlose, erniedrigte Idioten es auch wären, wir nehmen sie alle und führen sie ins nahe Bollwerk Moskaus, in das im Gold schwimmende Golta...«

Es gelang Ljuska nicht, seine Rede zu Ende zu bringen. Von der untersten Stufe der Vortreppe erklang Großvater Grischas noch nicht ganz feste Stimme. Der Großvater war wieder zu sich gekommen, hatte aber noch keine Kraft, hinaufzukrabbeln, auf seinen früheren Platz.

»Noch ein Großer Lehrer – der ukrainischen Sprache? Wir kennen nur einen Lehrer – der Wahrheit: Christus! Es gibt keine ukrainische Wahrheit, es gibt nur eine göttliche. Am Anfang war das Wort – wurde das etwa auf ukrainisch gesprochen? Wie kommst du dazu, du Rotznase, den heiligen Namen zu verspotten? Männer, sein Lehrer, was ist das für einer, was für ein Machno? Was will er uns lehren? Wie wir uns unter uns verständigen sollen oder wie Gott Sein Wort richtig auszusprechen hat?«

»Richtig«, stimmten die Bauern zu. »Alles klar.«

»Jagt die Rotznase fort«, ordnete Wassilij an. »Eins auf den Hintern und vors Tor mit ihm, na, macht schon!«

Das Volk führte diese Anordnung getreulich aus. Ljuska hielt sich mit dem Flügel die wehe Stelle, schoß zum Tor hinaus und verschwand hinter den Häusern. Heulend drohte er: »Das wird euch noch mal leid tun!«

»Na, das ist nun wohl alles, Brüder. Alles zerstört, alles gerodet, alles vorbereitet, um unser neues Leben aufzubauen«, sagte Wassilij. »Gott hat uns ernsthaft auf die Probe stellen wollen. Also denkt er an uns und hat uns nicht vergessen. Ich wußte das schon vorher, Er hat es mir oft persönlich versichert. Hört nun, was sich mir in meinem heiligen nächtlichen Wachliegen offenbart hat und was ich euch jetzt offenbaren muß!«

Wassilij lud das Volk mit einer Geste ein, näher zu kommen. Die Bauern gerieten in Bewegung, schoben sich vorwärts, und der Starez begann.

Zehntes Kapitel

Der letzte Starez

»Das Los aller Menschen auf Erden ist der Tod. Dem Tod entgeht niemand. Und wie leben wir, Brüder? Als gäbe es auch den Tod nicht, als wären wir auf dieser Welt ewig. Mein Sarg, sagte einer meiner Wandergefährten, weshalb vergesse ich dich immer? Du wartest auf mich, wartest, und ich benehme mich so, als wärst du nicht mein Fatum, sondern nur das aller anderen.

Ich sage euch, Brüder, die Sünde hat meinem Gefährten die Augen zugehalten! Die Sünde hält auch euch die Augen zu. Sie treibt euch jeden Gedanken an den Tod aus. Ich aber sage euch: Denkt immer an den Tod! Und führet folglich ein sündloses Leben. Welche Sünden hindern uns daran, die Wahrheit anzunehmen? Folgende sind es: Zorn, Habgier und Herrschsucht. Es gibt auch andere, aber diese betreffen uns am meisten. Und der Tod des Sünders ist grausam! Sünder, beweine dich zu Lebzeiten, solange es noch nicht zu spät ist.

Brüder, ich werde euch unter dem Banner der geistigen Erleuchtung zur Wahrheit führen. Was ist die Wahrheit? Ich bin die Wahrheit, hat Christus gesagt und sich nicht geirrt: Er irrt sich nicht. Auf unserem Banner wird ›Christus‹ stehen! Und er wird der Oberälteste unserer Gemeinde sein. Die übrigen Auserwählten werden Seine Stellvertreter sein, die Dorfältesten. Ich aber will kein Amt. Mir wird es genügen, selbstlos und unbedingt dem zu dienen, dem ich bisher gedient habe: Gottes Wort. In meinen harten Nächten, in der Dunkelheit meiner Klause, hat es sich mir offenbart – vieles hat sich mir offenbart. Das werde ich euch nun erzählen. Ich werde euch erzählen, was Jesus von euch erwartet, Brüder.

Aber hütet euch vor den Netzen des Teufels! Diese Netze sind in vielen Reihen ausgespannt und haben viele Maschen. Sie fangen die leichtfertigen Vögel – eure Herzen, Brüder. Dann werdet ihr in diesen Netzen zappeln, euch aber nicht befreien, sondern nur tiefer darin verstricken. Und ihr werdet einen gefährlichen Pfad gehen und die Grube vor euch nicht sehen, über die diese Netze gespannt sind. Und ihr werdet in die Grube fallen, denn ihr seid von der Sünde geblendet und findet nicht den wahren, richtigen Weg. Welche Sünde ist das? Der Stolz. Auch eine der schwersten Sünden, denn den Stolz schickt Satan selbst, um euch in Zweifel an der Wahrheit von Gottes Wort zu stürzen, damit ihr meinen Worten nicht glaubt und euch ihnen widersetzt. Damit ihr die Teufelsworte annehmt und Christi Wort verwerft. Und ihr werdet diese annehmen und jenes verwerfen, denn ihr seid nicht nur blind, sondern auch taub. Doch es ist gesagt, wer Ohren hat, der höret. Das ist von mir gesagt. In meiner nächtlichen Dunkelheit höre ich das wahre Wort und gebe es euch weiter. Hört ihr es selbst? Nein, denn ihr seid für das wahre Wort taub. Dafür werdet ihr, wenn ihr einen Zipfel dieses wahren Wortes von mir gehört habt, heute noch die Gemeinde gründen, und der besiegte Teufel wird rasch verschwinden. Jetzt habt auch ihr einen Zipfel der Wahrheit geschaut.

Und nun werde ich euch erzählen, was sich mir in meinen heiligen Nachtwachen über die Zukunft unserer Gemeinde offenbart hat! Wie Der sie sich denkt, der mir Kunde davon gebracht hat. Dort, in der Zukunft, wird immer die liebe Sonne scheinen und der Boden wird mehrmals im Jahr Frucht bringen. Dort werden alle stets lächeln und niemals verzagen. Denn Verzagtheit ist die allerschwerste Sünde. Schaut, schaut in diese Zukunft, Brüder! Seht ihr? Nein, natürlich seht ihr nicht. Für einen Menschen, der im Winter geboren ist, der sein Leben lang im Schneesturm gelebt und vergeblich versucht hat, sich unter der niedrigen, trüben Sonne zu wärmen, für den ist es schwer, sie zu sehen. Wie soll dieser blinde Mensch an die Existenz des heiteren, lieblichen Frühlings in der Zukunft glauben? Ich aber glaube daran, denn ich habe ihn durch die Gnade Gottes mit eigenen Augen gesehen.

Welcher Weg führt nun zu diesem Frühling? Wie können wir ihn finden? Das Banner, auf dem der Erlöser steht, das ist der zuverlässige Wegweiser. Man sagt: Ach, dieser Weg ist schwer... Richtig. Ich aber füge hinzu: und froh! Denn dieser Weg ist die Eintracht unter uns, ist Friede und Liebe. Also keinerlei Unstimmigkeiten zwischen uns, Brüder. Einmütigkeit mit mir. Gibt es irgend etwas Froheres? Nein. Und mit dieser Freude werden wir endgültig alle Sünden besiegen. Seht mich an: Ich habe es vollbracht.

Ach, wie schwer war es für mich selbst, den Teufel zu bezwingen, der mir die Nissen geschickt und alle Augenblicke Versuchungen in den Weg gelegt hat! Ihr wißt, daß ich mich vor acht Jahren von der Welt zurückgezogen und im Dunkeln gelegen habe. Doch gerade in der Dunkelheit leuchtet das wahre Licht, das Licht der Wahrheit, am hellsten. Und es hat sich mir vieles offenbart, doch ich blieb weiter liegen, damit sich mir noch mehr offenbarte. Heute aber, als die Satansfinsternis ihre Flügel über meinem Volk ausbreitete, über euch, Brüder, als die Teufelskraft euch zu Mord und blindem Irren in dieser Dunkelheit ohne einen einzigen Schimmer der Wahrheit trieb, da hielt es mein Herz nicht mehr. Nicht vom eigenen Blute wurde es überströmt, sondern von dem der Gemordeten, und hielt es nicht mehr. Da stand ich auf. Ich brach mein Gelübde und stand auf, um den einzigen heiligen Krieg in meine Hand zu nehmen, zu dem auch der Herr aufruft: den Krieg gegen den Teufel.

Weshalb gerade ich? Weil man ein scharfes Auge haben muß, um den Satan im Gewand des falschen Popen Alexander zu erkennen. Oder im würdigen Aussehen des Presbyters Karl. Oder unter der bescheidenen Larve des Schusters Rabin. Ihr aber habt dieses Auge nicht, ihr seid blind. Andererseits darf man aus der Gemeinde nicht die durch Dummheit in die Irre gegangenen, aber nicht starr im Bösen verharrenden Mitglieder ausstoßen. Solch einer ist zum Beispiel mein leiblicher Bruder Grigorij. Worin besteht sein Irrtum, hat ihn der Teufel auch schon am Haken? Nein, das hat er nicht. Sein Irrtum besteht nur darin, daß er jeden Krieg für verabscheuungswürdig hält. Er denkt, daß man statt eines Krieges die Welt wohl bestellen müsse. Das ist ein Irrtum aus Dummheit, aber nicht vom Teufel angestiftet. Ist jeder Krieg verabscheuungswürdig? Nein, nicht jeder. Der Krieg gegen den Teufel und die Sünde ist notwendig und die eigentliche Geburt der Wahrheit! Und worauf sollte man Grigorijs Welt aufbauen, wenn man das Gelände nicht zum Neuaufbau reinigte? Auf den alten Sünden? Ihr müßt also jedem sein eigenes Schicksal gewähren. Solche wie meinen dummen Bruder Grigorij werdet ihr auf den wahren Weg zurückbringen und zwingen, ihm zu folgen. Die schlaue Aktiengesellschaft

›Alexander, Rabin und Karl‹ aber, dieses Gefäß des Bösen, werdet ihr zerschlagen, seine Splitter zu Staub zerreiben und den Staub in den Wind streuen. Dann werdet ihr froh darangehen, eure Gemeinde weiter aufzubauen.

Gemeinde! ... Was für ein schönes Wort, Brüder! Es gab nie ein schöneres. Unter den Füßen der fruchtbare, blühende Boden, über dem Kopf die liebe Sonne und das Christusbanner! Die christliche Bauerngemeinde Pferdezwist! Hier, von dieser Stelle aus, wo ich jetzt mit meinem Fuß aufgestampft habe, wird diese Wahrheit erstrahlen. Und die dunkelsten, entlegensten Winkel der Erde werden von ihr erleuchtet werden.

Nun zum Wichtigsten, zur Stadt... Natürlich ist sie die Brutstätte des Bösen, das Nest Satans. Das wissen alle. Und ihr wißt auch, wie sie die Preise für landwirtschaftliche Produkte festlegt, besonders die Einkaufspreise. Einen besseren Beweis braucht man nicht. Aber wir werden die Stadt nicht mit ihrer Waffe bekämpfen, nicht mit Pulver und Kugeln. Denn das ist es, wozu der in der Stadt sitzende Teufel schon viele verführt hat. Ihm kommt das sehr zupaß. Nein, nicht mit Bomben, sondern mit der Wahrheit werden wir diesen Krieg führen, mit der nackten Wahrheit! Und was ist sie? Die Blockade. So wird also von diesem Augenblick an im Namen der christlichen Gemeinde Pferdezwist und der anderen sich ihr anschließenden Gemeinden die Versorgungsblockade Goltas erklärt, die auch auf alle Städte ausgeweitet wird, welche sich dem Land angeschlossen haben. Napoleon hat die Blockade Englands nichts gebracht. Uns wird sie etwas bringen, denn Napoleons Blokkade war ohne Gott, auf unserer Seite aber ist Christus.

Ich erkläre: Sollen die Städter, diese Toten in ihren Gräbern, die Preise festsetzen, wie sie wollen. Sollen sie ruhig jede Menge Kommissare herschicken. In Pferdezwist erwartet sie die zum Leben erwachte Wahrheit – Christus. Und er wird sie verjagen, zurücktreiben in ihre Schweinekoben, aus denen sie gekommen sind. Auch dies hat sich mir durch die Gnade Gottes in meiner Dunkelheit offenbart.

Nun zur Dunkelheit selbst und zu denen, die auf Erden in den Büchern und nicht in Gott die Wahrheit suchen, zu den Pharisäern und Schriftgelehrten. Es ist gesagt: Das Licht der Wahrheit leuchtet in der Finsternis. Das heißt also, es ist gesagt: Lies keine Bücher. Dies ist das Letzte, was sich mir offenbart hat, Brüder. Und auch das Letzte, was ich euch vermitteln wollte.«

Hier schwankte Wassilij und stützte sich auf Kiebitzens Ellbogen. Der begriff sofort, welch eine Kraft den Starzen dieser Monolog gekostet hatte. Wassilij zitterte am ganzen Leib, seine Beine trugen ihn nicht mehr. Jetzt, am hellichten Tage, kehrte die hartnäckige Wahrheitssuche im Dunkeln auch ihre andere Seite, die verwundbare, heraus.

Die Predigt des Starzen wurde im Volk mit großem Interesse aufgenommen. Die Bauern schüttelten den Kopf und sprachen: »Donnerwetter, das war ein starkes Wort! Wie der gekräht hat! Die Toten hat er aufgeweckt. Alle Achtung, Vater!« Die Frauen weinten. Auch Grigorij saß mit Tränen in den Augen auf der untersten Stufe der Vortreppe, streckte die Arme den Leuten entgegen und wollte etwas Eigenes hinzufügen, doch die Worte kamen nicht aus seiner von Menschen und Tränen halberstickten Kehle. Es war jedoch auch ohne Worte klar, daß er diesen Menschen verzieh.

»Dann wollen wir mal auf der Grundlage von Wassilijs Vortrag eine Ordnung entwerfen«, schlug der große Ljoschka unsicher vor, offenbar auch von des Starzen Rede berührt. »Eine Kopie schicken wir in die Stadt, damit die Bescheid wissen.«

»Keine Kopie, sondern unser Ultimatum an sie!« schrie man von hinten. »Das Ultimatum der ruhmreichen Bauernpartei an die verfaulte Stadt.«

»Na los, nur zu«, stimmte die Menge tosend zu. »Die Sache ist gut und notwendig.«

Nur die schöne Marusja war mit diesem Vorschlag nicht einverstanden und hob zum Zeichen dessen ihre Hand, stampfte sogar mit dem Fuß auf, um sich Ruhe zu verschaffen.

»So geht das nicht«, erklärte sie, als eine gewisse Ruhe eingetreten war. »Dann haben wir wieder eine Einheitspartei, und die Macht ist dann wieder nur auf einer Seite, nämlich auf der der Bauern. Wo bleiben da zum Beispiel die Frauen? Aber ich trete nicht für die Frauen ein, obwohl ich eine bin, wie jeder weiß... Als in der fünften Generation freie Terekkosakin fordere ich eine Partei für mich! Möge es in unserer Gemeinde zwei Parteien geben: die Christliche Bauernpartei und die Partei der freien Kosaken.«

»Wie soll denn deine Partei funktionieren, wenn du jeden

Monat drei Tage Zusatzurlaub machst?« lachte man in der Menge.

»Wieso nicht?« trat Ljoschka für Marusja ein. »Sie hat recht. Damit wir keine Diktatur kriegen, müssen wir auch andere Parteien haben. Marusja ist zwar noch allein, aber es werden schon noch andere kommen.«

So wurde die Frage zugunsten Marusjas entschieden, sofern Marusja aus einem pluralistischen System etwas Günstiges für sich würde herausschlagen können.

»Los, Ljoschka, schreib unser Ultimatum!« drängte die Menge. »Höchste Zeit, mit der Rederei Schluß zu machen, bald gibt's Mittagessen.«

»Schreib... schreiben Sie, Kiebitz«, sagte Wassilij mit schwacher Stimme. »Auch Sie werden dem Volk dienen. Ich werde Ihnen als sein Stellvertreter diktieren.«

Galina brachte Papier und Bleistift aus dem Haus. Kiebitz lehnte sich gegen das Geländer der Vortreppe und schrieb folgendes auf:

»Die heilige Christliche Bauernpartei und die sich ihr anschließende Kosakenpartei von Pferdezwist teilen den städtischen Machthabern mit, daß das Volk vom heutigen Tage an ihrer Macht nicht mehr untersteht und sich autonom verwaltet. Allen sogenannten Regierungen, Komitees und Kommissionen...«

»He, ihr schreibt hier, und schon ist die Antwort aus der Stadt da!« schrie man aus der Menge. »Da, am Zaun ist sie gelegen... jemand hat sie reingeworfen.«

Ein Bursche ging auf die Vortreppe zu, sichtlich verlegen durch seine plötzliche Rolle, und reichte Wassilij ein zerknülltes Blatt Papier. Der Starez warf einen Blick darauf und zog die Luft ein.

»Wißt ihr, Brüder, was das ist?« fragte er flüsternd, wobei er ein leises Pfeifen ausstieß. »Das ist ein Flugblatt der städtischen Diktatur. Es wird gefordert, unverzüglich Vertreter von uns zur Versammlung zu schicken. Wohl eher zur Zerfleischung...«

Wassilijs Stimme brach ab. Doch er fand die Kraft, um fortzufahren.

»Weiter steht hier, daß Spekulanten auf der Stelle erschossen werden. Ich erkläre: Spekulanten sind die, die zu eigenen Preisen verkaufen wollen, also wir. Und wer überhaupt nicht verkaufen will, der wird vor ein Tribunal gestellt, das ein Weib leitet! Und nach dem Tribunal werden die auch erschossen. Also wieder wir. Was sagt ihr jetzt, Brüder?«

»Die Blockade!« antwortete die Bruderschaft einstimmig. »Wie den Hühnern werden wir der Diktatur und dem Tribunal den Garaus machen! Ruf die Blockade aus!«

Wassilij hob die zitternde Hand.

»So schreiben Sie weiter, Kiebitz... Die Gemeinde erklärt Golta die Blockade, solange die Diktatur in der Stadt und die Stadt Golta selbst besteht. Dasselbe betrifft Olwiopol und Gottesfeld, Spitzbubensiedlungen wie sie. Erst wenn auch dort das Licht der Wahrheit erstrahlt und sich die Lage auf dem Markt normalisiert hat, kann die Blockade aufgehoben werden. Alle Kommissare der Diktatur wird die Gemeinde nach Golta zurückschicken, und sollten sie ein zweites Mal erscheinen, so wird die Gemeinde sie bändigen. Wenn sie Widerstand gegen die Bändigung leisten, wird auch die Gemeinde ein eigenes Tribunal einrichten.«

»Hurra!« Die Menge freute sich über die frisch eröffneten Zukunftsaussichten.

»Schreiben Sie weiter! Die Geiseln, welche die Gemeinde von der Stadt genommen hat, als da sind: Alexander der Stinkende, Rabin der Giftige und andere, bleiben hinter Schloß und Riegel und werden das friedliche Verhalten der städtischen Diktatur gewährleisten. Der Schlüssel zum Ort ihres Gewahrsams wird an geheimer Stelle aufbewahrt. Unterschrift: Vater Wassilij, Gehilfe des Oberältesten.«

»Und der Familienname?« fragte Kiebitz, als er das geschrieben hatte.

»Kein Familienname, er ist des Teufels. Jetzt schreiben Sie ein Postskriptum... Der Älteste fordert von der Diktatur, einen ständigen Konsul in Pferdezwist zu bestellen, der alle Beziehungen zwischen den Städten und Dörfern des Landes reguliert. Für das Amt des Konsuls gibt es ohne Frage nur einen einzigen Kandidaten: Kiebitz. Die Gemeinde verleiht Kiebitz den Diplomatenstatus und garantiert ihm damit Immunität und Freizügigkeit. Die Diktatur ist verpflichtet, ihm die Ernennungsurkunde zu übersenden, damit Kiebitz sie dem Ältesten aushändigen kann. Noch mal Unterschrift: Oberältester der christlichen

Bauern- und Kosakengemeinde J. Christus. Im Auftrag: Vater Wassilij.«

Kiebitz fiel der Bleistift aus der Hand. Die Menge wogte. Auf der untersten Stufe der Vortreppe rührte sich Großvater Grischa, rappelte sich auf und stieg ganz langsam nach oben.

»Wassenka, was tust du da!« flehte er. »Begreifst du nicht, was nach diesem Ultimatum passiert? Die Diktatur wird massenhaft Militär schicken und uns hier alle niedermetzeln lassen. Gib mir dein Papier, solang es nicht zu spät ist, ich zerreiße es.«

»Wie, was soll denn das?« Unruhe breitete sich im Hof aus.

»Fort, Grigorij, du bist verblendet, der Teufel hat dich verwirrt! Hat dein Verstand gelitten?« schrie Wassilij und packte eine Ecke des Blatts mit dem Ultimatum. An der anderen Ecke hielt es Kiebitz weiter fest.

»Dich verwirrt er, du bist in deiner Dunkelheit blind geworden!« Großvater Grischa trat näher an ihn heran und packte das Blatt an der dritten Ecke.

»Ach, du Wüstling! Wirst du wohl die Hand wegnehmen?« geiferte der Starez und riß das Ultimatum an sich. Das Papier zerriß, es knallte wie ein Schuß.

»Oh!« rollte das Echo durch den Hof.

»Das ist ein Zeichen Gottes!« schrie der Großvater entzückt. »Eure Blockade hat nicht Seinen Segen. Jetzt werde ich als erster den darbenden Kindern in der Stadt frisches Gemüse und Beerenobst bringen. Und zu denen, die mich daran hindern wollen, werde ich als erster sagen: Mörder!«

Das war natürlich eine unverzeihliche Unvorsichtigkeit. Man mußte sich nur wundern, wo Großvater Grischas ganze Erfahrung und Klugheit hin waren, die er während seines langen Lebens erworben hatte. Er war freilich eben erst von den Bauern tüchtig mißhandelt worden, und dieser Vorfall hatte tatsächlich vieles bei ihm aus dem Lot gebracht. Ja, von Verzeihung konnte überhaupt keine Rede mehr sein ... Wassilij packte seinen leiblichen Bruder am Kragen, zischte ihm zu: »Christusverräter, Unierter« und stieß dem Neophyten der unierten Kirchen die dürre Faust ins Auge. Die Menge drang zum zweitenmal auf den Großvater ein.

Der große Ljoschka, wie immer in den vordersten Reihen, war vor allen anderen auf der Vortreppe, schob Wassilij weg und sagte: »Laß mich, Vater ...«

Mit seiner gewaltigen Faust schlug er Grigorij wie mit einem Dampfhammer auf die Stirn. Der Schlag war dumpf und schallend zugleich. Großvater Grischa brach zusammen und schrie natürlich nichts mehr. Durch die Menge rollte wieder das Echo: Oh! Und erstarb. Auch auf der Vortreppe erstarben alle. Ljoschka ließ seine mächtigen Schultern verwirrt sinken und erstarrte.

»So wird es jedem ergehen«, sagte er plötzlich. Dann verzog er das Gesicht und begann zu weinen, winkte ab, rannte die Vortreppe hinunter und drängte sich durch die Menge zum Hof hinaus.

»Äh«, konnte Wassilij nur sagen. Er ging ebenfalls – ins Haus hinein. Dort, in seiner dunklen Klause, legte er sich aufs Bett und schloß die Augen.

Sofort zerstreuten sich auch die übrigen Bauern des Vorwerks. Im Nu war der Hof leer. An der Vortreppe stand nur noch Marusja, und oben kniete Galina neben dem Körper ihres Vaters. Die beiden Frauen weinten nicht. Grigorij lag völlig reglos da. Auf seinem Schädel neigte und reckte sich sein vom Wind bewegter Kranischschopf wie ein kümmerliches Pflänzchen auf einem Beet. Kiebitz konnte immer noch nicht den Blick vom Ultimatum abwenden, dessentwegen der Großvater gestorben war, von diesen Papierfetzen, die die Bauern beim Weggehen in die Erde getrampelt hatten. Sie waren jetzt nur noch Müll, den keiner mehr brauchte.

»Dann gehn wir wohl auch, was?« fragte ihn Marusja. »Was soll's ... Die Beschlüsse hat niemand aufgehoben, und so wird es auch sicherer sein.«

Großvater Grischas Tod traf Kiebitz wie kein anderer, obwohl er allmählich an alles hätte gewöhnt sein müssen. Auch an den Tod. Ihm war, als wären mit diesem letzten Tod seine geheimsten Hoffnungen zerschellt, als ... Ach! keine Philosophie jetzt! Eben erst hatte der Großvater Kiebitz an den See geführt, eben erst war er mit ihm im Dampfbad gewesen und hatte munter seine Kranichpartie getanzt – und da lag er plötzlich, aus Lumpen und Zelluloid, mit verrenkten Gliedmaßen auf schmutzigen Brettern. Gab es zwischen diesem und jenem irgendeinen Zusammenhang? Eben noch hast du auf dem Seil des Lebens getanzt, alter Seiltänzer. Lange hast du getanzt, achtzig Jahre. Wodurch ist es plötzlich gerissen? Großvater, was hast du getan, daß es ausgerechnet jetzt reißen mußte? Der wütende

Schwarm hat dich mit seinen Krallen zerfleischt, Großvater, und wann? In dem Augenblick, wo du dich um ihr Wohlergehen gesorgt hast wie kein anderer! Ja, das ist die Antwort auf alle Fragen. Die erschöpfende, endgültige Antwort.

Na gut, Großvater, dachte Kiebitz. Lassen wir den Schwarm. Wenden wir uns nicht deiner Vergangenheit zu, sondern deiner Zukunft. Jetzt wirst du zurückerhalten, was du mir gegeben hast. Jetzt erwartet auch dich eine Herberge. Dort, wohin du jetzt fliegst, wird man dich mit einem Abendessen und einem Bett empfangen. In jener hohen, warmen Badestube wirst du mit dem Reisigbesen weichgegerbt, wirst vor dem langen endlosen Schlaf mit leisen Geschichten eingelullt... Dann kann ich auch die zweite Antwort auf die grausame Frage geben, wofür du gestorben bist. Du bist für dich selbst gestorben, Großvater.

O Gott! Wenn das aber... alles nicht stimmte! erschrak Kiebitz, wenn alles, was der rotbärtige Oberälteste verheißen hatte, die Unwahrheit war und seine Verheißungen auch nur Gutenachtgeschichten? Dann stand es schlecht. Dann war das Lächeln, das dieses Leben von außen erhellt hatte, kein Lächeln, sondern dieselbe schreckliche Grimasse, die es nachäffte. Also gab es dort auch kein Leben, sondern ewige Verwesung und Tod. Und keine Hoffnung.

Konnte man sicher wissen, was nun wirklich war? Nein, sagte sich Kiebitz, das kann man nicht. Und wenn man es nicht kann, fügte er hastig hinzu, dann wähle ich die Gutenachtgeschichten. Sie mögen ja die Unwahrheit sein, aber aus dieser Unwahrheit läßt sich Nutzen ziehen, man schläft ein. Aus anderen zieht man nichts, wie man auch aus der Wahrheit keinen Nutzen zieht. Es sei denn..., daß derjenige aus der Wahrheit Nutzen zieht, der sie sich ausgedacht hat. Welchen Nutzen? Das weiß nur er. Dieses Lügenmärchen und das Spiel mit ihm ist nicht meine, nicht unsere Sache. Wir können sie nicht verbessern.

Marusjas Blockhaus unterschied sich auch innen von den übrigen Häusern. In dem hohen Zimmer stand ein richtiges Sofa, über dessen Ecken weiche Tücher drapiert waren. Die Deckenlampe war mit Mull umhüllt. An allen Wänden hingen schwarzgerahmte Spiegel, auch runde.

Marusja plazierte Kiebitz am runden Tisch. Auf das Tischtuch waren Fasane gestickt, die auf Zweigen saßen, vielleicht im

Paradiesgarten. O ihr rührenden Blumensträußchen und komischen Fußbälle auf dem alten Wachstuch!... Fort mit euch, verschwindet in jenem Abgrund, in dem auch eure Besitzer verschwunden sind. Fort ins Schattenreich. In der Mitte des Tisches stand ein blankgeputzter Samowar, das heiße Wasser brachte Marusja jedoch im Teekessel. Der Samowar wurde nicht benutzt.

»Wie heißt du, Falke?« fragte Marusja.

Kiebitz nannte seinen Namen.

»Möchtest du den Tee stark?«

»Ja, bitte«, sagte Kiebitz gleichgültig.

Sie tranken schweigend eine Tasse, dann noch eine. Danach holte Marusja eine Flasche Fruchtlikör, und sie tranken auf Großvater Grischas ewigen Seelenfrieden. Kiebitz trank, ohne etwas zu schmecken, aber die Farbe des Likörs fiel ihm auf. Er war grasgrün.

Das Leben, dachte er und betrachtete die heftig grüner werdende Flüssigkeit in seinem Schnapsglas. Ja, das Leben, er konnte diesen unbeweglichen Gedanken nicht vom Fleck rükken. Ach, du ewig grünes und ewig faulendes, mitleidsloses und gütiges Leben.

»Tut dir der Großvater leid?« frage Marusja.

Auch darauf antwortete Kiebitz nur so, wie er es vermochte. Er nickte.

»Du holst ihn nicht zurück«, seufzte Marusja. »Wozu sich unnötig grämen?«

»Man grämt sich von selbst.«

»Denk an was anderes!«

»Es gibt ja nichts mehr«, sagte Kiebitz. »Woran soll ich denken?«

»Möchtest du, daß ich dir aus der Hand lese?«

»Ach, ja!« erinnerte er sich. »Du hast doch versprochen...«

»Na, dann gib deine Hand her! Die linke!«

Kiebitz hielt ihr die Handfläche hin. Marusja fuhr leise lächelnd mit ihrem überraschend zarten Finger darauf herum. Mit sehr allgemeinen, langweiligen Worten, aber warmer, vollklingender Stimme schilderte sie Kiebitzens bescheidenes Leben – die Vergangenheit und ein wenig Zukunft. Auf dem Hintergrund dieses fast ereignislosen Lebens wirkten die Krankheiten, die Kiebitz bevorstanden, wie interessante Abenteuer.

»Und hier«, sagte Marusja, ihr Finger machte an einer krummen Linie halt, »ist vieles durcheinander, da blicke ich nicht durch... Wir müssen wohl die Karten legen.«

Sie ging die Karten holen. Bald lagen die Buben, ein Pik-As und ein Treff-König auf dem Tisch. Als letzte kam die Pik-Dame mit einem dümmlichen Lächeln.

»Naja«, sagte Marusja, »eine Straße, eine Begegnung, ein Schlag, nutzlose Mühen... Trennung, Gespräch mit dem Staatskönig, eine furchtbare Nachricht... und...«

»Was – und?«

»Wieder etwas Merkwürdiges.« Marusja wurde nachdenklich. »So was habe ich noch nicht gesehen. Weder deine Lebenslinie noch diese Ereigniskette reißt ab. Als gäbe es für dich keinen Tod. Schau her, wie sich die Linie hier vierfach aufspaltet... Als hättest du viele Tode und würdest immerzu einen wählen und immer käme irgend etwas dazwischen. Solange du wählst, wirst du also nicht sterben. Du bist und bist nicht, so als hätte dich irgend jemand nur ausgedacht. Nein, die Karten lügen, sie sind alt... Man müßte richtig hellsehen.«

»Wie – richtig? Du sagst, ich bin nicht... Nein, mach, daß ich wieder bin.«

»Aber du mußt wissen, so wie ich es dir jetzt zeige, genauso wird es eintreffen«, warnte ihn Marusja. »Meiner Meinung nach sollte man das lieber nicht sehen.«

»Nur zu, ich habe keine Angst«, lächelte Kiebitz. »Vielleicht sehen wir plötzlich den, der es gewagt hat, mich auszudenken. Dann fragen wir ihn: Wozu, Freund, hast du dir diesen Scherz erlaubt?«

»Aha, du glaubst nichts. Wenn du sehen wirst, wirst du glauben. Dann wird alles, was sein wird, so, wie es war. Und wählen wirst du nicht mehr können. Aus dem Nichts kann man nicht wählen.«

»Ehrlich gesagt, ich möchte gar nichts wählen«, sagte Kiebitz ganz ehrlich. »Lassen wir die Wahl. Ich bin müde.«

»Ist das nicht auch schlimm?«

»Nein, nur teilweise«, lächelte Kiebitz.

»Laß uns noch ein Likörchen trinken«, sagte Marusja.

Doch sie selbst trank nichts und ging aus dem Zimmer. Kiebitz leerte sein Gläschen allein. Jetzt schmeckte er den Likör auch. Es war ein herber, auf der Zunge beißender Geschmack nach nächtlichen Kräutern oder bittersüßem Blut. Marusja kam zurück und brachte einen Kerzenleuchter mit, der offenbar sehr schwer war. Sie stellte ihn neben dem Samowar auf den Tisch. Die Kerzenflammen neigten sich in die Richtung, wo Kiebitz saß. Darauf nahm Marusja einen runden, schwarzgerahmten Spiegel von der Wand und plazierte ihn vor dem Leuchter. Sie löschte die Deckenlampe. Schatten huschten über das Tischtuch, die gestickten Fasane regten sich auf den gestickten Zweigen. Es war ganz still, keine überflüssige Bewegung, keine Worte.

Auf Marusjas Gesicht erschienen dieselben Schatten. Sie setzte sich vor den Spiegel – und auch der reflektierte sie. Aus dem Ausschnitt ihrer Bluse holte Marusja einen Zettel heraus, wohl Papirossipapier oder gewachstes. Sie las flüsternd, was darauf geschrieben stand. Kiebitz konnte ihre Worte nicht verstehen. Marusja zerknitterte das Papier und legte es auf den Spiegel. Weiterflüsternd hielt sie eine brennende Kerze an das zerknüllte Blatt, es flammte auf. Im Zimmer verbreitete sich ein Geruch, der an den Geschmack des grünen Likörs erinnerte. Während das Papier brannte, beobachtete Marusja aufmerksam die Flamme und die Asche, die verschiedene, wenn auch ähnlich nervöse Posen annahmen. Jetzt war das Papier verbrannt, und der saure Rauch stieg als feiner Strahl zu Kiebitzens Gesicht auf, die Asche regte sich nicht mehr... Doch Marusja saß noch lange über ihr, ohne sich zu rühren, und ihre Augen schienen nach innen gewandt, nichts als unergründliche Pupillen.

Kiebitz schliefen die Füße ein, er veränderte vorsichtig seine Haltung. Der Stuhl knarrte. Marusja zuckte zusammen und kam wieder zu sich. Mit einem tiefen Seufzer blies sie die Kerzen aus. Sie zündete die Deckenlampe an.

»Hast du was gesehen?« fragte sie.

»Nein, nichts«, entgegnete Kiebitz. »Was hätte ich denn sehen sollen?«

»Dann habe ich das alles umsonst arrangiert«, sagte sie bekümmert.

»Was war dort?« fragte er, bereits neugierig geworden.

»Nichts. Es hat so... so sehr süß gerochen. Das bedeutet, daß sehr bald etwas geschehen wird. Die Asche war zuerst wie ein ›V‹. Vorstadt? Vielleicht... Und dann wie ein schwarzer Schnabel. Und darunter du. Ein Schlag. Nein, nichts habe ich verstanden… Umsonst habe ich das alles gemacht. Du existierst offenbar wirklich nicht. Du bist Nebel.«

»Ist das alles?« fragte er enttäuscht.

»Genügt es dir nicht, mein lichter Falke, daß man dich mit dem Schnabel durchbohren wird?« fragte sie hart.

»Na, dann durchbohrt man mich eben«, antwortete Kiebitz, den die Wahrsagerei zu langweilen begann. »Wie wär's mit noch einem Likörchen?«

»Ach!« rief Marusja aus, sprang plötzlich auf, schlug das Umschlagtuch zurück und drehte sich auf der Stelle. Ihr Rock flog und streifte Kiebitz an der Schulter. »Wir Witwen müssen doch nicht immer wie der Kuckuck ins Leere rufen! Wir leben nur einmal, nicht wahr?«

Sie strömte einen warmen, fast heißen Geruch aus. Kiebitz erstickte beinahe: So konnten die Nächte in toten Meeresbuchten duften. So mußte ein nächtliches Raubtier riechen, eine Fledermaus, ein Vogel der Dunkelheit, eine Eule. Der fremde, fast feindliche Geruch stach ihn in der Nase… Kiebitz fuhr zurück. Nein, ihn zu überwinden, wäre schwer… Er machte noch eine Bewegung, wich zurück. Marusja bemerkte es und hob erstaunt die Brauen… Irgend etwas mußte er jetzt sagen. Aber was sagte man? Wieder, daß er müde sei? Kiebitz spürte, wie ein Knie zu zittern begann.

Da erklangen im Hausgang Schritte – Gott sei Dank! Absätze traten gleichmäßig auf. Gepolter.

»Da kommen anscheinend Gäste«, sagte Kiebitz hastig.

Marusja drehte sich um.

Gebeugt, um nicht am Türsturz anzustoßen, trat der große Ljoschka ein.

»Du bist hier, Kiebitz, in Ordnung. Komm raus.«

Kiebitz zog es unterm Herzen.

Ohne nach dem Grund zu fragen und ohne Marusja anzublicken, stand er auf und ging hinaus. Vor dem Haus hatte sich eine ordentliche und ordentlich aufgebrachte Menge versammelt. Es war, als wäre die Zeit wieder wütend geworden und tobte in blindem Zorn. Marusja blieb sogleich weit hinten zurück, wie ein kleiner Abzweig in der Steppe, an dem der D-Zug vorbeigerast ist. In Erinnerung blieb nur ein ferner Nebel, der sich auflöste, eine rasch verheilende Schramme, eine tauende Spur.

Kaum war Kiebitz auf der Schwelle des Hauses erschienen, schrien alle: »Da ist er! Wenigstens den haben wir.«

Kiebitz hatte gar nicht vor, Widerstand zu leisten. Trotzdem fesselten sie ihn, verdrehten ihm die Arme auf den Rücken, machten aus dem freien Ende des Stricks eine Schlaufe und legten ihm diese um den Hals. Dann wurde er mit Püffen zwischen die Schulterblätter zum See geführt. Kiebitz kam sich wie ein freiwillig seine Missetaten bereuender Sünder vor, der dennoch irgendwohin geschleppt wurde. Er sollte wohl ertränkt werden. Was hätte er sonst denken können? Doch bald stellte sich heraus, daß er sich getäuscht hatte. Er wurde ans Ufer gesetzt, fertig, aus, als hätte man ihn gleich darauf vergessen. Er versuchte, sich mit den Bauern zu verständigen, die neben ihm und über den Hang verteilt Platz genommen hatten, doch vergebens. Niemand hörte ihn. Alle warteten auf irgend etwas.

Es war nämlich so ... Während Kiebitz Likör und Tee getrunken hatte und die Zeit danach noch angenehmer zu verbringen gedachte, hatten Kinder aus dem Vorwerk, die im Wäldchen jenseits des Sees Pilze sammelten, bemerkt, daß hinter dem Waldstreifen, wo die Eisenbahntrasse verlief, ein Zug auf freiem Feld angehalten hatte. Dieses Ereignis versprach den Kindern einen aufregenden Tag. Doch das erhoffte Abenteuer entpuppte sich als ganz gewöhnlicher, ja sogar schwarzer Tag, als sich herausstellte, daß es ein Militärzug war, vollgepfercht mit Soldaten. Die Soldaten stiegen zum Vorwerk hin aus. Die im Wäldchen liegenden Kinder hörten, wie der Kommandeur der Kompanie die Aufgabe erläuterte, deren wesentliches Moment die Besetzung von Pferdezwist war sowie die exemplarische Bestrafung der Vorwerksbewohner für ihre eigenmächtigen Handlungen bei der Zusammenkunft. Man konnte nur staunen, wie schnell die Stadt auf die Ereignisse reagierte, die gerade erst stattgefunden hatten. Doch war zu vermuten, daß die Stadt Kenntnis davon erhalten hatte, lange bevor die Zusammenkunft beendet war, wenn nicht gar noch früher: als sie noch gar nicht begonnen hatte.

Die Soldaten entfalteten sich zur Kette und kamen langsam über die Wiese, wobei sie den Hügel mit dem Vorwerk darauf hufeisenförmig umzingelten. Sobald die Buben den anderen Vorwerksbewohnern von der Strafexpedition berichtet hatten, stürzten die zum Starzen Wassilij, um sich Rat zu holen. Der riet ihnen, die in der Scheune eingesperrte Aktiengesellschaft aus der Stadt als Geisel zu benützen. Niemand ahnte natürlich, daß diese angeblichen Geiseln kein ärgerliches Hemmnis, sondern ein erfreulicher Fund für die Goltaer Diktatur werden würden. Noch erfreulicher wäre es für sie gewesen, wenn sie wortlos verschwunden wären, von den Bauern wie Vampire kreuzweise gepfählt. An allen Anschlagtafeln in Golta hing bereits der Fahndungsbefehl nach diesen Verrätern und Deserteuren. Auf den Kopf eines jeden war ein fester Preis gesetzt.

Doch selbst Wassilijs einfältiger, leicht ausführbarer Plan gelang nicht. Es stellte sich heraus, daß der Schelm Ljuska aus der Vorstadt allen zuvorgekommen war, auch allen Ereignissen. Während die Bauern Großvater Grischas Tod betrauerten und danach zu Mittag aßen, hatte sich die Rotznase zum Schuppen geschlichen, das Schloß zerbrochen und die gefangenen Städter, Alexander und Rabin, befreit. Danach hatte er sie, wie zu vermuten war, in die Vorstadt befördert und dem Lehrer Dachno überstellt. Im Schuppen waren nur noch die eigenen Leute, Gmyrja und Iwan, die niemand brauchen konnte. Die Bauern gerieten außer sich, als sie das Verschwinden der wichtigen Vögel entdeckten. Sie hatten sie ja für ihren Trumpf im Spiel gegen die Strafexpedition gehalten. Viele wollten schon aus dem Vorwerk fliehen und Familie und Hof dem Sieger auf Gedeih und Verderb ausliefern. Iwan tat dies auch im allgemeinen Getümmel. Danach wurde er niemals mehr gesehen. Gmyrja hingegen stellte sich auf die Seite derer, die das Vorwerk bis zum letzten Blutstropfen verteidigen wollten. Da schlug Wassilij schweren Herzens eine neue Geisel und Trumpfkarte vor, den ehemaligen Vorsitzenden und möglicherweise künftigen Konsul der Diktatur, Kiebitz. Die Bauern schöpften sofort frischen Mut und überrumpelten Kiebitz bei Marusja.

Wassilij war nicht aufgestanden, als er seine Ratschläge erteilte. Alle seine Vorschläge hatte er vom Bett aus auf Zetteln gemacht, da er nicht nur sein früheres Gelübde des Liegens wieder befolgte, sondern noch ein weiteres abgelegt hatte, nämlich zu schweigen. Damit wollte er seine Mittäterschaft am Mord seines leiblichen Bruders, des bescheidenen, sanften Akkerbauern, des treuherzigen Abels, sühnen. Nachdem Wassilij dieses Gelübde getan hatte, hielt er es mit gewohnter Strenge ein.

Als Kiebitz all das endlich herausbekommen hatte, versuchte er die Bauern vergebens von der Naivität auch dieses Planes zu überzeugen. Die Bauern vertrauten lieber der vielleicht naiven, aber bekannten Weisheit des Starzen, als den Offenbarungen des Fremdlings. Es war auch gar keine Zeit mehr, um diese Offenbarungen zu erörtern.

Jenseits des Sees tauchten bereits die Soldaten auf. Schon bald näherte sich die erste Kette dem Hügel, wobei sie ihn auf drei Seiten einkesselte. Die auf dem Hang verteilten Bauern wurden unruhig und schwenkten zum Zeichen ihrer friedlichen Absichten zerschnittene Leintücher. Der große Ljoschka, der seine Rolle als Kommandeur der Bauernarmee bereits fest übernommen hatte, ging, ebenfalls ein Leintuch schwenkend, hinunter und den Städtern entgegen. Die Soldaten hatten schon den See umrundet und blieben auf Befehl eines vom Hügel aus nicht erkennbaren Offiziers etwa hundert Meter von den äußersten Häusern entfernt stehen.

Als Ljoschka mit der Vorhut des Gegners, die ihn ruhig beobachtete, in Berührung kam, fragte er: »Wo ist euer Kommandeur, Soldaten?«

»Was willst du denn, Junge?« erkundigte sich ein Leutnant in verschossener Felduniform, der hinter den Soldaten hervortrat.

»Bist du etwa der Kommandeur?« Ljoschka musterte ihn mißtrauisch. »So jung ...«

»Für dich reicht es«, gab der Leutnant finster zurück. »Sag, worum es geht?«

»Die Bauern haben mich als Unterhändler geschickt«, bekannte Ljoschka unwillig.

»Worüber sollst du verhandeln?«

»Über einen Waffenstillstand, was sonst.«

»Wem wollt ihr denn schon den Krieg erklärt haben? Uns vielleicht?« Der Leutnant grinste höhnisch.

»Nein, wir haben ihn nicht erklärt.« Ljoschka ließ sich nicht verwirren. »Aber ihr greift doch an! Ist das etwa kein Krieg?«

»Konkret«, sagte der Leutnant. »Was schlägst du uns vor?«

»Daß ihr nicht schießt. Eure Leute sitzen bei uns als Geiseln fest. Der eine da wird bewacht.«

Ljoschka deutete auf den Hang, wo der düster blickende Kiebitz mit dem Strick um den Hals unter den übrigen leicht zu erkennen war.

»Siehst du den, Leutnant? Wenn ihr nicht auf der Stelle kehrtmacht, werden wir euren Mann da mit diesem Strick erwürgen. Augenblicklich. Ist schon alles vorbereitet, siehst du das?«

»Ihr seid ein Gesindel.« Der Leutnant wurde rot. »Quält einen Menschen. Gemeiner Pöbel. Wer ist es denn, eure Geisel?«

»Keiner von uns, sondern von euch, aus der Stadt«, erklärte Ljoschka mit einem Anflug von Überlegenheit. »Euer höchster Trumpf.«

»Wie heißt er?«

»Wie ein Vogel.« Ljoschka hatte sich endgültig ein Herz gefaßt. »Kiebitz.«

Er schaute die Soldaten an und erwartete nach Rednergewohnheit Gelächter. Aber keiner reagierte auch nur mit einem Lächeln. Ljoschka, der sein rednerisches Geschick umsonst eingesetzt hatte, wurde sogleich hart und grob.

»Wir werden eurem Vogel die Federn ausrupfen!« erklärte er zu seiner eigenen Überraschung.

»Auch noch grob«, bemerkte der Leutnant fast verwundert. »Bist selbst ein interessanter Vogel... Warte, gleich kommt der Major.«

Die Soldaten kamen näher heran. Der Leutnant dagegen ging ins Wäldchen zurück.

»Seht her!« drohte Ljoschka. »Die Zeit steht nicht still, und euer Vogel wird bald in den Himmel auffliegen, zum lieben Gott.«

Die eigene Kühnheit versetzte Ljoschka in Begeisterung, er schaukelte auf ihren Wellen. Ihm schwindelte. Der Ruf nach dem ranghöheren Major zeigte, daß Ljoschkas Sternstunde geschlagen hatte. Alles, aber auch alles gelang ihm.

Bald kam der Leutnant mit dem Major zurück, in dem man selbst aus der Ferne, aus Kiebitzens Position, den charaktervollen Kasarjan erkennen mußte. Solange Ljoschka mit dem unbekannten Leutnant verhandelte, hatte man auf einen verhältnismäßig glimpflichen Ausgang der ganzen Angelegenheit hoffen können. Doch kaum war Kasarjan aufgetaucht, da zerschellten alle Hoffnungen. Die Angelegenheit kam sofort zum Ende.

»Was?« fragte der Major im Gehen. »Führt der sich so flegelhaft auf?«

»Jawohl«, bestätigte der Leutnant.

»Dann tu's auch mir gegenüber, ich will's auch hören, du Ochse«, befahl Kasarjan Ljoschka.

»Ich bin für dich kein Flegel und auch kein Ochse«, sagte Ljoschka grimmig und stürzte von seinem Olymp auf die Erde. »Ich komme mit einer weißen Fahne. Und wenn man sie bei euch Schwarzen nicht anerkennt...«

»Aha, du singst vortrefflich, geradezu wie eine Drossel«, bemerkte Kasarjan wohlgefällig. »Auf dieser Fahne, auf diesem stinkenden Leintuch befummelst du wohl dein Weib, was? Wo kommt dieser Fleck her? Von deiner Frau? Du hättest ihr sagen sollen, daß man sich öfter waschen muß... Im übrigen ist es zu spät, du wirst es ihr nicht mehr sagen, nie mehr. Du hast dein Weib auf deine Art befummelt, jetzt werden wir dich auf unsere Art befummeln. Bist selbst schuld, Freundchen.«

Der Major drehte sich zu den Soldaten um und befahl genüßlich: »Er-schie-ßen!«

Er nickte zum See hinüber. Die Sache war im Grunde ganz einfach. Drei traten aus der Kette, die anderen stießen Ljoschka zum Wasser... Und die verdatterten Vorwerksbewohner konnten sich nur noch fragen, weshalb der tapfere Bauernkommandeur, der Hüne Ljoschka, nach einem so kurzen, mickrigen Feuerstoß mit dem Hinterkopf voran in den See fiel. Weshalb er ein paarmal mit den Fersen zuckte. Weshalb vom Grund des Sees Schlamm aufstieg... Und weshalb danach eine so kurze, aber gründliche Pause eintrat. Wer brauchte sie?

Doch die Vorwerksbewohner konnten sich alle diese Fragen nicht stellen, geschweige denn beantworten. »Vor-wärts!« ertönte das Kommando am Ufer, die Enten schlugen mit den Flügeln auf das Wasser, und die Soldaten stürmten unter dem Leutnant den Hügel. Major Kasarjan folgte ihnen im Schlenderschritt. Eine Minute später war dieser Teil der Operation beendet. Die Soldaten umstellten die Bauern, steckten sich eine Zigarette an und spotteten über deren Verdutztheit. Der Major kam hinzu, funkelte sie mit seinem einen Kaukasenauge an, sagte jedoch nichts. Vielleicht weil er mit dem anderen Auge einen alten Bekannten unter den Gefangenen erblickte. Der versuchte gar nicht, sich zu verstecken.

»Na so was, wer sitzt denn hier mit seiner Vogelfamilie!« rief Kasarjan aus. »Ei, ihr Männer, da habt ihr uns ja einen Freundschaftsdienst geleistet. Dafür müßte man euch glatt verzeihen.

Aber das geht nicht. Das Gesetz verbietet es. Es lautet: unverzügliche, unabänderliche, gerechte Bestrafung. Die Zeiten sind übel, Männer. Ihr müßt die Strafe einfach akzeptieren und euch dafür bedanken. Ich werde euch nicht schmoren lassen und es euch gleich sagen: Dafür, daß ihr Kiebitz gefaßt habt, senke ich euer Strafmaß – auf fünfzig Peitschenhiebe pro Kopf, einverstanden? Das ist doch akzeptabel, nicht wahr!«

Die Bauern heiterten sich auf, auch sie fanden diese Strafe annehmbar.

»Ich wußte, daß wir klarkommen würden«, lobte der Major. »Ihr seid schließlich friedliche, faule Menschen. Da hat bloß einer unter euch agitiert und euch zu Bösem angestiftet, stimmt's? Und ihr naiven Dummköpfe seid auf seine Ränke reingefallen und wart unartig. Stimmt das auch?«

»Ja, ja, das stimmt«, bestätigten die Bauern auch diesmal.

»Wenn das so ist«, folgerte Kasarjan, »wer hat euch dann angestiftet? Dieser da?«

Er deutete auf Kiebitz.

»Ja, dieser! Dieser Schuft!« sagten die Bauern, endgültig munter geworden.

»O nein.« Der Major schüttelte den Kopf. »Da habt ihr gelogen, Freunde. Ich weiß, wer das ist. Er kann niemanden anstiften, er ist selbst angestiftet worden. Wollt ihr nicht die Wahrheit sagen? Na was, jeder kriegt ein Dutzend Hiebe mehr, und wenn das nicht reicht, vergreifen wir uns an euren Weibern.«

»Laß unsere Weiber aus dem Spiel, Chef«, näselte ein hagerer Bauer, der den Strick um Kiebitzens Hals nicht aus der Hand ließ. »Sagen wir, Gott mit ihm... es müssen ja nicht alle draufgehen! Er würde das auch so sagen, wenn er unter uns säße. Wir müssen offen und ehrlich sein. Es war Wassilij, unser Starez, der immer im Dunkeln liegt. Der hat uns angestiftet.«

»Oh!« Der Major machte große Augen. »Von dem Starzen habe ich schon gehört! Der liegt doch mit unserem gemeinsamen Freund Vater Alexander im Streit... Wie klein die Welt ist! Also, ich befehle jetzt: Alle hinlegen und verprügeln. Jedem fünfzig mit dem Riemen. Nicht mit den Schnallen schlagen! Dieses Kerlchen mit dem Strick um den Hals nehme ich mit. Zwei MP-Schützen passen auf, daß er nicht flieht. Na, nun zeig mir, wo dein Starez wohnt!«

Der hagere Bauer setzte sich an die Spitze der Gruppe und führte sie zur Herberge. Hinter ihr begannen die Soldaten sofort unter dem Kommando des Leutnants Kasarjans Befehl zu erfüllen. Im übrigen war das Ausprügeln für beide Seiten eher ein lustiges Spektakel als eine richtige Strafe. Diejenigen, die unter den Riemenschlägen schrien, taten dies eher aus Vergnügen beim Gedanken daran, daß sie so glimpflich davongekommen waren, und weniger vor Schmerz.

»Wo ist euer Apostel?« fragte Kasarjan, als er die Schwelle der Herberge überschritt. Er stockte. Auf der himmelblauen Bank lag der tote Großvater Grigorij, die Arme auf der Brust gekreuzt. Zu seinen Füßen saß Galina. Zu seinen Häupten brannte eine Kerze.

»Mhm«, Kasarjan nahm die Schirmmütze ab. »Sie haben es geschafft. Wer hat ihn getötet?«

»Das ist nicht er, das ist sein Bruder!« flüsterte der hagere Bauer.

»Und wo ist der Prophet selbst?« Kasarjan setzte seine Mütze wieder auf.

Der hagere Bauer deutete auf die Tür zur Klause.

»Schüttel ihn aus dem Nest! Rufe ihn!«

»Er steht nicht auf.«

»Vor dem Tribunal stehen alle! Auch dieser wird aufstehen«, prophezeite der Major, bückte sich und ging in die Klause.

Nach einer Minute erschien er wieder im Zimmer, er zerrte Wassilij am Hemdkragen mit. Das Gesicht des Starzen behielt dabei seinen schmerzvollen Ausdruck.

»Du also bist der dreizehnte Apostel, der die ehrliche atheistische Bauernschaft zur Meuterei anstiftet?« fragte Kasarjan keuchend.

Wassilij schwieg.

»Du schweigst, soso. Du willst wohl leiden. Unter die Märtyrer kommen, in den Kirchenkalender aufgenommen werden. Nein, mein Engelchen, wir werden dich keinen Augenblick leiden lassen. Wir werden dich auf einen Schlag von deinen Wolkenhöhen in den Abgrund stürzen. Einfach totschlagen und Schluß.«

Wassilij brach sein gramvolles Schweigen nicht.

»Ich verstehe auch ohne Worte: auf eigenen Wunsch«, bestätigte sich Kasarjan gleichsam selbst. »Hinausführen.«

Wassilij wurde in den Hof geführt. Der Major schaute auf die Uhr und nahm eine bequemere Pose auf der Vortreppe ein. Hinter ihm standen der hagere Bauer und Kiebitz. Alle drei sahen zu, wie zwei MP-Schützen mit Kindergesichtern den Starzen über den Hof führten und vor die Wand des Schuppens stellten. Die Sonne ging hinter dem Schornstein des Badehauses unter.

Aus dem Nest der Holzstörche erklang das Gurren von Tauben. Kasarjan stieß plötzlich einen Pfiff aus und schnalzte mit der Zunge. Das Gurren hörte auf. Die MP-Schützen gingen zehn Schritte von Wassilij zurück und hoben den Lauf ihrer Waffe. Der Starez rührte sich nicht. Die spitzen Schulterblätter spreizten das Hemd auf seinem Rücken.

»Zum letztenmal – wollen wir miteinander reden?« bot Kasarjan an.

Er bekam keine Antwort.

»Naja, ein Schwachkopf«, sagte der Major gutmütig und winkte mit der Hand.

Kurze Salven ratterten im Duett. Wassilij schlug gegen die Schuppenwand, rutschte mit seiner Wange daran nach unten und war tot.

»Bravo«, befand Kasarjan. »Er macht es gut.«

Er drehte sich zu Kiebitz um.

»Jetzt sind Sie an der Reihe.«

Elftes Kapitel

Alle Wege führen nach ...

Kiebitz ging die Vortreppe hinunter und begab sich zum Schuppen. Er konnte nur schwer atmen, so als hätte sich sein ganzer Körper mit einer abstumpfenden Kruste überzogen, als bedeckte ihn getrockneter Schlamm wie ein undurchdringlicher Kokon.

Kasarjan pfiff wieder und lachte laut.

»He, wohin wollen Sie denn? Nicht so eilig, noch ist nicht Abend. In dem Sinn sind Sie nicht an der Reihe. Sie haben doch kein Schweigegelöbnis abgelegt, oder? Kommen Sie her, wir wollen ein bißchen reden.«

Erstaunlicherweise bewirkte diese Wendung der Dinge bei Kiebitz nur müde Enttäuschung. Mit dieser Wendung war die treffliche Gelegenheit vertan, alle Probleme auf einen Schlag zu lösen. Kiebitz kehrte zur Vortreppe zurück.

»Sie geben mir also die Möglichkeit zu leiden, Major?«

»Schon gut«, winkte Kasarjan ab, »gehen Sie nicht gleich auf die Palme. Auf, ins Haus!«

Kasarjan drehte sich um und ging in die Herberge. Kiebitz folgte ihm, was sollte er sonst auch tun. Sie setzten sich an den Tisch, hinter ihnen lag Großvater Grischa auf der blauen Bank. Weder der Major noch Kiebitz empfanden deshalb das geringste Unbehagen. Eigentlich hätte sich jemand darüber wundern müssen – aber wer? Niemand war dazu mehr fähig, am allerwenigsten Kiebitz.

Der Major schickte Galina aus dem Zimmer, auch sie wunderte sich nicht und ging. Es war eben so.

»Worüber wollen Sie mit mir reden? Ich verstehe das nicht«, sagte Kiebitz gleichmütig.

»Über die Zukunft«, entgegnete Kasarjan. »Über meine und Ihre. Interessiert Sie das?«

»Nicht sehr. Man hat mir schon meine Zukunft gedeutet, na

und? Nichts. Nicht mal mich selbst gibt es dort. Können Sie etwa auf die Zukunft Einfluß nehmen?«

»Durchaus«, sagte Kasarjan. »Und zwar so, daß Sie darin vorkommen. Natürlich nur, wenn Sie ein vernünftiger Mann sind und kein einfältiger Prophet.«

»Aha, wieder ein Manöver... Ihr wollt alle aufs neue eine Marionette aus mir machen, die ihr mit euren Händen dirigieren könnt.«

»Richtig«, stimmte Kasarjan zu. »Nur gibt es nicht mehr *unsere* Hände, sondern nur noch meine. Und für meine groben Finger sind die Marionettenfäden und die Puppengelenke zu zerbrechlich. Aufs neue, stimmt, aber nicht wieder, sondern anders.«

»Na schön, rücken Sie raus damit«, schlug Kiebitz vor, ohne das mindeste Interesse zu verspüren.

»Gleich, dieses ganze Abenteuer mit der Meuterei in der Truppe ist natürlich großer Unsinn. Sie wird sich legen, es wird wieder gemahlen und wieder Mehl geben, nicht wahr? Überhaupt bin ich in einer schwierigen Situation. Einerseits bin ich verpflichtet, mich dem vorgesetzten Kommandeur unterzuordnen. Andererseits habe ich gar kein persönliches Interesse daran, ich habe keine Akademie besucht und werde es sowieso nicht weiter als bis zum Major bringen. Aber der Oberst! Ich werde Ihnen seinen geheimen Plan verraten. Er ist sehr ungeduldig und will nicht warten, bis man ihm die Generalsepauletten anheftet. Vielleicht heftet man sie ihm ja auch nicht an, wer weiß. Er hat also die Unruhen in der Stadt ausgenützt, um sich in den Augen der Oberen hervorzutun. Moskau ist weit, von dort aus sieht man uns Winzlinge nicht. Deshalb hat der Oberst aus den Unruhen einen richtigen Aufstand gemacht. Den schlägt er jetzt endgültig nieder und meldet nach oben: Alles in Ordnung. Wer hat die Ordnung wiederhergestellt? Er, Lisjutkin. Na, der nächste Vorgesetzte freut sich natürlich und meldet es dem nächsthöheren und der den Allerobersten: Alles in Ordnung, wir haben es mit unseren eigenen Kräften geschafft, Sie können auf Urlaub herkommen. Die Obrigkeit streicht den Dank ein, und der Oberst wird für seine Verdienste zum General befördert. Das ist das ganze Geheimnis unseres... Marschalls.«

»Aber ich bitte Sie! Sie haben doch selbst gesagt, daß der

Oberst allmächtiger Diktator sein will und nicht irgendein kleiner General unter vielen! Und Sie wären sein Adjutant!«

»Ich sage es noch einmal, das ist alles Unsinn! Zur Tarnung. Lisjutkin will befördert werden, basta. Und dafür unternimmt er nun alles mögliche, die Sache ist schon weit gediehen. Es hat mit einer Lappalie angefangen und wohin geführt? Ich erkläre es Ihnen, wenn Sie es nicht verstehen... Für den Obersten ist es höchste Zeit, die Zeugen und Helfer bei der ersten Etappe zu beseitigen. Und wer sind diese Zeugen? Vor allem Sie und ich. Verstehen Sie? Und was kann ich ihm entgegenstellen, womit kann ich meinen Kopf schützen, wenn er anfängt, überflüssige Mitwisser aus dem Weg zu räumen? Ich brauche ja keine Beförderung, ich möchte meinen Platz und meinen Kopf behalten! Ich kann dem Obersten nur eins entgegenstellen: eben diese Zeugen. Mich und Sie. Mir ist es im Unterschied zum Obersten wichtig, Zeugen wie Sie zu erhalten. Deshalb brauchen Sie also vor mir keine Angst zu haben. Wir sitzen in einem Boot. Sie sind mir teurer als meine Ehre. Stellen Sie sich doch nur vor: Wir überleben die ganze Sache, die kommen aus Moskau und forschen nach – und da sind wir, lebendige Zeugen gegen den Obersten. Na, ist das nicht brillant?«

»Nein, das glaube ich nicht. Sie haben mit ihm gemeinsame Sache gemacht, und jetzt haben Sie miteinander etwas Neues ausgeheckt.«

»Nein, keine gemeinsame Sache, ich habe auf Befehl gehandelt! Ich habe Ihnen doch meine schwierige Situation beschrieben: Da ich den Eid geleistet habe, muß ich mich doch meinem Kommandeur unterordnen, oder nicht? Das wird mir niemand zur Last legen. Sagen wir es so, ich bin ein einfacher Mann, Soldat. Ich habe alles für bare Münze genommen. Wie Sie am Anfang. Was habe ich gewußt? Daß Unruhen in der Stadt sind, die sich zum Aufstand auswachsen. Was habe ich getan? Ich habe den Befehl bekommen und den Aufstand niedergeschlagen. Basta. Und nicht im Traum wäre ich dem Obersten auf seine Schliche gekommen. Erst später wurde mir klar, daß der Oberst diesen Aufstand selbst angezettelt hat. Also, meine Position ist unverwundbar. Besonders wenn es lebendige Zeugen gibt, die das bestätigen. Das sind wieder Sie. Wir schließen einen Pakt: Ich schütze Sie, bis bessere Zeiten kommen, und wenn es soweit ist, sagen Sie zu meinen Gunsten aus. Dieser Pakt ist für Sie sehr vorteilhaft. Ich meinerseits werde Sie aus dem Spiel ziehen, wenn nachgeforscht wird, wer an allem schuld ist. Ich werde das so machen, daß Sie aus der Kategorie der Schuldigen in die der Opfer von Lisjutkins Arglist überwechseln. Sie werden mein Zeuge sein und ich der Ihre.«

»Ich bin ein Opfer.«

»Wie man's nimmt. Angenommen, ich weiß die Wahrheit. Und die Tatsachen. Aber diese Tatsachen kann man auch andersrum drehen: Ihre zeitlich passende Ankunft, übrigens zusammen mit dem Obersten, Ihr Verhalten auf der Wetsche... Und schon sind Sie der, den man braucht, der Mann aus dem Untergrundzentrum. Dann ist es aus mit Ihnen. Diese Tatsachen kann ich so darstellen, daß Sie nicht nur ein zufälliges Opfer sein werden, sondern ein Kämpfer und Märtyrer für die konservative Ordnung. Das kann ich, aber erst wenn wir unseren Pakt abgeschlossen haben.«

»Ich muß es mir überlegen«, sagte Kiebitz.

»Natürlich! Das Schwierigste für Sie ist jetzt, aus diesem Alptraum zu erwachen und zu begreifen, daß Sie wieder ein normales Leben beginnen können, daß Sie diese Chance haben. Nach dieser furiosen Karriere wieder zu den Bühnenklecksern zurück, das ist natürlich nicht einfach und vielleicht auch langweilig. Aber trotzdem, besser den Spatz in der Hand, als die Taube auf dem Dach.«

»Sie haben also vor, die Stadt endgültig zu befrieden? Logischerweise müßte man annehmen, daß Sie auf noch mehr Lärm und noch mehr Blutvergießen aus wären, dann würde man Sie aus Moskau besser sehen. Und mit Ihrem Pakt wollen Sie erreichen, daß ich bei diesem Blutvergießen mitmache. Und wieder nach Ihrer Pfeife tanze. Aber darauf will ich mich einfach nicht mehr einlassen.«

»Ich bitte Sie!« entgegnete Kasarjan schroff. »Das gehört alles nicht hierher: will ich mich nicht einlassen. Bei Ihnen piept's wohl. Ob Sie sich darauf einlassen wollen oder nicht, das zu entscheiden, ist noch ein bißchen zu früh. Und Blut werde ich sehr viel weniger vergießen als andere. Als Sie mit Ihrer menschlichen Barmherzigkeit. Ich handle gerecht, göttlich. Davon haben Sie sich ja heute selbst überzeugen können, ich habe die Bauern nur ein bißchen verprügeln lassen... Ich hab's im Blut, wie das Volk zu lenken ist, das ist genetisch angelegt. Dem

Namen meines Vaters nach bin ich Armenier, von meiner Mutter aber habe ich awarisches Blut. Die Awaren sollen ausgestorben sein. Das ist ein Fehler in den Annalen. Wir sind nicht ausgestorben. Meine Vorfahren haben Kiew erobert! Die Hunnen vertrieben! Sie konnten gut mit dem Volk umgehen, und ich werde es jetzt auch können. Meine Methoden... es scheint nur so, als seien Prügel erniedrigend. Fragen Sie die Bauern, was sie von dieser Strafe halten. Was ist Verprügeln im Vergleich zum Tribunal? Ein lustiges Schauspiel... wie die Jagd auf Wachteln. Die friedliche, fette Wachtel kriegt eins hinten drauf. Sie haben ihren Spaß, und wir lachen auch.«

»Aber Sie haben doch auch erschießen lassen, nicht nur verprügeln!«

»Und wen? Banditen, Mörder oder etwa nicht? Blut gegen Blut. So steht es in der Bibel. Besser ein schlechter Hirte stirbt, als die ganze unschuldige Herde. Das steht auch in der Bibel. Stimmt's?«

Kiebitz hätte zugeben müssen, daß es stimmte. Deshalb schwieg er. Dem Major beipflichten konnte er nicht. Ihm seinen eigenen Standpunkt entgegenhalten? Den fand er nicht. Er hatte nur die feste Überzeugung, daß dies nicht stimmen konnte, nicht stimmen durfte. Doch diese Überzeugung ließ sich mit nichts erhärten, im Gegenteil, sie wurde vom Bewußtsein aufgeweicht, daß es doch stimmte. Dabei mußte er auf den Vorschlag Kasarjans sofort antworten. Kiebitz wußte nicht, was er antworten sollte. Ein Ja bedeutete Blut und Tod, ein Nein ebenfalls.

Vor der Notwendigkeit, in jedem Fall eine falsche Antwort zu geben, rettete ihn das Erscheinen einer neuen Person. Diese neue Person war übrigens nicht ganz so neu. Es war Katja Starko.

Katja wirkte unerschütterlich ruhig. Nicht einmal die Anwesenheit von Kiebitz, den sie aus ihrem und jeglichem Leben gestrichen hatte, konnten dieser Ruhe etwas anhaben. Ein treffliches Argument gegen diejenigen, die nicht an die unveränderliche, tief im Untergrund verborgene Essenz des Seins glauben wollen. Für den Major, der zwar ein geschickter Schwimmer war, aber nur an der stürmischen, veränderlichen Oberfläche des Seins, war Katja wie ein Geier, der auf ein Küken herabstößt.

»Sie! Hier?« Das Küken wurde blaß und sogar seine Schulterklappen erbleichten, welkten und rollten sich wie Herbstlaub auf.

»Sie sind, wie ich sehe, übermüdet«, sagte Katja bissig. »Gelb und alt sehen Sie aus. Sie müssen sich erholen.«

»Welchem Teufel jagen Sie hier nach?« Kasarjan lief sofort puterrot an.

»Diesem«, Katja deutete auf Kiebitz.

»Aber ... wie haben Sie das erfahren?«

»Meine Behörde tut ihre Arbeit, im Unterschied zu Ihrer«, entgegnete Katja verächtlich. »Und sie macht sie gut. Genug geredet, meine Zeit ist knapp. Ich halte hier die Verfügung in der Hand, den ehemaligen Vorsitzenden der provisorischen Regierung Goltas und Deserteur, Kiebitz Boris, zu verhaften. Der genannte Deserteur ist unter verschärfter Bewachung in die Stadt zu schaffen und bis zur Eröffnung des Gerichtsverfahrens in Gewahrsam zu nehmen.«

»Und wenn ich ihn euch nicht herausgebe?« fuhr Kasarjan auf, der wieder bleich wurde.

»Sie wollen sich also der Verfügung widersetzen? Ah ... so sieht die Sache aus!« Katja ließ ihren Blick mehrmals zwischen Kiebitz und dem Major hin- und herwandern. »Wieder eine Verschwörung.«

»Ich bitte Sie!« Kasarjan verzog das Gesicht. »Sie wittern überall Verschwörungen.«

»Wittern? Nein, ich habe sie längst bemerkt.«

»Nehmen Sie ihn, wenn Sie das unbedingt wollen!« unterbrach sie Kasarjan verbittert. »Und machen Sie, daß Sie wegkommen. Meine Zeit ist auch knapp.«

Der Major vermied es, Kiebitz anzusehen. Das war auch besser so. Was die wachsame Katja in diesem Blick gelesen hätte, weiß man: den geplanten Pakt zu beider Vorteil.

Kiebitz ließ den verärgerten Major mit dem toten Großvater allein zurück und ging, von Katja und zwei MP-Schützen begleitet, hinaus an die frische Luft. Während sie zwischen den Häusern des Vorwerks hindurchmarschierten, streute Katja allen Kommandeuren, denen sie begegneten, ihre Anweisungen hin. Und alle, vom Sergeant bis zum Hauptmann, gehorchten ihr. Katjas Kommission und Katja selbst hatten für die Reformen sichtlich an Bedeutung gewonnen, seit Kiebitz Golta verlassen hatte. Gegen Ende des Marsches verdichtete sich um Kiebitz die Menge der Bauern, die wegen der Teilnahme an der Zusammenkunft verhaftet worden waren. Auch Stepan Gmyrja war darunter, der sich nicht mehr hatte verstecken können. So wurde Kasarjans Milde oder Fehler bei der Wahl der Strafe für die Vorwerksbewohner ausgebügelt.

Das Ziel des Marsches, der genau den Weg zurückging, welchen die Soldaten beim Angriff auf Pferdezwist zurückgelegt hatten, war der Eisenbahnabzweig. Die Gruppe der Gefangenen durchquerte die Wiesen, das Wäldchen und den Acker, dann kam sie an den Bahndamm, auf dem immer noch der Zug stand. Auf dem ganzen Weg hatte Katja kein einziges Wort zu Kiebitz gesagt, doch auch er verspürte keinen Wunsch nach besonderer Zuwendung von ihrer Seite.

Die Verhafteten wurden in den Güterwagen getrieben. Die Soldaten schoben hinter ihnen die Tür zu. Der Riegel fiel krachend herunter und das Schloß schnappte zu. Es wurde dunkel.

In die anderen Waggons stiegen die Wachmannschaft und die Abteilungen ein, die ihren Auftrag bei der Expedition erfüllt hatten. Kasarjan war zwar verärgert über seinen mißglückten Plan, erfüllte aber weiterhin tadellos seinen Dienst. Katja stieg in den vordersten Waggon ein, wo der Stab untergebracht war. Die uralte Kuckuckslok stieß einen Kuckucksruf, Rauch und zischenden Dampf aus und fuhr, langsam schneller werdend, nach Golta.

Kiebitzens Augen hatten sich bald an die Dunkelheit im Waggon gewöhnt. Er überschlug die Zahl der gefangengenommenen Vorwerksbewohner, es waren mindestens fünfzig. Sie alle saßen schweigend auf dem Boden und schienen damit einverstanden zu sein, daß es Auserwählte auf Erden gab, die das Recht und die Kraft besaßen, jedes sterbliche Wesen aus seinem heimatlichen Hühnerstall zu reißen und in die Stadt, diesen verfluchten Schweinekoben, zu verfrachten.

Der Zug ratterte gleichmäßig mit den Rädern. Der Waggon schaukelte und knarrte. Nach und nach kamen die Verhafteten ins Gespräch. Wie Irrlichter wanderten glühende Papirossi vom einen zum anderen. Einer stand auf, ging zur Tür und rüttelte daran. Die Tür war fest verriegelt. Der Mann seufzte und setzte sich wieder hin. Dann stand er erneut auf.

»Na, Freunde, mit uns ist's aus«, sagte er in die Dunkelheit hinein. An der Stimme erkannte Kiebitz Gmyrja. Niemand widersprach ihm. Was sollte man auch dagegen sagen? Die Sache war klar.

»Was sollen wir tun?« fragte Gmyrja alle und niemanden. Die Frage entsprang nicht Gmyrjas angestrengter Hirntätigkeit, sondern eher der in seinen Körper eingesperrten Kraft, die sich nicht mit der ihr aufgezwungenen Ruhe der Erwartung abfinden wollte. Das Ergebnis dieser Erwartung konnte ja nur eins sein: die Zerstörung dieser Kraft und des Körpers, der sie umschloß. Gmyrja untersuchte die Waggonwände, fand aber keinen einzigen Spalt darin.

»Ach«, seufzte er und schlug mit der flachen Hand auf die Holzverschalung. Der Waggon erdröhnte. »Brüchig, aber nicht herauszukommen.«

Er stampfte mit der Ferse auf den Boden. Der dumpfe Ton ließ keine Hoffnungen.

»Er sollte lieber sitzen«, sagte einer aus der Dunkelheit. »Wieso sitzt er denn nicht? Er hat doch schon alles gemacht, was er konnte. Setz dich wieder hin!«

»Ich kann nicht sitzen, weil mein Hintern nicht an die Peitsche gewöhnt ist!« antwortete Gmyrja grimmig. »Du hast dort Schwielen, aber ich bin ein Mensch, der frei fliegt.«

»Vom Bett auf den Nachttopf«, fügte dieselbe Stimme hinzu. »Aber die Freien bringt man auch dorthin, wohin man will.«

»Krächz nicht so, verstanden?« Gmyrjas Kraft suchte ein Ventil und schien es zu finden. »Ich finde dich auch im Dunkeln, alter Rabe, dann kannst du nur noch auf Zehenspitzen stehen.«

»Da schau her«, schalteten sich andere Stimmen ein. »Du hast doch selbst die Suppe eingebrockt, glaubst du, wir haben das vergessen? Und jetzt – du willst uns wohl schulmeistern?«

»Alle auf einen!« brüllte Gmyrja plötzlich los. »Na, komm schon raus! Keine Angst!«

»Na, hab du mal keine Angst! Gebt's ihm, Jungs. Daß er hier nicht so rumkräht.«

Das dunkle Waggoninnere geriet in Bewegung. Kiebitz sah nicht, was im Detail geschah, aber in allgemeinen Zügen war es ihm klar. Ein ganzer Haufen schob sich auf Gmyrja zu und keilte ihn ein.

»Was tut ihr! Aufhören!« schrie Kiebitz.

»Was denn? Wir zeigen's ihm, basta«, wurde ihm geantwortet. »Misch du dich nicht ein. Sonst zeigen wir's dir auch.«

Kiebitz stürzte sich trotzdem auf die Bauern, um sie auseinanderzureißen, doch er wurde sofort zurückgestoßen.

»Ich habe keine Angst!« brüllte Gmyrja und steckte die Schläge ein, die ihn in die Ecke trieben.

»Brauchst du auch nicht«, antworteten seine Schulmeister.

Kiebitz warf sich wieder in die Menge. Doch diesmal bekam er eine aufs Ohr, dann packten ihn Hände mit solcher Kraft am Gürtel, daß er sich nicht nur nicht mehr rühren konnte, sondern auch nicht mehr atmen. Fast alle Verhafteten ballten sich jetzt auf dieser Seite des Waggons zusammen, der legte sich leicht schief.

»Achtung, wir kippen um!« rief jemand erschrocken.

Auch ohne ihn hatten alle das Krängen bemerkt und strömten zurück. Doch da es alle taten, schwankte der Waggon wieder, diesmal auf die andere Seite.

»Halt, wir sind verloren!« schrien jetzt mehrere Stimmen. »Wir gehen zu Bruch, Freunde!«

Die Menge schwappte wieder zu Gmyrja hinüber, der in seiner Ecke lag. Der Waggon knarrte fürchterlich und krängte wieder. Dieses Krängen war stärker als das erste.

Ein Schreckensschrei entfuhr den Kehlen. Dieses Schaukeln im Dunkeln, in dem engen Käfig, ließ die schwachen, fieberhaft klopfenden Herzen zerspringen. Der Schrei scheuchte die Menge auf und rollte sie auf den vorigen Fleck. Der Waggon kippte abrupt auf diese Seite, und allen war, als hätte sich das linke Räderpaar von den Schienen gelöst und als führe der Waggon jetzt nur noch auf dem rechten.

»Zurück!« schrien alle. Wieder warf sich die Menge zurück, und in diesem Augenblick zerriß vor Kiebitz gleichsam ein Vorhang. Er war ebenfalls wie von Sinnen mit den anderen von einer Wand zur anderen gerannt, doch gleichzeitig hatte sich ein unbestimmter Gedanke in seinem Hirn geregt. Und jetzt war das Häutchen darum herum geplatzt.

»Noch mal«, schrie er. »Noch mal, nicht aufhören! Freiheit, wir werden frei sein!«

Ob sein Schrei gehört wurde oder nicht, die vor Angst besinnungslosen Bauern hörten tatsächlich nicht auf und stürzten Kiebitz nach. Manch einer fiel den anderen vor die Füße, um nicht mehr aufzustehen. Schreiend und gestikulierend riß Kiebitz die Menge mit sich – so schien es ihm jedenfalls –, diesen kreischenden, schweißnassen Schwarm, und rannte zielstrebig im Takt des Schaukelns von einer Seite auf die andere. Jetzt schrie er nicht mehr, sondern kreischte mitsamt den anderen wie das Federvieh, das für die Suppe geschlachtet werden soll. Ihm war, als renne er jahrelang in ägyptischer Finsternis im Kreis herum und schreie dabei wie ein Raubvogel, der in der langen Gefangenschaft im Käfig den Verstand verloren hat. Als rase hinter ihm, dem Anführer, der ganze Schwarm im Dunkeln her, ohne irgend etwas zu begreifen. Nur kreischen konnte er und seinem verrückt gewordenen König nachjagen.

Da krängte der Käfig auf einmal besonders stark, die Räder sprangen tatsächlich von den Schienen und schlugen auf den Schwellen auf. Der Waggon riß sich von den Nachbarkäfigen los, drehte sich in der Luft und stürzte, die hinteren Waggons mit sich ziehend, auf die Böschung des Bahndamms. Die losgerissenen vorderen Waggons wurden nun mit doppelter Geschwindigkeit von der schwer schnaufenden Lokomotive gezogen, hatten bald die Weiche passiert und die Hauptstrecke erreicht. Die umgestürzten Waggons rutschten in irgendwelche Gemüsegärten und zerbarsten dabei in Stücke. Der verkürzte Zug verschwand hinter der Kurve. Aus den restlichen Waggons, die in den Gemüsegärten gelandet waren, erklang kein Laut. Noch drehten sich die Räder auf den umgekippten Plattformen – dann blieben sie stehen. In den Gärten und auf dem Feld ringsum war keine Menschenseele. Langsam senkte sich der aufgewirbelte Staub.

Die Trümmer des Gefangenenwaggons bewegten sich leicht. Die Bretter, Planken und Klötze erzitterten und hoben sich, als strengte irgend jemand seine ganze Kraft an, um aus ihnen die frühere Konstruktion wiederherzustellen. Es war, als vollziehe sich in den Trümmern eine verborgene, unsichtbare Arbeit wie in einem riesigen Ameisenhaufen. Diese Arbeit wurde indes begleitet von einem gleichsam unterirdischen Grummeln, das nicht die Ohren vernahmen, sondern der ganze Körper... ein Grummeln, Jucken, Stöhnen.

In dem Loch, das unter einem breiten Brett entstanden war, erschien der Kopf eines Mannes. Schultern schoben sich ihm nach, Soldatenhosen und Stiefel... Nachdem sich der Mann in die Freiheit hinausgearbeitet hatte, robbte er noch ein paar Meter weiter, verkroch sich in ein Karottenbeet und begann plötzlich wie ein kleines Kind bitterlich zu schluchzen. Er war kein Kind mehr. Sein Haar war grau. Blutvermischte Lehmklumpen hatten seinem Gesicht eine Maske aufgesetzt, die ihm nur einen einzigen Ausdruck modellierte: den der Verzweiflung. Er mußte nicht mehr schreien, um seine Verzweiflung auszudrücken. Von nun an tat dies sein Gesicht allein. Der Mann hob leicht den Kopf und lauschte... Das Stöhnen unter den Trümmern war verstummt, das Kribbeln und verborgene Arbeiten hatte aufgehört. Der Mann wartete, daß noch einer aus den Trümmern herauskroch... Doch niemand tat es.

»He, ist da jemand«, röchelte der Mann und verschluckte sich am Blut. »Freunde...«

Seine Stimme versagte, die Muskeln und das Bewußtsein auch. Er fiel mit dem Gesicht voran ins Beet und erstarrte.

Von einem Gefühl angenehmer Frische kam er wieder zu sich. Über sein Gesicht wurde kalte Flüssigkeit gegossen, jemand weichte die angetrocknete Kruste auf und nahm sie ihm ab.

»Na, das ist der Glückspilz Kiebitz!« sagte dieser Jemand. »Genau wie ich.«

Kiebitz blinzelte durch das Wasser und sah zuallererst eine grüne Feldflasche im Futteral und danach einen pickligen Jüngling, der ihn anlächelte.

»Glück gehabt, alles ist noch dran, Arme und Beine. Der Kopf auch, obwohl er der zerbrechlichste Teil ist.«

Kiebitz hatte keine Kraft, um sich über die Frechheit des Rotzbuben zu empören. Er konnte nur aufstöhnen. Der Junge öffnete ihm gewaltsam den Mund und schüttete ein paar Tropfen hinein.

Kiebitz hustete, doch jetzt vermochte er ein paar Worte zu sagen: »Dummkopf, du ersäufst mich ja.« Das war übrigens tonlos gesagt.

»Na, jetzt bist du ja wieder ganz lebendig«, lachte der Bengel, und Kiebitz erkannte in ihm das Kerlchen, das den Vorwerksbauern die Union mit der Vorstadt angeboten hatte. Es war zweifellos jener an den jüngsten Ereignissen beteiligte Ljuska-Iljucha, den man von der Zusammenkunft verjagt hatte. In welcher Rolle er daran beteiligt war, ob als Anstifter oder Helfer, war im Augenblick unwichtig. Jetzt trat Ljuska in der

Rolle des Retters auf, und dagegen hatte Kiebitz nichts einzuwenden.

»Wo sind wir?« krächzte er und versuchte mühsam, sich umzuschauen. Was er sehen konnte, bestätigte nicht die Meinung, daß er Glück gehabt hatte. Was er sah, war es nicht wert, daß er wieder dazu erwacht war: ringsum nur Äcker und Waldstreifen. Die Veränderungen am Himmel, die Kiebitz noch vor kurzem so erfreut hatten, erwiesen sich ebenfalls als umkehrbar. Dort waren wie auf Erden alle Reformen, alle instabilen Veränderungen ins Gegenteil umgeschlagen, die Sonne hatte sich versteckt, und über Kiebitz hingen wie ehedem schwere Wolken, die mit Regen unseligen Angedenkens drohten.

»Wo? Im Gemüsegarten von Tante Daschka«, flötete Ljuska affektiert. »Soll ich dich mit der Frau bekanntmachen? Mit einer einsamen Witwe?«

»Spiel nicht den Dummen«, sagte Kiebitz streng. »Ich muß gehen.«

»Wohin denn?«

»Das ist egal, nur weg von hier.«

»Die werden dich wieder fassen.«

»Was soll ich denn dagegen tun?« fragte Kiebitz.

»Was? Man muß einfach wissen, wohin man gehen muß«, sagte Ljuska geheimnisvoll.

»Ich weiß auch ohne Rotznasen, wohin«, sagte Kiebitz und stemmte sich hoch. Sein »wohin« endete mit einem gellenden Schrei. Ein furchtbarer Schmerz fuhr ihm in die Wirbelsäule und auch in die Beine. In seinem Schädel drehte sich ein kreischender, weißglühender Bohrer.

»Na, kommst du ohne Rotznasen aus?« fragte Ljuska gutmütig.

»Nein«, gab Kiebitz schwer atmend zu.

»Eben«, bestätigte Ljuska wieder affektiert. »Ohne Rotznasen kommt niemand irgendwohin.«

»Jetzt hör schon auf zu gackern, sag lieber, was du mir vorschlägst?«

»Es gibt einen Ort«, hänselte Ljuska.

»Raus mit der Sprache, bald wird man schließlich hier nachforschen.«

»Richtig.«

»Also, wo wirst du mich verstecken?«

»Wozu verstecken? Im Gegenteil: zu erkennen geben.«

»Was soll der Unsinn? Wem zu erkennen geben und wo?«

»In der Vorstadt!«

Das Wort erdröhnte und verhallte wie das Geläute der Totenglocken. Kiebitzens Herz verkrampfte sich aus einem unerfindlichen Grund und wollte sich nicht entkrampfen.

»Nein«, verneinte er mit dem Kinn. »Nur nicht dorthin.«

»Wieso nur nicht dorthin?« wunderte sich Ljuska. »Ah, ich verstehe, du willst handeln.«

»Nein, dorthin will ich nicht«, wiederholte Kiebitz stumpf. Er hätte nicht erklären können, weshalb nicht.

»Dann bleib eben hier, alles Gute«, knurrte Ljuska.

»Halt, willst du mich etwa hier allein lassen?«

»Du willst ja nicht! Faselst ständig Unsinn: dorthin nicht, dorthin nicht... Was stört dich an der Vorstadt? Ich rufe dich ja nicht nach Moskau.«

»Na gut, bring mich hin«, sagte Kiebitz und bezähmte ein zweites Mal sein Herz, das sich beim Wort Moskau ein zweites Mal verkrampfte.

Ljuska half ihm aufzustehen. Kiebitz stöhnte wieder. Gebrochen hatte er sich offenbar doch nichts, weil er irgendwie stehen konnte und sogar ein bißchen gehen. Auf Ljuskas Schulter gestützt, machte Kiebitz ein paar Schritte. Irgendwohin gehen, zum Beispiel bis zur Vorstadt, das hätte er schon können.

Es begann zu nieseln. Sie humpelten von der Eisenbahn weg über den Acker und hielten an jedem Waldstreifen an, um zu verschnaufen. Nach ungezählten Schnaufpausen verdichteten sich vor ihnen im Regenschleier die niedrigen Silhouetten. Es waren die äußersten Gebäude der Vorstadt.

»Du hättest gleich in die Vorstadt gehen sollen, Alterchen«, schwadronierte Ljuska ununterbrochen. »Euer Oberst, der widerliche Aristokrat, war auch schon bei uns. Ehrlich gesagt, wir haben ihn dummerweise laufenlassen... Der Schuft hat uns dermaßen geködert! Hat versprochen, uns nach Golta reinzulassen und uns vierundzwanzig Stunden freie Hand zu lassen. Hat versprochen, uns die Adressen zu geben, wo was zu holen ist. Und selbst hat er vor Golta einen Hinterhalt gelegt, MGs aufgebaut! Beinahe hätte er uns alle zusammengeschossen, der Provokateur. Wenn du zu uns gekommen wärst, wärst du schon was Höheres geworden. Wir haben nur ungebildete Leute und kleine Gauner. Ich war einfach ein Strolch, und jetzt bin ich Adjutant. Väterchen Dachno ist scharfäugig wie ein Adler, aber durch und durch aufrecht. Er braucht Ratgeber, Politiker. Macher hat er genug, weil bei Dachno jeder zu seinem Vorteil kommt. Die Nomaden machen Beute in der Stadt. Die Seßhaften kriegen ein Stück Kolchosland als Privateigentum. Und wer nichts will, der arbeitet aus Angst. Dachno hat das Gerücht verbreitet, daß sein Weib Dinka Säuglingsblut liebt. Nicht wie die Juden, die es zu Matze fressen, sondern um sich die Haut damit einzureiben, gegen Falten. Und Dachno tut für Dinka bekanntlich alles. Deshalb rennt er nachts in der Vorstadt herum, saugt Säuglingsblut auf und bringt es seinem Weib im Schnabel. Den blutleeren Säuglingskörper gibt er den Zigeunern zum Seifekochen. Deshalb sind auch die Zigeuner für ihn. Man kann Dachno nicht fangen, nach Mitternacht wird er unsichtbar. Er besitzt ein Mittel dafür, das ihm der Unterrichtsleiter Petka Suworow aus Moskau schickt. Moskau ist natürlich eine üble Stadt, dort kann man alles auftreiben. Die Zigeuner beschwören es, sie haben es mehrmals gesehen: Fünf Minuten vor Mitternacht beißt Dachno die Pferde in den Hals, trainiert vor dem Angriff auf die Säuglinge. Deshalb gibt es in der Vorstadt auch keine Sperrstunde. Alle sitzen auch so still daheim und bibbern vor Angst.«

So plapperte Ljuska in einem fort, das Gehen wurde immer schwerer. Der ekelhafte Rotzbub leistete Beachtliches an dieser Front, das mußte man sagen. Und es verdroß ihn nicht. Da wanderten sie auch schon in die Vorstadt hinein.

Ringsum war nichts Besonderes zu sehen. Graue, ebenerdige Baracken, dazwischen Gemüsegärten. Eintönige Blechdächer. Der hohe Schornstein des Heizwerks. In den anderen Straßen dasselbe. Durch die gesamte Vorstadt führte eine Durchgangsstraße, die sich dann in den Waldstreifen verlor, eine Chaussee mit Kopfsteinpflaster.

Ljuska zerrte Kiebitz zu einer Baracke, die sich in keiner Weise von den anderen unterschied, stieß ihn durch die Tür und danach in einen langen Gang, der sich vom einen Ende zum anderen erstreckte. Auf beiden Seiten des Gangs befanden sich unzählige Türen. Ljuska wählte eine davon aus, blieb stehen und faßte seine Heldentat zusammen: »Na, du bist ganz schön schwer, Alterchen.«

Kiebitz war zum Umfallen müde. Er atmete die muffige Barackenluft ein und fragte halberstickt: »Hier rein?«

»Mhm.«

Ohne anzuklopfen, stieß Ljuska die Tür auf. Sie taumelten hinein. Das Zimmer war groß. An der Rückwand ragte ein Ofen bis zur Decke auf. Seine Ausmaße waren gewaltig, er hätte als selbständiges Wohngebäude dienen können. Ein Haus im Hause. Im Ofen hätte man wohnen, jeden vor jedem verstecken können, auch vor dem Aufdringlichsten, Gerissensten und Geschicktesten. Der gesamte Fußboden des Zimmers war mit einem Teppich bedeckt, und auf dem Teppich lagen zwei. Die Frau hatte gar nichts Bemerkenswertes an sich. Dafür stachen einem das schulterlange Haar und die eiförmige Glatze des Mannes ins Auge.

»Freiheit muß natürlich sein. Aber so weit darf sie nicht gehen!« sagte der Mann. »Die Freiheit hat ihre Grenzen, Jungs. Zum Beispiel müßt ihr anklopfen, wenn ihr frei mein Zimmer betretet. Und danach frei und entspannt auf die Antwort warten. Schade, daß ihr nicht bei mir in der Schule wart. Wenigstens das hätte ich euch beigebracht. Ich meine die Achtung vor dem Vater.«

Kiebitz begriff, daß dieser eiförmige Mann der Große Lehrer Dachno war.

Zwölftes Kapitel

Dies Irae: die Adler des Apostels

Bei genauerem Hinsehen stellte sich heraus, daß das Zimmer luxuriös eingerichtet war. Über den Teppich waren Puffs verteilt, in allen Ecken standen Tischchen mit geschwungenen Beinen und allerlei Kleinkram darauf: Pfeifen, Halsketten, Messerchen, Lampen, umgestülpte Tassen mit grellem Dekor. An den Wänden hingen ebenfalls Teppiche. Das Nestchen war gemütlich wie eine Tabaksdose. Neben dem Lehrer lag ein Krummsäbel in einer reich verzierten Scheide. Die eine Hand streichelte dessen Griff, die andere spielte mit einem grünen Rosenkranz.

»Was gibt's Neues?«

»Folgendes.« Ljuska erzählte kurz von den Ereignissen in Pferdezwist.

»Je nun«, bemerkte Dachno unbestimmt. »Die reinsten Kinder. Und wen hast du da angeschleppt? Einen Überläufer?«

»So was Ähnliches. Das ist Kiebitz. Ebenjener.«

»Nanu!« wunderte sich Dachno. »Wirklich ebenjener? Eijeijei, was ist ihm denn zugestoßen? Oder hat er sich nur so getarnt?«

»Er ist entgleist. Hat Schwein gehabt, geradeso ... na, geradeso wie wir.«

»Wer wie Schwein gehabt habt, werden wir später wissen. Und was sucht der kleine Kiebitz bei uns? Ein Nestchen?«

Sie sprachen miteinander, als wäre Kiebitz gar nicht da oder als wäre er da, aber schon tot.

»Das sollten Sie ihn selbst fragen, Sie unser Adler und Lehrer. Ich muß mich jetzt endlich ausruhen. Habe zwei volle Tage nicht geschlafen.«

»Du benimmst dich schon wieder daneben.« Dachno schüttelte den Kopf. »Das kann man dir einfach nicht abgewöhnen ... Na schön, kleiner Adler, mach jetzt Fliege. Aber zuerst will ich dir noch etwas sagen: Du bist natürlich nicht mein bester Schüler, aber du gibst dir Mühe. Dafür belohne ich dich mit dieser Auszeichnung und einem Exemplar meines Manuskripts ›Die neuen Wege der alten Ukraine‹.«

Mit diesen Worten überreichte Dachno Ljuska ein maschinengeschriebenes Manuskript und steckte ihm ein Abzeichen an, das die Erdkugel mit den Meridianen, Parallelen und Polen zeigte, jedoch ohne Kontinente. Ljuska knallte die Hacken zusammen und entfernte sich.

»Sehen Sie«, sagte Dachno zu Kiebitz, »mit was für Leuten ich arbeiten muß.«

»Wieso müssen Sie hier arbeiten?« entgegnete der. »Sie könnten doch ruhig in Golta sitzen, in Ihrer Schule.«

»Man darf nicht ruhig herumsitzen, wenn die Heimat untergeht«, sagte Dachno friedfertig. Aber dann überlegte er es sich anders und wechselte die Rolle. Er nahm die Pose des Propheten ein, streckte die Hand zur Tür hin und rief aus: »Wenn mein Volk unverdient und schwer an einem fremden Kreuz trägt, das ihm in Moskau auferlegt wurde! Wenn mich, der ich Leib und Seele für das Glück meines Volkes hingebe, für das sorgfältige Studium und die Lehre meiner Muttersprache und Kultur, wenn mich die Verleumder verfolgen und drangsalieren, Banausen ohne Arbeitspraxis, Hauswirtschaftsleiter und andere Moskauer! Mich, den Nachfahren von Oleg aus der Dynastie der Rjurikowitschi... Nein! Ich kann nicht ruhig in der Schule sitzen! Aber Sie... können es, wie ich sehe, auch nicht?«

Dachno fiel, wiederum nicht ohne Gedankenpause, in den friedfertigen Ton zurück.

»Ich würde gerne sitzen, nicht in der Schule, aber im Theater«, bekannte Kiebitz überraschend für sich selbst. »Man hat mich eben nicht gelassen. Das ist wie ein Teufelskreis, aus dem man nicht heraus kann, und drinnen wird man dauernd im Kreis herumgetrieben.«

»So sind wir verwandte Seelen! Getriebene! Doch wieso im Kreis drin? Glauben Sie, draußen sei es anders? Bei den anderen sei es nicht so? Da sind Sie im Irrtum. Wie kann es irgendwo auf Erden anders sein, wenn allenthalben große Umwandlungen im Gange sind! Überall verändert sich doch alles!«

Dachno klappte das Revers seines Jacketts auf und zeigte das auf der Rückseite angesteckte hellblaue Abzeichen. Es war das gleiche, wie er es soeben Ljuska geschenkt hatte: die Erdkugel.

»Haben Sie Heinrich Heine gelesen? Andre Zeiten – andre Vögel, neue Vögel – neue Lieder. Neue Leader, hat der Dichter gesagt. Ich sage: ganz neue. Ich sage es und werde mein Volk aus der Finsternis des Mittelalters zum Licht der Wahrheit führen. Das Licht, das ich meinem Volk bringen werde, ist wie das Licht, welches mein Vorfahre Rjurik einst gebracht hat. Ich habe dieses leidgeprüfte Land von ihm als Erbe übernommen und damit das schwere Los, es zu trösten und vor inneren wie äußeren Feinden zu schützen, vor den räudigen Steppenvölkern und den stinkenden Samländern.«

»Rjurik aus der Vorstadt«, lächelte Kiebitz. »Soviel ich weiß, ist dieses Land überwiegend slawisch. Und wenn man die Existenz der Slawen leugnet, dann ist es schlechterdings das Land der Hunnen, die Sie so schmähen. Rjurik war schließlich Waräger, also ein Norweger oder Schwede. Moskau ist ja eben die Hauptstadt der Waräger. Wieso fahren Sie nicht hin und melden Ihre Ansprüche an?«

»Aha! Ein Moskauer Propagandist, ein Agitator sind Sie! Ich merke es«, nickte Dachno. »Und ich merke noch etwas, daß Sie nämlich meine Schriften nicht gelesen haben und gar nicht mit meiner spitzen Feder vertraut sind. Aber warten Sie nur, wenn Sie sie gelesen haben, werden Sie staunen, wie einfach und klar die Wahrheit ist. Und ihr Licht ist der Friede meines Volkes.«

»Bislang macht Ihr Volk nichts anderes, als seine Nächsten zu drangsalieren und ihr Blut zu vergießen. Und das im Hellen und im Dunkeln. Ein Ende ist nicht abzusehen.«

»Blut? Natürlich! Womit sonst, wenn nicht mit Blut, wird das Feld der Barmherzigkeit gedüngt? Womit wird der Garten gegossen, in dem die Gerechtigkeit wächst, wenn nicht mit Blut? Je mehr davon auf unseren aufgerissenen Äckern vergossen wird, desto größer sind die Hoffnungen auf die Ernte: auf Freiheit, Kultur, Unabhängigkeit und Wohlstand! Mag die Hälfte des Volkes ruhig im Kampf verbluten, dafür wird die andere Hälfte in einer ganz neuen, ewig blühenden Heimat leben.«

»Aber eins verstehe ich überhaupt nicht. Gerechtigkeit, Barmherzigkeit, Wohlstand und Kultur, wie reimt sich das alles zusammen? Was sind das für Umgestaltungen, für wen sind sie bestimmt, wenn das Volk aussterben muß, damit sie gelingen?«

»Ich werde Ihnen antworten«, sagte Dachno stolz, ohne in Wirklichkeit auch nur eine Frage zu beantworten. »Ich werde Ihnen kurz antworten: Wenn man ein neues Reich erobern will, muß man im Kampfe fallen. Das ist auch eine große Wahrheit, in welcher Blut und Geist harmonisch verschmolzen sind. In welcher Ruhe und Friede herrschen, ohne Beachtung irgendwelcher Kriege. Hören Sie nur, wie dieses Wort klingt...«

Dachno holte tief Luft und atmete lange aus: »Blu-u-ut.«

»Wahnsinniger«, sagte Kiebitz.

»Was, was hast du gesagt?« Der Lehrer fuhr zusammen. »Wessen Liedchen singst du da? Doch nicht das von Marja Gawrilowna, diesem Giftzahn? Was hat sie dir gesagt, über mich und über den Unterrichtsleiter Suworow – raus mit der Sprache!«

»Ich kenne keine Marja Gawrilowna«, entgegnete Kiebitz. »Aber wenn sie Sie auch für wahnsinnig hält, dann... bin ich auf ihrer Seite.«

»Mit wem auf einer Seite! Mit der verfluchten Verschwörerin, die ihre anonymen Briefe heimlich überall reinwirft? Mit der roten Partisanin, die auch heute noch mit einem Trupp in dem Waldstreifen herumrennt, in ihrem Alter! Die durch die Schutzwaldpflanzungen tobt und wie eine wild gewordene Gans schnattert?«

Dachno hielt die Luft an, atmete aufs neue tief ein und brüllte: »Ja, weißt du denn, vor wem du stehst, du Mistkerl? Mit wem du sprichst? Wie kannst du es wagen... Aufstehn! Schweigen!«

»Nur keine Verwirrung, mein Freund, nur keine Komplexe«, beschwichtigte ihn Kiebitz. »Sie können mich ruhig weitersiezen.«

Vor Überraschung schluckte Dachno, faßte sich aber rasch wieder und schlug ruhig vor: »Gut. Wir wollen uns einig werden. Sie kommen her, schauen sich alles an und überlegen. Dann erst sagen Sie endgültig Ihre Meinung. Lassen Sie sich Zeit, einverstanden?«

»Wieso soll ich überhaupt meine Meinung äußern?«

»Sie haben Sie ja schon geäußert, nur falsch. Jetzt gebe ich Ihnen die Chance, Ihren Fehler auszubügeln und sich anders zu äußern. Über unsere Zusammenarbeit: Ich brauche intelligente Leute.«

»Ich wüßte gerne, wozu auch nur ein intelligenter Mensch in der Vorstadt gebraucht wird?« fragte Kiebitz neugierig.

»Als Referent«, gab Dachno wie aus der Pistole geschossen zurück. »Als Stabschef. Als Sekretär, sprechender Star, Papagei, Tonband... Was macht es, wie der Vogel heißt? Wenn er nur singt und elegant hüpft und sich alles gut merkt und analysiert. Und vorsagt, wenn ihm was einfällt. Nein, sagen Sie noch nichts weiter, sonst verderben Sie alles. Ich will Sie lieber mit dem Mädchen bekanntmachen. Hier stelle ich Ihnen Dina vor.«

Er zeigte auf das Mädchen, das ohne Lebenszeichen auf dem Teppich lag.

»Guten Tag.« Kiebitz verbeugte sich höflich.

Das Mädchen gab keine Antwort.

»Sehen Sie?« sagte Dachno über etwas, das nur er wußte. »Und jetzt wollen wir aufpicken, was Gott geschickt hat... Setzen Sie sich, setzen Sie sich...«

Kiebitz setzte sich auf einen Puff. Das Mädchen Dina regte sich doch, stand vom Teppich auf und ging aus dem Zimmer. Dachno polierte den Säbelgriff und rannte sichtlich nervös aus einer Ecke in die andere. Das Schweigen dauerte nur kurz. Die Tür flog weit auf, und herein traten zwei Dutzend Zigeuner und Zigeunerinnen, die sich sogleich zusammenstellten und sangen: »Wer ohne Familie, ohne Freunde...«

Dina kam zurück, sie trug ein Tablett mit einer Flasche Kognak und einem Imbiß darauf. Die Zigeuner beendeten das eine Lied und stimmten ein neues an. Dachno lud Kiebitz mit weit ausholender Geste ein, am Tablett Platz zu nehmen. Der rückte seinen Puff näher heran. Dina schenkte Kognak in die Gläschen ein. Dachno trank sofort, ohne auf die anderen zu warten. Dina nippte ein wenig. Kiebitz sah keinen Grund, abzulehnen, und folgte ihrem Beispiel.

»Die Feuer brennen, das Herze klopft...«, grölten die Zigeuner ohrenbetäubend.

Dachno schüttete ein Glas nach dem anderen in sich hinein und wurde blaß. In den Pausen dazwischen klopfte er mit dem Glas den Takt des Liedes aufs Tablett. Kiebitz hatte Angst vor einer stürmischen Reaktion seines geschwächten Organismus auf den Alkohol und trank nichts mehr.

»Wieviel Glück, wieviel Pein«, schmachteten die Zigeuner.

»Halt!« schrie Dachno. »Was schluchzt ihr so? Dina – tanz!«

Dina widersprach nicht, stand auf, schüttelte die Schuhe ab und ging in die Mitte des Zimmers. Die Zigeuner schmetterten ein Tanzlied. Dina begann zu tanzen, sehr sicher, fand Kiebitz.

»Na!« bellte ihm Dachno ins Ohr. »Haben Sie gesehen? Eine Profitänzerin. Sie war im Stadtballett, am Theater. Wie Sie sehen, sind meine Ideen der künstlerischen Intelligenz nicht fremd.«

Kiebitz kam eine vage Erinnerung an etwas, das mit der Bühne im Theater zu tun hatte und Dina darauf. Er hatte aber weder den Wunsch noch die Kraft, sich genauer zu erinnern. Da heulten die Zigeuner wild auf und klatschten in die Hände. Dina beendete ihren Tanz und ging an ihren Platz zurück. Es war ihr weder Müdigkeit noch Belebung anzumerken. In sonderbarer Erstarrung schlürfte sie ihren Kognak weiter.

Auf ein Zeichen ihres Anführers gingen die Zigeuner in die Zimmermitte und bildeten einen Kreis um die Tafelnden. Jetzt sangen sie ein Preislied. Dachno lächelte ihnen gnädig zu und deutete gebieterisch auf Kiebitz: Ihn sollten sie preisen. Da geschah etwas Überraschendes.

Hinter dem Chor sprang ein kleines Männchen hervor, das einem Zigeuner übertrieben ähnlich sah. Er packte die Hand des Lehrers, die einen weiten Kreis beschrieb, und knickte sie ab.

»Geschnappt!« schrie das Männchen. »Jetzt greift sie alle, meine Herren!«

Dachno zerrte an seiner Hand, doch das Männchen klammerte sich wie ein Affe daran. Der ganze Haufen der Zigeuner stürzte sich auf den Lehrer und fesselte ihn. Dasselbe taten sie mit Dina und Kiebitz. Dann schleiften sie die drei zusammen und setzten sie Rücken an Rücken auf den Teppich.

Der übertriebene Zigeuner riß sich Bart und Schnurrbart ab, nahm die Locken vom Schädel, und Kiebitz erkannte Rabin. Mit listig zusammengekniffenen Augen musterte Rabin die Teilnehmer an dem unvorsichtigen Gelage und leckte sich die Lippen.

»Treten Sie ein, Väterchen!« rief er, als er die Musterung beendet hatte.

Herein trat Vater Alexander.

»Aus ist es mit den Antichristen!« verkündete er an der Schwelle.

»Aus ist es«, sangen die Zigeuner im Chor.

»Still, ihr Heiden!« schrie der Geistliche. »Still, solang ihr noch nicht getauft seid. Sonst werde ich euch nicht taufen, und die feurige Gehenna wird euch verschlingen und die wilde, blutsaugende Sphinx in Gestalt dieses ...«

Alexander deutete auf Dachno. Die Zigeuner verstummten gehorsam.

»Na, großer Lehrer«, fragte Rabin boshaft, »wo sind deine Küken von Aposteln? Die Hähne haben doch noch nicht gekräht.«

»Du niedriger Tagelöhner«, antwortete Dachno böse, »gemeiner Schuster, tückischer Führer für fünfzehn Rubel, Knauser für dreißig Silberlinge ...«

»Zu spät, du mußt höher greifen«, sagte Rabin stolz. »Ich bin der Bankier einer neuen Epoche, ich bin der letzte Rothschild!«

»Also ist deine Epoche immer noch dieselbe, nämlich die der Freimaurer«, kommentierte Dachno bissig.

»Die Entdeckung haut einen um«, sagte Rabin. »Stammt sie nicht aus deinem Manuskript?«

»Beeil dich«, unterbrach ihn der Geistliche. »Wir müssen mit ihnen Schluß machen, und zwar nach den Regeln der Kunst. Sonst erstehen die Vampire wieder auf. Vernehmt das Urteil: Ihr seid ekelhafte Blutsauger, die fünf vor zwölf an Pferden trainieren, um Punkt zwölf Uhr Menschenblut trinken zu können!«

»Das Training ist Viertel vor zwölf!« entgegnete Dachno.

Alexander winkte nur ab.

»Ihr widerlichen ... Aber genug damit. Wir sind gekommen. Auf, Jungs, wie es im Volk der Brauch ist ...«

Die Zigeuner hatten plötzlich zugespitzte Pfähle in der Hand. Kein Zweifel, sie hatten vor, damit auf die Gefesselten loszugehen.

»Nur in den Rücken, unter die Schulterblätter«, kommandierte Rabin. »Ins Herz hinein.«

Schon legten die einen Zigeuner die Gefangenen mit dem Gesicht auf den Boden, schon setzten die anderen die Pfähle unter ihren Schulterblättern auf, schon verspürte Kiebitz einen wilden, bohrenden Schmerz in der Wirbelsäule, da stürzten neue

Menschen ins Zimmer, diesmal Soldaten mit Maschinenpistolen. Und ihr Anführer war Oberst Lisjutkin in eigener, blendender Person.

»Alle vollzählig«, stellte er lakonisch fest.

Der Zigeunerhaufen drückte sich wieder in die eine Ecke. In der anderen verkrochen sich Alexander und Rabin. Die Gefangenen lagen weiterhin auf dem Teppich wie zur Hinrichtung vorbereitete Vampire.

»Nur eine starke Hand wird das Land retten«, teilte Lisjutkin mit. »Wo ist sie? Hier!«

Er zeigte dem Publikum seine riesige, dunkle Faust.

»Mörder, Römer, Pilatus!« schrie der Geistliche in seiner Ecke. »Verflucht bist du und verbrannt wirst du werden, und deine Asche wird bis in alle Ewigkeit bespien und verweht werden! Die Schakale werden deine Knochen abnagen! Möge Moskau dich verschlingen und sich nicht an dir verschlucken! Mögen die Leibwächter des Zaren das Lametta von deiner nagelneuen Uniform herunterreißen und sie zertrampeln! Mögest du auch in jener Welt keine Ruhe finden und dort den Krieg um den Thron weiterführen! Und möge dich dann das himmlische Moskau dafür noch einmal und zum dritten Mal und jeden Tag vor der aufmarschierten Truppe erschießen!«

Der Oberst hörte diesem hohen Lied aufmerksam zu. Vater Alexanders bester Predigt. Der Pope kam allmählich von Kräften und verstummte.

Lisjutkin fragte bedauernd: »Will keiner weitermachen? Sie, Rabin, zum Beispiel, denken Sie auch so?«

»Wie soll ich sagen«, Rabin dachte kurz nach. »Ich denke das überhaupt nicht. Übrigens, aber doch. Sehen Sie, obwohl...«

»Gut«, unterbrach ihn der Oberst. »Ich habe alles verstanden. Die werde ich gar nicht erst fragen.«

Er deutete mit dem Kopf auf die Gefesselten.

»Damit es keine Mißverständnisse gibt, Bürger, und auch keine Gemeinheiten von Ihrer Seite, sage ich folgendes: Wer langsam geht, kommt auch voran. Sie machen hier Tempo, auf dem Vorwerk tut's der Pöbel. In der Stadt der Mob. Sogar im Waldstreifen haben sich Partisanen aufgestellt und machen Tempo, unter dem Kommando der wibbeligen alten Vogelscheuche. Und was wird daraus? Nichts. Ihr seid alle

Idioten, Bürger. Es bleibt nur eins, daß ich euch selbst das Ausmaß eurer Idiotie vor Augen führe. Und genau das habe ich vor.«

Lisjutkin legte eine längere Pause ein.

»Du, alter Idiot in der Kutte, glaubst, Moskau drohe mir. Und du drohst mir mit Moskau. Dabei kann Moskau mir gar nicht drohen! Weil ich der Mann bin, der die Stadt konsolidiert und wieder aufbaut, wenn sie plötzlich verbrennen sollte. Nicht die Hinrichtung, sondern ein Posten erwartet mich in Moskau, im Ministerium! Und die Generalsepauletten. Und wer hat mir diesen Posten verschafft? Du, alter Idiot. Und die anderen Idioten natürlich auch.«

Lisjutkin konnte sich nicht beherrschen und lachte laut mit seinem dröhnenden Baß. Doch es war ihm nicht vergönnt, die volle Befriedigung über den Klang seiner Stimme zu erleben. Eine Pistole knallte. Lisjutkin faßte sich an den Hals und fiel. In der Tür stand Katja Starko. Sie hielt die Pistole in der Hand. Hinter Katja drängelten sich die Gardisten und schauten über ihren Kopf ins Zimmer herein. Ihres Kommandeurs beraubt, wichen die Soldaten in die freie Ecke zurück.

»Renegat«, fällte Katja das Urteil und verzog verächtlich das Gesicht.

Sie trat über die Schwelle, hinter ihr drängte der Gardistenhaufen herein. Sie nahmen den Soldaten die Maschinenpistolen ab. Katja setzte ihre Arbeit fort.

»Woskoboinikow! Haben Sie das Lager eingezäunt?«

»Jawohl«, antwortete einer der Gardisten. »Schon längst.«

»Und ist die Wache aufgestellt?«

»Natürlich«, ärgerte sich der Gardist.

»Zigeuner, ab ins Lager!«

Der Zigeunerhaufen wurde abgeführt.

»Die übrigen sind vom Tribunal zur Höchststrafe in Abwesenheit durch Erschießen verurteilt worden«, sagte Katja im Tonfall einer fleißigen Wirtschafterin. »Entschuldigen Sie, ich bin müde... es heißt, in Abwesenheit zur Höchststrafe verurteilt worden. Die Erschießung ist auf der Stelle vorzunehmen. Rausführen!«

Die Gefangenen wurden ohne Rücksicht auf die einzelnen Fraktionen zu einem Haufen zusammengetrieben und mit Stößen unter die Schulterblätter auf die Straße hinausgeführt. Kalter Sprühregen fiel. Die Verurteilten standen an der Barackenwand, die Gardisten stellten sich ungefähr zehn Meter entfernt parallel zu ihnen auf und brachten die Maschinenpistolen, die sie den Soldaten abgenommen hatten, in Anschlag.

»Im Namen«, begann Katja den offiziellen Teil, »und...«

Die Schüsse krachten zu früh. Katja hob beleidigt die Augen... Ihre Gardisten lagen mausetot am Boden.

Ringsum erklangen Schreie: »Freiheit für die politischen Gefangenen!«

Hinter der Baracke stürmten Menschen in unterschiedlichster Zivilkleidung hervor. Sie wurden von einer alten Frau in schwarzem, knöchellangen Mantel angeführt.

»Nehmt den Leidenden die Fesseln ab, Kinder!« befahl sie. »Sie sollen keine Minute länger der Freiheit beraubt sein.«

»Marja Gawrilowna!« sagte Katja, und ihre Stimme versagte vor Überraschung. »Was tun Sie denn hier? Sie fallen mir in den Rücken! Das sind Banditen, verurteilt in Namen und...«

»Wir haben die Todesstrafe abgeschafft.« Marja Gawrilowna winkte fröhlich ab. »Politische Verbrechen auch, sofern sich natürlich nicht jemand selbst für einen Verbrecher hält und sich selbst bestrafen will, dann bitte sehr. Persönliche Freiheit über alles.«

»Aber das habe ich von Ihnen nicht erwartet! Haben wir denn nicht beide den gleichen Weg?«

»Du bist ein dickes dummes Ding«, entgegnete Marja Gawrilowna frank und frei. »Wie kommst du denn auf die Idee? Geh, du Kuckuckskind, und störe nicht!«

Die Partisanen banden die beinahe Erschossenen los. Diese trauten ihrem Glück noch nicht, blieben ruhig stehen und machten keinen Versuch, zu fliehen.

»Geht nun in alle vier Winde«, sagte Marja Gawrilowna, »jeder dahin, wo er hingehört. Sogar du, Dachno, geh hin. Ich verzeihe dir. Ich verzeihe euch allen alles, Kinder.«

»Ah!« schrie Dachno mit fürchterlicher Stimme, sein langes Haar flog hoch und umgab seine eiförmige Glatze mit einem Nimbus. »Du verzeihst! Welches Recht hast du, alte Vogelscheuche, mir zu verzeihen? Ich bin nicht dein Kind, du falsche Glucke. Du hast kein Recht, mich zu begnadigen. Dieses Recht hast du dir gewaltsam genommen und dafür diesen ganzen Unfug ausgeheckt. Mit dir hat alles angefangen, mit deinen

Wurfsendungen! Aber nein, deine Pension wirst du nicht zu sehen kriegen.«

Plötzlich unterbrach er seine Anklagerede, stürzte sich auf Marja Gawrilowna, warf sie zu Boden und würgte sie.

»Einen Säbel!« schrie er. »Die halbe Vorstadt für einen Säbel!«

Die Gardisten beeilten sich, sie zu trennen. Im gleichen Augenblick stürmten die zum Tode Verurteilten davon, in verschiedene Richtungen, jedoch in dieselbe Dunkelheit. Der Regen, dieser Teufelsfluch für die Welt, wurde stärker. Der Abend war dunkler als die Nacht.

In verschiedene Richtungen, doch von derselben Dunkelheit vereint, flüchteten Rabin und Alexander, Dinka mit befreundeten Soldaten und der wie immer einsame Kiebitz. Bald hatte er die Vorstadt verlassen und durchquerte wie schon einmal die Waldstreifen, Äcker und ausgewaschenen Wege. Noch ein kurzes Stück und die Schreie, der Lärm und die Lichter der Vorstadt waren weit hinter ihm verschwunden.

Von Zeit zu Zeit blieb Kiebitz stehen, um sich zu orientieren, aber wie immer war das eine müßige Beschäftigung. Deshalb begann er seine Flucht nach dem Wind zu richten, nach dem Regen und sogar nach den Sternen, die vor Wolken nicht zu sehen waren. Nein, das stimmte nicht ganz! Obwohl über den Äckern tatsächlich geballte Wolken hingen, konnte man seltsamerweise unnatürlich helle Sterne durch sie hindurch erblicken. Es waren genau sieben.

Sie bildeten kein bekanntes Sternbild, und zugleich erinnerte die Anzahl und Lage der Sterne an irgend etwas, doch woran nun genau, das wollte Kiebitz gar nicht wissen. Sämtliche Gedanken galten seiner Flucht. Er lief lange, bis er endgültig erschöpft war und in einem Waldstreifen auf die harte Erde fiel. Er kroch zu einer Akazie, lehnte sich gegen den Stamm und schlief ein. Als er erwachte, bot sich ihm ein völlig anderes Bild.

Ja, er saß an den rauhen Akazienstamm gelehnt am Rand des Waldstreifens. Direkt vor ihm auf dem Acker standen vierundzwanzig geschnitzte Stühle mit hohen Rückenlehnen. Darauf saßen würdige Greise im Strahlenkranz. Das Strahlen dieser Kränze tauchte die Gegend in mildes Licht. Es ergoß sich gleichmäßig auf den Acker, auf den Regen, der ihn aufweichte, auf die niedrigen Wolken, die sich streng über den Waldstreifen angeordnet hatten und die Waldstreifen selbst. Daher schien es, als leuchte alles selbst und werde nicht von außen beleuchtet.

Die Greise wirkten gar nicht durchnäßt. Ihre weißen Gewänder schimmerten in den Strahlen des Mondes, der plötzlich unter den Wolken erschien.

Zwischen den Greisen und Kiebitz saßen seltsame Wesen auf dem Acker, er erschrak, als er sie erblickte. Es waren vier. Das eine war ein Löwe, das andere ein Kalb. Bei der Bestimmung des dritten hätte selbst ein kundiger Zoologe Mühe gehabt; statt einer Schnauze hatte es ein menschliches Gesicht. Kiebitz am nächsten saß aufgeplustert und die Flügel weit gespreizt ein gewaltiger Adler, der übrigens einem Raben glich.

Der Mond blitzte gleißend auf und sandte einen geraden Silberstrahl auf den Acker. Auf dem Strahl glitt wie auf einem Eiszapfen ein Lamm herab. Sein Fell funkelte und reflektierte die goldenen Kränze der Greise. Als es die feingedrechselten Hufe in den Acker gebohrt hatte, blickte sich das Lamm um und hatte bald gefunden, was es suchte: das vor den vier Tieren liegende dicke Buch.

Das Lamm ging zu ihm hin und tippte mit dem Huf auf den Einband. Das Buch klingelte leise und öffnete sich. Das Lamm blätterte mit dem Huf die Seite um. Sofort wirbelte von der aufgeschlagenen Seite ein Sturm auf und verwandelte sich in eine Herde Pferde, die unverzüglich hinter die fernen Waldstreifen davongaloppierte. Kiebitz konnte gerade noch erkennen, daß alle Pferde dieselbe Farbe hatten, sie waren rotbraun.

Das Lamm blätterte wieder eine Seite um. Aus dem Buch stob eine weitere Herde von Pferden, die schwärzer als die Nacht waren. Auch diese galoppierten hinter den Horizont. Von der nächsten Seite sprangen weiße Pferde und scharrten grimmig den Acker auf. Das Lamm blökte drohend. Die Pferde gehorchten jedoch nicht und rasten nirgendwohin davon. Da brachen Vorstadtzigeuner aus dem nächstgelegenen Waldstreifen, sprangen den Widerspenstigen auf den Rücken, galoppierten auf ihnen davon und verschwanden ebenfalls.

Das Lamm blätterte wieder eine Seite um. Über dem Buch erzitterte die Luft, als ob es Hitze ausströmte. Diese Luft verdichtete sich, teilte sich auf, und Kiebitz begriff, daß dies die Seelen der Verstorbenen waren. Bald erzitterte der ganze unübersehbare Raum vor ihm, die vom Mond und den Strahlenkränzen beschienenen Felder und Waldstreifen, die Umrisse verloren sich und lösten sich auf, weil sich die Luft zum Bersten mit Seelen gefüllt hatte.

Das Lamm scharrte wieder mit dem Huf, und es erklang ein unterirdisches Dröhnen. Es schwoll an und wurde so schmerzhaft drohend, daß es das Ohr eines Sterblichen nicht aushalten konnte. Kiebitz aber rief sich ständig in Erinnerung, daß er sterblich sei. Plötzlich tat sich die Erde auf und verschlang alle diese unsichtbaren Waldstreifen und Äcker, desgleichen die für einen Augenblick in der Ferne auftauchenden Lichter der Vorstadt und die anderen Siedlungen. Ein Abgrund lag vor ihm, der unterirdische Gang, erriet Kiebitz, an dessen Ende ein ganz anderes Land zu sehen war. In jenem Land wälzte der Wind knirschende Sanddünen vor sich her und trieb sie gegen eine von hohen Mauern und Bäumen geschützte Stadt. Über den Stadtmauern türmten sich die flachen Dächer stufenartig auf und verdichteten sich um den Hauptplatz. Auf diesem Platz stand ein kleiner Tempel, der jedoch riesengroß wirkte.

Kiebitz erhob sich und ging auf die Stadt zu, dabei blieb er immer wieder im Sand stecken. Er betrat sie durch das enge Tor, drang in die krummen Sträßchen ein und kam bald am Tempel heraus. Er war, wie sich zeigte, noch nicht fertiggestellt. Mit großem Eifer wurde der Bau betrieben. Fast nackte Arbeiter rannten auf dem Gerüst herum, die Bauleiter schrien kehlig, und die Mauern des Tempels wuchsen vor den Augen.

Plötzlich flammte in einer Arbeitergruppe ein Streit auf. Der Leiter mischte sich ein, und es kam zu einem unangenehmen Zwischenfall. Einer der Arbeiter schlug ihm mit der Maurerkelle auf den Kopf. Der Leiter fiel von der Mauer auf den Platz. Die Arbeiter waren zunächst verwirrt, dann berieten sie sich miteinander. Als sie einen Beschluß gefaßt hatten, legten sie die Hände zu einer Art chinesischen Pagode zusammen, klemmten die Maurerkellen unter den Arm und gingen in verschiedene Richtungen auseinander. Bald hatten sie die Stadt durch die verschiedenen Tore verlassen und lösten sich im Sand auf, der sie umgab. Einem von ihnen war die Seite der Welt zugefallen, wohin der Weg an Kiebitz vorbeiführte, der vorsichtshalber auch schon die Stadt verlassen hatte. Als der Arbeiter an ihm vorüberging, murmelte er etwas, das Kiebitz ebenfalls bekannt vorkam: »Föderation der freien Schuster« oder »Architekten« oder so etwas.

Kiebitz dachte mit Schrecken, daß man ihn der Beteiligung am Mord bezichtigen könne, und entfernte sich noch weiter von den Stadtmauern. Dann kehrte er auf seinen angestammten Acker zurück, wobei er sich unter großen Mühen durch die Wüste und den unterirdischen Gang durchkämpfen mußte.

Dort waren auch Reformen geschehen. Neben dem heimatlichen Mond, der rot wie frisches Blut war, hing eine Sonne, schwarz wie geronnenes Blut. In allen vier Himmelsecken standen blitzende Engel, deren Flügel den gesamten Abstand zwischen den Ecken umspannten. Die Greise auf dem Acker waren von kleineren Engeln abgelöst worden. Sie hielten silberne Posaunen in der Hand und waren bereit, darauf zu blasen. Es waren sieben.

Kiebitz betrachtete die eleganten Linien der Posaunen und erwartete einen lieblichen Schall von ihnen, einen Gesang, wie er ihn einst in Großmutters Garten von irdischen Vögeln gehört hatte. Doch der erste Engel setzte auf ein Zeichen des Lammes sein Instrument an den Mund, und über das Feld erscholl ein Hornsignal wie am Anfang des Militärmarsches »Abschied der Slawin«. Eine Flamme schlug aus der Erde und fraß den herrlichen Tempel in der Wüste mitsamt der ganzen Stadt.

Der zweite Engel setzte die Posaune an und blies dasselbe Signal. Der auf den Acker nieselnde Regen verwandelte sich augenblicklich in Blut, das auf Kiebitzens Körper zu einer ekelhaften Kruste gerann.

Der dritte Engel stieß in die Posaune. Der hellste von den sieben Sternen fiel in die Ackerfurche, rollte sie entlang und bei Pferdezwist in den See. Der zischte auf und verdampfte. An seiner Stelle kamen Sanddünen zum Vorschein, die der Wind sofort auf Golta zutrieb.

Der vierte Engel blies die Posaune. Da verlöschten die schwarze Sonne und der rote Mond und alle übrigen Sterne. Es wurde dunkel. Leise tropfte das Blut vom Himmel.

Der fünfte Engel blies. Und aus den Erdspalten, den Ritzen, die ein Erdbeben mit dem Epizentrum irgendwo in Moldawien gerissen hatte, krochen Millionen Heuschreckenschwärme. Die Heuschrecken fraßen im Nu alles Lebendige auf der rasch verödenden Erde auf. Blätter, Gras, Tiere, Menschen, die Erde selbst, ob gepflügt oder nicht, alles gereichte ihnen zur Nahrung.

Nur die Seelen der Toten und die Vögel blieben verschont. Sie schwankten und taumelten heulend vor Kummer im wüst und leer gewordenen Raum umher.

Auf Befehl der sechsten Posaune löste sich aus ihrer Masse erst eine, dann die zweite. Sie breiteten beide die Flügel aus und schwebten langsam auf Kiebitz zu. Obwohl sie nicht voneinander zu unterscheiden waren, auch nicht von dem in der Nähe sitzenden rabenähnlichen Wesen – sie hatten nach unten gebogene, wie Schnäbel erstarrte Nasen –, erkannte Kiebitz in ihnen Jurij Pawlowitsch Starko und Großvater Grigorij.

»Und wo ist Wassilij?« Kiebitz erschauerte. »Wo sind all die anderen?«

Jurij Pawlowitsch schüttelte traurig den oberen Teil seiner Seele:

»Frag nicht, quäl mich nicht. Hör, was er sagt.«

Er deutete auf den Großvater.

»Ja, frag nicht so oft«, pflichtete der Großvater bei. »Fall mir nicht lästig. Hier hast du das Wort, das du für den Anfang brauchst: Herr, verlasse mich nicht, dann werde ich Dir nicht lästig fallen.«

Dann begab sich der Großvater zu dem Buch, das wie zuvor auf dem Acker lag, nahm es, verneigte sich mit seiner ganzen schleierartigen Seele vor dem Lamm und aß das Buch auf, wobei er mit dem Schnabel den harten Einband zerriß. Sobald das Buch gegessen war, leuchtete der Großvater auf und sagte:

»Wenigen ist gegeben. Doch ich habe heute bekommen.«

Zur Bestätigung scharrte das Lamm mit dem Huf im Acker.

»Was ist mir gegeben? Ein Rohr wie ein Stab, denn mir ist gesagt: Stehe auf und miß mit diesem Stab den Tempel und den Opferaltar und auch die darin Betenden. Und den Hof und den Keller und deren Herren und Nachbarn. Und siedele den Erwählten in jener Herberge an. Doch was hinter dem Hof ist, das schließe vom Messen aus. Denn es ist für die Heiden, und sie werden dort noch zwei Monate feststehen. Dir, Erwählter, Zeuge, vor dem Erdengott stehende Leuchte, gebe ich Macht von mir. Welche Macht? Die Macht, den Himmel zu verschließen, damit an den Tagen deiner Erleuchtungen kein Regen auf die Erde falle. Macht über die Gewässer, um sie in Blut zu verwandeln und die Erde mit Geschwüren nach deiner Lust zu geißeln. Denn du bist der Schöpfer des Friedens, und dir wird Macht über ihn gegeben. Wenn dich einer beleidigen möchte, wird Feuer aus deinem Munde schlagen und den Beleidiger verzehren. Wenn dich einer töten möchte, der soll getötet werden. Diese Macht gebe ich dir. Doch das bedeutet nicht, daß du sie benützen kannst. Und wenn du selbst an dem sterben wirst, was ich und niemand sonst dir schicken werde, was wird dann auf Erden sein? Man wird frohlocken und jubilieren. Weil du, Friedensschöpfer, sie mehr gequält hast als ihr grimmigster Feind, und sie dich mehr als alle anderen gehaßt haben. Denke darüber nach, beherzige es und falle nicht lästig.«

Der Großvater holte Luft und fuhr fort: »Hast du den neuen Himmel und das neue Jerusalem gesehen, Zeuge? Hast du gesehen, wie die unvollendeten Tempel einstürzen? Denke daran. Man darf den Tempel nicht vollenden. In der neuen Stadt ist Gott der Allbeherrscher selbst sein Tempel. Die Stadt braucht auch keine Beleuchtung, das Lamm ist ihre Leuchte. So bleibe der Friedens- und Weltschöpfer, was er ist, ein Zeuge. Der Ungerechte mag ruhig Unrecht tun. Der Unreine mag sich besudeln. Der Reiche mag noch reicher werden und der Arme noch weiter verelenden. Der Gerechte aber wird noch mehr Gerechtigkeit schaffen und der Heilige weiter geheiligt werden. Denn meine Barmherzigkeit mit mir und meine Vergeltung sind an ihm gemessen. Schau, ergötz dich, Zeuge, und falle nicht lästig.«

Grigorij holte noch einmal Luft und fuhr besonders feierlich fort: »Was bist du, Zeuge der Stiftung des Friedens und sein Bewahrer? Du bist ein Dürstender. Der Dürstende mag kommen, so ist gesagt, er mag das Wasser des Lebens so schöpfen, wie es ist, ohne zu versuchen, es zu trüben oder zu reinigen, es austrocknen zu lassen oder sein Gefäß zu füllen. Er mag es trinken, ohne es zu salzen oder zu zuckern. Er mag es auch nicht in Milch und rote Grütze verwandeln. Er mag sich daran ergötzen und Gott nicht lästig fallen.«

Hier nickte das Lamm seinem Dolmetscher dankbar zu und danach in die andere Richtung, zum siebten Engel hin. Zum siebtenmal ertönte die Posaune. Am Himmel erschien anstelle der Sonne eine weibliche Gestalt. Unter ihr tauchte ein Drache auf und ein Engel mit Lanze. Nach kurzem Kampf war der Drache besiegt und stürzte in den Abgrund.

Die Seelen der Verstorbenen faßten Kiebitz unter den Armen und stiegen über diesem Abgrund auf. Aus gewaltiger Adlerhöhe erblickte er das in Trümmern liegende Pjerwomaisk mit dem V der darin zusammenfließenden Flüsse. Rechts davon lag nur einen Flügelschlag weit das in roten Lichtern schillernde Schwarze Meer. Kiebitz hatte Angst zu fallen, doch sie verschwand rasch. Wie auch die letzten Visionen, die ineinander flossen und vergingen.

In dieser Leere ohne Grund und Gipfel, in der ihn fremde Seelen trugen, und in der Leere, die in seiner eigenen Seele anstelle der Angst eingetreten war, erwachte ein vergessenes, so vergessenes Glück, daß es schon wieder völlig neu war. Und Kiebitz schrie aus Leibeskräften: »Glücklich, glücklich, endlich glücklich!«

Ein furchtbarer Schmerz durchbohrte ihn zwischen den Schulterblättern, als dringe dort ein kreischender, weißglühender Bohrer ein. Sein voreiliges, unüberlegtes »glücklich« hatte noch nicht verhallen können, da hauchte er schon seinen Geist aus. Die zudringlichen Männer dunkler Herkunft mit ihren falschen Bärten, die ihm eben noch Preislieder in der unvergleichlichen Vorstadtsprache gesungen hatten, traten von ihm zurück.

War jetzt alles aus? Vielleicht.

Doch im nächsten Waldstreifen krümmte sich noch ein Mensch mit gebrochenem Herzen; es hatte den letzten Lauf seines Besitzers über den schlammigen Acker nicht ausgehalten.

Doch noch regte sich einer von denen, die vor der Baracke in der Vorstadt erschossen worden waren. Auf ein Zeichen von Katja Starko ging der Gardist Woskoboinikow zu dem Halbtoten und schoß ihm zwischen die Schulterblätter.

Weit von der Vorstadt entfernt, aber nahe bei den zertrümmerten Waggons des Militärzuges stand der Rotzbub Iljucha-Ljuska, bohrte mit dem schmutzigen Finger in der Nase und betrachtete nachdenklich den aus den Trümmern kriechenden Flüchtling. Die Muskeln des Kriechenden spannten sich noch an, doch vergebens, sie brachten den Körper keinen Meter voran, dorthin, wo sich die äußersten Häuschen von Gottesfeld in ihren kleinen, langsam aufblühenden Gärten verbargen. Der

Körper krümmte sich im hintersten Teil des Gemüsegartens einer friedlichen Frau aus Gottesfeld und bog den Hinterkopf mit dem abgerissenen behaarten Hautfetzen zu den gebrochenen Schulterblättern zurück.

Schon trat Schaum auf die Lippen des Kriechenden, er scharrte zum letztenmal mit den Fersen im Karottenbeet und erstarrte. Ljuska zog den Popel aus der Nase, hob ihn näher an die Augen und betrachtete ihn. Dann schnippte er ihn vom Finger, drehte sich um und ging in die Vorstadt.

Er hatte selbst genug zu tun.

DRITTER TEIL

MARJA GAWRILOWNA
oder
ALLE MENSCHEN SIND SCHWESTERN

Dreizehntes Kapitel

Das Häuschen am Stadtrand

Übervorsichtig, auf spitzen Kükenzehenspitzen, geht der Tagesanbruch mit verschiedenen Gesichtern über die noch dämmrige Erde. Der in der gischtenden Brandung des Stillen Ozeans geborene Tagesanbruch mit rosigem Gesicht hat die Schlitzaugen der Perlentaucherin berührt. Mit leicht verwachsenem Fuß prüft sie die Wassertemperatur und kaut ein Stück gedörrten Fisch zu Ende. Auf der Nachbarinsel rechts von ihr schauen zwei in grünen Schirmmützen auf die Uhr und warten auf die Ablösung, hinter ihnen spannt der stämmige Tschuktsche schon das Rentier ein, um zur Versammlung der Bestarbeiter ins Hauptnomadenlager zu fahren. Links von der Taucherin geht der blaue Tagesanbruch und bringt dem kraushaarigen Inselbewohner Verdruß, denn er hat die letzte Portion seines Lieblingskrauts ausgeraucht. Hinter ihm tauchen andere Inseln auf, liegen andere Inselbewohner und wächst ein anderes Kraut. Was dort genau geschieht, welcher Tagesanbruch dort geht, ist von hier aus nicht zu sehen.

Dafür sieht man sehr gut, was direkt vor der Taucherin geschieht. Das große, alte Land erlebt sein Ende in zur Vollendung verfeinerten Formen. Von den Gipfeln der Hohen Berge sieht Buddha, von den Jägern der Ebenen verfolgt, darauf herab und sinnt darüber nach, ob er sich wie ein Steinbock mit dem Kopf voran vom Felsen hinabstürzen soll auf den mit starken Gesetzen asphaltierten Staatsboden. In seinen hervorquellenden Augen spiegelt sich der purpurne Tagesanbruch mit roten Sternen. Hinter den Bergen treten die trüben, heiligen Flüsse über die Ufer. Auf deren Stufen erwachen die Pilger. Der rabenschwarzgebrannte Bodenkundler im schneeweißen Turban betrachtet lächelnd die Schößlinge des aus dem Norden eingeführten Grases.

Im Norden aber, diesseits der Hohen Berge, rauscht die

dunkelblaue Taiga, von Flußstraßen durchschnitten, und es ist niemand zu sehen, der hier den wolkenweißen Tagesanbruch begrüßte. Nur ein einsamer Tiger legt sich vielleicht zur Ruhe nach einem sättigenden Überfall auf die Schlupfwinkel der Elche in der Nacht. Und ein rotbraunes Eichhörnchen liegt mit einer Kugel im Auge da. Doch auch ihm ist es gleichgültig, welcher Tagesanbruch auf dieser Seite heraufzieht.

An der Stelle, wo das Eichhörnchen liegt, beginnt die Große Ebene. Sie zieht sich, träge die Maske wechselnd, weit hinüber. Die Taiga wird zur Steppe, die Steppe zur Wüste, die Wüste wieder zur umgepflügten und ordentlich durch Waldstreifen unterteilten Steppe, bis die berühmten, allseits bekannten Flüsse Bug und Sinjucha sie queren. Über diese gewaltige Ebene geht der trübgraue Tagesanbruch, nein, er geht nicht, er steht auf, wächst und breitet sich in klammen Nebelschwaden aus. Dort, wo sich seine Fangarme ausrollen, setzt ein undeutliches Gären ein, Sirenen heulen auf, funzlige Lämpchen werden angezündet. In dieser vagen Unruhe des Tagesanbruchs öffnen sich die vom schweren Schlaf verklebten Lider, erschüttert ein krampfhafter Husten die Brust, schlurfen ausgetretene Pantoffeln. Zuweilen erklingen einsilbige, unklar symbolhafte Laute wie Beschwörungen.

Dieser graue Tagesanbruch löscht die grauen Sterne nacheinander aus und berührt mit seinen Fangarmen die wie aus Blech gestanzten Blätter der Pappel. Mit ihrem Wipfel streift die Pappel den letzten lebendigen Stern, ihre Wurzeln senkt sie ins Unterhautgewebe der Ebene, in die fette Schwarzerde. Und neben ihr, in dem kleinen Hof am Rand von Gottesfeld, kräht der zerzauste magere Hahn seinen abgerissenen Schrei als Antwort auf das kristallene Getön der Inselvögel jenseits des Ozeans.

In der Mitte des Hofes steht ein weißes Häuschen mit Glasveranda. Es hat ein Ziegeldach und darauf eine Fernsehantenne. Vor der Veranda ist ein klitzekleines Beet mit Rosen, Petunien und Nelken angelegt. Dazwischen verstecken sich Veilchen und Löwenmaul. Dann kommen Beete mit Tomaten und Gurken, ein kleiner Zaun und hinter dem Zaun Gemüsegärten, die neben dem Waldstreifen in den endlosen, platten Acker übergehen. In einer Ecke des Hofes findet man hinter dem hölzernen Klohäuschen eine Art Erdhütte. Es ist anzunehmen, daß es ein gut befestigter, tiefer Vorratsraum ist. Die Tür der Erdhütte schaut zum Feld, dorthin, wo man den Bahndamm der Zweigstrecke sehen kann. Den Bahndamm entlang ziehen sich ebenfalls Gemüsegärten hin, endlos weit... bis zur Weiche.

Aha, da hat die Verandatür geknarrt. Auf ihrer Schwelle erscheint, sich das Tuch unterm Kinn zubindend, eine alte Frau, eins der pünktlichsten Morgenvöglein. Die Alte wirft einen Blick auf den Hof, mit dem sie alles erfaßt, dann läßt sie ihn höher wandern. Auf den Nußbaum, der in diesem Jahr gute Ernte verspricht. Der langweilige, graue Himmel schaut ihr in die Augen und spiegelt sich dort in seiner lichtblauen Variante. Die Alte zwinkert dem Hahn zu, der boshaft zu ihr herschielt, nimmt die verrostete Gießkanne unter dem Regenrohr weg und macht sich daran, das Beet zu gießen. Es macht ihr offenbar Spaß, und sie tut es aus eingefleischter Gewohnheit. In der Nacht hat es nämlich stark geregnet, und den Wolken nach zu urteilen wird es auch tagsüber wieder regnen. Auf den Wegen rund um das Blumenbeet und zwischen den Gemüsebeeten haben sich Pfützen gebildet.

Nach dem Gießen tauscht die Alte die Gießkanne gegen den Eimer mit Regenwasser aus und schleppt ihn auf die Veranda. Das tut sie ebenfalls aus Gewohnheit, im Haus gibt es nämlich fließendes Wasser. Aber sich den Kopf mit Leitungswasser waschen! Um keinen Preis, so dumm ist sie nicht. Danach bliebe nur noch eins: das Haar zu schneiden, zu färben und aufzudrehen. Anschließend säße sie dann wie eine Vogelscheuche am Fenster und erschreckte die Passanten.

Die Alte warf noch einmal einen Blick auf Hof und Haus, diesmal mit Bedauern, als sie die vom Regen ausgewaschenen Gemüsebeete und die dunklen Ziegel auf dem Dach bemerkte... Ihre Brauen schoben sich besorgt zusammen. Sie bog entschlossen um die Hausecke und klopfte ans Fenster.

»Petruscha, he, Petruscha! Schläfst du oder nicht?«

»Was soll das?« antwortete Petruscha, ohne sich zu zeigen. »Wieso machst du solchen Krach?«

»Du wolltest mir doch die Antenne richten. Den guten Film gestern konnte ich mir nicht anschauen. Es kamen immer nur Streifen, wie beim letzten Mal, erinnerst du dich?«

»Na gut, heute abend nach der Arbeit richte ich sie.«

»Wo denkst du hin, Petruscha! Am Abend wirst du wieder

betrunken sein. Und wenn du dir dann im Dunkeln den Hals brichst? Dann kriege ich die ganze Schuld zugeschoben. Nein, mach's vor der Arbeit, jetzt!«

»Ich hab ja nichts dagegen, Großmutter Tonja! Bin ja immer bereit, dem Nachbarn zu helfen. Aber ich habe einen Kater, Großmutter Tonja! Mich jetzt mit dir zu unterhalten ist mein Tod. Und du willst, daß ich aufs Dach klettere...«

»Dann bring ich dir gleich ein Schnäpschen gegen den Kater, Petruscha. Komm raus, mein Lieber! Du hast doch sicher selbst nichts, um deinen Kater zu bekämpfen?«

»Jetzt wird klar, wieso ich trinke«, erklärte Petruscha. »Nur wegen euch. Ihr mit euren Fernsehern füllt mich ab und richtet mich zugrunde. Und dann schreit ihr – der ist Alkoholiker, der muß in Behandlung! Es könnte doch sein, daß ich mir heute fest vorgenommen habe, nicht zu trinken. Und du willst mich schon am Morgen in Versuchung führen. Nein, nicht ich muß in Behandlung, sondern ihr müßt vors Gericht.«

»Na, wenn das so ist... dann lassen wir halt den verfluchten Apparat. Er ist ja wirklich eine Versuchung des Teufels. Also, gute Besserung, Petruscha. Ich gehe...«

»He, nicht so schnell, Großmutter!« schrie Petruscha. »Erst einem den Mund wäßrig machen und dann türmen? Nein, das geht nicht.«

Das Fenster öffnete sich schließlich, und Petruscha krabbelte übers Fensterbrett in den Hof hinaus. Er war übrigens schon oder noch angezogen.

»Schnell, schenk ein! Ich brenne! Und zur Arbeit muß ich auch... Ach, dieses Leben! Wie lang muß ich mich denn noch abrackern?«

Er war etwa dreißig Jahre alt. Die Alte ging vor ihm her auf ihre Veranda. Dort auf dem Tisch stand eine Flasche mit dunkelrotem, hausgemachtem Likör.

»Na, dann, auf dein Wohl«, sagte Großmutter Tonja leicht angewidert und schenkte ihm das Glas halbvoll.

Petruscha nahm flink die Medizin und schluckte sie in einem Zug runter. Er schüttelte sich, wartete kurz und schritt dann gleich zur Tat.

»Bring die Leiter her, Großmutter.«

Die Veränderungen, die mit ihm nach Einnahme der Medizin geschahen, waren verblüffend, doch sie bedürfen keiner Schilderung. Großmutter Tonja holte die Leiter und stellte sie an die Wand, Petruscha kletterte aufs Dach. Die Aktion verlief nicht ohne kleine Unannehmlichkeiten. Zweimal war er nahe daran abzustürzen. Großmutter Tonja stieß kleine Schreckenslaute aus und hielt sich die Faust vor den Mund. Mund und Faust waren gleichermaßen runzlig, wie zwei vertrocknete Pilze. Als Petruscha schließlich auf dem Dach war, tat er dort möglicherweise etwas Sinnvolles. Wer weiß. Jedenfalls kletterte er ziemlich rasch wieder herunter.

»So, Großmutter«, erklärte er und holte tief Luft. »Zur Lokomotive gehören Waggons. Gib mir noch ein Glas. Ohne ein zweites Glas wird deine Technik nicht funktionieren.«

Sein Verlangen wurde erfüllt. Petruscha schüttete auch diese Portion in sich hinein, mit denselben Folgen.

»Wie willst du denn zur Arbeit gehen, in dem Zustand?« erkundigte sich Tonja.

»Ich werde schon hinkommen«, vermutete Petruscha und ging so unsicheren Schrittes in seine Wohnung, daß diese Vermutung wohl kaum stimmen konnte.

Tonja begleitete den Nachbarn mit den Augen, seufzte auf, stellte die Flasche unter den Tisch und machte sich ans Fegen. Sie tat es gemächlich, streckte sich gelegentlich und stöhnte dann: Ach, unsere schweren Sünden...

Es war hellichter Morgen, als die Gäste kamen, zwei nicht mehr junge, korpulente Weiber, die aber immer noch viel jünger als Großmutter Tonja waren. Tonja stellte bereitwillig den Besen weg.

»Der Petja, dein Nachbar, ist mal wieder blau!« zwitscherten die beiden los. »Er ist nur so zur Arbeit getorkelt. Die werden ihn rausschmeißen.«

»Wer wird ihn rausschmeißen?« entgegnete Tonja und bat die Freundinnen, am Tisch Platz zu nehmen. »Die sind doch alle blau. Setz dich, Nonka, steh nicht rum!«

»Wir waren auf dem Markt«, teilte Nonka mit, als sie sich auf den Hocker setzte. Der knarrte protestierend. »Was ist da bloß los? Die Ladentische sind leer, niemand verkauft was. Ein Opa steht da mit Sonnenblumenkernen, und die sind nicht mal gesalzen, pfui! Klawa hat den Alten beschimpft, den Geldschneider. Ungesalzene Kerne zu gesalzenen Preisen zu verkaufen, wo gibt's denn so was?!«

»Mhm«, bestätigte Klawa. »Ich wollte die Kerne schon in den Dreck schmeißen, da tat mir der Alte leid. Der war halt nicht mehr bei Verstand.«

»Nicht mehr bei Verstand kann nur sein, wer es einmal war«, bemerkte Tonja. »Und deine Bosheit kommt davon, weil du so dick bist. Du bist schon sehr dick, Klawa, mindestens sechs Tonnen schwer. Die passen gar nicht alle auf den Hocker.«

»Nein«, widersprach Klawa. »Bosheit kommt von Bosheit. Und wie soll man hier nicht böse werden, wenn ... Du hast doch wohl gehört, was in der Stadt los ist?«

»Das interessiert mich nicht«, winkte Tonja ab. »Ich habe genug eigene Sorgen. Die leben eben auch zu sehr im Speck, davon kommt das alles. Na schön, was sollen wir uns hier die Schnäbel wetzen. Frühstücken wir lieber. Ich habe Sülze.«

»Sülze!« freuten sich die dicken Weiber. »Aber dazu braucht man doch noch was Rotes! Machen wir's uns gemütlich, ihr Lieben. Nur ein bißchen, aber zünftig.«

»Ihr mögt Süßes«, lächelte Tonja. »Deshalb seid ihr auch so fett.«

Sie deckten hurtig den Tisch, und Tonja brachte ein paar Schüsselchen mit Sülze und ein Glas Meerrettich.

»Wir haben wohl alles«, sagte sie, als sie die Tafel betrachtete.

»O nein!« schrien die dicken Tanten fröhlich. »Die Hauptsache hast du vergessen. Stell uns noch den Roten her!«

Tonja holte die ersehnte Flasche unter dem Tisch hervor. Sie schenkten den Likör in die Gläschen ein und kippten sie unverzüglich zum ersten Trinkspruch. Dann stürzten sich alle auf die Sülze. Tonja sah vergnügt zu, wie ihre Gäste gierig aßen.

»Ich finde nichts Schlimmes daran, wenn eine Frau auch ab und zu einen trinkt«, dröhnte Klawa und stopfte sich die Backen voll. »Die Männer sollten aufhören zu saufen. Die Geburtenrate sinkt schon. Sowie ein Mann säuft, braucht er sonst nichts mehr. Höchstens, daß er einem anderen eine reinhaut oder selbst eins überkriegt.«

»Macht nichts«, meinte Nona beschwichtigend. »Sie beruhigen sich jetzt schon gegenseitig selbst. Man kann den andern nicht ewig die Fresse blankscheuern. Aber wie's die jetzt gepackt hat! Sogar mein Männe scheint krank zu sein. Mich reißt's im Leib und juckt's in der Seele, sagt er. Ich sag zu ihm: Geh raus an die frische Luft, lüfte dich aus. Nein, er hockt zu Hause rum und streckt die Nase nicht raus. Ich weiß, woher das kommt. Er hat Angst, daß man ihn anzeigt wegen gestern und vors Gericht stellt. Das werden sie doch tun! Und dann kommt man nicht mehr raus. Na, Mädchen, auf ein zweites?«

Niemand hatte etwas dagegen. Sie stießen wieder an. Allmählich röteten sich die Gesichter der Besucherinnen, ihre Brüste lagen auf dem Tisch, und das Gespräch wurde im verdreifachten Tempo fortgesetzt.

»Deiner hat ja nichts Besonderes ausgefressen«, sagte Klawa. »Aber manche werden's schwer haben. Die kommt der Kater teuer zu stehen.«

»Na, was freust du dich darüber?« fragte Tonja. »Sie haben halt was Dummes angestellt, Radau gemacht... Dampf abgelassen. Das muß man jetzt vergessen und Schluß.«

»So siehst du aus!« entgegnete Nona. »Vergessen... Wenn man sie läßt, dann schlagen sie noch völlig über die Stränge. Nein, sie haben Radau gemacht, jetzt sollen sie es ruhig ausbaden. Auch der meinige kann's gebrauchen, vielleicht ist er dann das nächste Mal gescheiter und hört nicht mehr auf seine Saufkumpel.«

»Na, und wenn sie ihn für lange holen? Was singst du dann?«

»Was hab ich denn von ihm? Ernährt der mich etwa? Mir geht's ohne ihn nur besser, keiner wird mehr mein Hab und Gut versaufen.«

»Du hast's gut, Tonja«, versetzte Klawa. »Du hast keinen am Hals. An deinen Mann erinnerst du dich schon gar nicht mehr, und deine Kinder stehen auf eigenen Füßen, noch dazu bequem. Die liegen in Simferopol am Strand und zählen das Geld aus dem Norden.«

»Ach, die Nordzulage wird mit Blut erkauft«, sagte Tonja traurig. »Und in Simferopol gibt's keinen Strand. Meer gibt's da auch nicht.«

»Na, dann verbringen sie eben ihren Urlaub woanders, planschen im warmen Wasser. Das kann man alles, wenn man Geld hat. Im Norden kann man schließlich nicht planschen, im Eismeer.«

»Wozu darüber reden?« sagte Tonja. »Jeder hat sein Päckchen zu tragen. Ihr solltet eure bösen Zungen hüten und abspecken. Sonst werdet ihr ersticken. Und wenn ihr eure Männer ganz los seid, dann werdet ihr erst heulen! Mit Vergnügen werdet ihr euch dann den letzten Ladenhüter zulegen und päppeln.«

»Nein«, widersprach Klawa. »Ich könnte ohne Mann endlich frei atmen. Ich brauch keinen mehr, mir reicht's.«

»Und die, wo Radau machen«, sagte Nona, öffnete die wulstigen, heißen Arme und preßte sie um ihre eigenen Brüste, »würde ich eigenhändig erwürgen, wie die Hühner. Wegen denen gibt's nichts in den Läden, ist der Markt geschlossen... Wegen denen sind die Schlangen fünf Kilometer lang.«

»Waren die Läden etwa früher voll?«

»Genug, Mädels«, griff Tonja ein. »Die Sache ist gescheitert. Am Hunger werden wir nicht sterben. Wir haben den Tag überlebt, gut so. Was weiter wird, werden wir sehen.«

»Wenn alle so denken und reden«, warf Nona ihr vor, »dann wird nie mehr was in den Läden zu kaufen sein. Und ein menschenwürdiges Leben werden wir auch nicht mehr haben. Was soll denn das heißen, wir haben den Tag überlebt? Das könnte eine Gans sagen, die als Braten gemästet wird.«

»Na und!« sagte Tonja. »Die Gans ist ein kluger Vogel. Solang ich lebe, bin ich immer auf morgen vertröstet worden. Sie versprechen alles mögliche, wecken Hoffnungen... Wartet nur, sagen sie, alles, was versprochen ist, wird morgen sein. Und wann leben wir? Wir leben heute, nicht morgen! Was sollen wir heute tun, uns langweilen? Ich langweile mich nicht gerne. Genug damit, ich bin's leid.«

»Genug«, stimmten endlich auch die Besucherinnen zu. »Es ist tatsächlich langweilig. Und in der Stadt scheint sich auch alles wieder zu normalisieren. Bald wird wahrscheinlich auch der Markt wieder geöffnet. Ordnung ist ja schon, die Straßen werden gefegt. Du hättest sehen sollen, was für Kommandos da angekommen sind, um die Ordnung wiederherzustellen! Die schaffen das schon, die haben nicht umsonst Schlitzaugen. Blabla auf tschurkmenisch... Da versteht man kein Wort. Ach, eine gute Sülze! Und der Likör ist noch besser!«

»Laßt uns zum letztenmal anstoßen«, schlug Klawa vor. »Und dann nach Hause. Trinken wir auf das Wohl deiner Enkelin Tonja. Wie geht es ihr? Ich hab sie schon lang nicht mehr gesehen.«

»Sie studiert, hat keine Zeit«, antwortete Tonja mit leiser Unruhe. »Das ist so schon schwer, und dann dieser Tumult hier.

Ob am Institut auch Tumult ist? Ich weiß es nicht. Ich habe sie gebeten: Saschenka, laß mich nicht im ungewissen, die Ungewißheit macht mich fertig, kürzt mein Leben ab. Sie verspricht, nicht zu verschwinden, und vergißt es wieder. Ich muß mich jetzt auf die Prüfungen vorbereiten, sagt sie. Also wieder mit der Freundin die Nächte zusammensitzen und nicht zu Hause übernachten.«

»Vielleicht auch mit dem Freund?« lachte Klawa.

»Auf das Wohl deiner Saschenka!« Nona hob das Gläschen. »Möge sie noch hübscher werden, und mögen ihre Eltern sich deines Alters erbarmen und sie bald wieder zu sich nehmen.«

»Ja«, pflichtete Klawa bei. »Wieviel wollen sie dir denn noch zumuten? Sascha ist schon über zwanzig! Und hängt immer noch an Großmutters Hals.«

Nachdem sie auf Sascha getrunken hatten, verabschiedeten sich die Besucherinnen. Die Hausfrau begleitete sie bis zum Gartentörchen, blieb dort ein Weilchen stehen und beobachtete, wie sie auf der Staubstraße fortgingen. Als die Freundinnen hinter der Kurve verschwunden waren, beobachtete Tonja auch die leere Straße... Niemand kam zu ihr... Sie seufzte und ging ins Haus zurück.

Jetzt mußte sie den Tisch abräumen, das Geschirr spülen und wieder fegen. Es war getan. Und was nun? Nichts, im Haus war nichts mehr zu tun. Tonja ging in den Hof hinaus und setzte sich auf einen umgestülpten Eimer. So saß sie ziemlich lange und schaute dabei immer auf einen Punkt, den nur sie kannte. Ihre von der Arbeit dunkel gewordenen Hände lagen ruhig auf den Knien, auf der Schürze zwischen den aufgedruckten rosa Blumensträußchen. An den Händen sah man besonders, wie lange sie schon lebte und wieviel in diesem Leben geschehen war, auch Schweres.

Nach einer Weile seufzte sie wieder und sprach zu sich selbst: »Speck haben sie reichlich, aber wenig Verstand. Bei Sascha ist es dasselbe. Wie oft habe ich ihr gesagt: Misch dich nicht in diese Komsomolzendinge ein, sitz über deinen Büchern und lerne! Saschenka, hab ich gesagt, ich war in meiner Jugend auch beim Komsomol, ich kenne ihn, das sind immer noch dieselben Heißsporne. Meinst du, sie hört auf mich? Nein, sie will alles am eigenen Leib erfahren. Vorwärts, schneller, nicht stehenbleiben! Aber ein Dummkopf lernt auch nichts aus eigener Erfahrung, wenn er nicht begreift, daß das Leben auch ohne ›vorwärts, nicht stehenbleiben‹ vergeht. Ohne Antreiben, ob du's willst oder nicht. Wie geht's denn im Leben? Man geht irgendwohin, nimmt dort etwas, kommt hierher zurück und legt's hin... Man wäscht, kocht und eh man sich's versieht, ist der Tag um. Schlafenszeit. Man wacht auf und fegt, gießt die Blumen, salzt Tomaten ein – und schon ist der Sommer vorbei und Winter. Man muß für Holz und Kohlen sorgen... So ist das Leben, es vergeht irgendwie, und niemand kann es abstellen oder antreiben, damit es langsamer oder schneller vergeht. So sitz ruhig da und lebe. Wenn man natürlich Speck ansetzt und vor Gesundheit nur so strotzt, dann hält es einen nicht. Warte nur, Sascha, du wirst dich müde laufen und an deine Großmutter erinnern! Dann wirst du angelaufen kommen und etwas zu essen haben wollen... Ah! Jetzt hab ich's: Ich werde ihr was Feines kochen. Niemand bekocht sie in der Stadt so wie die Großmutter. Man müßte die Gürkchen vom letzten Jahr aus dem Vorratskeller holen. Die werden den Appetit anregen.«

Sie stand mühsam auf, ging ins Haus, um eine Schüssel für die Gurken zu holen, und begab sich zur Erdhütte in der Hofecke. Irgend etwas stimmte dort nicht... Die Tür des Vorratskellers stand sperrangelweit offen. Tonja warf sich ihre senile Zerstreutheit vor – die streunenden Kater und Raben hatten in letzter Zeit heftig gewütet – und begann die hölzernen Stufen vorsichtig hinunterzusteigen. Die feuchte Luft ließ sie erschauern und sogar, Gott verzeih's, niesen. Sie tastete im Dunkeln nach dem Schalter, knipste das Licht an und stieß einen Schreckensschrei aus.

Auf dem gegen die Feuchtigkeit mit Sand bestreuten Lehmboden schlief ein Mann in Wattejacke und abgetragenen Stiefeln. An seinem Hinterkopf klebte geronnenes Blut. Er hatte sein Gesicht in den Sand vergraben, als ob er versuchte, den Kopf wie ein Strauß darin zu verstecken – ohne Erfolg. Der Mann lag in der Stellung eines Kriechenden da, und überall auf der sehr begrenzten Sandfläche sah man die Spuren seines ziellosen Kriechens: von einer Ecke in die andere. Die Wände des Vorratskellers hatten ihn wie eine Falle festgehalten.

Als Tonja sich von ihrem Schrecken erholt hatte, versuchte sie, den Mann auf den Rücken zu drehen. Er war zu schwer. Tonjas Versuche hatten ihn jedoch geweckt. Sie freute sich, als sie das dünne, beinahe kindliche Stöhnen hörte, und begann mit frischer Kraft, an dem Mann zu zerren. Er stöhnte noch einmal und drehte sich selbst um. Sein verschrammtes, behaartes Gesicht hätte jeden erschrecken können. Bei Tonja war das Gegenteil der Fall, sie hörte auf, sich zu fürchten. Hauptsache, der Mann lebte, das Gesicht aber... Sie hatte in ihrem Leben schon schlimmere Gesichter gesehen. Tonja schüttelte den Sand von ihm ab, und der Mann schlug die Augen auf.

Er schaute Großmutter Tonja an, und man merkte, daß er sich überhaupt nicht vorstellen konnte, wer sie war und wo er sich selbst befand. Die blauen Augen der Frau, die ihn liebevoll ansahen, hinderten ihn daran, seine Gedanken zu sammeln. Sie sahen ihn an wie einen alten Freund oder Sohn, einen ganz kleinen Sohn, der auf ihren Knien lag. Diese Augen und das Licht darin waren dem Mann nur allzu vertraut. Aber jetzt öffneten sich seine verklebten Lippen mühsam, bewegten sich, stießen zischende Luft aus... Beim dritten Versuch gelang die Frage:

»Tante Daschka?«

»Großmutter Tonja«, verbesserte die Alte. »Mit vollem Namen heiße ich Antonina Fedossejewna Selenskaja. Soll ich dir meinen Paß zeigen? Aber die vollständige Anrede ist nicht nötig, ich bin alt und dran gewöhnt. Nenn mich ruhig Großmutter Tonja.«

»Und wo...«, der Mann schielte erst nach der einen, dann nach der anderen Seite, »wo sind die anderen?«

»Welche anderen?« Tonja erschrak.

»Aber es stimmt doch: Sand, Palästina«, sagte der Mann.

»Naja, das ist mein Palästina«, bestätigte Tonja. »Mein Vorratskeller.«

»Der unterirdische Gang?«

»Beruhige dich, mein Lieber. Von mir aus auch der Gang. Obwohl – wohin denn? Ins Haus führt er nicht. Ins Haus gehen wir oberirdisch. Es ist nicht gut, hier unter der Erde rumzuliegen. Du kommst schon noch dazu, wenn du tot bist.«

»Gehen wir in die Herberge, in den Tempel?« flüsterte der Mann.

»Wie du möchtest. Nur laß uns gehen, sonst holst du dir den Rheumatismus. Wie heißt du?«

»Boris.«

»Na, dann gehn wir mal nach oben, Boris. Halt dich ein!«

Tonja hielt dem Mann die Hand hin, der klammerte sich daran fest und rappelte sich mühsam auf. Es gelang ihm, auch die Treppe zu überwinden. Tonja schob ihn von hinten an. Irgendwie überquerten sie den Hof. Auf der Veranda ließ sich der Mann auf den Hocker fallen und zeigte damit zumindest, daß ihm der Zweck dieses Gegenstandes bekannt war.

»Trinken«, röchelte er heiser.

Tonja schöpfte Regenwasser aus dem Eimer und reichte es ihm. Der Mann trank gierig und hustete.

»Hab keine Angst vor mir, Großmutter«, sagte er, als der Husten endlich aufgehört hatte. »Ich bin kein Räuber. Ich hab nur einfach Pech gehabt. Ich bin Kiebitz, vielleicht hast du von mir gehört?«

»Nein.« Tonja schüttelte den Kopf. »Bist du was Berühmtes? Wie viele Kiebitze gibt's überhaupt... Du mußt dich hinlegen. Und wer hat dich so zugerichtet, hm?«

»Niemand«, sagte Kiebitz. »Ich bin aus dem Zug gefallen. Ein Unglück.«

»In den Zug bist du auch zufällig gestiegen, auch wieder ein Unglück«, stimmte Tonja zu. »Na komm, leg dich bei mir hin.«

Sie führte Kiebitz in das kleine Zimmerchen hinter der Veranda zum Bett.

»Leg dich hin und schlaf. Solang du willst. Und danach wäschst du dich, wenn du möchtest, und ißt was.«

»Kommt niemand? Wohnst du hier allein?«

»Niemand. Und wenn einer kommt, dann lasse ich ihn nicht ins Haus. Mein Empfangszimmer ist die Veranda. Die Leute bei uns in Gottesfeld sind nicht neugierig, und sie sind folgsam... Mit Gewalt dringen die nicht ins Schlafzimmer ein.«

Doch Kiebitz schlief bereits und hörte die Charakterbeschreibung der Gottesfelder nicht mehr. Er hörte nicht, wie Tonja ihm die Stiefel und die Wattejacke auszog, wobei sie seinen Körper auf dem hohen Bett hin- und herwälzte. Wie es dann in der Küche klapperte und nach warmem Essen duftete. Er schlief traumlos wie ein Stein. Aber auch im Schlaf zuckte er zusammen, als würde er dort, wo er jetzt war, geschlagen. Großmutter Tonja sah regelmäßig nach ihm und wischte ihm mit der Schürze den Schweiß von der Stirn.

Kiebitz schlief lange, und in dieser Zeit tat Tonja alles, was sie geplant hatte. Sie kochte das Mittagessen und machte wieder im Haus sauber. In diesen Stunden hatte sie sich daran gewöhnt, daß in ihrem Schlafzimmer ein unbekannter, offensichtlich kranker Mann auf ihrem Bett lag. Sie glaubte jetzt selbst diesen Mann seit langem zu kennen. Als sie das Gesicht des Kranken genauer betrachtete, fand sie es sogar angenehm. Man mußte ihn natürlich in Ordnung bringen und ihm diese grobe Landstreichervisage abschälen, diese Maske, die nicht mit den weichen Linien der Stirn, der Nase und des Mundes sowie der gepflegten Sprache übereinstimmte.

Die Maske schien eigens dafür geschaffen zu sein, das wahre Antlitz dieses offenkundig jungen Mannes zu verstecken und ihn älter zu machen. Dieser doppelt Unbekannte plötzlich in ihrem Haus verstärkte Tonjas Sorge um ihre Enkelin. Als sie mit allen Arbeiten fertig war, setzte sie sich auf den Hocker und starrte wieder auf den nur ihr allein bekannten Punkt. Ihr Warten hatte sich jetzt ebenfalls verdoppelt; sie wartete nicht nur auf Saschenka, sondern auch darauf, daß Kiebitz erwachte. Von Zeit zu Zeit schalt Tonja gereizt ihre abwesende Enkelin, und zwar ziemlich laut. Dann fiel ihr sofort ein, daß sie den Kranken wecken könnte, hielt sich die Faust vor den Mund und warf sogar der Wanduhr vorwurfsvolle Blicke zu, die zu laut tickte. Auch die Maus, die bald unterm Bett hervor-, bald wieder unters Bett zurückhuschte, bekam einen strafenden Blick.

Der Tag neigte sich schon dem Abend zu, als Kiebitz besonders heftig zusammenzuckte, die Augen aufschlug und erschrocken die herbeigelaufene Tonja anstarrte.

»Mhm«, meinte er nach einem neuerlichen Versuch, sich zu orientieren. »Großmutter... Tonja.«

»Richtig«, lächelte Tonja. »Großmutter wird dich jetzt auch waschen.«

Sie machte ein Handtuch naß und wischte ihm sorgsam das Gesicht ab. Er fühlte sich gleich munterer.

»Das genügt für den Anfang«, billigte sie das Ergebnis. »Du solltest dich noch rasieren.«

»Und die Fersen schmieren«, lachte Kiebitz, »damit sich's schneller läuft.«

»Dazu ist immer noch Zeit. Es ist ganz einfach, die Beine unter die Arme nehmen. Aber wohin laufen? Das ist schon weniger einfach. Warte nur, versuch erst mal, zu sitzen.«

Kiebitz versuchte es. Der Schmerz zwischen den Schulterblättern war so scharf, daß er aufschluchzte und aufs Kissen zurückfiel.

»Mein Rücken... Ist da was gebrochen?«

»Siehst du, der Rücken. Und du hast von Fersen geredet. Nein, da ist nichts gebrochen. Wenn du dir was gebrochen hättest, könntest du dich überhaupt nicht mehr bewegen. Das werden wir rasch wieder hinkriegen. Ich habe schon alles zum Einreiben und für den Senfwickel vorbereitet. Ich werde dich schnell wieder auf die Beine bringen.«

Tonja zwang Kiebitz, sich auf die Seite zu drehen, mit der Nase zur Wand, und zog ihm die Feldbluse hoch.

»Oho, das ist ein Bluterguß!« schrie sie, als sie seinen Rücken untersuchte. »Nein, die Knochen sind heil. Sonst hättest du nicht gehen können.«

Sie holte eine Emailschüssel mit Wasser und befahl:

»Los, rühr dich, achte nicht drauf, daß es wehtut. Kein Selbstmitleid. Hier hast du Seife.«

Den Schmerz bezwingend, beugte sich Kiebitz vom Bett aus über die Schüssel und seifte sich den Kopf ein. Abspülen mußten sie die Seife zu zweit. Die Feldbluse nach dieser schwierigen Operation auszuziehen, war das reinste Kinderspiel. Sich auf den Bauch zu drehen, ebenfalls.

»Du bräuchtest ein Dampfbad!« seufzte Tonja. »Aber ich habe keine Badehütte.«

Während der ganzen Prozedur hatte die Mischung aus Selbstgebranntem und Honig lang genug gezogen. Damit rieb Tonja Kiebitz zwischen den Schulterblättern ein. Sie hatte rauhe Hände, und überhaupt war die Operation ziemlich schmerzhaft, aber Kiebitz ertrug sie mit Würde. Danach bekam er Senfwickel auf Brust und Hüften und schluckte Aspirin.

»Du wirst gesund werden«, faßte Tonja zusammen, als sie ihn zudeckte. »Jetzt bleibst du ein Weilchen so liegen, dann essen wir. Wenn es zu stark brennt, sag's, dann nehmen wir die Wickel ab.«

»Erzähl mir doch, was bei euch in Golta los ist«, bat er und genoß die Wirkung der Behandlung.

»Hier ist nicht Golta«, kam die zögerliche Antwort. »Du bist in Gottesfeld, und Gottesfeld hat mit Golta nichts am Hut. Aber *die* dort in Golta, die sind wieder friedlich. Truppen sind einmarschiert. Aus Orenburg, sagt man. In Flugzeugen. Jetzt suchen sie, irgendwen und irgendwas. Ich will das gar nicht alles wissen, aber meine Enkelin ist dort, in Golta. Und heute Nacht ist sie nicht nach Hause gekommen.«

»Wie alt ist deine Enkelin?«

»Fast zweiundzwanzig. Sie studiert an der Pädagogischen Hochschule. Früher ist sie auch schon mal bis spät ausgeblieben, aber daß sie überhaupt nicht nach Hause gekommen ist! ... Die Leute in der Stadt sind böse geworden, das kommt vom Fernsehen. Gestern hieß es: Haß auf das Alte ist ein heiliges Gefühl, nur ein reiner Mensch kann gut hassen. Das Alte bin im übrigen ich. Meine Sascha hat auch angefangen, mit solchen Worten zu reden. Sie ist dumm und weiß nicht, wohin mit ihrer Energie. Da haben sie die Komsomolzen eingefangen.«

»Und was passiert sonst so in der Stadt?«

»Ach, laß doch, das ist langweilig!« sagte Tonja.

»Bist du schon lang allein?« fragte Kiebitz. Es machte ihm Spaß, mit ihr zu plaudern.

»Ja«, gab sie kurz zurück.

Jetzt war es Zeit, die Senfwickel zu wechseln und den Rücken abzutrocknen. Die Unterhaltung wurde automatisch unterbrochen. Danach mußte der Hocker ans Bett geschoben, Brot und vor allem eine Schüssel mit rotem Borschtsch geholt und daraufgestellt werden. Kiebitz aß kaum die Hälfte auf, verspürte Müdigkeit und legte sich wieder aufs Kissen. Ihm war schwindlig. Er durfte barmherzigerweise das Essen stehenlassen. Wenn es hier keine Barmherzigkeit gab, dann gab es sie überhaupt nicht.

Als Großmutter Tonja alles weggeräumt hatte, schaltete sie den Fernseher ein. Das Bild war scheußlich. Der alte Apparat knatterte, und Tonja ging murmelnd im Haus herum. Den Sinn ihres Gemurmels konnte Kiebitz nicht erraten. Er fiel von Zeit zu Zeit in Halbschlaf. Das Knacken und Zischen des Fernsehers, Tonjas weiche Schritte, all das vermischte sich zu einem wattigen Rauschen und hüllte ihn wie eine zusätzliche Decke ein.

Später, als es ganz dunkel geworden war, setzte sich Tonja vor den Fernseher und schaute sich aufmerksam den Film an, der zweifellos nicht zum erstenmal gezeigt wurde. Kiebitz versuchte auch zuzuschauen, obwohl er nicht alles verstand. Die Handlung des Films war derjenigen seines eigenen Lebens allzu fern. Es ging um Moskau, um ein Café und fröhliche, junge Mädchen, um Unannehmlichkeiten im Büro ... Bei Tonja löste der Film eigene Assoziationen aus. Auf irgendein Ereignis reagierte sie mit dem Ausruf: »Daß Sascha immer noch nicht kommt! Lieber Gott, bewahre uns vor Unglück.«

»Sie wird kommen«, sagte Kiebitz, um das Gespräch wiederaufzunehmen. Reden war gemütlicher als Fernsehen. Und es hatte auch keinen Zweck, Moskau in dieses kleine Häuschen einzulassen.

»Ich habe Angst«, gestand Tonja. »Ihr Jungen habt keine Angst. Aber ich weiß, was ein Aufstand ist. Ich habe nur die eine Hoffnung, daß Sascha bei Marja Gawrilowna übernachtet hat ...«

Kaum hatte Kiebitz den bekannten Namen gehört, der wie ein langes Donnergrollen vor dem Gewitter klang, erwachte er aus seinem Dösen. Der Name schlug ihm mit der Kälte der nächtlichen Waldstreifen entgegen, mit der Feuchtigkeit des klebrigen Regens, der sich im Fallen in Blut verwandelt hatte. Er spürte deutlich, wie alle diese Molesten unter seine Decke vordrangen.

»Kennst du Marja Gawrilowna?«

»Wie sollte ich sie nicht kennen?! Kennst du sie denn auch? Wir haben zusammen im Waisenhaus gearbeitet, als Erzieherinnen, damals waren wir zwanzig. Zusammen gearbeitet, was sage ich! Wir waren Freundinnen. Sogar Rivalinnen. Wir hatten denselben Bräutigam. Der Pope Alexander Popow, nicht der Vater, sondern der Sohn, sollte 1921 unsere Gemeinde bekommen. Dazu mußte er heiraten. Ohne Frau keine Gemeinde. Er machte uns beiden gleichzeitig einen Antrag. Mir und Marja Gawrilowna. Ich kann nicht wählen, sagte er. Ihr seid beide nett. In Wirklichkeit wollte er natürlich auf Nummer sicher gehen: Wenn die eine nicht will, wird die andere wollen. Na, die Sache ging so aus, daß er sich woanders eine Braut suchen mußte.«

»Alexander«, sagte Kiebitz nur.

»Den hast du doch nicht etwa auch getroffen?«

»Ich hatte mal mit ihm zu tun... nur kurz, aber ich kenne ihn.«

»Ich hatte nicht kurz mit ihm zu tun.« Tonja ärgerte sich aus irgendeinem Grund. »Mein ganzes Leben, kann man sagen, hat er mir verpfuscht. Und daß ich auf meine alten Tage keinen Mann mehr habe, daran ist auch er schuld.«

»Wie denn das? Ist er ein böser Geist, dieser allgegenwärtige Alexander?«

»Geist oder nicht... böse oder nicht... Ein gemeiner, zudringlicher Mensch ist er. Aber das kann ich nicht mit zwei Worten erzählen.«

»Dann tu's mit mehr«, bat Kiebitz. »Wir müssen uns sowieso die Zeit vertreiben. Erzähle!«

»Na schön«, entschied Tonja, schaute auf die Uhr mit dem Gewicht und den Katzenaugen und begann mit ihrer Geschichte.

»Ich war noch ein Kind, als ich Waise wurde...«

Vierzehntes Kapitel
Marja Gawrilownas Mantel

Nun ist es jedoch an der Zeit, uns wenigstens teilweise Klarheit über unseren Helden zu verschaffen. Ist es nicht sonderbar? Mehrere Male hatte er es mit seinem eigenen Tod zu tun und schien sogar schon im Sterben zu liegen, und jetzt liegt er bei Großmutter Tonja, ißt Borschtsch und hat nur ein paar unbedeutende Schrammen am Körper. Wie nun, hat er doch nicht sterben wollen oder ist gar nicht er es, der jetzt bei der barmherzigen Alten weilt? Es sieht so aus, als hätte sich die ungereimte Prophezeiung der Hellseherin Marusja erfüllt. Das Rätsel, das sie nicht erraten hatte, ist aus dem vernebelten Spiegel herausgetreten und wahr geworden: Es gibt den Helden und gibt ihn zugleich nicht. Er ist unbestimmt und unfaßbar, wie ein verschwommener Gegenstand außerhalb des Brennpunkts eines kurzsichtigen Auges. Er ist gewissermaßen unsichtbar, als sei er selbst das Auge und nicht der Gegenstand, auf den sich der Blick richtet, das Auge, das sich nicht selbst sieht, aber weiß: Ich bin.

Ich bin ich! Aber dann ist die dritte Person des Helden, der sich »er« nennt, nur wieder eine andere auf seinem Gesicht festgetrocknete Maske. In Wirklichkeit ist er die erste Person der Chronik, der Chronist selbst. Dieses sich selbst enthüllende Rätsel drängt sich geradezu auf... Doch wozu die Täuschung? Wozu gibt er sich den Anschein einer handelnden Person, während er nichts weiter ist als ein Zeuge der Ereignisse? Gefällt es ihm einfach, den Helden in zweideutige, ausweglose Situationen zu bringen und ihn dann mit übermenschlicher Anstrengung herauszuoperieren, wobei er jedoch nicht die eigene Haut aufs Spiel setzen will? Setzt er dann an seiner Stelle einfach eine erfundene Person ein, und nicht einmal die zweite, sondern die dritte?

Vielleicht. Merken wir an, daß nicht nur der Leser der Chronik das Gefühl bekommt, der Held sei erfunden, sondern auch einige der an der Handlung Beteiligten. Fühlte sich nicht Lisjutkin im Ensemble mit dem Helden völlig frei, so als hätte er darin mit einem Schatten, mit einem leeren Fleck gespielt? Mit einer Puppe, einer Vogelscheuche oder – denkt man ans Kartenspiel – mit einem nicht existierenden Dritten? Und Major Kasarjan? Und die anderen? Marusja, die originelle Einwohnerin von Pferdezwist, hatte sie dieses Rätsel nicht als erste formuliert? Und verhält sich der Held nicht selbst zu seiner Person wie zu einem schemenhaften Bild, in dem Form und Inhalt schwer zu unterscheiden sind? Was stellt es überhaupt dar, einen Menschen oder einen Vogel? Verhält sich der Held nicht zu sich selbst wie zu einem ... Geist? Zum *Geist* der *Chronik,* sagen wir es so.

Weder er selbst noch seine Chronik, niemand kann bislang mit Bestimmtheit sagen, wann dieser Geist schläft und wann er wacht, wo das Leben des Helden Traum ist und wo Wirklichkeit. Selbst das Schicksal, das ihn verfolgt, ist verschwommen, auch außerhalb des Brennpunktes, ständig spaltet es sich auf, in zwei, in vier Teile, und es ist einem schon peinlich, diese Unbestimmtheit Schicksal zu nennen.

Man nennt dieses Gefühl der eigenen Realitätslosigkeit und Erfundenheit gemeinhin Intellektualität. Wir wollen uns nicht auf eine Diskussion einlassen, ob diese Definition stimmt oder nicht, und nehmen sie einfach so hin. Was macht es für einen Unterschied? Nicht darin liegt das zweite Rätsel, sondern in jener wahrhaft wunderbaren Findigkeit, mit der sich der sogar vom Schicksal freie Geist von dem in seiner Chronik verwendeten Material ernährt, das keineswegs verschwommen und unklar ist. Von den Papieren in Katja Starkos Aktentasche, die der gewissenhafte Chronist in die entsprechende Reihenfolge gebracht hat. Und wenn die Aktentasche erschöpft ist, von anderen Zeugenaussagen. An der Echtheit dieses Materials darf nicht gezweifelt werden. Man braucht es nur in die Hand zu nehmen, um sich davon zu überzeugen, daß dies alles Dokumente sind, kein Märchen, kein leerer Fleck. O nein!

Von diesen zerknitterten Dokumenten, die durch viele Hände gegangen sind, von diesen konkreten Papieren ernährt sich der Geist der Chronik. Er, der nach Verwirklichung giert, stillt damit seinen Durst, ohne sie nach seinem Geschmack zu verändern, ohne sie zu salzen oder zu süßen. Er stürzt sie nur hinunter und ist entzückt: Ach, das bist du, glutäugiges Leben! Ergebnis des gestillten Durstes ist die Chronik. So ist die Chronik also das, was einmal in der Sprache, die alle verstehen, gesagt ist und der Geist sonst nur in der ihm allein verständlichen Sprache vor sich hinmurmelt, in der Sprache des Seins.

Doch jeder einigermaßen vorsichtige Chronist darf nicht mit seinem eigenen Tod experimentieren, wenn erst die Hälfte der Chronik geschrieben ist, es sei denn, auch er wäre nicht frei in seinen Handlungen. So haben wir es mit einem dritten Rätsel zu tun, das uns jedoch zum ersten zurückführt. Wer hat unseren Chronisten in die Chronik geführt, unseren Helden in die Sackgasse, und wer operiert ihn dort wieder heraus? Wer also ist im Unterschied zu ihm, dem armseligen Schreiberling, der wahre Chronist und folglich der Chronokrator? Diese Fragen, die uns an den Anfang unserer Überlegungen über den Helden zurückbringen, sind indes völlig rhetorisch. Wie die Fragen des entschlafenen Starzen Wassilij. Sie stellen sich dem, der sie gestellt hat. So sind sie letzten Endes nur leeres Geschwätz.

Ja, Geschwätz, das die Zeit stiehlt, während sie wegschwimmt, wegfliegt und pfeifend mit den Flügeln den Raum zerteilt, diese kostbare Zeit, Chronos! Schon beginnt ihre Dienerin, die allzu lange still verharrt hat, ungeduldig zu tänzeln, die Chronik. Schneller, los, vorwärts! Das heißt natürlich, schneller zurück, dorthin, wo die Chronik stehengeblieben ist, zu der Stelle, wo Kiebitz in Großmutter Tonjas Bett liegt und sie erzählt:

»... als ich Waise wurde. Ich war damals zwölf. Mein Vater war Pope. Er war Witwer geworden, als ich auf die Welt kam. Dann starb er selbst. Jetzt waren wir drei Kinder allein: ich und meine beiden Brüder Sergej und Kirill. Meine Brüder studierten am Priesterseminar, und als 17 in Rußland alles umgekrempelt wurde, verschwanden sie. Ich weiß überhaupt nichts von ihnen, vielleicht sind sie schon lange tot. Obwohl die Leute sagten, Kirill habe sich nach Serbien abgesetzt und verstecke sich dort bis heute in einem Kloster. Nach dem Tod meines Vaters bekam ich einen Vormund, meinen Onkel zweiten Grades. Er nahm mich zu sich. Der Onkel war auch Pope und hatte keine kleine Familie: drei Töchter und einen Sohn. Er war ein gelehrter Mann, schaute immer durchs Fernrohr zum Himmel und schrieb was in ein Buch. Der Onkel hieß Popow. Seine Töchter verschwanden nach 17 ebenfalls, und sein Sohn, Alexander ... Sein Sohn verschwand nirgends. Er hat überlebt, und wie.

Mein Onkel gab mich in die Bistumsschule, damit ich einen Beruf lernte und ihm weniger in die Quere kam. Die Schule war in Simferopol. Da begann für mich ein völlig anderes Leben, kein schlechtes, aber ein strenges, das schon. Schuluniform, Disziplin, Strafen, Paukerei ... Ich als Waise hatte es noch schwerer als die anderen. Die anderen Mädchen bekamen Pakete, die Eltern kamen sonntags zu Besuch, manche wurden sonntags nach Hause geholt. Ich hatte das natürlich alles nicht ... Aber ich hielt schön den Kopf gesenkt. War gehorsam. Wie es einer Waise ansteht.

Ich schloß also diese Schule ab und war nun ein selbständiges Mädchen mit dem Lehrerinnendiplom in der Tasche. In einem fernen reichen Dorf bekam ich eine Stelle. Ein Jahr arbeitete ich dort, da brach die Revolution von 17 aus. Es gab viel Geschrei und Aufregung, aber uns im tiefen Hinterland erreichte kaum etwas. Ich hatte auch nur eine ganz einfache Sorge: das tägliche Leben. Drei Jahre unterrichtete ich in diesem Dorf, und auch in anderen, an deren Namen sich jetzt niemand mehr erinnert. Dafür habe ich mancherlei gesehen. Ja, im Dorf wurde ich geachtet. Wie war das denn früher? Ging ich die Dorfstraße entlang, dann nahmen die Männer den Hut ab. Schließlich begegneten sie der Lehrerin! Ich hatte viel zu tun. Unterricht und Kirche und Spaziergänge mit den Kindern und Mittagessen für die, die zu Hause niemanden hatten. Drei Jahre Verantwortung und Achtung also, dann kehrte ich nach Gottesfeld zu meinem Vormund zurück.

Es gab ihn nicht mehr! Er war weg! Sie hatten ihn geholt, und er war spurlos verschwunden. Auch seine Kinder waren verschwunden. In der Stadt aber folgte ein Umsturz auf den anderen. Rote, Weiße, Grüne, Sowjets, Deutsche, Polen – alle Regenbogenfarben. Als sich die Roten fest etabliert hatten, begann ich im Waisenhaus zu arbeiten. Dort bekam ich auch ein Quartier. Was machten wir damals? Alles. Auf den Bahnhöfen und in den Kellern lasen wir die obdachlosen Kinder auf, wuschen sie, gaben ihnen zu essen und versuchten, sie zu unterrichten. Die Staatsmacht verlangte natürlich von uns, daß wir sie auch politisch erzogen. Es stimmt schon: Ein leerer Magen spricht auf politischen Unterricht am besten an, der beruhigt die Magensäfte. Die Leute halfen uns. Der eine brachte Klamotten, der andere Brot. Auch wir Lehrer trugen abgelegte Kleider.

Die Auffallendste von uns war Marja Gawrilowna. Sie bekam diesen Mantel geschenkt, den schwarzen, knöchellangen. Sie sah darin wie eine Kavalleristin aus. Und vom Charakter her war sie's auch. Wir freundeten uns an und waren bald ein Herz und eine Seele. Wie Schwestern. Wir Menschen sind ja auch alle Schwestern.

Da kam eines Tages der Sohn meines Vormunds zu uns, Alexander Popow. Irgendwie hatte er alle Wechselfälle überstanden, dabei war er mitten im Höllenfeuer gewesen, neben dem Staatspatriarchen Tichon persönlich. Darüber wurde mancherlei erzählt. Ich will diese Gerüchte nicht weitergeben. Alexander kam also, um sich eine Frau zu suchen, weil man ihm in Gottesfeld das Kirchspiel versprochen hatte. Überall wurden die Kirchen geschlossen, aber ihm wollte man eine Gemeinde geben. Ich war ein rundes, kräftiges Mädchen. Marja Gawrilowna wirkte damals viel magerer als ich. Popow machte mir den Hof, aber für alle Fälle auch ihr: Ich könnte ja ablehnen. Mit Popow zusammen war übrigens noch ein anderer junger Geistlicher gekommen, Wassilij Selenski. Der dachte daran, ein kleines Kirchspiel in Pferdezwist zu gründen, das ist ein Vorwerk in der Nähe.

Wassilij war das ganze Gegenteil von Alexander. Geradsinnig, ehrlich und sehr feurig. Alexander begriff rasch, daß Wassilij mir viel besser gefiel, und begann ihn scheel anzusehen. Ich kokettierte nicht lange herum, gab Wassilij bald mein Jawort, und wir hielten Hochzeit. Da nun Wassilij verheiratet war und Popow keine Frau fand, gab man das Kirchspiel, ohne lange zu fackeln, meinem Mann. Es konnte doch nicht ohne Führung bleiben! Popow also nichts wie hin zu Marja Gawrilowna. Aber auch da erwartete ihn ein Affront. Unsere Kavalleristin war bereits standesamtlich mit einem Atheisten getraut. Popow suchte sich schleunigst eine dritte Braut, fand eine und heiratete sie, aber zu spät. Er mußte selbst nach Pferdezwist, in dieses winzige Kirchspiel. Dort richtete er sich ein und begann den Schnabel über meinen Wassja zu wetzen.

Mein Wassja war nicht lange Pope. Auch uns erreichte die Welle nach dem Mord an Tichon. Die Köpfe flogen. Wassja kam noch glimpflich davon, er saß eine Zeitlang bei der Tscheka und wurde wieder freigelassen. Dann hockte er zu Hause herum. Alexander aber schien genau das erwartet zu haben! Er zog ganz schnell nach Gottesfeld um, die geschlossene Kirche wurde wieder geöffnet, für ihn, und er begann um Wassjas Kopf herumzuschwirren wie eine Schmeißfliege. Er hetzte die Behörden und die Gemeinde auf ihn, machte ihm das Leben zur Hölle. Na, mein Wassja wurde natürlich wieder zur Verantwortung gezogen, aber vorläufig noch nicht so arg. Mal setzte sich Marja Gawrilowna über ihren Atheisten für ihn ein, mal ein anderer... Doch es war klar, daß das alles früher oder später ein schlimmes Ende nehmen würde. Popow würde nicht lockerlassen.

Dabei waren es Hungerzeiten! Ich nahm alle möglichen Arbeiten an, um Geld zu verdienen. Wassilij begann Schuhe zu reparieren, ein Judenbub half ihm dabei. Das Geschäft ging nicht schlecht. Dann wurde ich plötzlich vorgeladen. Ich sollte mich schriftlich von allen meinen Verwandten lossagen, da sie Volksfeinde wären, die religiöse Propaganda betrieben. Ich hatte ja schon alle vergessen! Ob sie überhaupt noch lebten? Niemand wußte es. Doch es stellte sich heraus, daß nicht sie gemeint waren, sondern mein Mann. Ich unterschrieb, ohne zu wissen, daß ich mich von ihm lossagte. Als ich es begriffen hatte, schrieb ich schnellstens eine neue Erklärung, so wie ich es verstand. Mein angetrauter Ehemann sei nach dem Gesetz kein Verwandter! Und er sei auch kein Feind! Wegen dieser zweiten Erklärung verlor ich sämtliche Arbeitsstellen, und Wassilij wurde verhört. Marja Gawrilownas und unsre Wege hatten sich damals getrennt, sie war in die Partei eingetreten und sehr beschäftigt. Ihr Atheist war ein hohes Tier geworden, ganz hoch hinaufgeflogen, von uns aus nicht mehr zu sehen. Von ihnen konnte folglich keine Hilfe kommen. Na, das Ende war unvermeidlich. Und dann der Krieg! Da merkten wir, daß das alles noch ein Kinderspiel gewesen war. Mit dem Krieg begann der Ernst des Lebens.

Unter den Deutschen atmete es sich anfangs sogar freier, so schien es jedenfalls. Wassilij eröffnete wieder seine Schusterwerkstatt. Jetzt half ich ihm dabei, weil sein Judenbub vor den Deutschen geflohen war. Alexander Popow richtete sich auch anders ein, er ging zu den Unierten. Mit einem unserer hiesigen Deutschen, dem Presbyter der protestantischen Gemeinde Karl Iwanytsch...«

»Du liebe Zeit!« lachte Kiebitz. »Der ist auch dabei! Ich dachte, der sei Baptist.«

»Mein Lieber«, entgegnete Großmutter Tonja ernst. »Du hast dir tatsächlich dein Köpfchen angeschlagen. Wieso wunderst du dich über alles, als wärst du gerade erst auf die Welt gekommen? Habe ich nicht gesagt, daß wir alle Zweige aus einer Wurzel sind und folglich nichts Verwunderliches daran ist, wenn wir einen Busch bilden? Wir sind alle verwandt. Wenn du einer von hier bist, dann stelle ich deine Personalien ohne Paß fest, ich brauche nur deine Großmutter auf dem Markt zu treffen. Was aber Baptisten oder Protestanten betrifft, so ist das Jacke wie Hose. Kannst du mir sagen, worin der Unterschied liegt? Eben. Ich kann es auch nicht. Der eine hat Federn, der andere keine, aber beide haben zwei Beine.«

Sie machte eine wegwerfende Handbewegung und nahm ihren Erzählfaden wieder auf: »Karl war aus demselben Holz wie Alexander geschnitzt. Gott hat sie gleich als Paar erschaffen. Alles weitere Unglück kam durch sie. Obwohl mein Wassja Schuhe flickte, suchten ihn die Leute nicht nur deshalb auf, sondern auch, um sich Trost und Rat zu holen. Er hörte ihnen zu, gab ihnen Ratschläge, las ihnen aus dem Evangelium vor... Das paßte weder Alexander noch Karl. Ihre Gemeinden liefen zu uns über, um ein gütiges, menschliches Wort zu hören. Sie steckten den Deutschen, daß Wassilij in seiner Schusterwerkstatt eine Partisanengruppe organisiert habe und statt Stiefel zu besohlen, Flugblätter drucke. Er verfasse sie selbst, doch manches bekomme er auch aus Moskau geschickt. Die Leute gingen zu ihm, um ungestört über die Flugblätter zu diskutieren. Die Deutschen beobachteten ihn und sahen, daß die Leute wirklich zu ihm gingen. Sie machten nicht viel Federlesens – es war Krieg – und nahmen alle mit. Flugblätter fanden sie natürlich nicht. Das bewahrte Wassilij und seine Besucher vor dem Tod. Aber freigelassen wurden sie nicht! Die Deutschen steckten alle in Waggons und verfrachteten sie als Zwangsarbeiter nach Deutschland. Wassja hatte im großen ganzen Glück. Er geriet an einen praktischen Deutschen...

Seither habe ich meinen Wassja nicht mehr gesehen. Ihn suchen und nach ihm fragen mochte ich nicht. Ich wurde auch so nach dem Krieg zu Verhören geschleppt, sie wollten immerzu aus mir herauskriegen, was mein Mann in der Gefangenschaft gemacht habe und wo er jetzt sei. Sie hörten damit auf, als Popow in einer Predigt sagte, Wassilij, der Diener der Antichristen, sei im Zuchthaus des germanischen Widersachers gestorben. Gott sei Dank sei er das. Übrigens, kaum waren die Deutschen abgezogen, ging Popow zurück in die orthodoxe Kirche. Obwohl... vielleicht tat er auch nur so? Wer weiß. Na, ich mußte allein weiterleben. Die Tochter ernähren und großziehen... Was auch immer damals war, heute ist es zum Nachforschen zu spät. Mein Wassja weilt heute bestimmt nicht mehr unter den Lebenden.«

»Hast du die Deutschen aus der Nähe gesehen?« Kiebitz konnte die Neugier nicht unterdrücken.

»So wie dich«, lachte Tonja. »Einer hat sogar bei uns zur Miete gewohnt und uns von seiner Verpflegung abgegeben. Der war schon recht.«

»Hör mal, am Ende lebt dein Mann noch!« Kiebitz richtete sich vom Kissen auf.

»Er ist tot, gewiß ist er tot!« sagte Tonja zornig. »Wie viele Jahre ist das her. Als ich unser altes Häuschen verkauft und die halbe Bruchbude hier gekauft habe, bat ich die neuen Eigentümer, sie sollten es mir mitteilen, wenn... Sie schweigen.«

»Aber stell dir vor, er ist doch gekommen und hat dort Fremde angetroffen. Er hat nach dir gefragt, aber die haben ihm nichts gesagt, aus Angst, selbst in die Klemme zu geraten. Sollte er dich offiziell suchen? Er wollte dich doch nicht mit seiner Biographie beschmutzen. Nachdem er in Deutschland war – wo hätte er hin sollen? Er konnte nur eins, sich in ein Loch verkriechen, möglichst tief und weit weg. In diesem Loch sitzt er bis heute oder zieht als Wanderer durchs Land... Übernachtet, wo es gerade geht, ißt, wo er etwas bekommt... Es gibt von denen viele. Ich bin auch schon welchen begegnet.«

»Ach, du liebe Zeit!« schrie Tonja auf. »Bist du hartnäckig! Wenn ich anfange, ihn zu suchen, und er hat eine neue Familie, was dann? Vielleicht lebt er unter einem fremden Namen, und ich decke ihn mit meinen Händen auf? Nein, ich werde die Behörden nicht einschalten... Er hätte auch sofort eine Anzeige aufgegeben, wenn er am Leben geblieben wäre. Er ist tot.«

»Na, und was war weiter? Wo sind diese Leute heute alle?« fragte Kiebitz und brachte das Gespräch von den Toten auf die Lebenden.

»Was weiter? Ich lebe so. Habe von denen seit zwanzig Jahren keinen mehr gesehen. Und will's auch nicht. Ich lebe friedlich vor mich hin, habe einen kleinen Gemüsegarten, Blumen. Ob ich gekränkt bin? Ich trage nichts nach. Was geschehen ist, ist geschehen. Ich möchte in Ruhe sterben, das ist meine ganze Sorge. Und noch meine Enkelin... Wo die sich bloß rumtreibt, das verdammte Ding?«

Wie als Antwort auf ihre Frage klirrte und klapperte etwas auf der Veranda, und ins Zimmer stürmte ebendieses »verdammte Ding« herein: schlank, mit rosigen Wangen und einer riesigen, nassen Nelke in der Hand. Sie stürzte auf die Großmutter zu und küßte sie lachend ab. Tonja schluchzte auf. Endlich bemerkte Sascha die Anwesenheit des Fremden – in Großmutters Bett. Ihr Lachen brach jäh ab. »Großmutter! Wer ist das?«

»Ein Gast«, antwortete Tonja kurz. »Du siehst, daß er krank ist.«

»Ein schöner Gast!« versetzte Sascha schlagfertig. »Da muß man ja erschrecken.«

»Vor mir braucht man keine Angst zu haben, ich habe selbst vor allen Angst«, entgegnete Kiebitz. »Seit ich ausgeschlüpft bin.«

Der geschliffene Tonfall seiner Sprache verfehlte nicht seinen Eindruck.

»Ausgeschlüpft? Sicher erst vor kurzem.« Sascha lachte wieder. »Was für eine Vogelart sind Sie denn?«

»Leider kein Adler«, seufzte Kiebitz scherzend.

»Ein Gockel?«

»Auch nicht. Irgendwas dazwischen. Ich heiße Kiebitz. Boris Kiebitz.«

Er hielt es für richtig, mit offenen Karten zu spielen. An diesem Ort mußten sich alle darüber im klaren sein, was sie riskierten, wenn sie ihm halfen. Aber von Saschas Seite kam keinerlei Reaktion auf seinen Namen, außer der bissigen Bemerkung: »Na, dann eben eine Geflügelzucht. Versprich dir keinen Nutzen davon, nur Schaden.«

»Sie machen natürlich eine Ausbildung als Geflügelzüchterin.« Kiebitz empfand sogar eine gewisse Enttäuschung.

»Wie meinen Sie das?«

»Ihre Großmutter hat mir alles von Ihnen erzählt. Auch von Ihrer gesellschaftlichen Tätigkeit.«

»Ach, die Großmutter.« Sascha wurde verlegen. »Sie übertreibt alles. Das ist keine besondere Tätigkeit... Der Komsomol ist heute eine reine Formsache. Das ist vielleicht zu bedauern, aber es ist so.«

»Hast du Hunger?« mischte sich Tonja ein, die eine unerwünschte Wendung des Gesprächs witterte. »Setz dich und iß!«

»Nein, nein!« rief Sascha. »Ich habe schon gegessen. Aber Tee werde ich trinken.«

Sie war ihrer Großmutter sehr ähnlich, wahrscheinlich hatte die in ihrer Jugend genauso ausgesehen: schräg geschnittene, helle, blaue Augen, volle Lippen, besonders die obere, eine klare Stirn...

»Steh auch auf«, befahl Tonja Kiebitz, als sie das Glas mit der Konfitüre holte. »Man muß sich ein bißchen bewegen.«

Kiebitz überspielte, wie schwer ihm das fiel, zog die Feldbluse an und schleppte sich auf die Veranda an den Tisch. Er fürchtete, daß seine Socken schlecht rochen, konnte es jedoch nicht nachprüfen.

»Für mich starken Tee«, bat er und setzte sich, die Füße untergezogen, auf den Hocker wie auf eine Stange.

»Sagen Sie, Boris... Wie ist Ihr Vatersname?« fragte Sascha.

»Wozu wollen Sie den wissen?« wunderte sich Kiebitz. »Es geht auch ohne.«

»Na gut, also Boris. Wo kommen Sie her?«

»Aus dem Vorratskeller«, erklärte Tonja, »in unserem Gemüsegarten.«

»Ist er dort wie ein Pilz gewachsen?«

Saschas Scharfsinn war wirklich sehr studentisch. Übrigens bemühte sie sich, Kiebitz nicht direkt in die Augen zu sehen. Sie schaute immer zur Seite und von dort schräg auf den Gast.

»Nein, ich bin von oben reingeraten. Zufällig.«

»Und hat zufällig die Tür hinter sich geschlossen? Großmutter, hast du nachgesehen, ob die Gurken noch alle da sind? Vielleicht hatte er einen Kater.«

»Sascha!« verwies sie Tonja. »Was hackst du so auf ihm herum, er ist doch nicht gesund!«

»Na, das meine ich ja«, stimmte Sascha zu.

»Wovon wohl? Ich will Ihnen alles erzählen«, sagte Kiebitz. »Durch Zufall bin ich in einen Zug geraten, der zufällig entgleist ist. Haben Sie nichts davon gehört? Sie werden noch davon hören. Was nach dem Unglück geschah, daran erinnere ich mich nicht. Irgendwelche Leute im Nebel, Waldstreifen, Gemüsegärten ... Dann die Vorstadt, ein riesiger Ofen, Zigeuner ... Ob das Wirklichkeit war oder nicht, das weiß ich nicht. Ich verlor das Bewußtsein.«

»Die Vorstadt«, wiederholte Tonja, »ein Ofen ... so ein weißer, groß wie ein Haus?«

»Vielleicht.« Kiebitz fuhr zusammen. »Was ist damit?«

»Vor diesen Vorstadtzigeunern fürchte ich mich, seit ich im Waisenhaus gearbeitet habe. Nein, ich weiß ja, daß es auch unter ihnen gute Menschen gibt. Aber trotzdem fürchte ich mich vor allen. Marja Gawrilowna, die doch eine so verwegene Kavalleristin war, auch die bekam das Zittern ...«

»Wie, Marja Gawrilowna!« wunderten sich Kiebitz und Sascha wie aus einem Mund.

»Warum reißt du die Augen so erstaunt auf? Ich hab's dir doch schon hundertmal erzählt.«

»Ach, diese Geschichte!« erinnerte sich Sascha. »Das waren also Zigeuner?«

»Wer kann sie schon unterscheiden?« meinte Tonja wegwerfend. »Alle sind schwarz und haben Knopfaugen, alle sehen gleich aus, wie die Dohlen.«

»Was ist das für eine Geschichte?« fragte Kiebitz. Mit Sascha würde er nicht klarkommen, das lag auf der Hand. Na, wenn schon.

»Die Geschichte vom Mantel«, antwortete Sascha für die Großmutter. »Von Marja Gawrilownas berühmtem Mantel. Erzähl sie noch mal, Großmutter!«

Sie wandte sich nun doch Kiebitz zu, obwohl sie es immer noch vermied, ihm in die Augen zu sehen.

»Wissen Sie, Großmutter kann wunderschön erzählen. Sie hat Talent. Ich habe diese Geschichte tatsächlich schon hundertmal gehört, und jedesmal ist sie wieder neu für mich. Es wird einem dabei so ... so behaglich.«

»Ja, sie hat wirklich Talent«, lächelte Kiebitz. »Davon habe ich mich auch schon überzeugt.«

»Na schön,« lächelte auch Tonja. »Sitzen wir also beisammen und erzählen uns was.«

Sie hob die Augen zur Decke, wartete auf irgend etwas und begann dann zu erzählen, wobei ihr die Worte wie von selbst zuflogen: »Also, es war damals, als wir beide, Marja Gawrilowna und ich, im Waisenhaus arbeiteten. Wie ihr seht, war es mir beschieden, immer wieder unter einem anderen Dach zu wohnen: erst beim Onkel, dann in der Schule und danach in diesem Waisenhaus. Wir waren beide ganz schön dickköpfig, alles erschien uns leicht. Besonders Marja Gawrilowna schritt immer gleich zur Tat und dachte erst hinterher nach. Dieses Talent ist ihr angeboren, sie besitzt es heute noch. Ich sagte schon, daß uns freundliche Menschen mit Kleidung und Brot halfen. Manchmal waren auch gute Stücke darunter. So ein gutes Stück war der Mantel, den Marja Gawrilowna ergatterte.

Das Waisenhaus hatte zwei Stockwerke. Wir schliefen im ersten Stock, und im Erdgeschoß war der Speiseraum. Wenn man von draußen hineinging, kam man zuerst in eine ziemlich große Diele. Dort standen immer riesige mannshohe Fässer. In die legte man Gurken und Kraut ein, wenn man es hatte. Aus der Diele führte eine Treppe in den ersten Stock, und nach draußen ging außer der Tür noch ein kleines Fensterchen. Es befand sich auf der Seite. Oben wurden vor den Schlafsälen nachts die Latrineneimer aufgestellt. Wißt ihr, was ein Latrineneimer ist? Na gut.

Einmal, als ich mit den Kindern im Speiseraum saß, kam Marja Gawrilowna gelaufen und schrie. ›Der Mantel, der Mantel ist gestohlen!‹ Natürlich brach sofort großer Tumult aus. ›Das kriegen wir raus‹, schrien alle, ›höchste Zeit, daß dem mal nachgegangen wird.‹ Dazu muß ich sagen, daß auch zuvor schon immer wieder Kleider verschwunden waren, aber das hatte man kaum beachtet: Der Herr hat's gegeben, der Herr hat's genommen. Aber jetzt hatte es Marja Gawrilowna getroffen: So ein Mantel ist schließlich kein Pappenstiel. Sie schlug Krach. Die Kinder wurden ausgefragt und die anderen Erzieher auch. Dann wurde Isja, der Heizer, gerufen. Von Isja erfuhren wir, daß irgendein altes Mütterchen in unserem Hof Kohlen aufgelesen hatte, die noch vom letzten Winter herumlagen. Das ist ja bei uns so, solang Winter ist, zittern wir um jedes Stückchen Kohle. Aber kaum ist es ein bißchen wärmer, malen wir mit diesen Kohlen die Wände voll oder schießen sie mit der Schleuder auf Vögel… Also, auch die Kinder bestätigten, daß die Alte ein paarmal ins Haus gegangen sei und sich dabei verstohlen umgeblickt habe. Wir kannten diese Alte auch, sie bekam in unserer Küche immer die Reste. Folglich war der Fall klar. Marja Gawrilowna sprach mit dem Heizer ab, daß der ein Auge auf die Alte haben sollte. Sie wollte die Diebin auf frischer Tat ertappen und dann zwingen, ihr den Mantel zurückzugeben.

Dieser Isja war übrigens ein ganz durchtriebener Bursche, obwohl er noch so jung war. Bis siebzehn war sein Vater ein Millionär gewesen, ein Kaufmann. Hatte mit dem Ausland Geschäfte gemacht. Er wurde natürlich erschossen, weil er in Amerika die Brillanten des Fürsten Potemkin verkauft hatte. So sagte man jedenfalls. Seine beiden Söhne blieben als Waisen zurück. Den jüngeren gab die Tscheka als Zögling ins Waisenhaus. Der ältere, Isja, war schon sechzehn und arbeitete bei uns als Heizer, damit er auch vom Staat sein Brot bekam. Sein Hauptgeschäft aber war Leder. Alle Schuster der Stadt kauften das Leder bei ihm, mein Wassja später übrigens auch. Der Junge war ein Winzling, aber ein sauberer Monopolist. Das Talent hatte er vom Vater. Und geschickte Hände hatte er, nicht umsonst nahm ihn mein Wassilij zu sich in die Werkstatt, als die Fabriken für Schusterbedarf verstaatlicht wurden und Isja sein Monopol verlor.

Es vergingen also zwei Tage, da lief Isja zu Marja Gawrilowna und flüsterte, daß die Alte wieder im Hof herumstöbere. Sie warteten gemeinsam an einem stillen Plätzchen, was weiter geschehen würde. Die Zeit verging. Die Alte blickte sich um, sah, daß niemand da war, und husch ins Haus! Sie bot übrigens einen grausigen Anblick. Schmutziges zerrissenes Kopftuch, darunter graues Haar, krumm und hinkend... Und das ganze Gesicht mit Kohle verschmiert. Marja Gawrilowna und Isja ihr nach. Sie fliegen ins Haus, aber die Alte ist nirgends! Sie suchen alles ab, nichts! Sie beraten in der Diele, was sie weiter tun sollen, da schaut Marja Gawrilowna zufällig hinter das Krautfaß und erstarrt: Hinter dem Faß hockt die Alte, den Kopf auf die Knie gesenkt, und hält den Atem an. Marja Gawrilowna legt den Finger auf den Mund, und auf Zehenspitzen gehen sie in den Hof hinaus. Isja steht Wache, und Marja Gawrilowna rennt schnurstracks zur Tscheka. Sie läuft zum Chef und erklärt aufgeregt, wie und was. Der sagt: ›Ah! Davon haben wir schon gehört. Sidorow! Fahr mit dem Fräulein hin und schau nach, was los ist.‹

Marja Gawrilowna und Sidorow gehen hinaus, vor dem

Windfang steht eine Kutsche mit Pferden. Sie stampfen mit den Hufen, schnauben vor Hitze, daß es eine Pracht ist! Sidorow läßt mich in die Kutsche einsteigen, stürzt mir nach und schreit etwas... Die Pferde stürmen los! Im Nu haben sie uns zum Waisenhaus gezogen und halten dort mit einem Ruck an. Hinter uns eine einzige Staubwolke.«

»Warte, Großmutter Tonja!« unterbrach Kiebitz unbeherrscht die Erzählung. »Da verstehe ich was nicht... Du hast doch gesagt, Marja Gawrilowna ist zur Tscheka gerannt, und plötzlich bist du es, die mit Sidorow in der Kutsche zurückkommt! Wer war es denn nun wirklich?«

»Natürlich sie, Marja Gawrilowna!«

»Meine Großmutter hat die Gabe der Verwandlung«, lachte Sascha.

»Entweder ihr hört jetzt zu, oder ich erzähle nicht mehr weiter«, ärgerte sich Tonja.

»Verzeihung«, entschuldigte sich Kiebitz, »erzähl weiter!«

»Also... der Tschekist Sidorow, ganz in schwarzem Leder...«

Beim Erzählen war Tonja längst vom Tisch aufgestanden und mimte die Akteure der Geschichte, wie sie schauten und sich bewegten. Ihre Augen waren blauer geworden und blitzten verjüngt. Sie machte weit ausholende und schroffe Gesten, deutete auf Dinge, die sich auf der Veranda befanden, benannte sie jedoch entsprechend den Kulissen, in denen sie ihr Stück spielte. Zum hundertsten Mal, nach Tonjas eigenen Worten. Es war stets dieselbe, einzige, aber, wie sich herausstellte, wiederholbare und immer neu erlebte Jugend. Die junge Zeit selbst sprach mit Tonjas Mund. Und die Stimme jener Zeit war so wahr, diese Chronik war so glaubwürdig, daß die Zuhörer den Eindruck hatten, als sei die Veranda nicht die Veranda, sondern die Diele des Waisenhauses, und die Blumentöpfe keine Blumentöpfe, sondern Fässer mit eingelegtem Gemüse. Die Tür ins zweite Zimmerchen schien die Treppe in den ersten Stock zu sein, und dort vor dem Eingang in den Schlafsaal der Zöglinge schien kein kleines Öfchen zu stehen, sondern ein riesengroßer Latrinenkübel.

»Die gelbe Mauser am Koppel, die Schirmmütze tief in die Stirn gezogen, so tritt Sidorow in die Diele ein und sagt: ›Wo ist die Hexe? Zeigen Sie sie mir!‹ Isja sprang herbei und zeigte auf das Faß, hinter dem die Alte offenbar nicht hervorgekommen war. Marja Gawrilowna sah nach, tatsächlich, da saß sie noch. Sie packte die Alte am Tuch: ›Raus, raus, du Diebin!‹ Und zog an dem Tuch. Wie sie daran zog, hatte sie es auch schon mitsamt den grauen Haaren in der Hand. Es war eine Perücke!

Unter der Perücke kurz geschnittenes dunkles Haar und hellwache Mauseäuglein... Hinter dem Faß kommt keine Alte heraus, sondern ein kleines Tier, ein Mädchen von höchstens fünfzehn Jahren!«

Sascha blickte Kiebitz mit glänzenden Augen an. Vielleicht komme ich doch noch mit ihr klar, dachte er.

»So«, fuhr Tonja fort, »ein Mädchen also, wie ein winziger Maulwurf mit scharfen Zähnchen. ›So-so‹, sagt Sidorow, ›dich kennen wir.‹ Und stößt dem Mädchen plötzlich seine Faust in die Rippen. ›Ach!‹ sagt Marja Gawrilowna. Sidorow: ›Macht nichts, die ist das gewöhnt.‹ Und wieder gibt der dem Mädchen Saures, diesmal einen Tritt mit dem Stiefel. ›Und jetzt komm mit‹, sagt er.

Er zerrt das Mädchen in den Hof hinaus und schubst es in die Kutsche. Marja Gawrilowna springt ihnen hinterher. Sidorow packt die Zügel, und ab gehen die Pferde. Sidorow fragt nur manchmal: ›Wohin? Wohin weiter?‹ und stößt dem Mädchen den Peitschenstiel in die Seite. Die schweigt und schießt nur Blitze mit ihren kleinen Mäuseäuglein. Damit zeigt sie, wohin er fahren muß. Unterdessen erklärt Sidorow Marja Gawrilowna, daß die Rotte, aus der das Mädchen stammt, der Tscheka längst bekannt ist. Sie konnten sie nur noch nicht schnappen. ›Na, jetzt heben wir sie aus‹, sagt er, ›und auch Ihren Mantel werden wir todsicher finden.‹

So fliegen sie dahin, Marja Gawrilowna blickt sich um und sieht, daß das vertraute Gottesfeld allmählich verschwindet, Straßenlampen, die nicht brennen, laufen eine um die andere dorthin zurück. Und erst weit in der Ferne leuchten diese trüben Lampen auf, weil der Abend anbricht. Auf das freie Land ringsum senkt sich tiefe Finsternis. Zugleich rutscht Marja Gawrilownas Herz immer tiefer. Na, da tauchen vor ihnen die Lichter der Vorstadt auf. Und bei diesem Anblick rutscht ihr Herz noch tiefer.

Die Pferde sind in die Vorstadt gestoben, zu einer Hütte. Es ist eine lange Hütte, wie eine Baracke. Mit zig kleinen Fenstern in der Wand. Die Pferde bleiben vor der Hütte stehen. Die drei Fahrgäste steigen aus der Kutsche, und das Mädchen führt Sidorow und Marja Gawrilowna hinein. Zuerst gehen sie durch einen dunklen Gang, rechts und links lauter Türen... Dann stoßen sie eine Tür auf, der Duft nach gebratenem Speck schlägt ihnen entgegen. Und er schlägt sie so fest, daß Marja Gawrilowna zu taumeln beginnt. Das Hungern war ihr nicht bekommen! Mit unserer täglichen Ration konnte man ja nicht mal ein Küken füttern. Aber Marja Gawrilowna beherrscht sich, fällt nicht um und schaut, was das für ein Zimmer ist und wer drin wohnt. Sidorow ist auch stehengeblieben und schaut ebenfalls. Das Mädchen aber redet ganz schnell etwas in einer unverständlichen Sprache.

Marja Gawrilowna sieht, daß ein riesiger Ofen in diesem Zimmer steht, auf dem sitzen zwei dicke, aufgedonnerte Weiber in gestickten Blusen mit Ketten um den Hals und lassen die Beine herunterbaumeln. Hinter den Weibern gucken zwei Mädchen heraus, genauso kleine Tiere, wie das von Sidorow gefangene. Vor dem Ofen steht ein fettes Weib, noch dicker als die beiden anderen, und brät in einer großen Pfanne den Speck, von dem Marja Gawrilowna schwindlig geworden war. Dieses fette Weib antwortet unserem Mädchen etwas in ihrer Sprache, so was wie: ›Kurlimurladi.‹ Die Gäste schaut sie mit keinem Blick an.

Da tritt Sidorow vor und sagt: ›Wo sind die gestohlenen Klamotten? Raus damit!‹ Er zieht seine Mauser.

Das Weib wies mit dem Kopf auf eine kleine Tür hinter der Rückwand des Ofens, und Sidorow ging gebückt hindurch. Unser Mädchen aber huschte blitzschnell auf den Ofen. Von dort schauten nun drei kleine Köpfe mit kurzem Haar und Mäuseäuglein auf die allein dastehende Marja Gawrilowna. ›Komm her, Lehrerin!‹ rief Sidorow aus dem Zimmerchen hinter dem Ofen. Sie war froh, daß sie gehen konnte. Sie trat ein und schrie erstaunt auf. Der ganze Raum war voller Tücher, Joppen, Jacken, Kleider, Schirmmützen. Was es da nicht alles gab! Nur eins gab es nicht, wie sehr sie auch suchten: Marja Gawrilownas Mantel.

Da trat Sidorow wieder mit seiner Mauser zu dem fetten Weib. Die sagte, der Mantel liege wahrscheinlich bei ihrer Schwester im Schlafzimmer, in das man draußen auf der anderen Seite der Hütte hineinginge. Sidorow drohte mit den Folgen, wenn sie gelogen hätte, und ging hinaus. Marja Gawrilowna war schon hinter ihm auf dem Gang, da besann sie sich, daß sie eigentlich nicht mitgehen müsse. Aber dann fiel ihr ein, daß es doch besser wäre. Um den Mantel zu identifizieren, wenn er tatsächlich bei der Schwester war. Dann wieder... So schwankte sie, ob sie mitgehen sollte oder nicht, als sie aus dem Zimmer, in dem sie gerade gewesen war, eine tiefe Männerstimme hörte.

Sie wunderte sich sehr, weil sie bislang keinen Mann gesehen hatte, und öffnete die Tür ganz leise einen Spalt weit. Mitten im Zimmer, vor dem fetten Weib, stand ein massiger Mann. Er hatte lockiges Haar, einen Bart und hervorquellende, schwarze Augen. Das Haar war ebenfalls schwarz, fast blau, und glänzte. Sein Hemd hatte Rußflecken.

Bevor Marja Gawrilowna noch überlegen konnte, was sie tun sollte, stürzte sie zurück ins Zimmer und schrie: ›Wer bist du? Wo kommst du her?‹ Erst dann fiel ihr ein, daß Sidorow mit seiner Mauser nicht neben ihr stand.

Der Mann straffte sich sofort, setzte sich in Positur und begriff ebenfalls sofort, daß Marja Gawrilowna allein war. Da sackte er plötzlich zusammen, verzog das Gesicht und begann jämmerlich zu winseln: ›Ich bin krank! Invalide! Überall reißt es mich!‹ Seine Visage glänzte. ›Ein unglücklicher Mann bin ich, bereit zu sterben!‹ Dabei klopfte er sich auf die Brust, dann auf den Bauch und noch tiefer, auf die Knie... Plötzlich zog er aus dem Stiefelschaft ein kurzes Messer. Seine Fresse verzerrte sich, die Augen quollen heraus, er fletschte die Zähne und ging auf sie zu. ›Ach!‹ schrie Marja Gawrilowna.

Doch der Mann blieb plötzlich stehen und warf das Messer auf den Boden. Dann ging er in die hinterste Ecke und setzte sich auf die Bank. Marja Gawrilowna blickte sich um: Hinter ihr stand Sidorow und zielte mit der Mauser auf den Mann. ›So‹, sagte er, ›alles klar. Gehn wir, Lehrerin.‹

Sie gingen in den Hof, stiegen in die Kutsche und brausten nach Gottesfeld. Während sie so durch die Nacht rasten, ertönten vor ihnen, hinter ihnen und auf beiden Seiten Räuberpfiffe. Da pfiff nicht einer, sondern mehrere pfiffen sich Signale zu. Als die Pferde diese Pfiffe hörten, wieherten sie und rissen an den Zugriemen. Aber Sidorow hielt in der einen Hand die

Zügel fest, in der anderen die Mauser. So sausten sie nach Gottesfeld. Die zu Tode erschrockene Marja Gawrilowna stieg vor der Tscheka aus und sah dem Tumult zu, der jetzt dort ausbrach. Fenster wurden aufgerissen, man hörte das Telefon schrillen, Leute rannten raus, aus den Ställen wurden die Pferde geführt. In wenigen Minuten traf auch eine Kompanie Soldaten im Hof der Tscheka ein. Auf der Stelle brachen sie in die Vorstadt auf. ›Komm mit, Lehrerin!‹ schrie Sidorow. ›Es wird lustig werden!‹ Aber Marja Gawrilowna schüttelte nur den Kopf, sie hatte genug. Sidorow bleckte die Zähne, die Hufe klapperten, und im Nu war alles aus Marja Gawrilownas Sichtfeld verschwunden. Sie ging ins Waisenhaus zurück. In dieser Nacht schlief dort niemand.

Am Morgen erfuhren wir, daß die Soldaten nachts in der Vorstadt jene Hütte umzingelt und alles ringsum abgesucht hatten. Sie fanden auch in dem riesigen Ofen eine Tür und dahinter ein kleines Zimmer. Von dort ging ein unterirdischer Gang irgendwohin ins Wäldchen. Im Gang selbst saßen siebenundzwanzig kräftige Männer. Die ganze Rotte. Und massenhaft Klamotten lagen drin.«

»Der unterirdische Gang!« rief Kiebitz aus.

»Naja, der Gang ging direkt im Ofen los. Und unter dem Wäldchen waren vielleicht Höhlen.«

»Und weiter, hinter der Höhle?«

»Wer soll das wissen! Ich bin dort nicht reingekrochen, ich weiß es nicht. Gerüchte gibt es viele über diesen Gang, aber das ist alles dummes Zeug.«

»Ja«, sagte Kiebitz, »ein seltsames Volk sind diese Zigeuner. Niemand weiß, woher sie gekommen sind, wozu...«

»Ja, wirklich«, bestätigte Tonja.

»Und hat Marja Gawrilowna ihren Mantel gefunden?«

»Ja, das hat sie«, sagte Tonja. »Und danach trug sie ihn noch lange. Soviel ich mich erinnere, hatte sie ihn immer an.«

»Sie trägt ihn auch jetzt noch«, lachte Sascha. »Er ist unverwüstlich.«

»Der unterirdische Gang, die Zigeuner«, murmelte Kiebitz nachdenklich vor sich hin. »Hübsch. Da steckt mehr dahinter, als man meint.«

»Das Zigeunerproblem interessiert Sie offenbar«, sagte Sascha herausfordernd. »Sie sind wohl Ethnograph?«

»Nein«, antwortete Kiebitz betont friedfertig. »Viel einfacher. Ich bin Theaterkleckser, Bühnenbildner.«

»Wie?!« Sascha setzte dieser ungewöhnliche Beruf in Erstaunen. Ihre Wangen wurden bleich. »Dann sind Sie der, nach dem dort gefahndet wird!«

Kiebitz spürte einen Kälteschauer zwischen seinen Schulterblättern.

»Wo wird gefahndet?«

»In Golta, in jedem Winkel«, teilte Sascha bissig mit. »Überall hängen Anschläge: Ein Bühnenbildner wird gesucht. Ein Schwerverbrecher, nämlich der ehemalige Regierungsvorsitzende von Golta. Sie sind das also! Großmutter, er ist ein Bandit! Ein ganz ausgekochter, ich hab es gleich gespürt.«

»Red keinen Unsinn!« entgegnete Tonja. »Was soll dieses Häufchen Unglück für ein Bandit sein?«

»Nein, ich frage Sie: Sind Sie dieser Kiebitz?« Sascha schaute Kiebitz starr in die Augen.

»Wahrscheinlich«, bekannte er. Wieder stand es schlecht um ihn.

»Ach, so ist das! Dann... Nein, ich werde Sie nicht anzeigen, das ist nicht meine Art. Aber dieses Haus verlassen Sie auf der Stelle! Sonst werde ich mich nicht an meine Grundsätze halten.«

»Mädchen!« Tonja packte Sascha am Arm. »Mädchen, du bist verrückt geworden, das ist doch ein kranker Mensch!«

»Du Abschaum«, sagte Sascha. »Raus!«

»Sie lassen mich ja nicht einmal zu Wort kommen.« Kiebitz bemühte sich, den aufrichtigen Tonfall nicht zu übertreiben. »Wie die, von denen Ihre Großmutter erzählt hat: Ohne Erklärungen an die Wand.«

»Die Erklärungen stehen alle auf den Anschlägen: Er wird gesucht.«

»Nein, nicht alle. Was dort steht, ist ein Mißverständnis. Es kann mich teuer zu stehen kommen. Das tut es im Grunde schon. Vielleicht lassen Sie mich doch ein Wort sagen?«

»Sascha«, sagte Tonja, »sogar das Tribunal hört einen Menschen an. Später wirst du dir selbst Vorwürfe machen. Sei nicht so unmenschlich wie die anderen. Oder... oder bist du's schon? Dann wirst du auch mich aus dem Haus jagen, wenn man mich auf Anschlägen anschwärzt?«

»Gut.« Saschas neue Entscheidung fiel ebenso schnell wie die absolut eindeutige zuvor. »Sprechen Sie, aber sagen Sie bitte nur eine Wahrheit.«

»Nur eine?« lächelte Kiebitz. »Nichts leichter als das.«

Fünfzehntes Kapitel

Träume, Wirklichkeit und Petruscha

»Ich fange ganz von vorne an... Meine Großmutter lebte hier, in Pjerwomaisk. Genauer, in Golta. Es ist erstaunlich, wie du das erraten hast, Großmutter Tonja. Meine Kindheit verbrachte ich bei ihr, und mir war immer, als sei ihr Haus das Beste in meinem Leben gewesen. Meine Großmutter ist natürlich tot, aber ihr Haus steht noch. Rede ich konfus? Sei's drum. In diesem Haus roch es immer so wunderbar... Wegen dieses Geruchs hat alles angefangen, vielmehr, weil er sich mir für immer eingeprägt hatte.«

»Aha!« sagte Tonja. »Ich kannte doch deine Großmutter. Sie war irgendwoher aus dem Westen gekommen, vor dem Krieg, stimmt's?«

»Richtig, aus der Gegend von Königsberg! Doch das hatte für mein Leben keine Bedeutung, es erging mir wie allen, die Einzelheiten sind unwesentlich. Vor kurzem aber haben sich alle diese Einzelheiten zu Linien zusammengefügt und sind dann plötzlich abgerissen. Ich bin gleichsam erwacht und erschrokken. Wovor? Vor der Entscheidung. Ich mußte entscheiden, wie es weitergehen sollte. Es war ein Gefühl, als hätte ich mein Leben lang einen Kaugummi gekaut und plötzlich ausgespuckt. Es blieb ein widerlicher Geschmack im Mund und Leere. Und in dieser Leere mußte ich ein neues Leben anfangen. Ich beschloß, nach Moskau zu fahren, um bei irgendeinem Theater Karriere zu machen. Ich kann was und kenne auch Leute. Meine Chancen waren insgesamt nicht schlecht. Aber als ich zum Bahnhof kam, um meine Fahrkarte zu kaufen, war mir, als knuffte mich etwas in den Arm. Ich begriff mit einem Mal, daß ich in Moskau nichts Neues anfangen, sondern nur das Alte, Durchlebte von neuem beginnen würde. Das, was war. Und was war das? Ganz am Anfang war ein Nest, Großmutters Haus. Sein Geruch stieg mir wieder in die Nase. Ich zögerte nur eine Sekunde und kaufte eine

Fahrkarte nach Pjerwomaisk. Mich bewegte nur ein einziger Gedanke: Ob dieser Geruch wohl geblieben war und ich ihn wieder riechen könnte. Ich kam an und hatte noch kaum schnuppern und mich richtig umsehen können, als der ganze Schlamassel bei euch anfing und ich wie ein hilfloses Vogeljunges hineingezogen wurde. Ich zappelte zunächst und sträubte mich. Doch dann überredete man mich, daß ausgerechnet ich die Wogen glätten könnte, als neutrale Person, die gerade erst zugereist war. Alte Bekannte täuschten mich einfach, nützten meine Anhänglichkeit aus. Und neue Bekannte benutzten mich als Deckmantel. Sobald mir das bewußt wurde, flüchtete ich. Ohne Erfolg, sie fingen mich wieder. Ich floh ein zweites Mal... und wieder ging ich ihnen ins Netz. Übrigens war es beide Male nicht ganz erfolglos, ich blieb immerhin am Leben! Und bekam sogar etwas geschenkt, Großmutter Tonjas Vorratsraum. Jetzt möchte ich wieder nur eins, die Beine unter die Arme nehmen. Ich sage es ganz offen: Ich bin an nichts schuld, im Gegenteil, ich wollte immer anderen helfen, und als Dank möchte ich nur, daß man mir die Möglichkeit gibt abzuhauen. Es hat sich eben so ergeben, daß meine Versuche, die Situation zu entschärfen, sie nur zugespitzt haben. Aber das ist ja ganz begreiflich, schließlich bin ich weder Politiker noch Historiker, nicht einmal Verwaltungsfachmann. Ich bin ein einfacher Bürger, ein Farbenkleckser. Ich hätte dieses Leben nicht so auffassen sollen, wie ich es von Berufs wegen tue: als Theaterstück. Aber das ist meine einzige Schuld. Jetzt möchte ich ein bißchen abwarten und dann wegfahren, von mir aus nach Moskau! Dort wohnen Millionen Menschen, dort kann man untertauchen und verschwinden, niemand fragt etwas oder erinnert sich... Du lieber Gott, es sind nur ein paar Tage vergangen, und wie hat sich alles verändert! Ein paar Tage, was ist das schon?«

Kiebitz hob tragisch die Hände und Augen zur Decke. Doch von dort oben kam keine Antwort auf seine Frage.

»Schlimm«, sagte dafür Tonja.

»Na, und wie viele gedenken Sie abzuwarten?« fragte Sascha. »Komisch, daß Sie danach trotz allem nach Moskau wollen.«

Kiebitz zuckte nur die Achseln.

»Was ist daran komisch? Sobald Moskau hier weg ist, marschiere ich ihm nach. Das ist doch logisch.«

»Woher wissen Sie, daß Moskau bei uns ist?«

»Das ist logischerweise anzunehmen. Und Großmutter Tonja hat ja auch gesagt...«

»Nicht Moskau«, korrigierte Sascha. »Eine Landetruppe aus Orenburg.«

»Das ist doch ein und dasselbe. Auch diese Truppe wird natürlich von Moskau aus dirigiert. Aber ich sehe, daß Sie mir nicht glauben, Sascha. Sie vereinfachen alles, während Sie sich selbst hätten überzeugen können, daß alles viel komplizierter ist, als Sie sich das so vorstellen.«

»Bislang stelle ich mir überhaupt nichts vor«, entgegnete Sascha. »Was Sie konkret betrifft, bin ich wie zuvor dagegen, daß Sie hierbleiben. Aber das soll die Großmutter entscheiden. Ich gehe jetzt schlafen, ich habe morgen einen schweren Tag. Ich wollte nur sichergehen, daß Sie uns nicht im Schlaf erdolchen.«

»Sascha!« rief Tonja aus. Aber Sascha hatte die Veranda schon verlassen. Die Tür zu ihrem Zimmerchen schlug zu.

»So sind die Jungen«, sagte Tonja, »die sticht der Hafer.«

»Ja, Ihre Generation ist nicht so«, gab Kiebitz zu. »Das hat man sich erst in unserer Zeit angewöhnt. Anders kann man sich das Leben gar nicht mehr vorstellen.«

»Ihr habt es euch nicht angewöhnt, Ihr seid so«, widersprach Tonja. »Aber ich kann mich dafür verbürgen, daß Sascha dich nicht anzeigen wird. Wenn auch nur ausnahmsweise.«

»Das habe ich schon verstanden«, seufzte er. »Aber das soll nicht meine Sorge sein, sondern ihre. Schön, erzähle lieber, wie die Geschichte mit dem Mantel ausgegangen ist.«

»Die ist nicht ausgegangen und wird auch nicht ausgehen. Ich habe doch alles erzählt, was denn noch? Sascha hat ja auch bestätigt, daß Marja Gawrilowna den Mantel heute noch trägt. Es ist ja auch ein vorzüglicher, haltbarer Mantel. Heute kriegt man so was nicht mehr.«

»Und wo sind die anderen hin?«

»Nirgendwohin. Was sollte zum Beispiel aus den Zigeunern werden? Wie sie waren, so sind sie noch. Oder Isja Rabin und sein kleiner Bruder...«

»Rabin!« erschrak Kiebitz. »Der war also bei deinem Mann in der Schusterwerkstatt! Ja, so was? So klein ist die Welt, so eng – sie drückt mir geradezu die Luft ab.«

Er faßte sich an den Hals, als würde ihn wirklich jemand würgen, oder als wolle er sich selbst die Kehle zudrücken. Seine

Nerven taugten gar nichts mehr. Tonja schien es, als würde er gleich in Tränen ausbrechen.

»Mein lieber Freund«, sagte sie. »Du solltest dich wieder hinlegen. Du weißt selbst, der Morgen ist klüger als der Abend. Naja, Rabin und sonst noch einige... Alle sind doch *nahe* Verwandte. Deshalb ist es so eng.«

»Ja, ja«, murmelte Kiebitz halb von Sinnen. Sein Bewußtsein hatte sich wieder getrübt, und der Schmerz im Rücken war stärker geworden. Mit Tonjas Hilfe ging er zurück zu ihrem Bett. Bevor er in tiefen, überwältigenden Schlaf sank, schoß ihm noch der stumme Gedanke durch den Kopf: Wo würde Großmutter selbst schlafen, wenn er ihr Bett belegte? Er spürte einen winzigen Nadelstich im Gewissen, dann war alles dunkel.

Tonja stellte auf der Veranda ein Klappbett für sich auf. Danach löschte sie überall das Licht bis auf die Nachttischlampe neben Kiebitz und legte sich ebenfalls hin. Einschlafen konnte sie jedoch nicht und murmelte schließlich wieder etwas vor sich hin. Sie hatte wohl zuviel gemurmelt. Es scharrte an der Tür, dann trat jemand mehrmals grob dagegen, und der Grobian schrie mit der Stimme des Nachbarn Petruscha: »Aufmachen, Alte! Inspektion!«

»Was ist denn?« erschrak Tonja. »Du wirst Sascha aufwekken! Geh, alter Saufkopp, und schlaf dich aus.«

»Mach auf!« forderte Petruscha. »Sonst schlage ich die Tür ein.«

Zur Bestätigung seiner Drohung trat er wieder so heftig mit dem Fuß gegen den Türpfosten, daß das ganze Häuschen zu schwanken schien. Tonja stand sofort auf und öffnete.

»Inspektion«, wiederholte Petruscha, der merklich schwankte. »Der Fernseher muß kontrolliert werden.«

»In der Nacht, wo nichts mehr gesendet wird?«

»Mir zeigt er auch in der Nacht was«, erklärte Petruscha.

Tonja stand barfuß auf dem kalten Fußboden und versperrte ihm den Weg. Petruscha grinste, stieß sie weg und stolperte auf die Veranda. Unglücklicherweise stand die Tür zum Schlafzimmer offen. Petruscha bemerkte sofort den Fremden auf Tonjas Bett.

»Oho!« brüllte er. »Auch eine alte Frau hat noch Feuer! Na, keine Angst, ich sag niemandem was.«

Er schaute sich den Schlafenden jedoch sehr aufmerksam an. Der atmete ruhig, das Geschrei beunruhigte ihn nicht.

»Ich sag nichts. Gib mir nur was zu trinken, Nachbarin!«

Tonja erfüllte sofort die Bedingungen des Ultimatums. Petruscha trank, räusperte sich, wankte und taumelte zur Tür. An der Tür kam er zum Stehen und brabbelte: »Ob ich wohl auch noch kann, wenn ich so alt bin wie du? Dabei kann einer krepieren.«

Er stolperte in den Hof hinaus. Tonja sperrte die Tür zu. Kiebitz öffnete die Augen, für einen Augenblick war er halb erwacht.

»Zeigt er mich an?«

»Ach wo! Der weiß morgen früh nichts mehr, der Alkoholiker. Schlaf weiter.«

Kiebitz schlief auch ohne diesen Befehl schon wieder. Tonja machte auch bei ihm das Licht aus. Deshalb konnte Kiebitz, als er das nächste Mal die Augen aufschlug, anfangs nicht feststellen, wo er war. Er hatte es vergessen. Als es ihm wieder einfiel, beschlich ihn Unruhe, die mit Petruscha zusammenhing. Und Kiebitz stand vom Bett auf.

Das Licht war überall gelöscht. Aber im Haus war es nicht ganz dunkel, und das war in dieser stockfinsteren Nacht merkwürdig. Die Gegenstände hatten sich mit einer leuchtenden Hülle umgeben, die Wände reflektierten dieses Leuchten. Kiebitz erriet, daß es nur die Scherze des Vollmondes waren. Tatsächlich, hinter der Glaswand der Veranda stand der weißglühende, silbrige Mond, ein grimmiges Auge auf dem düsteren Antlitz der Nacht. Auf dem Fußboden lag das Mondlicht als kleines Quadrat, und dies reichte aus, um in der Schlafkammer alles zu erhellen.

Großmutter Tonja schnaufte hin und wieder im Schlaf. Manchmal brodelte etwas in ihrer Lunge, dann drehte sie sich auf die andere Seite und stöhnte. Das Klappbett knarrte. Kiebitz, der auch von einem leuchtenden Dunstschleier umhüllt war, bemühte sich, seine Wirtin nicht aufzuwecken, suchte seine Kleider zusammen, zog sich an und ging auf Zehenspitzen zur Veranda.

»He!« rief ihn von hinten jemand leise an.

Er erstarrte und schaute sich um. Natürlich, auf der Schwelle ihres Zimmerchens stand Sascha.

»Sie sind also doch ein Bandit!« sagte sie. »Und was für ein Klageliedchen Sie uns gepfiffen haben!«

»Pssst!« zischte er. »Laß die Großmutter schlafen.«

Er ging auf Sascha zu. Sie wich zurück.

»Rühren Sie mich nicht an!«

»Mädchen«, sagte Kiebitz bedauernd. »Die Sache ist ernst. Du kennst so was nicht.«

»Na und?« fragte sie bissig.

»Können Sie das nicht verstehen, Mädchen?« sagte er so leise, daß die Wanduhr mit den Katzenaugen im Vergleich dazu dröhnte wie ein Abbauhammer. »Nein, Sie können es nicht. Dann hören Sie doch auf, mich zu quälen. Meine Nerven sind nicht in Ordnung, aber ich möchte leben. Sie spielen immer nur, immer dasselbe Kükenspiel: wer welchen Wurm ergattert. Mein Gott, wie dumm!«

»Halt«, sagte sie plötzlich ernst und ebenso leise wie er. »Wieso denn... Ich verstehe auch manches. Wo wollen Sie in der Nacht hin? Hat Sie hier etwas erschreckt?«

»Ich fürchte mich vor allem. Vor Ihnen zum Beispiel auch.«

»Vor mir brauchen Sie sich nicht zu fürchten.«

»Gut, dann eben nicht. Aber... ich muß jetzt fort. Nein, wecken Sie die Großmutter nicht! Sagen Sie ihr morgen früh meinen Dank, von ganzem Herzen.«

»Ich begleite Sie«, sagte Sascha.

»Wozu? Das ist nicht nötig.«

»Keine Widerrede. Ich weiß, wozu.«

»Schön, kommen Sie. Nur schnell, der Mond geht bald unter, dann sehen wir nichts mehr.«

In Wirklichkeit wollte der Mond noch nicht untergehen. Kiebitz nahm Saschas Hand, und so schlichen sie zur Tür. Lautlos gelangten sie ins Freie. Mitten im Hof blieb Kiebitz stehen und sagte, ohne Saschas Hand loszulassen.: »Nicht weiter. Ich danke Ihnen. Nehmen Sie es mir nicht übel, aber Sie müssen noch ein bißchen klüger werden.«

»Wo wollen Sie jetzt hin?«

Saschas Haar funkelte, als sei sie ein zweiter Mond, der aus der Hofecke zu Kiebitz heraufgestiegen war.

»Ich weiß nicht«, antwortete er. »Ich muß aus dem Kreis herauskommen. Die Stadt ist doch sicherlich im Kessel drin?«

»Ja. Aber wie wollen Sie herauskommen?«

»Ach«, er winkte ab. »Irgendwie. Wenn der unterirdische Gang tatsächlich existierte...«

»Wieso ist mir das nicht gleich eingefallen!« schrie Sascha. »Natürlich, der unterirdische Gang!«

»Sind Sie verrückt geworden?« Vor Überraschung setzte sich Kiebitz sogar hin und ließ Saschas Hand los. »Was schreien Sie denn so? Wiedersehn. Welchen Gang kann es denn noch geben?«

»Gehen wir!«

Sascha fand sein Handgelenk und umfaßte es. Fest.

»Machen Sie wieder Ihre Kleinmädchenspäße?«

Das sagte er, folgte Sascha jedoch. Sie zog ihn mit einer besonderen Kraft hinter sich her. Er hatte keine Lust, in der Nacht allein zu bleiben. Sie gingen zum Vorratsraum hinter dem Schuppen. Sascha holte unter der Schwelle den Schlüssel heraus und sperrte auf.

»Zum Teufel! Das ist doch nur euer Vorratsraum«, sagte Kiebitz enttäuscht.

»Nicht nur«, entgegnete sie. »Kommen Sie.«

Kiebitz zog den Kopf ein und kletterte hinter Sascha hinunter. Das letzte, was er an der Erdoberfläche sah, war der hinter einer Wolke zielstrebig verschwindende Vollmond. Dann knipste Sascha das Licht an, und Kiebitz erstarrte, von der plötzlichen Helligkeit geblendet. Vor seinen Augen krabbelte allerlei kleines Gewürm und beschrieb Hieroglyphen einer unbekannten Sprache. Einen Augenblick später hatte er das Innere des Vorratsraums erkannt. Auf dem feuchten Sand zeichneten sich Beulen und Streifen ab, als wäre jemand erst vor kurzem verzweifelt darauf herumgekrochen. Doch jetzt war der Keller leer.

Sascha ging in die Ecke. Irgend etwas klirrte dort. Dann sagte sie ungeduldig: »Kommen Sie doch!«

Kiebitz ging zu ihr. Hinter einem Faß sah er eine kleine Tür. Es roch modrig daraus. Sascha holte aus einer Nische rechts von der Tür zwei Kerzen, zündete sie an und gab Kiebitz eine. Der konnte es immer noch nicht glauben: Das sollte der unterirdische Gang sein! Aber Sascha trat schon in den Gang ein, er mußte ihr folgen... Kiebitz ging ihr nach.

Nach langem Gehen, gebückt, um nicht an der niedrigen Decke anzustoßen, nach zahllosem Stolpern über Unebenheiten und kleine Stufen im Boden glaubte er es: Vor ihnen gabelte sich der Gang. Die feuchten Wände bildeten ein V, Spinnweben hingen in den Ecken und Fledermäuse wie Weintrauben. An der Spitze des V war ein Pfosten in die Erde gerammt mit Wegweisern nach rechts und links. Das nervöse Licht zitterte darauf, Schatten huschten darüber... Kiebitz las: Moskau – 1027 km, Jerusalem – 2476 km. Der linke Wegweiser zeigte nach Moskau, der rechte nach Jerusalem.

Alles sprach dafür, daß dies nicht sein konnte. Daß Kiebitz es in fiebriger Ohnmacht geträumt hatte, aber wann? Und wo? Natürlich – gestern, unterhalb der Böschung, die der Güterwagen hinuntergestürzt war, in seinen Trümmern. Und alles, was danach kam, war Traum, Wahnvorstellungen eines Ohnmächtigen.

»Wohin wollen Sie weiter?« fragte Sascha.

Kiebitz kam wieder zu sich. Nein, dies war kein Traum.

»Was raten Sie mir?«

»Ich denke, *wir* gehen nach links.«

Kiebitz konnte gar nicht überlegen, da waren sie schon links eingebogen. Hundert Meter weiter kam eine Kurve. Dahinter tauchte ein Schlagbaum auf, nebendran stand eine Bretterbude. Der Posten sprang heraus und brüllte: »Halt! Wer seid ihr?«

Kiebitz schien neu zu erwachen. Er faßte Sascha am Ellbogen und rannte zurück. Kaum waren sie hinter der Kurve in Dekkung, da knatterte eine MP-Salve hinter ihnen her, die Kugeln schlugen in die Wände ein. Sie rannten weiter, am Wegweiser vorbei, dorthin, wohin der andere Pfeil wies. Nach hundert Metern kam auch dort eine Kurve, und dahinter erblickte Kiebitz in der Bude neben dem Schlagbaum Rabin. Der Schuster stand in lockerer Haltung da, hatte jedoch eine Maschinenpistole auf der Brust.

Wieder zog Kiebitz Sascha zurück. Am Pfosten, wo sich die Gänge gabelten, blieben sie stehen. Außer den abgegangenen drei Wegen gab es keinen mehr. In Kiebitzens Kopf hatte sich indes festgesetzt, daß aus dem rechten Gang nicht auf sie geschossen worden war. Dieser Gedanke sollte offenbar zu irgend etwas führen. Kiebitzens Herz klopfte so stark, daß seine von den Wänden des unterirdischen Ganges zurückgeworfenen Schläge hundert Militärtrommeln an Klangstärke nicht nachstanden. Von Sekunde zu Sekunde wurden sie lauter und betäubender. Sie schlugen immer furchtbarer auf seinen Schädel ein, wie mit einem harten, zertrümmernden Schnabel. Gleich werden sie zerspringen, dachte Kiebitz von seinem Kopf und seinem Herzen... und erwachte.

Er hatte immer noch das Dröhnen der Trommeln in den Ohren. Kiebitz starrte verständnislos in das vom Mondlicht überglänzte Zimmer und schluchzte leise auf. Dann merkte er, daß nicht er selbst schluchzte, sondern die Uhr in der Veranda. Noch später öffnete sich die Tür des zweiten Zimmers und Sascha kam heraus. Kiebitz stützte sich auf dem Ellbogen auf und wollte fragen: wohin! Doch statt dessen wachte er wieder auf.

Saschas Tür knarrte, knarrte in einem fort, da – Sascha kam wieder zu Kiebitz. Sie blieb mit dem Rücken zur Glasveranda stehen. Der Mond ging rasch hinter ihrem Kopf unter. Ein Heiligenschein erstrahlte um ihr Haar. Ihre ganze Gestalt war von einer flammenden Atmosphäre umhüllt. Diese Strahlenhülle schwankte und zitterte wie eine flackernde Kerze. Es schien, als gingen die milden Mondstrahlen von Sascha selbst aus.

»Sa-schen-ka«, hauchte Kiebitz im Takt zum Schluchzen der Uhr und dem Trommelschall, den er wieder im Ohr hatte.

»Ich komme«, sagte Sascha fest. In Kiebitzens Brust verkrampfte sich ein schmerzender harter Klumpen, das verfluchte Herz. Sascha kam ganz nah heran und setzte sich aufs Bett.

»Saschenka«, dachte er nur, er hatte keine Stimme.

»Gleich«, dachte sie geduldig zur Antwort und zog den Morgenrock aus.

Sie hob die Decke ein wenig hoch und schmiegte sich langsam, langsam mit dem ganzen Körper an Kiebitz. Er stöhnte auf, halb vor Schmerz, halb vor Erleichterung.

»Aber lei-se«, flüsterte sie Kiebitz in den Mund hinein und verschloß ihn mit ihrem eigenen. Ihr Mund war größer als seiner. Er begriff klar, daß er in ihren Mund abstürzen würde, in die tiefe Höhle, und dort untergehen würde – mit all seinen Wünschen und Ängsten. Er spannte sich an, um sich herauszuarbeiten... Sascha umklammerte seinen Hals mit eisernen Fingern und seine Knie mit stählernen Fersen. Ihr Bauch legte sich mit furchtbarem Gewicht auf seinen Bauch. Ihre Zunge bohrte sich zwischen seine zusammengebissenen Zähne. Hitze schlug aus ihrem Schlund.

In diese Hitze eingehüllt, verschmolzen sie zu einem Körper, zu einer geflügelten Seele, hoben vom Bett ab und schwebten zur Decke auf, ohne die Zudecke abzuschütteln. Dort, unter diesem gekälkten Himmel, begannen sie sich in der bitteren, vom Mondsaft getränkten Luft des nächtlichen Hauses zu drehen. Nach und nach lösten sie sich darin auf. »Ah, du bist es, mein Tod!« dachte Kiebitz im selben Augenblick. Dieser Gedanke gab ihm einen Stich, und er stieß Sascha weg, wobei er trotzdem ständig vor sich hinmurmelte: »Saschenka!« Er erwachte.

Die Trommeln waren noch nicht verstummt, aber das Licht wurde schon fahl. Der Mond war untergegangen. Und wieder knarrte Saschas Tür. Wieder stützte sich Kiebitz auf dem Ellbogen auf... Und erwachte wieder.

»Mein Gott«, sagte er verzagt und krallte die Fingernägel in seine Brust. Da begriff er, daß er diesmal wirklich aufgewacht war.

Das Getöse der Trommeln waren Schläge gegen die Tür, aber nicht an Tonjas, sondern an die des Nachbarn. Das Geräusch kam durch die Wand des Schlafzimmers, nicht von der Veranda. Man schlug mit irgend etwas Schwerem, das war deutlich zu hören. Endlich kam der aufgewachte Nachbar in der anderen Haushälfte auf die Beine – das hörte man auch – und antwortete mit heiserer Stimme. Was genau, das konnte Kiebitz nicht verstehen. Die Schläge brachen jedoch sofort ab.

Statt dessen hörte man Petruschas Schritte und das Knarren des Riegels. Dann gingen und sprachen mehrere Menschen auf einmal hinter der Wand, anschließend schrie Petruscha kurz auf, und irgend etwas Weiches, aber Schweres fiel herunter. Sie schleiften stampfend etwas über den Boden und zerrten es in den Hof... Darauf folgte der durchdringende Schrei einer Frau. Der Schrei riß sofort ab. Danach war wieder alles still.

Auch ohne es gesehen zu haben, war alles klar. Kiebitz stand auf, zog sich an und ging auf die Veranda. Sein Körper gehorchte leidlich. Durch das trübe Glas strömte die flüssige Morgendämmerung herein. Draußen war niemand mehr.

Großmutter Tonja schlief nicht und schien Kiebitzens Erscheinen erwartet zu haben.

»Sind sie fort?« fragte er, was er eigentlich wußte.

Tonja zuckte nur die Achseln.

»Weshalb haben sie ihn wohl geholt?« fragte Kiebitz, einfach so.

»Das werden wir gleich erfahren«, meinte Tonja.

Das Klappbett knarrte. Tonja begann sich anzuziehen. Kiebitz kam gar nicht auf die Idee, sich umzudrehen. Eigentlich kam niemand darauf. Tonja zog den Mantel übers Nachthemd und ging hinaus. Durch die Glaswand der Veranda sah man, wie sie zur Nachbarhälfte hinüberging. Es wurde rasch hell. Der Tag versprach, so zu werden wie die letzten: unbestimmt.

»Wohin ist sie?« fragte Sascha hinter Kiebitz.

Er drehte sich um. Sascha war angezogen und offenbar gewaschen. Vielleicht brauchte sie auch das Waschen gar nicht, um frisch zu werden.

»Sind Sie schon lange auf?« fragte Kiebitz, statt zu antworten. »Oder haben Sie sich überhaupt nicht hingelegt?«

»Was ist passiert?« fragte sie ebenfalls statt einer Antwort.

»Sie haben den Nachbarn verhaftet«, sagte Kiebitz.

»Natürlich Ihretwegen«, meinte sie mit Nachdruck.

»Da bin ich nicht so sicher. Die Großmutter geht sich gerade erkundigen.«

»Und Sie haben sie gehen lassen!«

»Da ist doch niemand mehr. Und... wohin wollen Sie denn, so früh?«

»Ich habe zu tun. Zuerst macht euereins Radau, und nach eurem Radau bringt unsereins die Stadt wieder in Ordnung. Von morgen an müssen alle Bürger zwei Stunden am Tag die Straßen säubern. Wir vom Institut sind auch mobilisiert worden und werden vor den Vorlesungen arbeiten.«

»Sie sind wohl immer noch der Meinung, daß ich an allem schuld bin.«

»Na, vielleicht nicht an allem, aber zweifellos an einigem.«

»Das ist ein üble Philosophie. Danach ist jeder Bürger von Geburt an schuldig und zu bestrafen. Und wenn er noch nicht bestraft ist, dann nur aus Gnade der Straforgane. Die gerechte Strafe aber hängt als Damoklesschwert immer über ihm, und wenn es erforderlich ist...«

»Das ist nicht die schlechteste Philosophie«, versetzte Sascha hochmütig.

Der Streit wollte schon wieder aufflammen, doch Tonja kam zurück und verhinderte ihn.

»Es stimmt«, teilte sie mit. »Sie haben ihn geholt.«

»Seinetwegen?« Sascha nickte zu Kiebitz hinüber. War es ein herablassendes Nicken? Ja, aber ohne Arg.

»Was hat er damit zu tun?« entgegnete Tonja. »Petruscha ist selbst schuld. Seine Frau sagt, er sei mit seinen Spezis neben dem Gefängnis gewesen, als dort die Zusammenstöße waren. Alles ist gefilmt worden, wie sich herausgestellt hat. Na, und jetzt werden alle, die in diesem Film irgendeine Rolle spielten, herausgefischt.«

»Pfiffig!« Kiebitz konnte seine Bewunderung nicht verbergen.

»Sie arbeiten«, bestätigte Tonja. »Doch das bedeutet für uns, daß du gehen mußt. Jetzt wird Petruscha plaudern, das steht fest.«

»Du hast doch gesagt, daß er sich gar nicht erinnern wird.«

»Er ist Alkoholiker.« Tonja zuckte die Achseln. »Wenn er säuft, erinnert er sich wieder an alles. Na, und man wird ihn sicher gehörig in die Zange nehmen.«

»Gut«, sagte Sascha. »Diese Probleme löst ihr bitte ohne mich. Ich habe nur noch fünfzehn Minuten bis zum Sammeln.«

»Trink doch wenigstens noch Tee!« schrie Tonja.

Aber Sascha hatte schon ihre Tasche gepackt und war weggelaufen, ohne ein Wort des Abschieds gesagt und ohne Kiebitz noch eines Blickes gewürdigt zu haben. Wie ärgerlich, dachte er. Vielmehr, fühlte er. Vielleicht würden sie sich nie wieder begegnen. Kein »Lebwohl« oder »viel Glück«, doch welches Glück konnte einer schon haben, der in den Augen von Menschen, die fröhlich zu ihrem Tagwerk davoneilten, ein Feind war oder besserenfalls ein wertloses Ding, ja im allerbesten Fall das langweiligste Ding unter langweiligen Dingen?

»Ich gehe auch«, sagte Kiebitz.

»Ich halte dich nicht zurück«, sagte Tonja, »geh!«

»Na, dann... Dank für alles?«

»So ist es«, sagte sie und hielt sich die Faust vor den Mund.

Alles war klar.

Kiebitz senkte den Kopf, nahm seine Wattejacke und ging zur Tür hinaus. Bei Leuten wie ihm dauerte das Packen nicht lang. Ohne sich umzublicken ging er den Weg am Haus entlang, bog um die Ecke und stieß sogleich mit einem entgegenkommenden Mann im hellen Regenmantel zusammen. Hinter diesem stand noch ein Mann vor dem Gartentor, auch im hellen Regenmantel.

»Wohin so eilig?« fragte der erste. »Etwa zu uns?«

Kiebitz blieb stehen und trat sogar einen Schritt zurück. Großmutter Tonja, die ihm weiter nachsah, obwohl er schon um die Ecke verschwunden war, erblickte ihn aufs neue.

»Hast du was vergessen?« fragte sie freudig.

Kiebitz bewegte nur verneinend sein Kinn. Er wollte nicht, daß Tonja Zeugin seiner Festnahme würde. Schon versuchte er, wieder um die Ecke zu biegen, doch der Mann im hellen Regenmantel war flinker.

»Na-na«, sagte er und kam ebenfalls um die Ecke. »Wir schaffen's schon noch.«

Kaum hatte Tonja ihn erblickt, da wurde sie bleich. Wieder war alles auch ohne Worte klar.

»Boris«, sagte Tonja, »Sascha hat damit nichts zu tun.«

»Ich weiß«, sagte Kiebitz zweifelnd. Diese Frage interessierte ihn nicht sehr.

»Alte«, mischte sich der erste Regenmantel ein. »Wer zuviel redet, verkürzt sein Leben. Morgen hast du im Theater zu sein, Punkt zehn Uhr, verstanden? Zuerst meldest du dich im Zimmer des Regisseurs. Dort wird man dir sagen, was du weiter tun sollst.«

Tonja antwortete nicht.

»Jetzt gegen wir«, sagte der Regenmantel zu Kiebitz.

Sie gingen, vorne Kiebitz, hinter ihm der Regenmantel. Danach schloß sich ihnen der zweite Regenmantel an. Als sie im Gänsemarsch durch den zähen Schlamm gewatet waren, der Frunsestraße hieß, standen sie in einer kleinen Grünanlage. Dort waren Kieswege aufgeschüttet, und die Regenmäntel konnten Kiebitz in ihre Mitte nehmen, ein wenig hinter ihm, wie es sich gehörte. Jetzt konnten sie auch sprechen.

»Kolja«, begann der, der zuvor an der Gartentür gestanden hatte, »wollen wir kurz reinschauen? Von allein kommt die Gesundheit nicht, man muß sie rufen.«

»Ich überleg's mir», antwortete Kolja mürrisch.

Hinter der Grünanlage kamen sie auf einen Platz und zu einem gemauerten Haus mit hellblauen Fensterläden. An seiner Tür hing ein großes Schloß.

»Eingeschlossen haben sie sich, die Baptisten«, knurrte Kolja. »Verstecken sich vor dem Volk.«

»Wittern die Wahrheit«, pflichtete ihm sein Freund bei. »Also – schaun wir rein?«

»Du bist ein altes Ekel, Fedja!« rief Kolja gereizt aus. »Wozu fragen? Natürlich schaun wir rein.«

Fedja war sofort still. Bald kamen sie an den Fluß. Kiebitz erkannte das Panorama wieder. Erst heute hatte er es vom anderen Ufer aus gesehen, von einem ganz anderen Ufer... Über den Dächern kräuselten sich bereits Rauchwölkchen. Friedliche Hausfrauen heizten die Öfen an und kochten Konfitüre. Ihre Töchter und Enkelinnen tranken im Gehen ihren Tee aus und eilten zur Arbeit oder in die Schule. In den Vorgärten raschelten die Drosseln im Laub. Ach ja, schön wär's! Die Begleitposten führten Kiebitz jenseits der Brücke nach links. Ihm wurde mulmig. Alle Behörden, die an seinem Wohl interessiert sein konnten, befanden sich links von der Brücke. Doch bald stellte sich heraus, daß es gar nicht um sein Wohl ging. Seine Begleiter bleiben vor einem unscheinbaren Häuschen stehen und klopften an die Tür. Ein junges Weib in Männerjakkett und Stiefeln öffnete. Ihr Kopf war mit dem obligatorischen, riesigen, schmutzigen Tuch umwickelt.

»Ihr wieder?« fragte sie, übrigens nicht sehr erstaunt.

»Los, los«, sagte der mürrische Kolja. »Wir haben keine Zeit.«

»Wann habt ihr die schon?« murmelte das junge Weib und ging ins Haus. Die drei Wanderer folgten ihr. Sie machte sich in einer Ecke zu schaffen und holte eine Flasche Selbstgebrannten mit drei Gläsern. Dann schenkte sie allen dreien ein und verschränkte die Arme über der Brust.

»Prost, ihr Säufer.«

»Wer hat dich gebeten, ihm einzuschenken?« Kolja nickte zu Kiebitz hinüber.

»Was soll's?« meinte Fedja. »Soll er ruhig noch einen schnorren. Vielleicht ist es das letzte Mal.«

»Und wer zahlt – du?«

Fedja schwieg.

»He, Junge«, fragte Kolja, »hast du Knete?«

»Nein«, sagte Kiebitz.

»Siehst du, dumme Gans? Der Mann will gar nichts«, zog Kolja das Fazit.

»Das geht mich nichts an«, versetzte die Frau. »Wenn ihr nicht trinken wollt, schüttet es aus. Aber zahlen müßt ihr für drei.«

»Wir brauchen keine drei!« empörte sich Fedja. »Bist du taub geworden?«

»Was hab ich damit zu tun!« Die Frau ging mit drohender Miene auf die Gläser zu. »Ich könnte euch ja auch gar nichts geben?«

»Kolja, Kolja«, Fedja zwinkerte seinem Kameraden zu. »Leg dich nicht mit der Vogelscheuche an.«

»Stimmt auch wieder«, zwinkerte der zur Antwort.

Sie tranken jeder ihr Glas aus. Das Gesöff schüttelte sie. Aber auch das dritte Glas teilten sie sich zur Hälfte, und sein Inhalt folgte dem der beiden ersten nach.

»Na, du Giftmischerin – mach's gut«, sagte Fedja, der kaum wieder Luft bekam, und packte Kiebitz am Ellbogen. »Bis zum nächsten Mal.«

»Und wo bleibt das Geld?« Die Frau traute ihren Ohren nicht.

»Im Lohn«, sagte Kolja und wandte sich zum Gehen.

Die Frau faßte nach dem Ärmel von Kiebitzens Wattejacke und schrie: »Her mit dem Geld! Hilfe, Räuber!«

Fedja zog Kiebitz in die eine Richtung, die Frau in die andere, mit gleicher Kraft. Kolja schloß sich seinem Kameraden an und entschied den Streit zugunsten der Männer: Alle drei stürzten zur Tür hinaus. Die Frau ließ Kiebitzens Ärmel nicht aus der Hand.

Die Straße war menschenleer und tot. Die Schreie der Frau konnten sie nicht beleben. Kiebitzens Gefährten hörten sie mit versteinertem Gesicht. Dann griff Kolja mit demselben Ausdruck in seinen Mantel und zog eine Pistole heraus. Das Weib verstummte augenblicklich. Das Argument saß.

»Hast du ausgeredet? Jetzt hör mir zu«, erklärte Kolja. »Weißt du, wer das ist?«

Er stieß Kiebitz den Pistolenlauf in die Seite.

»Das ist ein Staatsverbrecher. Von den Organen verhaftet, also von uns. Wir führen ihn dienstlich an deinem Haus vorbei, weil es keinen anderen Weg gibt. Und da stürzt du aus deinem Haus, krallst dich an einem begleiteten Verbrecher fest und brüllst: Loslassen! Was bedeutet das? Ich erklär's dir. Das bedeutet einen Überfall auf den Konvoi, um den Verbrecher zu befreien. Das bedeutet, daß du seine Komplizin bist. Vielleicht auch seine Chefin.«

»Kolja, vielleicht ist sie nur einfach dumm?« fragte Fedja.

»Vielleicht«, fuhr Kolja fort, »doch das spielt bei der Ermittlung keine Rolle, Bürgerin. Die in deinem Haus durchgeführte Inspektion hat gezeigt, daß du ein Maschinengewehr besitzt. Und daß dein Maschinengewehr rund um die Uhr tröpfchenweise Feuerwasser verschießt. Das Feuerwasser aber benützt du, um die Ordnungsbehörden abzufüllen, zu vergiften und letztlich zu töten. Einen furchtbaren Beweis für deine erfolgreiche Tätigkeit haben jüngst alle erhalten. Der heißt: Meuterei im Suff. Stimmt's?«

Statt einer Antwort ließ die Frau Kiebitz los, und Fedja zog ihn sofort weg. Kolja steckte ohne besondere Eile seine Pistole unter den Mantel zurück und ging ebenfalls. Die Frau blieb mit offenem Mund vor ihrem geplünderten Nest stehen.

»Nein«, bemerkte Kolja mit einer gewissen Verzögerung. »Das Weib ist nicht dumm.«

»Gut gemacht«, billigte Fedja die ganze Operation.

»Selbstredend«, stimmte Kolja zu. Dann unterhielten sie sich nicht weiter.

Nach fünf Minuten kamen sie zum Theater, das Kiebitz in trauriger Erinnerung hatte, stiegen in den ersten Stock hinauf, klopften an die Tür, auf der »Regisseur« stand, warteten etwas, vernahmen ein »Herein!« und traten ein. Am großen Tisch saß ein Mann im grauen Anzug, der Kiebitz völlig unbekannt war. Offenbar hatte er »Herein!« gesagt.

Rechts von ihm, an der Wand, saßen auf aneinandergereihten Stühlen Katja Starko und Lisjutkin wie Hühner auf der Stange. Katja sah aus wie immer, der Oberst aber trug eine Uniformjakke ohne Schulterklappen und ohne die Orden, die erst vor kurzem durch ihren angenehmen Klang alle, die es wünschten, von der Nähe ihres Besitzers in Kenntnis gesetzt hatten. Auf den Schultern der Jacke sah man frische Krallenspuren, die Fäden standen noch heraus. Die Schnurrbartfanfaren des Obersten dagegen standen nicht mehr in die Höhe, sie hatten ihre Spannkraft verloren und hingen schlapp herab wie beim Nachfolger der Hunnen, dem Waräger und Kiewer Fürsten Swjatoslaw. Katjas und Lisjutkins Gesichter drückten bei Kiebitzens Erscheinen keinen Jubel aus.

Die Begleitposten stießen Kiebitz vorwärts, traten dann selbst zur Seite und erstarrten in der Haltung musterhafter Untergebener. Kiebitz zog fröstelnd die Schulterblätter hoch, es tat dort immer noch weh, und schaute über den Tisch dem daran Sitzenden in die Augen. Diese Augen machten ihn ebenfalls frösteln, sie verengten sich, und ihr Besitzer fragte: »Das ist also Kiebitz? Ich bin endgültig von Ihnen enttäuscht, Bürger Verbrecher. Ich dachte, ihr seid zwar Fliegengewichte, aber euer Boss, der ist eine Figur, ein Schwergewicht! Ein Adler, ein Königsadler oder schlimmstenfalls ein Habicht! Aber das ist ja ein ganz mickriger Vogel, entschuldigen Sie! Ein Nichts, eine Null.«

Sechzehntes Kapitel

Das Symposium oder eine Ableitung aus der Ornithologie

»Hat er Widerstand geleistet?« fragte der Mann am Tisch die Begleiter, da Kiebitz selbst überhaupt nicht auf seine gefiederten Späße reagierte.

»Nein, Genosse«, sagte Kolja. »Der Bursche ist friedlich.«

»Bitte nicht so förmlich, Kollege«, entgegnete Belezki. »Ihr Genosse soll ich sein? Eher Herr. Aber wir sind alle Bürger, sogar Sie, Kiebitz, wie seltsam das auch sein mag. Kommen Sie her, setzen Sie sich.«

Belezki deutete höflich auf den Stuhl, welcher der langen Stange für die anderen Vögel, Katja und Lisjutkin, gegenüberstand.

»Bürger, gleich wird noch ein Mann kommen«, teilte er ihnen mit. »Und wir werden auf hohem, durchaus wissenschaftlichem Niveau miteinander reden. Bis dahin werde ich Ihnen, Kiebitz, zum Aufwärmen ein paar Fragen zu Ihren Personalien stellen. Sie sind also Kiebitz ... Boris Andrejewitsch?«

»Ja«, bestätigte Kiebitz.

»Geboren?«

»45.«

»Wo?«

»In Moskau.«

»Sieh da, ein Landsmann ... Ausbildung?«

»Studium.«

»Hab ich auch gemacht. Wo haben Sie Ihr Examen abgelegt?«

»In der Bühnenbildabteilung der Leningrader Theaterhochschule. Sie auch?«

»Nein. Bei mir war es eher die Regieabteilung ...« Belezki zog erstaunt die Brauen hoch. »Scherzen Sie? Gut, Sie werden dieses Talent noch brauchen. Und wo ist Ihr ständiger Wohnsitz?«

»Ich habe keinen«, antwortete Kiebitz, »ich habe ihn verloren.«

»Natürlich mitsamt dem Paß?«

»Ja. Ich habe meine Kleider gewechselt und ihn in den alten vergessen.«

»Und weshalb haben Sie die Kleider gewechselt, zur Tarnung?«

»Nein, die alten waren einfach kaputt.«

»Zugegeben, nichts ist ewig, nicht mal ein Jackett. Aber zurück zum Wohnort. Wo waren Sie zuletzt gemeldet?«

»In Charkow.«

Kiebitz nannte seine vollständige Adresse, die sehr seltsam klang, wie die Zeile eines halbvergessenen Gedichts. Als wäre es nicht seine eigene Adresse, sondern die einer Nebenfigur in einem vergessenen Buch. Belezki schrieb alles sorgfältig auf.

»Wir werden es nachprüfen. Besitzen Sie eine Waffe?«

»Nein.«

»Das stimmt nicht«, ließ sich plötzlich Katja Starko vernehmen, vielleicht überraschend für sie selbst.

»Was?« Belezkis Brauen wanderten nach oben, Kolja und Fedja aber traten näher an den Tisch heran. »Legen Sie sie hierher. Und Ihnen, Gen... Madame Kollegin, besten Dank für den Hinweis.«

Katja schnaufte empört.

»Pardon, Mademoiselle«, korrigierte sich Belezki.

»Ich habe keine Waffe«, sagte Kiebitz müde. »Ich hatte eine, aber die ist auch in den alten Kleidern geblieben. Ich habe ohne Absicht alles dort gelassen, hab mich schlecht gefühlt und es einfach vergessen.«

Kolja und Fedja sahen den Herrn Kollegen fragend an. Der verzog das Gesicht und schüttelte verneinend das Kinn.

»Sie hatten also Kopfschmerzen, eijeijei! Folglich haben Sie das alles in einer Katerstimmung angezettelt?«

»Was alles?«

»Haben Sie's schon vergessen? Den Aufstand. Sie haben doch diese ganze... Menagerie zum Aufstand aufgewiegelt, oder nicht?«

»Nein. Ganz im Gegenteil.«

»Aha, und wer war der Vorsitzende der Radaubrüder? Ich doch nicht!«

»Ich war's. Aber das heißt gar nichts.«

»Ich verstehe. Ihre Späße sind verrätselt. Psychoanalyse, Pseudowissenschaft... Ich selbst sehe auch gerne fröhliche Gesichter um mich herum. Aber die Sache ist die, Verehrtester: Nicht der Witz wird berücksichtigt, sondern ein aufrichtiges Geständnis. Aber Sie scheinen mit dem Kopf ins Eisloch zu wollen. Peng und gleich das Urteil.«

»Von mir aus lieber gleich«, sagte Kiebitz.

»Das liegt an ihrer Unerfahrenheit«, lächelte Belezki. »Das ist pseudowissenschaftlich, theoretisch abstrakt und liegt an Ihrer falschen Hochschulbildung. Glauben Sie mir, der ich auch Wissenschaftler bin, aber Praktiker: lieber eine Haftstrafe, als gleich an die Wand und... peng. Letzteres, Teuerster, ist unwiederholbar! Das heißt, nicht wiedergutzumachen. So lassen Sie uns also wissenschaftlich, aber praktisch bleiben: Wann haben Sie den Beschluß gefaßt, die Revolution anzuzetteln, noch in Charkow? Dann legen Sie bitte Ihre Charkower Kontakte auf den Tisch.«

»Ich habe den Beschluß nicht gefaßt, weder in Charkow noch hier«, feuerte Kiebitz, immer noch beunruhigt, zurück. »Ich habe einen Abstecher gemacht, ohne bestimmtes Ziel...«

Im weiteren versuchte er zum ungezählten Mal von seiner Großmutter, dem Geruch im Haus und Moskau zu erzählen... Er begriff selbst, wie das alles klingen mußte, nämlich falsch, zumindest dumm.

»Abstrus«, mümmelte Belezki. »Das ist nicht mal mehr Theorie, sondern Poesie. Komplizierte Metaphorik. Der Untersuchungsgefangene Lisjutkin hier behauptet sehr deutlich, ohne Metaphern, aber mit Dokumenten, daß Sie der Führer waren. Und wenn er, Lisjutkin, nicht gewesen wäre, dann hätten Sie noch viel Schlimmeres angerichtet, als es Ihnen in der Praxis geglückt ist. Was sagen Sie darauf?«

»Er lügt«, sagte Kiebitz. »Und er weiß selbst, daß er lügt. Mir ist nur unbegreiflich, weshalb. Wird ihm davon leichter?«

»Ja«, bestätigte Belezki mit Nachdruck. »Viel leichter. In Gesellschaft ist es immer leichter. Aber wenn er, wie Sie meinen, lügt, wie sehen Sie dann seine Rolle bei den Ereignissen?«

»Ich kann es nicht genau formulieren«, bekannte Kiebitz.

»Aber er hat mich hineingezogen, so, wie er jetzt versucht, mich endgültig hineinzuziehen.«

»Angenommen. Und nun eine Frage aus Ihrem Bereich der Poesie... Wenn Sie die Krawalle, die Plünderungen, Zerstörungen und das Blutvergießen nicht wollten, weshalb sind Sie dann nicht gleich am Anfang aufgestanden und haben aus vollem Hals dagegen gesungen: Besinnt euch, Bürger! Sie hätten damals krähen müssen, wenn es auch nicht tagte, wenn auch ohne Erfolg und nur zur Beruhigung der eigenen Seele, aber Sie hätten krähen müssen.«

»Einer hat dort gekräht, von Anfang an«, lächelte Kiebitz spöttisch. »Und wo ist der jetzt? Außerdem hat er, wie sich herausstellte, in einer ganz anderen Absicht gekräht.«

»Wer war das?«

»Vater Alexander Popow.«

»Wo ist der jetzt?« Belezki schoß in die Höhe.

»Woher soll ich das wissen?«

»Wenn Sie's nicht wissen, sollten Sie keine alten Geschichten aufwärmen«, sagte Belezki böse und setzte sich wieder hin. »Ich frage Sie: Wieso haben Sie sich derart auf den ersten Platz gedrängt, wenn Sie überhaupt nicht mitmachen wollten?«

»Ich hab's doch schon gesagt, ich habe mich nicht gedrängt, ich bin gestoßen worden.«

»Alles klar. Sie geben keine Erklärungen. Dann gebe ich sie. Alles wissenschaftlich und logisch, in Übereinstimmung mit Theorie und Praxis. Sie haben die Sache in Charkow mit Ihren Komplizen ausgeheckt, Ihre Organisation heißt ›Zentrum‹. Im Auftrag des ›Zentrums‹ sind Sie nach Pjerwomaisk gefahren, weil man Ihre alten Kontakte nutzen wollte. Das wird durch die Aussagen Ihrer Mittäter, Lisjutkin und Starko, sowie durch Dokumente bestätigt. So sieht die Sache schon einleuchtender aus.«

»Nein«, sagte Kiebitz wieder mit gedrückter Stimme. »Das stimmt nicht.«

»Beweisen Sie es!«

»Die Beweisführung ist Ihre Aufgabe.«

»Richtig«, stimmte Belezki zu. »Und Ihre ist es, die Strafe abzuwehren. In der Wissenschaft nennt man das Arbeitsteilung. Herein!«

Kiebitz blickte sich ebenfalls um, als es an die Tür klopfte, und sah, wer hereintrat. Es war Major Kasarjan, in nagelneuer

Felduniform, frisch und blühend wie nach einem Heimaturlaub im Kaukasus. Aber wie, Major? Auf seinen Schultern glänzten ja die nagelneuen goldenen Epauletten eines Obersten.

»Da sind ja alle beieinander.« Kasarjans schneeweiße Zähne blitzten.

»Setz dich, Oberst«, nickte Belezki ihm zu und danach zu Fedja und Kolja hin. Die machten kehrt und verließen das Zimmer.

»Ich skizziere Ihnen die Situation«, Belezki verzog das Gesicht, »obwohl ich kein Maler bin und keine Theaterausbildung habe. Lassen wir unnötige Vorreden beiseite, die sind nur fürs Publikum, und kommen gleich zur Sache. Die sieht folgendermaßen aus... Ihre Lage, Bürger, ist sehr heikel. Die Prüfung Ihrer Regierungstätigkeit wird nicht lange dauern, weil ohnehin alles klar ist. In Ihrem Fall kann das Gesetz endlich seine Hauptfunktionen so ausüben, wie es ihm vorgeschrieben ist: Die Strafe wird unverzüglich und unwiderruflich erfolgen. Die Untersuchung hat folgende Rollenverteilung in Ihrer Bande ergeben: Nummer eins, Kiebitz: Beim Vergleich der Aussagen aus den verschiedenen Quellen und der Quellen selbst sind wir zur Meinung gekommen, daß er nicht der Initiator des Aufstandes ist. Die Anklage qualifiziert Kiebitz als Mitschuldigen, vielleicht sogar unfreiwillig Mitschuldigen. Diese Einzelheit, die für das Strafmaß bestimmend ist, wird soweit klar werden, wie Kiebitz selbst den Wunsch, zum endgültigen Ergebnis der Untersuchung beizutragen, äußern wird oder nicht.«

Kasarjan zeigte allen seine blendend weißen Zähne.

»Nummer zwei, der ehemalige Oberst Lisjutkin: Er hat den Eid gebrochen, die Parteiinteressen verraten, gewaltsam die Macht an sich gerissen, den schwachen Trieben der Umgestaltung gedroht, sie mit den Wurzeln auszureißen, also mit uns Sündern... genug, um seine Rolle als die des wahren Führers beim Aufstand zu bestimmen, beziehungsweise beim Putsch, aus Lisjutkins Sicht gesehen. Nach der bereits erfolgten Degradierung, Abnahme der Ehrenzeichen und Streichung der Pension untersteht der Putschist dem Tribunal, das ihn, wie ich nicht bezweifle, zur Höchststrafe verurteilen wird: zum Tod durch Ersch...«

»Stop!« schrie Lisjutkin. »Sie verstoßen gegen unsere Absprache!«

»Welche Absprache?« wunderte sich Belezki.

»Was heißt, welche? Schließlich hat Ihr Vertreter, Untergebener oder Vorgesetzter – ich weiß es nicht – Nikolajew gleich in der ersten Nacht des Aufstandes, als die Ereignisse nicht mehr zu steuern waren, mit mir gesprochen. Wir kamen damals überein, daß ich bis zum Eintreffen von Truppen aus anderen Militärbezirken die Sache in die Hand nehmen und mit meinen Kräften versuchen sollte, die Situation in den Griff zu bekommen... Wissen Sie denn nichts davon, Sie Stratege!«

»Ich glaube nicht, Bürger Lisjutkin«, sagte Belezki höflich, »Ich glaube nicht, daß Sie in unserer Behörde einen Mitarbeiter mit dem von Ihnen genannten Namen finden werden... wie hieß er noch? Ach ja, Nikolajew.«

»Aber Sie müssen doch auch die Gründe kennen, vielmehr die Instruktionen, nach denen ich...«

»Instruktionen? Nein, kenne ich nicht. Aber die Gründe, nach denen Sie... und so weiter, die kenne ich sehr gut«, bestätigte Belezki unheilverkündend und nickte Kasarjan zu.

Der schaute fröhlich auf die Schultern des Obersten, wo statt der Epauletten die zottigen Fäden hochstanden, und deklamierte: »Es ist bekannt, daß der ehemalige Oberst Lisjutkin die Volksunruhen nicht nur zu seinen persönlichen Zwecken ausgenutzt, sondern sie auch selbst organisiert und ihnen lebensfähige Formen verliehen hat. Sein Ziel war es, den geeigneten Augenblick abzupassen und die Unruhen in einen militärischen Umsturz umzuwandeln. Die Pläne für den Umsturz standen schon früher fest, wofür es Beweisdokumente gibt...«

Belezki bestätigte Kasarjans Worte mit einem Nicken, holte eine Fotografie aus dem Tisch und präsentierte sie allen. Es war dieselbe Aufnahme, auf der man Kiebitz sehen konnte, wie er in Pomoschtschnaja in den Zug einstieg, und ein wenig hinter ihm Lisjutkin, der ihn anschob. Beim letzten Mal, als Kasarjan die Fotografie ein wenig anders gehandhabt hatte, hatte Kiebitz aus begreiflichen Gründen die Physiognomie des ehemaligen Obersten nicht bemerkt. Jetzt konnte er sich nur über seine damalige Blindheit wundern. Aber er wunderte sich nicht.

»Hier, Lisjutkin«, kommentierte Kasarjan. »Da haben Sie Ihr Opfer ausgewählt, den Strohmann für den Führer des Umsturzes: am Vorabend.«

»Lüge!« schrie Lisjutkin. »Das ist doch ein privater Schnappschuß! An diesem Tag fuhr ich auf Urlaub! Geknipst haben sie

Freunde, die mich begleitet haben, und dieser... Hochstapler kam zufällig ins Bild und verdarb es. Ich habe noch andere Aufnahmen, die am selben Tag gemacht wurden. Ich und meine Freunde am Tisch im Bahnhofsrestaurant, ich und meine Freunde auf dem Bahnsteig...«

»Und dann Ihre Freunde unterm Tisch«, unterbrach ihn Belezki. »Keine Sorge, wir haben sie schon drunter rausgezogen und sie an einen sicheren Ort gebracht. Alles vergebens, Lisjutkin, so verderben Sie sich die Sache endgültig.«

Das letzte Wort sprach Belezki besonders mitfühlend und fest zugleich aus. Denselben Ausdruck hatte auch sein Blick, den er in die glänzenden Pupillen des ehemaligen Obersten versenkte. Lisjutkin, der eine Zeitlang mit diesem geraden Blick kämpfte, wich ihm schließlich äußerst verlegen aus.

»Machen wir weiter«, fuhr Belezki fort, zufrieden über den Ausgang des stummen Kampfes. »Nummer drei, Jekaterina Starko, Lehrerin: Sie ist auch die Kommission für öffentliche Ordnung. Ihrem Titel, Kollegin, fehlt etwas... Ah! Es muß doch heißen: Außerordentliche Kommission. Nicht wahr?«

»Beim nächsten Mal werden wir das nicht vergessen und eine außerordentliche bilden«, sagte Katja und blitzte mit ihren kleinen Äuglein.

»Eine nächste wird es nicht geben«, entgegnete Belezki.

»Wie wollen Sie das wissen!«

»Einfach so, nehmen Sie sich an mir ein Beispiel. Sehen Sie sich das Pärchen an, Kasarjan, Schwan und Perlhuhn! Napoleon und Dserschinski! Welch ein ergötzlicher Anblick, den hat man nicht alle Tage.«

»Ich sage es Ihnen ganz aufrichtig«, erklärte Katja. »Die Gerechtigkeit wird triumphieren.«

»Lieber Gott, der aufrichtigen Meinung bin ich auch: Natürlich wird sie triumphieren!« rief Belezki aus. »Eigentlich tut sie das schon. Deshalb steht der Bürgerin Starko auch die Gerichtsverhandlung bevor, und danach deren Folgen.«

»Mafia«, sagte Katja.

»Und Sie haben eine Manie«, entgegnete Belezki. »In Ihrem Dossier sind alle Ihre Beschwerden und Briefe an die verschiedenen Instanzen gesammelt, aus der ganzen Zeit. Ein Roman! Ihre Feder, Sie Poetin, ist in Galle getaucht. Deswegen müssen Sie sich auch einer psychiatrischen Begutachtung unterziehen.

Aber ich an Ihrer Stelle würde mir keine Hoffnung auf die Barmherzigkeit der Psychiaterkommission machen, sie wird nicht Ihre Unzurechnungsfähigkeit feststellen. Wozu? Um der Gerechtigkeit zu entgehen?«

»Auch Ihre Stunde wird kommen«, sagte Katja. Alles, was sie sagte, kam in prophetischem Ton heraus.

»Sie ist schon gekommen«, versetzte Belezki. »Sie sehen es selbst. Wir ziehen das Fazit. Schade, daß manche nicht mehr leben und die anderen auf und davon sind. Letztere werden wir selbstverständlich fassen, aber erstere sind leider nicht mehr zu erwischen. Die Toten sind es, die Barmherzigkeit erfahren würden. Jetzt herrscht Mangel an Barmherzigkeit, wir müssen ein bißchen warten, bis sich wieder neue angesammelt hat ... Sie haben also alle verstanden, Bürger, daß Sie für das Vergnügen, das Sie gehabt haben, bezahlen müssen. Und zwar auf unsere Konten. Aber wie in jeder normalen Bank, so gibt es auch bei uns Sonderkredite für Zahlungsunfähige. Ich biete Ihnen solch einen Kredit an und bin bereit, die Rückzahlungsfrist ein wenig zu verlängern oder sogar die Schuld zu verringern. Doch für das neue Darlehen müssen Sie höhere Zinsen zahlen. Wenn alles gut geht, können Sie Ihre Gesamtschuld verringern wie auch das Strafmaß. Was sind das für Zinsen? Und wozu brauche ich sie? Praktisch und wissenschaftlich: um weniger zu arbeiten und mehr auszuspannen, ich bin faul, Bürger, und die Gesundheit geht mir über alles. Wenn es uns gelingt, irgendwelche Details aus dem gerichtlichen Untersuchungsverfahren herauszunehmen, dann wird die Untersuchung kürzer sein. Für mich. Und ihre Folgen werden leichter sein. Für Sie. Einen könnte man vielleicht aus dieser ganzen Situation überhaupt herausnehmen, aus diesem ganzen Vogelspektakel. Sind Sie im Prinzip damit einverstanden, daß wir über dieses Thema sprechen, Bürger Untersuchungsgefangene?«

Nach einer Pause, als klar war, daß weder Katja noch Kiebitz das Thema aufgreifen wollten, fragte Lisjutkin: »Was sind Ihre Bedingungen?«

»Den Militär erkennt man gleich«, sagte Belezki beifällig, »den ehemaligen. Die Bedingungen sind einfach. Jetzt, wo sich der gesunde Teil der Bevölkerung die Wunden leckt, die ihm und der Stadt der kranke Teil beigebracht hat, und wo in den Ohren beider Teile alles durcheinanderklingt, wäre es von

Nutzen, wenn allen das Geschehen rational und wissenschaftlich erklärt würde. Es wäre widernatürlich und staatsfeindlich, Sie einfach auf der Stelle abzuknallen und danach eine Meldung darüber in die Presse zu setzen. ... Puh, wir sind doch nicht in China! Ich persönlich bin dagegen. Zugleich sollte jedermann alles klar sein, damit es keinen unausgesprochenen Verdacht gibt, daß diese ganze Geschichte frei erfunden sein könnte. Wie müssen wir vorgehen? Folgendermaßen. Wir werden das Publikum zu einem, sagen wir, Symposium einladen. Und Sie, ehemalige Bürger, werden vor dem Publikum auftreten und selbst die ganze Fabel in ihrer streng wissenschaftlichen, endgültigen Form vortragen. Was für eine Form ist das? Die Reue. Gemeinsam mit Ihnen werden auch die bereuen, die noch nicht gefaßt sind und die öffentliche Reue nicht mit Ihnen teilen können. Bei denen handelt es sich sozusagen um Fernreue. Ihrer Reue werden sich auch die im Saal sitzenden Symposiumsteilnehmer anschließen. Technisch ist das ganz einfach: durch Abstimmung. Aber ist das human? Natürlich! Barmherzig? Selbstverständlich. Gerecht? Oh, ja! Schließlich gewinnen alle. Vor allem Sie, da die Reue eine Milderung der Strafe nach sich zieht. Selbst wir gewinnen ...«

»Schuft«, sagte Katja. »Ihr gewinnt, weil unsere Revolution euer Umsturz geworden ist. Aus unseren Knochen habt ihr euch eine Leiter konstruiert und den Turm der Macht erklommen.«

»Ich würde sowohl die Leiter als auch den Turm aus Elfenbein vorziehen«, entgegnete Belezki.

»Uff!« rief Kasarjan aus. »Das sind die, die man hätte durchprügeln sollen! Die Lehrerinnen, die Intellektuellen und die Weiber! Und nicht die lammfrommen Bauern. Öffentlich, auf dem Platz. Wie in China? Meinetwegen, wir sind ja Chinas Brudervolk.«

»Bedauern hat jetzt keinen Sinn«, seufzte Belezki. »Außerdem möchte Starko ja nur das eine: nicht bereuen und öffentlich leiden. Das werden wir ihr nicht gestatten. Und was sagt der ehemalige Oberst?«

»Aber ... trotzdem, wie steht es mit unserer alten Absprache?« fragte Lisjutkin.

»Zum letztenmal«, sagte Belezki streng und verfinstert. »Es gab keine Absprache. Wenn Sie die noch einmal erwähnen, reiten Sie sich noch tiefer in den Schlamassel hinein. Ich kann nicht unter so dilettantischen, unwissenschaftlichen Bedingungen arbeiten. Allen diesen subjektiven Verhandlungen und dieser ganzen Psychologie mache ich jetzt ein Ende. Das Tribunal wird Ihren Fall objektiv entscheiden, indem es sich von den Gesetzen einer anderen Wissenschaft leiten läßt, nämlich der Medizin. Bestenfalls wird es sich zum letalen Ausgang entschließen.«

»Aber!« schrie Lisjutkin auf, dann setzte er hinzu: »Gut, ich bin einverstanden.«

»Schön.« Belezki hellte sich auf. »Auf Ihrem Gesicht sehe ich jedoch keine Freude. Dabei muß der Konsens Freude bringen und in der Seele dauerhaften Frieden stiften. Aber Sie? Wo ist Ihre Haltung, wo die Brust... des Kampfhahns? Wo sind die stolzen Schwanzfedern? Schämen Sie sich, Lisjutkin... Und bereiten Sie das alles für Ihren Auftritt vor dem Publikum vor. Das Publikum möchte so etwas sehen und wird enttäuscht sein, wenn es ihm nicht geboten wird. Na, und Sie, ehemaliger Vorsitzender, sind Sie einverstanden?«

»Ich? Ja«, sagte Kiebitz gleichgültig.

Belezki horchte auf seinen Tonfall, verzog die Lippen, drehte sich dann zu Kasarjan um und zuckte die Achseln. Kasarjan zwinkerte ihm fröhlich zu.

»Wann beginnen wir mit dem Symposium?«

»Um zehn«, sagte Belezki und schaute auf die Uhr. »Oho! In fünfzehn Minuten fangen wir ja schon an. Wache!«

»Hier«, antworteten die Zwillinge Kolja und Fedja, die blitzartig aus dem Flur vor den aufleuchtenden Augen ihres Chefs erschienen.

»Die Frau in den Keller. Stellt einen Posten auf. Die Männer in den Saal, auf die Bühne. Dalli! Alles muß in fünf Minuten passiert sein.«

Nach diesen fünf Minuten saß Kiebitz neben Lisjutkin auf derselben Bühne, auf der sein Leidensweg begonnen hatte. An demselben Tisch. Neben ihnen nahm das Präsidium des Symposiums Platz. Im Saal schien dasselbe Publikum zu sitzen, nur etwa zehnmal weniger. Im Vergleich mit der Wetsche nahm sich das Symposium alltäglich und karg aus, auch verschreckt, als sei dieser Geflügelhof deshalb so licht geworden, weil ein Teil seiner Population auf den Markt und ins Schlachthaus gebracht worden war.

Es war sehr still. Das Präsidium hatte sich in seiner Zusammensetzung etwas verändert. Neben Kiebitz und Lisjutkin, die auf die Reue und das öffentliche Gericht vorbereitet waren, saßen Belezki und Kasarjan am Tisch. Weiter – Er Selbst, der *Erste*, Adamenko hieß er wohl, und hinter ihm, ganz am Ende der Hühnerstange, der einarmige Theaterdirektor. Wo hatten diese beiden die wirren Tage verbracht? Keine Ahnung. Doch es war deutlich, daß die Zeit heiter für sie vergangen war. Beide hatten eine Kognakfahne. Und zwischen ihnen saß die Ballerina Dinka, wie zufällig an die Schulter des Ersten geschmiegt.

Der Einarmige läutete das Glöckchen, dasselbe, das vormals Kiebitz gedient hatte, und erhob sich: »Ich erkläre das anberaumte Meeting...«

»Symposium«, sagte Belezki und schaute in den Saal, nicht auf den Einarmigen.

»Symposium«, korrigierte sich der Einarmige, »das anberaumt wurde, um das Fazit zu ziehen, das normale Leben in der Stadt Pjerwomaisk wiederherzustellen und andere wissenschaftliche Fragen zu klären, für eröffnet!«

Aus dem Saal kam spärlicher Beifall.

»Das Wort hat Genosse Belezki, ein wissenschaftlicher Experte, der aus dem Zentrum angereist ist mit einem Paket von Vorschlägen und einem Plan für die Wiederherstellung der zerstörten Volkswirtschaft in kürzester Frist, in abgezählten Tagen, kann man sagen.«

Der Einarmige setzte sich, Belezki stand auf und ging mit energischen Schritten auf die Vorbühne.

»In genau abgezählten Tagen, sollte man besser sagen!« erklärte er. »In genau fünf Tagen nämlich wird alles getan sein. Aber den ersten Schritt, ihr Nestlinge des Zaren Peter, den wir auf dem Weg zur Wiederherstellung tun werden, müssen wir gemeinsam machen. Reue über die begangenen Taten, das ist der erste Schritt. Öffentliche Reue, wobei wir einander in unsere verfluchten Augen sehen werden. Jeder von uns ist genauso schuld an dem, was geschehen ist, wie diejenigen, die an der Spitze der Ereignisse standen. Weil sich in ihnen unsere gemeinsame Stimmung konzentriert und gebündelt hat. Sie sind nur das Symptom, und wir sind die Krankheit. Die Krankheit muß geheilt werden. Das ist im Grunde auch der Zweck meines Kommens, obwohl ich kein Mediziner bin.«

Belezki trat einen Schritt vor und fuhr mit dem Zeigefinger über den Saal.

»Sie, die Sie im Saal sitzen, glauben, daß Sie Zuschauer seien. Daß unsere auf der Bühne vollzogene Reue und die bevorstehende Reue Ihrer ehemaligen Führer Sie nicht berühre. Ich wage es, Ihnen zu versichern: Dem ist ganz und gar nicht so. Sie haben die Pflicht, aufs aktivste am Symposium teilzunehmen und sich nicht darauf zu beschränken, sich die Vorträge der anderen anzuhören. Sonst werde ich glauben müssen, daß Ihre Krankheit chronisch geworden ist und einen chirurgischen Eingriff erfordert. Bei *jenem* Schauspiel, das in diesem Saal stattfand, war unter Ihnen, den Zuschauern, niemand gleichgültig. Erinnern Sie sich daran, dann brauchen Sie sich nicht auf den Operationstisch zu legen. Haben Sie sich erinnert? Sehr gut. Sie haben also Ihre Schuld eingesehen. Das heißt aber, daß man sie für endgültig bewiesen halten kann. Nun zur eigenen Reue. Wie soll sie technisch vor sich gehen? Davon handelt Punkt eins meines Wiederherstellungsplans, obwohl ich kein Ökonom bin.«

Belezki trat einen Schritt zurück.

»Ich bin auch kein Redner, obwohl ich weiß, wie aufmerksam Amerika und China die Ereignisse in Pjerwomaisk und unsere Anstrengungen zur Wiederherstellung verfolgen. Sie sollen klar sehen, daß diese unsere Anstrengungen nichts mit Zwang zu tun haben, sondern mit der Stärke der Öffentlichkeit. Die hiesige Öffentlichkeit muß also, nachdem sie bereut hat, Gericht über ihre ehemaligen Führer halten, das heißt wieder Sie und keine zentrale Macht. Ein offenes, ehrliches Gericht ohne Aufschub, jetzt gleich. Das ist Punkt zwei meines Haushaltsplanes. Ich kann Ihnen versichern, führende Psychologen haben in ihren Schriften bewiesen, daß öffentliche Reue, Selbstanklage und entschiedene Läuterung wohltuend auf die Seele des Bereuenden und die Atmosphäre um ihn herum einwirken. Desgleichen auf das von ihm unverzüglich über einen anderen Verbrecher auszusprechende Urteil. Die Atmosphäre wird die Durchführung der folgenden Punkte meines Planes ökologisch begünstigen. Ich werde sie Ihnen einstweilen noch nicht preisgeben, denn an ihrer Realisierung werden andere, noch nicht in Pjerwomaisk eingetroffene Experten teilnehmen. Das alles ist durch meine persönlichen Experimente bewiesen, die ich im Laufe von mehreren Jahren in meinem Labor durchgeführt habe. Dort hat sich die psychologische Atmosphäre ebenfalls gereinigt, obwohl ich kein führender Psychologe und nicht mal Meteorologe bin.«

Belezki trat noch zwei Schritte zurück und befand sich nun neben, ja sogar etwas hinter dem Tisch.

»So gebe ich nun das Wort der Öffentlichkeit selbst. Ich bitte sie auf die Bühne. Vorhang!«

Er setzte sich auf den Stuhl, den Kasarjan ihm hingestellt hatte. Der Vorhang wurde jedoch trotz Belezkis letztem Befehl nicht hochgezogen, denn er war noch seit jenem Abend oben, an dem im Saal das Festkonzert und die anschließende Wetsche stattgefunden hatten. Dafür gab dieser energisch erteilte Befehl Kiebitz die Möglichkeit, sich davon zu überzeugen, daß auch der wissenschaftliche Experte aus dem Zentrum nach Kognak roch. Auch für ihn war die Zeit also heiter gewesen, die reinste Frühlingsblüte.

Der Saal hatte sich ebenfalls ein wenig aufgeheitert, der Beifall näherte sich der Stärke von Ovationen. Wieder stand der Einarmige auf, ein Heft in der Hand, und erklärte nach einem Blick in dieses Heft: »Will uns zum Beispiel der Chef der Bierbrauerei, Sajukow, etwas mitteilen?«

Das Beispiel war gut gewählt. Aus dem Saal lief sogleich ein kleines Dickerchen herbei und stellte sich, halb dem Präsidium zugewandt, auf die Bühne. Während seiner gesamten Rede blieb er so stehen, in einer halben Drehung auch dem Publikum zugekehrt, obwohl ihm der Einarmige mehrmals ein Zeichen gab, daß er sich dem Volk mit seinem ganzen Körper und möglichst ganzer Seele zuwenden solle. Dies machte er deutlich, indem er mit seinem einzigen Arm weit ausholte und energisch auf seinem Stuhl herumrutschte. So schlug er zu guter Letzt Ihm Selbst, der die Leibesübungen seines Nachbarn aufmerksam verfolgte, mit dem Ellbogen auf die Backe. Er Selbst beantwortete die Ohrfeige nur mit einem langen Blick und wendete sich ab, als ob er auch die andere Backe einem möglichen neuen Schlag darreiche. Doch der unverwandte Blick hatte ausgereicht, um den Einarmigen zu beruhigen und zum Verstummen zu bringen.

»Ich war Zeuge«, sagte unterdessen Sajukow, der Leiter der Bierbrauerei. »Alle wissen, welche Anstrengungen ich unternommen habe. Die Brauerei existiert jedoch nicht mehr. Was sage ich denn, Sie kennen mich doch alle?!«

Die letzte Anfrage hatte Sajukow nicht zur Hälfte dem Präsidium und nicht zur anderen Hälfte dem Saal gestellt, sondern insgesamt Ihm Selbst, der ihn jetzt anschaute. Er Selbst gab mit einem Nicken zu verstehen, daß er Sajukow tatsächlich kannte. Dieser faßte das kaiserliche Nicken als »gehe hin in Frieden« auf und sprang von der Bühne in den Saal.

»Wohin, Bürger?« fragte Belezki verwundert. »Worüber haben Sie denn hier gesprochen? Sie wurden gefragt: Welches Strafmaß schlagen Sie persönlich für die Verbrecher, die ehemaligen Führer des Umsturzes, vor?«

Wieder senkte der Erste langsam den Kopf

»Natürlich die Höchststrafe«, ärgerte sich Sajukow. »Die allerhöchste. Zum Beispiel, sie auf der Stelle aus dem Präsidium oder aus unserem Symposium zu entfernen. Dann aus der Stadt, aus unserem Land und sie schließlich ganz vom Erdboden und aus unserem Gedächtnis zu tilgen... Nach Amerika mit ihnen! Damit die auch dort wissen, wie das ist.«

Als er ausgeredet hatte, rannte er den Gang durchs Parterre nach hinten und setzte sich irgendwohin, unsichtbar in der Dunkelheit, aus der er zuvor gekommen war. Aus der alles gekommen war.

»Wer ist der nächste!« fragte der Einarmige und schaute in sein Heft. »Aha, der Apotheker Salzmann.«

»Kann ich vom Platz aus sprechen?« wurde aus der Dunkelheit gefragt.

Der Erste gab wieder ein Zeichen der Zustimmung, und der von der hellen Bühne aus gänzlich unsichtbare Salzmann schrie: »Als Sie China und Amerika aufzählten, haben Sie Israel vergessen, Experte aus dem Zentrum! Und deshalb fordere ich die Höchststrafe für die Verbrecher. Und dann haben Sie noch die Zigeuner vergessen, obwohl sie noch keinen eigenen Staat haben. Aber den werden sie bekommen. Das sage ich Ihnen, Salzmann.«

»Jetzt Fedossejew«, unterbrach der Einarmige den Apotheker, ohne Fedossejews Amt näher zu bestimmen.

»Ich glaube«, sagte dieser Fedossejew, der in der Saalmitte, im Halbdunkel aufstand. »Ich glaube, daß man es ganz anders machen muß. So darf man's nicht machen, weil es so nichts taugt.«

Er sprach's und wurde bleich vor Aufregung, das sah man auch im Halbdunkel. Alle zuckten zusammen. Belezki zog vor Überraschung sogar die Nase hoch.

»Das heißt... Was meinen Sie denn damit, Bürger?«

»Ich meine... man darf diesen Verbrechern nicht einfach nur die Höchststrafe geben, sondern die höchste Todesstrafe! Ich schlage die öffentliche Hinrichtung vor. Auf dem Bahnhofsplatz. Oder im Hauptstudio des Zentralen Fernsehens.«

Fedossejew holte tief Luft und setzte sich. Die Erschütterung über seine lakonische Rede war allgemein.

»Mhm, ich sehe... es gibt noch gesunde Elemente in Ihrer kranken Öffentlichkeit«, sagte Belezki. »Die weder gestern noch heute den Kopf verloren haben, noch morgen verlieren werden, wie ich glaube. Obwohl man ihn morgen wohl sehr leicht verlieren kann. Gestern, heute, morgen... wozu existiert sie, die Zeit? Das frage ich als Experte und antworte Ihnen: um sie einzusparen. Das ist ebenfalls ein Punkt meines Programms zur Wiederherstellung des Betriebs, obwohl ich kein Betriebsfachmann bin, wic bckannt ist. Nun ist die Zeit gekommen, den Führern des Aufstandes, den Hauptverbrechern selbst, das Wort zu erteilen. Wir wollen ihnen nicht den Mund verbieten und das Wort nehmen, und wär's auch das letzte. Das Wort ist frei, obwohl derjenige, der es ausspricht, es nicht immer ist. So mögen nun die sprechen, die offen den Weg des Verbrechens beschritten haben, im Gegensatz zu Ihnen, die Sie ihn im verborgenen gegangen sind. Sie sollen erzählen, wie sie dieses Morgen gesehen haben, wie sie planten, die Gesellschaft dorthin zu bewegen, und vor allem, mit wem sie dies zusammen tun wollten. Wer also hinter ihnen stand. Welcher Drahtzieher.«

Die letzte Bemerkung ließ Lisjutkin Belezki aufmerksamer ansehen. Doch der sparte die Zeit auch bei dieser Tätigkeit, obwohl es nicht seine eigene war.

»Das Volk verlangt, er möge vortreten und sprechen. Der ehemalige Oberst, derzeitige angeklagte Verbrecher, morgige... ich weiß nicht, als was ich diesen Tunichtgut für morgen definieren soll... Lisjutkin! Treten Sie vor und zeigen Sie sich dem Volk!«

Lisjutkin ging vor und zeigte sich seufzend. Das Volk hatte ihn schon eine halbe Stunde betrachtet und war nun von seinem Auftritt nicht sonderlich beeindruckt. Lisjutkins Anblick war auch nicht festlich, obwohl seine Stimme nicht an Kraft und Eindringlichkeit verloren hatte.

»Schuldig.« Er sprach es so triumphal aus, als hätte man ihm aufgetragen, ein anderes Wort auszusprechen, nur eins, aber das endgültige, den »Bann«. »Und es gibt für mich keine Vergebung. Aber! Wenn ich gerichtet werde, so unter Berücksichtigung dessen, daß ich nichts vorausorganisiert habe. Nur im Zuge der Ereignisse haben sich niedrige Gefühle in mir geregt: Egoismus und Machtgier. So daß irgendwelche Andeutungen bezüglich eines Drahtziehers überflüssig sind.«

Er Selbst richtete seinen unverwandten Blick auf ihn und bewegte wieder seinen Schnabel, doch diesmal nach rechts und links, also mißbilligend.

»Mit anderen Worten«, sagte Belezki, »Sie weigern sich, Komplizen zu nennen sowie diejenigen, die Sie geschickt haben, um den Umsturz anzuzetteln?«

»Aber es hat mich niemand geschickt, es gab niemanden!« Lisjutkin lief rot an. »Außer Ihrem Kollegen Niko ...«

»Versch... Verstocktheit!« schrie Belezki. »Ist das nicht der beste Beweis dafür, daß der Verbrecher die angemessene Strafe verdient? Was ist seine Reue wert, wenn er dem Volk weiter Einzelheiten seines Verbrechens verheimlicht! Ich sage, was es ist. Ich teile dem verehrten Symposium mit, daß der ehemalige Oberst Lisjutkin vom Ferntribunal schon zum Tod durch Erschießen verurteilt ist. Als so gut wie erschossen.«

Lisjutkin öffnete den Mund und gab keinen Ton von sich. Im Saal herrschte ebenfalls Totenstille.

»Aber«, fuhr Belezki zufrieden fort, »das Tribunal ist nicht nur gerecht, sondern auch barmherzig. Und deshalb wurde dieses harte Urteil sofort gegen strenge Isolation für zehn Jahre abgemildert.«

»Hurra«, sagte der Einarmige.

Der Saal bestätigte unsicher: Hurra.

»Setzen Sie sich, Lisjutkin.« Belezki winkte ihm und wandte sich Kiebitz zu. »Sie sind an der Reihe, Vorsitzender. Verehrte Symposiumsteilnehmer, in dieser nächsten Spezies können wir eine andere Modifikation des Verbrechens beobachten. Wir können sie folgendermaßen definieren: ›charakterlose Intelligenz‹. Wir können also annehmen, daß der Verbrecher nicht von lasterhaften Ideen, sondern von guten Absichten geleitet wurde.

Aber die Ergebnisse! Die Ergebnisse seiner Handlungen unterscheiden sich nicht von denen, welche die Taten seines Vorgängers bewirkt haben. Ich meine, zeigen auch Sie, Vorsitzender, sich dem Volk.«

Kiebitz ging auf die Vorbühne und sagte etwas gelangweilt: »Charakterlose Intelligenz. Das ist richtig gesagt. Sie ist mein größter Feind, und Ihrer auch. Was ist das? Schwer zu begreifen und wissenschaftlich zu bestimmen. Und zu klassifizieren, indem man sie irgendeiner bekannten Spezies anderer Verbrechen zuordnet. Aber man kann sich vorstellen, was das ist, wenn man sie mit der ihr entgegengesetzten Eigenschaft vergleicht. Nennen wir diese entgegengesetzte Eigenschaft Charakterfestigkeit. Sehen wir uns um und suchen wir einen erkennbaren Träger dieser Eigenschaft, um in der Gegenüberstellung mit ihm herauszufinden, worin mein Mangel besteht. Lassen Sie uns diesen Menschen finden...«

Kiebitz drehte sich zum Präsidium um, hob den Zeigefinger und ließ ihn von rechts nach links wandern – vom Einarmigen über Dinka und Ihn Selbst, verweilte ein wenig bei Belezki... Der Saal wartete. Belezki zuckte die Schultern wie eine Zigeunerin beim Tanzen.

»Da ist er, dieser Mensch!« rief Kiebitz aus. »Der charakterfeste Oberst Kasarjan! Mein ganzes Gegenteil. Ehrlich gesagt, wenn er diese Eigenschaft nicht hätte, würde ich... Ich persönlich... würde...«

»Ich habe die Vollmacht, Ihnen mitzuteilen«, reagierte darauf Kasarjan und blitzte mit allem, was er hatte: mit Zähnen, Augen und Schulterklappen. »Das Ferntribunal hat in Anbetracht meiner Fürbitte und der Eingabe der anderen Präsidiumsmitglieder dem ehemaligen Vorsitzenden Kiebitz eine Rüge erteilt. Das Positive an dieser Rüge besteht darin, daß Kiebitz nicht mehr unter Bewachung steht. Seine Bewegungsfreiheit bleibt jedoch weiterhin auf die Grenzen von Pjerwomaisk beschränkt. So erhält er die Möglichkeit, seine Schuld mit Arbeit zum Nutzen der Stadt zu sühnen, die unter seiner charakterlosen Intelligenz gelitten hat.«

»Ein Hoch auf die Obersten«, sagte Kiebitz und löste damit einen erstaunten Blick Belezkis aus, »und besonders auf Oberst Kasarjan.«

Danach stieg er in den Saal hinunter und setzte sich in die erste

Reihe des Parterres. Niemand protestierte. Selbst Belezkis erstaunter Blick verwandelte sich in einen spöttischen. Wenn sich Kiebitz selbst über nichts wunderte, wie sollte man es dann von den anderen verlangen?

»Noch irgendwelche Fragen zur Tagesordnung?« fragte der Einarmige. »Meine sind erschöpft, aber vielleicht sieht jemand anders noch Versäumnisse.«

»Mein Gott, mein Gott! Das sage ich Ihnen, ich, Salzmann«, ertönte es aus dem Saal. »Sie und Ihr Experte aus dem Zentrum haben die Hauptsache vergessen! Sie haben die vom Symposium schon beinahe errungenen Erfolge dem Scheitern ausgesetzt! Das ist Diversion. Es hat den Anschein, als hätten die Verbrecher ihr Ziel doch erreicht, nämlich das Machtvakuum in der Stadt. Die Stadt hat keinen Herrn! Ich schlage vor, Iwan Wassiljewitsch unverzüglich zu bitten, auf seinen verantwortungsvollen Posten zurückzukehren und die zwangsweise aufgegebene Führung wieder zu übernehmen. Ich sehe keine anderen Kandidaten! Wer sieht sie?«

»Ja, ja!« Bewegung kam in den Saal. »Iwan Wassiljewitsch, wir gehen nicht eher weg, als bis Sie zugestimmt haben. Eher treten wir in den Hungerstreik, als daß wir gehen. Iwan Wassiljewitsch, es ist nicht die Zeit, zu schmollen: Das Volk bittet, fordert.«

»Zum Abschluß hat das Wort Iwan Wassiljewitsch Adamenko selbst!« verkündete der Einarmige.

Endlich brach der Saal in Ovationen aus, und Er Selbst kam, die Lippen zu einem Röhrchen gespitzt, hinter dem Tisch hervor. Er mümmelte etwas mit diesem Röhrchen, verbarg die runden Augen halb unter einem Hautfilm und kollerte: »Ich halte das Symposium für beendet.«

Sprach's und verzog sich in die Kulisse. Dinka lief ihm tänzerisch graziös, mit auswärts gedrehten Füßen, nach. Fedja und Kolja führten den getäuschten – oder doch nicht so sehr getäuschten? – Lisjutkin, Oberst ohne Regiment, hinter eine andere Kulisse. Ebenso verschwand das ganze übrige Präsidium, dem sich Kasarjan zugesellt hatte, der Kiebitz nun zum Abschluß zuzwinkerte, hinter dem Prospekt. Zugleich leerte sich auch der Saal und war bald verlassen.

Von unsichtbarer Hand ausgeknipst, verlöschte das Rampenlicht. Langsam ging der Kronleuchter aus. Auf dem Beleuchterbalkon erlosch ein Scheinwerfer nach dem anderen. Schließlich waren alle aus. Bedrohlich flammte in der Dunkelheit die rote Leuchtschrift über allen Türen auf: Ausgang, Ausgang, Ausgang.

Wo bist du, Ausgang? dachte Kiebitz, der weiter in der ersten Reihe des Parterres saß. »Du bist zugleich auch der Eingang«, sagte er laut, »man weiß nicht wohin, aber für immer.« Als sich diese Worte von seinen Lippen gelöst hatten, flogen sie über die Bühne, prallten auf dem Prospekt mit den darauf gemalten Moskauer Kremltürmen auf, wurden abgestoßen und flatterten wieder zurück. Sie schwirrten über Kiebitzens Kopf mit ihrem stumpfen Gefieder, aus dem der Laut »i« herausklang, durchquerten den Saal, prallten gegen den Balkon, wurden wieder zurückgeworfen... Und Kiebitz vernahm seine eigenen Worte von außen, vielmehr so, als flüsterte sie ihm jemand von hinten ins Ohr: »Nein, immer.«

Irgend etwas erstarb in ihm, für immer. Es blieb eine erstarrte Leere zurück. Allein mit dieser Leere saß er in der ersten Reihe des Parterres, schaute vor sich hin und sah dort nichts. Es war langweilig, weiter nichts. Er wünschte sogar, daß sich der Saal wieder mit Menschen füllen möge, daß er das Scharren der Sohlen und das dumme Gerede hören könnte... egal, wessen, nur daß es lebendig wäre. Dann verging auch dieser Wunsch, und ihm schien, daß mit ihm alles verging, was in den letzten Tagen die Wirklichkeit gebildet hatte. Der Blick auf die Wirklichkeit stürzte ins Nichts ab, in dieselbe erstarrte Leere. Doch er fixierte am Rande Kiebitzens Kleider, die Wattejacke und die Stiefel, womit sie der Wirklichkeit einen Teil ihrer Materie zurückgaben. Ja, das war Materie, blieb sie auch weiterhin Leere, doch eine Leere, die teilweise mit diesen beiden Dingen gefüllt war: mit der taillierten Wattejacke und den geflickten Stiefeln.

Um diese einsamen beiden Dinge drehte sich die Wirklichkeit der letzten Tage. Kiebitz erschien sie plötzlich als Kreis. Anfang und Ende dieses Kreises befanden sich in ihm selbst, in Kiebitz, weil der Anfang das Ende war und umgekehrt. Er verglich sie ohne große Geistesanspannung, stellte einfach beides nebeneinander. Der Anfang war das rauschende Drama der Wetsche und das Ende die heutige Farce. Wieder ergab sich ein Kreis. Und jetzt mußte er ihn offenbar zum zweitenmal durchlaufen.

Es herrschte eine solche Stille im Saal, daß man hören konnte, wie eine Maus unter der Bühne kratzte und die Schwalbe in ihrem Nest unter dem Balkon knisterte. Die Dunkelheit, die Starre in der Brust, die Maus und die Schwalbe, die Wattejacke und die Stiefel – alles schnürte Kiebitz plötzlich die Kehle zu. Selbst die Luft erstarrte in seiner Lunge, es war, als presse sich ihm eine gewaltige Hand auf die Brust und lasse ihn nicht zu Atem kommen. Langsam traten Kiebitz Tränen in die Augen. Um Luft zu holen und nicht unter dieser grausamen Hand des Seins zu ersticken, atmete er zunächst die restliche Luft aus. Seine Lippen begleiteten sie unwillkürlich mit den Worten: »Ich werde dir nicht zur Last fallen, Herr.« Jetzt gelang Kiebitz auch das Einatmen. Danach sprach er mitsamt einem neuerlichen Ausatmen: »Aber bitte, laß mich mit alledem nicht allein.«

Seine Worte durchflogen den bekannten Weg, hierhin und dahin und wieder zurück. Und wieder hörte er, wie ihm jemand von hinten zuflüsterte: »Allein.«

Diesmal blickte er sich um. Seitlich hinter ihm stand Sascha im Durchgang zwischen den Sitzen. Spöttisch, doch auch ein wenig traurig schaute sie ihn an. Kiebitz bemühte sich, sie mit demselben spöttisch-traurigen Blick anzusehen. Doch er befürchtete, daß seine Augen statt dieser angemessenen Gefühle nur Langeweile ausdrückten.

»Vorhin haben Sie noch ganz anders geredet«, sagte Sascha. »Und Sie haben auch gesagt, daß es nicht Ihre Gewohnheit sei zu lügen. Haben Sie es so schnell gelernt?«

»Ich habe nichts dergleichen gesagt. Aber es ist ja egal. Sie wollen wohl wieder auf mir herumhacken?«

»Nein, aber... wie kann das sein, hat man Ihnen befohlen, so zu reden, ja?«

»Saschenka«, Kiebitz verzog das Gesicht. »Ich erinnere mich nicht, was ich dort gesagt habe. Aber Ihnen hat es offenbar gefallen. Es interessiert Sie, mich nicht. Ich langweile mich nur und möchte nicht wieder dahin zurück, selbst mit Ihrer reizenden Hilfe nicht.«

»Es interessiert mich nicht, es widert mich an! Wie kann man einwilligen, in diesem Stück mitzuspielen! Ich dachte: Gut, ob Bandit oder nicht, zumindest ist er ein ehrlicher Mensch. Von mir aus ist er mein Feind, aber ehrlich.«

»Wieso bin ich Ihr Feind?«

»Nicht nur meiner. Von allen, die wissen... *wozu* sie leben. Sie wissen das nicht, das steht auf Ihrem Gesicht geschrieben. Mit diesem Gesichtsausdruck vergiften Sie alles um sich herum.«

»Das ist ja interessant. Und wozu leben Sie?«

»Damit es alle *gut* haben.«

»Phänomenal«, sagte Kiebitz. »Und alle kommenden Generationen leben auch zum selben Zweck. Wer wird es denn aber selbst gut haben? Und überhaupt, ist das Ihre eigene Entdekkung, oder hat man Ihnen das in den Vorlesungen erzählt?«

»Dies ist eine Wahrheit, die jedes Kind weiß.«

»Was ist Wahrheit?« flüsterte er leise.

»Das weiß man auch: Wissen.«

»Wissen... um was? Daß es alle gut haben sollten?«

»Wissen überhaupt, das gesamte menschliche Wissen.«

»Zeigen Sie es mir«, bat Kiebitz. »Und danach seine Folgen. Im besten Fall ist es eine Erschütterung der Luft. Im besten Fall.«

»Davon sollten Sie nicht reden. Haben Sie nicht gerade die Luft von der Bühne aus erschüttert?«

»Ach... nein!« Kiebitz geriet in Erregung. »Das hat mit Wissen nichts zu tun. Mein Körper ist konkret, deshalb habe ich eben so geredet. Um meine Haut zu retten. Ihr glaubt alle, dies sei ein Schauspiel. Aber wenn denen dort hinter den Kulissen etwas nicht paßt, dann hat man gleich eine Kugel im Genick. Diese Farce inszenieren sie für ihren Rechenschaftsbericht. Sie haben auch eine eigene Papierfabrik. Na, und warum sollte ich in dieser Farce nicht mitspielen? Wem schadet das? Ja, sie haben das Stück schlecht inszeniert und den Text heruntergehaspelt. Was geht's mich an? Bin ich der Regisseur, der Stückeschreiber oder der Direktor ihres Theaters? Oder etwa der Kassierer? Ach, meine Liebe... Was glauben Sie, weshalb sie mir gerade diese Rolle zugewiesen haben, mit diesem humanen Schluß – weil ich der dafür geeignete Typ bin? Oder damit sie ihre Menschlichkeit zeigen können, weil sie schließlich auch Menschen sind? Aber nein! Die Logik ist intern, eine Logik des Apparats, das Stück sagt es ja: Wen soll ich spielen? Den *Vorsitzenden*, wenn auch einen gefälschten, aber jedenfalls den Vorsitzenden und Premierminister. Sie haben das nicht bemerkt, aber ich bin nicht irgendwas, sondern gehöre zur Nomenklatura. Man kann mich nicht einfach so beseitigen. Kiebitz ist zwar ein schlechter

Premier, aber wenn sich plötzlich alles umkehrt? Wie wird man dann mit ihnen selbst verfahren? Nein, nein, eine Krähe hackt der anderen kein Auge aus. Und ich bin jetzt eine Krähe. Wissen Sie, daß ich auch früher schon gedacht habe: Wie werde ich in diesem Stück spielen?«

»Und was haben Sie sich ausgedacht?«

»Am Anfang wollte ich nicht mitspielen, um keinen Preis. Das war wieder genau das, was mich endgültig abstieß, wieder Karriere, wieder mit den Ellbogen kämpfen, sich wieder irgendwohin durchboxen mit gerecktem Hals... Ich bin müde, dachte ich, lieber sterben. Oder noch besser, mich ins Privatleben zurückziehen: Heiraten, Kinder kriegen. Ich erinnere daran, ich bin jetzt Zyniker, meine Haut ist mir teuer. Wo kann ich sie am besten schützen? Im Privatleben. Dann kam mir plötzlich ein Gedanke... Ich sitze ja nicht einfach nur in einem Karren, den fremde Leute irgendwohin schieben, sondern im Karren der Nomenklatura! Da kann man mich nicht mehr so leicht raussetzen. Ein kümmerliches, unscheinbares Männchen schon, aber nicht mich. Weil man Rechenschaft ablegen, Berichte schreiben, Erklärungen geben muß, wenn man mich raussetzt. Man muß meinen Fall aufbauschen und an die große Glocke hängen! Und das bedeutet: sich persönlich Ärger aufhalsen. Auf den Gedanken hat mich übrigens Kasarjan selbst gebracht. Ich habe mir doch damals in Pferdezwist den Kopf zerbrochen, wozu er mich so nötig als Zeugen braucht. Sie kennen Pferdezwist nicht, das ist ja auch unwichtig.«

»Doch«, entgegnete Sascha.

»Na, das ist auch unwichtig. Ich habe mir den Kopf über die Frage zerbrochen: Wenn er so dringend meine Aussage braucht, warum preßt er sie mir nicht mit Ruten ab, sondern führt kultivierte Gespräche mit mir? Da begriff ich es, begriff ich alles. Auch für ihn gehöre ich zur Nomenklatura. Wieso hätte ich also nicht in dieser stinklangweiligen Farce mitspielen sollen? Mein Gewissen regt sich kein bißchen, das können Sie mir glauben.«

»Aber Sie haben Ihre Rolle... lächelnd gespielt, nicht gelangweilt.« Sascha schien ihre Position allmählich aufzugeben.

»Lächelnd!« schrie Kiebitz.

Daß Sascha ihre Position aufgab, erklärte sich nicht durch die Stärke seiner Argumente, sondern dadurch, daß er schon lange schrie. Er benahm sich einfach menschlich, und vom geschliffenen Tonfall seiner Stimme war nichts mehr zu hören.

»Lächelnd! Sagen Sie lieber, grimassierend, wie ein Affe oder ein Monster von einem anderen Planeten! Die grausige Fratze eines Außerirdischen, das ist mein Lächeln.«

Kiebitz sprang auf, rannte auf die Bühne und blieb über dem Orchestergraben stehen, genau an der Stelle, wo vor ein paar Tagen der falsche Führer auf dem Panzerspähwagen gestanden und den Arm genauso ausgestreckt hatte. Sein Benehmen berührte Sascha sonderbar, sie spürte ein Kribbeln im Bauch.

»Oh, ihr Mond- und Marsbewohner!« tönte er, die ausgestreckte Hand nach vorne und nach oben schwenkend. »Weshalb habt ihr mich hierhergeschafft, was wißt ihr davon, wie in meiner Brust die Sehnsucht nach der verlassenen Heimat brennt! Ihr lebt still und friedlich im Vaterland, ich aber wandere durch die Fremde, selbst allen fremd. Dic Erdbewohner sagen, ich lächle, weil ich ihnen ähnlich bin, und die auf meinem Gesicht erstarrte Grimasse nennt man hier Lächeln. Oh, ich laufe hier herum wie sie, in Wattejacke und Ziehharmonikastiefeln. Wie sie bin ich aus dunklem Ton geformt. Ich bestehe sogar noch mehr daraus als die anderen, da mir eine Lehmmaske angetrocknet ist. Meine Wattejacke, die ich in der Taille enger gürte als sie, trage ich wie einen Frack. Eine Wattejacke wie einen Frack! Versteht ihr das, liebe Landsleute vom Mars? Ich liebe diese Wattejacke, könnt ihr das verstehen! Und deshalb hasse ich sie. Sie ist ein Teil von mir, ein Teil meines Körpers. Sie ist mein Gefängnis, ich trage mein Gefängnis.«

Kiebitzens Stimme, die zum tiefen, rollenden Baß wurde, erinnerte an Lisjutkins Gebrüll. Und sie stieg auf zum Vogelgekreisch von Jurij Pawlowitsch Starkos pathetischem Gestammel. In der Mitte aber, im nervösen Alt, teilte sich Wassilij mit, der letzte Starez auf Erden.

»Was bleibt mir noch zu tun? Kann man irgend etwas stärker hassen und mehr lieben als sein Gefängnis, als diesen häßlichen, stinkenden eigenen Körperteil? Ich könnte diesen Teil abschneiden, aber das würde mir wehtun, glaubt mir, meine Landsleute vom Mond und Mars. Er ist bereits fest mit mir verwachsen. Und ich bin mit diesem fremden Planeten verwachsen, kann mich nicht mehr losreißen. Er ist ich. Ich bin selbst mein Gefängnis. Solang ich lebe, bin ich im Gefängnis. Ein Lebender kann von allem frei sein, aber nicht von sich selbst. Retten kann mich nur der Befreier Tod. Aber ich liebe! Und solange ich liebe, will ich nicht sterben, noch nicht... Ihr seid natürlich nicht imstande, das zu begreifen. Oh, du dummer Mars und du idiotischer Mond! Zu euch werde ich nicht mehr zurückkehren, ich, ein Nomade auf diesem Planeten, diesem blauen und grünen, wäßrigen und trockenen Streuner. Ihr habt keine Macht mehr über mich. Und könntest du, rotäugiger Mars, und du, bleicher Mond, eine Macht über mich haben, die der Macht der schönen, lebendigen Nutte Erde gleichkäme? Der Macht des Lebens über das unbedeutendste seiner Elemente, das verschwindend klein ist, kleiner als Null. Es hat die Größe des absoluten Nichts. Aber selbst wenn ich, dieses Nichts, mich der Macht des Lebens entziehe, dann werde ich keinesfalls zu euch, meinen ehemaligen Verwandten und Landsleuten, zurückkehren. Ich kann mich mit dieser neuen Erfahrung nicht mehr in meiner früheren Heimat einleben. Wie sollte ich es können, wenn diese neue Erfahrung mit eurer alten in nichts übereinstimmt? Ich kann sie doch nie mehr loswerden. Eure alte Erfahrung vermochte nicht das einfache Rätsel der Quadratur des Kreises zu lösen, und für meine neue ist auch die Würfelkugel kein Rätsel, sondern etwas ganz Normales.«

Hier schwenkte Kiebitz beide Arme und wippte auf den Fußballen.

»Ja, auf einer würfelförmigen Ballonkugel, auf den gestutzten Flügeln geflügelter Sandalen fliege ich an euch vorbei, weit über euch hinaus, weit weg von jedem Vaterland – und verstecke mich in mir selbst. In meinem Privatleben, wenn ihr so wollt. Möge dann euer Mond und euer Mars die verödeten Äcker und Waldstreifen der Erde mit ihrem gelben und blauroten Doppellicht erleuchten. Mögen dann die alten und neuen Landsleute sagen: Wieder lacht er uns aus, dieser Kiebitz, wieder spielt er sein ekelhaftes Stück, es reicht uns, sein zynisches Lächeln anzuschauen... Das werden auch Sie sagen, Sascha. Sie haben es ja eigentlich schon gesagt.«

Kiebitz schwieg eine Weile, dann stieg er in den Saal hinunter. Auch dieses Schauspiel war zu Ende.

Weit betroffener als beim vorigen Mal fragte Sascha: »Was heißt Privatleben? Das ist absolut unklar. Und dieser Abflug... was bedeutet das, die Emigration? Also...«

»Das bedeutet alles überhaupt nichts«, sagte Kiebitz, »außer, daß ich müde bin.«

»Dann«, Sascha zögerte ein wenig. »Dann gehen wir heim zum Mittagessen.«

Das war zu erwarten gewesen. Kiebitz hatte es auch erwartet.

Sie gingen hinaus. Die Straße zeigte fast keine Spuren der jüngsten Krawalle mehr. Die Schaufenster waren frisch verglast, die Bürgersteige gefegt. Die Bäume waren sogar bis zur Taille mit frischem Kalk bestrichen. Kiebitz hatte sich schon lange nicht mehr so frei auf der Straße bewegt. Niemand führte ihn gewaltsam, und er rannte vor nichts davon. Neben ihm ging ein junges und recht sympathisches Mädchen. Unter den Dächern piepsten die Schwalben, und die Spatzen hüpften wütend tschilpend auf dem Bürgersteig herum.

»Hol's der Teufel!« zwitscherte das Mädchen. »Früher war alles so klar... Aber jetzt... Wer sind Sie denn? Ein Schizophrener mit leerem Beutel oder ein übergeschnappter Wahrheitssucher?«

»Wozu die Wahrheit suchen?« lächelte Kiebitz. »Sie wird mich schon selbst finden, wenn es notwendig ist. Schließlich bin ich ihr ausgerissener Sohn.«

Siebzehntes Kapitel

Die Obersten

Im Keller des Stadttheaters saß Katja Starko, das Kinn in die Fäuste gestützt, und schaute auf den Zementboden. Ihre Stirn war von waagrechten und senkrechten Falten durchfurcht, als ob sie angestrengt über etwas nachdächte. In Wirklichkeit dachte sie an nichts, ihr Gehirn war einfach in von Müdigkeit und Schlafmangel verursachte unüberwindliche Erstarrung verfallen. Die Zelle war feucht, der Boden mit abgebröckeltem Putz übersät. Über der Tür summte eine Glühbirne im Drahtkorb.

Plötzlich zuckte Katja zusammen und erwachte aus ihrer Erstarrung: Hinter der Tür erklangen Schritte. Das Schloß klirrte, und herein trat der fahl gewordene Lisjutkin, hinter ihm sein ganzes Gegenteil, Kasarjan. Der begleitende Fedja blieb in der Tür stehen. Eine Fliege umschwirrte ihn, die er von Zeit zu Zeit wegwedelte.

Lisjutkin ließ sich schwer auf die Bank sinken. Katja rutschte von ihm weg ans andere Ende. Kasarjan hätte sich nur zwischen sie setzen können. Doch er setzte sich überhaupt nicht, da er seine nagelneue Uniform offensichtlich nicht beschmutzen wollte. Die Bank war ebenfalls mit Putzbrocken übersät. Harten, hallenden Schrittes ging Kasarjan vor den Sitzenden auf und ab. Er roch nach Leder, Rasierwasser und Kognak.

»Es ist lächerlich«, sagte er, blieb abrupt stehen und verschränkte die Arme auf der Brust, »es ist lächerlich, beleidigt den Schnabel über mich zu wetzen, Bürger. Hast du verloren, dann zahl dafür – statt auf Federn, bette dich auf Stroh. Es hätte auch anders kommen können, Sie hätten gewinnen können, dann säße ich an Ihrer Stelle. Und Sie stünden vor mir. Eine nüchterne Situation, nicht wahr? Ich schlage vor, sie zu verlängern, also ein nüchternes Gespräch zu führen. Wollen Sie?«

Er wertete das Schweigen der Sitzenden als Zustimmung,

schickte Fedja mit einem Nicken in den Gang hinaus, lehnte die Tür an und fuhr fort: »In Ihrem Fall bedarf noch manches der Korrektur. Das ausgesprochene Urteil ist bei weitem nicht die Höchstgrenze der Barmherzigkeit. Je nachdem, wie Sie sich weiter verhalten, wird diese Grenze hinausgeschoben oder heruntergesetzt werden. Lisjutkin, Sie haben sich ja bereits überzeugt, daß sich jeder Schritt rentiert, den Sie uns entgegengehen, nicht wahr? Die Höchststrafe haben Sie sich nicht eingehandelt, obwohl Sie sie verdient hätten, stimmt's?«

»Sie sind ein Schuft«, befand Lisjutkin düster. »Und doch nur Major, egal, welche Schulterklappen Sie tragen. Ihr Belezki ist auch ein Schuft, egal, welche Schulterklappen er trägt. Einen so reinzulegen! Zweimal bin ich von Ihnen betrogen worden, mit Ihnen will ich nichts mehr zu tun haben.«

»Das stimmt nicht«, widersprach Kasarjan. »Beim ersten Mal haben Sie selbst versucht, alle reinzulegen, es hat einfach nicht geklappt. Ich mußte reagieren und habe Sie überholt. Schicksal. Im Vertrauen: Als ich begriffen hatte, daß Sie alle an der Nase herumführen wollten, habe ich mich mit diesem Nikolajew getroffen und blitzschnell eine Gegenabmachung mit ihm getroffen.«

»Mit Nikolajew!« schrie Lisjutkin. »Vortrefflich! Also werden auch Sie bald in den Graben fallen, mir nach.«

»Nein«, lachte Kasarjan. »Ich habe andere Garantien, stärkere als Sie. Hier der erste Beweis dafür.«

Er klopfte sich auf seine nagelneuen Oberstenepauletten.

»Man wird sie runterreißen«, sagte Lisjutkin hämisch. »Sie einem Obersten runterzureißen, ist sogar noch schöner. Die Sterne knattern dabei wie Kugeln: tra-ta-ta.«

»Na, Sie sind mir einer.« Kasarjan war leicht verwirrt. »Man möchte mit Ihnen ins Geschäft kommen, und Sie... sind offenbar übergeschnappt. Bei Ihnen piept's wohl im Oberstübchen, das hört man sogar von draußen. Was ist los mit Ihnen, können Sie sich nicht zusammenreißen und einen neuen Vorschlag anhören? Starko! Das betrifft auch Sie. Wann werden denn ernsthafte Menschen aus Ihnen beiden? Bedenken Sie, daß wir Ihren Ernst brauchen, aber nicht allzusehr. Im Notfall kommen wir auch ohne aus. Sie dagegen nicht. Ist das so schwer zu begreifen?«

»Reden Sie schon«, meinte Lisjutkin verdrießlich. Katja sagte weiterhin kein Wort. Noch maß Kasarjan ihrem Schweigen keine Bedeutung bei.

»Ihr Fall ist, wie Sie verstehen, eine Staatsangelegenheit. Sie sind keine Diebe und keine Landstreicher. Bei denen macht man kurzen Prozeß: Urteil, Vollstreckung, und wenn's eine Amnestie gibt, dann schickt man sie nach Hause und Schluß.«

»So sagen Sie es doch im Klartext: Was sollen wir tun, und wie hoch ist der Preis?« fragte Lisjutkin.

»Das will ich gerne tun... Die Ermittlung fokussiert ihren Blick zwangsläufig so, daß viele zweitrangige Teilnehmer des Aufstands am Rand ihres Blickfeldes bleiben und praktisch nicht zu erkennen sind, weil die Ermittlung das Geschehen gewissermaßen von außen, aus der Vogelperspektive, betrachtet. Aber Sie kennen den Fall von innen. Sie kennen viele einfach vom Sehen, auch wenn Sie den Namen nicht wissen. Von anderen haben Sie gehört. Manches wußten Sie auch schon vor dem Aufstand. Sie können uns vielleicht noch lange nützlich sein. Besonders Starko.«

»Und unsere ganze Arbeit verbuchen Sie dann auf Ihr eigenes Konto«, zischte Lisjutkin.

»Ich schwöre es, nein! Wozu auch? Zum General werde ich sowieso nicht befördert, ich war nicht auf der Akademie. Mir die Schulterklappen des Obersten zu sichern, das verspreche ich mir, schließlich hat Moskau sie noch nicht bestätigt. Dafür reicht es, die nutzbringende Arbeit fortzusetzen. Der Nutzen meiner Arbeit besteht darin, daß ich Sie überredet habe. Wieso schweigen Sie denn die ganze Zeit, Starko?«

»Jetzt schweige ich nicht mehr«, entgegnete Katja, »sondern rede. Ich sage dir, du gemeines Aas, und dir, du noch gemeineres Aas, daß ihr beide baumeln werdet wie die Kasperlepuppen, wenn man euch nach dem Stück in der Maske zum Trocknen an den Haken hängen wird. Und wenn ihr getrocknet seid, dann läßt man euch vergammeln. Dabei werde ich gerne jedem behilflich sein, der das möchte. Ihren Versprechungen glaube ich nicht. Ich erinnere mich sehr gut, wie Ihr Moskau auf meine Briefe geantwortet hat. Ich erinnere mich, wie meine Beschwerden untersucht wurden, und wie mir dann von Moskau eins ausgewischt wurde. Bei meinen wiederholten Eingaben wurde mir mit der Klapsmühle gedroht. Ich erkläre dir, du aufgetakelter Gockel, daß du mir Vorschläge machen kannst, soviel du willst, aber du wirst kein Wort mehr von mir hören. Ich werde mit Freuden ins Zuchthaus gehen. Dort ist wenigstens alles klar. Mein Körper mag dort zugrunde gehen, aber meine Seele werde ich niemandem geben. Dir schon gar nicht. Und wegen meines ermordeten Vaters wird man mit euch beiden abrechnen, das könnt ihr mir glauben. Ich weiß auch, wer es tun wird. Eure eigenen Komplizen. Das wird dann die Gerechtigkeit sein. Das ist alles, weiter sage ich kein Wort mehr.«

»Dämliches Weib!« Kasarjan biß sich auf die Lippe. »Dummes Huhn. Es möchte leiden, lebendig in den Kochtopf wandern. Warum haben sie alle diesen Drang zum Leiden? Na schön, das Zuchthaus wird dein Fett gleichmäßig verteilen. Du wirst abmagern und nicht mal mehr für die Suppe taugen. Stopp! Keine Zeitverschwendung, sieben auf einen Streich... Lisjutkin, wir werden die Starko als ausgefallen betrachten, sei's drum. Sie allein werden also mehr Lasten tragen und Ihr Gedächtnis anstrengen müssen. Zunächst aber noch eine Vorbemerkung, die Sie schon vernommen, aber überhört haben: Nikolajew und seine Vorgesetzten, alle sind wütend auf Sie, weil Sie überall von Ihrer Absprache mit ihnen herumerzählen. Somit müssen Sie zunächst Ihre eigenen Verlautbarungen über diese Absprache kategorisch widerrufen. Solange Sie das nicht tun, werden Sie keine Gewißheit haben, daß Sie amnestiert werden, wenn die Arbeit beendet ist.«

»Aber diese Absprache ist doch meine einzige und letzte Sicherheitsgarantie! Wie kann ich sie eigenhändig zerstören?«

»Pah, welche Garantien kann es in unserer Zeit geben? Bringen Sie mich nicht zum Lachen. Wer hindert wen daran, heute schon mit Ihnen alles zu machen, was er für nötig hält, und was das Tribunal schon für nötig gehalten hat? Na, wer wird den Gerüchten von dieser Absprache glauben, selbst wenn sie sich verbreiten? Auch ohne jeden Glauben werden alle über diese Absprache reden. Irgendeine Lehrerin wird wieder schreiben, zuerst nach Moskau, dann nach Paris. Auch dort werden Gerüchte aufkommen, daß Moskau den Fall deshalb so schlecht und lau untersucht, weil es ihn selbst organisiert hat. Um Dampf abzulassen, um den Pöbel mit seinem Blut abzuschrekken, um die eigenen Reihen von alten Konservativen zu säubern, die sich der neuen Reformpolitik widersetzen. Um alle in Moskaus Arme zu treiben, dessen neue Umarmung stärker ist als die alte. Die westliche Presse wird sofort alles aufgreifen und überall herumpfeifen. In Harvard werden wissenschaftliche Studien geschrieben und haufenweise Chroniken angelegt werden... weil alle Erklärungen dafür suchen werden, was bei uns wirklich geschehen ist. Sie werden natürlich eine Verschwörung finden, irgendeine Absprache zwischen Leuten. Na, sei's drum, sollen sie sie finden. Denn andere werden schließlich diese ganze gefundene Wahrheit als Irrtum erklären und als die dumme Angewohnheit, die Geschichte als eine Geschichte der Verschwörungen zu betrachten. Sie werden die Psychologie des kalten Krieges dafür verantwortlich machen, die den konservativen Falken eigen sei. Die Tinte wird in Strömen fließen... Aber! Diese anderen, die uns so nützlich sind, brauchen einen Trumpf in der Hand, einen Beweis dafür, daß alle Enthüllungen der ersten ein boshafter, intellektueller Zeitvertreib sind, der mit der Wirklichkeit nichts zu tun hat. Stellen Sie sich vor, Lisjutkin, daß sich im Westen Politiker finden werden, die uns ohne diesen Trumpf Kredite ablehnen müssen! Wie sehr sie uns diese Kredite auch geben wollten, ohne Trumpf fällt es ihnen schwer! Wir brauchen also einen Zeugen der Ereignisse, der diese Trumpfrolle auf sich nimmt und das unbestrittene Recht darauf hat. Es müßte ein patriotischer Zeuge sein, dem aber niemand mangelnde Informationen oder Voreingenommenheit anlasten könnte. Sie, Lisjutkin, sind doch Patriot, nicht wahr?«

»Nehmen wir's mal an«, sagte Lisjutkin. »Ja, ich werde es machen.«

»Vortrefflich! Sie können gleichzeitig auch Ihren Austritt aus allen kompromittierenden Organisationen und veralteten konservativen Strukturen erklären: aus der Armee, aus den inneren Angelegenheiten, aus dem ausländischen Geheimdienst, aus dem Parlament... wie Sie wollen. Wichtig ist Ihr Protest gegen sie. Sie sind aus diesen Strukturen ausgetreten, weil Sie gegen ihre Arbeitsunfähigkeit, Schwäche und einfach auch gegen ihren Tod protestieren. So werden Sie es schreiben: Alle diese Strukturen sind tot. Wer, wenn nicht Sie, könnte das erklären?«

»Zwei Fragen«, unterbrach ihn Lisjutkin. »In welcher Form soll ich das tun, und was sind die Garantien für eine progressive Milderung meines Urteils?«

»Garantien...« Kasarjan rümpfte die Nase, als hätte er etwas Schlechtes gerochen. »Sie vergessen, daß Sie sich nicht auf dem

Markt befinden, wo Sie handeln können. Außerdem gibt es heute auch auf dem Markt Festpreise. Das ist besser, weil sie höher als die alten freien Preise sind.«

»Aber wir sind auch nicht auf dem Symposium«, entgegnete Lisjutkin. »Objektive wissenschaftliche Gesetze gibt es in diesem Fall nicht, vielleicht drehen Sie den Spieß wieder um? Wie Sie das schon einmal getan haben.«

»Im Namen der allerhöchsten Führung gebe ich Ihnen, Lisjutkin, mein Wort: Unsere Vereinbarung ist diesmal ein absolutes Gentleman's Agreement. Glauben Sie mir. Es bleibt Ihnen nichts anderes übrig. Pardon.«

»Teufel!« brüllte Lisjutkin. »Na gut. Der Sieg ist Ihrer. Ich hoffe, Sie werden genauso geschickt mit den neuen westlichen Krediten umgehen. In welcher Form werden wir meine erste Erklärung schreiben?«

»In Form eines privaten Briefes«, sagte Kasarjan. »Das sieht besser aus... Sie haben die richtige Entscheidung getroffen, wenn Sie meine Meinung wissen wollen.«

»Papier! Füller! Auf Ihre Meinung pfeife ich.«

»Bitte. Soll ich Ihnen diktieren?«

»Ich bin kein kleiner Junge mehr«, unterbrach Lisjutkin Kasarjan.

Katja Starko, die sich angesichts dieses unverschämten Kuhhandels der beiden Kasperlepuppen nicht mehr beherrschen konnte, holte tief Luft, nahm den Mund voll Speichel und spuckte Kasarjan saftig auf den blitzblanken Stiefel.

»Giftnudel!« schrie der frischgebackene Oberst und holte mit der geballten Faust aus. Vor Anspannung traten darauf weiße und rosa Flecken hervor.

»An wen soll ich den Brief adressieren?« fragte Lisjutkin und betrachtete voll Genugtuung die Spucke auf Kasarjans Stiefel.

»An Nikolajew persönlich! Da hast du's, du gemeine Sau...«

Kasarjan schaffte es, die schon recht weit fortgeschrittene Bewegung der Faust abzustoppen und seine Reaktion auf Katjas Affront anders auszudrücken: Der beschmutzte Stiefel stampfte heftig auf, und aus der Faust bohrte sich zwischen Mittel- und Ringfinger der Daumen, mit dem Kasarjan vor Katjas Nase herumfuchtelte. Dieser Wechsel hinderte seinen Zorn, ganz auszubrechen, er mußte nun der Geste das Wort beifügen: »Aber wir Soldaten sind Ritter und nicht gewohnt, eine Frau zu schlagen. Und bei uns im Kaukasus rupft ein Mann kein Huhn, obwohl er es auch brät.«

»An Bürger Nikolajew persönlich«, wiederholte Lisjutkin.

Er legte das Papier auf die Bank und begann zu schreiben. Am Anfang schaute ihm Kasarjan über die Schulter und machte Bemerkungen zu dem, was Lisjutkin schrieb. Dann hielt Lisjutkin inne und stritt sich mit ihm über die Formulierung. Es endete meist damit, daß er die strittige Stelle umformulierte.

Nach etwa zehn Minuten war der Brief fertig. Von Verfasserstolz erfüllt, lehnte sich Lisjutkin an die Wand zurück. Kasarjan nahm das Manuskript in die Hand und las es laut wie ein Schauspieler, der ein geglücktes Werk vorträgt.

»Sehr geehrter Bürger Nikolajew! Obwohl ich kein Soldat mehr bin, aber immer noch ein militärisch geradliniger Mensch, erkläre ich mit aller Direktheit: Ich bekenne mich in allen Punkten schuldig. Ich war zum Schutz des Staates aufgerufen worden und habe statt dessen versucht, ihn zu zerstören. Ich wurde vom Staat für meine ersten Verbrechen barmherzig verurteilt und nicht mit voller Wucht bestraft, sondern mit strenger Milde. Doch statt ihm zu danken, fügte ich ihm eine Kränkung zu, indem ich mir eine Verleumdung über ihn ausdachte. Diese bestand darin, daß ich eine in Wirklichkeit nicht erfolgte Absprache zwischen mir und bestimmten Persönlichkeiten erfunden habe. Der vorliegende Brief ist der Beweis dafür. Die Verleumdung stammte von einem Mann, der über seine eigenen Verbrechen verzweifelt und deshalb doppelt bösartig war. Aber ich schwöre es, auch dieser Mensch – das heißt ich – konnte sich alle Folgen seiner Erfindungen nicht vorstellen! Jetzt erst habe ich begriffen, wie tief ich gefallen bin. Aber ich habe es doch verstanden und begonnen, mich umzugestalten. Ich trete aus allen Organisationen, Parteien und staatlichen Strukturen aus, denen ich früher angehört habe, denn sie provozieren die ihnen angehörenden Menschen zu Verbrechen und begehen selbst welche. Den vorliegenden Brief bitte ich als offizielle Austrittserklärung zu betrachten. Diese Strukturen sind verbrecherisch und bedürfen der Erneuerung und Vervollkommnung. Aufgrund dessen bitte ich ein weiteres Mal für mich persönlich um Humanität und Barmherzigkeit, die dem Staate eigen sind und von ihm –

überall, über den ganzen Planeten, verstreut werden. Ich bitte darum, daß mir die Möglichkeit gegeben wird, die Tiefe meiner Reue zu bestätigen. Ich bitte darum, mir irgendeine Arbeit zu geben, selbst die unqualifizierteste, damit ich meine Dankbarkeit für die Barmherzigkeit unserer Mutter Heimat, unserer wahren Urmutter, zum Ausdruck bringen kann. Ich bitte darum, mir meine Bitte nicht abzuschlagen, sondern mir vielmehr eine positive Antwort darauf zu geben. Eine Ablehnung würde ich nicht verkraften. Ich will niemanden erpressen, zuallerletzt dich, Heimat, und Sie, Bürger Nikolajew. Aber meine jetzige Offenheit zwingt mich dazu, auch meine jetzige Schwäche einzugestehen. Im Falle einer Ablehnung fürchte ich um meinen Verstand und mein Leben. Ich fürchte, meiner Verzweiflung nicht Herr zu werden und eine weitere kleinmütige, verbrecherische Tat zu begehen, wenn auch an mir selbst. Ja, diese verzweifelte und endgültige Tat fürchte ich. Zur Klarstellung: Viele nennen sie aus irgendeinem Grund Selbstmord, obwohl sie weit weniger wiedergutzumachen ist. Ich preise die Humanität und Barmherzigkeit des Ferntribunals. Lisjutkin, ehem. Oberst. Diesem Brief liegt eine von mir zusammengestellte Liste der Personen bei, deren Teilnahme an den jüngsten Ereignissen in Pjerwomaisk mir bekannt ist. Die am 1. Mai auf dem Roten Platz demonstrierenden Werktätigen sind damit nicht gemeint.«

Als er zu Ende gelesen hatte, sagte Kasarjan:

»Ein Poem. Es müßte millionenfach aufgelegt werden, und zwar unverzüglich. Aber das werden wir wohl leider auf später verschieben und seinen Nachkommen überlassen müssen. Für unseren heutigen Zweck ist ein Original ausreichend. Also, bringen wir es sofort weg.«

»Wohin?« fragte Lisjutkin, um dessen Lippen noch das Lächeln des zufriedenen Autors spielte.

»Zur Druckerei«, antwortete Kasarjan bissig.

Lisjutkin trübte sich wieder etwas ein.

»Und die Liste der Personen?«

»Die machen Sie später, an Ort und Stelle. Hauptsache, das Basisdokument wird so schnell wie möglich registriert.«

Die ganze Zeit über hatte Katja reglos in ihrer gewohnten Haltung des Skythengrabmals dagesessen – die Hände auf dem Bauch gefaltet. Als der Wachposten Fedja die beiden Obersten in den Gang hinausließ, fragte er: »Muß ich neben dieser Schlampe noch lange Wache halten? Sie hätten sie längst kaltmachen sollen.«

»Dann hättest du keine Arbeit mehr«, drohte Kasarjan. »Laß dich's nicht verdrießen, Fjodor! Bald werden wir die Lehrerin in schönere paradiesische Gegenden verschicken, wo alle nur ein Fach studieren: Hauswirtschaft.«

Bei diesen Worten sprang Katja von der Bank auf und stieß die von Fedja noch nicht ganz geschlossene Zellentür mit Gewalt auf. Die Tür ihrerseits stieß gegen den Wachposten und warf ihn beinahe um.

»Ein Stierkampf!« rief Kasarjan aus. »Auf in die Arena, Picadores!«

»Ich hab's doch gesagt, macht sie kalt«, sagte der geprellte Fedja.

»Hat sich etwas geändert, Jekaterina Jurjewna?« erkundigte sich Kasarjan.

»Ich... nichts hat sich geändert«, antwortete Katja feierlich. »Bei mir nicht. Aber ich möchte an Sie, die Sie Widerlinge, aber immer noch Menschen sind, die Bitte um einen rein menschlichen Gefallen stellen.«

»Um einen Gefallen!« wunderte sich Kasarjan. »Dieses Wort aus dem Mund der eisernen Lady? Um welchen Gefallen geht es denn?«

»Könnten Sie einen Zettel übergeben? Eine persönliche Nachricht?«

»Sie haben doch gar niemanden mehr für persönliche Angelegenheiten«, bemerkte der Kenner des Gesamtgeschehens Lisjutkin.

»Wem?« fragte Kasarjan.

»Kiebitz.«

»Da schau her!« rief Kasarjan aus.

»Das ist nicht verwunderlich«, entgegnete Lisjutkin wieder im Ton des Kenners. »Sie duzen sich.«

»Das ist mir neu. Haben sie... eine intime Beziehung?«

»Unsinn!« Katja wurde rot. »Wir sind zusammen aufgewachsen.«

»Ja?« Kasarjan überlegte einen Augenblick. »Na, gut. Schreiben Sie, ich werde es übergeben. Wenn sich die Gelegenheit bietet, ihn zu sehen, natürlich.«

Katja nahm von ihm Papier und denselben Füller entgegen, mit dem Lisjutkin gerade geschrieben hatte, setzte sich wieder auf die Bank und schrieb mit ihrer festen Lehrerhandschrift ein paar Worte auf.

Kasarjan nahm den Zettel und faltete ihn auf: »Pardon, Madame, vielmehr Mademoiselle, aber so verlangt's die Ordnung.«

Er überflog die Zeilen rasch mit den Augen, kehrte zum Anfang zurück und las auch dieses Sendschreiben laut und eindringlich vor.

»Boris, so du noch lebst: Denk an Papa. Man muß sein Grab richten, ein Bäumchen pflanzen, Löwenzahn setzen. Außer dir kann es keiner mehr tun. Denk auch an das Haus und an das Bild. Ich habe dich geliebt, das sollst du wissen. Aber es liegt nicht an mir, obwohl vielleicht alles daran liegt. Ich bitte dich um Verzeihung. Katja.«

»Das kommt meiner Meinung nach sehr gelegen«, bemerkte Lisjutkin.

Er neigte sich zu Kasarjans Ohr und flüsterte ihm etwas zu.

»Hm...«, Kasarjan kniff die Augen zusammen. »Wissen Sie, Starko, ich werde Ihre Bitte erfüllen, aber nur wenn Sie mir meine erfüllen, die übrigens auch rein persönlich ist. Zugegeben, Sie wollen nicht mit mir reden. Aber Sie haben doch etwas, daß Sie mir ohne Worte übergeben können. Beide Übergaben können nur gemeinsam gemacht werden, die eine nicht ohne die andere. Also, ich übergebe Kiebitz Ihre Nachricht, und Sie übergeben mit Ihre berühmte Aktentasche mit den Protokollen, Listen und anderen Papierchen... Kurz: Sie schenken mir Ihre ganze Chronik. Ich schwöre Ihnen, daß ich sie dankbar lesen und vielleicht herausgeben werde. Wieso nicht?«

»Sie sind kein Mensch«, sagte Katja leise.

»Aber ich bitte Sie, was bin ich dann?« rief Kasarjan aus. »Hören Sie, *wozu* brauchen Sie jetzt noch diese Aktentasche?«

»Ich kann niemanden verraten!«

»Wen denn? Wer wird darunter leiden, daß ich Ihre Chronik lese? Ich werde daraus ein militärisches Traktat machen und beim Wettbewerb um einen Studienplatz an der Akademie einreichen. Moltkes, Clausewitzens und sogar Moshe Dayans Schriften werden sich dagegen in ein Nichts verwandeln. Ich werde auf die Akademie gehen und ihr Chef werden. Kriegskunst, das ganze Volk wird aus dem Traktat eine positive Lehre ziehen... Und so weiter. Außerdem wird man aus Ihren Unterlagen genau ersehen, wer in den Aufstand *nicht* verwickelt war. Schließlich befinden sich in Ihrer Aktentasche weniger die Listen Ihrer Komplizen, als vielmehr die Ihrer Gegner, der Konterrevolutionäre in Ihrer Definition. Darin bestand doch der Sinn Ihrer Kommission! Also: die Aktentasche gegen die Nachricht.«

»Sie sind kein Soldat, sondern ein Krämer«, sagte Katja verächtlich. »Gut, nehmen Sie die Tasche. Sie ist im Schrank, im dritten Schminkraum.«

»Lügen Sie auch nicht?«

»Das ist Ihr Beruf.«

»Sie lügt nicht«, bestätigte Lisjutkin. »Ich kenne sie. Aber seien Sie unbesorgt, Jekaterina Jurjewna. Der Oberst betrügt auch nicht, ich kenne ihn ebenfalls. Schon lange, als er noch Leutnant war.«

»Pfui«, Katja spuckte aus.

»Ja«, bestätigte auch Kasarjan, was, wußte man nicht.

Fedja klirrte mit dem Schloß. Die Obersten gingen durch den Kellergang, dann die Treppe nach oben, zum Büro des Regisseurs, der – ob provisorisch oder nicht – jetzt bekanntlich Belezki, der Fachmann aus dem Zentrum, war. Beim Regisseur befanden sich zwei Assistenten: junge, kräftige Männer mit akkuratem, übertrieben kurzem Haarschnitt. Weit unten lag der Keller, wo die eiserne und steinerne Katja Starko auf ihrer Holzstange leise weinte. Von Zeit zu Zeit hob sie den Kopf, schaute auf die Stelle in der Wand, wo wieder ein Stück Putz herausgebrochen war, und flüsterte: »Papa-Papa«, oder »Borenka-Borenka« und einmal »Mama-Mama«.

»Wie geht alles?« fragte Belezki.

»Sehr gut«, antwortete Kasarjan. Seine ganze Erscheinung bezeugte, daß wirklich alles sehr gut ging.

»Jetzt komme ich in meiner Freizeit endlich zum Singen«, sagte Lisjutkin. »Davon träume ich schon lange. Alle sagen, ich hätte eine gute Stimme und Talent. Ich gebe Ihnen eine Probe: Es singt und klingt, mein Herze springt!«

Den letzten Satz sang er halblaut, wie um zu proben. Dann holte er tief Luft und dröhnte los: »Im Ozean der Lü-üfte!« Zufrieden mit dem Klang fragte er: »Kennen Sie diese Arie?

Nichts kann mich tangieren, meine Stimmbänder sind erstaunlich haltbar. Ein anderer wäre nach einer halben Stunde im Keller reif für den Ruhestand. Ich aber kann rund um die Uhr mit voller Stimme singen, unter der Erde oder über ihr, das ist mir gleich.«

Obwohl die Fensterscheiben unter Lisjutkins Gesangsproben erschrocken gezittert hatten, tat Belezki so, als hätte er ihr gefährliches Klirren nicht gehört.

»Eine schöne Stimme und ein schöner Gesang, geradezu ein Schwanengesang«, lobte er. »Haben Sie den Brief?«

»Jawohl«, antwortete Kasarjan. »Sogar noch mehr, auch die Aktentasche.«

»Wo ist sie?« fragte Belezki schroff.

»Den Gang links, dritter Schminkraum, im Schrank.«

»Versiegeln! Den Schlüssel bekomme ich. Geben Sie den Brief her!«

Nachdem Belezki Lisjutkins Erklärung aufmerksam gelesen hatte, sagte er nachdenklich »hm« und bat den degradierten Napoleon näher zu kommen. Der ging auf ihn zu und blieb zwei Schritte vor dem Tisch stehen. Belezki musterte ihn längere Zeit von Kopf bis Fuß, als suchte er nach einer Unkorrektheit seiner Uniform, um ihn zu tadeln. Vielleicht war es auch so.

»Ziehen Sie den Riemen stramm«, sagte er durchaus wohlwollend. Lisjutkin tat es verwirrt.

Das Fenster hinter Belezkis Rücken stand sperrangelweit offen, draußen fiel beruhigend und ernüchternd zugleich ein feiner Nieselregen. Durch sein Netz zeichneten sich die Nachbardächer ab, dahinter erahnte man den grauen Spiegel eines Flusses, des Bug oder der Sinjucha, oder schon beider Flüsse zusammen. Das jenseitige Ufer war nicht zu sehen.

Vom Rasen unter dem Fenster stieg warmer Heuduft auf und am Fenster vorbei zu den niedrigen Wolken. Der gleichsam aus Eisenlanzen bestehende Zaun um den Rasen herum glänzte wie geölt.

»Arbeit, Pension...« sagte Belezki nach längerer Pause und strich Lisjutkins Brief sorgfältig glatt. »Keine Arbeit wird umsonst gemacht oder ist erniedrigend. Arbeit ist immer ehrenvoll.«

»Ich verbessere gern, wenn etwas nicht stimmt!« bot Lisjutkin beunruhigt an.

»Wozu?« fragte Belezki nachdenklich. »Das ist also alles?«

»Was ist alles?« Lisjutkin verstand nicht.

»Ja«, bestätigte Kasarjan an seiner Stelle.

»Als Mann des neuen Denkens«, sagte Belezki, »bin ich natürlich ein Gegner der Bürokratie. Ist mit Worten alles gesagt? Gut, dann zur Tat.«

Lisjutkin zog den Bauch ein und prüfte nach, ob der Riemen stramm gezogen sei. Jetzt, nach diesem erfolgreichen Schritt mit dem Brief, durfte man erwarten, daß sich die Themen und auch der Ton, in dem bislang mit dem ehemaligen Obersten gesprochen wurde, zum Guten ändern würden, zum Aussichtsreichen. Belezki nahm den Füller, überflog noch einmal das Gesuch und schrieb dann rasch in die rechte obere Ecke: *Abgelehnt*.

Dem verdatterten Lisjutkin war noch nicht bewußt geworden, welchen Sinn diese ganze Operation gehabt haben sollte, als Belezki schon seinen jungen Leuten zunickte. Die liefen unverzüglich zu dem von einem Starrkrampf befallenen Napoleon, packten ihn unter den Armen und zerrten ihn zum offenen Fenster. Wieder konnte er nichts begreifen, nicht einmal ein ganz kurzes Liedchen singen oder einfach nur aufschreien, da hatten sie ihn schon aufs Fensterbrett gehievt. Der eine junge Mann warf Lisjutkins Beine hoch, der andere stieß ihn mit unheimlicher Kraft vorwärts... Lisjutkin flatterte wie ein munterer Mauersegler aus dem Fenster, hinaus ins Freie, hing einen Augenblick im toten Punkt seiner Flugbahn, breitete die Flügel weit aus, riß die Augen nicht weniger weit auf und fiel vom zweiten Stock des klassizistischen Theatergebäudes auf den Eisenzaun um den Rasen. Dessen spitze Stäbe schlitzen seine Uniform auf der Brust auf, drangen in seinen schweren Körper ein, durchbohrten seine stählerne Sängerlunge, schlitzten dann wieder seine Uniform auf, diesmal auf dem Rücken, und kamen blutig zum Vorschein.

»Der Teufel soll euch holen!« fluchte Belezki oben, über das Fensterbrett gebeugt. »Was habt ihr für Sitten, wie paßt ihr auf die Verhafteten auf? Da kann sich ja jeder umbringen, wenn ihm eine Resolution nicht paßt. Zwei Extraschichten wegen Schlamperei im Dienst!«

»Jawoll!« antworteten die jungen Männer schneidig.

»Und Sie, Kasarjan, sind auch gut. Konnten Sie nicht vorher warnen, daß bei diesem Burschen... eine Schraube locker ist?«

»Verzeihung«, Kasarjan ließ seine Zähne blitzen. »Darauf bin ich überhaupt nicht gekommen.«

Währenddessen gingen Kiebitz und Sascha durch die Grünanlage in Gottesfeld, durch die am Morgen Kolja und Fedja den festgenommenen Vorsitzenden geführt hatten. Sie waren eine Weile am Ufer des Bug flaniert, bis es zu nieseln begann und sich der Appetit meldete. So kniffen sie nur fröhlich die Augen zusammen, als ihnen der spitzige Regen hineinsprühte. Sie unterhielten sich zwanglos.

»Lieben Sie Alexander Blok?« zwitscherte Sascha wie eine Schwalbe.

»Ja«, bekannte Kiebitz.

»›Die Skythen‹, nein, ›Die Zwölf‹ natürlich!«

»O, nein! Ich liebe ›Die Maske aus Schnee‹.«

»Weibliche Vorlieben«, kicherte Sascha.

»Vielleicht.«

»Aber erklären Sie mir trotzdem, wieso die ›Zwölf‹ dieses Ende haben. Man sollte es streichen... Wieso geht am Ende Christus vor den Rotarmisten her?«

»Die ewige Frage«, lachte Kiebitz. »Erstens gab es damals noch keine Rote Armee. Es waren... sagen wir mal, die damaligen Gardisten. Viele glauben, daß dem Teufel der Platz vor ihnen zusteht, nicht Christus. Und ich glaube, daß Christus sie gewiß nicht führt, sondern umgekehrt, sie ihn abführen.«

»Scharfsinnig, aber unglaubhaft. Die Frage muß anders lauten: Weshalb brauchen sie überhaupt jemanden vor sich, können sie nicht allein gehen?«

»Von allein geschieht nichts, immer muß jemand eingreifen.«

»Aber weshalb eine höhere Macht? Und überhaupt, wenn es eine höhere Macht gibt, die eingreift, wie steht es dann mit dem Gesetz der Notwendigkeit?«

»Was für ein Wort!« kicherte Kiebitz. »Sie verallgemeinern alles, um die Wahrheit zu erlangen. Dabei haben Sie doch schon in dem Augenblick gelogen, wo Sie verallgemeinert haben. Im Leben gibt es keine Verallgemeinerungen, es gibt Konkretheiten. Konkrete alltägliche Kleinigkeiten. Deren Summe ist der wahre Sinn des Lebens. Die Verallgemeinerung aber ist das Gegenteil davon. Glücklich ist, wer das ganz begreift.«

»Kleinigkeiten, Alltäglichkeit«, Sascha hüpfte vor Begeisterung. »Mit anderen Worten, der Sinn des Lebens, sein ganzes

Glück ist Gewohnheit! Das ist mir eine Philosophie! Da sieht man gleich, daß Sie am Theater gearbeitet haben. Aber sagen Sie, lieben Sie Ihr Theater, haben Sie sich daran gewöhnt?«

»Nein«, antwortete Kiebitz.

Auf diese Frage kam keiner von beiden mehr zurück. Sie gingen ja auch schon auf Großmutter Tonjas Häuschen zu.

Kiebitz öffnete Sascha galant das Gartentürchen. Sie antwortete ihm mit einem graziösen, leicht übertriebenen Knicks und trat in den Hof ein. Als sie um die Hausecke bogen, umarmte er sie im Scherz. Sie schmiegte sich im Scherz mit der Schulter an seine Brust. Die ewige Wüste und Kälte in dieser Brust war nicht mehr gar so ewig. Er gab Sascha frei, sie flatterte die Stufen der Vortreppe hinauf und stürmte laut lärmend auf die Veranda. Kiebitz ging beherrschter, obwohl auch er gerne gehüpft wäre und vielleicht sogar etwas geschrien oder gesungen hätte.

Als er so seriös das Haus betrat, stieß er mit Sascha zusammen, die wie angewurzelt auf der Schwelle stand. Über ihren Kopf hinweg erblickte er die offene Schlafzimmertür und mitten im Schlafzimmer Großmutter Tonja auf dem Hocker, auf dem geduldigen Bett aber Schulter an Schulter und in sehr lockerer Haltung den Popen Alexander und den Presbyter Karl. Vor der Tür zu Saschas Zimmerchen stand Rabin und winkte den Neuankömmlingen leutselig zu.

»Willkommen, willkommen«, sagte er singend. »Treten Sie ein, genieren Sie sich nicht: Hier ist's eng, aber gemütlich. Niemand wird Sie hier kränken.«

Achtzehntes Kapitel
Die Seelsorger

»Wer könnte hier gekränkt sein!« schrie Alexander. »Er, der Antichrist? Des Herrn wegen? Er soll Ihn lieber preisen, daß er bislang heil geblieben ist, der Sünder.«

»Ruhig«, entgegnete Karl. »Zürnen ist auch eine Sünde.«

»Also kein Essen«, sagte Kiebitz enttäuscht. Er hatte verständlicherweise keine Lust mehr zu hüpfen.

»Ihr seid hungrig! Gleich bring ich euch was«, beeilte sich Tonja. Ihre täglichen Gewohnheiten hatten anscheinend nicht unter der Rückkehr alter und neuer Bekannter aus dem Nichtsein gelitten.

»Kommen Sie aus der Stadt?« fragte Rabin. »Wie sieht's denn dort aus?«

»Man lebt«, antwortete Kiebitz. »Sie werden gesucht.«

»Wer ist das?« flüsterte Sascha.

»Ich erklär's dir später«, sagte er. »Geh und hilf deiner Großmutter.«

Sascha folgte Tonja gehorsam auf die Veranda.

»Wer sucht uns denn, Vorsitzender?« fragte Rabin. »Die jubelnde Bevölkerung von Golta?«

»Nein, Spezialisten aus Moskau.«

»Was du nicht sagst, Bursche!« rief Alexander aus. »Wo ist Moskau, und wo sind wir!«

»Einen Katzensprung auseinander«, entgegnete Kiebitz bissig.

»Und woher wissen Sie, daß ausgerechnet wir gesucht werden?« erkundigte sich Rabin. »Ist Ihnen das so zugeflogen?«

»Ich bin auch über Sie befragt worden.«

»Und?«

»Ich habe gesagt, wie es ist: Ich weiß nicht, wo Sie sind.«

»Haben Sie das den Moskauern gesagt?«

»Wem denn sonst?«

»Wozu lügen?« entgegnete Rabin schmeichlerisch. »Wenn Sie mit den Moskauern Bekanntschaft geschlossen hätten, dann hätten die Sie doch nicht laufen lassen, Premier. Aber Sie sind zum Mittagessen gekommen.«

»Wie Sie sehen, haben sie mich laufen lassen.«

»Wen hast du dafür verpfiffen, du Aas?« Alexander sprang auf.

»Schweigen Sie, Vater«, unterbrach ihn Rabin. »Sie machen nur Krach. Kiebitz, was meinen Sie selbst: Weshalb hat man Sie laufen lassen?«

»Ich glaube, die sind nicht ganz bei Trost. Oder... ich habe einfach unverzeihliches Glück.«

»Über Verzeihung später. Jetzt im Ernst: Was hat man von Ihnen als Gegenleistung für die Freilassung verlangt?«

»Die Reue.«

»Sonst nichts?«

»Sonst nichts.«

»Das ist nicht zu glauben... Und wen haben sie noch festgenommen?«

»Starko und Lisjutkin.«

»Und haben sie die auch laufen lassen?«

»Nein, die sitzen.«

»Wie das, wollten die nicht bereuen?«

»Das weiß ich nicht.«

»Machen Sie uns doch nichts vor! Reden Sie offen, wir tun Ihnen nichts Böses.«

»Ich bin so offen wie möglich.«

»Nur ein bißchen weniger, nicht wahr?«

»Kein bißchen weniger, Rabin.«

»Lieber Himmel, was redet er denn noch mit ihm!« Alexander sprang wieder auf. »Wir müssen ihn beseitigen, solang er noch nicht geplaudert hat.«

»Na, wem kann er was ausplaudern, solange er bei uns ist?« bemerkte Rabin vernünftig. »Danach sehen wir weiter... Sie wollen sich's doch nicht mit uns verderben, Vorsitzender. Haben Sie gehört? Man schlägt vor, Sie zu beseitigen. Da gibt es auch noch Ihre neuen Bekannten, Großmutter und Enkelin... hilflose Frauen... Verstehen Sie?«

»Ich verstehe«, antwortete Kiebitz.

»Er versteht«, bestätigte Karl. »So gut er kann.«

»Schaut doch seine Visage an, sein Lächeln!« schrie Alexander. »Das ist das Judaslächeln. Ich erinnere mich sehr gut daran. Man sieht doch, daß er irgendwas im Schilde führt. Laßt ihn nicht aus den Augen!«

»Väterchen«, sagte Kiebitz, »machen Sie nicht solchen Lärm. Sie sehen doch, daß ich noch ganz ruhig bin. Aber wenn Sie mich aufbringen, was wird dann!«

»Rabin!« erklärte Alexander. »Ich bestehe darauf, daß wir ihn auf der Stelle kaltmachen, schlimmstenfalls einsperren, und dann kaltmachen.«

»Aber wer soll das tun?« seufzte Rabin. »Machen Sie's doch selbst, wenn Sie wollen. Wir schauen zu.«

»Nur zu«, seufzte auch Kiebitz, aber nicht ohne Belustigung. »Väterchen hat sich das selbst aufgeladen.«

Er ging zu Alexander und stupste ihn aufs Auge. Der Pope fiel auf dem Bett um und verstummte. Rabin war bleich geworden und griff in seine Tasche. Karl, der etwas langsam von Begriff war, hatte sich noch nicht rühren können, als Tonja von der Veranda hereinrannte.

»Schon wieder rauft ihr euch«, sagte sie. »Du solltest deine Hosentasche nicht anfassen, Isja, du wirst sie durchscheuern. Schließlich bist du nicht mehr in dem Alter. Und du, Väterchen, hast zu Recht eins aufs Auge gekriegt. Das nächste Mal wirst du die Hunde nicht aufhetzen.«

»Wieso?« fragte Alexander.

»Wie die kleinen Kinder!« Tonja schlug die Hände zusammen. »Er hat das getan, wovon mein Wassja, der Dulder, sein ganzes Leben lang geträumt hat! Und was er sofort getan hätte, wenn er nicht spurlos verschwunden wäre.«

»Dein Wassja«, sagte Alexander schadenfroh, und sein angeschlagenes Auge leuchtete auf. »Er ist zwar spurlos verschwunden, aber Nachricht gibt es doch von ihm. Ich habe sie dir mitgebracht, du dumme Dirn. Dein Wassja hat eine Kugel im Kopf, verstanden? Gott sei Dank, es war auch höchste Zeit.«

»Popow!« schrie Tonja auf. »Was weißt du? Sprich!«

»Sie haben deinen Wassja erschossen, und das war richtig so.«

»Weswegen? Wann, in Deutschland?«

»Meinst du, Deutschland wäre mit diesem Teufel fertig geworden? Nein, unsre Leute haben ihn erschossen, hier, in Pferdezwist. Was... weißt du wirklich nichts von ihm? Hast du etwa nicht gewußt, daß er lebendig aus Deutschland zurückgekehrt und bei seinem Bruder Grigorij untergekommen ist?«

»Popow«, hauchte Tonja, und wenn Kiebitz sie nicht am Ellbogen gehalten hätte, wäre sie vielleicht zu Boden gesunken. Schon knickten ihre Knie ein. »Ich beschwöre dich bei Jesus Christus, erzähl mir alles.«

Der Geistliche zuckte die Achseln und erzählte vom letzten Starzen Wassilij aus Pferdezwist. Kiebitz hörte staunend die Lebensgeschichte, deren Ende er selbst als Zeuge miterlebt, und mit dem sich sein eigenes Schicksal so fest verbunden hatte.

Während der Pope erzählte, kam Tonja wieder zu Kräften.

»Er hat also ausgelitten«, flüsterte sie. »So was, er war die ganze Zeit in der Nähe. Weshalb hat er nichts von sich hören lassen?! Na gut, alles geschieht nach Gottes Willen. Dafür hat nun seine Seele Frieden und ein friedliches Heim, das Himmelreich.«

»Der Teufel wird wohl kaum im Himmel sein«, konnte sich der Pope nicht verkneifen.

Tonja erwiderte nichts darauf und ging wieder auf die Veranda.

»Der lyrische Teil ist beendet«, stellte Rabin fest. »Gehen wir zu den Wasserprozeduren über. Wissen Sie, Kiebitz, Sie gefallen mir! Sie gefallen offensichtlich auch dem Schicksal. Sie haben ein derartiges Glück, wie es nur ein absoluter Dummkopf haben kann, ein seliger. Wenn diese seligen Dummköpfe in irgendeine Sache hineinrutschen, dann werden sie den echten Profis gefährlich. Mit einem Liebling des Schicksals kann kein Profi mithalten, denn welches Geschick wäre dem Schicksal gewachsen? Man muß sie sich zum Freund machen, die Lieblinge des Schicksals. Lassen Sie uns Freundschaft schließen, Vorsitzender!«

»Das ist eine Wende, Donnerwetter«, sagte Kiebitz.

»Aber mir gefällt er nicht!« widersprach Karl. »Keine Freundschaft mit Heiden.«

»Pah«, fuhr Rabin auf. »Lassen Sie mich mit ihm reden oder...«

»Mit wem willst du denn reden?!« rief Karl aus. »Mit dem, der dir den Schädel eingeschlagen hat? Mit dem, der mein Hänschen beleidigt und mitbekommen hat, wie und wohin wir unser Vermögen in Sicherheit gebracht haben? Der sich den

Moskauern ausgeliefert hat? Mit dem, von dem man nicht weiß, was er ist, mit einem Schatten, der nicht zu greifen ist, mit einem Phantom?«

»Nein, nicht mit diesem«, antwortete Rabin gereizt. »Sondern mit dem Zeugen, den wir brauchen, mit der einzigen Informationsquelle. Fragen Sie unseren Popen, ob ihm ein Schatten das Auge blaugeschlagen hat oder ein fester Körper.«

»Information hat dir dieser Zeuge gegeben?! Er lügt doch ständig. Siehst du nicht, wie tückisch sein Auge ist, wie trotzkistisch?«

»Diese Reden hören sich aus Ihrem Mund seltsam an, Presbyter«, bemerkte Kiebitz.

»Seltsam?« Karls Backen waren wie mit Roterübensaft übergossen. »Ihr haltet alles für seltsam, was normal ist. Mein Vater war Deutscher, und auch das erschien euch seltsam. Wegen dieser Seltsamkeit habt ihr ihn umgebracht. Ich bin auch teilweise Deutscher, wie aus dem Gesagten hervorgeht, und wegen dieser – etwas kleineren – Seltsamkeit habe ich fünf Jahre Knast und noch mal so viel Verbannung bekommen.«

»Karl, hören Sie auf«, Rabin verzog das Gesicht. »Was sind das für alte Rechnungen? Der Krieg ist längst zu Ende, aber Ihrer Meinung nach dauert er noch an, muß fortgesetzt werden und ist folglich eine normale Sache. Wozu eröffnen Sie einen Erinnerungsabend? Schließlich könnte auch ich von der Tragödie meines Volkes erzählen und Ihnen im übrigen in die Fresse spucken.«

»Der Krieg geht weiter«, erklärte Karl, »ungeachtet dessen, ob wir ihn fortsetzen oder nicht. Der zivilisierte Mensch weiß das sehr gut. Aber ihr Asiaten habt ja keine Ahnung von Zivilisation. Ihr wißt nicht einmal, was der Unterschied zwischen einem Baptisten und einem Protestanten ist. Ihr denkt zum Beispiel, mein Vater sei das eine oder das andere gewesen. Und deshalb sei er umgebracht worden. Aber nein, da habt ihr euch geschnitten. Er war Kommunist!«

»Ihr Vater war also auch aus dem Stamme Judas?« fragte Alexander, und sein Auge, das sich bereits für längere Zeit unter dem dunkel aufschwellenden Lid verstecken wollte, öffnete sich zum letztenmal aus Begeisterung über diese angenehme Nachricht.

»Ja, er war Kommunist... nur keiner von euch, Väterchen,

kein Kommunist eures wahren asiatischen Glaubens, sondern ein deutscher.«

»Die Kommunisten haben doch die Internationale, wo ist da der Unterschied?« fragte Rabin bissig. »Weshalb hat man ihn umgebracht?«

»Für die Internationale, zum Ruhme ihres Reichs. Mein Vater dachte: Da gibt es jetzt endlich ein Land, wo man das gerechte Reich des ewigen Friedens und Wohlbefindens errichten kann. In diesem Land aber steckte man ihn hinter Stacheldraht. Auch hinter dem Stacheldraht war er um dieses Reich besorgt und predigte die Prinzipien, nach denen es errichtet werden müsse. Na, und da kamen sie dann und sagten: Runter mit dir. Die Höchststrafe. Das ist doch eure Logik, ihr Asiaten! Ihr müßt mir erklären, wie sie funktioniert.«

»Es gibt verschiedene Asiaten«, bemerkte Rabin weise.

»Verschiedene, und doch dieselben«, entgegnete Karl nicht minder weise.

»Sie haben mein Mitgefühl, Presbyter«, sagte Rabin versöhnlich und traurig. »Meinen Vater haben sie auch umgebracht, aber wegen der entgegengesetzten Seltsamkeit: wegen seiner Zugehörigkeit zum Reich der Weltbourgeoisie und des Weltfreimaurertums, zu dieser bourgeoisen Internationale der jüdischen Abstammung. Übrigens haben ihn Leute wie Ihr Vater erschossen, nur keine Deutschen, sondern Letten oder so etwas, jedenfalls nordische. Mein ganzes Leben haben sie mir nachgestellt, bislang bin ich ihnen entgangen und nicht in ihre Fänge geraten. Der Gerechtigkeit halber muß ich sagen, daß es auch unter ihnen gute Menschen gab, die mir halfen. Da kam zum Beispiel nach dem Krieg, einundfünfzig oder zweiundfünfzig, der Revierbeamte zur Inspektion. Er schaute nach, ob ich kein Drückeberger sei. Ich reparierte ihm die Stiefel kostenlos und bot ihm währenddessen ein Gläschen an. Wir schlossen richtig Freundschaft. Dieser Revierbeamte sagte mir einmal: ›Hör zu, Isaak. Pack schnell deine Klamotten und hau ab, hinter den Ural. Mach schnell. Nicht daß es morgen zu spät ist und man dich ohne Klamotten und ohne deine Einwilligung am Ellbogen faßt und binnen vierundzwanzig Stunden noch weiter weg ansiedelt. Wie alle anderen Isaaks und Schlomos auch. Deine Sippe wird an verschiedene Orte vertrieben, die einen bloß in den Osten, die anderen in den Fernen Osten. Hörst du,

Isaak? Eure Lokomotiven stehen schon unter Dampf!‹ Dabei war ich eben erst von der Flucht vor den Deutschen zurück, hatte noch gar nicht zur Ruhe kommen können. Damals war meine erste Tochter auf die Welt gekommen. Die hat sich später mit einem Soldaten eingelassen und ist verschwunden. Ich rotierte, verlor den Kopf. Da kam der große Glücksfall. Dreiundfünfzig raffte der Tod das Monster aus dem Kaukasus hinweg. Wäre dieser Glücksfall nicht eingetreten, dann ginge auch ich heute neben einem Soldaten und wäre ebenfalls verschwunden. Versuch einer mal, das Gemeinsame darin zu finden, um zu begreifen, wieso alle so verschieden sind, aber gleich enden. Dabei möchte niemand enden, auch ich nicht. Deshalb frage ich Sie ja, Kiebitz, aus welchem Grund man Sie hat laufen lassen! Sagen Sie es mir, und ich werde Sie für keinen schlechteren Menschen halten als jenen Revierbeamten. Sagen Sie uns, weshalb man uns sucht und was genau man von uns will.«

»Ich habe schon alles gesagt«, antwortete Kiebitz. »Mir fällt keine Fortsetzung ein, um Sie zu beruhigen. Aber die Worte Ihres Revierbeamten kann ich Ihnen wiederholen: Ihre Lokomotive steht schon unter Dampf. Jetzt können Sie mich gleichfalls für einen guten Menschen halten.«

»Sie fangen an, mir *nicht* zu gefallen«, sagte Rabin ernst.

»Endlich«, flüsterte Alexander. »Ich kann auch ohne ihn sagen, weshalb man uns sucht. Um uns zu pfählen.«

»Mag sein«, stimmte Rabin zu. »Aber davor will man uns natürlich unser Geld abluchsen. Heute bewegt nicht die Rache, nicht der Glaube, ja nicht einmal das Blut die Geschichte, sondern nur das Geld. Und Reue erfordert heute, daß man den Geldbeutel dazulegt. Ohne Geldbeutel keinen Ablaß. Da der Vorsitzende kein Gehalt bezieht, muß seine Aufrichtigkeit in Zweifel gezogen werden. Und deshalb mißfällt er mir langsam.«

»Mir aber«, sagte Karl nachdenklich, »mir beginnt er gerade zu gefallen.«

Da erklang am Verandafenster ein fröhlicher Trommelwirbel, der die lebhafte Diskussion an der interessantesten Stelle unterbrach. Die Tür flog auf und Tonjas Nachbar Petruscha polterte ins Haus, offenbar praktisch nüchtern.

»Aha«, er blickte sich um. »Ich bitte um Verzeihung. Wie ich sehe, komme ich ungelegen. Gäste? Zum Essen? Gut, bis zum Abend.« Er drehte sich um und polterte in den Hof hinaus, zu seiner Enttäuschung genauso, wie er hereingepoltert war: kein bißchen betrunkener.

»Wozu bist du gekommen?« schrie ihm Tonja nach.

»Später«, schallte es aus dem Hof. »Es hat keine Eile.«

Selbst aus dieser Entfernung klang seine Antwort offensichtlich falsch. Petruscha log natürlich: Wie sollte so ein Fall keine Eile haben?

»Na, sehen Sie, ihn hat man auch laufen lassen«, bemerkte Kiebitz.

»Was hätte man auch von ihm kriegen können? Er hat seinen Rausch ausgeschlafen und ist wieder heimgegangen«, sagte Tonja.

»Zeigt er uns jetzt an?« fragte Karl argwöhnisch.

»Der Borschtsch kocht über«, entgegnete Tonja. »Essen wir, sonst wird er kalt.«

Sie brauchte niemanden zu nötigen. An dem kleinen Tisch war es eng und heiß. Eine Zeitlang hörte man nur das gierige Schmatzen der ausgehungerten Gäste. Im Nu war der Topf mit Sülze bis auf den Boden geleert und anschließend auch der Topf mit Borschtsch.

»Ach, Tonja! Ich liebe dich, weil du niemandem etwas nachträgst.« Der weich gestimmte Pope strich sich über seinen aufgeblähten Bauch. »Aber du bist eine schlechte Christin, du gehst nicht zur Beichte.«

»Zu dir«, setzte Tonja hinzu. »Damit du mich ungehindert befummeln kannst.«

»Sie haben selbst vor dem Essen kein Gebet gesprochen«, bemerkte Karl. »Ist das die Sitte guter Christen?«

»Ich bereu's«, lächelte der Pope.

Kiebitz sah Alexander zum erstenmal lächeln. Der Anblick war eindrucksvoll. Das Gesicht des Geistlichen legte sich in Falten und glich einem in der Faust zusammengeknüllten Taschentuch. Ein Zipfelchen schaute heraus, das war sein winziger Schnabel. Die fast in den Falten verschwundenen kleinen Äuglein blieben eisig und durchsichtig. Eins war von einem blauroten Flecken umrahmt, der sich rasch ausbreitete.

»Ein schmucker Bursche«, befand Tonja. »Wie auf Brautschau.«

»Hausfrau, wo ist dein Örtchen?« fragte Karl.

»Im Hof, wo denn sonst? Wenn du draußen den Pfad entlanggehst, wirst du's finden.«

»Seien Sie vorsichtig, Presbyter«, warnte Rabin. »Die Nachbarn werden Sie sehen.«

»Ich weiß«, entgegnete Karl und ging hinaus.

Nach kurzem Schweigen kam Rabin auf das brennende Thema zurück. »Trotzdem, Premier, was würden Sie uns raten? Sie haben mehr als wir gesehen... Was würden Sie an unserer Stelle tun, Sie Glückspilz?«

»Ich würde mich freiwillig stellen«, sagte Kiebitz.

Sascha lächelte, fand seine Hand unterm Tisch und drückte sie. Er lächelte zurück.

»Er feixt!« schrie der Pope. »Spottet über unser Unglück, an dem er mehr als jeder andere schuld ist! Rabin, hören Sie auf, ihn zu fragen, fragen Sie lieber mich. Ich weiß, was wir tun müssen.«

»Na, und was?« fragte Rabin.

»Ich habe folgenden Plan.« Der Pope dämpfte die Stimme. »Moskau ist hergekommen, und wir tun das Gegenteil, gehen dorthin. Unter den Verrückten in der Hauptstadt können wir rasch untertauchen.«

»Meinen Sie, wir könnten lange untertauchen?«

»Wir brauchen es gar nicht lange!« Alexander dämpfte die Stimme noch weiter. »Wir halten uns ein Weilchen still, und dann stellen Sie den Ausreiseantrag. Anschließend fliegen wir davon, wie es in dem Liedchen so schön heißt, erinnern Sie sich? Wildgänse fliegen übers Land...«

»Und wohin fliegen wir?«

»Wohin wohl? Nach Israel natürlich. Von dort ist es nicht mehr weit bis zu unseren Reserven auf der Schweizer Bank.«

»Sie sind verrückt geworden, Vater. Wer wird mich denn jetzt noch ausreisen lassen?«

»Ach, was«, der Geistliche winkte ab. »In Moskau ist viel los. Die Zeit vergeht. Die Politik ändert sich. Man wird Sie schon lassen. Und aus Israel werden Sie mir als Ihrem Bruder sofort eine Anforderung schicken.«

»Idiot!« sagte Rabin mit Nachdruck. »Sie wissen nicht, was Sie da faseln. Wer wird mir denn eine Anforderung schicken, Ihre ausländischen Glaubensschwestern?«

»Sie sind selbst ein Idiot«, versetzte der Geistliche, »wenn Sie glauben, ich wüßte nicht... niemand wüßte etwas von Ihrem jüngeren Bruder, der in Paris herumlungert.«

»Also bist du ein halber innerer Emigrant, Rabin?« lachte Kiebitz.

»Hören Sie auf!« Rabin drohte ihm mit dem Finger. »Unsere Sache ist ernst, wir müssen unsre Haut retten. Erinnern Sie sich, was ich Ihnen über die Geiseln gesagt habe, und vergessen Sie es nicht mehr.«

»Ich werde es nicht vergessen«, versprach Kiebitz.

»Die müssen ihre Haut auch retten«, flüsterte Sascha listig. Kiebitz zuckte die Achseln.

»Und Sie, Väterchen«, fuhr Rabin fort, »faseln keinen Unsinn mehr, die Zeit ist kostbar. Wir beide müssen uns genau in die entgegegesetzte Richtung schlagen, dorthin, wohin ich auf den Rat meines Revierbeamten schon dreiundfünfzig hätte verschwinden sollen. Sibirien ist groß. Wissen Sie, wie viele weiße Flecken es noch hat? Vielmehr, ganz schwarze. Und wie viele Klöster in diesen Flecken stehen, wie viele unbekannte Klausen? Finden Sie heraus, wo die unbekannteste Klause liegt. Dort gehen wir hin.«

»Sie faseln Unsinn, Sie Kapitalist! Wer wartet denn dort auf Sie, den Juden? Und mir, dem orthodoxen Priester, werden die dortigen Altgläubigen die Hölle heiß machen. Sie wissen nicht, was das für Menschen sind, so ähnlich wie Ihr verstorbener Mann Wassja.«

»Das wäre genau richtig für dich«, sagte Tonja.

»Haben Sie gehört?« fragte Alexander. »Und die in Sibirien sind noch hundertmal bösartiger.«

»Trotzdem, ich sehe keinen anderen Weg als den nach Sibirien«, erklärte Rabin.

»Fahren Sie doch auf Staatskosten«, riet Sascha. »Dann leidet auch Ihr Konto bei der Schweizer Bank nicht. Stellen Sie sich freiwillig, dann werden Sie unverzüglich hinbefördert. Sie brauchen sich auch keinen abgelegenen Ort zu suchen. Der Staat hat dort immer freie Plätze.«

Kiebitz drückte ihre Finger unterm Tisch. Sie schwieg.

»Hm«, Rabin überlegte. »Hören Sie, mein Vater... Wir machen einen Fehler. Ich spüre es unter der Haut. Wir dürfen hier nicht einfach so herumsitzen. Das ist gefährlich.«

»Isja, überlaß dich dem Willen Gottes«, sagte Tonja. »Dann muß man nichts entscheiden.«

»Richtig«, bestätigte Kiebitz. »Ich kann Ihnen die Adresse sagen, wo Gott jetzt residiert. Im Theater. Stellen Sie ein Gnadengesuch.«

»Er ist ein Provokateur«, erklärte Alexander überzeugt. »Er will auch Gott gegen uns aufhetzen. Fesseln wir ihn trotzdem, Rabin. Gott wird verstehen, daß wir nichts mit einem Provokateur zu tun haben wollen.«

»Sie haben leicht reden, Premier«, bemerkte Rabin traurig. »Sie waren schon dort und sind zurückgekommen. Und uns schlagen Sie vor, von vorne anzufangen. Ich neige zu der Annahme...«

Er sprach seinen Satz nicht zu Ende. Unter dem Verandafenster scharrten Sohlen, die Tür öffnete sich, und auf der Schwelle erschien der Presbyter Karl. Aber nicht allein. Hinter ihm drängten sich irgendwelche Leute, nicht weniger als ein Dutzend, und versuchten, über seine Schulter hereinzuschauen.

»Geschafft«, verkündete Karl und schnaufte aus. »Ich dachte schon, mich trifft der Schlag... Fesselt sie alle der Reihe nach, Brüder, ganz eng, daß kein Federchen draußen bleibt.«

»Was soll das?!« schrie Rabin auf.

Aber die Brüder stürmten schon ins Haus und fesselten seine Bewohner sachkundig paarweise: Rabin und Alexander, Sascha und Kiebitz. Nur Großmutter Tonja rührten sie nicht an.

»Sie nicht«, gestattete Karl gnädig.

»Was tust du, du gemeiner Räuber?!« brüllte Rabin.

»Muß ich das noch erklären?« fragte Karl liebevoll. »Ich bitte dich, um Gottes willen...«

Er schlug Rabin seine dicke Faust mit voller Wucht in den Bauch. Rabin schwieg gezwungenermaßen, stöhnte nur.

»Was geht hier vor, ihr Christen?« fragte Alexander hochmütig und übernahm die Stafette. »Was soll das heißen?«

»Soll ich's dir auch erklären?« erkundigte sich Karl.

»Nein«, lehnte der Pope ab. »Aber ein Wort wird man doch noch sagen dürfen? Du bist aufs Klo gegangen, haben dort alle diese Leute gesessen?«

»Nicht dort«, entgegnete Karl. »Sie saßen in unserem Bethaus. Im Unterschied zu dir, du Werwolf, sind sie echte Christen, die das Beten vor dem Essen nicht vergessen. Und die nicht wünschen, daß Leute wie du den wahren Glauben anderer verwirren. Deshalb haben sie dir die Flügel gebunden, damit du nicht mehr damit schlagen und das Teufelsfeuer anfachen kannst.«

»Woher kommen diese wahren Gläubigen?« schrie der Geistliche. »Ich kenne sie nicht.«

»Dafür kennen sie dich gut... Wer ist das, Brüder?« Karl deutete auf den Popen.

»Das ist der falsche Christ, Pastor der Teufelskirche, der Häretiker Alexander«, rasselte einer der Brüder herunter.

»Hast du das gehört?« fragte Karl. »Du bist allseits bekannt. Die Gebetsversammlung hat beschlossen, euch alle den Behörden auszuliefern. Sie möchte nicht, daß euretwegen der wahre Glaube und unsere Glaubensbrüder Verfolgungen ausgesetzt werden. Wir werden euch ausliefern und friedlich leben wie zuvor.«

»Aber wie ist das mit deinem erschossenen Vater?! Schreit sein Blut nicht in dir, klopft seine Asche nicht an dein Herz? Du mußt doch Abscheu gegen die Behörden empfinden, gegen diese gottlosen Antichristen!«

»Ich bin auch von Abscheu gegen sie erfüllt«, stimmte Karl zu. »Wer hat denn meinen Vater angezeigt, erinnerst du dich, Antichrist?«

»Das ist eine Lüge!« schrie Alexander. »Die Unmenschen verleumden mich!«

»Mag sein«, antwortete Karl, »nur deshalb drehe ich dir ja auch nicht sofort den Hals um wie einem Huhn. Aber mit dir reden möchte ich trotzdem nicht. Du bist noch schlimmer als dieser Jude. Er kreuzigt Christus ebenfalls täglich, aber macht wenigstens kein Hehl daraus.«

»Und warum habt ihr uns gefesselt?« fragte Kiebitz.

»Darum. Hast du mit ihm an einem Tisch gesessen? Ja. Hast du mit ihm gesprochen? Ja. Folglich liefern wir euch gemeinsam aus. Dort wird man alles klären. Unsere Sache ist es, nichts zu versäumen.«

»Du bist eine Laus, Karl«, sagte Rabin, der sich endlich gefaßt hatte. »Wegen Läusen wie dir ist Rom untergegangen, wurde Jerusalem zerstört, von Karthago ganz zu schweigen.«

»Karthago«, wunderte sich Karl. »Willst du noch mehr Erklärungen?«

»Ja!« rief Rabin aus, und sein Gesicht leuchtete auf wie das des Propheten im Rachen des Löwen. »Ich will von Dir noch mehr Erklärungen! Mögen Jerusalem und sein Tempel zerstört worden sein, doch die großen Traditionen sollen nicht untergehen! Ich bin immer geschlagen worden: als man mich den Heizer Isja nannte, als ich freiwillig an die Front ging, sogar als ich den Führer persönlich auf dem Panzerspähwagen darstellte. Nur weiter so, Tradition! Ohne dich verliert die ganze Geschichte ihren Sinn... Man soll mich ruhig weiterschlagen, hindere sie nicht daran, Leben. Und du Karl, bring mich zu meiner letzten Vorstellung, die Probe hat geklappt.«

Rabin ließ den Kopf hängen und begann zu weinen. Dicke Tränen kullerten über seine Backen. Er leckte sie auf wie ein kleiner Junge. Sein kahler Kopf wirkte viel zu groß und viel älter, als es zu einem so kleinen, fast kindlichen Körper paßte.

»Nicht weinen, Isja«, sagte Tonja. »Schlimmer kann's nicht werden.«

Sie hockte sich neben den weinenden Rabin und legte seinen Kopf auf ihr Knie. Mütterlich streichelte sie ihm seinen glatten Schädel.

»Antonina Fedossejewa...«, schluchzte Rabin.

»Alles geht vorüber«, antwortete sie. »Es ist ja eigentlich schon alles vorübergegangen. Das ist die ganze Wahrheit.«

Als er sich dieser bitteren Wahrheit bewußt wurde, schluchzte plötzlich auch Vater Alexander los. Sein Gesicht runzelte sich zusammen, als lächelte er wieder, das Auge war völlig zugeschwollen und schwarz angelaufen. Er weinte aus Neid, daß niemand seinen Kopf auf dem Knie hielt und seinen Schädel streichelte, daß ihn die schöne Tonja damals nicht geheiratet hatte.

In Karls Augen und die seiner Brüder traten ebenfalls Tränen.

»Ich erbärmlicher, nichtswürdiger Wurm«, wehklagte der Pope. »Ich bin der reuigste, der allerletzte Sünder.«

»Genug«, sagte der Presbyter, riß sich zusammen und zügelte den dringenden Wunsch, sich der allgemeinen Reue anzuschließen. »Auf geht's. Es ist Zeit.«

Die Menge schob sich zur Tür hin.

»Großmutter«, flüsterte Sascha.

»Sei wie ein Vögelchen«, gab ihr Tonja flüsternd zur Antwort. »Schau alle mit großen Augen an, aber sag keinen Pieps. Alles wird gut werden.«

Sie bekreuzigte Sascha und zugleich auch Kiebitz,

Die Einwohner von Gottesfeld preßten die Nasen an ihre Fenster und beobachteten, wie die seltsame Prozession langsam durch ihre friedlichen Straßen zog und dabei immer wieder knöcheltief im fetten Schlamm steckenblieb. An der Spitze der Kolonne gingen die fünf kräftigen Brüder, hinter ihnen paarweise die vier Gefangenen und am Ende noch einmal fünf Aufpasser. Der Presbyter schritt seitlich nebenher, wie es sich für den Kommandeur geziemte, und war sehr zufrieden, daß die Gefangenen nicht zu fliehen, ja nicht einmal miteinander zu reden versuchten. Schweigend zog die Kolonne durch die Grünanlage und über die Brücke. Erst vor dem Theater begann Karl, der aus begreiflichen Gründen nervös wurde, die stumme Szene zu vertonen.

»Ihr Plaudertaschen!« schrie er, obwohl die Gefangenen wie zuvor keinen Laut von sich gaben. »Dalli, dalli! Seid ihr etwa eingeschlafen? Gott schläft übrigens schon lang nicht mehr.«

All seine Mühe war vergebens, es gab keine Zeugen für sein Geschrei. Die Straßen Goltas waren leer.

Vor dem Zimmer des Regisseurs hob Karl warnend die Hand.

»Stopp. Zuerst geh ich allein.«

Die Kolonne blieb auf dem Gang stehen. Karl trat über die Schwelle und schloß hinter sich die Tür.

Genau eine Minute später ging sie wieder auf. Der merklich aufgeheiterte Karl zerrte die Gefangenen hinein und führte sie den schrecklichen Richtern Belezki und Kasarjan vor. Nein, will man genau sein, so waren sie nicht sehr schrecklich. Mit unverhohlenem Spott musterten sie die gefaßten Verbrecher. Die beiden kurzgeschorenen jungen Männer waren immer noch zugegen.

»Eine kleine Frage noch, Presbyter«, fragte Belezki laut. »Was hat Sie zu dem Entschluß bewogen, so zu handeln? Nur ganz allgemein ausgedrückt.«

»Mein Patriotismus« , antwortete Karl, ohne zu zögern. »Ich schaute mir das an, diesen läßt man laufen und jenen ... Auch ich könnte ja, dachte ich.«

»Sehr löblich«, sagte Belezki. »Also, du Patriot, binde sie los und dann raus hier. Und daß du mir bescheiden kommst, verstanden?«

Der Befehl war im Nu ausgeführt und Karl verschwunden.

»So ein Volk sind wir«, sagte Belezki stolz. »Solch eine wunderbare, rätselhafte Seele hat es! Aber Sie, die Sie keineswegs wunderbar und rätselhaft sind, was haben Sie sich eigentlich gedacht? Wir haben Ihretwegen noch keinen Finger gekrümmt, und schon sind Sie hier. Wieso? Weil man uns zum Beispiel noch reinlegen könnte. Das Volk insgesamt nicht. Es ist leichtgläubig, das stimmt. Doch um die Gerechtigkeit herzustellen, gibt es sein Leben und sein Blut, nichts ist ihm zu kostbar, Sie schon gar nicht, Freunde.«

»Mit welchem Recht!« Plötzlich trat Vater Alexander vor Belezki hin. »Mit welchem Recht reden Sie so mit mir! Mit den anderen – ja, das ist Ihre Sache, aber mit mir? Mit mir ist das gar nicht Ihre Sache. Also lassen Sie mich unverzüglich frei, und ich werde meine Pflichten weiterhin erfüllen, die das Volk in diesen wirren Zeiten so notwendig braucht. Genug geschwätzt, jetzt muß gehandelt werden.«

»Seltsam«, bemerkte Belezki nachdenklich, »ich habe Sie doch gar nicht beleidigt, habe sogar gesagt: Freunde. Und Sie sind wohl Rabin? Wollen Sie mich auch nach meinem Recht fragen?«

»Nein«, entgegnete Rabin. »Ich frage: Was kriege ich?«

»Noch weitere Fragen?« erkundigte sich Kasarjan fröhlich. »Keine Fragen mehr. Wollen Sie auf die gestellten Fragen antworten, oder überlassen Sie das mir?«

»Ich antworte gerne selbst«, sagte Belezki. »Also, mit welchem Recht. Wie soll ich Ihnen das erschöpfend... Ach ja. Mit dem Recht der geschichtlichen Notwendigkeit. Punkt eins. Das Leben hat es diktiert. Punkt zwei. Und mit dem Recht des von der Geschichte, dem Leben und der unmittelbaren Obrigkeit Bevollmächtigten, Fragen wie Ihre zu entscheiden. Punkt drei.«

»Von welcher Obrigkeit sind Sie bevollmächtigt, nennen Sie mir die Namen!« forderte der Geistliche.

»Wieder seltsam«, sagte Belezki und betrachtete Alexander so, als sei dieser eben erst auf der Schwelle seines Büros erschienen. »Kennen Sie diese Namen nicht selbst?«

»Doch, ich kenne sie natürlich!« hakte der Geistliche ein. »Aber ich wüßte gerne, ob Sie sie kennen. Wenn Sie sie nämlich kennen, dann dürfen Sie nicht vergessen, welche Instruktionen sie Ihnen gegeben haben, bevor sie Sie hierherschickten. Sie dürfen nicht vergessen, wer ich bin und weshalb ich selbst in dieses Loch geschickt wurde, obwohl ich längst eine anständigere Bleibe haben könnte. Also sagen Sie, daß Nikol…

»Nikolaus der Wundertäter hat mir Instruktionen gegeben!« unterbrach Belezki den Popen. »Ich habe ihm eine Kerze angezündet, aber die Kerze ging aus, nur an Ihren Namen habe ich mich im Gebet erinnert. Und seither weiß ich, wer Sie sind und weshalb Sie hier sind. Außerdem weiß ich, daß der Nutzen, den Sie bringen, peinlich genau berechnet ist. Das wissen offenbar auch Sie. Aber ich weiß auch, was Sie nicht wissen: daß der Schaden, den Sie anrichten, diesen Nutzen längst überwogen hat. Und deshalb hat man in unserer Haushaltsabteilung beschlossen: Es reicht! Es reicht, daß Sie, Alexander Popow, aus drei Trögen gleichzeitig fressen! Bislang hat man geduldig zugewartet, jetzt reicht es! Bis jetzt hat man zugewartet, weil Sie sich den Ablaß erkauften. Jetzt haben Sie nichts mehr, womit Sie ihn erkaufen könnten, Sie sind verarmt. Also noch einmal: Es reicht. Und ich persönlich möchte Ihnen noch sagen, hören Sie gut zu: Sie müssen sich jetzt vor dem Volk verantworten. Technisch wird das so aussehen… Die Listen Ihrer nebenamtlichen Mitarbeiter sollen veröffentlicht werden sowie der hauptamtlichen, deren Nutzen unter den neuen Bedingungen mehr als zweifelhaft ist. Das werden Sie tun, offen vor dem Volk.«

»Was hat das Volk damit zu tun?!« schrie Alexander. »Außerdem irren Sie sich, ich bin nicht so arm! Ich habe noch das eine und andere, wofür ich mir kaufen kann, was ich will, nicht nur Ihren billigen Ablaß! Ich habe noch etwas, das sage ich Ihnen ganz ehrlich.«

»Na, was haben Sie denn?« stachelte ihn Belezki an.

»Informationen!« verkündete Alexander pathetisch.

»Ach, wieder die alte Leier«, Belezki wandte sich ab.

»Das Alte ist das vergessene Neue«, entgegnete der Geistliche. »Meine Informationen sind ganz frisch.«

»Dann reden Sie doch endlich im Klartext!«

»Ich weiß, wo sich der Ukrainischlehrer Dachno befindet.«

Belezki und Kasarjan wechselten Blicke.

»Ja«, bestätigte der Pope, als er es bemerkte, und rief pathedisch wie vom Altarvorraum aus: »Vorstadt, Zeile 4, Haus 2. In dem Haus ist ein Ofen und in dem Ofen ein unterirdischer Gang. Am Ende dieses Ganges, in der Höhle unter dem

Waldstreifen, sitzt Dachno mit dem Säbel in der Hand. In seiner anderen Hand hält er das Ballettmädchen. Lauft hin, faßt ihn und denkt daran: Ich habe ihn entdeckt.«

Belezki und Kasarjan hielten eine Achtungsminute für den Geistlichen ein und brachen dann in Gelächter aus.

»Ach, mein Vater«, sagte Belezki unter Lachen, »Sie sind ein schlechter Prophet. Dachno sitzt nicht mehr im Ofen, sondern bei uns im Keller, ohne Säbel und ohne Ballettmädchen. Zum Dank für Ihre Mitteilung gebe ich Ihnen einen Rat. Hüten Sie sich, die Ballerina Ballettmädchen zu nennen. Sie ist jetzt verlobt. Außerdem ist sie seit langem keine Ballerina mehr, sondern Ballettmeisterin. Man muß sie jetzt mit Vor- und Vatersnamen anreden: Diana Nikolajewna, noch besser mit Nachnamen: Frau Adamenko, denn ihr Verlobter ist Iwan Wassiljewitsch Adamenko persönlich. Na, Vater, waren das alle Ihre heiligen Gaben für uns?«

»Nein, nicht alle.« Alexander ließ sich nicht verwirren. »Ich habe noch mehr. Trotz der schwierigen Lage ist es mir gelungen, Gelder des Staates zu sichern, auf die es seine zahlreichen Feinde abgesehen hatten.«

»Was hat der Staat damit zu tun?« fragte Belezki. »Aber fahren Sie fort, das habe ich nur so gesagt... Was sind das für Feinde?«

»Der Presbyter Karl und der Freimaurer Rabin. Und alles ihnen unterstellte Kroppzeug. Sie haben das von vielen entwendete Staatsgeld heimlich gesammelt und damit ein großes Kapital begründen wollen, das dem des Staates vergleichbar wäre. Das heißt, sie wollten das Geld gleich ins Geschäft stekken, nämlich im Ausland anlegen. Ich konnte sie aber überreden, die Schätze zu verstecken, bis bessere Zeiten anbrechen. So ist alles unangetastet geblieben. Und ich kann Ihnen auch sagen, wo es versteckt ist.«

»Ach, Vater«, seufzte Belezki, »Sie sind ein Dummkopf: Das Geld sollte man wirklich gleich ins Geschäft stecken und nicht in der Erde vergraben. Sie kennen Ihre Lehrbücher schlecht, sonst wüßten Sie, daß Sie mit dem Pfund wuchern sollen. Aber Sie sind ja nicht Moses... Sie sind auch nicht Luther. Wissen Sie, dieser Luther hat uns schon in knappen Worten von Ihrem Schatz berichtet und wird ihn bald herschaffen.«

»Welcher Luther denn! Ich habe keine Ahnung von diesem Agenten, nie diesen Tarnnamen gehört«, entgegnete der Pope.

»Ich meine den ehrwürdigen Presbyter Karl«, erklärte Belezki. »Schön, ist das alles, was Sie haben?«

»Nein, noch nicht alles!« schrie der Geistliche wütend. »Die Hauptsache kommt noch! Die Verräter! Unter uns sind Verräter.«

»Sind unter Ihnen keine Verräter?« fragte Belezki.

»Gut, unter Ihnen sind Verräter«, stimmte der Pope zu. »Sie sitzen da und machen sich über mich lustig. Dabei sind Verräter unter Ihnen, und ihre Tücke ist unverwüstlich.«

»Reden Sie klarer.« Belezki merkte auf.

»Klarer«, murmelte der Geistliche. »Nehmen Sie ihm zuerst die Pistole ab... Muß man's Ihnen noch klarer sagen? Dann teile ich Ihnen offiziell mit: Der sich in Ihre Reihen eingeschlichen, Ihr Vertrauen gewonnen und raffinierte Netze geknüpft hat, den Sie in Purpur gekleidet, mit Belohnungen und Dankesbezeugungen überschüttet haben, der ist der Hauptverräter und Übeltäter.«

»Den Namen!« brüllte Belezki und klopfte mit den Fingerknöcheln auf den Tisch.

»Die Pistole, nehmen Sie ihm die Pistole ab!« schrie der Geistliche. »Gut, sein Name: Es ist der niederträchtige Heide Kasarjan!«

Kasarjan wurde bleich und legte tatsächlich die Hand auf die Pistolentasche.

Belezki beobachtete ihn dabei und bat, nun schon ruhiger: »Wiederholen Sie, Vater. Wie war sein Name?«

»Ka-sar-jan«, wiederholte Alexander fest Silbe für Silbe.

»Erklären Sie das.«

»Vorgestern hat er Rabin und mir einen Handel angeboten, uns nämlich für fünfhunderttausend ein Alibi zu verschaffen. Er schlug uns vor, unseren Fall so zu drehen, daß es so aussähe, als hätten wir in voller Übereinstimmung mit Kasarjan gehandelt. Als hätten wir seine Anweisungen und sogar seine Aufgabenstellung befolgt. Dafür wollte er fünfhunderttausend haben.«

»Beweise!« schrie Kasarjan mit hörbar kaukasischem Akzent. »Wo sind Ihre Beweise?«

»Rabin.« Der Geistliche drehte sich zu dem Schuster um.

Der nickte bestätigend.

»Ist das etwa ein Beweis?« Kasarjan lächelte verächtlich. »Das ist einfach eine Abmachung. Und eine Verleumdung.«

»Ja, sind das alle Beweise?« fragte Belezki in einem Ton, der nichts Gutes verhieß.

»Natürlich sind das nicht alle!« empörte sich der Pope. »Der Heide hat das Geld, die Anzahlung, in der Tasche. Es müssen zehntausend sein, in Hundertern. Die Nummern der Scheine habe ich aufgeschrieben.«

Belezkis Augen wurden plötzlich finster.

»Das Geld auf den Tisch«, befahl er leise, ohne sich Kasarjan zuzuwenden.

»Aber ich habe keins!« widersprach der und trat zurück. »Das ist eine unverschämte Provokation.«

Belezki nickte seinen jungen Leuten zu, die bisher stramm in der Ecke gesessen hatten. Die liefen zum Oberst, der eine packte ihn am Ellbogen, und der andere stülpte seine Taschen um... Das aus allen Taschen geholte Geld betrug eine Summe von genau zehntausend Rubeln und zweiundvierzig Kopeken.

»Kiebitz«, bat der bleiche Kasarjan, »ich flehe Sie an, sagen Sie, was ich mit Ihnen vereinbaren wollte! In Pferdezwist, erinnern Sie sich noch?«

»Sprechen Sie, Kiebitz«, gestattete Belezki. »Aber denken Sie daran: Wer bei einer Bestechung mitmacht, wird genauso bestraft, wie der, der Bestechungsgeld gibt oder nimmt.«

»Aber mir scheint, daß hier wirklich etwas nicht stimmt«, sagte Kiebitz. »Der Major... Oberst hat mir damals vorgeschlagen, mit Ihnen in Verbindung zu treten. Gegen Lisjutkin und alle anderen, um die ganze Sache schneller zu beenden.«

»Sehen Sie!« schrie Kasarjan. »Der *Mensch* ist mein Zeuge!«

»Ich sehe nichts«, entgegnete Belezki. »Außer der besonderen, durch ihren Zynismus bestechenden Gerissenheit, die Sie an den Tag gelegt haben. Nein, nichts zu machen, alles ist klar... Und was haben Sie da für ein Vögelchen bei sich, Kiebitz?«

»Meine Braut«, antwortete Kiebitz schnell und drückte warnend Saschas Hand.

»Sie sind ja auch ein gerissener Hund!« staunte Belezki. »Rasch im Handeln. Übrigens, hier habe ich eine Nachricht für Sie.«

Er reichte Kiebitz Katjas Abschiedsbriefchen. Kiebitz las es und sagte sehr höflich: »Danke.«

»Bitte«, erwiderte Belezki ebenso höflich. »So. Diese drei in den Keller. In verschiedene Zellen. Verständigen sie sich mit Klopfzeichen, eins auf die Finger. Gehorchen sie nicht, eins in die Fresse. Oder was gerade näher ist.«

»Belezki!« schrie Kasarjan, rot angelaufen, mit der Stimme des verstorbenen Lisjutkin. »Das ist unf...«

Aber die jungen Männer verdrehten ihm schon den Arm, und statt der saftigen Sentenz entriß sich seinem Mund nur ein unterdrückter Schluchzer. Dann wurde Verstärkung gerufen, zwei ebenso junge Männer, die von den beiden ersten nicht zu unterscheiden waren. So wurden drei weitere Führer der ausgelebten Phase der Reformbewegung und Umgestaltungen von oben, unten und von der Seite in den Keller geführt, wo den Gerüchten zufolge auch die anderen einquartiert waren: Starko und Dachno. Dort steckte man sie in verschiedene Zellen, damit sie untereinander nicht die Flucht absprechen und später einander nicht mehr erkennen könnten, wenn die lange Haft nicht nur ihre Überzeugungen, sondern auch ihr Äußeres radikal verändert hätte. Später, vielleicht sogar in jener Welt, wo es gar kein Äußeres mehr gibt.

»Und was wird aus uns?« fragte Kiebitz, der diese Prozession, die schon fast eine Beerdigungsprozession war, mit den Augen begleitete.

»Stellen Sie sich vor, diese Frage wollte ich Ihnen auch stellen«, lächelte Belezki. »Was wollen Sie weiter tun? Nein, es interessiert mich rein menschlich: Was haben Sie vor?«

»Befehlen Sie das so zu verstehen, daß Sie uns entlassen?«

»Ich befehle es nicht, ich bitte darum. Natürlich entlassen wir Sie, aber mit einer Bitte: Bleiben Sie noch ein bißchen in der Stadt, ja?«

»Wie, könnte ich auch wegfahren?«

»Ich glaube, nein. Aber ich möchte, daß Sie sich dabei nicht unfrei fühlen. Wir müssen noch ein paar Einzelheiten klären. Noch ein bißchen arbeiten, aber dann – fahren Sie um Gottes willen. Aber noch mal, aus reiner Neugier: Wohin würden Sie fahren und was würden Sie dort tun?«

»Ich weiß nicht«, sagte Kiebitz. »Keine Ahnung.«

»Dann hören Sie meinen Rat«, meinte Belezki eindringlich. »Sie haben selbst gesehen, wie ein lächerlicher Zufall das Leben eines Menschen verpfuschen kann. Wie ein Mensch rein zufällig in ein Verbrechen hineingezogen wird. Sie haben sich strafbar gemacht, ich könnte Ihnen auf der Stelle Ihre Strafe beziffern. Das wissen Sie selbst. Aber wir sind jetzt Menschen eines neuen Denkens und einer anderen Mentalität. Wir verstehen diese Zufälle auch. Außerdem haben wir andere Ziele. Wir versuchen... wie soll ich es sagen... intelligente, unbestimmte Menschen stärker zu beachten, suchen ihre Mitarbeit und Unterstützung. Sehen Sie, unser Land braucht uns: Sie und mich. So krank es ist, so tief gesunken in Wirtschaft und Politik und so korrumpiert, so gibt es darin doch immer noch gesunde Kräfte, nicht wahr? Wer ist das? Da fällt einem zuerst die echte patriotische Intelligenzia ein, also möglicherweise Sie. Und welcher staatliche Apparat steht der Intelligenzia traditionell am nächsten, ist am wenigsten in diese fürchterliche Korruption verstrickt und überhaupt die Hand, die das Oberlicht öffnet und die frische Luft der Veränderungen in unser gemeinsames Haus einläßt? Mein Apparat. Schließlich und endlich haben Sie ja genau das immer gewollt, daß das Oberlicht geöffnet wird und man Ihnen durch dieses Oberlicht zuhört! Nun haben Sie, was Sie wollten. Vergessen Sie nicht, daß Ihnen unsere Bewegung entgegenkommt, ja?«

»Ich werde es nicht vergessen«, versprach Kiebitz.

»Sehr gut« lobte Belezki. »Dann erklären Sie mir bitte, was es mit der Anschuldigung bezüglich eines gewissen Hänschens gegen Sie auf sich hat. Karl teilte mit, daß Sie seinen Gehilfen verletzt hätten, plötzlich war er tot.«

»Er lügt«, entgegnete Kiebitz schroff. »Sicher hat er seinen Gehilfen selbst beseitigt, um weniger Mitwisser seiner Bankgeschäfte zu haben.«

»Mag sein«, lächelte Belezki. »Unter uns, ich glaube das auch. Warten Sie, der Presbyter wird gleich über die geraubten Schätze Rechenschaft ablegen, und ich werde mit ihm über dieses Thema sprechen, wie es sich gehört. Na, ich nehme an, daß das für uns heute alles ist?«

»Jawohl«, antwortete Kiebitz verwundert. Es lief darauf hinaus, daß er selbst entscheiden sollte, ob das Gespräch beendet oder fortgesetzt würde.

»Vortrefflich. Verzeihen Sie uns, aber wo immer Sie von heute an sein werden, wir werden ständig neben Ihnen sein. Um Sie zu betreuen, zu schützen... und Ihnen zu helfen. Denn es besteht die Gefahr, daß jemand Sie wie dieses Hänschen beseitigen möchte. Sie sind schließlich ebenfalls Zeuge. Und der Himmel möge verhüten, wenn Sie…«

»Nein«, sagte Kiebitz.

»Was – nein?«

»Alles.«

»Ich verstehe«, zwinkerte ihm Belezki zu. »Schließen Sie sich dem Volk in seinem Bestreben an, den Planeten umzugestalten. Das heißt, finden Sie rasch eine Arbeit. Wir werden Ihnen helfen. Und Sie, Fräulein, stimmen mir doch auch zu?«

»Ja«, sagte Sascha.

»Dann auf Wiedersehen. Und zum Abschied noch ein letztes Wort«, Belezki richtete seinen Zeigefinger zur Decke. »Wenn Sie sich Arbeit suchen, denken Sie gut über alles nach, was geschehen ist. Analysieren Sie es und schreiben Sie die Ergebnisse Ihrer Analyse auf. Das wird Ihnen helfen, sie genau zu erfassen. Schreiben Sie sie zum Beispiel in Form eines Tagebuchs auf. Nein, eines Rechenschaftsberichts, oder auch einer Chronik. Oder zeichnen Sie ein Bild, ein Gruppenporträt der Epoche sozusagen.«

»Eine Anzeige«, präzisierte Kiebitz. »Alles Gute.«

Sascha nickte ebenfalls, und beide verließen das Dienstzimmer.

Belezki blickte mit gerunzelten Brauen noch lange auf die Tür, die sich hinter ihnen geschlossen hatte. Dann seufzte er und begann das von Kasarjan beschlagnahmte Geld noch einmal zu zählen.

»Man muß alle Hunderterscheine für ungültig erklären«, sagte er vor sich hin. »Natürlich erst, wenn wir sie in Zehner umgetauscht haben. Dollars natürlich… du Lump!«

Auf wen sich das Letzte bezog, wußte man nicht. Aber eins war klar: Ein Hunderter fehlte. Auch das ganze Kleingeld war weg, wohin, wußte man nicht.

Ein Lump, in der Tat.

Neunzehntes Kapitel

Ein ungewisser Tag

»Darf ich bekannt machen«, freute sich Großmutter Tonja. »Marja Gawrilowna!«

Eine alte Frau, genauso vertrocknet wie sie und ihr sehr ähnlich, saß am Tisch auf der Veranda. Sie trug einen langen schwarzen Mantel.

»Guten Tag.« Kiebitz wunderte sich überhaupt nicht.

»Marja Gawrilowna!« schrie Sascha. »Wie gut Sie aussehen, eine richtig schöne Frau sind Sie!«

»Ich sehe immer hübscher aus, wenn ich Wichtiges zu tun habe«, antwortete Marja Gawrilowna ernst. »Und jetzt stecke ich bis zum Hals in wichtigen Dingen, Kinder. Ach, Tonja, ich fühle, daß unsere Jugend wiederkehrt... Und die Revolution. Tonja, du erinnerst dich natürlich an alles.«

»Nein«, entgegnete Tonja. »Die Jugend, na, da hast du was gefunden, woran du dich erinnern kannst.«

»Ich brauche nicht zu suchen! Ich bin auch heute noch jünger als jeder junge Mensch«, erklärte Marja Gawrilowna. »Wenn du mal schaust, was die machen, diese Jungen, was die können, wieviel Geduld und Beharrlichkeit die haben... nämlich gar keine, von Können ganz zu schweigen: Sie hüpfen und wuseln herum ohne Sinn und Verstand wie die Küken. Könnten die heutigen Jungen so kämpfen und siegen wie wir? Natürlich nicht. Freilich gab's auch unter uns damaligen Jungen nicht viele, die es konnten. Und wo sind die heute? Es ist wohl nur noch einer übrig... ein großer Schurke ist er geworden. Ah, das war ein Prachtkerl!«

»Wen meinst du?« erkundigte sich Tonja. »Kenne ich ihn?«

»Wie solltest du meinen Mann nicht kennen?! Ein Schurke von Format. Die heutigen sind zu solcher Schurkerei gar nicht mehr fähig. Nicht mal sich das Eigene sichern können sie mehr. Deine Küken hier... Sascha und dieser Zugelaufene... sind auch unfähig. Maler ist er? Der kleckst doch wohl auch nur irgendwas zusammen. Aber Sie haben Glück, junger Mann. Man hat Sie laufenlassen. Übrigens, Petruscha hat einen derartigen Unsinn über diesen Maler erzählt!«

»Petruscha«, seufzte Tonja. »Also hat man dort herausgefunden, daß der Saufbold Petruscha ist und nicht weiß, was seine Zunge daherfaselt.«

»Ja«, bestätigte Sascha. »Er hat Glück gehabt. Dieser Belezki dort ist gar nicht dumm und durchaus liebenswürdig.«

»Liebenswürdig ... mitnichten!« widersprach Marja Gawrilowna. »Dummköpfe seid ihr, Kinder. Das ist keine Liebenswürdigkeit, ich habe Belezki behext. Natürlich ist er kein dummes Bürschchen, aber was kratzt es ihn, wohin er den Maler steckt? Nein, ich war es, die ihm ausführlich dargestellt hat, welche Rolle dein Schützling, Tonja, bei den Ereignissen gespielt hat. Und auf mich hört man, wenn sich die Interessen nicht überschneiden. Außerdem wissen dort alle, mit wem sie es zu tun haben. Ich kann mich an sehr hochgestellte Personen wenden, verdiente alte Partisanin aller Kriege, die ich bin. Und außerdem müssen sie ein schlechtes Gewissen haben, weil sie meine Hinweise nicht rechtzeitig beachtet haben.«

»Na, Sie sind doch nicht die Frau des Ministerpräsidenten«, sagte Kiebitz. »Was bedeuten denen schon Ihre Hinweise.«

»Nicht des Ministerpräsidenten«, stimmte Marja Gawrilowna zu, »aber eines noch Höheren. Hör zu, ich war im Stab von Kowpak persönlich! Aber aus deinen Worten klingt Ironie, mein Kleiner. Geh nicht gleich auf die Palme, du wirst noch mit mir zu tun haben.«

»Was denn?« staunte Tonja. »Danke natürlich für deine Hilfe ... Aber was denn noch?«

»Darüber, meine Liebe, werden wir noch zu sprechen haben«, erklärte Marja Gawrilowna geheimnisvoll.

»Nein, lassen Sie uns gleich darüber reden«, bat Kiebitz. »Wozu brauchen Sie mich?«

»Ein Heißsporn!« Marja Gawrilowna zog die Brauen hoch. »Dabei sieht er aus wie ein Waschlappen.«

»Marja Gawrilowna«, beharrte Kiebitz, »sagen Sie gleich, weshalb Sie sich für mich eingesetzt haben. Ich bin nicht gerne jemandem verpflichtet. Sie hatten doch keine Ahnung von mir!«

»Angenommen, ich hatte eine ... Aber die Sache betrifft nicht nur dich persönlich. Ich habe das Flugblatt gelesen mit deinem Steckbrief. Dort stand als Beruf: Maler.«

»Was tut das zur Sache?« wunderte sich Kiebitz wieder.

»Daß es an unserer Schule schon lange keinen Zeichenlehrer mehr gibt«, erklärte Marja Gawrilowna mit Nachdruck.

Diese Erklärung war so direkt, so konkret und alltäglich und stand so im Gegensatz zu den Ereignissen der letzten Tage, daß Kiebitz laut herauslachte.

»Was gibt es da zu lachen?!« rief Marja Gawrilowna aus. »Worüber lachst du, Küken? Es ist doch klar, daß im Zusammenhang mit den gesellschaftlichen Veränderungen in unserer Schule auch Vakanzen entstanden sind, frühere unbesetzte Stellen nicht gerechnet. Ich zum Beispiel bin jetzt die Direktorin.«

»Du liebe Güte, Mascha!« schrie Tonja auf. »Du müßtest doch allmählich an deine Seele denken und nicht an deine Karriere!«

»Was gibt's daran zu denken?« Marja Gawrilowna war verblüfft. »Entweder die Seele existiert, oder sie existiert nicht. Das ist alles. Und ohne ernsthafte Arbeit herumsitzen kann ich nicht. Und überhaupt, vielleicht bringt mich ja die ernsthafte Arbeit am Friedhof vorbei, was meinst du? Von dir, meine liebe Freundin, steht mir ja auch was zu.«

»Sascha!« ächzte Tonja.

»Richtig«, bestätigte Marja Gawrilowna. »Sie schließt doch das Studium ab und sucht dann Arbeit? Also, wenn sie im Herbst ihr Diplom bekommt, dann ist sie mir willkommen.«

»Ich wollte sie eigentlich zu ihren Eltern zurückschicken«, entgegnete Tonja. »Ich habe nicht mehr die Kraft, sie zu versorgen, bin alt geworden.«

»Stopp-stopp! Du hast mich nicht verstanden. Ich bin nicht hergekommen, um zu diskutieren. Ich bin gekommen, um in aller Freundschaft mitzuteilen – persönlich, was ich auch schriftlich und offiziell hätte tun können. Die Hochschule wird Sascha meiner Schule zuteilen, verstanden? Und ihr Bräutigam wird bei ihr sein, als Zeichenlehrer. Es ist schon alles entschieden.«

»Marja Gawrilowna«, sagte Sascha unsicher, »wie können Sie alles für mich entscheiden: die Arbeit, die Heirat ... Ich kann doch wohl noch selbst wählen. Und bei der Stellenverteilung hat man auch die Wahl oder etwa nicht?«

»Das scheint dir nur so«, bemerkte Marja Gawrilowna mit gewissem Bedauern. »Wir sind auf dieser Welt alle verteilt, mein Küken, jeder an seinen Platz. Aber noch niemand hat ihn selbst gewählt.«

»Halt«, mischte sich Kiebitz ein. »Ich glaube, Marja Gawrilowna hatte gute Gründe, um zu dieser Entscheidung zu kommen. Sie soll sie uns darlegen. Vielleicht fällt dann unsere innere Wahl mit ihrer Entscheidung zusammen, wenn wir schon keine äußere treffen können.«

»Kluges Kerlchen«, lobte Marja Gawrilowna. »Natürlich habe ich gute Gründe, und die heißen: Komplexmethode. Erinnerst du dich daran, Tonja?«

»Natürlich«, sagte Tonja, »da sei Gott vor!«

»Also erinnerst du dich schlecht. Das ist ja auch durchaus verständlich, wir konnten sie damals nicht richtig anwenden. Und dann haben diese Beamtenseelen sie in Verruf gebracht. Aber heute, wo überall Umgestaltungen im Gange sind, kehren wir zur Komplexmethode zurück, und diesmal...«

»Entschuldigen Sie«, unterbrach sie Kiebitz, »worin besteht diese Methode denn?«

»Zunächst einmal ist sie die höchste Errungenschaft des pädagogischen Denkens, dann das beste Mittel zur Unterweisung der Jugend. Während der ganzen letzten Jahre habe ich darum gekämpft, sie in unser Schulsystem einzuführen, aber die Mafia hat sich hartnäckig geweigert. Was ist das Ziel dieser Methode? Die Schaffung neuer Menschen, die unversehrt und nicht von früheren Ideologien infiziert sind. Sie besteht darin, daß wir die Unterteilung des Lehrprozesses in einzelne dogmatische Disziplinen verneinen. Wir erforschen die Wirklichkeit, wie sie ist: ganzheitlich und komplex. Die Ente zum Beispiel oder irgendein anderer Vogel, die Kuh zum Beispiel, wird gleichzeitig als Gegenstand der Philologie, Mathematik, Kunst, Zoologie und sogar des Turnunterrichts studiert.«

»Also das Reiten auf der Kuh?«

»Nein, ein Dauerlauf zu ihrem Aufenthaltsort. Während des Dauerlaufs wird die Kuh zugleich auch zum Gegenstand der Geographie. Jetzt versteht man, wie wir den völlig neuen Menschen zu schaffen gedenken, der auf die gesamte frühere Mythologie verzichtet und dem realen Leben gerade ins Auge blickt. In meiner Jugend war ich aktive Anhängerin dieser Methode. Aber leider hat die allgemeine Verdrehung der staatlichen Entwicklung insgesamt auch zur Stagnation in der Pädagogik geführt. Unsere besten Kräfte wurden angeprangert, vertrieben und sogar vernichtet. Die leitenden Posten nahmen die Federfuchser ein, die Bürokraten, aus denen später die Mafia entstand, welcher jegliche Reform ein Dolch in der Seele war. Heute, wo die Mafia endlich gestürzt ist, nach einer Unterbrechung von einem halben Jahrhundert, bin ich zur Schuldirektorin berufen worden. Wir scharen wieder die besten Führungskräfte um uns, und unsere Methode wird wiederauferstehen. Mit ihrer Hilfe werden wir unserem Land seine Weltbedeutung zurückgeben und unsere Kinder. Diese neuen, nach der Komplexmethode erzogenen Kinder sind unsere Zukunft. Die im Laster versumpften älteren Generationen, die konservativen und dogmatischen, die das Leben in tote Bestandteile aufteilen und es in eine Art Anatomiesaal verwandeln, in eine Leiche, werden von unseren Kindern weggefegt werden. Und die Kinder werden nicht das Leben studieren, sondern es leben. Daran glaube ich. Und deshalb sammle ich neue Führungskräfte um mich. Ich nehme nur die, die unter meiner Leitung und der ihres eigenen Gewissens arbeiten werden. Doch da auch die besten Leute infolge der Stagnationsepoche ein schwaches Gewissen haben, werde ich es stimulieren. Mit welchen Mitteln? Den verschiedensten... Ihr habt zum Beispiel schon gemerkt, welche Stimuli bei euch beiden angewendet wurden: Ihr seid mir sehr verpflichtet.«

»Sind diese Stimuli etwa ethisch?« fragte Kiebitz. »Nannte man das früher nicht... Erpressung?«

»Da haben wir ein treffliches Beispiel für Dogmatismus«, sagte Marja Gawrilowna. »Deine Art zu denken. Früher? Natürlich. Aber von heute an stimmt das nicht mehr. Die Benennung einer Sache wird ausschließlich davon abhängen, ob sie gute Ziele hat oder nicht. Außerdem, junger Mann, gibt es außer eurer Verpflichtung noch andere Stimuli. Hat man dir beispielsweise nicht gesagt, daß du Pjerwomaisk nicht verlassen darfst?«

»Doch, zeitweilig.«

»Die Zeit ist eine unbestimmte Sache. Die Ewigkeit, die kann man anfassen. Also: Hat man dir, mein Kind, die Anweisung gegeben, dir eine Arbeit zu suchen und eine Probezeit abzuleisten, ja? Du wirst also observiert. Von wem? Von mir, mein kleines Küken. Ich observiere dich. Mit der Zeit wird das dann Sascha tun.«

»Marja Gawrilowna!« rief Kiebitz aus. »Begreifen Sie nicht, daß Sie genau das neu schaffen, wogegen Sie ankämpfen: eine Mafia, jetzt Ihre eigene, aber wieder eine Mafia?«

»Richtig, meine eigene«, bestätigte Marja Gawrilowna. »Nur ist deine Benennung dogmatisch. Ich schaffe keine Mafia, sondern eine sich selbstverwaltende, autonome Zelle des künftigen Staates – eines Staates, der von der üblen Regierung und Gewalt des Zentrums befreit und also dezentralisiert und mächtig ist. Übrigens, zur Zukunft und dem neuen Staat... Die Porträts seiner alten Mafiaführer, die früher in der Schule und in der ganzen Stadt hingen, haben wir schon abgehängt, die Denkmäler gestürzt. Jetzt brauchen wir neue Porträts von Menschen des neuen Denkens, hinter denen das Volk hergehen wird. Du, mein Sohn, mußt jetzt als Maler den Pinsel in die Hand nehmen. Zeichne, male, baue. Suche, erfinde, probiere. Wir werden dich unterstützen.«

Nein, Kiebitz lachte nicht. Er hatte begriffen, daß er hier weit stärker festsaß, als er das zunächst angenommen hatte. Er fand in seiner Zukunft nicht die leiseste Andeutung einer Fluchtmöglichkeit. Das Wort war ja auch schon gefallen: Ewigkeit. Es hatte keinen Zweck zu streiten. Außerdem hatte er niemanden vor sich, mit dem streiten konnte, niemanden, den man in einem solchen Streit von irgend etwas überzeugen konnte und mußte. Es gab keine Schlüsselfigur für die ganze Angelegenheit. Ja, die hatte weder einen Urheber noch einen Schlüssel, nicht einmal einen, der daran schuld war. Die Angelegenheit war überhaupt nicht begonnen worden, sie wurde nur fortgesetzt. Sie war ewig.

»Aber Ihre Zustimmung, rein formal natürlich, ist absolut notwendig«, fügte Marja Gawrilowna hinzu. »Ich erwarte sie, das heißt die von euch beiden, morgen um zehn Uhr. Tonja, du bist doch auch für morgen ins Theater geladen, nicht wahr? Na, dort werden wir in deiner Gegenwart die offizielle Zustimmung deiner Küken einholen und ihre Einstellung vornehmen. Für heute ade. Ich muß gehen. Bis morgen.«

Ohne sich um eine Antwort zu kümmern, schlug Marja Gawrilowna mit den Schößen ihres berühmten Mantels und ging forschen männlichen Schrittes hinaus. Auf der Vortreppe blieb sie stehen.

»Ihr müßt verstehen, Kinder, ohne eure Hilfe werde ich es schwer haben... Es gibt schließlich unter unseren Kollegen welche, die kaum unter Kontrolle zu halten sind. Deshalb erwarte ich eure Unterstützung. Die Umgestaltungen sind in vollem Gang, aber die neuen Führungskräfte fehlen noch. Man muß teilweise auf die alten zurückgreifen. Dachno zum Beispiel arbeitet an seinem früheren Platz und erwartet seine baldige Beförderung. Ihr Lieben, laßt uns rasch zusammengehen. Ihr habt den Erfolg der Sache in der Hand.«

Sprach's und verschwand um die Hausecke.

Das Schweigen auf der Veranda dauerte lange. Sascha brach es als erste.

»Na und? Da ist was dran... Wir haben diese Komplexmethode studiert, freilich nur kurz, im zweiten Jahr. Damals schien mir...«

»Was hat das mit der Methode zu tun?« entgegnete Tonja. »Fahr du zu deinen Eltern.«

»Und... er?«

Sascha sah Kiebitz an.

»Ich?« Er zuckte die Achseln. »Wenn das alles stimmt, was Marja Gawrilowna sagt, dann kann ich in nächster Zeit nicht wegfahren. Aber Sie, Sascha, müssen natürlich fahren! Nach Marja Gawrilowna zu urteilen, wird hier bald die Hölle sein. Schlimmer als die gestrige. Weil Marja Gawrilowna *tatsächlich* an die Umgestaltungen glaubt. Sonst hätte sie nicht so von ihrer Jugend und vom Staat gesprochen.«

»Und ich dachte«, Sascha wurde rot, »daß Sie es ernst meinten... als Sie mich Ihre Braut nannten.«

»Verstehen Sie«, murmelte Kiebitz, »was hätte ich sonst tun sollen? Die Situation war falsch...«

»Sascha, du bist verrückt geworden!« rief Tonja aus. »Das wäre ein schöner Bräutigam für dich. Nein, fahr schleunigst zu deinen Eltern!«

»Und ich dachte, Sie meinten es ernst«, wiederholte Sascha langsam. »Dabei... nein, nicht die Situation war falsch, Sie selbst sind es. Sie sind so falsch..., daß... Gehn Sie, gehn Sie auf der Stelle! Ich will Sie nicht mehr sehen! Sie falscher Fuffziger...«

Sie brach in Tränen aus. Ach du liebe Zeit, sie weinte ernstlich.

»Sascha, Sascha«, die Großmutter lief um sie herum.

»Raus!« schrie Sascha und stieß sie und Kiebitz von sich weg. »Sie Waschlappen, ich hasse Sie!«

Kiebitz hatte den Kopf gesenkt und dachte nach.

»Richtig«, sagte er. »Leben Sie wohl. Danke für alles, Antonina Fedossejewna. Ich möchte nicht, daß ...«

Tonja winkte ab, er winkte ab und ging. Den kleinen Hof, die bescheidenen Blumen, den Nußbaum, all das sah er zum letztenmal. Er trottete niedergeschlagen davon und zog die Füße mühsam aus dem aufgeweichten Lehm wie aus dem Acker. Als er die Grünanlage erreicht hatte, suchte er sich die sauberste Bank aus und setzte sich... Die Frage war unangenehm und schwierig: Man mußte weiterleben, aber wie? Die Antwort war einfach: Kiebitz mußte weiterleben, wie es ihm vorgeschrieben war.

Im nächsten Augenblick würde der garstige Regen wieder lospladdern. Kiebitz schob die Schultern hoch, zog den Kopf ein und vergrub die Hände noch tiefer in den Jackentaschen. In derselben Haltung saß ihm ein Rabe im Gras gegenüber. In der rechten Tasche fühlte Kiebitz einen zerknitterten Zettel. Er holte ihn heraus, strich ihn glatt... Es war Katja Starkos Abschiedsbrief. Kiebitz las ihn wieder. Dann rollte er ihn zu einem Kügelchen zusammen und schnippte ihn weg. Das Kügelchen beschrieb eine gleichmäßige Flugbahn und landete im Abfalleimer, der etwa sieben Meter von der Bank entfernt stand. Beunruhigt drehte der Rabe den Kopf

Das war auch eine Vorschrift. Kiebitz erriet, daß er dem im Brief gewiesenen Weg folgen mußte, da das Kügelchen in den Eimer getroffen hatte, stand auf und schlenderte zur Brücke. Es begann zu regnen. Kiebitz überquerte den Platz mit dem Bethaus, dann die Brücke. Der Fluß führte Hochwasser, die violetten Weiden schwammen darin. In den Gassen von Golta wurde er mehrmals angehalten und durchsucht. Die Streifmannschaften bestanden tatsächlich aus Kasachen.

Die Regenfälle hatten Großmutters Gärtchen den Rest gegeben. Vom Blumenbeet waren nur noch die Ziegel übrig, die es einst eingefaßt hatten, ihre Ecken ragten jetzt sinnlos aus der Erde. Die einst in den Pappeln lärmenden Vögel hatten ihre

Nester verlassen oder waren tot, wer weiß. Das Häuschen selbst war durchnäßt und schwarz geworden. Kiebitz tastete unter der Vortreppe, fand den Schlüssel, riß das Siegel von der Tür ab und sperrte sie auf.

Im Haus schlug ihm durchdringender Geruch nach Ölfarben, Verdünner und Rasierwasser entgegen. Die Dinge hatten ihn so bewahrt, daß sie selbst aus der Welt verschwinden würden, wenn er verlorenginge. Kiebitz blickte sich um und machte sich ans Aufräumen. Er sortierte die verstreuten Gegenstände ordentlich, stellte sie an einen Platz, den er für den ihrigen hielt, und fegte. Die Schatten der Verstorbenen beunruhigten ihn nicht, noch nicht. Nur in der Küche wischte er den Boden sorgfältiger als in den anderen Zimmern.

Was ihm in die Hände kam, löste verschwommene, unentschiedene Erinnerungen aus, sogar Großmutters Fläschchen, die jetzt Lacke enthielten, die kleinen Schatullen mit den bemalten Deckeln und die Löffel. Auch das Schränkchen mit dem Frisierspiegel weckte keine besonderen Gefühle. Sie waren nur abzustauben. Der Spiegel im schwarzen Rahmen stellte sich schief. Kiebitz rückte ihn gerade.

Im ehemaligen Schlafzimmer und Jurij Pawlowitschs späteren Atelier sauberzumachen war schwieriger. Kiebitz stellte Rahmen und Leinwände in eine Ecke, in der anderen stapelte er allen Papierkram auf. Den Müll stopfte er in eine große Schachtel, die er in die dritte Ecke stellte. Dann wischte er auch hier den Boden auf und stellte die Staffelei mit Jurij Pawlowitschs unvollendetem Bild in die Mitte des Zimmers. Andere hatten bereits versucht, es auf ihre Art fertigzumalen.

Dann setzte er sich auf die äußerste Kante des Hockers, nahm ein Stück Kohle und skizzierte auf einem Fetzen Karton automatisch einen weiblichen Kopf. Die Hand wollte nicht recht gehorchen. Gegen seinen Willen oder nach einem fremden Willen wurde dieser Kopf Sascha und Vera Dolskaja zugleich ähnlich. Kiebitz hätte nie gedacht, daß so etwas möglich sein könnte. Daneben zeichnete er ein Männergesicht und erkannte sich selbst darin. Dann betrachtete er lange die beiden Porträts, zerknüllte sie schließlich und steckte sie spöttisch lächelnd in die Müllschachtel: Marja Gawrilownas Drohung, ihn auf diesen Job anzusetzen, begann sich bereits zu erfüllen.

Er öffnete das Fenster. Das Rauschen des Regens und ein

kaum wahrnehmbarer Veilchenduft stahlen sich ins Zimmer. Die Veilchen gab es längst nicht mehr, aber die Erinnerung an sie war noch da – ihr Duft schwebte noch über den zerstörten Beeten wie der Geist eines Verstorbenen gramerfüllt über seinem geschändeten Grab.

Im Zimmer war es nun nicht mehr ganz so dunkel. Kiebitz sammelte die Pinsel und Farben zusammen, fand ein Brettchen, das Starko statt einer Palette benützt hatte, rückte die Staffelei an die hellste Stelle und machte sich an die Arbeit. Zunächst knickte er die Schnittkanten der Leinwand um und klebte diese mit Heftpflaster fest. Dann grundierte er sie in einem Farbton, den Jurij Pawlowitsch benützt hatte. Danach kramte er die zerknautschte Reproduktion von Leonardos Bild aus dem Müll und vertiefte sich ins Malen.

Der Regen vor dem Fenster war stärker geworden und hörte erst gegen Abend auf. Nach Mitternacht aber, als sich Kiebitz von der Arbeit losriß und in den Garten hinausschaute, leuchteten am Himmel schon blankgeputzte, ein wenig theatralische Sterne. Auf die Pappelspitzen aufgespießt, trocknete der regensatte, gleichsam eingeölte Mond. Als Kiebitz dann bei Kerzenlicht weiterarbeitete, schaute er von Zeit zu Zeit den Mond an und bemerkte bald, daß sein Licht pulsierte. Seine Strahlen strömten nicht in einem Fluß von ihm aus, sondern teilten sich in starre gerade Federn, gewannen die Härte eines Diamanten und durchdrangen die Pappel, den Zaun, die Wände des Häuschens und alle darin befindlichen Gegenstände wie Öl. Gleichzeitig zerbrachen die Strahlen überraschend leicht, wenn sie auf das Bett unter dem Fenster fielen. Sie zerbrachen lautlos und ohne Anstrengung, wie sich Flügel falten, wie ein Strohhalm zerbricht. Diese Strahlenhalme oder Federchen häuften sich auf dem Bett und hatten bald einen kleinen Haufen gebildet, dessen Silhouette Kiebitz bekannt vorkam.

»Wer ist das? Wozu...« konnte er gerade noch denken, da hatte sich das Unvermeidliche schon auf dem Bett herausgebildet: Unter dem Fenster lag in derselben Haltung, wie er ihn verlassen hatte, die Arme auf der Brust gekreuzt, der verstorbene Jurij Pawlowitsch. Er sah hundertprozentig tot aus, rollte jedoch die Augen und öffnete leicht den Mund mit den langen Zähnen. Noch gab er jedoch keinen Laut von sich.

»Unsinn«, sagte Kiebitz zu sich selbst. Und schien Starko damit die Erlaubnis zum Reden erteilt zu haben.

Jurij Pawlowitsch röchelte, spuckte sich auf die Brust und sagte fast dasselbe wie damals, aber nicht begeistert, sondern haßerfüllt: »Andere gibt es nicht. Und ich bin weit weg. So ist es, mein Lieber... Auch du bist absurd. Also bist auch du ein Sohn deines Volkes. Je mehr du sein Sohn bist, desto absurder bist du. Ich war auch so. Und jetzt ist klar: Es gibt hier kein Volk, hast du das verstanden, mein Sohn? Und ich liebe wie früher. Wozu? Und falle mit meiner Liebe zur Last. Wem? Zu wem sage ich jetzt: ich verzichte, verzichte, verzichte.«

Starko wiederholte sein »verzichte« dreimal und verschwand. Aus dem Nachbargarten krähte ihm dreimal der Hahn nach. Bett, Fenster und Himmel wurden dunkel. Nur der Mond zwängte in einer letzten Wutaufwallung seinen fetten Körper durch das Fenstergitter.

Es wurde rasch hell. Vor Sonnenaufgang riß sich Kiebitz noch einmal von der Arbeit los und erblickte anstelle des Mondes Saschas bleiches, gegen die Gitterstäbe gepreßtes Gesicht. Sie schien schon lang dort zu stehen und Kiebitz beim Malen zuzuschauen. Er legte die Pinsel weg und sagte: »Komm rein. Die Tür ist rechts.«

»Marja Gawrilowna hat mir erklärt, wo ich dich suchen muß... Ist es dir recht?«

»Putz dir die Schuhe ab«, sagte Kiebitz, »ich habe den Boden aufgewischt.«

Sascha ging zur Tür. Kiebitz blies die Kerze aus, preßte sein Gesicht diesseits gegen das Gitter und sah, wie die letzten Sterne verlöschten. Der Mond war schon untergegangen. Dort, wo er untergegangen war, färbte sich der Himmel grün und rötete sich dort, wo die Sonne aufgehen würde. Kiebitz zog die feuchte Luft tief durch die Nase ein und schloß leicht die Augen.

Leise wie Engel begannen irgendwo hoch oben die Vögel zu singen.

Wo Bug und Sinjucha im V zusammenfließen, liegt, von Waldstreifen und Äckern umgeben, das Städtchen Pjerwomaisk. Dort lebt der Zeichenlehrer Kiebitz mit seiner Frau Sascha, Lehrerin für russische Sprache und Literatur. Bald wird ihr Sohn auf die Welt kommen, dem die Mutter das Lesen und der Vater das Zeichnen beibringen wird. Sie leben anscheinend friedlich miteinander und werden sich im Lauf der Zeit immer näher werden.

Fahren Sie hin und schauen Sie es sich an, es lohnt sich!

Wenn Sie nicht fahren können oder Angst vor Schwierigkeiten unterwegs haben, und die gibt es natürlich, dann schreiben Sie den Kiebitzens. Schreiben Sie ihnen einen Brief und fragen Sie sie, ob sie wirklich so leben. Erkundigen Sie sich, wie sie das anstellen, und fragen Sie nach Einzelheiten, die in diese Chronik nicht eingegangen sind. Schreiben Sie, Ihr Brief wird gewiß gelesen werden.

Es wird ihn zum Beispiel Belezki lesen. Er wird leise seufzen, wie ein fröhlicher Stieglitz pfeifen, mit den Krallen auf den Tisch trommeln: tram-tararam, und zu dem zufällig hereinschauenden Presbyter Karl Iwanowitsch sagen: »Dieses Getriebe. Alle schreiben heute. Die Leute haben zuviel Energie, ich sollte die Lieferung von Brennmaterial stoppen. Diesen Fehler haben Sie übrigens auch, Karl Iwanytsch, und Ihr Völkchen ebenso.«

»Wo haben wir Deutschen denn heute Energie?« wird der Presbyter bescheiden entgegnen. »Wie gewonnen, so zerronnen.«

»Sagen Sie das nicht«, wird Belezki lächeln. »Sie haben sich schnell und geschickt verwandelt. Geradezu mit Lichtgeschwindigkeit.«

»Na, die Lichtgeschwindigkeit ist für einen echten Arier keine Grenze«, wird Karl errötend das Lob parieren.

»Ich meine keineswegs Ihre Nationalität, Presbyter«, wird sich Belezki aus irgendeinem Grund verdüstern. »Ich meine Ihre Konfession und Ihre baptistische oder protestantische Gemeinde. Erklären Sie mir bitte mal, ich verstehe da etwas nicht ganz...«

»Gehupft wie gesprungen«, wird sich Karl vor der Antwort drücken. »Es kommt vor allem auf die Ergebnisse der Tätigkeit an. Daß sozusagen nichts umsonst davonschwimmt.«

»Ja, ja«, wird Belezki bestätigen, »damit nichts davonschwimmt... Sie sollten eine Quittung schreiben, daß tatsächlich nichts davongeschwommen ist. Ich meine eine Quittung, daß Sie mir alles, was Sie geraubt haben, vollständig übergeben haben.«

»Wie bitte? Müssen nicht Sie den Erhalt quittieren? Übrigens, bitteschön... Also, wem soll ich schreiben? An die Hauptverwaltung Ihrer Behörde oder gleich ans Zentralkomitee Ihrer Partei?«

»Diese Partei gibt es nicht!« wird Belezki entgegnen. »Die verbrecherische Partei, welche die Schuld an neuen und alten tragischen Ereignissen trägt, ist der Macht enthoben worden. Und noch vor dieser Entmachtung bin ich mit meinem ganzen Apparat ausgetreten. Aber auch der Apparat wird jetzt der Umgestaltung und Säuberung unterzogen. Schreiben sie mir persönlich. Das wird das Beste sein.«

»Also, summa summarum...« Der Presbyter wird den Füller nehmen und die Quittung schreiben.

»Sie haben sich geirrt«, wird Belezki wieder lächeln, »geringfügig, aber das Ergebnis ist falsch. Sie haben doch gesagt, es gibt keine Energie mehr.«

»Ich habe mich überhaupt nicht geirrt, das stimmt genau.«

»Nein, nein, Presbyter. Sie haben die Summe zu hoch angesetzt. Um zwanzigtausend.«

»Zu hoch angesetzt? Wie kann das sein?«

»Es kann sein!« Belezki wird die Stimme heben. »Ich sage: um zwanzigtausend, kapiert?«

»Nein«, wird der Presbyter verwirrt antworten, »ich habe nicht kapiert.«

»Ziehen Sie von der falschen Summe zwanzigtausend ab. Haben Sie's? Jetzt schreiben Sie das Ergebnis auf die Quittung.«

»Verzeihen Sie, aber an wen sind denn diese zwanzigtausend gegangen?«

»An Sie, Karl Iwanytsch! Und an mich gehen sämtliche, ich betone: sämtliche Lotterielose, die Sie unterschlagen haben! Und natürlich diese Quittung.«

»Daraus wird nichts! Rabin kennt alle Zahlen. Und die Lotterielose gehören ihm. Man muß Rabin beseitigen, sonst...«

»Nein, Karl Iwanytsch. Rabin ist zwar ein kluger Mann, aber ein Huhn. Ich meine die Tatsache, daß er goldene Eier legt, die wir ausbrüten. Ich lasse nicht zu, daß diesem Huhn irgendein Leid geschieht. Im Gegenteil, ich biete ihm sogar Zinsen für jedes gelegte Ei an... Wird das Huhn einwilligen oder wird es protestierend gackern, was glauben Sie?«

»Du liebe Zeit!« wird der Presbyter entzückt ausrufen. »Das ist mal ein Kopf! Den Du, Herr, gerade richtig für unsere

Umgestaltungen geschaffen hast. Dank sei Dir dafür. Hier ist die Quittung.«

Und auch Belezki wird bescheiden über das Lob erröten, die Quittung nehmen, sie in einen Ordner mit irgendeiner Nummer stecken und Ihren Brief, verehrter Chronikleser, welcher der Anfertigung dieses wichtigen Dokuments als Anlaß gedient hatte, in den Papierkorb unter dem Tisch werfen. Dort gehört er, unter uns gesagt, auch hin.

Wer wird Ihren Brief noch lesen? Nach Belezki nur die Putzfrau.

Und vorher? Wenn Sie ihn an die Schule adressiert haben, dann wird ihn die Direktorin Marja Gawrilowna lesen. Sie wird den bescheidenen Zeichenlehrer Kiebitz rufen lassen und ihn fragen: »Wie geht es dir, Boris Andrejewitsch? Keine Klagen?«

»Nein«, wird Kiebitz antworten, »worüber denn?«

»Und... wie sieht es mit den Abreiseplänen aus?« Marja Gawrilowna wird ein Auge zusammenkneifen.

»Ich habe keine«, wird Kiebitz achselzuckend sagen. »Wozu auch?«

»Richtig«, wird ihm Marja Gawrilowna beipflichten. »Ich habe ein Geschenk für dich. Du wirst bald nicht mehr eine so große Belastung tragen müssen. Wir werden neue Lehrer bekommen, die Formalitäten laufen schon. Einen Zeichenlehrer aus Moskau und einen Musiklehrer aus Petrograd. Diesen Musiker wirst du kennen: Er stammt von hier. Freilich ist er jünger als du, hat aber auch in Petrograd studiert, aber am Konservatorium. Er hatte dort irgendwelche Unannehmlichkeiten, er soll ziemlich faul sein, da hat man ihn zur Besserung nach Hause geschickt... Er heißt Minz, Ljonja Minz, bist du dem mal begegnet?«

»Nein«, wird Kiebitz entgegnen.

»Ihr werdet euch verstehen, ihr beiden Faulpelze«, wird Marja Gawrilowna schmunzeln.

»Danke«, wird Kiebitz sagen, zu seinem Unterricht zurückgehen und seine Schüler mit geometrischen Figuren und ihrer Erklärung vom Standpunkt der Wissenschaften aus quälen: des Zeichnens, der Mathematik, der Zoologie, der Geographie und sogar der Musik, jedenfalls vorläufig noch. Ihren Brief, verehrter Chronikleser, wird Marja Gawrilowna Belezki übergeben.

Und der wird ihn, wie wir bereits wissen, vernünftigerweise in den Papierkorb befördern.

Oder es wird ihn lesen, wenn Sie... Aber genug damit. Wer weiß, wer ihn noch alles lesen wird? Sehen wir lieber nach, wer ihn nicht lesen wird.

Nicht lesen wird ihn der arme Jurij Pawlowitsch, und nicht sehen wird ihn Großvater Grigorij, der ein wenig zu früh in die Phase der Hauptumgestaltung getreten ist, der Konversion dieser Welt in jene. Nichts von ihm erfahren wird Großmutter Tonja, die nicht mehr ins Büro des Regisseurs gekommen ist. In dem Augenblick, da Jurij Pawlowitsch mit seinem neuen Testament Kiebitz auf dem Bett erschien, verstarb Antonina Fedossejewa leise und schnell. Ihre Tochter, Saschas Mutter, reiste an, begrub die Alte und reiste wieder ab, nachdem sie Sascha Kiebitzens Obhut übergeben hatte. Ihren Brief wird, wie Sie sehen, auch Kiebitz selbst nicht lesen. Wozu sollte er es auch? Denkt er etwa an den langen Abenden über ihn nach, wenn er träumerisch vor der Leinwand mit der unvollendeten Madonna sitzt?

Es sieht so aus, als habe er Gewinn aus den Lehren gezogen, die ihm das Leben mit intensiver Hilfe der Komplexmethode erteilt hat. Es sieht so aus, als habe er eine Methode gefunden, frei zu wählen, das heißt still dorthin zu fliegen, wohin es sich still fliegen läßt. Wo auch für ihn ein Plätzchen in den sich vollziehenden Umgestaltungen bereitgehalten ist. Mit anderen Worten, als habe er begriffen, daß man nicht zwischen vielen Wegen wählen kann, sondern zwischen allen Wegen zusammen und der Weglosigkeit.

Wahrscheinlich ist es das, worüber Kiebitz vor dem unvollendeten Gemälde nachdenkt. Deswegen muß das Fazit seiner Gedanken unausweichlich im demütigen Eingeständnis bestehen, daß eben dies sein Weg ist. Und als Folge davon wird er auch den Ort als seinen richtigen Platz anerkennen, als den festen Boden im Waldstreifen, auf den er sich nach der zähschlammigen Weglosigkeit der endlosen, nirgendwohin führenden Äcker gerettet hat. Sein Platz war Kiebitz beizeiten gerichtet worden. Schon lange erwartete ihn dort der notwendige Komfort, vor allem diese Leinwand und Sascha.

Sascha, Saschenka! Mehr kann man nicht über dich sagen, du Liebe, nur dies eine, deinen Namen. Und man braucht ihn auch gar nicht unbedingt auszusprechen, es genügt der bescheidene Gedanke daran. Sascha, du meine Mutige und Sanfte, du meine liebe Lehrerin der unteren Klassen! Streng geschnittene Augen, scharfe weiße Ohren und ein vergilbtes Spitzenkrägelchen. Alles ist vollendet, alles ist vollkommen. Der mißtrauischste Mensch wird beim Studium dieser Chronik zustimmen müssen, daß alles darin Geschilderte nur dieses eine und einzige Ziel hatte: Sascha für Kiebitz zu finden. Und natürlich die Leinwand. Na, und einen Raum für Sascha und die Leinwand, das alte Häuschen und Gärtchen, dann einen Ort für das Häuschen, das kleine, von Äckern umgebene und durch zwei bescheidene Flüßchen in drei Teile geteilte Städtchen, für das Städtchen das weite Land, für das Land... und so weiter. Um dann alles mit den Flügeln zu umspannen und getröstet zu erklären: »Es ist gut.«

Trost und Sascha. Sie beide zu finden und miteinander zu verschmelzen, das ist wirklich gut. Aber wie kann man das möglichst lange erhalten? Wird sich Kiebitz immer allein mit Tröstungen trösten können? Wenn man sich den Trost mit aller Anstrengung bewahren will, wird er dann nicht unter diesen Anstrengungen zugrunde gehen? Wem gelten diese Fragen, wenn der Trost als Folge aller vorausgegangenen Lehren und in der Chronik verzeichneten Ereignisse entstanden ist, gewissermaßen von allein, als ihr Fazit?

Diese Fragen zu beantworten, ist unmöglich, wenn man diesen Teil der Chronik für das Fazit hält. Das heißt, man kann sie nicht beantworten, ohne ebendiese Chronik zu Hilfe zu nehmen. Deshalb kehren wir zum Anfang dieses Exkurses zurück und lesen noch einmal: »Fahren Sie nach Pjerwomaisk und schauen Sie es sich an!« Zum Anfang, in das verlassene Nest, zurückkehrend, können wir vielleicht die Antwort darauf herausfinden und zugleich erkennen, ob wir wirklich das Theater lieben und ob wir alle – Menschen, Vögel, Bäume, Wolken – wirklich Schwestern sind.

Wenn wir gleich die Reisevorbereitungen treffen, sind wir im Oktober in Pjerwomaisk. Aber das ist nicht schlimm, der Oktober ist ein ganz gewöhnlicher Monat.

VIERTER TEIL
ZWISCHEN ADAM UND EVA

Zwanzigstes Kapitel

Das Projekt oder der Großinkubator

In den engen Gäßchen pfiff der Wind, heiser vor Staub. Er kam wie ein dunkler, nächtlicher Drache aus den fernen Steppen, den Wüsten Astrachans, geflogen. Gräser und Bäume überzog er wutentbrannt mit roter und schwarzer Farbe. Seine Wut steigernd, überflog er mühelos die bescheidene Sinjucha und den zarten Bug, raste weiter zu den Karpaten... Dort übersprang er zahlreiche Flüßchen, Ströme und Berge und brach ins behagliche Europa ein.

O Wind aus Astrachan, du heiße, geschmeidige, muskulöse, von der Sonne Asiens erhitzte, entwurzelte und losgerollte, nach einem Anlauf gen Westen geflogene, schwerlastige Wassermelone! Als du über die geheimnisvolle Vorstadt flogst, was nahmst du von dort mit in die friedlichen, heimeligen Gefilde jenseits der Karpaten? Was bringst du, fleischige Melone, in deinem roten Schoß denen, die Tulpen züchten und den Kamin anzünden, die Kaffee mit Sahne und Würstchen mit Kraut mögen, die seelenruhig Briefmarken, Vasen, Rubine und Diamanten sammeln oder einfach das Leben im Café vertrödeln? Was bringst du, Wind, ihnen allen, die von diesem Leben so ermattet sind, aus der schwermütigen, voller Kraft steckenden Vorstadt?

Aber halt. Vielleicht ist ja gar nichts jenseits dieser Karpaten? Vielleicht gibt es gar kein liebevolles, morbides Europa, keine Tulpen und keine Würstchen, keine Sahne und kein Roulett, keinen Ärmelkanal und keinen Englischen Garten, keine Dänischen Inseln und keine Schweizer Seen? Beginnt nicht gleich hinter den Karpaten das Große Weltmeer, dem der Panzer einer Riesenschildkröte als Ufer dient und dessen Basis die Schwänze und Beine dreier Elefanten bilden? Und weiß man hier, diesseits der Karpaten, nur deshalb etwas von Würstchen und Tulpen, weil man sich das drüben ausgedacht hat, auf der kleinen österreichisch-ungarischen Eisenbahnstation mit dem Namen, der wie ein zuschnappendes Zigarrenetui klingt, wie eine Falle, in die der Reisende auf der Flucht unvorsichtigerweise seine Nase gesteckt hat, Tschop? Und sitzen dort alle diese Reisenden in Tschop und denken sich aus Langeweile und Verdruß etwas aus, der eine Kaffee mit Sahne, der andere ein Straßencafé und der dritte Dänemark, die Schweiz und das Vereinigte Königreich mit selbigen Staaten dazu?

Vielleicht. Jetzt ist alles möglich, es ist Herbst. Davongeflogen in die erfundenen Gefilde jenseits der Karpaten sind alle Engelsvögel mit zartem Gefieder, sie sind weg, als hätten sie nie existiert, als wären sie ebenfalls erfunden.

Aber der Wind, der rotschwarze Wind, der immer noch über der Vorstadt in dieselbe Richtung fliegt, ist nicht erfunden. Hier ist er! Er röchelt und krümmt sich in den engen Gäßchen Goltas. Er bläst die gaffenden Bürger vom Gehweg auf die Straße, hindert den Chauffeur, das glänzende, schwarze Automobil zu steuern, und bringt den Fahrgast auf dem Rücksitz in Rage. Der Fahrgast muß unbedingt rechtzeitig an seinem Bestimmungsort eintreffen, dort wartet man auf ihn und kann nicht ohne ihn anfangen. Dort wird ohne ihn nichts je beginnen.

Doch der erfahrene Chauffeur wurde mit dem Wind fertig, bog in die breite Hauptstraße ein und hielt vor dem Eingang des grauen Gebäudes. Den Hut festhaltend, stieg der Fahrgast aus und lief mit kleinen Trippelschritten zur Tür, die man ihm aufhielt. Die Tür schlug hinter ihm zu und schnitt den Wind ab. Tief Luft holend warf der Fahrgast dem Diensthabenden Hut und Mantel in die Arme und trippelte durch den Gang ins Kabinett, wo man ihn schon lang erwartete.

»Guten Tag«, sagte er auf der Schwelle, »ein scheußliches Wetter. Trotzdem, fangen wir an.«

Und setzte sich am Tisch auf den Platz des Vorsitzenden.

Die sechs um den Tisch Sitzenden erhoben sich leicht zu seiner Begrüßung und setzten sich wieder. Einer von ihnen, der den Platz dem Vorsitzenden gegenüber hatte, setzte sich nicht.

»Gestatten Sie, daß ich das Wort ergreife, Genosse Nikolajew?« fragte er.

»Natürlich, Belezki, nur keine Zeit verlieren... Legen Sie los.«

»Jawohl«, antwortete Belezki und legte los.

Vielmehr, zunächst räusperte er sich, dann raschelte er mit den vor ihm liegenden Papieren und erklärte: »Es handelt sich um eine Angelegenheit, die strenge Geheimhaltung und unverzügliche Maßnahmen erfordert. In der Vorstadt herrscht die Cholera. Der Ausnahmezustand ist verhängt.«

Die am Tisch Sitzenden wurden unruhig.

»Ich melde«, fuhr Belezki fort, »was bereits getan ist. Die von der Krankheit infizierte Vorstadt ist eingekesselt und unter Quarantäne gestellt. Ihre Bewohner dürfen den Kessel nicht verlassen, die Infektion kann sich also nicht weiter ausbreiten. Die Macht innerhalb des Kessels haben immune Stabsärzte. Die Staatsverfassung ist außer Kraft gesetzt und der Notstand ausgerufen. Das Gesetz über die Gewissensfreiheit ist außer Kraft gesetzt. Staatliche und religiöse Feiertage sind abgeschafft, um gefährliche Massenansammlungen zu vermeiden und nicht die Freiheit des Glaubensbekenntnisses zu verletzen. Um diese Freiheit endgültig zu gewährleisten, gelten alle Religionen, die den Rassismus predigen – zum Beispiel die Von-Gott-Erwähltheit eines Volkes – einschließlich der russisch-orthodoxen, als vom Judaismus abstammende Sklavenreligionen. Als frei vom Sklavenbewußtsein gilt nur eine, die vorjudaistische nationale Religion unserer Vorfahren. Allen Parteien ist ein Moratorium eingeräumt worden, einschließlich der regierenden, deren Bolschewismus als Spielart der rassistischen Cholera zu gelten hat, nämlich des Zionismus. Die Gründe für die Entstehung dieser Choleraspielart sowie ihre Verbreiter und Verursacher werden festgestellt. Sofortige taktische Maßnahmen sind also ergriffen worden. Ihnen, den hier versammelten Juristen, Bezirksleitern und einfach Patrioten, wird nun vorgeschlagen, die folgenden strategischen Maßnahmen zu erörtern. Die Daten für die Erörterung erhalten Sie jetzt gleich.«

Belezki raschelt wieder mit den Papieren.

»Es gab in der ganzen Geschichte der Vereinigten Staaten keinen einzigen Präsidenten, von George Washington angefangen, der kein Agent der mächtigsten und für die Menschheit schlimmsten Kräfte, der kein Infektionsträger der unausrottbaren Cholera gewesen wäre. Diese Kräfte verfügen über zwei Drittel des Weltkapitals, also über die gesamte Weltwirtschaft. Das aber bedeutet, daß diese Kräfte die Weltpolitik und die Geschichte der Menschheit lenken. In ihrem Dienst stehen auch alle diejenigen, die uns am Leben und Arbeiten hindern. Besonders aktiv hindern sie uns jetzt daran, wo wir in die Umgestaltungsepoche eingetreten sind. Unsere Reformen sind nicht nach dem Herzen dieser Kräfte, weil wir nach der Durchführung unserer Reformen stärker und natürlich größer werden und mühelos mit jeder Infektion fertig werden, sei es die Cholera oder gar die Pest. Wer sind sie, diese krankheitserregenden Kräfte? Es sind die Freimaurer, die allerälteste, allerverzweigteste und mächtigste Organisation der Welt.«

Belezki musterte die am Tisch Versammelten und wiederholte: »Die Freimaurer, das Wort kennen Sie. Aber haben Sie schon darüber nachgedacht? Ich bin sicher, daß Sie es nicht haben. Sie glauben, das Freimaurertum sei ein Märchen aus dem Mittelalter und fern unserer Wirklichkeit. Sie denken: Ach, das ist so weit weg von uns, das ist bei den Antipoden, irgendwo auf dem... Mond. O nein! Die Freimaurer leben mit Ihnen zusammen auf unserer Erde, und sie leben heute. Sie sind die grausame Wirklichkeit unserer Tage. Das Freimaurerproblem muß unverzüglich gelöst werden, das sage ich Ihnen als Profi. Erstens ist es endgültig reif dafür. Zweitens halten wir ein neues Instrument zu seiner Lösung in der Hand, nämlich unsere Reformen.«

Der präsidierende Nikolajew bestätigte die Behauptung des Profis mit einem Nicken.

»Aber lassen Sie uns eine Pilgerfahrt zu den Ursprüngen der Freimaurerorganisation unternehmen«, schlug Belezki vor. »Zu den Zeiten, da König Salomon einen Tempel für sich selbst bauen ließ. Eine Auskunft: Palästina ist das Pseudonym des Staates Israel, und König Salomon ist der Tarnname seines Befehlshabers, der die Macht usurpiert hat. Kann denn ein Mann namens Salomon ein gesetzlich gewählter König sein? Stellen Sie sich einen Zaren namens Isaak auf Rußlands Thron vor, und es wird Ihnen klar: Nein, das kann nicht sein. So ließ der Usurpator einen Tempel für sich erbauen. Zu Ihrer Information: Sehr rasch entbrannte zwischen dem Ingenieur und den Maurern ein Streit. Das ist in Palästina so. Der Ingenieur wurde getötet. Seine Mörder, die Arbeiter, flohen. Der Bau konnte nicht anders enden als in Blut, und mit Blut wurde die künftige weltweite Organisation aufgemischt. Vorläufig kamen die Mörder überein, sich in der Zukunft zu treffen, zogen in alle vier Winde und siedelten sich überall in der Diaspora an. Sie hatten auch Geheimzeichen vereinbart, wenn einer von ihnen sterben sollte, würden die anderen seinen Sendboten an diesen Zeichen erkennen. Solch ein Zeichen ist zum Beispiel die Maurerkelle. Na, und das Hauptzeichen, den sechszackigen Stern, kennen natürlich alle. Selbst Sie kennen ihn. Das neue Treffen sollte den Sinn haben, den Tempelbau wiederaufzunehmen. So behaupteten es jedenfalls die Mörder. Aber weshalb hatten sie, statt den Ingenieur zu töten, den Tempel nicht gleich fertiggebaut? Selbstverständlich war nicht die Fertigstellung des Baus ihr Ziel. Nicht der Tempelbau ist das Ziel ihrer heutigen Sendboten und Nachfolger, sondern der Bau des Israelischen Weltreichs, die endgültige und vollständige Beherrschung der Welt. Das ist das Ziel ihre Organisation, die den Tarnnamen ›Freimaurer‹ trägt, was ›flüchtige Maurer‹ bedeutet. Sie tarnen sich auch unter anderen Namen, aber das Ziel bleibt das gleiche. Dies wurde durch die letzten UNO-Resolutionen bestätigt, die folgende Synonyme für das israelische Freimaurertum vorschlagen: Zionismus, Faschismus, Nazismus. Und alles andere Verbrecherische, was uns die von den Freimaurern geschriebene Menschheitsgeschichte anbietet. Als Geschichte der Menschheit aber erkennen die Freimaurer nur die Geschichte Zions an, wie sie als Menschheit auch nur die von Gott auserwählten Juden anerkennen. Alle übrigen Völker sind für sie nur Tiergattungen: Vieh. Wörtlich auf Hebräisch übersetzt: Goi. Sie alle, die Sie hier versammelt sind, sind somit Gojim, also Parias, Vieh. Noch besser: die Exkremente dieses Viehs, Mist.«

Die Versammelten regten sich aktiver. Der Ton, in dem Belezki den letzten Satz vorgetragen hatte, war zu zweideutig. Die zweite Bedeutung war hinter der ersten zu stark mit Energie aufgeladen worden.

»Nachdem diese Organisation alle Teile der Erde infiltriert hatte, gründete sie in allen Staaten und Städten Filialen. Sie übt auf jeden Politiker an jedem Ort des Erdballs Druck aus. Die oben erwähnte UNO – auch sie ist eine Arena, in der sich diese Organisation tummelt. Und wenn irgendein neuer Politiker noch kein Freimaurer ist, dann handelt er nach den Anweisungen der Freimaurer, wenngleich er es nicht einmal ahnt. Für die Freimaurer arbeiten heute alle, deshalb mußte diese Organisation legale Institutionen gründen, die sogenannten Logen, in denen nicht nur Juden arbeiten. Die Sache ist zu weit gegangen.

Manchmal scheint es so, als ob auch wir, die wir hier versammelt sind, für die Freimaurer arbeiten. Sind nicht auch wir, ohne es zu ahnen, eine Freimaurerloge? Ja, fast die gesamte Bevölkerung des Erdballs gehört ihrer Organisation an. Aber in ihren geheimen Strukturen wirken wie früher nur Juden. Alles ist bereit, daß ihnen die Macht über die Welt vor die Füße fällt, daß die Hauptstadt der Welt von Moskau und Washington nach Jerusalem verlegt wird. Im Jahre zweitausend wird dies geschehen. Im Jahr zweitausend, also morgen, soll sich diese historische Wende vollziehen.«

Belezki schwieg eine Weile.

»Ich sehe Ihren Gesichtern an, daß Sie mir nicht glauben. Nun, wie schätzen Sie denn den kürzlichen Aufstand in Pjerwomaisk ein? Ich verstehe, Sie schätzen ihn überhaupt nicht ein. Die Profis aber halten ihn für eine Probe vor dem weltweiten Umsturz. Die Cholera in der Vorstadt ist die zweite, vielleicht gar die Hauptprobe. Die Profis haben erkannt, daß unverzüglich Gegenmaßnahmen ergriffen werden müssen. Die Profis haben sie auch früher schon ergriffen, aber nicht sehr erfolgreich. Weshalb? Weil auch unsere Regierung durchsetzt war von Freimaurern und dem Feind aktiv diente. Unsere frühere Regierung, diese legale Freimaurerloge, führte die Nation zur Katastrophe, und unsere Nation mußte ihr notgedrungen antworten: Genug, nieder mit dieser Regierung, wir wollen Reformen. Ja, unsere Reformen, sie sind ein dringend benötigtes Mittel zum Kampf gegen die Freimaurergefahr. In der ersten Etappe der Reformen forderte die Nation, die regierende Partei zu entmachten und sie vor Gericht zu stellen, denn sie ist schuld an der verbrecherischen Machtergreifung im Jahre 1917, an der Entfesselung des Terrors und dem Völkermord an der alteingesessenen Bevölkerung unseres Landes sowie an der Ausplünderung des Volkes mittels des Jochs. Die Nation erörtert öffentlich die geheimen Verbrechen der ehemaligen Regierungspartei, weil die Nation begriffen hat, wie gefährlich diese Cholera ist. Weil die Nation nun ihren Hauptfeind von Angesicht kennt. Jeder muß seinen Feind von Angesicht kennen, wenn er nicht selbst ein Feind der Nation ist.«

Belezki deutete mit dem Zeigefinger auf alle, die um den Tisch herum saßen, und schaute dabei jedem in die Augen. Den Sitzenden war jedoch nicht völlig klar, ob er auf jeden zeigte als den, der die Feinde kennen mußte oder der selbst ein Feind war, den von heute an die ganze Nation erkannte. Um Erklärungen bat jedoch niemand. Belezki ließ den Finger sinken und fuhr ungestört fort: »Jetzt ist nicht die Zeit, um die ganze Liste der Verbrechen zu verlesen, welche die Volksfeinde begangen haben. Jetzt ist die Zeit, um gegen sie vorzugehen. Doch jeder von Ihnen kann sich eine Kopie der Liste nehmen und nach der Sitzung zu Hause durchlesen, um sie mir nach der Lektüre zurückzugeben. Ich vermute aber, daß Sie auch ohne Liste bestens über diese Verbrechen informiert sind.«

Wieder blieb unklar, ob er die Informiertheit erfahrener Männer meinte oder die Informiertheit der Täter selbst, die diese Verbrechen begangen hatten.

»An der Spitze der Liste steht natürlich die in der Vorstadt ausgebrochene Cholera. Doch diese taktischen Züge des Feindes parieren wir ebenso taktisch, ohne Sondersitzungen. Auf der Sitzung soll, wie ich bereits sagte, unsere Strategie festgelegt werden. Die früheren Regierungen haben uns den drohenden Umsturz jahrhundertelang verschwiegen. Dies gibt uns den Schlüssel für unsere Strategie: Sie schwiegen, also müssen wir öffentlich darüber sprechen. Glasnost für das, was uns als Waffe im Kampf dienen wird. Das ist unsere Parole. Damit beginnt das geplante Aktionsprogramm, an dem auch Sie teilnehmen werden. Ich werde nur die Hauptparagraphen dieses Programms vorlesen. Die übrigen können Sie aus der Kopie meines Referats ersehen, die Sie ebenfalls zum Lesen nach Hause mitnehmen können, um sie mir später unbedingt zurückzugeben. Also, Paragraph eins!«

Belezkis Zeigefinger zeichnete eine Figur in die Luft, in der man tatsächlich das Paragraphenzeichen erkennen konnte. Oder das Symbol des amerikanischen Dollars, je nachdem.

»In der Presse ist unverzüglich eine öffentliche Diskussion über das Freimaurerproblem zu starten. An dieser Diskussion nehmen sämtliche Massenpublikationen teil. Wenn sich die vorhandenen Massenpublikationen als zu wenige erweisen, müssen neue Presseorgane geschaffen und alle alten, 1917 eingestellten Periodika wiederbelebt werden. Für die mündliche Diskussion sind alle Plattformen zu öffnen, von den Institutshörsälen bis zu den Fabrikbetrieben, einschließlich der Tanzböden. In die Lehrpläne ist die Geschichte des Freimaurertums aufzunehmen, statt der von den Freimaurern gefälschten allgemeinen Geschichte. Paragraph zwei! Es ist ein Gesetz gegen die Russophobie zu erlassen. Nationale Führungskräfte sind einzusetzen. Aus dem Bewußtsein des Volkes ist der Sklave bis auf den letzten Tropfen herauszupressen. Das Land ist wieder wie früher in Gouvernements einzuteilen, und Gouverneure sind zu wählen, die den Gouverneur des ganzen Landes wählen. Die Ausreise der Juden und anderer nationaler Minderheiten in ihre Heimat ist zu fördern. Zuvor sind jedoch diejenigen zu verurteilen, die schuld sind am Völkermord der Urnation, die seit unvordenklicher Zeit in ihrer Heimat gelebt hat und nie irgendwohin ausgereist ist. Paragraph drei! Die Bürger sind im Massenunterricht über die Methoden zur Bekämpfung des Freimaurertums zu unterweisen. Das Verbot des Karateunterrichts ist aufzuheben. Wenn die aufgebrachten Bürger den Kampf mit häuslichen Mitteln zu führen beginnen, darf das Volk an seiner freien Willensbekundung nicht gehindert werden. Unsere Agenten sind in die feindlichen Kolonnen einzuschleusen, wo sie ihren Einfluß innerhalb der feindlichen fünften Kolonnen ausüben und ihre eigenen fünften, siebten und zehnten Kolonnen bilden. Je mehr, desto besser. Die Freimaurerherde sind zu isolieren und mit Mauern zu umgeben, auf die starke Ventilatoren zu stellen sind: Sie sollen die mit Cholera verseuchte Luft dorthin zurückblasen, wo sie erzeugt wird. Um öffentlichen Auftritten der Freimaurer vorzubeugen, sind unsere eigenen Kontraauftritte beizeiten durchzuführen. Paragraph vier! Dieses heute verlesene Referat ist auf allen Kopierapparaten, einschließlich der regierungsfeindlichen Untergrundgeräte, zu vervielfältigen. Die Kopien sind so in Umlauf zu bringen, daß sie wie Indiskretionen aus einer streng geheimen Regierungssitzung aussehen.«

Belezki wischte sich mit der Hand den Schweiß von der Stirn.

»Mit den übrigen Punkten des Programms machen Sie sich, wie gesagt, zu Hause anhand dieser Kopien vertraut. Zum Abschluß möchte ich Ihnen sagen, daß sich der Paragraph drei bereits im Stadium der aktiven Ausarbeitung befindet. Unsere Agentur dringt in die feindlichen Kolonnen ein. Aus verständlichen Gründen darf ich in einer öffentlichen Sitzung nicht über Einzelheiten sprechen. Darüber werden andere Leute in geschlossenen Beratungen der Sonderabteilung reden. Dies war in

Kürze das, was heute auf der Tages-, vielmehr Nachtordnung stand.«

Belezki atmete erleichtert die verbrauchte Luft aus und setzte sich. Seine letzten Worte hatten schließlich eine echte Belebung der um den Tisch Versammelten bewirkt. Tatsächlich, vor den Fenstern herrschte schon lange finstere Nacht.

»Ich bitte um Stellungnahmen zu dem Projekt insgesamt.« Nikolajew blickte im Kreis herum. Alle bemühten sich, seinem Blick auszuweichen.

Dann fügte er hinzu: »Die Information, auf der das Programm beruht, wurde von mir selbstverständlich überprüft und präzisiert. Im Zentrum wurde der Antrag gestellt, sie zu erörtern und unverzüglich eine Entscheidung zu treffen. Wir werden sie billigend annehmen und sie selbst in die Tat umsetzen, wobei wir alle Register ziehen werden. *Oben* wurde beschlossen, den örtlichen Führungen große Selbständigkeit und im allgemeinen vollständige taktische Autonomie zu geben. Also, Genossen?«

»Davon ausgehend, daß wir mit den Einzelheiten des Projekts kaum vertraut sind«, sagte einer der Zuhörer, »und im Vertrauen auf Sie und Ihren Mitarbeiter, glauben wir, daß wir Ihnen die Entscheidung und Abstimmung über das vorliegende Problem überlassen müssen. Vielleicht auch Ihnen persönlich. Und ich persönlich meine jetzt noch, daß niemand etwas gegen meinen Vorschlag einwenden wird. Wir alle können gleich dafür stimmen.«

»Wirklich?« Nikolajew ließ seinen Blick wieder über die Tischrunde wandern.

»Ja, natürlich, absolut«, antworteten alle wie aus einem Mund.

»Danke für Ihr Vertrauen«, sagte Nikolajew. »In Ihrem Namen danke ich auch Belezki für sein klares, das Problem erschöpfend behandelndes Referat. Zugleich übergebe ich es seiner Realisierung, allem voran den Paragraphen drei. Den nehmen wir noch heute in Angriff. Also, Freunde... Sie können jetzt alle gehen. Vergessen Sie nicht, Kopien des Referats mitzunehmen, und vergessen Sie auch nicht, diese Ihren Angehörigen und deren Bekannten zum Lesen zu geben. Vergessen Sie nur nicht, ihnen zu sagen, daß Ihnen die Papiere unverzüglich zurückgegeben werden müssen. Und Sie müssen sie genauso unverzüglich uns zurückgeben. Belezki! Sie bleiben hier.«

Mit dem natürlichen Gefühl der Erleichterung und dem etwas weniger natürlichen Bewußtsein vorzüglich verrichteter Arbeit entfernten sich die entlassenen Freunde. Belezki setzte sich in Nikolajews Nähe und legte das Manuskript seines Referates vor ihn hin.

»Tja«, meinte der und blätterte mechanisch darin herum, »nach dieser Standpauke wird uns wohl niemand eine Kopie zurückgeben.«

»Was ja auch von ihnen verlangt wurde«, bestätigte Belezki.

»Gut.« Nikolajew schob das Referat weg. »Jetzt die operativen Einzelheiten.«

»Wir haben sehr viele Einzelheiten«, teilte Belezki vertraulich mit. »Die angenehmste: Ein nachgewiesener Agent und Mitglied der Freimaurerloge ›Osten‹, ein gewisser Isaak Rabin, hat das Vergnügen, uns ins Netz gegangen zu sein. Folglich muß er unsere Vorschläge annehmen, das heißt, uns Kontakte zu seiner Organisation verschaffen. Tut er es, wird er frei bleiben. Tut er es nicht, dann nicht. Wir riskieren nichts, der Erfolg dagegen sieht ganz vielversprechend aus.«

»Mhm«, gab Nikolajew wieder eher mechanisch von sich. »Wann werden sie uns endlich in Ruhe lassen? Es schien schon alles gelaufen zu sein. Alles war getan. Nutze das Gewonnene! Man darf nicht ewig in der Phase der aktiven Reformen bleiben! Aber nein, man hat das Gewünschte erreicht und damit geradezu unbegrenzte Möglichkeiten, warum dann die Bewegung fortsetzen, immer weiter... Hast du's erreicht und dich fest auf den Stuhl gesetzt, dann bleib ruhig darauf sitzen und nutze das Erreichte. Ich verstehe nicht, weshalb man auf dem Stuhl herumrutschen muß, wenn man schon fest darauf sitzt? Ich an *seiner* Stelle wäre nicht herumgerutscht.«

»Ich verstehe, wen Sie meinen«, sagte Belezki nun ganz vertraulich. »Aber das Erreichte ist nur scheinbar fest. Da sagt man zum Beispiel: Er hat sich auf den höchsten Stuhl gesetzt, also alles erreicht. In Wirklichkeit hat der Stuhl überhaupt keine Macht. Längst haben alle Führer bemerkt, daß die Befehle der Staatsmacht nicht ausgeführt werden, wie hoch oben sie auch erteilt werden. Und warum nicht? Das Zittern ist vorbei. Um dem Stuhl Macht zu verleihen, muß man ständig seine Beine ansägen, an ihm wackeln, auf ihm herumrutschen und knarren. Damit die, die um den Stuhl herumstehen, vor Nervenanspannung zittern und respektvoll, ja dankbar, die allergerechteste und sogar allerbarmherzigste Entscheidung über ihr Schicksal wie Futter aus den Händen des auf dem Stuhl Sitzenden entgegennehmen. Wenn dieser also nicht herumrutscht und knarrt, kein Zittern vor Nervenanspannung auslöst, sich nicht Tag und Nacht lebendig und aktiv zeigt, dann wird er seinen Platz nicht behaupten. Denn man wird ihn für schwach, krank oder gar tot halten. Für eine harmlose Puppe, eine ausgestopfte Vogelscheuche. Um also auf dem Stuhl sitzenzubleiben, muß man unbedingt darauf herumrutschen und die Bewegung fortsetzen. Obwohl es so aussieht, als könne man sich nirgends mehr hinbewegen.«

»Mag sein«, stimmte Nikolajew unsicher zu. »Doch das ist alles Theorie. Ich dagegen bin ein alter Praktiker. Bislang war bei mir alles in Ordnung. Ich persönlich sehe keine Notwendigkeit, etwas an meiner Ordnung zu ändern. Naja, ich bin ein alter Haudegen und habe diese neumodischen Akademien nicht besucht. Was befohlen ist, führe ich aus, auch wenn ich den Sinn des Ausgeführten nicht begreife, und für die Ergebnisse dieser Tätigkeit trage ich keine Verantwortung. Sie haben gehört, was ich gesagt habe, Belezki: Meine Sache ist der Dienst, was auch immer kommen mag. Man wird immer eine Stütze an mir finden, wer sie dort oben auch suchen mag. Merken Sie sich das und geben Sie es weiter.«

»Das werde ich«, entgegnete Belezki mit großer Aufrichtigkeit.

»Dann kehren wir zur Bearbeitung dieses... Rabin zurück. Ich glaube, daß man in seinem Fall keine gewöhnlichen Methoden anwenden darf. Man darf der Loge unsere Aktivität nicht zeigen. Besser wäre es, wenn Rabin selbst argwöhnte, daß Sie, Belezki, etwas mit den Freimaurern zu tun hätten. Machen Sie ihm entsprechende Andeutungen. Soll Rabin ruhig anfangen, Sie zu erpressen und zu werben. In dieser Version gibt es keine Widersprüche, lassen Sie ihn nur von dem Quentchen Ihres Blutes wissen, das bisher so wenig Bedeutung... bei Ihrer Arbeit hatte.«

»Ausgezeichnet!« rief Belezki aus. Doch sein Gesichtsausdruck widersprach der bekundeten Begeisterung. »Zugleich wird er die Antwort auf die ihn quälende Frage erhalten, wie es kam, daß er nicht in der Liste der zu bestrafenden Aufständischen steht! Richtig, man muß die Sache so einfädeln, daß er von allein auf den Gedanken kommt, einen Mitarbeiter aus unserem Apparat anzuwerben. Nur... nur in diesem Fall muß man Rabin einen höheren Mitarbeiter unterschieben, als ich es bin, einen fetteren Köder, damit ihm die Spucke zusammenläuft und er ihn schluckt.«

»Wen meinen Sie denn jetzt, Belezki?«

»Ich bitte um Verzeihung. Sie meine ich.«

»Ich soll ein fetter Köder sein? Wie gewonnen, so zerronnen... In letzter Zeit habe ich deutlich abgenommen. Ich mache nur Spaß. Naja, warum nicht? Ich kann durchaus eine aktivere Rolle spielen, als angenommen wurde, kann sozusagen auf meinem Stuhl herumrutschen. Ich billige Ihren Vorschlag, Belezki.«

»Dann weiter. Die nächste Bearbeitung: der Presbyter Karl. Sein Einfluß ist groß und nicht genau abzuschätzen, obwohl er natürlich kleiner als Rabins Einfluß ist. Dafür hat Karl eine kämpferische Gemeinde unter sich.«

»Karl, ist das ein Vor- oder ein Nachname? Und was für ein Presbyter ist er, ein protestantischer oder ein baptistischer? Sie verstehen, Belezki, daß die Information wegen dieser Ungenauigkeiten nicht ganz zuverlässig wirkt. Ich nehme an, daß Sie noch keine Vertrauensperson in der Umgebung dieses Karl haben?«

»Das stimmt«, lächelte Belezki, »ich habe keine Vertrauensperson in seiner Umgebung, dafür ist Karl selbst mein Agent. Dieses Rindvieh hat geknausert und versucht, die während des Aufstandes geraubten Schätze zu verstecken. Es gibt unwiderlegbare Beweise, ich habe ihn fest am Haken. Nun der nächste, der Ukrainischlehrer Dachno, neuerdings Unterrichtsleiter an der Goltaer Schule. Der ehemalige Unterrichtsleiter Pjotr Suworow, der jetzt in Moskau lebt, hat einen ausführlichen Bericht über ihn geschrieben. Darin steht viel Interessantes, und dank dessen haben wir auch Dachno am Haken. Suworow selbst hat seine alten Kontakte genützt und sich fest in der Hauptstadt etabliert. Dort ist er ein angesehener Experte im Reformwesen geworden. Somit können wir ihn leider auch nicht aktiv verwenden. Nun... der Zeichenlehrer Kiebitz. Er weiß sehr viel, ist jedoch ein wortkarger Misanthrop. Den können wir nicht so leicht aufspießen, sein Gewissen ist schlüpfrig, also rein. Sogar am eigenen Ehrgefühl kann man ihn schlecht packen, da er die Demut selbst ist. Er ist gewohnt, sich selbst als völliges Nichts, als leeren Fleck zu verachten. Das tun alle Intellektuellen. Aber! Auch er hat eine Achillesferse, nicht alles an ihm ist also leer. Er versucht, ein zurückgezogenes Familienleben zu führen, hat sich also selbst in den Käfig gesperrt. Wenn wir seine Familie im Alltag in Bedrängnis bringen – ihm Lebensmittel und Gehalt verweigern oder seiner Frau, die schwanger ist, Angst machen, dann wird unser Vogel nervös werden und seinen Halt verlieren. Dann werden wir ihn leicht dazu bringen, uns ein Liedchen zu singen und etwas vorzuhüpfen. Wir müssen nur den direkten Druck vermeiden, der indirekte wird in seinem Fall besser wirken. Er wird selbst nicht wissen, warum er so handelt oder so. Wir müssen seine Lage so gestalten, daß er glaubt, sein Verhalten selbst zu bestimmen. Die Lage der Dinge ist sein Gott, er ordnet sich ihr leichten Herzens unter. Kiebitzens Bearbeitung ist im Gang. Wir suchen eine Person, die eine Art Beichtvater für ihn wird und dem er die Wahrheit ins Gesicht schleudern kann. Kiebitz braucht die Beichte, um handeln zu können. Und den Druck, mit dem seine Handlungen in die gewünschte Richtung gelenkt werden, erzeugen wir über Marja Gawrilowna.«

»Gut, obwohl wir auch ein Auge auf sie selbst haben müssen. U-und was machen wir mit der Vorstadt?« Nikolajew klappte träge die Lider auf. »Ist dort das Terrain vorbereitet? Vielleicht sollten wir das zuvor noch abklopfen, sonst schießt da plötzlich irgend etwas aus dem Boden.«

»Natürlich werden wir das tun! Nur ist dort die Situation nicht ganz einfach: der unterirdische Gang im Ofen, die Zigeuner, die sich als Assyrer ausgeben, und noch irgendwelche Fremdstämmige, dort unseren Mann zu finden, ist schwer... Aber wir könnten unseren Mann dort einschleusen. Ich habe das schon mit einem... Kerlchen probiert. Der ist ganz pfiffig, ich fürchte, sogar zu pfiffig.«

»Wie meinen Sie das?« Nikolajew hob nun auch die Brauen.

»Ich fürchte, daß er durchaus für zwei oder gar drei Herren wird arbeiten können. Dieses Kerlchen – es heißt Ljuska, ein Junge, kein Mädchen, sein richtiger Name lautet Iljucha – war einmal wegen Randale und Vergewaltigung verurteilt, saß aber nicht lange ein. Offiziell, weil er noch minderjährig war, in

Wirklichkeit aber, weil ihn die Verbrecherfahndung angeworben hatte. Er begann als ihr V-Mann zu arbeiten. Dann, während des Aufstandes, schnappte ich ihn mir. Er arbeitete nun auch für uns. Dachno wiederum belohnte ihn mit einer Medaille. Wofür, für welchen Dienst? Da haben Sie die drei Herren. Ich vermute, daß noch längst nicht alle Arbeitgeber Ljuskas in dieser Liste stehen.«

»Mit welchen Typen wir arbeiten müssen«, seufzte Nikolajew. »Und was befehlen Sie zu tun?«

»Nichts«, sagte Belezki mit Nachdruck.

»Na schön... Nun noch ein Punkt von Paragraph drei, ich meine die Bemerkung über die mögliche Reaktion der Bevölkerung. Wissen Sie, hier, im Süden... Haben Sie die Besonderheiten des Südens berücksichtigt, als Sie den Paragraphen formulierten? Wenn nicht, dann müssen wir überlegen, ob die spezifische örtliche Reaktion unserer Sache insgesamt nicht schaden wird.«

»Das wird sie nicht«, lächelte Belezki. »Das weiß ich mit Bestimmtheit.«

»Ja? Ach, ja!« Nikolajew ließ Lider und Brauen zurückwandern. »Natürlich, wer sonst sollte es wissen, wenn nicht Sie. Aber Sie sind doch wohl... nach ihren Gesetzen... keinesfalls ein Jude? Nicht vom Mütterchen, sondern vom Väterchen haben Sie etwas Judaistisches, nicht wahr? Wahrscheinlich gibt es aus diesem Grund keinen Konflikt zwischen Ihrem Projekt und Ihrem Gewissen. Nehmen Sie mir's nicht übel, das ist wieder ein Scherz. Aus meiner Sicht haben Sie alles für eine aussichtsreiche Entwicklung. Alles, was man haben muß... diese klaren Standpunkte... Sie haben nicht zufällig Dostojewski gelesen? Ich meine den Großinquisitor?«

»Den Großinkubator!« lachte Belezki. »Doch, ich habe ihn einmal gelesen, allerdings nur ein Urbild darin gefunden, nicht mehr. Zudem ein recht verworrenes. Und warum? Weil er allein ist. Der hat kein Fleisch, ist nur Geist, ein Gespenst. Da muß die Kritik ansetzen. Er hat gewissermaßen nichts mit dem Leben gemein. Bei mir ist das ganz anders. Leute wie mich gibt es heute eine ganze Menge, das wissen Sie selbst.«

Nikolajew seufzte.

»Ja!« wiederholte Belezki vergnügt. »Eine ganze Menge. Das bestätigt, daß ich recht habe, daß wir und indirekt auch Dostojewski und Sie recht haben, daß vor allem aber das Leben recht hat. Das Leben hat uns diktiert: Los. Und sofort ist eine ganze Generation fröhlich ausgeschlüpft und aufgewachsen, und als hätte sich die Frist erfüllt, entsprang dem Inkubator zugleich auch ein neuer, bisher ungekannter Stamm lebensfroher Küken. Viele von ihnen, die ins Leben hinaussprangen und sich dort irgendwo zum erstenmal begegneten, erkannten einander, als wären sie schon ewig Freunde. Sie erkannten einander und begannen, Hand in Hand zu arbeiten. Zugleich aber begannen sie, sich auch tödlich zu befehden. Aber das ist normale, gesunde Konkurrenz. Durch diese Freundfeindschaft, diese aktive Tätigkeit, wird der Inkubator, der diesen neuen Stamm hervorgebracht hat, selbst umgestaltet und reformiert. Das alte Modell, das alte System, alles Alte und Lebensunfrohe ist zum Untergang verdammt. Ist dies alles Mystik, Fatalität oder Einfluß der Literatur? Nein. Es ist wirkliche Realität. Hier ist das von der Mutterglucke gelegte genetische Gedächtnis durch den grandiosen Inkubator des Lebens zur Wirkung gekommen, der mit jedem neuen Produktionsausstoß einen weiteren Schritt zur Vollkommenheit macht. So verwerfen wir den Großinquisitor als Projektbezeichnung und führen einen vom Leben genannten Namen dafür ein, der dem neuen Denken besser entspricht, nämlich Großinkubator. Er ist Wurzel und Stamm, Wahrheit und Wahrhaftigkeit, er verfügt über alle Standpunkte, die, wie Sie sagten, für eine aussichtsreiche Entwicklung notwendig sind. Ich trete ihm und allen seinen Erzeugnissen das Lob ab, das Sie mir gespendet haben. Schließlich leide ich nicht an Größenwahn. Mögen alle gerechterweise zur Größe gelangen. Was den von Ihnen erwähnten Anteil meines Blutes betrifft, was... sollte ich da übelnehmen? Ihre... Scherze? Alle wissen es, es ist in meinem persönlichen Dossier und dem meines Vaters festgehalten, daß wir Belezkis immer für die Internationale waren, ungeachtet unseres Blutes. Ob für die Dritte Internationale wie mein Vater oder für die Zweite sozialdemokratische wie ich jetzt, das spielt keine Rolle. Wichtig ist, daß wir immer für die Internationale waren, ohne besonderen jüdischen Bund darin. Und für meine historische Heimat halte ich nicht Vorder-, sondern Zentralasien: den Altai, wo mein Mütterchen geboren ist, und die Menschheit insgesamt. Ich erkenne nur zwei allgemeinmenschliche Grundsätze an:

Keine Privilegien für irgendein auserwähltes Volk oder irgendeinen Bund.«

»Dann ist es ja gut«, brummte Nikolajew. »Nach dem alten Denken war es genauso: Alle standen in einem Stall und fraßen aus einem Trog. Schön, halten Sie mich auf dem laufenden.«

Er stand auf und reichte Belezki die schlaffe Hand. Der drückte sie energisch, begleitete Nikolajew zur Tür, schloß sie hinter ihm, kehrte zum Tisch zurück und blätterte seine Unterlagen durch. Auf der Straße unten heulte ein Motor auf. Belezki ging ans Fenster, folgte den flackernden Scheinwerfern des rückwärts davonfahrenden »Wolgas« und setzte sich an den Tisch. Er stützte die Ellbogen darauf, auf diese das Kinn und starrte ins Nichts: in die vor dem Fenster aufgeblähte Nacht mit den im Wind schwankenden Straßenlampen, ihren armseligen Ersatzsternen, und flüsterte: »Idiot.«

Nachdem er eine Weile so dagesessen hatte, fand er ein leeres Blatt unter seinen Papieren, und begann, es so intensiv anzusehen wie zuvor die Nacht, als erwarte er, daß irgendwelche geheimen Zeichen darauf zum Vorschein kämen. Seine Lippen spitzten sich zum Schnabel und begannen zu pfeifen. Seine Hand holte von allein den Füller aus der Jackettasche und begann verschiedene geometrische Figuren auf dem Blatt zu zeichnen, sie dann mit Linien zu verbinden und einzukreisen. Belezki tat dies alles sichtlich mechanisch und dachte an etwas ganz anderes. Bald erschien unter den gezeichneten Figuren ein fünfzackiger Stern und danach ein sechszackiger. Belezki vereinigte sie erfolgreich zu einer Figur und schrieb ein Wort darunter. Danach noch eins. Nach diesem Wort rieselten die Wörter eins nach dem anderen aufs Papier und reihten sich zu Zeilen. Die Zeilen ihrerseits bildeten ein kleines Gerüst. Am Ende der letzten Zeile machte Belezki einen Punkt, dachte ein wenig nach und setzte ein Fragezeichen darüber. Dann las er laut, was sich ergeben hatte. Es war zweifelsohne ein Gedicht:

Welch eine Nacht! Und welch ein Segel!
Wie der Schlaf von Himmelsmenschen.
Wie Saabas schwarzes Totenhemd.
Wie er, der abgefeimte Logenbruder.

Welch eine Nacht, wen hat sie großgezogen
Unter dem sturmgepeitschten Segel?
Wer steht an Rußlands Steuerruder?
Ein starker Mann, der große Bruder?

Belezki erfreute sich am Anblick seines Gedichts, dessen erste Zeilen in der Vertikale eine Leiter aus dem Buchstaben »W« bildeten, zog dann zur größeren Anschaulichkeit eine gerade Linie durch diese, strich zugleich das Fragezeichen am Ende aus und machte ein Ausrufungszeichen. Danach zerknüllte er das Papier, warf es in den Korb unterm Tisch und wiederholte, diesmal aber an Unbekannt: »Idiot.«

Die Nacht war wirklich wie Saabas Blick im schwarzen Totenhemd der Zarin: Sie starrte jedem Menschen auf die Nasenwurzel, die Nacht voller Augen, wie der schreckliche Streitwagen des schwarzgelockten Engels. Ihre gelben Laternenpupillen leuchteten trüb, wie im nasenlosen Greisinnengesicht das Versprechen leuchtet, jeden heimzusuchen. Unsichtbar leuchteten hinter den Wolken ihre anderen Pupillen – die Sterne des furchtsamen Lebens – in zauberischem, blaugrünem Feuer, wie Schnee im Mondenschein, wie das Haar des weißgelockten Engels. Alle Augen der Nacht umspülte der Wind, der rotschwarze Drachen der Wüsten, schleuderte den Staub aus Astrachan hinein und zwang sie, zu blinzeln und zu kniepen. Der schwere Staub verwehte die Eisenbahnschienen und Straßen, die Balkone und Fenstersimse der Häuser, und die schlafenden Goltaner ahnten nichts davon, daß in dieser Nacht die Umgestaltung des Weltgeschicks beschlossen wurde. Der Staub aus Astrachan setzte die ohnehin nicht sonderlich scharfen Ohren der Schlafenden zu, ihre auch im Wachen nicht sonderlich offenen Augen und sogar ihre langweiligen Träume. Doch zu schwarzen Kohleklumpen verklebt, blockierte der Staub die Straßen Goltas nicht, um irgend jemanden auf einen grausigen Verdacht zu stoßen, sondern nur, damit sich die am Morgen zur Arbeit gehenden Bürger leicht über die veränderte Landschaft wunderten und darüber redeten. Ein Bürger könnte zum Beispiel sagen: »Wie ist das möglich, mein Lieber? Man denke nur, eine Nacht und solche Veränderungen!« Ein anderer: »Ja, ja. Aber wissen Sie, worüber man sich dabei wundern muß?... Was wird da noch kommen, mein Lieber?« Tatsächlich, irgend etwas wird noch kommen, mein Lieber! In einer anderen, aber ebenfalls wie zu einem Blick auf die Nasenwurzel verdichteten Nacht.

Zudem hatte sich gegen Morgen der Ostwind gelegt, der selbst am hellichten Tag besonders empfindsame Menschen auf einen Verdacht hätte stoßen können. In der Windstille flog lautlos die lichtblaue Morgendämmerung heran. Und die sich in ihren Häusern regenden Goltaner erwachten nicht vom Poltern der Dachziegel oder vom Klappern der Fensterläden, sondern vom Rasseln der Wecker.

Nein, nicht zum Kampf gegen einen furchtbaren Orkan oder Kataklysmus mußten sie bereit sein, sondern nur zu unbedeutenden Veränderungen. Zu kaum merklichen Veränderungen, die auf Null reduziert wurden durch die Gewohnheit, sich die Zähne zu putzen und zu frühstücken, bevor sie zur Arbeit gingen.

Gegen acht Uhr in der Regel.

Einundzwanzigstes Kapitel

Die allgemeinmenschliche Sache

Kiebitz gewöhnte sich an sein neues Leben und arbeitete so etwas wie einen Plan für jeden Tag aus. Diesem Plan lag die Regel zugrunde, niemals irgendwohin zu hetzen. War Kiebitz einmal zu spät dran, dann gestattete er es sich nicht, sich zu beeilen oder auch nur den Schritt zu beschleunigen. Seine neue Lebenseinstellung zeitigte alsbald die entsprechenden Ergebnisse. Kiebitz wurde wesentlich ausgeglichener und hatte neuerdings immer eine gewisse Zeitreserve. Er ging ein bißchen früher zur Arbeit, als notwendig war, und legte den Weg zur Schule wie einen Spaziergang zurück. Mußte er zur ersten Unterrichtsstunde um acht Uhr da sein, dann verließ er das Haus schon um sieben Uhr. An diese Morgenspaziergänge hatte er sich ebenfalls gewöhnt, er vergaß oft, daß er zur Arbeit ging, und hatte dabei das Gefühl, er sei völlig frei und könne hingehen, wohin er gerade wollte. Da er justament in die Schule wollte und sonst eigentlich nirgendwohin, war seine Freiheit wahrhaft unbegrenzt. Auf diese Weise machte es ihm gar nichts aus, daß er zur Arbeit gehen mußte. Seit im September das Schuljahr angefangen hatte, sah er Sascha tagsüber seltener und nachts schlief er fester und länger wegen ihrer Schwangerschaft. Das alles behagte ihm.

Nach dem Staubsturm verließ Kiebitz wie üblich um sieben Uhr das Haus. Wie alle betrachtete er staunend die Spuren, die der nächtliche Orkan hinterlassen hatte. Und wie viele stellte er sich Fragen, die er nicht beantworten konnte. Das unangenehme Gefühl des inneren Alarms, das er sich schon abgewöhnt hatte, beschlich ihn wieder. Dieses Gefühl las er auch in den Gesichtern der entgegenkommenden Passanten. Trotz der frühen Stunde waren genug Menschen auf den Straßen, um sich zu Grüppchen zusammenzuscharen und ein wenig über das Vorgefallene zu reden. Aus den Gesprächen der Goltaer Bürger schnappte Kiebitz vertraute und sehr quälende Ausdrücke auf. Besonders häufig fielen die Wörter Astrachan, Saratow und Vorstadt.

Er hätte sich gern einem Grüppchen zugesellt, um mehr zu erfahren. Doch er hatte nicht so viele Bekannte in der Stadt, daß er sie um sieben Uhr früh schon hätte treffen und mit ihnen plaudern können. Unterdessen wurde Kiebitz klar, daß die Alteingesessenen bereits einiges wußten, was auch seine gerade eben erst konsolidierte Lebensweise beeinflussen konnte, zum Schlechteren natürlich. Er wäre lieber in Unkenntnis über diese Veränderungen geblieben, wenn diese Unkenntnis nicht Unruhe ausgelöst hätte. Das Wichtigste aber, was er mit seiner neuen Lebensform erreicht hatte, war Ruhe. Heute erinnerte ihn alles um ihn herum an den Tag, als er in Pjerwomaisk angekommen war, einen Tag, an den er gar nicht gern zurückdachte.

Mit seiner Unruhe beschäftigt, ging er langsam die schmalen Gehsteige der gepflasterten und ungepflasterten Gäßchen entlang und streifte gelegentlich mit der Schulter irgendeinen endlosen Zaun, um die Entgegenkommenden vorbeizulassen. Er bog um die nächste Ecke, trat auf die Hauptstraße hinaus, überschaute sie gewohnheitsmäßig mit einem Blick und sah sofort, daß vom Bahnhof her eine vertraute Gestalt mit eleganter Fasanensilhouette auf ihn zukam, vielmehr zuglitt. Auf seiner Seite der Straße, dieses breiten Flusses, näherte sich ihm zielstrebig eine Jacht, die alle Segel gehißt hatte. Ihr mit einem grauen Kostüm bespannter Rumpf verzog seine Linien so rätselhaft und angespannt wie ein unerbittliches Fragezeichen. Die Frage war unausweichlich, bedrohlich, furchtbar. Ihre dunklen Strümpfe und glänzenden Schuhe, das hallende Zock-Zock der hohen Absätze, das darüber hin- und herschwankende blasse Gesicht und die über der strengen Stirn ein wenig hochgebauschte Welle. Schon der erste Blick auf dieses Gesicht löste in Kiebitz einen schwachen Schmerz aus, als hätte ein Bohrer sein Schulterblatt berührt, das Bild des Bohrers seine Herzgegend und der Schatten des Bohrers den Schatten seiner Seele. Gegen seinen Willen blieb er stehen. Er konnte den Blick nicht von der näher kommenden Gestalt lösen, nicht einmal die aufsteigende Träne wegzwinkern. Die durch die Träne verwischte Gestalt kam noch näher, aus dem Nebel tauchten schwarze, tiefe Pupillen auf, geschwungene Brauen, die grellen Lippen bewegten sich und wollten schon irgend etwas Belangloses sagen... Die bis zum Ellbogen in einem grauen Handschuh steckende Hand hob sich... Kiebitz stockte das Herz.

»Boris Andrejewitsch!« hörte er seinen durch den Nebel gedämpften Namen. »Erkennen Sie mich nicht?«

Es duftete bekannt: schwach und süß.

»Doch«, stieß Kiebitz heiser hervor. Der Nebel löste sich allmählich auf. Kiebitz zwinkerte die Träne weg, wischte sich über die Wange und streckte seine Hand Vera Dolskaja entgegen. Seine Finger berührten warmes Glacéleder, weich wie Menschenhaut. Er sah plötzlich seine schwarzen Fingernägel.

»Sie sehen schlecht aus«, sagte Vera Dolskaja währenddessen. »Schon in aller Herrgottsfrühe auf den Beinen! Bei mir kann man's ja verstehen.«

»Ich gehe zur Arbeit«, erklärte Kiebitz mit wieder ganz normaler Stimme. »Ich arbeite nämlich.«

»Wie!« rief Vera Dolskaja aus und mimte Erstaunen oder auch nicht. »Dann sind Sie hier hängengeblieben? Und für wie lange?«

»Ich weiß nicht«, antwortete er. »Ich fürchte, für immer.«

»O-och!« Sie erschauerte ein wenig. »Was für ein Wort. Wie ein Hammer. Wo arbeiten Sie denn?«

»In der Schule. Als Zeichenlehrer.«

»Der Lehrer und die Bibliothekarin«, lachte sie. »Ein hübsches Pärchen. Ich erinnere mich, daß Ihnen meine Arbeit früher nicht gefallen hat.«

»Ja.« Kiebitz hatte sich wieder ganz gefaßt. »Und woher sind Sie aufgetaucht? Was machen Sie hier?«

»Immer noch dasselbe.« Vera Dolskaja wurde traurig. »Ich trage mein Kreuz. Ich bin weggefahren, um Erbschaftsangelegenheiten zu regeln, und wieder hier bei euch hängengeblieben. Umsteigen und dann noch diese Staubverwehungen auf den Schienen, der Zug hat Verspätung.«

»Ah«, meinte Kiebitz so bissig, wie er konnte. »Sie sind also wieder auf der Durchreise nach Saratow?«

»Sie ärgern sich über mich«, nickte sie. »Aber weshalb denn?«

»Das fragen Sie noch!« rief er aus. »Sie haben mich verraten, und jetzt fragen Sie, weshalb. Nein, nicht verraten: *Verpfändet*. Das ist das richtige Wort.«

»Aber jetzt ist doch bei Ihnen alles in Butter, es ist doch alles gut ausgegangen.« Vera Dolskaja schien sich aufrichtig zu wundern. »Wie ich sehe, hat man doch alles durchschaut... Sie sind ein kluger Mann! Aber was kann man denn von einem verschreckten, vor Angst verrückten Weib verlangen? Ihr kennt uns Frauen doch. Wir sind Hühner, Glucken, können nicht ruhig die Straße überqueren, sondern wollen unbedingt unter die Räder kommen.«

»Puten«, korrigierte Kiebitz rachsüchtig.

»Ja«, stimmte Vera Dolskaja bereitwillig zu. »Was kann man von uns verlangen?«

»Na gut«, beschloß er das Gespräch. »Ich muß jetzt weiter.«

Er drehte sich um und ging in Richtung Theater. Vera Dolskaja hatte indes nicht vor, ihn einfach so gehen zu lassen.

»Halt, Boris Andrejewitsch! Ich begleite Sie ein bißchen. Ich habe noch Zeit.«

»Dafür habe ich keine.«

»Trotzdem... Bleiben Sie doch stehen!«

Kiebitz begriff plötzlich, wie dumm das aussah, wenn er vor einer Frau davonrannte, die ihn einholen wollte. Er verlangsamte seinen Schritt.

Vera Dolskaja war im Nu an seiner linken Seite, und zusammen gingen sie die Straße hinunter, bemüht, sich möglichst wenig mit den Ellbogen zu berühren. Von Zeit zu Zeit geschah es trotzdem, die Gehsteige in Golta sind schließlich nicht die königliche Uferstraße von Saratow. Die Berührungen verwirrten sowohl Kiebitz als auch Vera Dolskaja. Und auch das Schweigen, das nach dem ersten Satzwechsel eintrat, begann auf ihnen zu lasten.

Die unerwartete Begegnung hatte Kiebitzens kaum gefestigten Lebensplan zerstört wie der Stauborkan den Eisenbahnfahrplan. Er versuchte jetzt, ihn mit aller Kraft wiederherzustellen, deshalb schwieg er. Vera Dolskaja aber, die spürte, daß diese neue Lebensordnung Kiebitz vor äußerem Einfluß abschirmte und schützte, versuchte instinktiv, sie endgültig zu zerstören. Das heißt, sie versuchte, Kiebitz soweit zu bringen, daß er die Kränkung vergaß, die frühere Beziehung zu ihr wiederaufnahm und sich ihr erneut unterwarf. Deshalb wog sie sorgsam ab, was sie wie sagen sollte, doch sie konnte sich für kein Thema entscheiden. Am Ende ihrer Überlegungen schwieg sie ebenfalls und begann sich ein wenig über Kiebitz zu ärgern, der ja an dieser peinlichen Situation schuld war.

Doch da berührte ihr Ellbogen Kiebitz wieder, und der blieb plötzlich stehen. Vera Dolskaja ließ alles Überlegen sein und brach als erste das Schweigen.

»Lassen Sie das doch, Boris Andrejewitsch. Was haben Sie davon, wenn Sie mir solche Vorhaltungen machen? Die Genugtuung einer kleinen Rache? Ach, ich bitte Sie. Was ist, wenn mich Ihre Vorwürfe gar nicht berühren? Du lieber Gott! Das ist doch alles so lang her und so dumm! Heute ist alles ganz anders, jedenfalls ganz vernünftig und ohne Hysterie. Warum wollen Sie nicht heute leben, warum klammern Sie sich so an die Vergangenheit?«

Da trat aus dem Eingang des grauen Hauses, vor dem sie stehengeblieben waren, ein Mann, der zunächst ihrem Gespräch zuhörte und erst dann hinzukam und sich einmischte.

»Warum? Darum, weil...«, wollte Kiebitz schon wütend beginnen.

»Pah!« rief der Dazugekommene aus. »Wen sehe ich da! Guten Morgen, Boris Andrejewitsch. So früh schon auf den Beinen...«

»Sie sind auch nicht später dran«, knurrte Kiebitz, über die Störung verärgert.

»Mein Tag ist nicht durch Unterrichtsstunden genormt«, entgegnete der Dazugekommene, »und auch nicht durch Erholungsstunden. Seit gestern habe ich mich noch nicht hingelegt. Mein Dienst, Sie verstehen. Boris Andrejewitsch, bitte stellen Sie mich doch Ihrer Begleiterin vor! Ich dachte, daß ich hier schon alle kennen würde, aber sieh an, die Interessantesten habe ich noch nicht gesehen.«

»Das ist Vera Nikolajewna Dolskaja«, sagte Kiebitz unwillig.

»Ich bin eine Zugereiste.« Vera Dolskaja lächelte süß und streckte die Hand aus. »Vielmehr eine Durchreisende. Deshalb kennen Sie mich nicht.«

»Und ich bin Belezki, einfach Belezki.« Der allgegenwärtige Mann ergriff glutvoll ihre Hand. »Eine Durchreisende, natürlich! Das sieht man gleich. Ein Blitzbesuch, eine Erscheinung...«

Er musterte Vera Dolskaja ziemlich frech von Kopf bis Fuß.

»Und Sie scheinen auch nicht hier daheim zu sein?« Vera war von der Musterung eher geschmeichelt als gekränkt.

»Ja und nein.« Belezki bemerkte es natürlich. »Übrigens bin

ich in den Weiten unserer wunderbaren Heimat überall daheim. Ich habe überall meinen Platz. An diesen Komfort bin ich so gewöhnt, daß ich, verzeihen Sie, auch damit rechne, neben Ihnen einen zu finden.«

»Im Schlafwagen?« Vera Dolskaja lachte laut heraus.

»Unser verehrter Boris Andrejewitsch möge mir verzeihen, nein, ich kann nicht sagen, im Schlafwagen. Ihr Äußeres ruft ein ganz anderes Gefühl in mir hervor, sagen wir mal, größte Hochachtung. Besonders im Gegensatz zu all denen hier.«

Belezki umschrieb die Umgebung mit Hand und Augen.

»Das ist doch ein reizendes Städtchen«, Vera Dolskaja zuckte die Achseln.

»Andererseits«, fuhr Belezki fort, »kann ich mich von Ihnen nicht mehr losreißen. Sie sind jetzt... der Magnet meines Lebens!«

Das war nun reine Blödelei. Vera Dolskaja bemerkte auch dies und verzog das Gesicht. Der neue Bekannte begann ihr zu mißfallen. Kiebitz hielt den Augenblick für sehr gelegen.

»Ich hab's eilig«, sagte er, »ich muß zur Arbeit. Auf Wiedersehen. Schön, daß ich Sie miteinander bekannt machen konnte.«

»Ja, ja!« Belezki kam mit seiner Antwort Vera Dolskaja noch zuvor. »Laufen Sie! Aber kommen Sie irgendwann mal zu mir, damit wir sprechen können, geht das?«

»Ich will nicht mit Ihnen sprechen«, entgegnete Kiebitz im Gehen und beschleunigte sofort seinen Schritt, als ob er befürchtete, daß er eingeholt würde, nunmehr von zwei Leuten. Übrigens kam er wirklich schon zu spät zum Unterricht. Die Verspätung war nicht schlimm, aber sie verstieß gegen seine Hauptregel, nirgendwohin zu hetzen.

»Ein Tolpatsch«, sagte Belezki schnell, als er die Bewegung sah, mit der Vera Dolskaja dem Davoneilenden nachstrebte. »Wissen Sie, ich wollte ohne ihn ein wenig mit Ihnen plaudern. Überhaupt ohne jeden. Deshalb habe ich ihn weggeschickt. Haben Sie's bemerkt?«

»Ich hab's bemerkt«, bestätigte Vera Dolskaja feindselig. »Was spielen Sie sich eigentlich vor mir wie ein Erpel auf? Haben Sie sich etwa auf den ersten Blick in mich verliebt? Ach, lassen Sie doch diese Abgeschmacktheiten!«

»Naja, wie ein Erpel... vor einer Ente. Ein schlechter Vergleich. Sie gleichen eher einem exotischen Vogel, einem...

Kanarienweibchen. Und ich folglich einem Kanarienmännchen. Was Sie sind, das sieht man ja auf den ersten Blick. Aber es gibt eine Methode, einen Menschen zu erkennen, ohne ihn auch nur anzuschauen. Zum Beispiel kenne ich einen Hauptmann der Armee, Sokolowski, ohne ihn je gesehen zu haben. Sie kennen ihn sicher auch!«

»Nein«, widersprach Vera Dolskaja energisch.

»Nicht so eilig«, lächelte Belezki. »Erinnern Sie sich: braungebrannt, lauter falsche Zähne, aber nicht aus Gold, sondern aus Stahl... Die Nase so krumm wie ein Schnabel... Nein, können Sie sich nicht erinnern? Na, ich helfe Ihnen noch ein bißchen weiter: Sie haben ihn in Pomoschtschnaja getroffen.«

»Ja«, sagte Vera Dolskaja schnell. »Ich erinnere mich.«

»Aha! Ich habe schon immer gesagt: Sind die Krallen gefesselt, geht der ganze Vogel flöten! In dem Sinn, daß nichts aus unserem Gedächtnis verschwindet, alles bleibt drin, geht flöten. Also, von Hauptmann Sokolowski habe ich viel über Sie gehört, sogar sehr Schmeichelhaftes, obwohl ich ihn nie mit eigenen Augen gesehen habe. Ich habe seine Berichte gelesen. Sein Porträt kenne ich aus den Beschreibungen unserer anderen gemeinsamen Bekannten, die wissen, wie Sie sich damals die Federn versengt haben, Vera Nikolajewna.«

»Genug«, sagte Vera Dolskaja böse. »Worüber wollten Sie mit mir sprechen?«

»Über Sie, worüber denn sonst? Natürlich ist das sehr interessant, was da im Bahnhof von Pomoschtschnaja passiert ist. Und danach, auf der Kommandantur, als Sokolowski und Sie... Aber es gibt auch noch interessantere Dinge. Deshalb schlage ich vor: Wie erinnert, so vergessen. Und mein zweiter Vorschlag, *Verotschka*, ist noch interessanter und auch angenehmer. Sie könnten sich doch zwei, drei Tage in Pjerwomaisk aufhalten. In Saratow vermißt Sie doch niemand. Und überhaupt wird es niemand erfahren, der davon nichts wissen muß.«

»Nein, ausgeschlossen! Ich habe dort meine Arbeit, meine Leute...«

»Was denn für eine Arbeit! Die Bibliothek, Licht des Wissens, Quelle des Vernünftigen und Ewigen? Die Quelle kann ein paar Tage ausruhen, und Ihre Leute können ein Weilchen ohne Licht dasitzen. Das ist nicht schlimm, in der Finsternis werden die schönsten Gedanken geboren, manchmal gar die Wahrheit. Ich spreche aus Erfahrung. Und nach der Finsternis wird das Licht um so heller erstrahlen. Vom offiziellen Standpunkt aus werden wir alles regeln, Krankheit oder Urlaub. Außerdem wartet auch hier Arbeit auf Sie. Nichts Schwieriges, dafür sehr verantwortungsvoll. Ich werde es Ihnen gleich erklären.«

»Nicht nötig. Ich habe schließlich nicht gesagt, daß ich bleiben will.«

»Das werden Sie aber! Denken Sie an unseren Beschluß, in diesem Fall nicht an Sokolowski zu denken. Denken Sie auch an den Nutzen für unser Vaterland, vielleicht ist es nützlich. Zwei Tage sind wenig, aber der Nutzen kann groß sein. Und danach können wir Ihnen helfen, wenn Sie bleiben. Falls es notwendig sein sollte. Falls Sie zum Beispiel Bibliotheksdirektorin werden wollen, oder...«

»Sind Sie... wirklich das, wofür Sie sich ausgeben?« Vera Dolskaja runzelte die Stirn.

»Wofür denn?« fragte Belezki spöttisch. »Wofür gebe ich mich Ihrer Meinung nach aus? Schön, ich werde Sie nicht quälen... Sie werden noch ein paarmal mit Kiebitz sprechen müssen. Das ist Ihre ganze Arbeit. Sie müssen ihm zu verstehen geben, daß Sie das, was in Pomoschtschnaja geschehen ist, bereuen. Sie werden es zutiefst bedauern. Dann...«

»Daraus wird nichts!« erklärte Vera Dolskaja. »Er wird nicht hören, ich habe es schon probiert. Und Sie haben doch selbst gesehen, in welcher Stimmung er ist.«

»Das habe ich. Und ich weiß, daß etwas daraus wird. Eben weil er in dieser Stimmung ist. Na, und wir werden ihn auch etwas präparieren. Sie werden also im Verlauf Ihres Gesprächs alles herausfinden, was Kiebitz über einen Mann namens Rabin weiß. Haben Sie sich den Namen gemerkt? Rabin. Und wenn die Sache beendet ist, fahren Sie nach Saratow zurück. Das ist alles.«

»Wirklich alles?«

»Natürlich, was denn noch? Aber ich betone: Alles, was Kiebitz über Rabin weiß.«

»Aber wie kommt er dazu, mir das alles zu erzählen?«

»Auch da werden wir einiges präparieren und ihm und Ihnen helfen. Doch... das betrifft Sie nicht mehr. Also, abgemacht? Wohnen werden Sie im Hotel, auf unsere Rechnung. Es wird Ihnen kein Schaden entstehen.«

»Und den anderen? Wird den anderen davon auch kein Schaden entstehen?«

»Wem?« wunderte sich Belezki. »Du liebe Zeit, es wird allen von reinem Nutzen sein! Urteilen Sie doch selbst...«

Doch da unterbrach er seine Erläuterungen mitten im Satz, straffte sich und rief laut: »Herr Rabin! Wie, Sie gehen, ohne sich zu verabschieden?« Er lächelte einem kleinen Männlein breit zu, das unbemerkt vorbeizuwitschen versuchte. Gleichzeitig zwinkerte Belezki Vera Dolskaja zu: Wenn man den Vogel nennt, kommt er geflogen.

»Wo denken Sie hin?« Rabin blieb stehen. »Keineswegs. Niemals!«

Er kam näher und starrte Vera Dolskaja an.

»Mein Gott, was für eine Frau! Ich gratuliere Ihnen, mein Lieber.«

»Vorläufig gibt's nichts zu gratulieren«, entgegnete Belezki. »Es ist auch zu früh. Ich meine, noch zu früh, um jemandem lieb zu werden. Es ist erst acht Uhr morgens.«

»Entschuldigen Sie«, Rabin ließ sich nicht verwirren, »mir sind Sie immer lieb, ob um acht Uhr früh oder um Mitternacht.«

»Dann darf ich Ihnen vorstellen«, sagte Belezki. »Dolskaja.«

»Vera«, fügte Vera Dolskaja hinzu, ohne die Hand zu geben.

»Sie glauben nicht, wie angenehm mir das ist.« Rabin zog seine Hand zurück, die er schon ausgestreckt hatte. »Weiß der Teufel, wie angenehm.«

»Müssen Sie nicht weg, Verotschka?« fragte Belezki plötzlich und schubste sie zur Antwort auf ihren erstaunten Blick in Richtung Bahnhof oder Hotel, von dem gerade die Rede war. »Ich werde Sie ganz bestimmt aufsuchen. Und Sie... vergessen mich bitte auch nicht!«

»Auf Wiedersehen«, sagte Vera Dolskaja und ging die Straße hinauf.

»Eine bemerkenswerte Frau«, wiederholte Rabin und schaute ihr nach. »Sie sind übrigens auch ein bemerkenswerter Mann.«

»Es ist bemerkenswert, in dieser Stadt zu arbeiten, wo Menschen leben, die einen anderen Menschen zu schätzen wissen«, antwortete Belezki ebenso liebenswürdig. »Aber ich habe Sie nicht aufgehalten, damit wir einander Reverenzen machen.«

»Um Gottes willen, ich höre«, sagte Rabin immer noch katzbuckelnd. »Wie Sie wollen.«

»Sie, Rabin, zerbrechen sich natürlich den Kopf, wer Sie aus der Untersuchungshaft entlassen hat und weshalb. Die Ermittlung hatte Sie schon entlarvt und Ihre ganze Schuld aufgedeckt. Warum wurde Ihnen, als die anderen Untersuchungshäftlinge auf der Bank im Keller saßen, nach der sie die Anklagebank erwartete und danach ein Spaziergang in völlig abgelegenem, unbetretenem Gelände, die Freiheit gegeben, durch die Straßen dieser bemerkenswerten Stadt zu flanieren? Darüber zerbrechen Sie sich doch den Kopf, nicht wahr?«

»Ganz und gar nicht«, Rabin zuckte die Achseln. »Das interessiert mich überhaupt nicht.«

»Wie das?« Einen Augenblick kam Belezki aus dem Konzept. »Wieso nicht?«

»Weil ich lange gelebt habe und weiß, daß unsere Welt chaotisch ist und aus einem x-beliebigen Grund eine Ermittlung erfolgen kann. Sogar eine, die von Ihrer Behörde geführt wird. Daraus läßt sich kein System ableiten. Der Grund dafür, daß ich flaniere, kann zum Beispiel der nächtliche Orkan sein oder die reine Luft heute danach. Weshalb sollte ich mir jedesmal den Kopf zerbrechen, wenn irgend etwas geschieht? Na, wenn jemand auf einem Spaziergang mit mir sprechen möchte, dann findet er mich und schert sich nicht um meine Meinung bezüglich der Kausalität.«

»Ausgezeichnet!« Belezki war entzückt. »Sie sind selbst ein bemerkenswerter Mann. Wenn ich nur diese Standpunkte hätte... Aber nein: Ich bin ja im Dienst.«

»Treten Sie doch in meine«, schlug Rabin vor.

»In welche Dienste denn?« Belezki merkte auf.

»In meine Schusterwerkstatt.«

»Ausgezeichnet!« Belezki war noch entzückter. »Also, ich bin es, der Sie gefunden hat und sich nicht um Ihre Meinung schert.«

»Ich höre«, nickte Rabin.

»Schön, es mit einem bemerkenswerten Mann zu tun zu haben... Das macht einen richtig beklommen. Nun, ich bitte darum, unser Gespräch ernst zu nehmen, da es für mich notwendig und für Sie wichtig ist. Weiter. Sie brauchen heute nicht mit mir wie mit einer Amtsperson zu reden. Ich habe ebenfalls frei. Schenken Sie mir heute mehr Ihr persönliches Vertrauen. Gleich werden Sie wissen, wozu wir es beide brauchen. Zunächst aber möchte ich die Sie absolut nicht interessierende Frage beantworten, weshalb Sie bei all Ihren ungünstigen Kennwerten freigelassen wurden, nachdem man Sie sehr komfortabel in dem für Sie bestimmten Käfig untergebracht hatte. Weil sich Leute eingemischt haben, Rabin! Um es offen zu sagen, ich persönlich habe mich eingemischt. Den Mechanismus meiner Einmischung werde ich Ihnen nicht preisgeben, aber Sie können ihre Ergebnisse begutachten. Sie sind glänzend, wie Sie sehen. Warum habe ich das getan? Weil ich ein lebendiger Mensch bin, und auch in mir zuweilen menschliche Instinkte erwachen und aktiv werden. Der Instinkt des Blutes zum Beispiel... Sie verstehen, was ich meine, Rabin?«

»Ja«, bestätigte Rabin. »Aber welchen Blutes genau? Wie ich verstehe, hatten Sie Eltern verschiedenen Blutes. Mein Beileid, es muß schwer für Sie sein, die Stimme des Instinktes zu hören... vielmehr die Stimmen vieler, einander feindlicher Instinkte.«

»Mein Vater lebt noch«, entgegnete Belezki. »Deshalb fällt es mir leichter, dem von ihm geweckten Instinkt zu lauschen, der so gleichklingend mit dem Ihrigen ist, Rabin. Da stellt sich jedoch sofort die Frage: Weshalb muß ich ihm lauschen? Wer zwingt mich dazu? Weshalb muß ich gegen die Dienstvorschriften verstoßen und Sie freilassen? Ich will es Ihnen sagen: Ich brauche Sie, Rabin, und zwar nicht als Angeklagten oder Gefangenen! Sondern als freien Menschen, dessen Instinkt im Gleichklang mit dem meinen ist. Ich brauche den freien Menschen Rabin und sein Vertrauen in mich. Anmerkung: Wenn Sie meine Hoffnungen auf diesen Gleichklang enttäuschen, auf den Konsens zwischen uns, das heißt, wenn dieser Rabin, nachdem er ein freier Mann geworden ist, mir dieses Vertrauen nicht bekundet, dann wird vielleicht aus demselben Grunde ein ganz anderes Ermittlungsverfahren beginnen. Ein voreingenommenes, aus dem resultierend mir Rabin doch für die Rolle des Angeklagten geeignet erscheint. Diese Anmerkung mache ich keineswegs, um dieses voreingenommene Ermittlungsverfahren in die Wege zu leiten, sondern um es zu vermeiden. Was werden wir tun, wenn wir das gesuchte Vertrauen erhalten haben? Wir werden die nächste Karte aufdecken. Sie wird denselben Rabin zeigen, aber nicht mehr im Wams eines mickrigen, nutzlosen Buben, sondern mit der Krone des Treffkönigs. Und dieser Rabin wird eine Auskunft auf eine sehr wichtige

Frage geben und mir die Kontakte zu anderen wichtigen Personen verschaffen, zu anderen Königen. Welche Könige sind das, wozu brauche ich diese Kontakte? Das ist nun die Hauptsache. Ich, Belezki, höre die Stimme meines lebendigen Instinktes und möchte mich der Sache anschließen, der Rabin und die anderen Könige erfolgreich dienen. Das möchte nicht nur ich, sondern auch mein unmittelbarer Vorgesetzter, eine äußerst wichtige Person, genau gesagt, ein hohes Tier. Leute wie wir können der gemeinsamen Sache großen Nutzen bringen, mehr als großen. Vielleicht werden Rabin und die anderen Könige dank unseres Beitrags unter die Asse kommen. Vielleicht sogar unter die Trumpfkarten. Rabin begreift das vielleicht auch selbst.«

»Vielleicht begreift Rabin nichts«, entgegnete der.

»Na, na«, meinte Belezki vorwurfsvoll. »Rabin soll doch ein bemerkenswert kluger Mann sein! Das sagt er auch selbst, wie ich weiß. Und er hat sicher überhaupt keine Lust, sich in fremde Federn zu kleiden, in die Federn eines Idioten, der gewiß gerupft wird und in ein Gericht wandert. Vor Gericht, wollte ich sagen. Es handelt sich ja nicht um die Schusterwerkstatt, die Ihnen nur als Deckmantel dient, Rabin, sondern um jene große Organisation, die Maurerwerkstatt, deren aktives Mitglied Sie seit langem sind. Das wissen mein Vorgesetzter und ich aus den Unterlagen. Und wir haben den Wunsch, daß Sie uns helfen, ebenfalls Mitglieder dieser Organisation zu werden. Wir wollen an der allgemeinmenschlichen Sache teilnehmen, verstehen Sie? Jetzt stehen die allgemeinmenschlichen Werte für uns im Vordergrund. Und das allgemeinmenschliche Wohl. Das eine wie das andere frei konvertierbar.«

»Welche Werkstatt, welche Organisation?« Rabin schlug die Augen nieder. »Ich verstehe Sie nicht.«

»Die Loge, mein Lieber! Sie haben natürlich noch nichts davon gehört, nicht wahr?«

»Gehört schon, aber gesehen habe ich sie nur von weitem: von der Bühne oder der Galerie aus.«

»Die Loge doch nicht! Bnai-Brith!« feuerte Belezki ab und riß die Augen auf.

»Salam alaikum« schmetterte Rabin zurück.

»Wollen Sie mich verspotten?« Belezki schnappte nach Luft.

»Wie könnte ich? Sie haben mich orientalisch begrüßt und ich Sie. Darf ich das nicht?«

»Spielen Sie nicht den Hanswurst. Wir wissen alles. Ich besonders, denn mir sagt es auch mein Instinkt.«

»Na, und was wissen Sie?«

»Erstens, die Assyrer. Zweitens, der unterirdische Gang... Weiter: Wer ist die Wahrsagerin in Pferdezwist? Sie wissen es nicht? Ich sage es Ihnen. Sie gibt sich als Kosakin und Witwe aus, laut Paß ist sie Zigeunerin und Angestellte, in Wirklichkeit ist sie Assyrerin und Mitglied der Bande, die sich schon hundert Jahre im Ofen versteckt!«

»So ein Schmarrn«, sagte Rabin. »Haben Sie nicht ausgeschlafen?«

»Ich schlafe überhaupt nicht! Das ist Ihnen also noch zuwenig. Wie, wenn wir noch den Keller in Olwiopol, den Aufstand und schließlich die Cholera in der Vorstadt hinzunähmen?«

»Was ist denn das?« wunderte sich Rabin. »Ein polnischer Gruß?«

»Sie wissen natürlich nicht, was Cholera ist«, pflichtete Belezki bei. »Na schön...«

Er beugte sich zu Rabins Ohr und flüsterte ihm etwas hinein. Rabin zuckte zusammen, endlich. Belezki holte befriedigt Luft.

»In welcher Straße wohnt denn Ihr Brüderchen?« fragte er spöttisch. »Nein, nicht am Newski-Prospekt, aber vielleicht an der Place d'Etoile? Sie sehen doch, mein Lieber, daß ich ein hartnäckiger Specht bin. Tuck-tuck, und ganz allmählich erreiche ich, was ich will.«

»Kriegen Sie davon keine Kopfschmerzen?« fragte Rabin finster. »Nun mal konkret: Was wollen Sie von mir?«

»Führen Sie mich und meinen Vorgesetzten, nein, Kameraden, in die Loge ein.« Die Antwort kam wie aus der Pistole geschossen. »Das ist alles.«

»Alles?« fragte Rabin ironisch zurück.

»Ja«, bestätigte Belezki.

»Und wenn es nirgendwo eine Loge gibt?«

»Dann gibt es in Golta eine Galerie: die Anklagebank.«

»Gut, einverstanden«, sagte Rabin. »Morgen früh um fünf. Paßt Ihnen das?«

»Angenommen!« rief Belezki fröhlich aus. »Ihre liebenswürdige Einladung ist angenommen. Aber so früh? Ich sehe, Sie schlafen auch nicht gerne... Oder können Sie nicht? Das Gewissen und so weiter...«

»Morgen früh um fünf, auf der Olwiopoler Brücke. Wenn Sie nicht wollen, kommen Sie nicht.«

»Ich will«, sagte Belezki. »Und komme. Mein Kamerad will und kommt auch.«

»Dann bis morgen«, versetzte Rabin und ging. Nach zwei Schritten blieb er jedoch stehen und fragte mit offenkundigem Interesse: »Wozu schinden Sie sich so ab? Nein, wirklich, wozu?«

»Ich will der allgemeinmenschlichen Sache dienen«, schnurrte Belezki herunter. »Und mein Kamerad will das auch. Ich hab's doch schon gesagt.«

»Alles klar«, nickte Rabin und setzte seinen Weg fort.

»Aber Sie«, schrie ihm Belezki hinterher, »haben Sie Ihre Theaterkarriere für immer abgebrochen? Oder wie?«

»Keineswegs«, antwortete Rabin, ohne stehenzubleiben, und bog um die Ecke.

»Vortrefflich, wunderbar!« sagte Belezki aus voller Brust und verschwand im Eingang des Gebäudes, aus dem er vor einer halben Stunde erschienen war.

Die Straße vor dem grauen Gebäude hatte sich geleert. Nur ein zufällig des Weges kommender Goltaner, der um größte Distanz bemüht ganz am Rand des Gehwegs ging und sogar sein vom Schlaf aufgequollenes Gesicht abgewandt hatte, vernahm das Pfeifen aus dem Eingang, als sänge ein Kanarienvogel. Und dann das Wort, mit dem das Pfeifen abbrach: »Idiot.«

Der Tag versprach, sonnig zu werden.

Zweiundzwanzigstes Kapitel
Unterricht, Partisanen und ein Auto

»Also, Kinder«, sagte Kiebitz und kam hinter dem Tisch hervor, »legen wir unsere Stifte weg und plaudern ein wenig. Heute habe ich euch ein Bild des großen russischen Malers Nikolaj Ge mitgebracht.«

Er nahm die mit der Bildfläche nach unten liegende Reproduktion vom Tisch und gab sie dem in der ersten Bank sitzenden Schüler.

»Schau's dir an und gib's dann weiter. Vorsichtig, das Bild nicht mit den Fingern anfassen. So. Nikolaj Ge lebte im vorigen Jahrhundert. Er war ein wunderbarer Mensch, ehrlich und gütig. Und wie alle guten Menschen naiv. Im Herzen war er ein kleines Kind, durch seinen weißen Bart aber sah er aus wie ein Prophet. Seine Bilder hatten verschiedene Sujets, meistens historische. Aber auf diesem Bild ist, wie ihr seht, kein historisches Sujet dargestellt. Deshalb ist es schwieriger zu verstehen als andere Bilder von ihm, obwohl es einfacher aussieht. Auf den ersten Blick ist es natürlich einfach, weil man nichts von Geschichte oder Geographie wissen muß, keine Fachkenntnisse braucht oder in verschiedene Länder reisen muß, um es zu verstehen. Nein, um auf seine Aussage zu kommen, müssen wir eine andere Reise machen, nur eine einzige, die aber schwieriger und gefährlicher als jede andere ist: in die Tiefe der menschlichen Seele.«

»Müssen wir dann nicht mehr nach der Komplexmethode lernen?« fragte ein Junge aus der zweiten Bank.

»Keine Ablenkung«, sagte Kiebitz. »Schau mal richtig hin, was siehst du auf diesem Bild? Sehr einfach. Ein dämmriges Herrenhaus. Die Gegenstände im Zimmer sind von einem Lichtschimmer umgeben. Stille. Feuchter Atem alter Dinge, Duft nach Puder und Parfüm. Dieses Haus ist alt, es hat ein langes Leben hinter sich und ist bereit zu sterben. Es vermag schon niemandem mehr als Haus zu dienen, als Schutz vor dem Leben. Fast alle, die es bewohnt haben, sind tot. Deshalb sehen wir auch nicht das ganze Haus auf dem Bild, sondern nur eine Wand mit einem Fenster. Wir sehen aus dem Inneren dieses Hauses, das kaum noch zu existieren scheint, das Fenster mit dem Fensterbrett, an der Wand daneben hängt irgend etwas und davor steht eine Frau. Sie steht so, daß wir ihr Gesicht nicht vollständig sehen können, nur den Rand davon. Wenn wir dieser Frau auf der Straße begegnen, erkennen wir sie nicht. Wir können irgendeine Bekannte an ihre Stelle setzen, die eigene Frau, Mutter oder Großmutter... Sollten wir sie aber zufällig treffen, dann wird etwas geschehen. Plötzlich wird von ihrem Herzen ein Funke auf unser Herz überspringen und uns dort einen Stich geben, weh und bitter, als wäre ein winzigkleiner Bohrer angesetzt worden, wir werden stehenbleiben, uns nach der vorbeigehuschten Gestalt umdrehen und unser Gedächtnis zermartern, wo wir sie gesehen haben! Wer das ist?«

»Ich weiß, wer das ist«, meldete sich ein Mädchen aus der vierten Bank. »Ich habe sie heute morgen in der Stadt gesehen.«

»Nein«, entgegnete Kiebitz, »das kann nicht sein. Sie ist längst tot. Aber wir können diese Frau in jeder Frau erkennen. Wißt ihr, weshalb? Weil wir am Rand des Gesichts den Zauber ihrer Augen erraten, den wir an uns selbst erfahren möchten. Wir möchten immer neben dieser sanften Schulterlinie sein, unter der man den matten Glanz der Haut erspürt. In dem feingeschwungenen Rücken der Frau vernehmen wir ihre tiefe Stimme und leichte, einfache Worte, die wir gerne hören würden: zärtliche an uns gerichtete Worte. Sie ist also allein im Zimmer. Sie ist überhaupt allein. Was das bedeutet: allein! Es gibt mancherlei Wörter, die dasselbe bezeichnen, aber keines, das das Wesentliche so genau ausdrücken würde. Zum Beispiel gibt es die Wörter ›nie, Schluß, aus‹. Es gibt auch: ›Mir ist traurig oder leicht zumute‹ oder: ›Die Nacht glänzt klug und schwarz‹. Aber hört mal das einfache: ›Sie ist allein.‹ Allein an einem dämmrigen Tag nach dem Regen, das Fenster ist zum Garten geöffnet, das Gras und die Veilchen duften, von den Blättern rieseln die letzten Tropfen... Woher kommt das silbrige Licht, das die Gegenstände in den sanften Schimmer eingehüllt hat? Aus dem Garten, wie wir sehen. Der Regen hat offensichtlich gerade erst aufgehört, und die Vögel haben eben zu singen angefangen. Wie schwül und bitter duften nach dem Regen die Blumen in dem alten, verwilderten Garten! Schwache Finger scheinen uns den Hals zuzudrücken, wie die Finger der Frau auf dem Bild ihren eigenen. Sie und wir – warum auch nicht? – würden am liebsten weinen. Worüber denn? Nichts in diesem Leben ist doch Tränen wert. Eben darüber: Das Leben ist leer, vorbei und nicht geglückt. Sie ist allein, sie weint. Wir sehen ihre Tränen nicht, wir hören ihr Schluchzen nicht, dafür wissen wir mit dem Herzen, was ihre Lippen flüstern: Ich bin allein. Die Vögel auf den Zweigen singen leise: Du bist allein. Die Nadeln, das Laub, das Gras – alles murmelt kaum hörbar: Sie ist allein. Na – habt ihr es angeschaut? Dann gebt mir bitte das Bild zurück.« Kiebitz nahm die Reproduktion an den Ecken und drückte sie mit der Bildseite zur Klasse gegen seine Brust, damit alle sie sähen.

»Aber alles, was ich gesagt habe, ist nur unsere erste Reaktion auf das, was wir sehen. Katjenka, hör auf zu weinen! Ich bin sicher, dein Leben wird anders als das Leben dieser Frau. Hör zu, was für Gedanken kommen dir, wenn du das Bild etwas länger anschaust? Ja, nicht nur das Leben dieser Frau ist glücklos vorbei, das Leben vieler anderer Frauen und Männer auch. Es ist das Leben einer ganzen Generation. Sie leben längst nicht mehr und auch ihre Kinder nicht. Nur vereinzelt kann man heute noch ihre gebrechlichen Enkel antreffen. Doch diese Enkel erinnern sich nicht mehr an ihre Vorfahren. Sie erinnern sich nicht an die Häuser, in denen sie wohnten, nicht an die schönen, verwilderten Gärten, in denen diese Häuser standen. All das ist aus und vorbei wie eine Krankheit. Alle diese Dinge im Haus, alle ihre sanften Linien, und die Linien der Schultern, die Sprachfiguren und die leisen Düfte – all das waren nur Krankheitssymptome. Diese Menschen in jenen Häusern, diese Gärten mit Vögeln und Pflanzen darin, sie alle waren schon lange schwach und krank. Und schließlich starb alles fast an einem Tag. Aber du, Katjenka...«

»Boris Andrejewitsch«, fragte Katjenka, »an welcher Krankheit sind sie denn gestorben? An Cholera? Das soll eine sehr gefährliche Krankheit sein. In der Vorstadt...«

»Was ist in der Vorstadt?« Kiebitz war aus seinem Gedankenfluß gebracht.

»Die Vorstadt steht unter... wie heißt das noch... Quarantäne! Stimmt das?«

»Wo hast du das her?«

»Papa hat es Mama beim Frühstück gesagt.«

»Seht ihr, Kinder«, begann Kiebitz unsicher. »Wenn es Cholera ist, dann ist die Quarantäne wirklich nötig. Quarantäne ist, wenn ein Ort, wo die Cholera ausgebrochen ist, oder die Pest, abgeriegelt wird, damit sich die Krankheit nicht ausbreiten kann.«

»Das sollten *Sie* nicht ausbreiten!« parierte eine unkindliche Stimme den letzten Satz. Kiebitz drehte sich zur Tür um und erblickte die Schuldirektorin Marja Gawrilowna auf der Schwelle des Klassenzimmers. Der Unterrichtsleiter Dachno schaute ihr über die Schulter. Beide schüttelten vorwurfsvoll und sogar mißbilligend den Kopf. Auch die Schöße von Marja Gawrilownas schwarzem Mantel wedelten einen Vorwurf.

»Was für ein ungeheuerlicher Gedanke, Kindern von Krankheit und Tod zu erzählen!« fuhr die Direktorin fort. »Haben Sie den Verstand verloren?«

»Das habe ich doch gar nicht«, murmelte Kiebitz verwirrt. »Das war eine Metapher. Nach der Komplexmethode sind Reisen in die Geschichte und Geographie... Die Biologie ist der Lebenszyklus der Pflanzen und Tiere... des Menschen selbst. Die Frage nach der Vorstadt kam zufällig auf!«

»So hören Sie doch auf!« rief Marja Gawrilowna aus. »Wie kann unter der Kontrolle eines gesunden Erwachsenen, eines Lehrers, irgend etwas zufällig aufkommen? Wir werden uns eine Weile in Ihre Klasse setzen und schauen, wie das passiert. Sie haben doch nichts dagegen?«

Ohne die Antwort abzuwarten, begab sie sich zur letzten, leeren Bank. Dachno trippelte hinter ihr her.

»Ich habe nichts dagegen«, sagte Kiebitz verspätet und begleitete das Pärchen sogar ein kleines Stück.

»Machen Sie nur weiter«, riet Dachno locker und zwängte sich hinter der Direktorin in die Bank. »Wir dürfen Sie nicht stören.«

Die plumpe Bemerkung des Unterrichtsleiters gab Kiebitz die Fassung zurück. Er kehrte an seinen Platz vor dem Tisch zurück und sagte fröhlich: »Befehl zum Weitermachen, Kinder. Seid schön artig. Also, eine Generation folgt auf die andere und tritt wiederum ihren Platz der nächsten ab. Was ist das für ein Prozeß? Chaotische Wellen wie in der Menschenmenge auf dem

Platz an Feiertagen? Oder künstliche Disziplin, mit der die organisierten Kolonnen ihre Banner an der Tribüne vorbeitragen? Nein, diese Generationen sind keine Abteilungen irgendwelcher Armeen, aber auch keine zufälligen Passanten und kein blindes Spiel der animalischen Kräfte... Sie alle sind Entwicklungsphasen eines riesigen Organismus, der am Ende dieser Phasen nicht den Tod erleidet, sondern eine Veränderung, eine Umgestaltung in neue Formen. Genauso, wie es mit jedem einzelnen menschlichen Embryo im Mutterleib geschieht. Es sieht so aus, als hätten alle diese vergehenden und vergangenen Generationen dieselbe Mutter gehabt. Bekanntlich macht der Embryo des künftigen Menschen im Mutterschoß viele Verwandlungen durch und nimmt in den verschiedenen Entwicklungsphasen, die auf die Vollkommenheit ausgerichtet sind, verschiedene Formen an. Mal ähnelt der Embryo einem Frosch, mal einem Vogel. So auch die schon ausgeschlüpften Menschen. Mal sind sie Frösche für dich, mal Vögel... Manchmal versteht man gar nicht, was jeder von ihnen im Augenblick eigentlich ist. Vielleicht vollzieht sich die Entwicklung heute in umgekehrter Richtung, entfernt sich das Individuum von der Vollkommenheit und ist deshalb schwer zu verstehen. Vielleicht. Schaut mal euren Nachbarn an, Kinder. Und auch unsere Gäste!«

Marja Gawrilowna hustete warnend.

»Es geht um dieses Bild«, erklärte ihr Kiebitz und hob die Reproduktion an den Ecken so hoch, daß die Direktorin sie von der hintersten Bank aus sehen konnte. »Die Frau hier hat Sehnsucht, sie trägt die Leibesfrucht – vielleicht im dritten Monat, der Mann ist bei der Arbeit, vielleicht unterrichtet er an der Schule... Immer nach der Komplexmethode: Embryologie, Soziologie, Malerei.«

»Ist das ein Bild von Ihnen?« fragte Marja Gawrilowna.

»Nein, das ist von dem Maler Ge«, entgegnete Kiebitz.

»Den kenne ich nicht. War er kürzlich in Pjerwomaisk?« fragte Marja Gawrilowna ärgerlich. »Ein schlechter Maler, das Bild ist zu klein. Da kann man nichts herausarbeiten. Und dunkel.«

»Es ist eine Reproduktion, eine Fotografie des Bildes«, berichtigte Kiebitz. »Und der Maler Ge hat im vorigen Jahrhundert gelebt, und zwar nicht in Pjerwomaisk, sondern bei Moskau. Er hat es in diesem Format gemalt...«

Er breitete die Arme aus und zeigte, wie groß das Original war.

»Entziffern Sie!« forderte Dachno.

»Was?« Kiebitz begriff nicht.

»Entschlüsseln Sie das Kürzel des Malers, das Sie gemacht haben! Hier ist nicht der Ort für Pseudonyme und chiffrierte Initialen. Dies ist keine geheime Gesellschaft, keine Loge, sondern eine staatliche Schule. Also Ge... und wie weiter: Grünberg, Goldmann?«

»Nichts weiter«, sagte Kiebitz finster. »Ge und Schluß. Das ist der volle Name. Sie haben doch gesagt, daß Sie nicht stören dürfen. Wir haben nur noch wenige Minuten, und ich muß noch die Hausaufgaben geben.«

»Tun Sie das«, gestattete Marja Gawrilowna. »Aber wissen Sie, Boris Andrejewitsch... Dieses Lehrmittel, dieses Bild... Ich alte Frau habe mein Leben lang geglaubt, daß Leonardo da Vinci dieses Bild gemalt hat, und nicht bei Moskau, sondern in Italien. Und es heißt nicht ›Schwangere Frau im dritten Monat‹ sondern ›Madonna‹. Nein, ich habe nichts gegen Ihre Lesart, jeder hat das Recht auf ein Experiment und neue Interpretationen, aber...«

Kiebitz drehte das Bild um und wurde rot. Marja Gawrilowna hatte Grund zum Zweifel, es war wirklich die mit dem Liniennetz versehene Reproduktion von Leonardos Bild. Kiebitz stürzte zu seiner Aktentasche. Richtig, die Reproduktion von Ge's Bild steckte noch darin. Wie hatte diese Verwechslung geschehen können, und weshalb hatte ihn bislang keiner korrigiert – es war nicht zu fassen! Doch dafür war es auch zu spät. Die Schulglocke läutete.

Kiebitz gab den wegrennenden Kindern hastig ein paar Worte mit auf den Weg und erwartete das Urteil. Dachno lächelte hinterhältig. Zu diesem Lächeln zog Marja Gawrilowna ihren Schluß: »Komm in mein Büro, Boris Andrejewitsch. Wir wollen ein bißchen miteinander reden.«

Dachno nickte befriedigt und verschwand im Gedränge auf dem Gang. Kiebitz folgte der Direktorin in ihr Büro. Nach dem Urteil mußte die gerechte Strafe folgen.

»Setz dich«, befahl Marja Gawrilowna und setzte sich an ihren Tisch. Kiebitz nahm auf dessen anderer Seite Platz. »Dies ist ein ernstes Gespräch, Boris Andrejewitsch. Was im Unterricht passiert ist, ist nur ein Symptom. Die Krankheit sitzt weit tiefer. Ich beginne damit, daß deine Sascha in letzter Zeit wie ein begossener Pudel herumläuft. Die Kleine hat Ringe unter den Augen, sagt nichts, seufzt immerzu... Was machst du denn mit ihr? Laß deine Mätzchen, sie ist ein einfaches Küken, es geht über ihre Kräfte. Du bist jetzt ein Angestellter, ist das klar? Benimm dich also auch entsprechend. Ich sag's dir ganz offen: Ich habe den Verdacht, daß du auf diese Weise den Boden bereiten willst, um leichter zu entwischen. Du quälst deine Frau, sabotierst den Unterricht wie heute mit diesem Bild – eine Schande ist das! Willst du entlassen werden? Oder willst du die Methode in Verruf bringen? Hast du etwa noch immer nicht den Wunsch aufgegeben, irgendwohin abzuhauen, wieder nach Moskau oder so? Nagt der Neid auf diesen Petka Suworow an dir, diesen Speichellecker, der jetzt in Moskau ist?«

»Wieso sollte ich abhauen?« Kiebitz zuckte die Achseln. »Ich brauche Moskau nicht. Ich gehe auch hier unter die Lakaien, was soll's.«

»Schau mich an! Aus Sascha kriege ich schon noch heraus, was zwischen euch los ist. Weiter, wenn du nach der Komplexmethode vorgehst, wie schaffst du es dann, die Malerei mit der Vorstadt in Verbindung zu bringen? Was hat die Cholera mit einem Bild zu tun, auch wenn es deiner Meinung nach von Ge stammt? Nein, schweig... Ich antworte selbst: nichts.«

»Wie, herrscht in der Vorstadt wirklich die Cholera?«

»Das fragst *du*? Na, na... Paß auf, Junge, ich laß dir nichts durchgehen. Du bist hier, um bei den Umgestaltungen mitzuwirken. Wenn du sie aber stören willst, dann finden sich Mittel, um dich zu Verstand zu bringen, du kennst sie. Das Alte ist nicht vergessen.«

»Aber hören Sie...«

»Du sollst zuhören!« Marja Gawrilowna funkelte mit den scheinbar schon längst erloschenen Augen.

Ihre Pupillen weiteten sich, und Kiebitz, der in ihre Tiefe blickte, war es, als stehe er am Rand eines Abgrunds, schwanke, stürze im nächsten Augenblick hinein und werde fliegen, fliegen und nie den Boden erreichen. Was war das für ein Abgrund? Er hatte das Gefühl, daß es nicht mehr Marja Gawrilowna war, die vor ihm saß, und nicht die Direktorin, sondern etwas viel Allgemeineres, kein einzelnes Wesen, sondern irgendeine Urerscheinung, ihre Essenz, über die man nur nachdenken und in Büchern lesen konnte, die man aber nicht so anstarren durfte, höchstens auf Reproduktionen alter Bilder. Der Name dieser Essenz stand immer auf diesen Bildern, doch er lautete ganz anders als Marja Gawrilowna. Er war viel kürzer, man konnte ihn mit einem schwachen Ausatmen aussprechen, sogar nur mit einem gehauchten Seufzer.

»Nein, hör du zu!« wiederholte dieses ihm gegenüber sitzende Wesen und schlug mit der flachen Hand auf den Tisch. Staub wirbelte von den alten Aktenordnern, die darauf lagen, zur Decke auf. »Schweig, bis du gefragt wirst... Ich wiederhole, ich lasse nicht zu, daß Sascha ein Leid geschieht. Ihre Rolle steht schon fest, du hast sie nicht zu ändern. Denk daran. Jetzt noch einmal zu deinem Unterricht. Ich habe dich einen Monat lang beobachtet und folgendes festgestellt: Du hast eine Tendenz! Indessen darfst du nach den neuen Regeln keine haben. Daher deine Mätzchen: die Cholera, ja gar die Pest, Quarantäne und eine Philosophie der letzten Züge für Kinder! Und was ist Ge nun für ein Name? Wo kommt der her?«

»Ich weiß nicht.«

»Du lügst, du weißt es! Weiter: Was für eine Zeichnung stand auf der Tafel in deinem Klassenzimmer?«

»Das Kompositionsschema des Bildes. Normale Dreiekke...«

»Wieder lügst du! Diese Figur heißt ganz anders.«

Marja Gawrilowna kratzte mit einer Kralle ihrer dürren Klaue zwei übereinanderliegende Dreiecke in den obersten Aktendeckel. Kiebitz erkannte in diesem Schema, was er zuvor nicht bemerkt hatte: den sechszackigen Stern.

»Na, was sagst du?«

»Nichts sage ich.« Er zuckte die Achseln. »Das ist alles dumm.«

»Dumm?« schrie Marja Gawrilowna auf.

Ihre Pupillen weiteten sich noch mehr, und wieder schien es Kiebitz, als wisse er, auf welchem Bild er dieses Wesen gesehen, in welchem Buch er seinen wahren Namen gelesen hatte und in welcher Fabel dieses Wesen die Hauptrolle spielte. Er versuchte sich angestrengt zu erinnern. Aber diese Anstrengung machte augenblicklich das Gefühl zunichte, das

Rätsel schon gelöst zu haben. Auch sein Geruch, den Kiebitz schon in der Nase zu haben glaubte, war weg.

»Wie redest du denn mit mir, du Küken? Mit mir, deiner Direktorin? Obwohl – naja. Wenn du mich noch einmal zwingst, mit dir über diese Themen zu reden, dann bist du selbst dran schuld. Geh jetzt und denk darüber nach. Vorläufig warten noch die Folgen auf die Freiheiten, die du dir herausgenommen hast. Aber beim nächsten Mal treten sie unverzüglich ein.«

»Was können Sie mir denn tun?« Kiebitz war gar nicht gekränkt. »Mir eine Rüge erteilen? Oder mich entlassen?«

»Mach dir keine Hoffnungen«, entgegnete Marja Gawrilowna. »Ich versetze dich in die Vorstadt, in unsere Zweigstelle, die Grundschule für lernbehinderte Kinder. Na, und wie es dort zugeht, das weißt du selbst.«

Sie winkte mit der Klaue und glich plötzlich einer Spinne. Wie Marja Gawrilowna diese blitzartige Verwandlung gelungen war und weshalb ausgerechnet in eine Spinne, konnte Kiebitz nicht verstehen. Aber auf den Wink ihrer Klaue flog er augenblicklich aus dem Büro.

Im Gang draußen stieß er mit Dachno zusammen. An seiner verzwickten Haltung erkannte man sofort, daß er gelauscht und wohl gar durchs Schlüsselloch geschaut hatte. Über den Rausschmiß verärgert, wollte Kiebitz schon etwas Passendes sagen, doch Dachno kam ihm zuvor.

»Die Spinne«, zischte er, »ich hasse sie.«

Kiebitz blieb der Mund offen über diese vollständige Übereinstimmung mit seinem eigenen Eindruck.

»Wen?« brachte er mühsam heraus.

»Sie, unsere liebe Direktorin. Wen sonst?«

»Aber... weshalb sollten Sie sie nicht lieben? Sie hat Sie doch aus dem Loch geholt und ein wenig aufgewärmt!«

»Abgekühlt«, stieß Dachno durch die Zähne. »Erst mich rausholen und dann warten, daß ich ihr Lakai werde? Nein, ich bin nicht käuflich wie manche andere. Und die Direktorin richtet mit ihrer blöden Methode die Individualität der Schüler zugrunde, und zwar mitsamt der Idee der nationalen Wiedergeburt. Das Volk leidet unter dem Moskauer Joch, sie aber arbeitet Moskau über Petka Suworow zu. Ich bin nicht irgendein Gnadenbrotempfänger, Boris Andrejewitsch. Ich bin ein Mann der Idee, und ich stehe nicht allein da! Über mich sagt keiner: Er steht allein da. Es gibt noch Patrioten! Und auf meinem Porträt werden, sofern es jemand malen wird, meine zahlreichen Freunde und Gesinnungsgenossen um mich sein. Wir werden auch weiterkämpfen. Und siegen. Kommen Sie zu uns, wir brauchen Intellektuelle und sogar Künstler. Auch Sie werden dann unter den Siegern auf dem Porträt sein.«

Dachno ergriff Kiebitzens Hände mit seinen eigenen, sehr feuchten.

»Was sind denn das für Leute?« fragte Kiebitz, zog seine Hände zurück und wischte sie unauffällig am Jackett ab.

»Ehrenhafte!« erklärte Dachno stolz. »Aber zur Zeit gezwungen, sich zu verstecken. Es sind Partisanen, wenn Sie so wollen. Aber ihre Zeit wird kommen, sie ist schon auf dem Weg zu uns, sie eilt, sie fliegt! Und dann werden auf ein Zeichen hin alle lausigen Internationalisten und alle ihre Moskauer Helfershelfer, die sich ans Weltkapital verkauft haben, von der Hand unserer bescheidenen Partisanenhelden fallen.«

»Ich habe den Eindruck, daß Sie dringend in ärztliche Behandlung müssen«, sagte Kiebitz.

»Es gibt nur eine Behandlung: den Sieg!« schrie Dachno. »Alles andere ist nur Schmerzlinderung. Und Sie sind ein Verblendeter. Sie hängen im Spinnennetz und zittern vor Angst, wann die Spinne daran ziehen wird. Das Spinnennetz ist ein Instrument, und Sie sind weniger als das, Sie sind ein Staubkorn darauf. Was wären Sie ohne dieses Spinnennetz? Ein Nichts, eine Null.«

»Wo haben Sie denn das alles her?«

»Urteilen Sie doch selbst. Das Alter der Spinne kann man nicht feststellen, weil in ihrem Paß ein falsches Datum steht. So verschwindet ihre Geburt irgendwo in der Geschichte. In welcher? In der biblischen natürlich. Diese Geschichte hat vielleicht hundert Jahre gedauert, vielleicht aber auch eine Milliarde, das spielt keine Rolle. So ist es auch mit der Spinne selbst. Sie hat vielleicht schon immer so ausgesehen wie heute. Beweise? Ihr Mantel. Sie hält alle Fäden unseres Lebens in ihren Händen. Sie ist älter als alles, was es im Leben gibt. Sie läßt uns leben, kann man sagen! Erinnern Sie sich nur, wie sie Sie in die Schule geholt hat. Sie ist das Leben. Wir alle sind Gefangene des Lebens, Gefangene der Spinne. In gewissem Sinne vielleicht auch ihre Geschöpfe. Ihr Tagwerk ist das

Werk des Lebens, nicht nur ihres eigenen, sondern des Lebens insgesamt.«

»Du liebe Zeit, was soll schon Besonderes am Werk der alten Frau sein? Ihre Komplexmethode?«

»Vergessen Sie die Methode, sie ist nur ein Mittel! Ihr Werk ist die Leitung, die Direktorenarbeit, Spinnenwerk. Sie sitzt ja wieder auf dem Direktorenstuhl, von dem sie nach dem Krieg herunterbefördert wurde. Jetzt wirft sie wieder ihre Netze aus und knüpft ihr Gewebe. Von hier bis Moskau. Was sag ich! Bis nach Paris und weiter. Marja Gawrilowna zieht hier in Pjerwomaisk an einem Fädchen, und auf dem Montmartre antwortet es: Irgendein Franzose beginnt auf das Zeichen der Spinne nach Moskauer Art zu tschilpen.«

»Das ist unlogisch. Wenn ihr ganzes Werk nur in der Direktorenarbeit besteht, wozu sollte sie dann das Spinnennetz so weit knüpfen? Bis zur Gebiets-, pardon, Gouvernementsverwaltung der Volksbildung würde doch reichen.«

»Unsinn! Wozu, wenn nicht, um die Stellung zu halten! Um auf ihrem Stuhl sitzen zu bleiben. Wie hoch du dich auch hinaufarbeitest, deine erste Aufgabe ist auch die letzte: den Stuhl halten. Was sonst? Rutsch also auf deinem Stuhl herum, knüpf das Netz immer weiter und fester, mach für alle ein stabiles Nest daraus, damit du sie in der Hand hast. Sonst könnte jemand auf den Gedanken kommen, die Direktorin sei schwach, jetzt ginge es... und sich vom Spinnennetz losreißen. Das wäre dann kaputt, das Nest würde wackeln und runterfallen. Ich sage es Ihnen aufrichtig: Das ist das Werk ihres Lebens. Und wir alle sind ihr ins Netz gegangen. Schon, als wir geboren wurden. Wir sind alle schwach und hängen von der Direktorin ab, zittern in ihrem Spinnennetz, wie einst die ersten Kinder auf Erden einsam und hilflos gezittert haben, vollkommen abhängig von ihrer Mutter, der mächtigen Spinnenglucke. Sie verstehen, welche Glucke das war: die Urmutter. Was können wir dieser erbärmlichen Abhängigkeit entgegensetzen? Nur Unabhängigkeit. Unabhängigkeit! Jetzt verstehen Sie, weshalb wir dafür kämpfen und weshalb wir siegen werden.«

»Die Urmutter!« schrie Kiebitz auf, er hatte plötzlich die Erklärung und den Namen dessen, was ihn im Gespräch mit Marja Gawrilowna so gequält hatte. »Eva, die Allglucke!«

»Na, was sag' ich denn?« bestätigte Dachno. »Also, wie steht's, kommen Sie zu uns?«

»Eva«, wiederholte Kiebitz nachdenklich und begab sich in eine ganz andere Richtung, nämlich zum Ausgang.

»Denken Sie darüber nach!« rief ihm Dachno hinterher und wiederholte unwillkürlich den Appell der verhaßten Spinne.

Kiebitz war tatsächlich in Gedanken versunken, aber in ganz andere, die durch die soeben gemachte Entdeckung ausgelöst waren. Er ging ins Erdgeschoß hinunter und auf die Straße hinaus. Die Sonne blendete ihn. Während er die Augen zusammenkniff und sich daran gewöhnte, kam jemand zu ihm und fragte: »Was, schon geschlagen worden?«

»Nein, noch nicht«, antwortete Kiebitz mechanisch.

Dann erst schaute er, wer ihm diese freche Frage gestellt hatte. Zu seinem nicht geringen Erstaunen erkannte er in dem Frechling Ljuska aus der Vorstadt, den er längst für das Alptraumerzeugnis jener Zeit gehalten hatte, als er die Wirklichkeit nicht von Halluzinationen und Träumen unterscheiden konnte. Und dieser Ljuska, der sich als wirklich erwies und kein Gran seiner Dreistigkeit verloren hatte, stand nun vor ihm und erkundigte sich, ob Kiebitz heute schon geschlagen worden war.

»Dann werden Sie es noch«, versprach der unverschämte Kerl. »Ich soll Sie aus Pferdezwist grüßen.«

»Von wem?« fragte Kiebitz. Es gab doch eigentlich niemanden mehr, der ihn grüßen konnte.

»Von der, die Ihr Leben im Spiegel verbrannt hat. Erinnern Sie sich?«

»Ja, ja«, sagte Kiebitz, mit eigenen Gedanken beschäftigt. »Na, und wie geht's ihr?«

»Sie lebt und hat Sehnsucht«, kicherte Ljuska. »Schwelgt in schönen Erinnerungen. Aber ich habe ein Anliegen an Sie.«

»Ja?« Kiebitz faßte sich wieder. »Na, dann pack schon aus!«

»Ich möchte Sie warnen, daß man Sie nicht in Ruhe lassen wird. Machen Sie sich keine Hoffnungen.«

»Wer ist man?«

»Alle. Alle wie ein Mann. Die, die sich in der Schule breit gemacht haben, und die, die im Theaterkeller sitzen. Und die, die sich in dem grauen Haus in der Hauptstraße einquartiert haben.«

»Und was folgt daraus?«

»Ah, Sie glauben mir nicht. Sie brauchen Beweise. Die kann ich Ihnen geben. Sie müssen begreifen, daß der Ring um Sie geschlossen ist. Die Judenschweine, zum Beispiel, haben schon die Cholera in die Vorstadt eingeschleppt.«

»Laß diese Ausdrücke, wenn du willst, daß ich mit dir rede, Kleiner. Und überhaupt, wozu brauchen die Juden die Vorstadt, die Zigeunersiedlung?«

»In der Vorstadt sind auch viele von uns. Und diese Zigeuner oder Assyrer, sind das Ihrer Meinung nach keine Judenschweine? Auch Rabin läuft schon seit dem Morgen frei herum.«

»Wie frei herum? Verwechselst du da nichts?«

»Nein, und wie ein Pfau stolziert er daher. Als Antwort darauf bereiten die Partisanen ein Pogrom vor. Als Protest gegen Rabins vollständige Handlungsfreiheit.«

»Halt, da stimmt was nicht. Rabin und die Partisanen machen gemeinsame Sache? Wie soll ich mir das zusammenreimen?«

»Rabin ist ein Verräter und Spion. Er fischt im trüben und wartet auf eine neue Welle der Ereignisse. Was ist Rabin, ein Jude? Nein, ein Judenschwein, kapiert?«

»Keineswegs.«

»Alles Schlechte kommt von den Judenschweinen. Und die Juden leiden. Wieder nicht kapiert? Na, schön, du wirst es kapieren, wenn du die Tatsachen bekommst.«

»Du hast mich nicht zu duzen!« empörte sich Kiebitz. »Deinem Alter nach, Freundchen, bist du noch Schüler. Welche Tatsachen, und wann bekomme ich sie?«

»Ich kann Sie auch siezen«, stimmte Ljuska zu. »Obwohl das dann länger geht. Aber Sie sollten auch mit mir sanfter umgehen, wie ein Lehrer.«

»Zuviel der Ehre«, entgegnete Kiebitz. »Raus mit den Tatsachen!«

»Sofort. Aber Sie versprechen mir, daß Sie mir auch helfen werden, ja?«

»Wie denn?«

»Deshalb bin ich ja hier. Ich brauche ein Zeugnis, daß ich die Mittelschule abgeschlossen habe. Ich möchte ans Institut. In der Vorstadt haben wir nur eine Grundschule, und die auch nur für die Bekloppten.«

»Meiner Meinung nach bist du dort gerade richtig.«

»Vielleicht, aber das Zeugnis kriegt man dort nicht. Bei Ihnen in der Schule kriegt man es. Kapiert? Sie helfen mir, und ich besorge Ihnen die Tatsachen.«

»Gut«, stimmte Kiebitz zu. »Ich helfe dir, obwohl ich dir nicht versprechen kann, daß es klappt. Ich bin schließlich nicht der Direktor. Bist du mit dieser Formulierung des Vertrags einverstanden?«

»Naja, ich werde mit den anderen Lehrern auch noch reden. Und mit dem Unterrichtsleiter. Es wird auch ohne die Direktorin gehen. Ihre Tatsachen kriegen Sie morgen. Kommen Sie morgen um fünf Uhr auf die andere Seite der Olwiopoler Brücke. Dort werden Sie selbst alles sehen. Verstecken Sie sich nur gut. Sonst ist es aus mit Ihnen. Die werden keinen Spaß verstehen. Hören Sie, man will Sie fertigmachen! Es wird noch Gerichtsverhandlungen geben. In einer davon werden Sie als Anstifter zum Pogrom angeklagt werden. Sie sind schon als Sündenbock ausgewählt. Weil Sie still sind und glauben, daß Sie an allem schuld sind. Mit Ihnen hat man leichtes Spiel.«

»Bist du nicht ein bißchen plem-plem?«

»Wie bitte?« Ljuska war beleidigt. »Ist dieser Gedanke Ihrer Meinung nach zu raffiniert für mich? Kommen Sie morgen, dann werden Sie selbst sehen, ob er's ist oder nicht. Punkt fünf.«

»Wenn du mich angeschmiert hast, werde ich dich noch aus dem Grab erwischen«, versprach Kiebitz.

»Ts-ts-ts! Wann haben Sie sich denn so im Charakter verändert? Offenbar ist das Leben zur Zeit für Sie kein Zuckerschlekken. Früher waren Sie netter. Na, ciao bambino. Verstecken Sie sich morgen gut. Vielleicht werden Sie sich verteidigen müssen... Übrigens, brauchen Sie nicht das Ding, das Sie einmal in einer Badehütte vergessen haben? Zwei Dinger haben Sie damals sogar vergessen. Brauchen Sie's? Zwei verspreche ich nicht, aber eins bringe ich Ihnen, obwohl ich selbst keins übrig habe. Wenn Sie wollen, bringe ich's Ihnen noch heute.«

»Bring's mir«, entschied Kiebitz. »Am Ende stimmt das mit dem Pogrom. Weißt du, wo ich wohne?«

»Ich werd's rauskriegen.«

»Dann leg es rechts unter die Vortreppe.«

»Alles klar«, sagte Ljuska.

Er ging, vielmehr tänzelte davon: Fußspitzen nach innen, Brust eingesunken, Hintern wackelnd, wie ein laufendes Entlein.

»Pfui!« Kiebitz spuckte ihm nach und ging in die entgegengesetzte Richtung, gemessenen Schrittes, wie es seiner neuen Regel entsprach.

Wieder war er in Gedanken versunken, er mußte über vieles nachdenken. Während er gemächlich seinem Haus zuwanderte, bemerkte er nichts um sich herum. Der Tag war sonnig und still, aber auf Kiebitz wirbelte er herab wie Schnee, wie ein Sturm. Das hätte er übrigens nach den nächtlichen Turbulenzen in der Atmosphäre und der ein wenig künstlichen Windstille der letzten drei Monate auch erwarten müssen. Die Umstände, die sich ihm heute eröffnet hatten, zwangen sein halbverschlafenes Gehirn, wieder zu arbeiten und die alten Ereignisse mit den neuen Sorgen zu verknüpfen. An die Echtheit dieser neuen Sorgen mochte er nicht sofort glauben, aber irgendwie fügten sie sich in das bunte Gesamtbild des Jahres ein. Dieses Bild sich ganz vorzustellen und vernünftig zu bewerten, war jedoch einstweilen noch unmöglich. Deshalb beschäftigte sich Kiebitz auf dem Heimweg damit, die Elemente dieses Bildes gegeneinander auszutauschen und neue Kombinationen daraus zu bilden, so als spiele er mit Bauklötzen, auf deren Seiten Buchstaben standen, die man zu sinnvollen Wörtern zusammenlegen sollte.

Kiebitz fand zwar nichts Sinnvolles, kam aber doch zu einem positiven Schluß. Er nahm sich fest vor, morgen früh um fünf auf die Brücke zu gehen. Und wenn er dort irgend etwas erfahren sollte, dann wollte er dies dem unvollständigen Bild hinzufügen und seine Überlegungen damit beenden. Wenn aber die ganze Geschichte mit der Brücke nur ein übler Streich von Ljuska war oder eine Provokation dessen, dem die Rotznase diente, dann war es noch einfacher. Ljuska bekäme eins in die Fresse, mit dem Zeugnis würde er ihm nicht helfen und auf den, der ihn geschickt hatte, würde er einfach pfeifen. Damit wären wiederum alle Überlegungen beendet.

In diesem Stadium blickte sich Kiebitz um und entdeckte, daß er die Hauptstraße unweit des Bahnhofs überquerte. Von dort raste justament ein riesiges, schwarzes Auto mit spiegelnden Scheiben und blitzenden Chromteilen schnurstracks auf ihn zu.

Das Auto flog lautlos und zielgerichtet heran. Sein Kühler, dieser raubgierige Rachen, schien seine Zähne geradewegs in Kiebitz schlagen zu wollen. Es gab keinerlei Warnsignale. Kiebitz, noch nicht völlig aus seinen Überlegungen über das Leben erwacht, erkannte dennoch diese auf ihn zurasende Todesmaske, hob langsam die Hand, wie um ihr Einhalt zu gebieten, hob langsam den Fuß, um sich von ihrer Fluglinie zu entfernen... Seine Bewegungen nahmen sich im Vergleich zu dem zielstrebig auf ihn zufliegenden lackierten Körper besonders zeitlupenhaft aus.

Zeit, Geräusche und Phantasie erstarrten für einen Augenblick, dann stürmte die Zeit mit verdreifachter Geschwindigkeit weiter, und Kiebitz sprang unmittelbar vor dem Kühler zur Seite, hinter sich hörte er noch ein Rauschen und Quietschen. Er fühlte, wie ihn die glitschige Flanke des unheimlichen Fischvogeltiers mit dem beinahe menschlichen Gesicht an der Hüfte streifte. Dann versetzte ihm die Sphinx einen weichen, starken Stoß in den Rücken, der ihn kreiseln und dann stürzen ließ. Gleich danach spürte er einen scharfen Schmerz in den Ellbogen und das schrundige Kopfsteinpflaster unter der Nase.

Die zischende, schwarze Masse raste vorbei, ohne Kiebitz wirklichen Schaden zugefügt zu haben. Er schaute ihr nach und sah schon nichts mehr, nur noch den auf der Netzhaut abgebildeten und vor dem Theater verschwimmenden, wuchtigen Kofferraum mit den roten Bremslichtern, die besonders grell aufleuchteten, als das Auto um die Ecke bog. Kiebitz erhob sich von den Knien, klopfte den Staub ab und rettete sich auf den Gehweg wie aus einem wilden Gebirgsbach – völlig durchnäßt. Keiner der Passanten blickte zu ihm hin, keiner fragte, ob er Hilfe brauche. Auf der Straße waren keine Bekannten. Nur ein unbekannter Goltaner, schon älter und durchaus gebildet wirkend, wahrscheinlich ein hoher Angestellter, knurrte vor sich hin: »Noch mal davongekommen, aber vergebens.« Kiebitz begriff selbst, daß es vergebens war. Leute wie ihn, die im Gehen einschliefen, mußte es natürlich erwischen. Auf seinen Zähnen und in seinem Herzen knirschte der bittere Staub, den er mit der Spucke zusammen hinuntergeschluckt hatte, als er vor der verchromten Sphinx auf die Knie gefallen war. Der rotschwarze Staub aus Astrachan.

Dennoch fand sich eine Seele in der Stadt, die Mitleid mit ihm hatte. Weiches Leder berührte seine Schulter, es duftete nach einem bekannten Parfüm, und Vera Dolskajas Stimme erklang wie ein verspätetes, aber immerhin warnendes Signal vor der Gefahr: »Sie müssen sich frischmachen. Kommen Sie zu mir herauf. So etwas Unheimliches! Ich habe alles aus dem Fenster gesehen. Mein Gott, Sie hätten direkt unter meinem Fenster umkommen können!«

Kiebitz, durchnäßt von der Hitze des verspäteten Altweibersommers und von der eigenen inneren Glut, spürte, wie eine Gänsehaut seine Schulterblätter überlief. Er konnte sich nicht gegen die Erstarrung wehren, die ihn lähmte wie Frost aus heiterem Himmel einen Sperling.

Vera Dolskaja klemmte ihn unter den Flügel und führte ihn ins Hotel. Es lag genau der Stelle gegenüber, wo er ans Ufer des Flusses gekrochen war, in dem er ums Haar ertrunken wäre. Der Fluß, vielmehr die Straße, war jetzt praktisch leer und ausgesprochen ruhig. Man hätte glauben können, daß alles, was sich soeben darauf ereignet hatte, nur ein Traum gewesen war. Halb schlafend, leistete Kiebitz Vera Dolskaja keinen Widerstand.

Nachdem sie ihn im Sessel ihres Einzelzimmers plaziert hatte, ging sie unverzüglich daran, ihre Retterinnenpflichten zu erfüllen. Sie gab ihm Wasser zu trinken und goß Toilettenwasser über die Schrammen an Ellbogen und Handflächen. Schlapp und gefügig ordnete er sich ihr unter. Behutsam von ihr gestützt, ging er zum Waschbecken und wusch sich das Gesicht. Diese einfachen Mittel hatten eine heilsame Wirkung, er beruhigte sich vollends und begann sogar zu überlegen, wie er am geschicktesten von hier fortkäme. Doch es wollte ihm nichts einfallen, denn jetzt stand er gewissermaßen in Vera Dolskajas Schuld und mußte ihre Mühen wenigstens mit Höflichkeit bezahlen. Er versuchte sich einzureden, daß er sie ihr ja schon früher vergolten hatte, damals, als er ihr die Flucht aus Golta ermöglichte. Doch dies gelang ihm nicht überzeugend. Vera Dolskaja aber hatte, während Kiebitz nach einem Vorwand für intelligentes Weggehen suchte, zur Etagenfrau laufen und zwei Gläser Pulverkaffee holen können.

»Hier die letzte und beste Medizin«, sagte sie beiläufig. »Meine Heiterheit ist natürlich ganz unpassend, aber es ist ja alles noch mal gutgegangen! Ich freue mich nämlich, daß dieser unheimliche Vorfall Sie zu mir gebracht hat. Sehen Sie... Jetzt kommt ein Geständnis... Ich bleibe noch einen Tag länger hier. Und wissen Sie, wozu? Um mit Ihnen endgültig ins reine zu kommen. Geht das? Darf ich diesen unheimlichen, aber glücklichen Zufall nutzen?«

»Machen Sie, was Sie wollen«, gestattete ihr Kiebitz gleichgültig, vielmehr Gleichgültigkeit mimend.

»Denken Sie nur«, fuhr Vera Dolskaja fort, »was für eine seelenlose Maschine, was für ein toter, willenloser Mechanismus das für mich getan hat, was ich mit meinen eigenen Kräften nicht geschafft habe. Sie sind hier. Ich konnte nicht wegfahren in dem Bewußtsein, daß Sie mich... verachten. Oder gar hassen? Boris Andrejewitsch, Lieber, so darf es nicht zwischen uns bleiben. Ich verstehe ja alles. Bitte verzeihen Sie mir. Ich flehe Sie an, mein Freund. Sagen Sie: Ich verzeihe Ihnen aufrichtig. Was kostet Sie diese Bagatelle? Aber für mich ist sie furchtbar wichtig. Ich kann seitdem nicht mehr schlafen, schlucke kiloweise Schlaftabletten. Meine Nerven sind zerrüttet. Lieber Gott, und wenn ich doch einschlafe, dann sollten Sie wissen, was ich träume! Wenn Sie nur wüßten, was ich dann träume.«

Tränen traten in Vera Dolskajas Augen, ihre Pupillen wurden noch tiefer und gänzlich undurchlässig. Vielleicht ist jede Undurchlässigkeit mit dieser Tiefe verbunden, wer weiß. Jedenfalls bemühte sich Vera Dolskaja, nicht zu blinzeln, um die Tränen nicht wegzuzwinkern.

»Boris Andrejewitsch, Borjenka! Befehlen Sie mir, was ich tun soll, damit Sie mir verzeihen. Befehlen Sie es mir, um Gottes willen, ich werde alles tun. Werden Sie meine Seele freigeben, ja?«

»Genug«, sagte Kiebitz verwirrt. »Wozu das alles? Wenn Sie wollen, bitte, ich verzeihe Ihnen, aufrichtig, wenn Sie sich das so in den Kopf gesetzt haben.«

»Ich glaube es nicht!« schrie die Dolskaja. Regisseure schreien so, wenn die Schauspieler falsch spielen. »Sie glauben selbst nicht, was Sie gesagt haben!«

Sie fiel plötzlich vor dem im Sessel sitzenden Kiebitz auf die Knie und schien seine verstaubte Hose mit dem Mund zu berühren.

»Hören Sie auf, was tun Sie da!« murmelte er und schob Vera Dolskaja weg, aber ohne Erfolg. Sie klammerte sich an die Sesselbeine. »Ich habe doch gesagt, es ist alles in Ordnung. Ich habe Ihnen verziehen, was wollen Sie denn noch?«

Er stieß sie stärker weg, Vera Dolskaja kippte um, fuchtelte mit den Armen und fiel der Länge nach hin, wobei sie mit dem Hinterkopf hart auf dem Boden aufschlug. Kiebitz packte kaltes

Entsetzen, er sprang auf. Vera Dolskaja lag reglos in der Haltung eines ermatteten Pilgers da und hatte die Augen geschlossen. Ihr Rock war über die Knie hochgerutscht. Diese Knie schimmerten rund und offensichtlich weich durch die dunklen Strümpfe. Vera Dolskaja öffnete die Augen einen Spalt weit und stöhnte leise. Ein Bein krümmte sich langsam und stellte sich auf... Und Kiebitz, der aus irgendeinem Grund gerade die unnötigen Details mit besonderer Schärfe wahrnahm, erblickte den dunklen Randstreifen des Strumpfes und dahinter ein blendend weißes Stück Schenkel. Er zuckte zusammen, wandte seinen Blick ab und stieß auf Vera Dolskajas traurige, ganz nah gerückte, in Tränen schwimmende Augen. Sie zwinkerte langsam, ein Tränchen sprang von ihrer Wimper und lief gleichsam auf Zehenspitzen zu ihrem kleinen Ohr, um sich darunter zu verstecken... Auf ihrer Wange blieb eine Spur zurück, die das Tränchen in den Puder gezeichnet hatte.

Letzteres brachte Kiebitz aus seiner halb eisigen, halb hitzigen Erstarrung. Er packte Vera Dolskaja unterm Arm und setzte sie gewaltsam in den Sessel, der gerade eben sein Platz gewesen war. Mit dieser Aktion zerstörte er die kleine Distanz zwischen sich und Vera Dolskaja, die er bislang irgendwie hatte wahren können. Vera Dolskaja machte sich dies zunutze und streifte mit ihren Lippen flüchtig seinen Mund.

»Na so was«, sagte Kiebitz und sprang ungeschickt vom Sessel zurück. »Sie können ganz beruhigt sein. Ich habe Ihnen wirklich verziehen. Alles, was Sie hier abgezogen haben, ist unnötig. Die Schau braucht keiner, Sie vor allem nicht.«

»Sie sind ein guter, wunderbarer Mensch«, sagte Vera Dolskaja. »Und ich bin ein Scheusal. Ein Weib. Ob Sie es glauben oder nicht, ich begreife jetzt erst, was für eine dumme Gans ich damals war. Wissen Sie, ich habe danach oft gedacht, wie schön wir es hätten haben können... zusammen. Statt dessen habe ich die Rolle einer weiteren Widrigkeit in Ihrem Schicksal gespielt, das Sie so unverdient verfolgt. Die Rolle eines seiner kläglichen Zufälle.«

»Was für Zufälle sehen Sie denn in meinem Schicksal?« Kiebitz ging erregt durchs Zimmer und schwenkte die Arme. »Wo sehen Sie hier Zufälle?«

»War das etwa keiner heute?« wunderte sie sich. »Ich war

in meiner Erbschaftssache unterwegs, dann der Staubsturm, der Aufenthalt und zum Schluß das Auto.«

»Wenn's doch so wäre! Urteilen Sie doch selbst, kann dieses Auto ein Zufall gewesen sein nach... Ah, Sie wissen nichts! Sie sind eine Durchreisende, eine Fremde. Was geht Sie das alles an?«

»Alles, was Sie betrifft, ist mir nicht fremd«, sagte sie ernst.

»Naja, ich Dummkopf dachte, es sei schon alles vorbei, habe sich beruhigt. Und heute hat alles wieder angefangen. Ich meinte, der Kreis habe sich geschlossen, aber er fängt dort wieder an, wo er aufgehört hat. Also steht mir genau dasselbe noch mal bevor? Das kann ich nicht, das halte ich nicht aus. Wie soll ich da jetzt rauskommen, sagen Sie es mir?«

»Ich weiß nicht«, antwortete Vera Dolskaja.

»Niemand weiß es. Diesmal bin ich viel stärker gebunden als damals. Ich habe jetzt Familie. Und damals hat mich wenigstens niemand am hellichten Tag zu überfahren versucht. Was heute passiert ist, ist viel ernster und riecht nach Abgefeimtheit. Oh! Ich begreife es: Sie halten mich für... einen intellektuellen Trottel. Sie haben mich konserviert, wie einen gedörrten Fisch, für später, in Reserve. Und deshalb freigelassen. Sie sind sicher, daß ich ihnen jetzt bei allem zuarbeite, was sie sich ausgedacht haben. Jetzt setzen sie ganz bewußt auf solche wie mich. Aus irgendeinem Grund brauchen sie Menschen, die sich den Anschein geben, als könnten sie denken und ohne den verfluchten Akzent sprechen, die nicht so aussehen wie sie... Sie brauchen professionelle Intellektuelle, professionelle Kamikazetrottel.«

»Sie übertreiben«, entgegnete Vera Dolskaja unsicher. »Ganz bestimmt.«

»Was? Nein, ich bitte Sie, im Gegenteil, ich untertreibe! Ich bin schon gewitzt, verstehe vieles. Sehen Sie, es sind ja dieselben Typen, die wieder hochkommen! Ist das nicht bezeichnend? Sie haben sich ein bißchen verändert, aber es sind dieselben. Verstehen Sie? Damit sich wieder alles dreht, kommen die Toten hoch und werden wieder lebendig. Wir haben eine große Mobilisierung der Toten! Darunter bin auch ich, und ich begreife jetzt: Sie wollen all das nicht einmal, nicht zweimal, sondern immer so drehen, ewig. Deshalb machen sie nicht allen den Garaus. Manche betäuben sie nur, halten sie im Dämmerschlaf und konservieren sie fürs nächste Mal. Dann beleben sie diese Halbtoten und setzen sie wieder ein. Die Wiederbelebung geschieht mit den einfachsten Methoden. Es genügt zum Beispiel, irgendeinen in seinem Tran mit dem Auto umzufahren, schon ist er wieder wach, lebt energisch und hetzt sich ab... Wieder beteiligt er sich an einem Aufstand, einem Pogrom, der Cholera... Oh, wie recht dieser Idiot hat! Es genügt ihnen nicht, den Stuhl zu erklimmen, sie müssen ihn halten und rutschen deshalb darauf rum. Herumrutschen ist nach ihrer Überzeugung Leben.«

»Na, hören Sie, Sie dichten ja einen Horrorroman zusammen. Was heißt denn: Sie beleben die Toten wieder? In welchem Sinn meinen Sie das?«

»Im ganz direkten! Nehmen Sie einen x-beliebigen, Rabin zum Beispiel, obwohl Sie ihn nicht kennen. Das ist einer der wiederauferstandenen Toten, und einer der einflußreichsten.«

»Was ist er denn: Nikolaj Romanow, Roosevelt oder gar Arafat?«

»Mehr. Rothschild. Nein... Vielleicht auch nicht Rothschild... Ich weiß nicht genau. Aber eins weiß ich: Irgendwas ist da.«

»Aber was denn nun? Ach, wenn Sie es selbst nicht wissen, sollte man dann nicht lieber glauben, daß gar nichts ist?«

»Wie könnte ich das glauben? Und das Auto – war das etwa nicht? Rabin ist ja auch nicht allein, es sind viele!«

»Wer, zum Beispiel?«

»Viele«, antwortete Kiebitz überzeugt. »Darunter auch Sie. Rabin aber steht an erster Stelle. Wollen Sie das verneinen? Wer ist es dann? Na, sagen Sie schon, wer der Erste unter Ihnen ist, der Alleroberste! Nein, natürlich nicht Nikolaj Romanow, auch die anderen Romanows nicht, aber wer ist Ihr echter Zar? Ich verstehe, Sie wollen es um nichts in der Welt rausrücken... Aber ich kenne viele Gesichter und zu guter Letzt werde ich das finden, das dem Ersten gehört. Urmutter Eva, die das Spinnennetz auswirft? Oder dieser Gendarm Belezki, der allen vor den Füßen herumwuselt? Noch weiß ich es nicht, aber ich verspreche Ihnen: Ich werde es herausfinden.«

»Hören Sie mir zu, Boris«, sagte Vera Dolskaja müde. »Sie leiden offensichtlich unter Eintrübung des gesunden Menschenverstandes. Sie sind übermüdet und brauchen Erholung. Überall wittern Sie Verschwörungen, die gegen Sie gerichtet sind. Sie haben einfach zu lange in diesem Loch gesessen. Im Mauseloch oder im Nest, wie Sie wollen. Sie brauchen unbedingt frische Luft. Sie sind in Ihrer freiwilligen, na, vielleicht nicht ganz freiwilligen Klause blind und taub geworden. Sie hören selbst nicht, was Sie sagen: Rabin, Gendarm, Zar, Urmutter... Sie hätten noch die Freimaurer erwähnen sollen, den Malteserorden... sich irgendwas ausdenken können... die fünfte Internationale.«

»Halt! Kein Wort mehr!« schrie Kiebitz. »Ich glaube, jetzt begreife ich es... Natürlich, wer ist der Erste? Darauf kommt es an. Wer ist der Selbstherrscher, wer dreht das Rad, in dem sich alle drehen? Warum ist das so wichtig? Weil irgendeiner dieses Rad endlich anhalten und diesen Teufelskreis durchbrechen muß. Und warum muß er das? Weil... weil ich mich schützen muß. Ich habe Familie und ein Privatleben in dieser Familie. Meine zukünftigen Kinder wollen nicht als Waisen auf die Welt kommen, wollen nicht in Waisenhäusern von Spinnen erzogen werden, die nie ihren schwarzen Mantel ausziehen. Sie wollen einen Vater haben. Ein schlapper Intelligenzler? Ein gedörrter Fisch? Sicher? Wir werden noch sehen.«

»Um Gottes willen, stellen Sie nur nichts an!«

»Was denn? Doch, ich werde etwas anstellen, ich versprech's Ihnen. Das können Sie so weitergeben. Aber heute sage ich nichts mehr. Ich muß auch meine Geheimnisse hüten und meine Interessen wahren. Morgen, wenn ich alles mit meinen Augen sehe, wenn sich um fünf Uhr früh alles bestätigt, was ich vermute, dann reden wir weiter. Aber ich weiß schon heute, daß sich alles bestätigen wird. Dort werden wir sehen, ob ich eine Konserve bin oder noch nicht ganz.«

»Ich weiß nicht«, sagte Vera Dolskaja beleidigt, »wohin Sie morgen gehen. Ich bin auch nicht sicher, ob Sie gehen sollten. Wohin denn eigentlich? Naja, das interessiert mich nicht. Außerdem haben Sie versucht, mich zu kränken. Sie haben mich zu den Toten gezählt. Zu den wiederauferstandenen, aber das ist noch schlimmer. Das heißt doch, zu den Vampiren. Und das heißt auch, daß wir jetzt quitt sind. Wir haben uns beide gegenseitig gekränkt. Zwischen uns gibt es keine unbezahlten Rechnungen mehr. Und morgen, wenn Sie frei sind, treffen wir uns noch einmal, um wie Menschen voneinander Abschied zu nehmen. Zum letztenmal. Dann fahre ich weg. Für immer.«

»Wann soll das sein, morgen? Ach, morgen... Also werden Sie auch morgen nicht wegfahren.«

»Doch, ich werde fahren. Wir werden uns noch einmal sehen. Gleich am Morgen und danach gehe ich zum Zug.«

»Na, wenn Sie unbedingt wollen«, sagte Kiebitz unschlüssig. »Gut, ich nehme an, daß ich bis acht Uhr alles geschafft habe. Paßt es Ihnen um acht Uhr dreißig?«

»Traute, stille Provinz, ein Rendezvous mit einem Mann um halb neun in der Früh«, lachte Vera Dolskaja. »Aber es paßt mir. Der Zug geht um zehn Uhr irgendwas ab. Werden Sie wirklich hingehen? Ich meine, zu Ihrem Treffen um fünf, das ist doch merkwürdig, so früh, ist es nicht gefährlich für Sie? Wird Ihnen nichts zustoßen?«

»Nichts«, antwortete Kiebitz. »Danach komme ich gleich zu Ihnen und bringe Sie zum Zug. Es wird schon alles klappen, wenn uns irgendwer... wenn uns die Partisanen...«

»Was ist mit den Partisanen?«

»Wenn uns die Partisanen nicht dran hindern, wenn sie den Zug nicht zum Entgleisen bringen«, meinte Kiebitz düster. »Ich mache Spaß.«

Vera Dolskaja hatte ihm noch nicht »bis morgen« sagen können, da war er schon auf dem Flur. Sie hielt den Finger an die Nasenspitze und dachte nach.

Dreiundzwanzigstes Kapitel

Der Vogelzar

Ein paar Minuten später klopfte es an die Tür. Vera Dolskaja beschloß, nicht zu antworten. Aber die Tür öffnete sich auch ohne ihre Erlaubnis, und herein trat Belezki.

»Sesam, öffne dich!« befahl er ein wenig verspätet. »Wissen Sie, es ist unhöflich, so zu schweigen... Aber ich verzeihe Ihnen alles. Sie haben nämlich ausgesprochen Talent. Sie handeln rasch und erfolgreich. Eine seltene Kombination. Und mit welcher Begeisterung!«

»Hören Sie auf!« fuhr Vera Dolskaja ihn an. »Es ekelt mich so schon.«

»Sachte, sachte. Arbeit ist Arbeit. Unsere ist nicht unangenehmer als jede andere. Als die Schauspielerei zum Beispiel. Jeder Dienst ist schon deshalb unangenehm, weil er Dienst ist. Leider bestehen noch Vorurteile gegen manche Spielarten des Dienstes: gegen die Müllabfuhr, die Versitzgrubenreinigung und auch gegen uns... Das sind alles dumme Vorurteile. Sie werden natürlich einmal der Vergangenheit angehören, aber man muß sie doch bekämpfen.«

»Es ist mir trotzdem unangenehm! Ich tue für Sie, worum Sie mich gebeten haben. Aber mit Begeisterung tu ich's nicht! Ich nehme an, daß ich Ihnen jetzt Bericht erstatten muß über das..., was ich verübt habe?«

»Wieso?« grinste Belezki. »Ich weiß alles. Die Technik wird immer vollkommener, meine Liebe, wir machen in unserem Bereich Fortschritte.«

»Ach, so ist das!«

»Ja, so ist das. Und was für ein Gesicht schnitt unser Schützling, als Sie die Freimaurer erwähnten! Eine herrliche Grimasse!«

»Haben Sie das gesehen?«

»Natürlich! Übrigens, diese Freimaurer sind zwar auf Ihrem

eigenen Mist gewachsen, aber das war sehr passend, wirklich sehr. Versuchen Sie, beim nächsten Mal auf dieses Thema zurückzukommen.«

»Ich habe das neue Treffen nicht ausgemacht, um weiter über Ihre Themen zu reden«, widersprach Vera Dolskaja. »Ich wollte mein persönliches beenden.«

»Ich denke, die Themen decken sich, wenn auch nur teilweise, aber sie decken sich. Macht nichts, das Freimaurerthema wird Sie selbst interessieren: Sie werden die Ergebnisse Ihres heutigen Gesprächs mit eigenen Augen sehen. Es ist so ergreifend, wenn man die Früchte der eigenen Arbeit sieht! Sie werden bis dahin schon reif sein, das garantiere ich.«

»Ich wollte auf ein anderes Problem zurückkommen, Belezki«, sagte Vera Dolskaja zögernd. »Bitte versichern Sie mir, daß Boris Andrejewitsch aus meiner... Arbeit kein Schaden entsteht. Ist das gefährlich für ihn, was er gesagt hat? Was er morgen vorhat? Wissen Sie, ich kenne ihn jetzt ein wenig besser: Er ist ein hoffnungslos unausgeglichener Mensch.«

»Was Sie nicht sagen!« rief Belezki aus. »Und ich dachte, ganz im Gegenteil, er sei ein hoffnungsloser Phlegmatiker. Ist das eine Maske? Man lernt nie aus. Nein, machen Sie sich keine Sorgen. Es wird ihm alles nur nützen. Man muß dem Vogel die Chance geben, sich wieder dem Schwarm anzuschließen... Er kann doch nicht endlos als einsamer Solist sein ›Kuckuck‹ rufen. Wenn Ihr Boris Andrejewitsch nicht auf den Kopf gefallen ist, und das scheint er mir nicht zu sein, dann wird alles sehr vorteilhaft für ihn enden. Für Sie übrigens auch, sofern Sie auch nicht auf den Kopf gefallen sind. Ich meinerseits werde alles tun, damit jeder gerecht bedacht wird. Und meine Schulden zahle ich zurück.«

»Wirklich? Und die Sache ist nicht gefährlich, sagen Sie? Und was ist mit diesem Auto?«

»Was für ein Auto?«

»Machen Sie mir doch nichts vor! Das Auto, das ihn fast überfahren hätte!«

»Welche Marke und welche Nummer!«

»Ich weiß nicht, irgendwas Ausländisches.«

»Hand aufs Herz!« Belezki legte die Hand auf seine Brust. »Davon weiß ich nichts. Kein bißchen. Erzählen Sie.«

»Er wurde fast von einem Auto überfahren, hier unter meinem Fenster. Und das haben zweifellos Sie eingefädelt, damit ich ihn aufpicken konnte.«

»Ah, das meinen Sie«, Belezki wurde etwas nachdenklich. »Ja, ich habe von diesem unangenehmen Vorfall gehört. Aber ich wußte nicht, daß es ausgerechnet Kiebitz erwischt hat. Nein, ich habe nichts eingefädelt. Es war ein... Zufall. Ich will Ihnen etwas sagen: Ich wäre sogar sehr froh, wenn es ein einfacher Zufall wäre! Aber jetzt Schluß, kein Wort mehr.«

Belezki schenkte sich Wasser aus der auf dem Nachttisch stehenden Karaffe ein und trank es. Ernste Gedanken überschatteten sein Gesicht. Dieser Schatten ließ Vera Dolskaja beinahe glauben, daß seine Erklärungen der Wahrheit entsprachen.

»Naja«, murmelte Belezki vor sich hin. »Dieser Kiebitz hat wirklich Glück. Und er hat es oft. Das ist überhaupt die Idee! Wenn einer so viel Glück hat, dann müssen... ernsthafte Leute damit rechnen. In der Tat, wenn diese ernsthaften Leute damit rechnen, dann kann man sich ernsthaft darauf verlassen. Ja, eine ausgezeichnete Idee. Ich danke Ihnen, meine Liebe.«

Er schenkte sich noch ein Glas ein, trank jedoch nicht. Sein Gesicht hatte sich aufgehellt, ein neuer Gedanke hatte den Schatten vertrieben.

»Wissen Sie was?« rief er aus. »Ich möchte Ihnen etwas vorschlagen. Sie haben heute sowieso nichts zu tun. Lassen Sie uns zusammen einen Besuch machen, und zwar bei einem sehr interessanten Mann. Nein, lehnen Sie nicht gleich ab! Als ich von Ihrem Vorteil sprach, meinte ich genau diesen Mann. Er ist ein ganz hohes Tier. In dieser Gegend natürlich, obwohl nicht ausgeschlossen ist, daß... Also, kommen Sie mit mir mit? Ich verspreche Ihnen ein vornehmes Diner, nicht so wie hier im Hotel. So haben Sie in Saratow noch nicht gespeist, und auch in Moskau nicht.«

»Ich komme mit«, stimmte Vera Dolskaja zu. Ihr stand ja wirklich ein langweiliger Tag bevor. »Wenn Sie mich dort nicht zur Arbeit zwingen.«

»Du liebe Zeit! Wir sind doch nur ganz gewöhnliche Gäste in einem sehr gastfreundlichen Haus. Weiter nichts. Wir fahren sofort los.«

Belezki ging ans Fenster, schaute auf die Straße hinaus und trommelte mit den Fingern gegen die Scheibe.

»Gleich wird mich, vielmehr uns, ein Auto abholen. Ich gehe

schon hinunter. Und Sie werfen sich solang in Schale, putzen das Gefieder und kommen dann auch.«

Wie ein Tiger, der vor dem Sprung seine ganze Energie und Selbstsicherheit sammelt, ging er durchs Zimmer, federte auf den Fußspitzen und entfernte sich dann. Vera Dolskaja holte den kleinen Spiegel aus ihrer Tasche und betrachtete ihr Gesicht. Es war ganz frisch und rosig, als hätte sie keine Reise hinter sich, keine Übernachtung im Hotel und keine unangenehmen, die Nerven strapazierenden Aufträge. Trotzdem zog sie die Lippen nach, musterte sich wieder im Spiegel, steckte ihn in die Tasche zurück und ging Belezki nach.

Das Auto stand schon vor dem Eingang. Vera Dolskaja erkannte es sofort wieder. Es war das Auto, das Kiebitz um Haaresbreite überfahren hätte. Es war so schwarz, blitzte so luxuriös mit seinen Nickelverzierungen und den getönten Spiegelscheiben, war so ungewöhnlich schnittig und gepflegt, daß man es einfach wiedererkennen mußte, wenn man es schon einmal gesehen hatte. Jetzt verstand Vera Dolskaja, weshalb sie die Marke nicht hatte angeben können, es war tatsächlich ein ausländisches Fabrikat. Die Wagentüren waren geöffnet. An der vorderen stand Belezki, unterhielt sich mit dem Fahrer und betrachtete die näher kommende Vera Dolskaja. Der Fahrer betrachtete sie auch und redete dabei weiter.

»Ein Mercedes«, erklärte Belezki und schnitt seinem Gesprächspartner das Wort ab. Natürlich hatte er Vera Dolskajas neugieriges Interesse an dem blinkenden Spielzeug bemerkt und es möglicherweise als eine weitere, zufällig entdeckte kleine Schwäche seiner Dame in deren Personalakte eingetragen. »Gefällt er Ihnen?«

Vera Dolskaja konnte sich kaum beherrschen. Die Frage lag ihr auf der Zunge, weshalb er ihr vorgelogen habe, daß er nichts von dem Vorfall mit Kiebitz wisse. Und überhaupt hätte sie gerne wissen wollen, was das jetzt bedeuten sollte. Aber es war klar, daß sich ihr Arbeitgeber auch diesmal vor der Antwort drücken würde, und das half ihr, sich zu beherrschen.

Sie stieg schweigend ein und setzte sich auf den Rücksitz. Der Fahrer nahm am Lenkrad Platz. Belezki schwang sich auf den Sitz neben ihn wie zum Kutscher auf den Bock. Der Mercedes brauste sofort los, flitzte beinahe lautlos durch Goltas Hauptstraße und danach durch die engen Gäßchen, ohne in den

Kurven die Geschwindigkeit zu drosseln. Vera Dolskaja hatte noch nie ein so angenehmes Fahrgefühl erlebt. Kein Schütteln, kein Rumpeln, nur ein sanftes Schaukeln, von dem ihr leicht schwindlig wurde. Die Brücke flog vorbei, dann das Wäldchen, noch eine etwas kleinere Brücke, wieder ein Wäldchen, da hielten sie auf einer lieblichen Waldwiese an. Das Gras auf der Wiese war erstaunlich grün. Auch Vera Dolskaja staunte, da doch Herbst war, wenn auch sonnig am heutigen Tag. Der Monat war ebenfalls ein ganz normaler Herbstmonat: Oktober.

Am anderen Ende der Waldwiese stand an den dichten Tannenwald geschmiegt ein Haus aus Glas und Beton, gedrungen und irgendwie zielgerichtet wie ein startendes Flugzeug oder ein zum Sprung ansetzendes Tier. Eine Ecke des Hauses war abgeschnitten und die Schnittfläche vertieft. In der so entstandenen Nische befand sich ein riesiger Kamin. Davor stand eine Sitzgruppe aus einem Tischchen mit geschwungenen Beinen und Korbstühlen. So etwas hatte Vera Dolskaja noch nie gesehen. Belezki beobachtete väterlich lächelnd, wie sich ihr Gesichtsausdruck veränderte, vielleicht auf der Suche nach der richtigen Miene.

Rund ums Haus war keine Seele zu sehen. Nur vor dem Eingang lag ein großer Hund mit langhaarigem Fell auf der einzigen Stufe.

Belezki sprang als erster aus dem Auto, riß der Dame galant den Schlag auf und machte eine gezierte Verbeugung vor ihr. Der Fahrer blieb auf dem Kutschbock sitzen. Vera Dolskaja aber nahm nun schon ohne Gereiztheit Belezkis Spiel auf, stützte sich auf seinen Arm, den er ihr reichte, und trat recht anmutig ins Gras. Danach ging sie weiterhin am Arm ihres Kavaliers genauso anmutig durch die Wiese zum Haus. Jetzt entstand endlich der richtige Ausdruck auf ihrem Gesicht: die bezaubernde Grimasse falscher Unnahbarkeit. Es war, als versetze sie irgend etwas in Erregung, zunächst nur ganz leicht, dann immer mehr, als würde sie sich für etwas öffnen, das es hier nicht gab, für das sie aber seit langem bereit war. Ja, wofür sie eigentlich geboren war.

Belezki blickte sie entzückt an.

Gemeinsam betraten sie die etwas zu breite Stufe. Der Hund musterte sie schweigend. Die Tür öffnete sich lautlos, wahrscheinlich automatisch, und schloß sich ebenso lautlos hinter ihnen. Das Licht flammte von alleine auf, und wie aus der Wand flatterte ein behendes Kerlchen in einem seltsamen Jackett mit langen Schößen auf sie zu.

»Man wartet schon, man hat sich schon erkundigt«, plapperte es mit knarrender Papageienstimme.

Es war rätselhaft, wie es hatte geschehen können, aber Belezki hatte plötzlich dieselbe Größe wie Vera Dolskaja, obwohl er gerade noch deutlich größer gewesen war als sie. Der Papageienmensch öffnete eine zweite Tür vor ihnen, dann, nachdem er auf Zehenspitzen durch die Diele gelaufen war, die dritte... Sie befanden sich in einem riesigen Zimmer, wahrscheinlich im Salon. Sein sanftes Halbdunkel war gesättigt mit feinen Düften, deren Herkunft Vera Dolskaja nicht kannte. Leise erklang eine unsichtbare Musik. In dem gewaltigen Kamin verglommen die Scheite. Teppiche, Sofas, Polstersessel mit kleinen Beistelltischchen, Hocker, Vasen und überall Lampen in Hülle und Fülle: bauchige, schlanke, elegante, derbe, braune, grüne, schwarze... All das war wie von einem unsichtbaren Spinngewebe mit hauchfeinen Fäden verknüpft und umwickelt, stand untereinander in Beziehung und spielte ein kompliziertes Spiel, dessen Regeln der Uneingeweihte nicht verstand. Dabei blieb jeder Gegenstand für sich bestehen und verlor sich nicht in der fast chaotischen Verflechtung der Formen, Linien und des sanften Kolorits aus Braun, Grün und Weinrot. An der sichtbarsten Stelle, über dem Kamin, hingen Kachelbilder in betont schlichten Rahmen. Das eine stellte Kopernikus dar, das andere einen Unbekannten im Schlapphut.

Der Mensch bat die Gäste, vor dem Kamin Platz zu nehmen, stellte einen Aschenbecher und ein kleines Kästchen auf das Tischchen neben sie, drehte sich auf einem Bein und verschwand. Vera Dolskaja schaute, ohne den unnahbaren Gesichtsausdruck zu verlieren, in Belezkis Augen und versuchte darin, die Lösung des Rätsels zu finden, was dies alles zu bedeuten habe. Belezki setzte zur Antwort auf ihre niedliche Grimasse eine verheißungsvolle Miene auf.

Er hatte recht. Irgend etwas klickte leise. Über dem Kamin leuchtete ein kleiner Bildschirm auf. Er war zunächst leer, dann erschien im Kopf ein Profil mit den Umrissen eines Vogels. Danach drehte sich der Kopf, und ein etwas aufgedunsenes Männergesicht mit großer Nase und engstehenden, runden

Augen füllte den ganzen Bildschirm. Der Mann war etwa sechzig Jahre alt. Sein unverwandter, schwerer Blick legte sich auf Vera Dolskaja und verweilte ein wenig auf ihr... Sie spürte mit dem ganzen Körper seine Schwere. Dann bewegten sich die Lippen des Mannes lautlos, und wieder wandte er den Zuschauern sein Profil zu. Der Bildschirm verlöschte.

Vera Dolskaja fühlte sich unbehaglich. Sie bedauerte, daß sie Belezki nachgegeben hatte und mit ihm hierher gefahren war. Doch das dauerte nicht lange, die Handlung nahm ihren Lauf.

Wieder schoß der Papageienmensch wie aus dem Erdboden aus dem Teppich, in den man knöcheltief einsank, und rollte blitzartig einen Teewagen heran. Darauf dampften zwei Tassen Kaffee. Daneben funkelten zwei Kristallgläser mit einer durchsichtigen Flüssigkeit, vielleicht Wasser. Im Wasser trudelten farbige Eisstückchen. Der Kaffeeduft war ungewöhnlich stark.

»Bitte«, knirschte der Mann. »Sie werden bald selbst herauskommen. Es ist noch Geschäftliches zu bereden.«

Knirschte es und verschwand wieder irgendwohin. Vera Dolskaja schien es, als habe sich dem Kaffeedunst der Gestank versengter Federn und Schwefel beigemischt. Belezki stürzte den Kaffee in einem Zug hinunter, sah, daß Vera Dolskaja zögerte, und hob fragend das Kinn. »Na?« meinte er und deutete auf ihre Tasse. Sie schüttelte verneinend ihr unnahbares Gesicht. Belezki nahm flink ihre Tasse und leerte sie ebenfalls in einem Zug. Dann trank er Wasser nach.

»Entschuldigen Sie«, sagte er leicht verlegen, »ich habe zwei Nächte nicht geschlafen und bin müde.«

»Ich dachte, Sie trinken zwei, weil es nichts kostet«, sagte Vera Dolskaja heiser.

Belezki betrachtete sie mit noch größerer Begeisterung, angelte aus der Schachtel, die der Papageienmann gebracht hatte, eine lange Zigarette, griff sich das Feuerzeug und rauchte sie an. Dann stieß er den Rauch geräuschvoll aus, streckte die Beine von sich und schloß die Augen. Er fühlte sich offenbar hervorragend. Das konnte Vera Dolskaja von sich selbst nicht sagen. Das Warten zog sich in die Länge.

Als Belezki ausgeraucht hatte, nickte er vollends ein. Vera Dolskaja warf einen bangen Blick auf den Bildschirm und dachte nach, wie sie sich am geschicktesten fortstehlen könnte. In ihren Überlegungen rangierte der Hund auf der Vortreppe nicht an letzter Stelle. Und gerade als sie nach einem Mittel zu suchen begann, wie sie ohne Komplikationen an dem bedrohlichen Wächter vorbeiwitschen könnte, öffnete sich eine von einem schweren Vorhang verdeckte Tür, und ein ebenso riesiger Hund lief in den Salon. Hinter ihm trat ein stämmiger Mann ein, sofort vervielfältigt von bis dahin unsichtbaren Spiegeln, es war derselbe, der Vera Dolskaja vorhin aus dem Bildschirm angeschaut hatte. Sie erkannte ihn, obwohl der Mann inzwischen seine Frisur verändert hatte. Statt des platt zurückgekämmten hellen Haars hatte er jetzt üppige Locken in einem frischen Kastanienbraun, die seine Ohren verdeckten. »Eine Perücke«, befand Vera Dolskaja. Der Mann trug Jeans mit einem grellen Markenschild. Als er näher kam, erschauerte Vera. Das Gesicht des Mannes war völlig haarlos, sogar ohne Brauen und Wimpern. Mit seinem starren Adlerblick schien er die schwindende Unnahbarkeit in Vera Dolskajas Grimasse zu berühren. Energisch sagte er, und Vera Dolskaja konnte dabei deutlich das Aroma eines hochwertigen Alkohols erschnuppern: »Sie sind schön. Das wußte ich schon. Aber das... macht nichts. Es geht vorbei.«

Der Klang dieser ein wenig kehligen Stimme ließ Belezki aus seinem Schlummer auffahren und hochspringen. Der Trick mit dem Kleinerwerden war ihm erneut gelungen, wenn auch nicht so geschickt wie beim erstenmal, dafür war er jetzt noch kleiner als Vera Dolskaja und wohl etwa gleich groß mit dem Hausherrn.

»Wir sind es, Iwan Wassiljewitsch«, murmelte der Zauberkünstler verlegen.

»Wir«, der Hausherr verzog das Gesicht. »Falsches Kollektivgefühl. Veraltetes Wort. Stell mich lieber der Dame vor, wie es sich gehört.«

»Vera Nikolajewna Dolskaja.« Belezki machte eine kleine Verbeugung zu ihr hin.

»Guten Tag«, sagte Vera Dolskaja heiser und ebenfalls verlegen, sie wunderte sich über ihre plötzliche Befangenheit.

»Und das ist Er Selbst. Das ist unser... Erster, Iwan Wassiljewitsch Adamenko. Der Allererste.«

»Na, schon gut«, stoppte Adamenko Belezki herablassend. »Das genügt. Du hast die Frau ganz erschreckt. Setzen Sie sich.«

Bei den letzten Worten sprang der papageienhafte Miniaturmensch, das flinke Teufelchen, herbei und stellte einen dritten Sessel neben die beiden ersten. Der Hund lief offenbar auf dasselbe Kommando in die Ecke und legte sich dort hin, verfolgte jedoch die Handlungen seines Herrn unablässig weiter. Schon auf dem Bildschirm war Adamenkos Gesicht Vera Dolskaja bekannt vorgekommen. Jetzt, aus der Nähe, erschien es ihr noch vertrauter. Sie schloß für einen Moment die Augen und versuchte sich zu erinnern, wo sie ihm zuvor begegnet war. Sie erinnerte sich. Verwundert riß sie die Augen weit auf, schaute die über dem Kamin hängenden alten Kacheln an und überzeugte sich, daß der Mann im Schlapphut neben Kopernikus der Hausherr war, Iwan Wassiljewitsch selbst. Aber die hervorstechendste Besonderheit des Porträts war jetzt, bei der wiederholten Betrachtung, nicht seine verblüffende Ähnlichkeit mit Adamenko, sondern ein merkwürdiges Detail des Bildes: die übertrieben krallenartige Hand des Hausherrn, die aus Stahl zu sein schien. Merkwürdig war auch, daß Vera Dolskaja dieses auffallende Detail zuvor nicht wahrgenommen hatte.

Iwan Wassiljewitsch fing ihren verblüfften Blick auf und schmunzelte: »Ein großer Geist. Von überragender Kraft.« Er blickte auch auf die Kacheln, und ebenfalls nicht auf das Bildnis des Kopernikus, sondern auf sein eigenes.

»Ist er ein Verwandter von Ihnen oder ein guter Bekannter?« versuchte Vera Dolskaja ironisch zu fragen, so als bemerke sie nicht, worauf der Blick des Hausherrn tatsächlich gerichtet war. Sie erschrak über ihre Stimme, so tief und derb war sie plötzlich.

»Sie scherzen«, meinte Adamenko vorwurfsvoll. »Dabei entspricht der Scherz in diesem Fall vollkommen der Wahrheit.«

»Sogar mehr der Wahrheit als dem Scherz«, lachte Belezki und reagierte damit statt des Hausherrn auf Vera Dolskajas Frage.

»Und Sie... Wieso mischen Sie sich ein!« fuhr sie ihn an. Mit dem Eintreten des Hausherrn war ihr Belezki noch unangenehmer geworden. Sie hatte das Verhältnis zwischen den beiden richtig gedeutet und durfte jetzt in dem Dreiergespann nicht an unterster Stelle stehen, sondern mußte sich über Belezki, diesen Kuppler stellen.

»Er wollte sagen«, schaltete sich Adamenko ein, »daß ich Kopernikus nicht persönlich kannte. Aber nicht, weil er es nicht wollte, sondern weil mir das nichts gebracht hätte.«

»Verzeihen Sie, aber ich verstehe Sie nicht ganz«, Vera Dolskaja reckte stolz das Kinn. In Wirklichkeit war sie wieder erschrocken, jetzt über den Klang der fremden Stimme. Ja, sie war weniger über den Sinn, als vielmehr über den Tonfall erschrocken, in dem Adamenko den letzten Satz ausgesprochen hatte. Er hatte gelangweilt und mechanisch geklungen.

»Was gibt's da zu verstehen?« lächelte der Hausherr nur mit der einen Gesichtshälfte, der unteren. »Es ist doch ganz einfach: Ich kann alles, will aber nicht alles.«

»Wirklich alles?« fragte Vera Dolskaja so hochnäsig wie möglich.

»Alles«, bestätigte Adamenko.

Belezki nickte zustimmend. Vera Dolskaja folgerte, daß diese blöde Farce eingefädelt worden war, um sie zu verwirren. Die Männer aber, die sie eingefädelt hatten, blödelten nicht, sondern waren tatsächlich verrückt, zumindest einer von ihnen. Sie warf einen schrägen Blick auf Belezki und zischte: »Was wackeln Sie mit dem Kopf wie ein chinesisches Figürchen? Sie sollten abhauen, und zwar schnell. Was haben Sie hier noch zu tun, Sie Gendarm?«

Als er ihr Gezischel hörte, sprang der Hund in der Ecke auf und knurrte. Adamenko rückte mitsamt dem Sessel etwas ab und schnalzte mit der Zunge.

»Nichts leichter als das. Ts!«

Zu Vera Dolskajas Verblüffung sprang Belezki auf, schrumpfte vollends zum Zwerg zusammen und trippelte hurtig zur Tür, doch nicht zu der, durch die er und Vera in den Salon gekommen waren, sondern zu der, durch die Adamenko eingetreten war. Dort verschwand er hinter dem Vorhang.

»Na«, der Hausherr machte eine Handbewegung, »haben Sie sich überzeugt? Sich vergewissert? Aber nur... was könnte einfacher sein?«

»Ich hab's doch nicht ernst gemeint!« schrie Vera Dolskaja, rot vor Kränkung und zugleich neue Kränkungen befürchtend. »Das ist mir nur so rausgerutscht... Bringen Sie ihn wieder her!«

»Auch das ist einfach«, stimmte Adamenko zu und schnalzte wieder mit der Zunge.

Sofort sprang Belezki hinter dem Vorhang hervor, lief ebenso rasch zum Teewagen und fiel in seinen Sessel. Auf seinem

Gesicht lag ein Ausdruck, als sei er nur kurz zum Händewaschen auf der Toilette gewesen oder gar nicht aufgestanden.

»Na, was möchten Sie noch?« Adamenko senkte den Schädel und schaute sie von unten an. »Ich bin stets zu Ihren Diensten.«

»Ich möchte nach Saratow«, sagte Vera Dolskaja aufrichtig. »Hier ist es schön, und das Haus ist sehr... gemütlich. Ein allerliebstes Nestchen. Aber wissen Sie, jeder Vogel mag sein eigenes Nest.«

»Aha. Aber wissen Sie, das möchte ich nicht«, entgegnete der Hausherr. »Und ich nehme an, daß mein Wunsch stärker ist als Ihrer. Trotzdem... können wir einen Kompromiß schließen. Möchten Sie, daß ich Ihnen Saratow hierher hole? Sie und die anderen Saratower werden es nur besser haben. Was zieht Sie dort überhaupt hin? Lebensmittelknappheit? Das kann ich auch hier für Sie richten. Wenn Sie wollen, sofort.«

»Nein«, sagte Vera Dolskaja rasch. Die kurze Erfahrung hatte sie gelehrt, beim Aussprechen von Wünschen vorsichtiger zu sein. »Ich will nicht. Und überhaupt, lassen Sie uns über etwas ganz anderes reden.«

»Ich kann auch etwas ganz anderes, ich sagte ja: alles! Sie wünschen?«

»Nein, keine Wünsche mehr. Wechseln wir das Thema!«

»Das ist unmöglich«, sagte Adamenko. »Es ist unmöglich, etwas zu sagen, ohne dabei einen Wunsch zu äußern. Ohne zumindest einen zu haben. Immer geht es darum, ob man etwas hat oder nicht hat, was man aus diesem Grund möchte oder nicht möchte. Jede Aussage endet folglich mit ›ich kann‹ oder ›ich kann nicht‹.«

»Gut, was für Wünsche haben Sie selbst?«

»Oh...«, Adamenko hob den Zeigekrallenfinger. »Ich habe einen Wunsch, der alle anderen überdeckt: zu wünschen.«

»Und wie gelingt Ihnen der im Sinne von ›ich kann‹?«

»Mir gelingt alles. Immer.«

An dieser Stelle nickte Belezki wieder bestätigend. Durch die kürzliche Bewegung war etwas in seinem Organismus aufgestört worden, da er am Ende seines Nickens aufstieß. Er schaute seine Gesprächspartner schuldbewußt an.

»Aber Sie können doch nicht wissen, ob es Ihnen immer gelingt oder nicht!« schrie Vera Dolskaja auf. »Dafür muß man doch ewig leben.«

»Mademoiselle«, mischte sich Belezki bescheiden ein. »Ganz und gar nicht ewig. Nur lange genug. Ein Rabe zum Beispiel braucht nur ein paar hundert Jahre zu leben, um weise zu werden, weiser als alle anderen Bewohner des Vogelreichs. So ist es auch mit den Adlern. Sie brauchen überhaupt nicht in den Weltraum zu fliegen, ihre eigene Höhe genügt ihnen, um alles Notwendige zu sehen. Mademoiselle, im Leben wiederholt sich alles öfter, als Sie sich vorstellen. Und der Ort, der diesen, wo wir uns selbst befinden, haargenau kopiert, ist uns wesentlich näher, als Sie glauben. Er kopiert uns vielleicht mit. Kurz gesagt: Es bedarf überhaupt nicht der Ewigkeit, eine relativ lange Zeit reicht schon aus.«

»Na, wieviel reicht denn Ihrer Meinung nach für den Menschen aus?« Vera Dolskaja verzog die Mundwinkel nach unten. »Glauben Sie, daß ein paar hundert Rabenjahre genügen?«

»Was sind schon ein paar Hundert?« entgegnete Adamenko herablassend. »Das ist doch nur ein Taschengeld, nichts, null. Das Leben muß Adlerdimensionen haben, wie er richtig sagte. Sagen wir, fünf-, sechstausend Jahre.«

»Aha, sehen Sie? Und wie alt sind Sie?«

»Ich sehe nichts.« Adamenko zuckte die Achseln. »Keinen Widerspruch.«

»Das verstehe ich wieder nicht«, ärgerte sich Vera Dolskaja. »Wollen Sie mich einschüchtern? Das ist Ihnen schon fast gelungen. Aber wozu? Sagen Sie es doch gleich.«

»Na, wieso gleich«, sagte Adamenko streng. »Wir haben viel Zeit. Und Ort. Die Umstände... Ach, diese russische Grammatik: Der Umstand des Ortes, der Zeit und welcher noch? Na, schön, alle diese Umstände sind auf unserer Seite, darauf kommt es an. Sie könnten mir übrigens bei der Grammatik helfen, ich studiere sie gerade sehr eingehend... Sie haben doch mit Literatur zu tun, nicht wahr?«

»Sie arbeitet in der Bibliothek«, berichtete Belezki. »In Saratow.«

»Dann muß ich Ihnen die Wahrheit sagen, Vera. Ihre Sprache ist sehr, sehr schwer. Im Vergleich zum Inhalt unangemessen schwer. Viel schwerer als die assyrische.«

»Als welche?« Vera Dolskaja zuckte zusammen.

»Diese Sprache gab es im Zweistromland, dort, wo das Paradies eingerichtet war. Die Assyrer haben sie gesprochen, und natürlich auch die Paradiesbewohner. Für die Babylonier beispielsweise war diese Mundart ein Fluch. Man konnte sich nicht nur die Zunge, sondern auch die Beine daran zerbrechen. Aber ich sehe schon... Sie haben es nicht so mit anderen Sprachen. Und auch nicht mit Geschichte, Geographie und allen anderen Umständen, stimmt's? Damit keine Mißverständnisse entstehen: Das Zweistromland liegt nicht zwischen Bug und Sinjucha, sondern zwischen Euphrat und Tigris.«

»Was soll ich mit diesem alten Kram, mit diesen toten Fossilien?« Auch Vera Dolskaja zuckte die Achseln. »Ich habe einen Haufen heutige Probleme.«

»Das ist nichts Totes«, rügte sie der Hausherr milde, »das ist immerwährend, also auch heutig. Sie verstehen Ihre Probleme bloß nicht. Sie sehen sie nicht dort, wo sie sind. Haben Sie etwa schon mal die Assyrer mit eigenen Augen gesehen? Wenn nicht, dann schauen Sie in irgendeine Schusterwerkstatt, dort sitzen sie. Natürlich ist das alles Pöbel. Aber es gibt auch heute noch Menschen von königlichem Geblüt. Und unter diesen gibt es welche, die von den sumerischen Königen abstammen. Ich zum Beispiel.«

»Wer? Sie?!«

Vera Dolskaja schloß wieder die Augen, das Zimmer drehte sich vor ihr.

»Äh«, meinte der Hausherr, »wir sitzen hier schon zu lange herum. Kommen Sie, Vera. Ich möchte Ihnen mein Haus zeigen. Es wird Ihnen gefallen.«

Vera Dolskaja stand auf, ihr Kopf war ganz benebelt. Der Hund in seiner Ecke stand ebenfalls auf und schickte sich an, sie zu begleiten. Der Papageienmensch flog aus der Wand und öffnete eine weitere Tür vor ihr... Vera ging hindurch und befand sich im Speisezimmer.

Im Vergleich zum Salon wirkte das Speisezimmer leer. Dunkel getäfelte Wände, geschnitzte Balken an der Decke und ein Kamin, der doppelt so groß war wie der erste. In der Mitte ein ovaler Tisch und rundherum Stühle mit hohen, gotischen Rükkenlehnen. Das war wohl alles. Nein, auf dem Kaminsims stand noch eine Uhr in Form einer polnischen Kirche mit allen Details. Über der Uhr hing ein Säbel in einer reich verzierten Scheide an der Wand. Im Speisezimmer brannten nicht Lampen, sondern Kerzen. Der Wachsgeruch, der nervös flackernde Kerzenschein, die Lichter und Schatten, die über die blinkende Scheide huschten, sich in den roten Steinen des Säbelgriffs brachen und in die dunklen Ecken davonflogen – all das machte Vera Dolskaja noch benommener.

»Hängt er da?« fragte Belezki und deutete mit den Augen auf den Säbel.

»Wie du siehst.« Adamenko strich zärtlich über die Scheide. »Sein letzter Besitzer, Vera Nikolajewna, war dieser...«

Er blickte Belezki fragend an, erinnerte sich jedoch sofort selbst.

»Machno. Sie haben natürlich von ihm gehört? Ein berühmter Partisane.«

Vera Dolskaja schwieg. Belezki wollte schon etwas sagen, doch er besann sich eines besseren und schwieg ebenfalls.

Der runde Tisch war für das Abendessen gedeckt: drei Soßenschüsseln mit drei Sorten Kaviar, drei Gedecke. Neben jedem Gedeck nur ein Glas, weder Wein- noch Schnapsgläser. Am Kopf der Tafel drei Flaschen normalen Wodkas.

»Das kommt nach der Hausbesichtigung«, warnte Adamenko. »Wie finden Sie das, echt patriotisch? Ist alles richtig? Gut, kommen Sie weiter. Du Belezki, bleibst hier und hilfst.«

Belezki war beleidigt, schwieg jedoch wieder und blieb im Speisezimmer. Auch der Hund blieb bei ihm. Adamenko setzte mit Vera Dolskaja die Besichtigung seines Anwesens fort.

Das nächste Zimmer war im russischen Stil gehalten: die Wände wie in einem Blockhaus, die Decke wie in einer Hütte ohne Rauchfang. Auf dem Tischchen in der Ecke ein Samowar, über den ein echter Soldatenstiefel gestülpt war. Auf dem Teller daneben riesige Lebkuchen aus Tula. In allen Ecken Ikonen und brennende Lämpchen. Unter einer Ikone ein aufgeschlagenes Lehrbuch der russischen Syntax für die vierte Klasse. Erst später fiel Vera Dolskaja ein, daß sich Adamenko beim Betreten des Zimmers ausholend bekreuzigt hatte.

Auf das russische folgte ein arabisches Zimmer. Spitzbögen, Wandschirme, Mull. In der Mitte ein niedriges Lager, daneben eine riesige Wasserpfeife mit Gummischlauch und ein Krug. Durch den transparenten Vorhang sah man hinten im Zimmer ein geschnitztes Türchen. Adamenko führte Vera Dolskaja dorthin, schob den Schieber vor dem Guckloch zurück und ließ sie einen Blick hindurchwerfen. Sie preßte das Auge auf das

Guckloch: hinter dem Türchen befand sich ein bezauberndes, kleines Boudoir. Inmitten leuchtend bunter Tücher, Blumen und überall verstreuter Nippsachen lag eine Frau im Schleier auf dem Teppich, die ihren Kopf mit dem Handrücken abstützte. Durch das Guckloch strömte ein betäubender Duft heraus. Vera Dolskaja wankte zurück.

»Was ist das?« flüsterte sie bedrückt.

»Kommen Sie«, gab ihr Adamenko zur Antwort und schob sie weiter.

Kaum hatte sie die Schwelle des dritten Raumes überschritten, da schrie Vera Dolskaja auf und wäre beinahe zurückgerannt. Ihr war, als klaffe unter ihren Füßen ein Abgrund auf. Das Trugbild zerstob jedoch sofort, der Fußboden dieses Zimmers bestand einfach aus durchsichtigem Glas. Unter dem Glas schimmerte grünes, milchiges Wasser, wiegten sich mannigfaltige Wasserpflanzen, schwammen rote, blaue und orange Fische mit exotischen, räuberischen Physiognomien. Auf dem Grund dieses riesigen Aquariums blitzten die Facetten irgendwelcher Konstruktionen: Schlösser, Berge oder Grotten. Vera Dolskajas Füße schlitterten über das spiegelglatte Glas. Adamenko war sichtlich mit dem Eindruck zufrieden, den dieser Raum auf sie machte.

Im Licht, das aus dem Aquarium strömte, schwimmend, schlitterte sie weiter und geriet in die Orangerie, die sich hinter der nächsten Tür auftat. Von dieser blieb ihr nur der gelbe Sand im ermüdeten Gedächtnis, mit dem die Wege bestreut waren, und auch nur deshalb, weil sie ihn sofort in den Schuhen hatte und ausschütteln mußte. Das übrige nahm Vera Dolskaja als einen Gesamteindruck von Farben und Formen wahr. Sich umzuschauen und die Orangerie noch einmal zu betrachten, nachdem sie durchschritten war, hinderte sie der Flaschenbaum, der ihr schließlich doch aufgefallen war, und darunter eine andere Frau, diesmal im Zigeunerkleid, die auf einem Palmblatt eine Patience legte. Adamenko ließ sie auch gar nicht verweilen, sondern zog sie weiter. Vera Dolskaja folgte ihm, begleitet vom Geschrei, Gekreisch, Gezwitscher und Gesang ihr unbekannter Vögel.

Alle Bäume wuchsen gleichsam durch die Decke. Adamenko berührte den grandiosen Flaschenbaum von drei Metern Umfang. Etwas knisterte und knackte, und im Stamm öffnete sich ein Spalt. Der Hausherr winkte Vera Dolskaja mit dem Finger heran und betrat den Baum. Vera folgte ihm schon fast besinnungslos. Drinnen führte eine Wendeltreppe hinauf und hinunter. Als sie hinabgestiegen und in eine schmale Kammer gelangt waren, sah sie, daß die Treppe noch tiefer hinunterführte, offenbar in den Keller, vielleicht auch noch weiter.

In der Kammer stand ein übermannshoher Safe. Adamenko stieß ihn an, er drehte sich leicht um die senkrechte Achse und sie waren... wieder im Speisezimmer, wo sie aus einem getarnten Spalt neben dem Kamin auftauchten. Vor dem Kamin stand Belezki in Gedanken versunken und schien sich zerstreut zu kratzen, als plötzlich das vor langer Zeit in eine ganz andere Richtung davongegangene Paar vor ihm stand. Belezki fuhr zusammen und zog den Finger aus dem Ohr.

»Och!« Auch Vera Dolskaja war verblüfft.

»Ja?« fragte Adamenko vergnügt und antwortete selbst: »Natürlich. Aber das ist noch nicht alles. Kommen Sie mit nach oben.«

Sie stiegen eine Holztreppe, die zwischen den Deckenbalken des Salons hindurchführte, in den ersten Stock hinauf. Von dem breiten Treppenabsatz gingen die Schlafzimmer ab. Alle Türen standen sperrangelweit offen. Die Bilder in den Zimmern erkannte Vera Dolskaja als Werke von Rubens und Rembrandt... An anderen Wänden hingen dicht gedrängt uralte, dunkle Ikonen. Auf Regalen und Nachttischen standen kleine Figürchen, Kerzenleuchter, lagen in Leder gebundene Bücher mit goldenen Rücken und Verschlüssen... Vera Dolskaja tat der Kopf weh.

Adamenko führte sie in eins der Schlafzimmer. Fast die Hälfte des Raumes nahm das Bett unter dem Baldachin ein, der mit einem dreiköpfigen, gekrönten Adler geschmückt war, welcher einen unbekannten Planeten mit seinen Klauen umklammerte. In der Mitte des Zimmers klaffte eine Luke, aus der wieder eine Wendeltreppe hinunterführte. Vera Dolskaja lehnte sich gegen ihr Geländer, ihre Beine waren müde. Die Treppe ging wie die erste tief hinunter – erheblich tiefer als bis zur vermuteten Erdoberfläche.

»Alles Originale«, erklärte Adamenko im Ton eines Fremdenführers, wobei er auf sämtliche Dinge zeigte. »Der unterirdische Gang. Dort ist zugleich auch die Garage.«

Letzteres bezog sich auf die Treppe.

Für Vera Dolskaja war das Gesehene viel zuviel. Eine unüberwindliche Schwäche in den Beinen ließ sie gegen den Anstand verstoßen. Ohne um Erlaubnis zu fragen, setzte sie sich auf das Bett unter dem Baldachin. Unter den dreiköpfigen Adler, der vage an den Treffkönig erinnerte.

»Es steht Ihnen«, meinte Adamenko wohlgefällig, »wie für Sie gemacht... Aber Sie sind müde. Das verstehe ich. Ruhen Sie sich aus. Zugleich wollen wir ungestört reden. Hören Sie mir aufmerksam zu. Ich werde es kurz machen, Sie haben selbst alles gesehen. Das alles biete ich Ihnen an. Unterbrechen Sie mich nicht! Gefällt es Ihnen?«

»Ja«, sagte Vera Dolskaja unsicher. »Es ist reizend. Ein paradiesisches Nestchen.«

»Ja, ich habe dieses Paradies selbst geschaffen. In Erinnerung an das vergangene.«

Adamenko beschrieb einen Kreis und drückte dabei eine Taste in irgendeinem Apparat. Im Schlafzimmer erscholl Schaljapins gewaltige, unwahrscheinlich warme Stimme, die Vera sofort an Oberst Lisjutkin erinnerte. »Und wirst du Königin der We-elt!« sang sie und verstummte sogleich, da Adamenko wieder die Taste gedrückt hatte.

»Ja, der Welt. Ich biete Ihnen eine unerhörte Welt an. So eine kannten Sie noch nicht und ahnten nicht einmal etwas von ihrer Existenz. Die ich erschaffe. Ich baue sie auf, richte sie ein, ändere und gestalte sie um – mein ganzes, nach Ihren Maßstäben langes Leben hindurch. Aber, nebenbei gesagt, das Menschenleben ist kurz. Unglaublich kurz! Es ist das Los der Menschen, die Früchte meiner Arbeit zu genießen. Jedoch nur manche – nicht alle. Nur die Auserwählten, die ich selbst an diese Früchte heranlasse. Jetzt lasse ich Sie heran. Ich biete Ihnen die Früchte an: Essen Sie sie! Die Welt außerhalb dieses Nestchens, wie Sie sich ausdrückten, wird ebenfalls Ihnen gehören. Im Grunde ist sie insgesamt mein Nestchen. Von Djakarta bis London und weiter. Das wird Ihr Reich sein, meine Zarin... Natürlich nur, wenn Sie nichts dagegen haben. Und ich werde sie weiterhin für Sie ausstatten, außer mir tut es sonst niemand: Ich bin ihr ständiger Schöpfer. Ja, ich bin der Weltenschöpfer. Ich bin Adam, der einst zu Unrecht herabgestürzt wurde in diese Welt. Ich bin Adam Kadmon, der Weltenherrscher.«

Adamenko hob die Hände hoch und hielt sie während seines ganzen Monologes so erhoben.

»Und was bringen Sie mir? Von Ihnen brauche ich nur eins: Sie selbst, mehr nicht. Bedenken Sie, wie billig Sie an dieses Reich kommen. Ich gebe Ihnen alles, und Sie geben mir im Grunde nichts. Sie zögern? Das ist natürlich, denn Sie können es noch nicht fassen. Aber ich werde Ihnen helfen. Legen Sie Ihre Saratower Bibliothek in die eine Waagschale und in die andere alles übrige, meine Welt. Dann werden Sie es fassen, wie ich alles fasse: von den Veden bis zum Evangelium, vom Koran bis zum ›Kapital‹, vom Talmud bis zum Roten Buch. Legen Sie die russische Steppenödnis in die eine Waagschale und in die andere Buddha und Christus. Fügen Sie ihnen Mohammed und Hammurabis Gesetzessammlung hinzu. Wenn das immer noch zuwenig ist – und einem Russen kann das zuwenig scheinen –, dann geben Sie auch noch die Kabbala und die Druiden dazu. Sie werden sehen, was passiert. Die Schale mit der Steppe, den Äckern und den Waldstreifen wird in die Höhe schnellen. Was ergibt sich daraus? Ich bin es, der sich daraus ergibt. Weil ich über allem, was ich aufgezählt habe, stehe, ich bin die Ursache des Aufgezählten, seine Materie und sein Geist, der Urvater all dessen, mein eigener Vater und mein jüngster Sohn.«

Adamenko hielt die Hände über Vera Dolskaja und spreizte die Finger.

»Also, ich biete Ihnen die Krone und das Leben an, anstelle eines kahlen Kopfes und des Todes. Denn was außer dem Tod herrscht in Ihren Steppen und Steppenstädten? Man braucht nur ihre schwermütigen Namen zu hören, um zu wissen, worüber sie stöhnen und jammern: Golta, Saratow, Mogiljow, Woronesch... Tscherepowez! Was sind das für Laute? Der Hauch der Wüste, der Einsamkeit, des Winters und des Todes. Statt dessen werden Sie das Leben, das Zarenreich, die Krone und den ewigen Frühling erhalten.«

Und Adamenko holte aus der riesigen Empirekommode tatsächlich eine blitzende Krone, die er so fest zusammenpreßte, als wollte er sie plattdrücken. Seine Hände zitterten.

»Das ist noch nicht alles. Wissen Sie, meine Projekte sind genau ausgeklügelt und werden unfehlbar verwirklicht. In meinem Namen werden große Veränderungen auf der Welt durchgeführt, folglich auch in Ihrem Namen, meine Zarin. Alles wird umgebaut, umgestaltet, es wird ein gemeinsames Haus für alle Menschen entstehen und ewiger Friede auf Erden. Wenigstens für tausend Jahre. Dieses Reich wird mindestens tausend Jahre währen. Dazu wurde ich herabgestürzt, ich, der sündige, unschuldige Adam. Dieses Reich wird bald errichtet werden, im Jahr zweitausend. Sie denken: Der ist verrückt geworden. Nein, das bin ich nicht. Sie denken: Der will mit mir schlafen und versucht mir deshalb das Hirn zu benebeln. Nein, das will ich nicht. Ich habe überhaupt nicht vor zu schlafen, keine Zeit dazu. Aber ich habe lange nach einer Zarin für mich gesucht. Ich suchte eine Frau mit den notwendigen Anlagen, aber eine junge. Alle früheren sind längst alt geworden. Ohne Zarin geht es nicht. Wir müssen zu zweit sein und dann zu dritt, wenn der Kleine geboren wird. Drei Kronen für drei Häupter liegen in dieser Kommode – alle drei müssen den ihnen gebührenden Platz einnehmen. Die Menschen existieren in zwei Modifikationen, zwei Geschlechtern. Jedes Geschlecht braucht seinen Zaren und entsprechend seine Zarin. Ohne Zarin geht es nicht, denn auch die Frauen der Welt müssen einen Gegenstand des Hasses haben. Ich habe Sie erwählt. Nach langem Suchen, Forschen, Studieren der Sternenläufe und wenig erfolgreichem Experimentieren. Ihre Personalakte habe ich ebenfalls überprüft. Sie entsprachen den Anforderungen in allen Punkten, auch in Ihrem Äußeren und Ihren Manieren. Ich habe Ihr Äußeres fast vierundzwanzig Stunden lang studiert und bin zufrieden.«

Adamenko hielt wieder die Hände über Vera Dolskaja, aber jetzt mit der Krone.

»Die Welt hat sich mit einem Netz von mir geknüpfter Beziehungen bedeckt, ist von mir befruchtet worden und schwanger mit meinem Reich. Bald wird die Geburt sein. Meine Ehe muß rechtskräftig werden, denn das Kind aus dieser Ehe muß gesetzlich sein. Ihre Krönung wird gleich vollzogen werden, wenn auch noch geheim. Gleich werde ich Sie salben, und unsere Ehe wird tausend Jahre währen.«

Er kam auf Vera Dolskaja zu und hob die Krone noch höher.

»Aber noch ist es für alle ein Geheimnis, denn ich habe noch bösartige Feinde, Feinde, die gegen mich handeln. Die Urmutter da draußen grollt auch... die alte Hexe. Willigt einfach nicht in die Scheidung ein.«

Das war zuviel. Vera Dolskaja bog den Kopf unter der Krone weg zur Seite, sprang vom Bett auf und rannte zur Treppe.

»Halt!« schrie der Hausherr. »Halt, du dumme Gans! Überall sind Fallen, du wirst umkommen!«

Zu spät. Aus dem Teppich schossen rasselnd zwei Metallklauen, umfaßten die Knöchel der Fliehenden und brachten sie zu Fall. Vera Dolskaja schrie wie eine Ente unterm Messer. Adamenko, der so verzögert reagiert hatte, legte dennoch eine für sein Alter und seine Statur überraschende Behendigkeit an den Tag. Er sauste zum Baldachin und riß an einem dahinter versteckten Hebel. Die Klauen, die Vera Dolskajas Knöchel bereits eisenhart umklammerten, öffneten sich und zogen sich unwillig unter den Teppich zurück. Adamenko packte die gestürzte Zarin unterm Arm und stellte sie wieder auf die Beine.

»Beinahe wäre es aus gewesen«, erklärte er ein wenig außer Atem, »mit allen Ihren weiblichen Reizen. Ich habe überall Fallen, schließlich schlafen die Feinde nicht. Es ist noch gut, daß Sie in diese geraten sind... in die liebevolle. Und nicht in den Spieß oder in die Kugel gerannt sind. Im übrigen funktioniert die Notbremse nicht immer. Pfuscharbeit.«

Danach führte Adamenko Vera Dolskaja hinunter, ohne auf die beunruhigende Krönungsprozedur zurückzukommen. Im Gehen strich er ihr Kostüm glatt und redete ihr gut zu: »Wir setzen uns jetzt hin und essen, und Sie denken noch einmal über meinen Vorschlag nach. Denken Sie, statt zu flüchten.«

Als er ihr Kostüm glattstrich, versäumte er es nicht, ihre Schultern, den Rücken und den Körperteil etwas weiter unten zu streicheln. Sie hatte keine Kraft mehr zu protestieren. So stiegen sie in den Salon hinunter, wo Belezki und ein gänzlich unbekannter dicker Mann im Sportanzug auf sie warteten. Vera Dolskaja schöpfte plötzlich Hoffnung, daß der Unbekannte nicht zu der verrückten Bande gehören könnte, die sie hierhergelockt hatte. Sie stieß Adamenko zurück und rannte humpelnd zu dem Dicken.

»Retten Sie mich, ich bitte Sie! Bringen Sie mich von hier weg! Ich habe Angst!« schrie sie und krallte ihre Fingernägel in die Hand des Unbekannten.

Der Dicke schien noch erschrockener zu sein als Vera Dolskaja. Er befreite sich von ihren Fingern, die seine Hand krampfhaft umklammerten, und murmelte: »Was hab ich damit zu tun? Ich bin der Hausarzt, sind Sie krank? Nein? Was soll ich dann mit Ihnen machen, ich bin für Kopfschmerzen zuständig... schlimmstenfalls für Bauchweh.«

»Haben Sie sich bekannt gemacht?« fragte Adamenko ruhig. »Das ist Vera Nikolajewna, und das ist tatsächlich mein Haus-...eunuch Plissezki. Einer muß ja schließlich für die Hündinnen sorgen.«

Beim Wort »Hündin« zuckte Vera Dolskaja zusammen, als sei sie endgültig von allen Hoffnungen erwacht, und der jetzt in der Ecke des Speisezimmers liegende Hund stellte die Ohren auf.

»Zu Tisch«, sagte der Hausherr, als sei seiner Besucherin nichts Besonderes widerfahren. Plissezki verschwand sogleich. Die Einladung betraf nicht ihn.

Vera Dolskaja begab sich fügsam zu Tisch. Doch auf dem Weg dorthin stieß sie wie zufällig oder aus Ungeschicklichkeit gegen Belezki und flüsterte: »Wenn du mich wegbringst, bin ich die Deine.«

»Hä?« fragte der schlaue Fuchs laut zurück, offenbar absichtlich. »Was? Haben Sie sich mit dem Allerersten verzankt? Dann will ich mit Ihnen auch nichts mehr zu tun haben. Fahren Sie nach Saratow, ich halte Sie nicht zurück. Fahren Sie, wohin Sie wollen, aber erst nach morgen mittag, nicht vorher.«

Sprach's und zwinkerte, der gemeine Kerl.

»Verräter«, zischte Vera Dolskaja völlig unpassend und umklammerte die Tischkante. Adamenko setzte sich ihr gegenüber.

Belezki, das Scheusal, nahm neben ihr Platz, stieß sie dabei ebenfalls wie zufällig an und flüsterte: »Ergib dich, dummes Huhn. Er vergewaltigt dich sowieso. Und dein Kostüm wird er zerreißen, schade drum.«

Das flinke Papageienteufelchen schenkte Wodka in die Gläser ein. Vera Dolskaja schob ihr Glas demonstrativ weg, und da es randvoll war, verschüttete sie es dabei.

»O-oh!« heulte Adamenko mit grausiger Stimme auf. Seine wimpernlosen Lider färbten sich rot und schwollen an. »Wodka verschütten! Ekelst du dich? Na, trink schon!«

»Nein!« schrie Vera Dolskaja verzweifelt. »Lieber den Tod!«

»In der Tat«, stimmte Adamenko plötzlich ruhig zu und schaute den Hund an.

Der Hund knurrte und stand auf, das Fell in seinem Nacken sträubte sich... Wer weiß, wie es weitergegangen wäre, doch da flog die Tür zum russischen Zimmer auf, und ins Speisezimmer stürmte die Frau im Schleier, die Vera Dolskaja auf dem Teppich des Boudoirs hinter dem Türchen im arabischen Zimmer hatte liegen sehen, als sie durchs Guckloch geschaut hatte. Die Frau riß sich den Schleier herunter und fauchte im Laufen: »Wieder ein Gelage, Adamchen? Bist wohl schon lange nicht mehr geschlagen worden, was? Na, ich bin bereit. Du hast also wieder ein Besäufnis vor, wieder eine Schlampe mitgebracht?«

»Dina, Dinotschka«, Adamenko legte flehend die Hände auf die Brust. »Wir haben eine Sitzung! Eine sehr wichtige. Die Genossen sind aus dem Amt gekommen... Übrigens, Genossen, ihr wißt natürlich nicht, daß ich im Bürgerkrieg, als ich im Untergrund arbeitete, den Spitznamen ›Adam‹ hatte. Ist das nicht komisch, Genossen?«

Adamenko lächelte Belezki und Vera Dolskaja liebenswürdig zähnefletschend zu.

»Glauben Sie deshalb nicht, Genossen, daß das Betragen meiner Sekretärin ungebührlich vertraut ist.«

»Deiner Sekretärin, du Schuft?« schrie Dina. »Versammlung? Alles klar. Macht doch, daß ihr wegkommt, in eure Ämter, in eure Bordelle, Genossen! Ich bringe euch um, ihr Scheusale. Adam verführen, den alten Mann aufregen? Daß er mir hier abkratzt? Ich werde euch in Stücke reißen...«

Dina stürzte zum Tisch und griff sich ein langes, scharfes Silbermesser.

Belezki und Vera Dolskaja warteten nicht ab, bis sie in Stücke gerissen würden. Als hätten sie sich verabredet, sprangen sie gemeinsam auf und rannten hinaus. Sie stürmten durch den Salon und die Diele, nahmen die Eingangstür im Flug und stoben hinaus auf die Wiese. Der Hund, der das Haus bewachte, hatte noch kein Ohr aufstellen können, da sprangen sie schon in das friedlich wartende schwarz lackierte und nickelverzierte rettende Auto. Der Fahrer wachte wie gewohnt auf und fuhr sofort los.

Die Dämmerung sank rasch herab. Das Auto raste dahin und griff mit seinen starken Scheinwerfern bald einen Baum, bald einen Passanten aus dem Halbdunkel heraus, flog auf einen Steg und fiel wieder herunter. Schließlich kam es zu einer Straßengabelung, rechts ging es in die Vorstadt, links nach Pjerwomaisk. Der Pfosten mit der Kilometerzahl huschte vorüber. Der Fahrer bog nach links ab. Vorne, vor dem noch nicht ganz dunklen Himmel, querten Schwärme schwarzer Dohlen nacheinander ihren Weg und flogen irgendwohin. Die gelben Straßenlampen, umfangen von den grauen Umrissen der Dächer Goltas, flammten eine nach der anderen auf.

Das Auto schnaubte gewaltig auf und beschleunigte. Auf seinem Rücksitz schlenkerte Vera Dolskaja völlig erschöpft herum, wie eine Puppe mit schlaffem Balg, und schlug mit Kopf und Ellbogen an die Decken und Türen, wenn es über Schlaglöcher ging.

Vierundzwanzigstes Kapitel

Wir lieben das Theater!

»Sascha, Sascha!« hauchte Kiebitz seiner Frau heiß ins Ohr. »Heute wird sich alles entscheiden. Oh, Liebes! Heute werde ich alles begreifen, werde ich verstehen, was meine Mission ist. Und ich werde sie erfüllen. Saschenka, das hat sich lange in mir angestaut, ich habe gewartet. Ich war voller Abscheu gegen mich selbst, fühlte mich unwirklich, unlebendig, aber ich wußte und glaubte, daß ich nicht im Stich gelassen und vergessen war. Daß die Zeit kommen würde, wo die Keime meiner Seele und meines Leibes erwachen, wachsen und Frucht tragen würden... Daß die Zeit anbrechen würde, wo ich mich in eine handelnde Person verwandeln und das tun würde, wozu ich geboren bin und wozu ich bislang konserviert wurde. Erwachen und Rückkehr ins Leben! Ich will und kann nicht mehr als Schatten herumgeistern und den leeren Platz auf der Bühne ausfüllen! Ich will ins wahre Leben! Liebes, heute werde ich alles erfahren oder endgültig den Verstand verlieren. Aber ich glaube, daß ich nicht in die Welt geworfen bin, um einfach verrückt zu werden. Wäre es der Mühe wert gewesen, sich so lange mit mir abzugeben, mich zu erfinden und mir Form zu verleihen, nur um zum Schluß einen Verrückten aus mir zu machen? Nein das kann nicht sein. Ich fühle, wie sich Flügel regen, wie sich die Luft, ja, der Himmel selbst über meinem Kopf bewegt. Sie segnen mich, gib auch du mir deinen Segen, Sascha. Zur Tat. Zum Leben, denn ich erwache zum Leben.«

Das also flüsterte Kiebitz seiner Frau mit heißem Hauch ins Ohr, während die Nacht durch die kleinen Zimmer des alten Hauses kroch. Sie hatten sich nicht schlafen gelegt, schon schlug es vier, sie saßen immer noch in der Küche und Kiebitz wiederholte in einem fort: »Sascha, Sascha...«

»Borja, Borjenka«, antwortete Sascha nicht weniger heiß, »es beginnt nichts, sondern alles ist längst vorbei. Es nützt nichts, wenn du darauf zurückkommst. Geh nicht hin! Ich laß dich nicht! Es ist alles vorbei. Wo ist es jetzt? Eine Spur in deinem gereizten Hirn, ein Kratzer, ein Phantasiegebilde. Dabei haben wir ganz reale Sorgen vor uns: Der Winter steht vor der Tür, wir müssen Holz und Kohlen beschaffen, das Dach ausbessern... Das sind die Taten, die du verrichten mußt, und für die gebe ich dir meinen Segen. Das tust du, und dann kann es uns, das Häuschen und den Garten von mir aus einschneien, und alle können uns vergessen. Wir werden still am Ofen sitzen und Chestertons Geschichten lesen. Welche Mission hätten wir sonst außer dieser? Nein, geh heute nirgendwohin, Borja. Geh nicht!«

So wärmten sie einander mit heißem Flüstern, denn die Nächte waren schon kalt. Der Uhrzeiger näherte sich der Stelle, wo der Bruch stattfinden mußte, der Abschied. Das ist der Augenblick, wenn man die Tür öffnet – vorsichtig, um seine Sascha, die sich in den Ärmel krallt, nicht zu stoßen – und hinausgeht in das feuchte Morgengrauen, durch die vom Leben entstellten Gäßchen trottet, wobei man die unbotsamen Füße gewaltsam voreinandersetzt, zu einem unausweichlichen Ort, zur Brücke zum Beispiel, wo sich die Handlung abspielen soll, die ohne den Wanderer nicht stattfinden würde. Deshalb ruft sie ihn zu sich und erwartet ihn. Sie kann todsicher mit ihm rechnen, weil der Tag nach dieser Herbstnacht todsicher anbrechen wird.

»Sascha, ich erkläre dir noch einmal: Ich kann nicht anders. Wenn ein Wagenrad seine Umdrehung beendet hat, beginnt es eine neue. Der Wagen bleibt nicht stehen, die Speichen müssen die Felge stützen, sie können sich der Bewegung nicht widersetzen, sie können nur zerbrechen. Auch ich kann mich der Radumdrehung nicht widersetzen. Ich stecke in der Felge wie eine willenlose Speiche, bin ins Rad geworfen wie ein Hamster oder ein Vogel. Eine Zeitlang schien mir, daß ich – Hamster oder Speiche – das Rad mit meinen Anstrengungen drehe. In Wirklichkeit waren meine Anstrengungen Versuche, aus dem Rad auszubrechen. Ich hatte Zeit, das zu begreifen, als sich das Rad ein wenig langsamer drehte. Ich begriff es und versuchte, ohne vergebliche Anstrengungen den Platz einzunehmen, der mir bestimmt ist und den ich auch längst schon ohne Anstrengungen eingenommen habe. Aber da drehte sich das Rad wieder schneller, die zweite Umdrehung begann, und wieder mußte die

Speiche die Bewegung mitmachen... Aber diesmal wird sie die Spannung nicht aushalten und zerbrechen. Ich sehe klar die Grenzen meiner Widerstandskraft. Ich will nicht zerbrechen, will nicht zugrunde gehen. Und deshalb muß ich das Rad anhalten, wenn auch nur für eine Weile. Ich muß wissen, wer an der Achse des Rades steht, es dreht und Menschen mitdreht, die das gar nicht wollen. Wer sich daran ergötzt, wie wir in diesem Rad wie die Hamster laufen. Wenn ich herauskriege, wer das ist – mein vielleicht in einem gewöhnlichen Menschenkörper stekkender Feind – oh, dann werde ich wissen, was ich mit ihm tun muß. Die Zeit ist gekommen, da die nach dem Willen eines einzigen Schurken vom Rad Unterdrückten nach Rache schreien. Ihre Schreie gellen mir in den Ohren: Du darfst nicht länger säumen, flehen sie. Solltest du säumen, dann wirst du einer von uns, Müll unter Müll und Spuckflecken am Straßenrand... Die Schreie vermischen sich mit dem unheimlichen Knarren des Rades, es hat sich in Bewegung gesetzt, und ich muß gehen – ob ich will oder nicht. Doch solang es noch nicht ganz in Schwung ist, kann ich mich dorthin begeben, wohin ich muß. Mein Wunsch und das Drehen des allgemeinen Rades, beides zusammen ist meine Mission. Mir kann nichts geschehen, solange ich sie erfüllen werde. Und bis ich sie erfüllt habe, wird mir nichts geschehen.«

Die Uhr zeigte halb fünf. Es war Zeit.

»Es ist Zeit«, sagte Kiebitz.

Sascha sah schweigend zu, wie er zur Tür ging, sie öffnete und ihr von der Schwelle zuwinkte.

»Bis später«, sagte er noch und ging in den Hof hinaus.

Die Tür schloß sich hinter ihm. Im Haus wurde es ganz still, als wäre wieder jemand darin gestorben.

Der Hof war leer, von der Straße jenseits des Zauns war kein Laut zu hören. Kiebitz tastete suchend unter der Vortreppe herum und zog ein schweres, nach Masutöl riechendes Paket hervor. Er wickelte die Lappen ab und fühlte kaltes Metall. War das dieselbe Waffe, die er einst in Großvater Grigorijs Badehütte vergessen hatte? Vielleicht. Die Frage huschte wie ein schwebender Schatten durch sein Bewußtsein und verschwand. Kiebitz steckte die Pistole in die Tasche.

Die Stadt schlief noch. Von niemandem bemerkt, war Kiebitz fünf Minuten vor der angegebenen Uhrzeit zur Stelle. Am

Olwiopoler Ufer fand er unter der Brücke einen Platz, wo er leicht unterschlüpfen konnte, machte es sich dort bequem und begann zu warten.

Punkt fünf Uhr hörte er ein Motorengeräusch und danach Bremsen quietschen. Eine Wagentür schlug zu. Irgend jemand ging harten Schrittes auf der Brücke entlang. Die Schritte lösten unter der Brücke ein Echo aus. Der Ankömmling blieb genau über Kiebitz stehen und spuckte hinunter. Der Speichelpfropf klatschte ganz nah auf der festgetrampelten Erde auf... Kiebitz hielt den Atem an.

»Wo ist denn der Klient?«

Die Stimme war unbekannt. Kiebitz hatte gar keine Zeit, sich zu wundern, daß der Mann Selbstgespräche führte, denn die Antwort kam prompt.

»Er wird kommen. Machen Sie sich keine Sorgen, Genosse Nikolajew.«

Kiebitz erkannte sogleich Belezkis vertraulichen Tonfall. Der gute Mann hatte seinen Genossen offenbar so bescheiden begleitet, daß seine Schritte vollkommen vom Gang des Vorgesetzten übertönt worden waren. Daß der Genosse sein Vorgesetzter war, ging aus dieser klugen Bescheidenheit hervor, sie zeugte von Subordination. Kiebitz beschloß, in Zukunft aufmerksamer zu sein.

»Ah«, Belezki wurde lebhaft, »da ist er ja.«

»Ich sehe ihn«, ließ sich Nikolajew vernehmen.

Sie gingen ans Ufer. Kiebitz konnte nur undeutliche Begrüßungsworte hören, dann entfernte sich die Gruppe von der Brücke. Er steckte den Kopf aus seinem Schlupfwinkel: Die drei bogen um die Ecke des nächsten Hauses. Der letzte Ankömmling war ebenfalls bekannt. Es war Rabin. Ljuska hatte nicht gelogen.

Bemüht, keinen Lärm zu machen, rannte Kiebitz über den Platz vor der Brücke zu dem kleinen Haus, hinter dem die Kumpane verschwunden waren. Als er um die Ecke lugte, konnte er gerade noch den Rücken des letzten aus der Gruppe sehen, die sich in dem Hof verbarg, den er vom Sommer her kannte. Dort befand sich ja der Schuppen mit dem in sich geschlossenen Kellerlabyrinth und dem Versteck, wo Karls und Alexanders internationale Millionen gehortet waren. Da außer der Schuppentür keine andere auf den Hof hinausging, war klar, wohin sich die Gesellschaft begab. Alles war viel einfacher, als Kiebitz angenommen hatte. Den Ort der Handlung hatte er schon erkundet. Er zählte bis zehn und kam dann erst hinter der Ecke hervor. Der Hof war leer, die Schuppentür geschlossen. Kiebitz legte das Ohr daran und lauschte. Die bekannte Umgebung verlieh ihm Sicherheit. Er machte sich bereits innerlich über sich und seine Rolle als Spion lustig.

Hinter der Tür hörte man ein leises Poltern, dann ein Knarren. Irgend jemand fragte gedämpft: »Zumachen?«

Offenbar war die Antwort verneinend, da Kiebitz nichts mehr hörte, keinerlei Lärm, so sehr er seine Ohren auch spitzte. Er öffnete die Tür einen Spalt weit, schlüpfte hinein und stieß sofort auf die im Boden klaffende Luke. Aus dem Keller erklang das Geräusch sich entfernender Schritte. Als sie verstummt waren, umklammerte Kiebitz den Lukenrand, ließ seinen Körper hinab, schaukelte ein wenig an den ausgestreckten Armen und sprang weich auf dem Lehmboden auf. Er blieb eine Weile hocken, um sich an das Halbdunkel zu gewöhnen – die bekannten Fässer, Steine und Ziegel, aus denen die Wände gemauert waren, traten allmählich hervor –, dann schlich er dorthin weiter, woher die Stimmen erklangen. Kurz darauf nahm er dieselbe bequeme Position wie beim vorigen Mal ein.

Fahles Licht schimmerte um die Ecke und tauchte Kiebitz in tiefen Schatten. Wäre irgend jemand auf den Einfall gekommen, nachzusehen, ob sich dort nicht ein ungebetener Lauscher versteckte, er hätte in dieser Finsternis nur schwer etwas erkennen können. Er durfte sich nur nicht selbst verraten. Kiebitz preßte sich gegen die Mauer und erstarrte.

»Also«, sagte Rabin dumpf. »Liebe... Brüder im Geiste! Heute nehmen wir zwei Novizen in unseren Kreis auf, die darauf bestehen, in die Freimaurerloge einzutreten. Sie behaupten, daß sie der allgemeinen Sache und dem allgemeinen Wohl dienen wollen. Mich setzte ihre Bitte in Erstaunen, doch sie fand meine Billigung. Letztere beruht auf der Überlegung, daß die Loge so oder anders erweitert und mit neuen Mitgliedern ergänzt werden muß. Wie könnte sonst von einer Ausweitung des Einflußbereichs die Rede sein?«

»Zu wem sprechen Sie denn?« rief Nikolajew aus. »Ich sehe niemanden!«

»Dafür sieht man Sie«, entgegnete Rabin. »Durch und durch.

Das ist das Ritual. Die Nichteingeweihten können die Eingeweihten nicht sehen, solang sie nicht eingeweiht sind. Aber die Eingeweihten sind hier, hinter der Trennwand. Bis zur Einweihung können Sie auch ihre Stimmen nicht hören. So werden sie sich mit Klopfen und anderen Geräuschen verständlich machen. Ich werde Ihnen die Geräusche in Ihre Sprache übersetzen. Das schreibt die heilige, ewige Ordnung vor.«

»Schießen Sie los«, gestattete Belezki, »vielmehr fahren Sie fort. Lieber diese Ordnung als gar keine.«

»Also, liebe Brüder! Ich lege euch den Drang dieser beiden zur Prüfung vor, unter die aus dem reinen Quell des Geheimwissens Trinkenden aufgenommen zu werden. Selbstverständlich geht es dabei um die Loge der Gojim, da diese Bürger nichtjüdischer Abstammung sind. Übrigens gibt es eine solche in Pjerwomaisk gar nicht, so daß diese beiden zu ihrem Grundstein werden.«

»Das haben wir so nicht besprochen«, unterbrach Belezki Rabin. »Wieso diese Diskriminierung? Ich bin im übrigen Halbjude.«

»Selbst wenn Sie nur zu einem Hundertstel Goi sind, ist Ihr Platz in der Loge der Gojim. Das schreibt die Ordnung ebenfalls vor. Sie sind doch ein Freund der Ordnung, nicht wahr? Und überhaupt, wollen Sie wirklich der gemeinsamen Sache dienen? Der allmenschheitlichen, ohne Unterscheidung nach Völkern und Rassen? Der frei konvertierbaren?«

»Jawohl«, bestätigte Belezki.

»Also was haben Sie dann? Was macht es für einen Unterschied?«

»Stören Sie ihn nicht, Belezki«, sagte Nikolajew. »Soll er seinen Faden ruhig weiterspinnen.«

»Es gibt einen Unterschied«, brummte Belezki vor sich hin.

»Das Persönlichkeitsgutachten der beiden Examinanden«, rief Rabin feierlich aus, »ist überaus positiv. Ihre Ämter in der Welt lassen auf einen maximalen Nutzen aus ihrer Teilnahme an der gemeinsamen Sache hoffen. Ich bin nun mit meiner Vorrede am Ende. Was entscheiden die lieben Brüder?«

Nach einer kürzeren Pause ertönte ein melodisches Klingeln.

»Die Brüder heißen Ihre Absichten gut«, dolmetschte Rabin.

»Vielleicht können wir direkt... in den Bnai Brith?« fragte Belezki.

Darauf folgte unverzüglich ein hartes Klopfen, wie Stein auf Stein.

»Die Brüder lehnen ab«, dolmetschte Rabin wieder. »Ich wäre vielleicht dafür, aber die Brüder sind dagegen, wie Sie selbst gehört haben. Gehen wir nun zu den Prüfungen über. Hier haben Sie jeder ein Band, verbinden Sie sich die Augen, und zwar fest!«

»Oh«, sagte Nikolajew, »und Sie geben uns dann eins über den Schädel und verduften.«

»Nein«, widersprach Rabin kurz. »Wohin könnte man vor Ihnen verduften? Haben Sie die Augen verbunden? ... Jetzt hören Sie das wahre Wort. Die Welt und Gott sind ein und dasselbe. Deshalb muß jeder, der in die Loge eintritt, mit der Welt eins sein und folglich auch mit Gott. Nichts in Gottes Welt ist mehr oder weniger wert, alle sind gleich und vor Ihm gleich niedrig. Kein Geschöpf, ob beseelt oder nicht, steht unter dem Menschen, jedes ist genausoviel wert wie er. Deshalb taugt ein Mensch, der für irgendein göttliches Geschöpf Haß, Verachtung, Ekel oder Angst empfindet, nicht, das gemeinsame göttliche Werk zu tun. Die erste Prüfung soll Sie auf diese schändlichen Gefühle hin testen, auf Ihre Bereitschaft zum Einssein mit der Welt. Sie müssen einen kleinen Gegenstand zerkauen und hinunterschlucken, den ich Ihnen jetzt geben werde, ohne zu fragen, was es ist, und ohne Ekel oder Angst davor zu spüren, sondern nur Freude. Was es für ein Gegenstand ist, werden Sie nie erfahren. Er hat übrigens keinen Geruch.«

»Ein gefährlicher Spaß«, bemerkte Nikolajew.

»Mögen Sie nicht, haben Sie Angst?« erkundigte sich Rabin lebhaft. »Dann ist die Vorstellung been...

»Nein, ich probier's«, stimmte Nikolajew zu.

»Ich auch«, schloß sich Belezki an. »Muß man gut kauen oder wie? Geben Sie uns etwas zum Nachtrinken?«

»Wenn es Ihnen gelingt, ihn zu knacken, sind Sie ein großer Mann«, sagte Rabin. »Hier, bitte!«

»Etwas zu groß«, beschwerte sich Nikolajew. »Tatsächlich, man kann ihn nicht knacken. Spitze Ecken... Rabin, was ist das?«

»Ich sage es zum letztenmal: Essen Sie oder...«

Es folgte eine Pause. Dann murmelte Nikolajew:

»Nein, es läßt sich nicht zerkauen... und auch nicht runterschlucken. Ah! Na, endlich. Jetzt sagen Sie doch bitte, Rabin, was das war?«

»Ein Rattenzahn«, antwortete Rabin mit einem Mal bereitwillig.

»Pfui!« rief Nikolajew aus, räusperte sich dann heftig und spuckte saftig aus. Als er sich ausgehustet hatte, schrie er: »Provokation! Mich mit Rattenzähnen zu füttern! Konterrevolution. Wo sind deine Konterrevolutionärsbrüder, du Jude? Hinter welcher Trennwand? Hol sie her. Und Ihnen, Belezki, befehle ich, die Brüder zu verhaften. Den Verhaftungsbefehl schreibe ich später aus, wenn wir wieder im Büro sind.«

»Genosse Nikolajew«, meinte Belezki beunruhigt, »wozu so stürmisch... Sie konnten den Ekel nicht überwinden, aber ich konnte es. Ich möchte nicht wegen Ihrer wählerischen Einstellung zum Essen die Loge verlieren. Der Dienst ist das eine, und Schnaps, ich meine das Privatleben... entschuldigen Sie.«

»Belezki!« Nikolajew ging zum Falsett über. »Sie wollen sich dem Befehl nicht unterordnen? Zum letztenmal: Suchen Sie, wo sie sich hier verstecken!«

»Nein!« verkündete Belezki stolz. »Das werde ich nicht tun. Das Geistige steht über dem Irdischen.«

»Gut.« Nikolajew kehrte zum unheilverkündenden Bariton zurück. »Sie kennen die Folgen. Wir treffen uns auf der Versammlung. Heute. Um acht.«

Nikolajew ging zur Ecke, die Kiebitz verdeckte. Das alles kam so unerwartet, daß dieser noch gar nicht an Flucht hatte denken können. Er preßte sich nur gegen die Wand und krallte sich sogar mit den Fingernägeln in sie hinein. Rabin befreite ihn aus der Klemme.

»Nicht dorthin, mein Lieber«, sagte er spöttisch. »In der anderen Richtung ist es näher, und Sie werden sich nicht verirren. Sie kommen am selben Punkt heraus. In Ihrem Büro, meine ich.«

Nikolajew drehte sich abrupt um und schritt in die Gegenrichtung. Man hörte, wie er um die Ecke bog, über irgend etwas stolperte, fluchte und hinter Kiebitz durch die Luke kletterte. Das darunter gestellte Faß erdröhnte von den Schlägen seiner harten Sohlen. Dann war alles still.

»Ihr Freund ist inkonsequent«, bemerkte Rabin, »und trägt schlechte Stiefel. Hat er kein Geld für gute Schuhe oder was?«

»Er ist unbestechlich«, sagte Belezki, »woher sollte er Geld haben? Er muß alles aus Militärlagern beschaffen... Sie haben recht, er ist schrecklich inkonsequent. Es ist schwer, mit ihm zu arbeiten. Er ist ein Idiot, und auch nicht mein Freund, sondern mein Vorgesetzter. Na, jetzt ist ihre Zeit vorbei. Jetzt ist unsere Zeit angebrochen. Willkommen, junger... vertrauter Stamm. Also, machen Sie bitte mit mir weiter. Setzen Sie meine Aufnahme in die Loge fort.«

»Ach, ich dachte schon, jetzt wäre Schluß. Na gut, machen wir weiter. Wo waren wir stehengeblieben? Ach ja, beim Zahn. Sie haben ihn runtergeschluckt, jetzt können Sie die Binde abnehmen. Die nächste Prüfung ist Blut.«

»Jetzt also Trinken«, sagte Belezki. »Und wessen Blut bitte? Ihres?«

»Ihres«, entgegnete Rabin. »Oder das eines Knäbleins, je nach Wahl.«

»Wo ist das Knäblein, wem gehört es?«

»Man könnte eins holen, aber es lohnt die Zeit nicht... Und ist doch auch ein bißchen schade um das Knäblein, nicht wahr?«

»Ja«, stimmte Belezki zu. »Von mir aus mein Blut. Saug!«

»Saug selbst«, versetzte Rabin. »Das muß auch nicht mehr sein. Sie haben die Blutprüfung bestanden, da Sie Ihr eigenes und nicht das des Knäbleins gewählt haben. Damit haben Sie auch die Antwort auf die Frage bestätigt: Kann man die Menschheit retten, wenn man auch nur ein einziges Knäblein dafür tötet? Nein, haben Sie gesagt. Richtig, man kann es nicht. Nur durch den Tod aller Knäblein kann man es. Und natürlich der erwachsenen Männer. Jetzt der Schwur. Halten Sie.«

Irgend etwas klirrte und klapperte, dann wurde ein Streichholz angerissen und das Licht hinter der Ecke heller.

»Wozu die Fackel?« fragte Belezki. »Wollen Sie einen Brand legen?«

»Keine Angst, hier ist es feucht. Sprechen Sie mir nach.«

»Und wie soll ich das halten?«

»Nicht da-as«, äffte ihn Rabin nach, »sondern die Maurerkelle. Halten Sie sie, wie Sie wollen, nur machen Sie sich nicht schmutzig. Sprechen Sie mir nach: Ich schwöre den Eid der Treue zur Bruderschaft der Freimaurer der Pariser Abteilung...«

»Der Maurer«, lachte Belezki plötzlich. »Aber Sie sind doch

Schuster, Rabin! Na schön, genug Hanswurst gespielt, der Chef ist ja weg. Sie hätten wenigstens Tolstoj lesen sollen, Rabin, von der Spezialliteratur ganz zu schweigen, dem ›Roten Stern‹ und dem ›Zeitgenossen‹.«

»Hab ich nicht bekommen«, gab Rabin zu. »Vielmehr, ich habe nur Tolstoj bekommen, in der Bibliothek. Aber dieses ›Krieg und Frieden‹ ist ein so dickes Buch, und ich habe auch nicht die richtige Stelle darin gefunden. Doch, jetzt fällt mir ein, da gab es eine Stelle!«

»Die gibt es auch«, antwortete Belezki munter. »Gut, nehmen Sie Ihren Hausrat zurück... Hier ist Ihre Maurerkelle und hier der Zahn. Alles heil und unversehrt. Ich dachte nicht, daß ihn der Idiot wirklich runterschlucken würde. Übrigens, ist das nicht Ihr eigener Eckzahn? Ach ja, an Ihren ist ja auch die Erinnerung ausgelöscht... Na, gehen wir zum nächsten Teil des Programms über. Den ersten haben Sie trotzdem zur Zufriedenheit gespielt. Sie sind ein großer Schauspieler, Rabin? In der Vergangenheit... Und auch das Glöckchen war ein hübscher Einfall, nichts zu sagen.«

»Verzeihen Sie«, sagte Rabin, »haben Sie von Anfang an bei dem Stück mitgespielt oder sich erst unterwegs angeschlossen? Was haben Sie von alledem?«

»Genau das ist unser zweiter Akt. Aber machen Sie erst Ihre blöde Fackel aus! Sie stinkt. Hören Sie nun meinen Monolog!«

Das Licht hinter der Ecke wurde dunkler und ein wenig gelber.

»Sein oder Nichtsein?« begann Belezki. »Ist keine Frage. Natürlich sein. Wir beide zusammen, mein Lieber! Ich wollte Ihnen näherkommen, das ist alles. Aber wie das anstellen, dort oben? Im Gedränge des Alltags, wo überall fremde Ohren gespitzt sind, und Ihre, Rabin, von Mißtrauen verstopft? Meine Dienstkollegen dort oben schlafen bei den stürmischen Umgestaltungen auch nicht. Sie warten nur, daß ich stolpere. Hier aber, unter der Erde, noch dazu unter dem Flügel des Genossen Nikolajew... Übrigens heißt er mit richtigem Namen Lusis. Ja, hier ist der ideale Ort für die Verschmelzung unserer Seelen, für unsere Bruderschaft, Rabin.«

»Wieso ausgerechnet mit mir?« fragte Rabin finster.

»Eine sehr gute Frage! Ich könnte einfach antworten: Weil

Rabin Körnchen für Körnchen pickt, doch stetig. Damit befriedigt er meine professionelle Eitelkeit.«

»In dem Sinne, daß Rabin wie eine Gans gemästet wird, um dann gefressen zu werden«, bemerkte Rabin. »Ich verstehe. Und der Eintritt in die Loge war eine Art Köder, ein Lockvogel. Damit Rabin von allein in den Bräter steigt.«

»Sehr gut!« wiederholte Belezki. »Und daß Sie von sich selbst in der dritten Person sprechen, ist einfach fabelhaft! Es zeugt von einer gewissen Objektivität der Emotionen. Deshalb wollen wir keine einfachen Antworten geben, sie riechen nach Subjektivität und sind deshalb unzuverlässig. Wenden wir uns einer objektiven Geschichte zu, nämlich folgender: In einer kleinen Schusterbude in einem kleinen Städtchen sitzt ein kleiner Jude. Alle Buden des Städtchens werden indessen von der assyrischen Öffentlichkeit kontrolliert. Die Bude des Juden zündet jedoch niemand an, niemand vergewaltigt seine Tochter und verprügelt ihn selbst. Hat man Angst vor ihm? Braucht man ihn? Zahlt er hohes Schutzgeld? Zweifellos. Woher hat der arme Schuster aber diese hohen Summen? Die Geschichte hilft uns: Er bekommt sie aus der Urheimat. Und weiter: In den finsteren Zeiten der Zarenherrschaft wurde die Grenze des Judengettos mal in der Stadt Golta gezogen, mal über den Fluß nach Olwiopol verschoben. Zusammen mit der Grenzverschiebung wurde die Zwangsumsiedlung der Völker durchgeführt. Die Kombination eines russischen und eines jüdischen Passes war unter diesen Bedingungen ein Segen. Heute geht die Grenze des Gettos nicht am Bug entlang, sondern am Jordan. Aber auch in Palästina sind zwei Pässe von großem Vorteil. Daß ein Mensch heute zwei Pässe erhält, ist schwer. Es muß auch gar nicht sein, wenn der Mensch einen Bruder hat. Also, der eine Bruder mit dem einen Paß geht frei über den Jordan, der andere bleibt mit dem anderen Paß jenseits des Bugs. Die Kontakte zwischen ihnen reißen nicht ab, sondern festigen sich. Die Schätze fließen ungehindert hin und her, setzen sich bei den Brüdern ab und häufen sich an. Wo? Muß diese Frage beantwortet werden? Nein, sagt die Geschichte, das muß sie nicht.«

»Ich aber sage, sie muß es!« widersprach Rabin. »Nennen Sie die genaue Adresse: Wo häufen sie sich an?«

»Ich denke hier«, erklärte Belezki im Tonfall eines geduldigen Lehrers. »In diesem Keller. Nein? Auf Schweizer Banken. Auch nicht? Sie schweigen. Was soll's, ich fahre fort, vielmehr die Geschichte tut es. Also, es kommt eine Zeit, da hört der kleine Schuster auf, Rabin von niedriger Geburt zu sein, und wird ein Baron von Adel. Genauer, Baron Rothschild. Die Geschichte behauptet öffentlich, daß der Grundstein zu dieser Karriere vor fünfzig Jahren gelegt wurde, als...«

»Ihre Geschichte hat eine sehr rauhe Stimme«, versetze Rabin, »eine sehr unschöne.«

»Lassen Sie sich davon nicht verwirren, das steht Ihnen nicht: Barone lassen sich durch nichts verwirren. Die Wahrheit ist selten schön. Es gibt nur eins von beidem, entweder Schönheit oder Wahrheit. Was kann an dieser Geschichte mit fünfzig Jahren Verzögerung schön sein? Nichts. Dafür ist sie wahr! Hören Sie gut zu. Damals zerschlug die Tscheka in der Vorstadt eine Bande. Die Bande saß in einem Ofen, aus dem ein unterirdischer Gang in eine Höhle führte. Ob es eine Zigeunerbande war oder eine assyrische – das konnten sie nicht erfragen. Sie klatschten sie alle tot. Die Bande wurde also vernichtet, aber alles, was sie gestohlen hatte, fand man nicht. Nur alte Klamotten. Die wertvollen Sachen aber waren irgendwohin verschwunden. Doch wohin? Ein Bürger, der in einer der Schusterbuden Goltas saß, gab der Bande Adressen, wo es etwas zu holen gab. Er wurde nicht mitvernichtet, weil man nichts von seiner Existenz ahnte. Dieser Bürger verdiente sich im Waisenhaus als Heizer etwas dazu. Die Waisenhäuser aber unterstanden damals bekanntlich auch der Tscheka. Das war eine Informationsquelle, die von keiner Bande ausgeschöpft werden konnte und die den Bürger von jedem Verdacht befreite. Er saß weiterhin seelenruhig in seiner Bude, jedoch nur bis zum heutigen Morgen. Heute morgen gab die Geschichte den Namen des Bürgers preis. Er heißt Isaak Rabin. Und jetzt erfordert die Frage, wohin die geraubten Schätze damals verschwanden, eine Antwort.«

»Das tut sie«, bestätigte Rabin. »Wohin denn?«

»Ich denke wieder, hierher«, sagte Belezki. »Aber Sie schweigen und lassen die Geschichte zu Ende erzählen. Damals, vor fünfzig Jahren, wurde der Kirchenbesitz beschlagnahmt. Riesige Schätze gelangten in die Staatskasse, von überall her, nur nicht aus Golta! Weil der besagte Isaak Rabin schon hatte Karriere machen können und das Amt des Heizers gegen das des Buchhalters in der Finanzabteilung der Tscheka von Golta vertauscht hatte. Doch weiter, weiter, lauf, Geschichtenpferdchen! Die Jahre sollen schneller an uns vorbeijagen! Die deutschen Invasoren erstürmten Golta in einer Nacht, fanden jedoch in der Stadtbank nichts von Wert. Der Leiter der Bank, Isaak Rabin, soll die Evakuierung der Schätze nach Sibirien vortrefflich durchgeführt haben. Aber weshalb entdeckte sie auch in sibirischen Banken niemand? Lieber Gott, die Schätze sind doch das Vergänglichste, was Du geschaffen hast. Und die allervergänglichsten Schätze sind die moralischen, die allgemeinmenschlichen. Der Allgemeinmensch soll sich schämen. Aber weiter, schneller, Geschichtenpferdchen! Der Krieg geht dem Ende zu. Die schwarzen deutschen Raben weichen gen Westen zurück. Die roten Falken aus dem Osten sind noch nicht in Golta einmarschiert. Nur eine Nacht, aber was für eine! Schlamm, Regen, Blitze. Bewegung in den Waldstreifen. Getöse und Getrappel auf den öden Äckern. Die Massen der Plünderer aus den umliegenden Dörfern rücken auf die schutzlose Stadt vor. Geführt werden sie von einem kleinen, von Kind an kahlköpfigen Bürger, der die richtigen Adressen kennt. Er ist es auch, der den Löwenanteil der Beute wegschafft, als alles vorbei ist. Die Geschichte verheimlicht auch seinen Namen nicht. Durch ein seltsames Zusammentreffen ist es derselbe: Isaak Rabin. Aber wo befindet sich jetzt dieser Löwenanteil? Dort, wo auch all die anderen vergänglichen Werte sind? Machen Sie den Mund zu, Rabin, Sie haben diese Frage schon beantwortet. Machen wir auch die Augen zu, um in den Kern dieser Frage mit dem inneren Auge einzudringen... Vor meinem inneren Auge zeichnen sich schon Bilder ab: verschneite Berge, eine alte, gemütliche Stadt, Straßencafés, Blumen, Schokolade und Banken, Banken! Ihre Safes sind brechend voll mit Schätzen, die mit den Initialen ihrer Besitzer gekennzeichnet sind. Manche von ihnen erkenne ich: I. R. Kennen Sie die auch, Rabin?«

Doch Rabin folgte Belezkis kurz zuvor erteiltem Rat und antwortete nicht.

»Primissimo!« rief der Historiker aus und räusperte sich, danach fuhr er mit heiserer Stimme fort: »Weiter. Das Geschichtenpferdchen zieht uns nicht mehr, steigen wir ins Auto um. Schneller! Licht einschalten. Es huschen vorüber: der Tod zweier Einkassierer, Bestechungsgelder von jungen Leuten, die an der Pädagogischen Hochschule studieren wollen, Sprudelwasser und Bier – vielmehr der überschüssige Schaum darauf... Oh, und nun dieses Jahr! Frühsommer. Wieder Regenfälle. Der Aufstand. Womit hat er angefangen? Scheinbar mit einer Lappalie. Der Dirigent der halbmilitärischen Kapelle Gorin hat dem Schuster Rabin, der die Rolle des Führers spielte, mit der Faust die Fresse poliert. Weshalb? Weil der Dirigent diesmal, am Vorabend der Vorführung, in der Bierstube dem Schuster das feierliche Versprechen gegeben hatte, ihn zu töten, wenn dieser sich noch einmal bei der Ausübung seiner Pflichten mit Selbstgebranntem besaufen würde. Trotz dieser Drohung, nein, im Gegenteil, mit ihr rechnend, betrinkt sich der Schuster. Nicht genug damit, betrunken und in den Orchestergraben gefallen, schlägt er dem Dirigenten die Schirmmütze vom Kopf. Die Leidenschaft der Militärs, darunter auch Gorins, für den tadellosen Sitz der Uniform ist bekannt. Rabin war nicht nur das bekannt. Er kannte auch das persönliche, schmerzliche Geheimnis des Dirigenten: die sorgsam unter der Mütze versteckte Glatze. Das war ein so großes Geheimnis, daß sich der Dirigent hätte aufhängen können, wenn es jemand dem Publikum enthüllt hätte. Was im übrigen auch geschah: Heute dient der ehemalige Hauptmann Gorin als Sergeant eines Wirtschaftszuges in der Mongolei. Kannte Rabin dieses Geheimnis etwa nicht? Natürlich kannte er es und schlug ihm die Schirmmütze absichtlich herunter. Seine Rechnung ging auf. Das Publikum, vor dessen Augen der Führer eins in die Fresse bekam, und Ordnung und Moral in Gestalt des Führers ebenfalls geohrfeigt wurde, reagierte logisch. Also stürmisch. Die Folgen waren ebenso logisch: Aufstand. Sollte Rabin, der den Aufstand provozierte, die Logik der Ereignisse nicht gekannt haben? Bringen Sie mich nicht zum Lachen. Er kannte sie besser als andere.«

Belezki räusperte sich nachdrücklich.

»Sie sind ein furchtbarer Mensch, Rabin!« rief er mit tönender, wohlgereinigter Stimme. »Der mit Menschenblut vermischte Dreck Ihrer Verbrechen bedeckt Sie von Kopf bis Fuß! Man bedenke nur, alle Menschen auf Erden wollen Freundschaft und Liebe, alle kämpfen einträchtig dafür, und nur Rabin wirft ihnen Knüppel zwischen die Beine und hindert mit aller Kraft den Frieden daran, auf Erden zu herrschen! Rabin, und nicht nur er allein, richtet die Geschichte so ein, daß das Blut unaufhörlich in Strömen fließt und die Flüsse aus Schweiß und

Dreck über die Ufer treten und die Welt in ein Leidensmeer verwandeln. Rabin dürstet danach, daß alle heiligen Wasser des Erdballs, die Quellen seines Lebens, trüb werden, und er in diesem trüben Wasser den gefüllten Fisch genauso ungeniert angeln kann wie der raubgierige Pelikan. Ach, Sie lieben die Menschheit nicht und die einzelnen Menschen ebensowenig, mein lieber Pelikan! Sie hassen sie!«

»Und für welche Verdienste befehlen Sie, sie zu lieben?« schrie Rabin. »Für die, die Sie selbst aufgezählt haben? Für das Getto, die Diaspora, die Konzentrationslager, den Völkermord. Für die Verfolgung eines Volkes durch alle anderen Völker, durch die Menschen, dafür?«

»Welches eine Volk denn, das assyrische? Das chasarische?«

»Das auserwählte«, Rabin atmete inbrünstig aus, »das tatsächlich die Milch der Geschichte erzeugt, aber es melken und den Milchschaum abschöpfen tun die anderen.«

»Sagen Sie lieber, den Bierschaum. Ist das einer Ihrer Berufe, nein? Aber Sie meinten natürlich nicht die Weltgeschichte, sondern die mit dem Dirigenten. Wer schöpfte der den Schaum ab? Auch wieder Sie, Rabin. Während die einen Menschen Reformen machten und die anderen den Umsturz durchführten, schwoll Ihr Geldsack an, Sie raubgieriger Pelikan.«

»Ich soll raubgierig sein? Den Schaum abgeschöpft haben? Gut. Und wer frißt ihn? Wer hat einen freien Unternehmer an der Gurgel gepackt und hält die Hebel der Macht fest in der Hand? Machen Sie mir doch kein X für ein U vor, alle, die die räuberischen Steuern und die ungeheuerlichen Bestechungsgelder zahlen, die sich schauerlichen Gesetzen unterordnen müssen, wissen doch...«

Der in der Ecke stehende Kiebitz empfand schon lange Kälte in der Herzgrube. Längst hörte er dem Streit nur noch mit halbem Ohr zu. Seine ganze Aufmerksamkeit wurde von einem Gedanken aufgesogen, der sehr einfach war: »Das ist er! Er selbst, ich habe den gefunden, der an allem schuld ist.« Die Kälte in der Herzgrube war der Vorgeschmack der Handlung, die von diesem Gedanken ausgelöst werden sollte. Kiebitz steckte die Hände in die Taschen. Ein weiterer Kälteschauer, diesmal in der Hand, dort, wo sich die Lebenslinie in den Fältchen verlor... der Pistolengriff.

»... der Beamte! Auf der ganzen Welt steht der Beamte an den

Hebeln der Macht, auch das wissen alle längst. Die internationale Nomenklatura! Rothschild aber ernährt sich nur von Trinkgeldern, wenn Sie so wollen.«

»Halt!« sagte Belezki. »Sie streiten vergeblich. Ich nehme selbst an, daß Sie weder Rahm noch Schaum fressen. Ich glaube auch, daß Sie weise sind, denn Sie wandeln in der Nähe der Wahrheit, obwohl Sie sozusagen noch nicht mit der Nase auf sie gestoßen sind. Sie sind weise, deshalb unterhalte ich mich ja auch mit Ihnen. Sie sind vielleicht der weiseste Mensch, den ich kenne... Außer freilich... Aber davon später.«

Kiebitz ging schon in die Knie, bereit, in Schußposition hinauszuspringen.

»Hören Sie die Wahrheit«, fuhr Belezki fort. »Nicht Sie, Rabin, haben das ganze Ding gedreht, obwohl es Ihnen in Ihrem Hochmut vielleicht so scheinen mag, als seien Sie es gewesen. Sie haben sich selbst verplappert, als Sie sagten, Rabin sei von Gott erwählt. Nein. Das haben alles wir angestiftet, unsere Behörde war es. Ich weiß nicht, wie es um unsere Auserwähltheit steht, aber was die Beweise angeht, daß das, was ich gesagt habe, auch alles stimmt, so werden Sie sie gleich bekommen. Die richtige Wahrheit braucht allerdings keine Beweise, sie riecht bereits nach Wahrheit. Man muß nur einen Riecher für sie haben.«

Kiebitz erstarrte in der ungelenken Haltung, die er bereits eingenommen hatte. Die Kälte in der Herzgrube hatte sich in Schwere verwandelt, die sein Inneres schier sprengen wollte. Diese Wendung hatte er nicht erwartet. Belezkis soeben verkündete Wahrheit, hatte er sie auch noch nicht ganz ausgesprochen, vernichtete die Wahrheit, in deren Besitz sich Kiebitz soeben gefühlt hatte. Aus ein und demselben Dialog hatten Kiebitz und Belezki, wahrscheinlich auch Rabin, völlig unterschiedliche Wahrheiten geschöpft. Von diesem Ergebnis überwältigt, kehrte Kiebitz in seine Warteposition zurück und lauschte weiter. Belezki setzte seinen Monolog mit ungespieltem Pathos fort.

»Ich lüfte den Schleier, und Sie sehen der Tatsache ins enthüllte Gesicht und wittern ihren Geruch. Also, die Operation unter dem Codewort ›Aufstand‹ wurde von meiner Abteilung durchgeführt. Die Beteiligten wurden sorgfältig ausgewählt, besonders die Mitglieder der künftigen provisorischen Regierung. Das Volk mußte unsere Wahl nur bestätigen. Deshalb saßen meine Claqueure im Saal, obwohl auch das Theaterpublikum nicht ganz zufällig war. Für alle Fälle sozusagen. Geprobt hatten wir das Stück in Polen, Jugoslawien und anderen befreundeten und nicht befreundeten Ländern. Ihr Flug vom Panzerspähwagen war ein glücklicher Zufall. Doch wären Sie nicht geflogen, dann hätte es irgendein anderer getan. Der Dirigent hätte einen Vorwand gefunden, Sie am Halfter zu nehmen. Notfalls hätte er sich die Mütze selbst vom Kopf geschlagen. Ich gebe zu, ich habe vorhin ein wenig gelogen... Nein, der Dirigent ist jetzt tatsächlich in der Mongolei, aber er ist nicht Sergeant, sondern Major. Er wurde befördert und bekam eine große Regimentskapelle. Als Sie eingesperrt wurden, Rabin, damit Sie sich vor Ihrem Auftritt nicht vollaufen lassen könnten, hat Ihnen jemand unter der Zellentür eine Wärmflasche mit Selbstgebranntem durchgeschoben. War das eine gute Seele? Ja, aber es war auch eine Soldatenseele, aus meiner Abteilung. Und schließlich die Armee. Ein Teil führte meine Anweisungen aus, und der andere Teil benahm sich genauso, wie es in meinem psychoanalytischen Gutachten vorhergesagt war. Alle haben an meinem Köder angebissen! Alle dicken, dummen Ganter! Und wo sind die jetzt? Sie sind ihnen lang nicht mehr begegnet, stimmt's, Rabin? Und außer mir weiß niemand mehr genau, wie die schon kochende Suppe der Armee in den Ausguß der Geschichte geschüttet wurde... Der Putsch, meine ich.«

»Wirklich niemand? Und Ihr Vorgesetzter, Nikolajew-Lusis?«

»Der«, staunte Belezki, »dieser Schwachkopf? Dieser Antisemit, der nicht einmal die Kategorie ›Notjude‹ anerkennt? Der glaubt, das Gesetz, demzufolge ein jüdischer Vater seinen Kindern das Judentum nicht weitergibt, sei erfunden worden, damit die Juden leichter ins allgemeinmenschliche Haus eindringen könnten? Er war mir nur im Weg, obwohl auch er nach meiner Pfeife getanzt hat. Zum Beispiel hat er sich mit Militärs getroffen und gedacht, er realisiere eigene Ideen. In Wirklichkeit hat er mich nur gedeckt, wie heute auch.«

»Gedeckt, wovor und vor wem?«

»Vor dem Zufall, Rabin. Vor den Wechselfällen des Daseins.«

»Was lügen Sie denn da zusammen?! Glauben Sie etwa, ich wüßte nicht, daß in Ihrer Behörde alle Beamten sind? Daß Sie von neun bis fünf arbeiten und dann ab nach Hause. Was spielen

Sie sich denn hier als Künstler auf? Genug gefaselt, sagen Sie jetzt endlich, was Sie wollen!«

»Nicht alle bei uns sind Beamte«, empörte sich Belezki. »Und ich bin wirklich ein Künstler in meinem Fach, ein freier Unternehmer wie Sie in Ihrem. Ich leide unter der Arbeit zwischen den stumpfsinnigen Beamten in meiner Behörde. Und weshalb? Weil mich dieser elende Alltagskram anekelt, er langweilt mich. Ich will etwas gestalten. Meine Kollegen aber wollen das nicht, sie wollen nur Stabilität und eine feste Uhrzeit, zu der ihr Arbeitstag zu Ende ist. Was will ich gestalten? Eine neue harmonische Welt, und die alte will ich umgestalten. Mein Mittel ist die Macht. Sie kennen es, es ist auch Ihr Mittel, Rabin. Wir sollten uns zusammentun: Sie, Ihr Bruder und ich. Wir werden eine Macht neuen Typs schaffen, die vollkommene, ewige Macht. Alle nachfolgenden Generationen werden vor unserem Denkmal in Verzückung geraten. Sie werden *uns* einen Tempel bauen, nicht dem Pechvogel Salomon. Und dort werden sie uns die Liturgie lesen und nicht den falschen Propheten, bis zum Jüngsten Gericht. Sie sagten, der Beamte stehe an den Machthebeln der Welt? Ja, aber es werden Revolutionen gemacht, die Beamten gefeuert und sogar hingerichtet. Die Macht des Geldsacks, sagte ich das vorhin? Ja, doch die Säcke werden unter dem verschwenderischen Lotterleben der Erben reißen. Wer aber kann die Macht auf ewig halten? Ich antworte: ein Beamter mit künstlerischen Neigungen, also ich, Belezki, der auf dem Geldsack sitzt, also auf Ihnen, Rabin. Vielmehr auf zwei Säcken, den Brüdern Rabin. Die Geschichte gibt uns einen Hinweis. Die Rechtsprechung in England ist stabil, weil dort die Richter auf Wollsäcken sitzen. Unsere Macht wird ewig sein, weil wir uns auf Geldsäcke setzen werden. Und darauf herumrutschen werden wir nicht, o nein.«

»Haha, die Weltmacht im Weichbild von Pjerwomaisk, in den Grenzen der Vorstadt, in den Mauern ... der Hühnerfarm von Pferdezwist!«

»O nein. Ihre Kontakte zu den Finanzkreisen der Welt beschränken sich ja nicht auf Pferdezwist. Unsere künftige Macht reicht viel weiter, sie wird überhaupt grenzenlos sein, vielmehr die Grenzen des sich unablässig ausweitenden Universums haben. Zu Konspirationszwecken können wir unser künftiges Imperium auch Hühnerfarm nennen. Wir werden alles Gefiederte darin registrieren, bis hin zum letzten lausigen Küken. Unwertes Leben wird ins Ausland geschickt, vielmehr zu Dumpingpreisen verkauft. Wir brauchen den gesunden Organismus des Volkes in seiner Einheit. Wir werden seine Aufspaltung in Grüppchen nicht zulassen. Die Ereignisse des Sommers haben die Führer der politischen Grüppchen aufgedeckt, sie sind vernichtet. Diejenigen, die ihre Plätze einzunehmen versuchten, ebenfalls. Jetzt sind die Führer der nationalen Bewegungen dran. Überhaupt muß die nationale Frage geklärt werden, man denke nur an die Zigeuner, Assyrer und anderen nationalen Minderheiten. Dieses Problem wird genauso gelöst werden wie das politische. Wir werden mit größtmöglicher Schnelligkeit handeln. Bereits heute nacht wird in der unter Quarantäne stehenden Vorstadt Dachno mit seinen Partisanen die eingeborenen Stämme aufhetzen, um die Ereignisse zu beschleunigen. Sie haben doch nichts gegen Beschleunigung, nicht wahr? Ich meine, gegen die beschleunigte Lösung des nationalen Problems? Und auch nichts gegen den Einsatz wirksamer Mittel, zum Beispiel gegen einen Pogrom?«

»Im Prinzip nicht. Wenn es nur kein Pogrom gegen die Juden ist.«

»Sie sind ein sehr weiser Mann«, sagte Belezki liebevoll. »Ich wußte es, obwohl Sie normalerweise den Eindruck eines Vollidioten machen. Natürlich werden diese Pogrome unsere Juden nicht direkt betreffen, aber indirekt werden sie die Unentschlossenen anspornen, sich in ihre Urheimat zurückzuziehen. Aber Sie, Rabin, da Sie als einziger Jude hierbleiben werden, mich nicht gerechnet, werden nicht nur Baron Rothschild sein, sondern sogar Herzog Onassis, was sage ich, der Scheich von Saudi-Arabien. Also, willigen Sie in das Bündnis ein?«

»Und Lusis? Wenn er...«

»Vergessen Sie ihn. Schon morgen wird er seines Amtes enthoben und geteert und gefedert werden. Man wird eine Vogelscheuche aus ihm machen und ihn auf einer Stange hinaustragen. Er hat schon eine Verwarnung bekommen, weil er den Anforderungen seines Postens nicht gerecht wird. Nachdem er nun die Operation zum Eindringen in die Loge hat scheitern lassen, hat er sein Liedchen ausgesungen. Da sein Stuhl nicht frei bleiben wird, werde ich mich darauf setzen und unsere Linie ungehindert verfolgen.«

»Ungehindert? Und die Millionen Mitglieder der Partei, die sie so viele Jahre regiert hat und davon träumt, weiterzuregieren? Die ziehen Sie natürlich nicht in Betracht.«

»Aber Sie haben doch selbst gesehen, wie leicht diese Partei entmachtet wurde.«

»Nur von wem! Wichtig ist nicht, daß sie entmachtet wurde, sondern von wem. Ihre eigenen Führer haben sie doch entmachtet.«

»Ja wie denn sonst! Die Idee ihrer Entmachtung stammt schließlich von ihrem Gründer selbst, dessen Rolle Sie, Rabin, viele Male so erfolgreich gespielt haben. Zu ihrer Verwirklichung haben Sie ja beim letzten Mal so erfolgreich beigetragen. Nicht seine konservativen Genossen haben ihn diese Idee verwirklichen lassen, sondern wir. Gegen die verbrecherische Partei wird ein Gerichtsprozeß vorbereitet. Übrigens wird schon morgen die erste Probe sein: die Gerichtsverhandlung gegen das Dreiergespann aus einem Weib, einem Militär und einem Popen. Unsere Linie ist geradewegs auf das große Ziel ausgerichtet. Haben Sie noch Fragen?«

»Was ist das für ein Ziel?«

»Der allgemeine Wohlstand, natürlich!« antwortete Belezki fröhlich. »Willigen Sie in das Bündnis ein?«

»Wahrscheinlich...«, meinte Rabin gedehnt. »Haben Sie sich das alles selbst ausgedacht, in Ihrem eigenen Kopf?«

»Wo denken Sie hin!« rief Belezki aus. »Natürlich nicht in meinem? Ich leide doch nicht unter Größenwahn. Aber es gibt da einen Menschen, einen Kopf... Nein, ich bin nur der Geselle. Der richtige Meister ist er. Er ist der Urheber aller meiner Anstrengungen, und deren Ergebnisse vereinigt er wieder in sich selbst. Wie Gott. Somit ist er der Anfang und das Ende von allem. Wie es war, so wird es bleiben: Er ist der Kopf, ich bin die Hände, und Sie könnten zum Beispiel die Füße sein, das Fundament.«

»Und wer wird der Magen sein?«

»Haha! Sie scherzen, also ist die Sache wohl geritzt.«

»Wenn nur dieser Kopf kein Loch hat«, knurrte Rabin. »Ein Hühnergott, kennen Sie diese Kieselsteine mit einem Loch drin? Die heißen Hühnergötter, weil das Loch darin das wichtigste ist. Die Leere, das Nichts.«

»Na und«, bestätigte Belezki. »Gott hat ja, wie es in Ihrem

Buch heißt, alles aus dem Nichts erschaffen, darunter auch den Kopf unseres Adams. Je leerer dieser ist, desto näher ist er bei Gott. Bald werden das alle anerkennen. Unserem Adam wird bald der Friedensnobelpreis verliehen werden, und danach mir.«

»Adam«, fauchte Rabin.

Kiebitz, der schon befunden hatte, daß der Schuldige – also der Anfang und das Ende der ganzen Misere – Belezki war, erlebte wieder eine Enttäuschung, zugleich aber auch eine kleine Aufmunterung. Es zeigte sich, daß hinter allen Ereignissen wirklich ein Mensch stand, und zwar ganz nah, buchstäblich hinter seinen nächsten Helfern Belezki und Rabin. Die Jagd hatte somit durchaus einen Sinn. Das Tier, das gejagt werden sollte, war kein Hirngespinst des Jägers, sonder existierte wirklich. Geduld, versuchte sich Kiebitz einzureden. Die Jagd erforderte vor allem Geduld.

»Wie skeptisch Sie sind! Wie schrecklich praktisch, Rabin!« lachte Belezki. »Wollten Sie nie Dichter werden oder Mozart, mit blitzenden Augen und einem Mädchen am Arm, nein, mit zwei Mädchen die Hauptstraße von Golta entlanggehen, vielmehr von Haifa oder Paris? Die beiden Mädchen hießen Sophie und Konstanze. Sie würden in Ihre Augen schauen und dort ihren Frühling, ihr Glück erblicken. Mein Gott! Dann würde ich unverzüglich ein Epos auf uns dichten. Eine Chronik, aber in Versen. Und Sie?«

»Ich ziehe Prosa vor«, knurrte Rabin.

»Lassen Sie's. Na, das Morgenprogramm ist fast beendet. Noch zwei Striche zum Abschluß und dann nach Hause. Unser beider Kopf, Rabin, nennen wir ihn ehrerbietig ›unser Erster‹, findet in seinem Projekt zwei schwache Glieder. Sie behindern die erfolgreiche Realisierung. Das eine davon ist in mystischer Hinsicht der Gegensatz zum Ersten, sein Rivale, genauer gesagt, seine Rivalin. In alltäglicher Hinsicht ist es seine Frau. Nennen wir sie zu Konspirationszwecken Marja Gawrilowna. Mit ihr ist schwer auszukommen, sie kann ausbrechen. Im Unterschied zum konsequenten Ersten ist sie spontan und nicht zu lenken. Sie ist die konservative, inerte Masse, die alle neuen Vorhaben absorbiert. Sie will immer zum Alten zurück. Sie zieht den Ersten hinunter und läßt ihn nicht fliegen. Und sie hat viele Anhänger, vier Schülergenerationen allein in Golta und in der Vorstadt, die anderen Orte nicht gerechnet. Sie vergöttern sie als

Mutter, mehr noch, als Urmutter. Jetzt stellen Sie sich den zweiköpfigen und zweigeschlechtlichen Adler vor, dessen so verschiedene Köpfe um die Vorherrschaft kämpfen. Kann da von Einheit die Rede sei? Sie werden den Ernst der Lage verstehen, wenn ich noch hinzufüge, daß Marja Gawrilowna nicht in die Scheidung einwilligt. Das zweite Hindernis ist kleiner und selbst mit unseren geringen Kräften zu beseitigen. Gleich hier. Wir werden ihn bitten, vor uns zu erscheinen, damit wir ihn unverzüglich beseitigen können. Boris Andrejewitsch! He, Boris Andrejewitsch! Zeig dich, lichter Falke, genier dich nicht!«

Kiebitz erschauerte. Belezkis Tonfall klang widerlich.

»Na, Boris Andrejewitsch!« schrie Belezki etwas lauter. »Das ist nicht gut, nicht männlich... Kommen Sie selbst heraus, damit wir Sie nicht gewaltsam herauszerren müssen!«

Kiebitz fand das selbst. Zumindest wäre es dumm, wenn er sich an den Füßen herausziehen ließe. So trat er hinter der Ecke hervor ins Licht.

»Eijeijei!« kanzelte ihn Belezki sogleich ab, die Hände wie ein vorwurfsvolles Weib an die Backen gelegt. »Sie haben gelauscht, Sie wollten uns verleumden, das ist nicht nett, nicht klug. Und wie bleich wir sind! Da sehen Sie, Rabin, wohin Neugier führt: zu ungesunder Blässe.«

»Ich wollte ihn schon längst abmurksen«, erklärte Rabin düster. »Das war mir längst klar. Dieser erzschädliche intellektuelle Schleimer. Dabei hat er... bei den Weibern merkwürdigen Erfolg!«

»Abmurksen, oh, wie häßlich! Wozu so grob? Geht es nicht eleganter, nach Art der Freimaurer, nein? Na, lassen Sie sich etwas einfallen, Rabin. Sie sind doch wirklich ein Mitglied der Loge und ein weiser Mann.«

»Es gibt eine Methode, aber die erfordert Zeit.«

»Packen Sie aus. Wenn Sie uns nicht langweilen, ist uns die Zeit nicht zu schade. Alle Anwesenden wissen, daß der Klient so oder so hier nicht herauskommt. Das war mir seit gestern klar. Ich sage es ganz offen: Ich habe diesen Vogel absichtlich hierher gelockt, damit er morgen nicht in die Gerichtsverhandlung einfliegt. Irgendein Dummkopf hat unseren Klienten nämlich als Zeugen geladen. Ich habe ihn aus der Sache ausgeschaltet, und irgendwer hat ihn wieder ausgegraben und vorgeladen. Der verehrte Zeichenlehrer wird auch bestimmt irgend etwas vor Gericht aussagen und den Prozeß erschweren. Ausländische Korrespondenten sind da, Beobachter von Greenpeace... Es gab keinen anderen Ausweg, ich mußte ihn hier aufhalten, sozusagen in der Ewigkeit. Deshalb ist uns auch die Zeit nicht zu schade. Aber bitte, Rabin, kein Blut! Die Erde ist ohnehin schon mit Blut getränkt... Ist wie ein Schwamm aufgequollen, schmatzt unter den Füßen. Legen Sie Ihre Methode dar.«

»Das ist ja ganz neu«, krächzte Rabin verächtlich. »Gerade weil sie getränkt ist. Was macht da ein Tropfen mehr oder weniger Blut für einen Unterschied? Ich habe immer behauptet, daß es mit ihm nicht anders geht. Man hätte ihn viel früher beseitigen sollen, gleich zu Anfang.«

»Lügen Sie nicht, Sie haben nichts dergleichen behauptet... Also, was ist das für eine Methode?«

Sie sprachen über Kiebitz in der dritten Person, wie über einen Abwesenden oder Toten. Doch er fühlte sich auch wie tot, somit war das ganz in Ordnung.

»Ein Fäßchen Amontillado!« feuerte Rabin ab.

»Wa-as?« wunderte sich Belezki. »Ich habe nicht Hebräisch gelernt. Übersetzen Sie das ins Russische!«

»Ein Fäßchen Amontillado. Haben Sie nicht Poe gelesen? Erinnern Sie sich, wie sein Freimaurer mit genauso einem...«

»Ah!« rief Belezki aus. »Natürlich! Ich erinnere mich. Ein vortrefflicher Gedanke: frei als Maurer zu arbeiten! Warum bin ich nicht selbst darauf gekommen... Übrigens, ich bin es doch. Nur hat sich der Gedanke sozusagen in der Menge der anderen verloren... Und wo nehmen wir die Ziegel her? Eine Maurerkelle haben wir, fehlt auch noch der Mörtel.«

»Ist alles da«, sagte Rabin bescheiden und stolz. »Ich wollte mir hier ein kleines Lager abmauern und habe mir das Material besorgt. Fangen wir an?«

»Bitte«, stimmte Belezki zu und betrachtete neugierig den schweigenden Kiebitz. »Sie werden natürlich nicht mit uns reden, Boris Andrejewitsch. Es ekelt Sie, dessen bin ich mir sicher. Aber stellen Sie sich vor, das paßt mir gerade. Damit Sie hier keine Dummheiten anstellen, gestatten Sie...«

Hier sprang Belezki überraschend flink auf Kiebitz zu, packte seine Hand, die der in seiner Tasche stecken hatte, drehte sie nach außen und zog sie ans Licht. Die Hand umklammerte eine

Pistole. Belezki öffnete Kiebitzens Finger einzeln, nahm die Pistole zierlich heraus, steckte sie sich selber ein und ließ erst dann die malträtierte Hand fahren. Kiebitz leistete keinen Widerstand. »Wozu hat er dieses Ding bei sich?« fragte Rabin, mit den Hinrichtungsvorbereitungen beschäftigt.

»Zu nichts«, erklärte Belezki. »Aber das weiß er selbst nicht. Ich habe ihm dieses Ding untergeschoben. Indirekte Strategie ist meine Leidenschaft. Ich verfolge immer mehrere Ziele gleichzeitig. Das erste: Kriegt Kiebitz die Pistole in die Hand, wird er bestimmt kommen. So ein Ding in der Tasche ist die Versuchung, auf Versammlungen wie der unsrigen zu erscheinen. Zweites Ziel: Hätte sich Lusis klüger verhalten, hätte er uns keinen Vorwand gegeben, ihm das Scheitern der Operation anzulasten, dann hätte man Lusis Kiebitz als den an allem Schuldigen ausliefern können, als unseren ›Ersten‹. Der Zeichenlehrer seinerseits wurde von mir für das heutige Konzert perfekt gestimmt. Man hätte jedes Stück auf ihm spielen können. Er war danach so sicher und entschlossen, oh, und wie entschlossen! Fähig, jemanden abzumurksen, wie Sie sich ausdrückten, Rabin. Unser Lusis wäre verstorben, zu leiser Musik. Ja, offenbar ist es für Lusis noch zu früh zum Sterben, er muß zu Hause noch etwas erledigen. Vielleicht erwartet ihn noch ein Posten in der Reinigungsannahme. Aber sehen Sie nur, wie die Augen unseres Zeichenlehrers funkeln! Wahrscheinlich ist er gekränkt. Stimmt's, Lehrer? Ach, verzeihen Sie, ich vergaß, daß Sie grundsätzlich nicht sprechen. Haben Sie wie der Starez ein Schweigegelübde abgelegt?«

»Fertig«, verkündete Rabin und ging tiefer in den Keller hinein.

»Gehen wir«, sagte Belezki. »Gehen Sie selbst, Lehrer, damit es nicht zu häßlichen Begleiterscheinungen kommt.«

Kiebitz ging, obwohl er genau wußte, daß ihm kein Spaziergang auf der Hauptstraße an einem Sonnentag bevorstand. Er hatte ebenfalls Poe gelesen, doch auch er wünschte keine häßlichen Begleiterscheinungen, da er einsah, daß die Stärke nicht auf seiner Seite war, und zwar nicht nur die des Körpers nicht, sondern auch nicht die des Geistes. Auf seiner Seite war nur eine Stärke: die Schwäche. Und deshalb konnte er nur auf den Beschützer der Schwachen hoffen. Aber Kiebitz hatte auch keine Kraft zu hoffen. Er war schwächer als schwach.

Sie führten ihn zu einer Nische und pflanzten ihn dort so auf, als wäre er sein eigenes Denkmal, nur stellten sie ihn mit dem Gesicht zur Wand wie ein abgeschafftes Denkmal oder ein ungehorsames Kind, das von seinen Eltern bestraft wird. Hinter seinem Rücken erklang ein Klopfen und Kratzen. Die strengen Eltern mauerten die Nische zu. Kiebitz hörte, wie Rabin schnaufte, den Mörtel auftrug und sich über dessen schlechte Qualität beschwerte. Er gewann all dem sogar komische Aspekte ab. Komisch war auch, daß Belezki bald danach Rabin die Maurerkelle wegnahm und das unheilvolle Werkzeug fröhlich klirrte und in seinen Ohren sang. Belezki selbst murmelte und sang vor sich hin wie ein richtiger Meister, zwar nicht der Freimaurerloge, aber doch einer optimistischen Stoßbrigade auf einer Großbaustelle.

»Stein auf Stein ... das Häuschen wird bald fertig sein! Wissen Sie, Rabin, körperliche Arbeit ist was Wunderbares. Man kriegt richtig Sehnsucht. Ich war schließlich einmal Maler, wie unser Klient. Ein guter Maler. Und jetzt bin ich ein freier Maurer. Das ist auch wunderbar. Man muß sich nicht immer mit Strategie befassen, das langweilt einen. Schließlich gibt es im Leben auch die Taktik und den ohne jeden Zukunftsplan laufenden Augenblick. Vielleicht ist das ja das Leben. Wie schön die Welt ist, wenn der laufende Augenblick darin herrscht! Dann ist alles in ihr schön und vernünftig. Dann ist sie ein zauberhaftes Schauspiel. Lieben Sie Schauspiele, Rabin? Entschuldigen Sie, ich vergaß, daß Sie beruflich unter anderm auch mit Theater zu tun haben. Sie können gar keine Schauspiele mögen. Ich aber liebe das Theater! Heute nacht gibt es eine Zaubervorstellung. Stellen Sie sich vor, Rabin: Die Vorstadt steht unter Quarantäne und liegt in einem Sternenfeld. Ringsum Steppe, Steppe. Und Stille. Plötzlich eine Flamme, eine Posaune, eine Trommel, die Feuerwehr, Helme, Schläuche, die ganze Reiterei auf schnellen Pferden, Wiehern und Hufetrappeln! Und voran reitet Budjonny, vielmehr Machno, na, eben der Führer. Die Ungläubigen sind in Panik, schreien, ringen die Hände, rennen hin und her, stürzen sich in die Flamme, die vom Himmel herabgefahren ist ... mit einem Wort, sie kommen um. Der Untergang Pompejis! Sie dauern einen, diese Ungläubigen, aber Herz und Hand der rächenden Reiter sind unerbittlich. Und ihre Pferde sind fahl und der Sache ergeben. Wunderbar und festlich, nicht wahr?«

»Ich mag keine Feste«, entgegnete Rabin. »Ich bin ein Mensch des Alltags. Ihr Liedchen vom Häuschenbauen rührt mich. Aber Zirkusvorstellungen mit Kunstreitern mag ich nicht. Wieso erzählen Sie das übrigens in seiner Gegenwart?«

»In wessen Gegenwart?« wunderte sich Belezki. »Ich sehe niemanden. Ach, den meinen Sie? Diesen Leichnam? Ein Leichnam ist doch nicht wer, sondern was! Sie haben die russische Grammatik verlernt, Rabin. Sie sollten zu unserem Ersten gehen und Nachhilfeunterricht nehmen. Nicht bei ihm natürlich, sondern mit ihm zusammen. Er nimmt gerade das Pronomen durch... Wie Sie verwechselt er ›er‹ und ›es‹ und ›sie‹ weiblich Einzahl und ›sie‹ Mehrzahl. Besonders unangenehm ist es, wenn er nicht unterscheiden kann, wen er duzen und wen er siezen darf. Doch das soll Sie nicht kränken, Rabin.«

Währenddessen wartete Kiebitz träge auf den Zufall, doch der eilte ihm nicht zu Hilfe. Er versuchte sich an das Ende von Poes Geschichte zu erinnern, die aus der Tiefe seines Gedächtnisses heraufttauchte, und dachte deshalb nicht darüber nach, wie er einen Ausweg aus dieser beinahe komischen Situation finden könnte. Er kam immer wieder auf die Geschichte zurück und entdeckte dabei, daß nicht alles, was hier geschah, mit ihr übereinstimmte. Etwas deckte sich nicht in diesen beiden Fabeln, der erdachten und der realen. Die Mauer war unterdessen schon bis zu Kiebitzens Schulterblättern hochgezogen. Er strengte sein Gedächtnis an, wie man Muskeln anspannt, und erwischte plötzlich den Zipfel einer Einzelheit, die ihm wieder entglitt. Er stellte sich nun deutlich vor, wie sein erdachter Unglücksgenosse durch jenen Keller geführt wurde, vorbei an den Amontilladofäßchen zu einer Nische, wie er in Ketten gelegt wurde... Das war die gesuchte Einzelheit, wenn auch keine sehr schöne. Er wurde in Ketten gelegt. Kiebitz aber war nicht angekettet! Ja, das war die Einzelheit. Und der langerwartete Zufall. Vielleicht waren Einzelheit und Zufall dasselbe... vielleicht... Aber die Ziegel berührten schon seinen Hinterkopf. Er hatte keine Zeit mehr zur genauen Definition. »Jetzt«, entschied Kiebitz. Er stützte sich von der Rückwand der Nische ab und stemmte seine Schulterblätter mit dem ganzen Gewicht seines Körpers gegen die frischgemauerte Wand.

Belezki und Rabin, die gerade die letzten Reihen aufschichten wollten, sahen mit fassungslosem Erstaunen, wie sich der von ihnen errichtete Kerker aufblähte, bogenförmig krümmte und aus den obersten Lagen Ziegel herausbrachen. Und sie staunten noch immer, als die ganze Wand, die für die Ewigkeit bestimmt war, auf sie herabstürzte. Der Vorgang war so präzendenzlos – in Poes Geschichte hatte es keinen Hinweis darauf gegeben – und geschah so überraschend, daß die Maurerbrüder keine Gegenmaßnahmen hatten treffen, ja nicht einmal von der Mauer hatten wegspringen können. Die Mauer stürzte ein und begrub sie beide unter sich, als hätte sie keine Gefängniszelle oder Klause für Kiebitz werden wollen, sondern ein Sarg für ihre redseligen Erbauer.

Sobald das Getöse verstummt war, arbeitete sich Kiebitz über den Ziegelschutt, wobei er möglicherweise auch auf Körperteile seiner Peiniger trag, blieb kurz stehen und horchte... Nein, es kam kein Laut aus dem Trümmerhaufen. Kiebitz huschte kurz der Gedanke durch den Kopf, daß er den Verschütteten helfen könnte, doch er unterdrückte ihn, da er sich an die Vorstadt erinnerte und an die dort für die heutige Nacht geplanten Ereignisse. Es blieb nur noch verschwindend wenig Zeit, um irgend etwas zu unternehmen. Kiebitz wußte eigentlich noch nicht genau, was er unternehmen würde, doch womit er beginnen würde, das wußte er. In Gedanken löschte er die Verabredung mit Vera Dolskaja, sie hatte überhaupt keinen Sinn mehr. Ehrlich gesagt, er hätte sich lieber hier im Keller mit ihr getroffen, damit sie mit seinen anderen Peinigern zusammen dort läge, wo sie alle hingehörten: unter dem Haufen aus Ziegelschutt, noch besser unter einer Grabplatte aus Granit. Das wäre sicherer.

Er tat einen Schritt zum Ausgang. Sein Fuß knickte um, rutschte von einem zerbrochenen Ziegel ab und kam laut polternd auf dem gestampften Boden auf. Die Erschütterung brachte die chaotisch errichtete Pyramide ins Wanken. Zwei weitere Ziegel rollten von dem Haufen herunter, und Kiebitz erblickte Belezkis Kopf, der darunter verborgen gewesen war. Genauer, seine Stirn und seine Augen. Die Augen waren offen und schauten starr vor sich hin. Ob sie etwas sahen oder nicht, war nicht zu erkennen. Es bestand jedoch kein Zweifel, daß sie lebten. Kiebitz beobachtete interessiert, wie sie allmählich feucht wurden. Wie die Lider langsam zuklappten, aufklappten und die Tränen wegzwinkerten. Und obwohl es die Augen seines schlimmsten Feindes waren, empfand Kiebitz Erleichterung.

Die Ziegel waren justament dorthin gerollt, wo die aus Belezkis Tasche gefallene Pistole lag. Das klirrende Metall lenkte Kiebitzens Aufmerksamkeit auf sich. Er hob die Pistole auf, steckte sie unter die Jacke und machte sich erneut zum Ausgang auf. Nach drei Schritten blieb er wieder stehen und sagte ohne Hoffnung, gehört zu werden: »Ich hätte Sie jetzt seelenruhig umbringen können, Belezki. Und mein empfindsames Gewissen hätte keinen Pieps gegen diese gute Tat gesagt. Aber was soll ich mit Ihnen: den Händen und Füßen? Ich brauche den Kopf. Die Bücher sollten Sie aufmerksamer lesen... besonders die, die von Ihrem Beruf handeln, Sie Meister des Maurerhandwerks.«

Letzteres sagte er bereits im Gehen. Als er oben im Hof herauskam, atmete er genüßlich die frische Luft ein, stieß sie geräuschvoll aus und begab sich raschen Schrittes zur Brücke.

Nachdem er weggegangen war, veränderte sich eine Zeitlang nichts im Keller. Dann rührte sich Belezki, warf die Ziegel von seiner Brust ab, krächzte und rappelte sich auf die Knie auf.

»Nein«, murmelte er und spuckte aus, »Sie haben nicht recht, Lehrer. Man sollte lieber überhaupt keine Bücher lesen.«

Er klaubte die Trümmer über Rabin weg und entdeckte, daß die Stirn des Bruders bei der Katastrophe ein weiteres Mal gelitten hatte: Über der Augenbraue klaffte eine Wunde, aus der Blut aufs Nasenbein rann. Belezki stieß den Kollegen in die Seite.

»He, ausgeruht? Na, steh auf. Es ist Zeit. Gott ist schon aufgewacht.«

Rabin regte sich tatsächlich wie Lazarus und setzte sich auf.

Belezki zog ein Taschentuch aus Rabins Jacke, wischte zuerst seine eigene Stirn ab, betrachtete das Tuch, entdeckte keine Blutspuren darauf und betupfte dann das Nasenbein des Freundes. Rabin begann plötzlich zu weinen. Belezki steckte sich das Taschentuch ein.

»Ich denke die ganze Zeit darüber nach, Rabin, ob wir nicht auf dieses ganze hirnverbrannte Reich pfeifen und in eine geordnete Welt türmen sollten. Ich meine nicht jene Welt, nein. Hören Sie, wollen Sie mir nicht über unseren Bruder im Ausland eine Einladung nach Jerusalem verschaffen?«

Fünfundzwanzigstes Kapitel

Der Pogrom

»Wie siehst du aus!« schrie Marja Gawrilowna wütend. »Sofort nach Hause und umziehen. Wage es nicht, noch einmal in diesem Aufzug im Dienst zu erscheinen.«

»Ich komme nicht zum Dienst«, entgegnete Kiebitz, ging nicht nur nicht, sondern setzte sich auch noch unaufgefordert auf den Stuhl vor dem Schreibtisch der Direktorin.

»Du treibst dich hier also einfach so herum?« Marja Gawrilowna kochte. »Ist das vielleicht ein Bahnhof? Das ist eine Schule, wenn du es vergessen hast, meine Schule. Ich bin hier die Herrin.«

»Das habe ich nicht vergessen, und deshalb bin ich ja auch gekommen«, sagte Kiebitz ungerührt. »Ich bin zu Ihnen gekommen, um Sie um Hilfe zu bitten. Wie der Sohn zur Mutter, wie das Küken zur Henne.«

»Ihr seid alle Küken.« Marja Gawrilowna beruhigte sich sofort. »Und ihr könntet alle meine Söhne sein. Du bist nicht der einzige. Ihr seid viele, ich fürchte, ich schaffe das nicht mehr, bin alt geworden. Bilde dir nicht ein, du könntest dich bei mir einschmeicheln! Das mag ich nicht.«

»Ich will mich nicht einschmeicheln, ich meine es ganz ernst... Ich wende mich ganz offiziell an Sie, denn Sie sind ja nicht nur mit dem Herzen, sondern auch von Amts wegen Mutter, Urmutter, nicht wahr?«

»Was redest du da für einen Unsinn, Kleiner«, sagte Marja Gawrilowna und lächelte. »Ich bin von Amts wegen Direktorin, Punkt. Es ist unhöflich von dir, einer Frau gegenüber auf ihr Alter anzuspielen. Natürlich habe ich ein ehrwürdiges, aber glaube mir: Diese Tatsache ist mir äußerst unangenehm. Ich bin schon lang nicht mehr stolz darauf. Wie alle anderen denke auch ich nur ungern an den Tod, Boris Andrejewitsch.«

»Entschuldigen Sie, wenn ich mich ungehörig benommen

habe. Erlauben Sie mir nur, daß ich Ihnen erkläre, weswegen ich gekommen bin.«

»Tu das, aber kurz.«

»Ich mache es ganz kurz«, versprach Kiebitz. »Sie wissen, daß die Vorstadt unter Quarantäne steht.«

»Kommst du wieder mit deiner alten Leier?«

»Mit einer neuen. Nicht mal eine Maus kommt aus der Vorstadt raus: wegen der Cholera. Gibt es die wirklich, diese Cholera?«

»Das kannst du gerne glauben, Cholera kommt oft vor. Im Jahr 1728...«

»1728... und in diesem Jahr? Die Quarantäne ist verhängt. Und darauf kommt es an, auf die Abriegelung. Hinter dieser hermetischen Abriegelung wird heute nacht Blut fließen. Es soll eine furchtbare Aktion durchgeführt werden?«

»Unsinn, Kleiner«, sagte Marja Gawrilowna ungläubig.

»Eine Aktion, ein Pogrom!« rief Kiebitz beinahe triumphierend aus. »Und ich weiß, wer unter den Akteuren sein wird. Ich weiß, was das Ziel der Aktion und wer ihr Regisseur ist. Die Zeit drängt, ich kann Ihnen das nicht ausführlich erzählen... Aber, Marja Gawrilowna, es gibt einen Menschen, der die Aktion verhindern kann. Dieser Mensch sind Sie. Jedenfalls meinen das die Übeltäter.«

»Du lügst ja wie gedruckt«, lächelte Marja Gawrilowna.

»Sie glauben mir nicht? Gut. Lassen Sie unverzüglich den Unterrichtsleiter Dachno kommen. Sie werden sehen, daß er nicht im Dienst ist. Er bereitet gerade die Aktion vor. Er ist ihr Hauptakteur. Rufen Sie ihn und überzeugen Sie sich! Ich lege meine Hand dafür ins Feuer, daß er nicht mehr in Golta ist.«

Marja Gawrilowna nahm den Telefonhörer ab.

»Lenotschka... ich möchte Dachno sprechen«, befahl sie.

Offenbar antwortete Lenotschka etwas, das Kiebitzens Worte bestätigte, da Marja Gawrilowna den Hörer mit deutlich ernster Miene auflegte.

»Es stimmt... Dachno ist in die Vorstadt gefahren, zur Inspektion der dortigen Hauptschule!«

»Aha! Die Quarantäne betrifft ihn also nicht!« schrie Kiebitz. »Dann hören Sie weiter. Heute nacht wird Dachno in der Vorstadt die Philister zusammenschlagen lassen, das heißt die Fremden. Aber das ist erst die Probe. Wie die Premiere selbst ausfallen wird, darf man sich gar nicht vorstellen.«

»Na, gut«, Marja Gawrilowna schlug mit der flachen Hand auf den Tisch. »Ich rufe an. Wenigstens Belezki...«

»Den dürfen Sie nicht anrufen!« erschrak Kiebitz. »Von dort bläst nämlich der Wind!«

»Na, dann rufe ich woanders an. Zum Beispiel Petka Suworow in Moskau.«

»Besser noch ganz woanders«, sagte Kiebitz. »Könnten Sie nicht den Ersten anrufen?«

Marja Gawrilowna war leicht verwirrt.

»Ja-a«, insistierte Kiebitz. »Er ist doch der Kopf der ganzen Aktion. Deshalb bin ich ja auch zu Ihnen gekommen, zu seiner Frau.«

»Glaubst du etwa, der wird auf meinen Anruf hin alles umschmeißen? Wenn ich ihn um irgend etwas bitte, dann bedingt er sich sofort aus, daß ich in die Scheidung einwillige. Und ob er dann meine Bitte tatsächlich erfüllt, das weiß Gott allein. Wahrscheinlich nicht. Er täuscht jeden, der gerissene Kerl.« Letzteres sprach Marja Gawrilowna mit einer gewissen Begeisterung aus.

»Ich dachte«, murmelte Kiebitz ganz perplex darüber, »ich dachte, ich käme zu Ihnen wie zum gegenteiligen Prinzip... im höheren Sinn. Ach ja, wie zur inerten Masse, haben die gesagt. Die sagten, wenn Sie nur wollten, dann könnten Sie ausbrechen und alle Initiativen aufsaugen.«

»Komplimente über Komplimente! Ich die inerte Masse? Na, meinetwegen, sogar die Masse. Aber ich kann nicht auf fremden Wunsch hin ausbrechen. Es stimmt, ich bin die Naturgewalt. Aber ich breche aus, wenn die Zeit dafür kommt, im übrigen schlafe ich. Die Naturgewalt hat ebenfalls strenge Gesetze. Du wirst doch zum Beispiel der Eule keinen Vorwurf machen, daß sie tagsüber schläft? Und was den Anruf bei meinem Mann betrifft... Nein, ich werde ihn nicht anrufen. Ich kann es mir nicht leisten, ihm die Trumpfkarte für die Scheidung zuzuspielen. Er hat sowieso schon viele Karten. Und überhaupt ist es schwierig, mit ihm zu reden. Wenn ihm etwas nicht gefällt, hört er sofort auf, den König zu spielen und schlüpft ins Narrenkostüm. Das ist auch wieder sehr gerissen. Wie soll man mit dem reden?«

»Dann besteht also keine Hoffnung?«

»Scheint so«, sagte Marja Gawrilowna. »Das tut mir natürlich sehr leid, schließlich sind alle meine Kinder. Ich weiß nicht, was Fremde sind ... Meine Ansichten sind international, traditionell. Trotzdem, laß die Hoffnung fahren, finde dich damit ab. Wie ich mich auch mit manchem abgefunden habe.«

Marja Gawrilowna seufzte.

»Was soll ich jetzt tun?« fragte Kiebitz verstört. »Sie sind mir als einziges eingefallen ... Ich war so sicher ... Wohin soll ich denn jetzt gehen?«

»Das kann ich dir nicht sagen«, antwortete Marja Gawrilowna teilnahmsvoll. »Aber wisse, wenn dich das, was dir eingefallen ist, getäuscht hat, dann war es kein Gedanke. Es kann sehr gut sein, daß alles, was einem einfällt, keine Gedanken sind. Andererseits läßt sich auch ein Gedanke darunter entdecken. Suche, vielleicht findest du. Suche und geh – in der Bewegung ist das Heil. Ende des Gesprächs. Nimm's mir nicht übel, ich habe sehr viel zu tun. Geh, aber ... daß du mir ja keine Zeichenstunde versäumst, verstanden!«

Kiebitz stand auf und trottete mit krummem Rücken zur Tür. An der Schwelle blieb er stehen.

»Behalten Sie mich in gutem Andenken, wenn etwas ... Ich weiß freilich noch nicht, was genau, aber ...«

Da sprach Marja Gawrilowna, die ihm bedauernd nachsah, einen bemerkenswerten Satz: »Ach, mein Freund ... Womit sollte ich deiner gedenken, wenn mein Gedächtnis kurz ist wie ein Hasenstummel? Ich habe euch geboren, lebt. Mehr könnt ihr von mir nicht verlangen.«

Marja Gawrilowna machte eine bekümmerte Handbewegung.

Von ihren Worten versengt, stürzte Kiebitz auf den Gang hinaus und stieß mit Sascha zusammen. Es schien ihm, als habe sie sein Gespräch mit der Direktorin belauscht.

»Du lebst«, flüsterte Sascha. »Ach, bin ich froh. Aber du bist ja ganz schmutzig, und der Anzug ist zerrissen? Geh heim, Borja, geh. Und leg dich schlafen, bitte!«

»Schlafen!« rief Kiebitz entrüstet aus. »Auf gar keinen Fall! Man hat mich geboren und läßt mich jetzt fallen, ja? Leb selbst, hat man gesagt? Das werde ich tun: Ich werde auf allen vieren in die Vorstadt kriechen! Ich werde selbst tun, was niemand tun will. Und wenn alles klappt, dann kriege ich den, der an allem schuldig ist und sich dafür verantworten muß. Er wird sich verantworten, denn ich weiß, wie ich ihn dazu zwingen werde: mit Gewalt.«

Da schaute Marja Gawrilowna aus ihrem Zimmer heraus.

»Du bist immer noch hier? Geh doch, wohin du willst. Aber laß Sascha da, ich brauche sie.«

»Was für eine Despotie!« brüllte Kiebitz, nun aufs äußerste erregt. »Leben Sie denn überhaupt, oder sind Sie eine Puppe, ein toter Mechanismus? Darf ich nicht einmal mehr mit meiner Frau reden?«

»Dies hier ist die Schule, und hier ist Sascha nicht deine Frau, sondern deine Kollegin. Ich bin die Vorgesetzte von euch beiden. Ich habe meine eigenen Pläne und führe sie auch aus. Jetzt will dir etwas sagen... Ich habe zwar nicht vor zu sterben, und das war auch noch nicht da, doch man könnte mich schließlich dazu zwingen. Die Zeiten sind heute so. Deshalb bereite ich für diesen Fall einen Ersatz vor, damit mein Werk, meine Methode, unter keinen Umständen Schaden nehmen wird. Und der Ersatz ist sie: Sascha, und zwar in jeder Hinsicht. Wenn du dich zwischen uns stellen willst, dann laß ich dich von ihr scheiden und jage dich davon: Geh dann in alle vier Winde gleichzeitig!«

Marja Gawrilowna packte Sascha am Ellbogen, zog sie in ihr Büro und schlug die Tür zu. Die Kinder, die sich unterdessen um die Lehrer geschart hatten, überhäuften Kiebitz sofort mit Fragen, die sich nicht immer auf ihn bezogen: »Wer hat die Scheibe im ersten Stock eingeschlagen, wann machen wir wieder einen Spaziergang ans Flüßchen, wann fängt der Malkurs an?« Ein kahlgeschorener Junge sagte traurig: »Boris Andrejewitsch, den Malkurs hat Dachno schon verboten. Er hat gesagt, er paßt nicht in die Methode, dann hat er sich den Säbel umgeschnallt und ist auf dem Pferd davongaloppiert.«

Als Kiebitz das hörte, stürmte er die Treppe hinunter zum Ausgang. Draußen auf der Straße begab er sich dorthin, wo, wie er wußte, der kürzeste Weg in die Vorstadt begann. Er irrte eine Weile durch das Gewirr der Gäßchen und kam dann auf die Landstraße hinaus: Ringsum breiteten sich in alle vier Winde die bis zum Überdruß bekannten Äcker und Waldstreifen aus. Zwischen den Äckern und zuweilen an die Akazien- und Maulbeerbaumreihen geschmiegt, schlängelte sich die Straße zur Vorstadt hindurch, keine asphaltierte, sonder eine gepflasterte.

Die Sonne stand schon hoch. Es ging auf Mittag zu. Als wollte sie diese verwaiste Erde ein letztes Mal liebkosen, so schickte sie ihr die letzten warmen Strahlen, wie Tränen. Der Herbst selbst hatte seine Absichten schon endgültig definiert: In den Waldstreifen flog das Laub von den Bäumen, der Wind trieb die Blätter über die Landstraße und weiter über die Äcker. Vom raschen Laufen war Kiebitz im Nu durchgeschwitzt. Er zog das Jackett aus und warf es sich über die Schulter. Die in der Jacke steckende Pistole traf ihn schmerzhaft am Schulterblatt.

Das verhältnismäßig ruhige Leben der letzten drei Monate und die nicht der Jahreszeit entsprechende Hitze schlugen in Müdigkeit um, die Kiebitz schon nach einer halben Stunde Wegs befiel. Sein Versprechen, Vera Dolskaja aufzusuchen, fiel ihm wieder ein. Leichten Herzens verzichtete er darauf. Mit diesen Erinnerungen stellten sich auch andere Krisenzeichen ein. Die Sache, derentwegen er in die Vorstadt eilte, schien ihm ebenfalls nicht mehr der Mühe wert zu sein. Die Schuhe hatten sich mit einer dicken Staubschicht bedeckt. Das Atmen fiel ihm immer schwerer, er hatte Durst. Vergeblich blickte Kiebitz zurück: Die Landstraße war leer, es fuhr niemand in der einen wie in der anderen Richtung. Ringsum war es ebenfalls ausgesprochen leer, auf den Äckern und in den Waldstreifen, sogar am Himmel war kein Wölkchen zu sehen. Auf den leeren Lichtungen vor den Waldstreifen verdorrte der Hahnenfuß. Ebenso dürr und leer wurde es auch in Kiebitz selbst.

Völlig entkräftet setzte er sich, vielmehr fiel er im nächsten Waldstreifen in den Schatten eines Maulbeerbaums und stöhnte auf. Eine aus der Erde ragende Baumwurzel hatte sich unterhalb des Kreuzes in seinen Rücken gebohrt. Um zur Seite zu rutschen, fehlte es ihm an Kraft und Willen. Kiebitz blieb auf der Wurzel liegen und überlegte müde, daß er wegrutschen sollte. Gleich packe ich's und rutsche weg, dachte er.

Aus diesem halbtoten Zustand holte ihn das Röhren eines Motors heraus. Er öffnete die Augen und sah etwa hundert Meter weit weg ein Auto auf der Landstraße, das Richtung Vorstadt fuhr – mit einer für diese Straße unmöglichen Geschwindigkeit. Es schwebte über die Schlaglöcher und legte sich in den Kurven schräg.

Kiebitz vergaß seine Müdigkeit, sprang auf und rannte dem Auto in den Weg. In der Straßenmitte hob er den Arm und wollte schon »Halt!« schreien... Doch der Schrei blieb an seinen Lippen hängen, und der erhobene Arm senkte sich, als er den raubgierigen Rachen des Kühlers erkannte, die lack- und chromglänzende Karosserie, kurz – dasselbe Automobil, das ihn beinahe vor dem Bahnhofshotel überfahren hätte. Jetzt hatte Kiebitz Zeit zu erkennen, was das für ein Auto war, und diese überraschende Erkenntnis nagelte ihn auf dem Fleck fest. Über die staubige gepflasterte, tief in der halbasiatischen Steppenwüste verlorene Landstraße raste das Phantom des satten, prosperierenden und wer weiß, ob überhaupt existierenden Europas: ein wahrhaftiger Mercedes. Kiebitz fühlte sich wie im Kino, wo betörende Musik von der Leinwand herabströmt und langbeinige Frauen unter Palmen entlang der Meeresbrandung wandeln. Alles Trug und Schein, zudem ein doppelter: Direkt auf den Zuschauer raste der mit seinem Herzstück ihm genau auf den Bauch zielende und wie ein Säbel in der Sonne blitzende Kühler zu. Keinerlei Warnsignale, keine Drosselung der Geschwindigkeit, im Gegenteil, bei Kiebitzens Anblick gab der Mercedes Gas. Auf dem Vordersitz neben dem Fahrer saß noch jemand. Kiebitz konnte nicht erkennen, wer und wie viele es waren. Das Auto fauchte drohend und war plötzlich genau neben ihm.

Wie beim vorigen Mal erwachte Kiebitz aus seiner Versteinerung und sprang zur Seite. Der Mercedes streifte ihn mit seinem glatten Schenkel, in dem sich für einen Augenblick die am Himmel erstarrte Sonne spiegelte, raste vorüber und verschwand hinter der Kurve. Wieder kniete Kiebitz auf dem Pflaster, auf das er hart gefallen war, schaute dem Auto nach und sah nur dessen Bild auf seiner eigenen Netzhaut verschwinden: Es streckte sein Hinterteil heraus wie ein gut genährtes, freches Mädel. Das daran befestigte Nummernschild begann mit zwei Nullen. Die anderen Zahlen konnte Kiebitz nicht mehr feststellen.

Staub knirschte zwischen seinen Zähnen. Kiebitz stand auf, schüttelte den Schmutz von den Knien und spürte, wie ihm das Schütteln wohltat. Er schöpfte neue Kraft, und die Müdigkeit schrumpfte auf durchaus überwindliches Normalmaß. Wieder ging er in die Richtung, in die das glatte, chromblitzende Raubtier gerast war.

Die Sonne hatte längst den Zenit überschritten, als er um die nächste mickrige Baumpflanzung bog, die schon fast alles Laub verloren hatte, und den Schlagbaum quer über der Straße erblickte. Auf der Böschung daneben standen Eisenfässer, irgendwelche seltsamen Tröge und ein wenig abseits ein graues Armeezelt. Auf einen jeweils etwa fünf Meter breiten Streifen vor und hinter dem Schlagbaum hatte man Stroh geschüttet, das mit irgend etwas getränkt war und sich in einen flüssigen Brei verwandelt hatte. Seinen Gestank roch man schon aus der Ferne.

Einen halben Kilometer weiter sah man die äußersten Baracken der Vorstadt. Schaute man genauer hin, so konnte man zwischen ihnen kleine Hügel entdecken, aus denen Röhren ragten. Das erfahrene Auge hätte darin sogleich Erdbunker erkannt. Kiebitz erkannte sie dank seiner Theatererfahrung ebenfalls. Die Landstraße zwängte sich zwischen den Baracken hindurch und verschwand dahinter. Soweit man das von hier aus sehen und hören konnte, wuchsen in der Vorstadt weder Bäume, noch sangen Vögel. Überhaupt konnte man keine Anzeichen von Leben bemerken, außer einem: In der Mitte der Vorstadt, auf welche die Landstraße zuführte, stand eine unbewegliche Rauchsäule, als wäre sie die Fortsetzung der zwischen den Baracken verschwundenen Straße – nunmehr in den Himmel hinauf. Aber war der Weg in den Himmel ein Zeichen des Lebens? Vielleicht.

Und wieder, wie schon einmal vor sehr langer Zeit, glich der zu einer Wolke am Himmel zerfließende Rauch einer Hand mit drohend ausgestrecktem Zeigefinger.

Am Schlagbaum langweilte sich ein Soldat. Just in dem Augenblick, als Kiebitz um die Kurve kam, kroch ein zweiter aus dem Zelt und gesellte sich dem ersten zu. Sie teilten etwas untereinander und begannen zu kauen. Kiebitz wollte schon hinter die Kurve zurückweichen, da riß der zweite Soldat die Maschinenpistole hoch und schrie: »Halt, oder ich schieße!«

Der Soldat hatte den Mund mit seinem Happen voll, und statt des deutlichen Befehls entrang sich seiner Kehle nur ein unartikulierter Laut. Aber Kiebitz verstand. Was schrie man denn sonst in dieser Situation, wenn nicht »Halt«? Und auch wenn er es nicht verstanden hätte, das Klicken des Schlosses hätte es ihm klargemacht. Unwillig blieb er stehen.

»Komm her«, befahl der Soldat, jetzt mit halbleerem Mund, und zeigte mit dem Pistolenlauf, wohin er kommen sollte.

Der erste Soldat nahm nun endlich auch die Maschinenpistole von der Schulter.

Kiebitz trottete zum Schlagbaum. Je näher er kam, desto wachsamer wurden die beiden. Als er sich ihnen soweit genähert hatte, daß sie alle Einzelheiten seiner äußeren Erscheinung erkennen konnten, tauschten sie Blicke. Der zweite, aktivere fragte: »Wer bist du, Bursche?«

»Ein Lehrer«, antwortete Kiebitz mürrisch. »Aus Pjerwomaisk.«

»Die Ausweispapiere!«

»Ich habe meinen Paß nicht dabei, weshalb?«

»Weil im Paß steht, daß Sie ihn dabei haben müssen«, sagte der erste bissig. »Und weshalb geben Sie uns die Ehre, Lehrer, was wollen Sie uns beibringen?«

»Ich komme zur Inspektion«, entfuhr es Kiebitz, »in der Hauptschule.«

»Komisch, daß ihr so viele Inspektoren habt«, sagte der zweite Soldat. »Dauernd kommen welche her. Wann unterrichtet ihr denn?« Kiebitz verstand, von wem der Soldat sprach. Er nahm sich zusammen.

»Und wieso zu Fuß? Und... in diesem komischen Aufzug?« fragte der erste argwöhnisch.

»Ich bin hingefallen«, murmelte Kiebitz, ohne sich zu erkundigen, ob die beiden Soldaten überhaupt das Recht hatten, ihn zu verhören. Er tat es aus der nachhaltigen Erfahrung, die drei Monate zurücklag.

»Bist du vielleicht besoffen?« lachte der zweite. »Wassja, führ ihn zum Kommandeur. Soll der rauskriegen, was diese... lustigen Vögel für Inspektionsaufträge haben.«

»Gehn wir«, seufzte Wassja und zeigte auf das Zelt.

Kiebitz zog den Kopf ein und schlüpfte hinein. Wassja kam hinterher und stieß ihm wie zufällig den Pistolenlauf in den Rücken. Das Zelt war sehr niedrig. Gebückt schaute sich Kiebitz um. Seine Wirbelsäule tat ihm weh. Drei Eisenbetten, in der Mitte ein Tisch. Eine Taschenlampe am Pfosten. Unter der Taschenlampe saß ein junger Leutnant und schrieb etwas.

»Ein illegaler Grenzgänger?« frage er, ohne den Kopf zu heben. »Von welcher Seite?«

Er hob den Kopf und machte große Augen.

»Warte! Den kenn ich doch! Wie heißt du... Raabe, oder?«

Kiebitz kam der Offizier ebenfalls bekannt vor. Es war derselbe Leutnant, der Pferdezwist im Sturm genommen und dann unter dem Kommando Kasarjans, der damals noch Major war, die Vorwerksbewohner verprügelt hatte.

»Kiebitz«, verbesserte Kiebitz.

»Ja, ja, Kiebitz. Nanu, Sie sind frei? Und Kasarjan, hat man den auch freigelassen?«

»Nein, den hat man nicht freigelassen. Mich hat man's auch nur gegen Quittung. Man hat herausgefunden, daß ich nichts damit zu tun... und überhaupt ein rein zufälliger Mensch bin.«

»Das gibt's nicht«, entgegnete der Leutnant.

»Ich weiß«, seufzte Kiebitz. »Aber was soll ich tun, wenn es wirklich so war?«

»Sind Sie nicht vicllcicht geflohen?«

»Sie möchten natürlich gerne, daß ich ein entsprungener Häftling wäre und Sie mich fangen könnten. Leider kann ich Ihnen nicht helfen. Wozu zerbrechen Sie sich auch den Kopf, rufen Sie an und erkundigen Sie sich!«

»Na schön, entsprungene Häftlinge spazieren uns nicht vor der Nase herum. Aber trotzdem, was ist mit Kasarjan? Gibt es eine Chance, daß er freigelassen wird?«

»Ich glaube nicht. Morgen ist die Gerichtsverhandlung. Das Gericht spricht niemanden frei, das können Sie sich doch denken.«

»Das Schicksal spielt mit dem Offizier«, sagte der Leutnant traurig. »Es spielt und spielt und dann... bums, aus, keine Spiele mehr... Aber er war ein glänzender Offizier. Um so merkwürdiger ist es, daß Sie freigelassen wurden.«

»Gut, ich werde Ihnen einiges erzählen, aber nur... streng vertraulich.« Kiebitz beugte sich wie ein Verschwörer zu dem Leutnant vor. »Es muß absolut unter uns bleiben. Ich werde aus zwei Gründen nicht festgehalten. Erstens: Meine Anwesenheit in der Gerichtsverhandlung ist unerwünscht. Es könnte sich ein ungeschickter Verteidiger finden. Der stellt mir ein unvorsichtige Frage, ich antworte, und Kasarjan bekommt plötzlich die Möglichkeit, das Verfahren hinauszuziehen und zu erschweren. Zweitens: Mich und meine Erfahrung kann man in einem anderen Bereich brauchen. Deshalb bin ich hier, in der Vorstadt. Zur Inspektion, sagen wir mal.«

»Aber man muß doch diese Aufträge irgendwie schriftlich fixieren! Eine Vollmacht ausstellen, Bericht erstatten... Haben Sie eine Vollmacht?«

»Nein, nein! Offiziell lautet das alles ganz anders! Meine Schuld ist nicht bewiesen, deshalb bin ich draußen. Und in der Vorstadt habe ich dienstlich zu tun, weil ich jetzt in der Schule als Lehrer erfaßt bin... Rufen Sie dort an, die Direktorin heißt Marja Gawrilowna... Sie verstehen doch, die wahren Gründe können nicht fixiert werden. Rufen Sie in der Schule an: zwo achtunddreißig, und sagen Sie dem Fräulein in der Zentrale nur: Zwei Anrufe.«

»Ich habe hier kein Telefon, die Leitung ist noch nicht gelegt!« rief der Leutnant verdrossen aus. »Dafür habe ich einen Befehl. Wer herauskommt, ist zurückzuschicken und bei Zuwiderhandeln zu erschießen. Und wer herkommt, darf nicht durchgelassen werden: Quarantäne. Wie soll ich denn mit Ihnen verfahren?«

»Ich habe einen dienstlichen Auftrag«, wiederholte Kiebitz.

»Und wo ist der? Geben Sie mir das Papier.«

»Auf dem Papier gebe ich gerade Zeichenunterricht! Was tun Sie denn so, als verstünden Sie nichts? Wollen Sie Unannehmlichkeiten?«

»Nein«, entgegnete der Leutnant. »Aber Sie wissen, daß Sie danach mindestens zwei Wochen in der Desinfektionsabteilung sitzen müssen?«

»Mein Auftrag ist auch für zwei Wochen bemessen. Und, Leutnant... Ich nehme an, daß Sie Ihre Zunge im Zaum halten können?«

»Ich schon. Aber meine Soldaten...«

»Ich kann das auch«, sagte Wassja.

»Trotzdem raus«, befahl der Leutnant.

»Schon zu spät«, bemerkte Kiebitz. »Er hat alles gehört.«

»Raus!« wiederholte der Leutnant. Wassja ging fluchend hinaus. »Keine Sorge, der kriegt nachher einen Rüffel von mir. Aber... ich müßte doch über Sie Meldung erstatten, wie denn nun?«

»Tun Sie das«, stimmte Kiebitz zu. »Nur ohne Zeugen.«

»Andererseits, was riskiere ich denn?« Der Leutnant zuckte

die Achseln. »Sie wollen schließlich nicht raus, sondern rein in den Käfig. Folglich können Sie auch nirgends verschwinden. In der Zwischenzeit klären wir den Fall. Ja, so machen wir es, ich lasse Sie durch. Alles Gute. Aber, wissen Sie, wenn Sie mich hinters Licht geführt haben... dann werde ich mich persönlich mit Ihnen befassen. Ich gebe Ihnen nur deshalb nach, weil ich Ihre Behörde, die Sie geschickt hat, auf den Tod nicht leiden kann. Mich mit der in Verbindung zu setzen, ist mir zuwider. Später werde ich die vielleicht nicht wieder los. So können Sie es weitergeben. Also, gehen Sie.«

»Auf Wiedersehen«, sagte Kiebitz höflich, drehte sich um, und wollte schon aus dem Zelt schlüpfen.

»Ihr Jackett ist ja hinten zerrissen!« schrie der Leutnant erstaunt. »He, stehenbleiben... Wieso sehen Sie so aus, als hätten Sie drei Tage in der Gosse gelegen? Geben Sie etwa in diesem Aufzug Unterricht, Lehrer, oder sind Sie nicht doch aus dem Gefängnis entsprungen?«

»Das ist eine Tarnung«, versetzte Kiebitz schlagfertig. »Können Sie das nicht begreifen?«

Das vertraute Fachwort überzeugte den Leutnant mehr als alles Vorige. Man hätte gleich damit anfangen sollen, dachte Kiebitz. Der am Zelteingang kauende Wassja lächelte ihm wie einem alten Bekannten zu: »Viel Glück.«

Der andere namenlose Soldat zwinkerte ihm zu und tippte zur Bekundung seiner Sympathie auf die Schulterklappe, auf der sich deutlich die Buchstaben ST abzeichneten. Kiebitz bemühte sich, ihm mit einem ebenso kollegialen Lächeln zu antworten – er fühlte sich in der Tat schon fast als ihr Kollege –, und kroch unter dem Schlagbaum durch. Unter seinen Füßen schmatzte die widerliche Masse, federte das mit Desinfektionsflüssigkeit getränkte Stroh. Der Gestank schlug ihm entgegen. Unwillkürlich hielt sich Kiebitz die Nase zu.

Die Sonne war schon beinahe untergegangen, als er in die Vorstadt hineinging. Er hatte einen fürchterlichen Durst. Die Türen der Baracken, an denen er vorbeitrottete, waren verriegelt, die Fenster mit Fensterläden verrammelt. Dennoch entdeckte er ein Fenster, dessen Laden nicht geschlossen war, und klopfte. Hinter der schmutzigen Scheibe tauchte aus dem Halbdunkel ein kariertes Altweiberkopftuch auf, schwankte und verschwand wieder.

»Gib mir zu trinken, Weib!« schrie Kiebitz.

Die Scheibe blieb undurchdringlich trüb. Er schleppte sich weiter. Als er um die Ecke bog, sah er auf der Vortreppe noch eine alte Frau, die Kopie der ersten. Aus den Falten des riesigen Tuchs lugte ihre runzlige Nase.

»Großmutter«, freute sich Kiebitz, »laß mich etwas trinken!«

»Niemand da«, nuschelte die Alte, »alle sind zur Kundgebung fort. Erscheinen ist Pflicht, oder weißt du das nicht?«

»Das meine ich nicht, ich möchte trinken, Großmutter!«

»Du hättest wie alle zur Kundgebung gehen sollen. Es kann passieren, daß du für einen Fremden gehalten wirst. Ja, richtig... Woher kommst du überhaupt? Ich habe dich noch nie gesehen.«

»Puh.« Kiebitz spuckte die eingebildete Spucke aus und ging.

Die Alte war stocktaub, aber aus dem, was sie gesagt hatte, konnte er Nutzen ziehen. Tatsächlich, wenn jetzt alles, was allein gehen konnte, auf der Kundgebung war, dann mußte ein einsamer Fußgänger unnötige Aufmerksamkeit erregen. Auf der Kundgebung hatte sich wahrscheinlich eine große Menschenmenge versammelt, in der er leichter getarnt wäre... Das glückliche, erprobte Wort. Außerdem konnte diese Kundgebung in derselben Sache anberaumt worden sein, in der Kiebitz hergekommen war. Vielleicht war sie auch die Sache selbst.

Nur... wo sollte er diese verdammte Kundgebung suchen? Kiebitz blickte über die Dächer in die Höhe und sah am Himmel die Rauchsäule. Sie war immer noch genauso hoch, aber ein wenig heller, weil der Himmel rasch dunkler wurde. Die Kundgebung und die Rauchsäule hingen wahrscheinlich zusammen, was auch der Kälteschauer in der Herzgrube bestätigte. Kiebitz machte sich also in diese Richtung auf und kam nach wenigen Minuten hinter den Baracken hervor auf einen ziemlich großen Platz.

Er war von einer reglosen, stummen Menge erfüllt, von tausend Menschen, wenn nicht mehr. Die verblüffende Stummheit der Menge erklärte auch, wieso Kiebitz noch vor einer Minute nicht geahnt hatte, wie nah er dem Schauplatz der Handlung war. Die Menschen in der Menge standen mit dem Rücken zu ihm und hatten das Gesicht der Quelle des Rauches zugewandt. Auch der Atem dieser Menschen war nicht zu hören. Man hätte sie für tot halten können, wenn sie nicht alle zusammen geschwankt hätten wie Steppengras im schwachen Wind.

Kiebitz ging dicht an die zuhinterst Stehenden heran und zuckte zusammen. Der Desinfektionsgestank am Schlagbaum war nichts im Vergleich zu dem Geruch, den die Menge ausströmte. Die grauschwarze Masse stieß einen schweren sauren Atem aus, den höchstens ein Liebhaber der grönländischen Winterküche hätte aushalten können. Kiebitz musterte die Hinterköpfe und Ohren der Kundgebungsteilnehmer, die in speckigen Wattejacken steckten. Der Anblick war nicht weniger niederschmetternd als der Geruch. Er zwängte sich zwischen die zwei nächststehenden Wattejacken ein und arbeitete sich nach vorn durch, wo das geschah, was die Menge so gebannt hielt. Er versuchte seltener und nicht so tief zu atmen. Wenn er sich unwillkürlich nach denen umsah, die er auf seinem Weg beiseite stieß, wandte Kiebitz schleunigst den Blick ab. Gott, was waren das für Gesichter... Graue, runzlige, aufgedunsene und knochige Visagen, die alle von einem gemeinsamen Merkmal gekennzeichnet waren: Es gab darunter kein einziges durchschnittlich normales Gesicht, das nicht entstellt gewesen wäre, von einem netten ganz zu schweigen. Alle ohne Ausnahme waren von einer Bleischicht bedeckt. Alle hatten Triefaugen, die rotgerändert waren wie bei Albinos oder Vampiren. Auf keinem Gesicht lag ein Ausdruck, weder ein leidender oder grimmiger noch auch nur ein gedankenvoller – einfach gar keiner. Alle diese Wesen hatten faule Zähne, sehnige, abgebrochene, schwarze Klauen und verfilztes Haar wie Federn. Alle hatten eine Schnapsfahne und schamlose, ins Auge springende Verstümmelungen. Es gab besonders viele Einäugige und Einarmige. Und dieser Zwergenwuchs: Keiner aus der Menge reichte Kiebitz bis zur Schulter.

Die Menge war eine einzige Ausdruckslosigkeit, als hätte sie nur ein einziges Gesicht, das allen gemein war. Das Gesicht eines stillen Wahnsinnigen, das nichts Besonderes hat, während doch irgend etwas darin die Aufmerksamkeit fesselt, Widerwillen, ja Feindseligkeit und Angst auslöst, etwas, was sich nicht bestimmen, dafür von allen begreifen läßt... etwas Weißliches, Mehliges, ohne sichtbaren Grund Glitschiges, das man mit dem Blick nicht festhalten und nicht durchdringen kann – tiefer hinein zu Gedanken und zur Seele –, eine schlaffe, nicht hart gewordene Eierschale. Halbausgeschlüpfte Embryonen. Der kleine Scherz, den Kiebitz im Zeichenunterricht erfunden hatte, war hier plötzlich unheimliche Wirklichkeit geworden. Er hatte es erraten oder durch eine Eingebung prophezeit: Aus dem Schoß der Riesenmutterglucke, die die Früchte nicht ausgetragen hatte, waren massenhaft Wesen ausgestoßen worden, welche die Schlußstufe der Entwicklung nicht erreicht hatten, in der Vogelphase steckengeblieben waren und die Vorstadt bewohnten. Es war ein Vogelschwarm mit völlig fremden Merkmalen, Manieren und Instinkten, der dem zufällig in ihn hineingeratenen Passanten unüberwindliche Furcht einflößte.

Gedanken, ebenso unausgereift wie die Wesen auf dem Platz, drängten sich in Kiebitzens Kopf zwischen diesem in seiner Phantasie erschaffenen Mutterschoß und dem daraus geborenen Volk. Diese in die unirdische Vorstadt geworfenen Wesen entstammen vielleicht demselben Inkubator, der auch uns ausgebrütet hat, aber aus einer völlig anderen Partie Eiern! Vergessen wir das Geschwätz über die Nachfahren der Hunnen, Skythen, geheimnisvoll verschwundenen Awaren und all jener Völker, die in der stockfinsteren Nacht der Geschichte verschwunden sind. Das alles sind tote Worte, ja nicht einmal Worte, sondern Zelluloidpuppen. Diese Kreaturen aber leben. Sie sind vielleicht lebendiger als wir. Diese Kreaturen sind kein in Geographie und Geschichte verlorengegangener Menschenstamm, der plötzlich aus der Vergangenheit aufgetaucht ist, nein. Das Gedächtnis hilft uns nicht. Dieser Stamm ist neu. Er ist aus der Zukunft unter uns geworfen worden. Nur in der Zukunft, wo noch nichts ist, wo die Schöpfung durch keinerlei Regeln und Erfahrung eingeengt ist, können solche Wesen erschaffen werden. Es sind keine Menschen. Diese Kreaturen sind noch keine Menschen geworden oder haben bereits aufgehört, welche zu sein. Sie sind anders, nicht schlechter und nicht besser, nur einfach nicht wir. Das ist auch ohne alle Worte und Beweise klar. So klar, wie es die Wahrheit nach ihrem Geruch, nach einem einzigen Blick auf sie ist. Es ist ein anderer Zweig des Menschengeschlechts, geschaffen aus der Zukunft für die Zukunft. Sie ist ihnen verheißen, ist ihrer schon, diesen nicht mit unseren Seelen beseelten Kreaturen, wie das Himmelreich allen geistig verarmten Kindern Gottes verheißen ist. Von ihnen ist gesagt: Diese Kreaturen sind die uns so fremden armen Kinder der Zukunft. Der unwiderlegliche Beweis dafür ist die in den Himmel führende Straße, diese aufsteigende Rauchsäule über ihrem Opferfeuer.

Das war das Fazit von Kiebitzens unbestimmten Überlegungen. »Genug«, unterbrach er sich selbst. »Soll ihre Mutter herausfinden, was aus ihr ausgeschlüpft ist. Ich habe keine Zeit dazu«, schloß er, eilte jedoch nirgendwohin. Im Gegenteil, er blieb stehen und betrachtete mutiger die Kreaturen um sich herum.

Jetzt fand sein geübtes Auge Fehler in dem vollkommenen Einheitsgesicht der Menge. Einzelheiten, die diesem fremd, aber seinem eigenen Gesicht doch näher waren. Sie waren Kiebitz fremd – aber anders, und auch der Menge fremd –, jedoch nicht so, wie er es selbst war. Es waren die Vertreter des Pöbels von Golta, die er vom Sommeraufstand her kannte. Sie unterschieden sich nur auf den ersten Blick nicht von den hiesigen Kreaturen, weil sie sich sehr bemühten, ihnen zu gleichen. Aber die Mimik, die den Kreaturen fehlte, verriet sie, und der zu dicke Bleibelag auf der Haut war sichtlich Schminke. Bei den echten Einheimischen der Vorstadt verdichtete sich dieser Belag nicht zum dunkleren Grau der Schale eines Wachteleis. Und die Augen ... Die Augen der echten Kreaturen waren unerschütterlich durchsichtig, die der falschen von einem Ölfilm überzogen, der für eine höhere Körpertemperatur sprach, für eine fieberhafte, kaum gezügelte Ungeduld. Die Anwesenheit des städtischen Pöbels bewies unwiderleglich, wie ernst die Sache war.

Kiebitz gelang es, sich in die vorderste Reihe durchzuboxen, er hörte Feuer knistern. In der Mitte des Platzes loderte ein Scheiterhaufen. Der schwarze Rauch stieg in Schwaden zum Himmel auf. Und vom Himmel rieselten Rußflocken wie schwarzer Schnee herab. Neben dem Scheiterhaufen standen zwei sauber gekleidete Städter. In dem einen erkannte Kiebitz sogleich den Unterrichtsleiter Dachno. Sein Jackett war mit einem Schultergehänge stramm umgürtet, ein Säbel hing daran. Der zweite Mann trug einen weißen Arztkittel.

Kiebitz wich in die zweite Reihe zurück, damit Dachno ihn seinerseits nicht erkannte. Genau in diesem Augenblick hob der Unterrichtsleiter die Hand und setzte – offenbar nach einer längeren Pause – seine Rede fort: »Also, blickt euch um. Was steht ihr? Verfall, Armut, Schmutz. Na, schaut noch einmal hin: Seht ihr in diesem Verfall auch nur einen Fremdling?«

Die Menge schwankte und blickte einträchtig zuerst nach links, dann nach rechts, also eine einstimmig stumme negative Antwort.

»Richtig«, bestätigte Dachno. »Natürlich seht ihr keinen. Das kann auch gar nicht anders sein. Aber weshalb sind keine Fremden auf unserer Kundgebung, an der teilzunehmen für alle guten Patrioten Pflicht ist? Ich antworte wieder: Weil die Fremden Angst vor uns haben. Und sie tun recht daran. Sie haben Grund zur Angst. Niedertracht und Heimtücke haben immer Angst. Wovor? Vor der Vergeltung. Vor der Gerechtigkeit. Aber alles der Reihe nach...«

Dachno streckte die Hand zum Feuer aus.

»Wessen Kleider verbrennen in diesem Reinigungsfeuer? Sind es die Kleider der Fremden? Nein, es sind eure Kleider. Und wessen Scheiben sind eingeschlagen, wessen Schornsteine zerstört, in wessen Häusern? Wieder in euren. Die Häuser der Fremden aber und die Dinge darin, darunter auch wertvolle, die bleiben unberührt. Dabei wissen alle, daß eben wegen dieser Fremden, wegen ihrer unhygienischen Lebensweise, ihrer absichtlich unhygienischen Lebensweise, die Cholera in unsere Vorstadt gekommen ist! Warum brennen dann nicht ihre Kleider, sondern eure, werden eure Häuser zerstört und nicht ihre? Sehr einfach: Wenn ihre Kleider verbrennen würden, wäre die Cholera sofort vorbei, denn darin verbirgt sich die Seuche. Aber sie möchten nicht, daß sie vorbei ist. Sie möchten, daß die Cholera so lange andauert, bis ihr alle ausgestorben seid! Und so lange Cholera und Quarantäne andauern, werden sie sich bereichern. Denn wer hat Vorräte an Wein und Brot, ihr etwa? Denn wer verkauft sie heute schon zu dreifachen Preisen, ihr? Und dann: Wer sind diese Fremden, dieses Mißgeburtenvolk, wer sind *sie*, die *nicht wir* sind? Ich antworte noch einmal. Wir kennen sie unter verschiedenen Namen: Assyrer, Zigeuner, Georgier, Juden, Armenier, Tataren... Sie sind zahllos. Deswegen sagen wir kurz und bündig: *Sie alle* sind die Fremden. Man braucht ihnen nur in die Visage zu schauen, schon weiß man: Sie sind nicht wir.«

Der als Kreaturen maskierte Pöbel aus Golta klatschte Beifall.

Die Kreaturen selbst unterstützen sie nur zaghaft. Es kam zu keinen Ovationen. Und Dachno hob die Stimme: »Die Quarantäne und Absperrung der Vorstadt, das alles geht auf ihr Konto. Hinter den starken Ventilatoren im Absperrungsring, die Tag und Nacht laufen, um die Seuche zu uns zurückzublasen, stekken ebenfalls sie. Die Schüsse in die Herzen derjeniger, die auszubrechen versuchen – wieder sie. Den Wein! Dieses Lebenselixier, diese Medizin gegen die Cholera – sie haben ihn. Sie sind die fünfte Kolonne, die ihn uns bei uns zu Hause zu Wucherpreisen verkauft. Aber wir werden auf unserem Boden die benötigte Medizin nicht zum dreifachen Preis von unseren Feinden kaufen. Und schon gar nicht zum fünffachen Preis, wie sie es uns heute angeboten haben. Wir werden uns die Medizin auf andere Weise verschaffen, wir werden sie beschlagnahmen. Raube das Geraubte, das ist gerecht. Gleiche Chancen, das ist es, was wir fordern. Doch wenn jemand das Gute nicht gutwillig hergeben will, dann werden wir es mit Gewalt nehmen. Denn die Gewalt ist wie die Gerechtigkeit auf unserer Seite. Weshalb? Weil wir das Volk sind. Sie aber sind, wie jedermann weiß, nichtswürdige kleine Fremde! Wir fordern: Medikamente, Brot und Wein!«

»Hurra!« schrie der Pöbel. Diesmal klatschten die Kreaturen lebhafter. Und Dachno kam noch mehr in Fahrt.

»Wir fordern: Wenn gutes Zureden und Appelle an die Vernunft nichts nützen, dann wird Gewalt angewendet. Schöpferische Gewalt. Die den Frieden stiftet. Wir wollen Frieden! Wir dürsten nach Frieden, wie wir danach dürsten, die Quarantäne aufzuheben oder einfach nur zu trinken. Wie wir nach frischer Luft dürsten. Ich sage euch: Wenn die Fremden verschwunden sind, wird die verfluchte Quarantäne von ganz allein verschwinden, werden die Ventilatoren stehenbleiben, die uns die reine Luft fernhalten, und wir werden endlich wieder tief durchatmen! Alle werden den frischen, belebenden Trunk erhalten.«

Ehrlicher Beifall. Offenbar kamen die Kreaturen allmählich auf den Geschmack.

»So zündet denn eure individuellen Fackeln an diesem Scheiterhaufen an, am Feuer der gemeinsamen Sache!« schrie Dachno. »Am heiligen Feuer! In ihm verbirgt sich, wie ihr gleich sehen werdet, eine heilige, zerstörerische Kraft, eine reinigende Gewalt. Woher kommt sie? Auch aus ihm: In diesem Feuer verbrennt eure heilige Habe, die ihr in den Jahren der Fron hart erarbeitet habt. Hier, in diesem Feuer, verbrennt sie! Dort aber, in jenen Häusern, werden die Fremden daran reich und fett!«

Der städtische Pöbel schwenkte die vorbereiteten Fackeln. Die mutwilligsten schritten schon zur Ausführung von Dachnos Appell und hielten sie an den Scheiterhaufen. »Jetzt, jetzt oder nie«, dachte Kiebitz. Er sprang aus der Menge heraus, rannte zum Feuer, stieß den darum gescharten Pöbel weg und hob wie der Unterrichtsleiter die Hand.

Dachno reagierte blitzschnell – er sprang hoch, hängte sich an Kiebitzens hochgereckten Arm und schrie begeistert: »Seht ihr? Auch er ist mit uns! Wißt ihr, wer das ist? Das ist der erste Helfer unserer Urmutter, unserer unvergessenen, verdienten Lehrerin Marja Gawrilowna! Sie hat ihn geschickt, also ist auch sie mit uns? Wenn sie mit uns ist, wer ist dann gegen uns? Hurra!«

Die Menge brüllte auf. Kiebitz hatte schließlich Dachnos Finger aufgebogen und ihn abgeschüttelt. In Dachnos Augen, ach, du liebe Zeit, traten echte Freudentränen. Und in Kiebitzens Herz regte sich, o Gott, ein schwacher Vorwurf... Weg mit dir, lästiger Geist, du bist nicht da. Wer bist du dann? Ach, keine Zeit.

»Von unserer Urmutter, die euch in der Hauptschule Lesen, Schreiben, Rechnen und andere nützliche Dinge beigebracht hat, bringe ich euch einen Befehl«, brüllte Kiebitz und wunderte sich über den Unsinn, der ihm von selbst über die Lippen kam. »Der Befehl lautet: Alle gehen nach Hause und warten, bis die Quarantäne aufgehoben wird, basta. Und ich soll euch auch noch von ihr sagen, daß dieser Dachno ein Provokateur und Verräter ist. Er will eure Lehrerin zugrunde richten! Er ist kein Unterrichtsleiter mehr, sondern ein Usurpator! Die letzte Nachricht: Er ist entlassen.«

Die Kreaturen verstummten augenblicklich und sahen Kiebitz wieder mit ausdruckslosen, durchsichtigen Augen an. Mit derselben Geschwindigkeit waren Dachnos Freudentränen getrocknet und an ihre Stelle Tränen des Zornes getreten.

»Glaubt ihr, daß eure Urmutter, die euch geboren und eure Väter und Großväter das Leben gelehrt hat«, zischte Dachno unheildrohend, »daß sie euer Verderben will? Daß nach ihrem Wunsch eure Kleider auch weiterhin verbrannt werden sollen und ihr in furchtbare Armut geraten sollt? Daß andere auf eure

Kosten fett werden sollen? Will die Urmutter wirklich, daß ihr verdurstet, die Fremden aber – haha! – sich weiter sattsaufen? Setzt sich Marja Gawrilowna etwa für die Fremden ein, ist sie gar selbst eine Fremde?«

»Es ist ihr Befehl«, wiederholte Kiebitz möglichst fest. »Befehle werden nicht diskutiert. Außerdem hat Marja Gawrilowna befohlen, euch auszurichten: Sobald ihr die Fremden schlagen werdet, ... Leute, werden diese euch schlagen.«

Er zeigte auf den Pöbel, der sogleich gräßlich aufkreischte.

»Seht ihr, Brüder!« schrie Dachno triumphierend. »Er nennt euch: *diese*. Er verachtet euch. Was heißt denn *diese*? Ich übersetze: Vieh. Er hält euch nicht für Menschen, sondern für Vieh, Ochsen, Mist. Ihr seid für ihn Mist. Und so sind *sie* alle, meine Kinder!«

»Nein, ich habe nicht euch gemeint«, versuchte sich Kiebitz zu verteidigen, der seinen Fehler deutlich erkannte. Die Kreaturen sahen zwischen sich und den gefälschten Vorstadtbewohnern keinen Unterschied. Jetzt war es zu spät, ihnen diesen Unterschied zu erklären. Man durfte überhaupt keine Feinheiten mehr erwähnen. Man mußte nur immer wieder den Befehl wiederholen, ein und denselben Befehl. Und hartnäckig darauf pochen. Dann würde Dachno sich in Entgegnungen erschöpfen und keinen Vorwand mehr für neue Gegenargumente finden. Jetzt aber ... Kiebitz begriff, daß er in diesem Duell unvermeidlich verlieren würde. Es gab außerdem noch ein kleines Detail, das aber Kiebitzens Position erheblich schwächte: Dachnos letzte Worte enthielten doch ein Körnchen Wahrheit, oder nicht?

Auch Dachno hatte das begriffen.

»Da ist es, ihr verfluchtes Prinzip: ›Teile und herrsche!‹ Sie haben euch schon in Schafe und Böcke geteilt, in Reiche und Arme! Wer hat ihnen dieses Recht gegeben? Niemand, sie haben es gestohlen. Also ist dieser falsche Bote unserer Marja Gawrilowna ein Provokateur, Dieb und Räuber. Tötet ihn!«

Auf ein Zeichen des Unterrichtsleiters stürzte sich der Pöbel, die brennenden Fackeln erhoben, auf Kiebitz. Der zog die Pistole und schoß in die Luft. Der Schuß schreckte die Angreifer ab. Kiebitz drehte sich abrupt zu Dachno um. Der wurde blaß und trat einen Schritt zurück.

»Nein«, sagte Kiebitz, »ich werde dich nicht erschießen, du

Vieh. Nicht du bist der Kopf. Na, geh schon! Und führ dein Pack weg!«

Dachno trat einen weiteren Schritt zurück. Die Menge gab leicht nach. Kiebitz drohte bald dem einen, bald dem anderen Handlanger Dachnos mit der Pistole, schritt zwischen den Reihen hindurch, dann rannte er plötzlich los und versteckte sich hinter der Ecke der nächsten Baracke. Bis dorthin hörte er Dachno schreien, der wieder Oberwasser hatte: »Soll er laufen, zum Teufel mit ihm! Zur Tat, schreiten wir zu unserer heiligen Tat!«

Das war alles, mehr hörte Kiebitz nicht, mehr wollte er nicht hören. Er irrte durch dunkle Sackgassen und Höfe, seine Füße trugen ihn von allein. Hinter ihm, auf dem Platz, heulte die entfesselte Menge auf. Kiebitzens Auftritt hatte nur Öl ins Feuer gegossen. In irgendeinem Hof fand er einen Holzstoß, zwängte sich zwischen ihn und die Barackenwand und erstarrte.

Der Pogrom begann. Als erste gingen die reicheren Häuser in Flammen auf, danach auch die Baracken. Kinder und Frauen rannten aus ihnen heraus und gerieten sofort dem Pöbel in die Hände. Mit den Männern legte der sich nicht an, sondern hetzte auf sie die Kreaturen. Die erledigten die Aufgabe, indem sie zu fünft über einen herfielen. Die Opfer, die sich hätten zusammenschließen und gemeinsam gegen die Marodeure wehren können, saßen aus unerfindlichem Grunde einzeln in ihren Löchern und warteten, bis sie an der Reihe waren. Wenn es soweit war, rannten sie ebenfalls auf die Straße hinaus und erlitten das, was auch die anderen schon erlitten hatten. Noch waren nicht alle reichen Häuser zerstört, da drang die Menge schon zwischen die ferneren Baracken und Erdhütten vor. Im allgemeinen Fieber wurden sogar die Behausungen der Kreaturen selbst in Brand gesteckt, doch das merkte niemand. Die Alte, die Kiebitz kein Wasser gegeben hatte, wurde von der über ihr einstürzenden Wand erschlagen. Aus einer Erdhütte sprang ein Zigeuner heraus, verteidigte sich geschickt mit seiner Peitsche und brachte die nicht sehr fest auf ihren Beinen stehenden Kreaturen zu Fall. Schließlich stießen diese ihm eine brennende Fackel in den Bart und bezwangen ihn damit. Der Bart flammte auf, der Zigeuner schrie wie ein Kater, den man auf den Schwanz getreten hat, und verschwand unter den Leibern der Mörder.

Nach den ersten Erfolgen teilte sich der Pöbel, jeder Städter führte eine Gruppe von Kreaturen an. Er zeigte ihnen die Häuser derer, die eine unverzügliche Reinigung von den Sünden benötigten. Natürlich wurden die Häuser bevorzugt, wo sich Schnapsvorräte befanden. Nach einer halben Stunde waren die Marodeure schon vollkommen betrunken und noch aufgeputschter.

In ihren Händen erschienen Messer, Schaufeln und Hacken. Frauen, die zuerst vergewaltigt worden waren, wurden anschließend noch lustvoller mißhandelt: Man schlug ihnen die Schaufeln auf den Schädel und bearbeitete ihre weicheren Teile mit der Hacke. Besonders großen Spaß machte es, ihnen die aus den Zäunen herausgerissenen Pfähle in den Bauch zu rammen. Die Männer wurden dagegen einfallslos vernichtet. Allerdings malträtierte man noch lang die Leichen derer, die es gewagt hatten, Widerstand zu leisten. Ein Fremdling hatte kein Glück, er verteidigte sich zu geschickt und tötete drei. Als die anderen ihn zu Boden gestreckt hatten, kastrierten sie ihn zuerst mit einem scharfen Spaten, rissen ihm dann Ohren und Nase ab und schnitten ihm dann erst mit dem Messer die Kehle durch. Alle Marodeure waren bereits voller Blut, auch ihre Frauen und Kinder hatten Blut an Gesicht und Händen. Das Feuer breitete sich aus. Es wurde gefährlich, sich zwischen den noch stehenden Baracken zu bewegen, jeden Augenblick konnte eine in Flammen aufgehen. Doch Kiebitz konnte nicht hinter seinem Holzstoß hervor, ringsum wüteten die Marodeure.

Die Erdhütten wurden dem Boden gleichgemacht, die armseligen Fetzen, die man herausgeholt hatte, flogen ins Feuer. Wahrscheinlich konnte man die qualmenden Flammen der brennenden Gebäude von Pjerwomaisk aus sehen. Auf der Suche nach Wein und Geld fanden die Marodeure immer neue Opfer. Einen Greis, der auch nach der Folter nicht gestand, wo er seine Ersparnisse aufbewahrte, steckten sie in den riesigen Autoklav, der für die Desinfektion der Wäsche von Choleraverdächtigen bestimmt war, und schalteten ihn ein. Was von dem Greis übrigblieb, schürte nicht nur die Sinne der an der Aktion Beteiligten an, sondern auch ihre Phantasie. Drei weitere Opfer, denen man keinerlei Verdacht anlasten konnte, wanderten ebenfalls in den Autoklav. Doch ob ein Verdacht bestand oder nicht, das spielte jetzt keine Rolle mehr. Dann ließ man von der

Spielerei mit dem Autoklav ab, sie war zu zeitraubend. Die anderen Gruppen im selben Abschnitt hatten schon viel mehr geschafft. Zwei aus dem Stadtpöbel jagten einen Fremden, der schrie, er sei weder Zigeuner noch Assyrer, sondern Jude. Einer seiner Verfolger erhörte sein Flehen und sagte: »Richtig, du bist noch nicht dran.« Dafür holte der andere den Juden ein und tötete ihn mit der Brechstange.

Wahnsinnig vor Durst, tranken die Kreaturen nicht nur den Wein, sondern auch das Blut der Opfer. Eine von ihnen schlug lachend ihre Zähne in die Gurgel einer Frau, die noch zu leben schien. Neben diesem Paar, das beinahe einem Liebespaar glich, zog Dachno wie ein Geier seine Kreise und schrie: »Die Kinder! Laßt euch die Kinder nicht durch die Lappen gehen!« Wie ein Verkehrspolizist wies er mit dem Säbel die Richtung. Aber auf seine Befehle hörte im Grunde niemand. Man brauchte sie nicht, die Sache verlief auch so zufriedenstellend. Die Harmonie der Zerstörung zirkulierte auch ohne Ansporn im Organismus der Menge. Die vollkommene, schöne Harmonie des Pogroms.

Die Schreie, das Stampfen, das Tosen des Feuers und der Qualm brennender Lumpen, die züngelnde Flamme und die darin huschenden Schatten – all das erreichte Kiebitz hinter seinem Holzstoß als Widerschein auf der Barackenwand, als widerhallende Laute und Gerüche, wie wenn er in einem Verschlag hinter einer Kinoleinwand säße, auf die ein Kriegsfilm projiziert würde. Direkt sah er nichts, hörte er nicht einmal etwas. Doch auch dieses indirekte Schauspiel genügte, daß sein Herz vor Schmerz zu bersten drohte. Manchmal war es Kiebitz, als hörte er durch das brüllende Wüten wilde Pferde wiehern und Reiter singen, sie sangen Lieder der Steppe, die das Herz gefrieren ließen. Er hätte nicht mit Gewißheit sagen können, daß er sie in Wirklichkeit nicht hörte, daß sie ein Hirngespinst waren. Manchmal schien es ihm, daß jemand in sein Versteck eindringen wollte, in seinen Verschlag hinter der Leinwand. Dann umklammerte er krampfhaft seine Pistole. Zweimal hörte er ganz in der Nähe Dachnos Stimme, er sang auch ein Liedchen, aber kein Steppenlied, sondern eins, das er selbst erfunden hatte: »Assyrer, raus zum Ussuri«, ja, so lautete sein Text. Und die Melodie war auch erfunden. Da knirschte Kiebitz mit den Zähnen und bedauerte heftig, daß er den mickrigen Unterrichtsleiter nicht rechtzeitig erschossen hatte.

Als dann in den Spalt, in dem er sich versteckte, gleich zwei auf einmal eindrangen – Verfolger und Opfer –, da schoß Kiebitz, ohne zu überlegen, dem Mörder in den Schädel. Der Verfolger fiel. Es war natürlich nicht Dachno. Aber was machte es für einen Unterschied... Das Opfer war, soweit er es in dem huschenden Widerschein der Flamme erkennen konnte, eine füllige Frau mit aufgelöstem Haar im zerrissenen Zigeunerkleid. Sie fiel ebenfalls, doch auf die Knie vor ihrem Retter und flüsterte: »Wasser.«

Ein wenig gehemmt nach seiner energischen Tat suchte Kiebitz ringsum und entdeckte am Gürtel des von ihm Getöteten eine Feldflasche. Er schraubte die Kappe ab. Die Flasche war mit saurem Wein gefüllt. Die Frau tat ein paar gierige Züge, den Rest trank Kiebitz aus. Ihm wurde sofort wohler, der Herzschmerz hörte auf, am Schulterblatt zu nagen. Er musterte nun auch das Gesicht der Geretteten und wunderte sich nicht, hatte er sie doch schon erkannt, bevor er sie genau betrachtet hatte: an dem unvergleichlichen Vogelgeruch, der ihn einmal so verblüfft hatte und der durch den Gestank der brennenden Vorstadt durchschlug. Ja, es war jene Marusja, die ihm in Pferdezwist aus dem Spiegel gewahrsagt hatte. In einem anderen Leben, das wie der Nebelschleier in jenem Spiegel zergangen war.

»Na, so ein Zufall«, sagte er kalt.

»Bist du es, teurer Falke!« rief sie erfreut aus. »Ja, wen Gott nicht zusammenführt, dem hilft der Teufel.«

Sie lachte laut. Es war seltsam, hier dieses Lachen zu hören, inmitten der lodernden Baracken, in der Vorstadt, wo der Pogrom immer wütete. Kiebitz erwiderte es mechanisch mit einem Lächeln, obwohl er sich der absurden Lage bewußt war. Und als er sich seines Lächelns bewußt wurde, da setzte er es sofort ab und lauschte. Auch das geschah gewissermaßen mechanisch. Er fühlte sich in der Tat wie ein abgestumpfter Mechanismus. Das Bacchanal schien seinem Höhepunkt zuzugehen. Es war Zeit, aus diesem Versteck zu verschwinden.

»Wollen wir durchbrechen, Marusja?«

»Warte noch, bis es sich etwas gelegt hat.«

»Aber wir werden hier verbrennen... Wo kommst du denn her, und wie geht's in meinem lieben Pferdezwist?«

»Ich weiß nicht. Ich bin schon lange weg. Denke nicht mehr an die Marusja aus dem Vorwerk. Die gibt es nicht mehr. Wie gewonnen, so zerronnen. Ich bin jetzt einfach, naja... eine Hausangestellte, vorbei die Freiheit. Ich arbeite in einem Haus als Zimmermädchen. Hier habe ich einen Verwandten besucht, als das anfing.«

»Und sofort hat man dich als Zigeunerin... Hast du denn mit dem neuen Beruf nicht die Kleidung gewechselt, Kosakin? Oder arbeitest du nicht als Zimmermädchen, sondern als Hellseherin? Wer hat dich denn angestellt, irgendein Padischah?«

»Auch als Hellseherin«, stimmte Marusja zu. »Jeder möchte seine Zukunft wissen. Sogar die Langlebigen... Mich hat ein großes Tier angestellt, vielleicht das größte hier. Padischah oder nicht, über ihm gibt's keinen mehr. Er heißt Adamenko.«

»Er Selbst!« Kiebitz wurde kalt. »Bist du von ihm gekommen? Wohnt er nebenan?«

»Nicht nebenan, aber nicht weit von hier.«

»Führ mich zu ihm!« befahl Kiebitz und umfaßte Marusjas Taille mit steifem Arm.

»Laß, du tust mir weh! Deine Finger sind aus Eisen, wie Zangen.«

»Verzeih, ich habe aus Versehen... Führ mich hin, schnell. Mein Traum soll sich erfüllen. Wird er das? Ja, ich weiß es. Dank deiner Hilfe, Marusja, wird er sich erfüllen. Du selbst hast mir so etwas geweissagt, erinnerst du dich?«

Kiebitz zerrte Marusja aus dem Versteck, bemüht, ihr nicht wieder wehzutun.

In der Nacht, die vom Feuer wie vom Rampenlicht erhellt war, flog tödlicher Brandgeruch auf schwarzen Flügeln daher. Der schwere Qualm stieg zu den Sternen auf und fiel auf die Erde zurück, sie mußte ihn in ihre kranke Lunge einatmen. Die Sterne flogen pfeifend auf steilen Flugbahnen von der Vorstadt weg... immer weiter. Durch diese Nacht kämpften sie sich, Marusja und Kiebitz, drückten sich an den noch unversehrten Gebäuden der Vorstadt entlang und rannten über offene Plätze... Sie hatten Glück. Ohne einem Menschen zu begegnen, passierten sie die letzten Baracken und gingen aufs freie Feld hinaus. Hinter sich hörten sie die deutlich schwächer gewordenen Schreie. Die Marodeure waren entweder müde oder betrunken. Vor ihnen stemmte sich die dichte Finsternis auf den Acker, würgte ihn wie einen Todfeind. Der Acker stöhnte dumpf und bäumte sich auf.

»Nicht dorthin«, sagte Marusja. »Da ist eine Absperrung.«

Sie gingen nach rechts und wanderten lange in dieser Richtung weiter. Immer wieder stolperten sie und fielen bald auf weichen Acker, bald auf harten Boden, dann änderten sie noch einmal die Richtung. Kiebitz hatte sich seiner Gefährtin wortlos untergeordnet und rasch die Orientierung verloren. Der Feuer speiende Vulkan der Vorstadt tauchte mal hinter seiner linken, mal hinter seiner rechten Schulter auf. Sie gingen, verschnauften und gingen wieder. Die Nacht wurde allmählich reiner und kälter. Die Sterne kehrten an ihre Plätze zurück. Schließlich verdichtete sich die Finsternis vor Kiebitzens Augen zu einem Brückchen mit winzigem Geländer. Darunter murmelte ein unsichtbares Bächlein.

Hier begann eine Allee, die mit ihrem anderen Ende an ein hell erleuchtetes Bauwerk stieß.

Dieses Bauwerk, ein gedrungenes, aber gleichwohl flugbereites, elegantes Palais glitzerte in der Nacht wie ein Diamant auf einem schwarzen Samttuch. Seine Lichter funkelten, und die einsame Nacht leuchtete es an wie ein mit den Glühwürmchen ferner Welten übersäter weicher Stoffbehang. Das tat auch die ganze übrige Erde, an deren Rand ein weiteres Lichterfeld lag, vielleicht Golta. Das Palais stand nicht, es hing in dem für ihn geschaffenen Raum, zwischen den für ihn allein geschaffenen Kulissen, einziger absoluter Körper zwischen körperlosen relativen Begriffen.

»Wir sind da«, sagte Marusja. »Hier wohnt dein Traum, mein Falke: Iwan Wassiljewitsch Adamenko.«

Kiebitz beschleunigte seinen Schritt.

Das Haus glitzerte weiter in der unendlichen Nacht mit seinen scharfkantigen, federleichten Facetten, mit seinem Geflecht aus Lichtstrahlen und durchsichtigen blauen und roten Perlenketten.

Sechsundzwanzigstes Kapitel

Die Vogelfänger

»Da ist er«, flüsterte Marusja, »am Eingang. Siehst du den Schatten?«

»Ist er angebunden?«

»Nein.«

»Dann kommen wir nicht rein... Und einen anderen Eingang?«

»Es muß noch einen geben«, sagte Marusja, »Durch die Garage.«

Sie lagen im Gebüsch, etwa hundert Meter von Haus entfernt, unter einer riesigen Akazie. Rechts von ihnen befand sich die Straße, vielmehr ihre Gabelung. Weißlich schimmerte der Pfahl mit den Wegweisern: Vorstadt – Pjerwomaisk.

»Zeig mir, wo die Garage ist«, sagte Kiebitz.

Sie krochen zurück, standen auf, umrundeten das Haus auf der rechten Seite und näherten sich ihm dabei. Bald schon schob Kiebitz die schwere Garagentür hoch, bemüht, keinen Lärm zu machen. Als sie die Tür hinter sich geschlossen hatten, war es stockdunkel. Kiebitz tastete neben dem Eingang suchend herum und fand den Schalter. Das Licht flammte auf. Unter der starken Lampe stand der bekannte schwarze Mercedes. An seinem herausgestreckten Hinterteil glänzte ein nagelneues Nummernschild: 00–01. Kiebitz gab dem Auto einen Tritt.

»Tss«, lachte Marusja. »Womit hat es das verdient?«

»Es hat es eben«, versetzte Kiebitz.

Das war scheinbar die Wahrheit, enthielt aber eine kleine Lüge: Kiebitz empfand dem Auto gegenüber keinen Zorn. Der Fußtritt galt vielmehr ihm selbst. Er brauchte jetzt Gefühle wie Zorn, um seine Sache zu Ende zu führen.

Hinter dem Mercedes war die Garage leer, dann kam eine Nische in der Wand und darin schraubte sich eine Wendeltreppe nach oben.

»Nimm die«, sagte Marusja. »Ich gehe durch den Vordereingang.«

»Sei bedankt«, antwortete Kiebitz hastig, ohne die Treppe aus den Augen zu lassen. »Und leb wohl.«

»Auf Wiedersehen« entgegnete Marusja. »Vielleicht ... gehst du lieber doch nicht?«

Kiebitz gab keine Antwort, er war schon auf der Treppe.

Er befand sich in einem engen, runden Schacht. Seine Füße glitten auf den Stufen aus. Der Aufstieg dauerte verhältnismäßig lange, so daß Kiebitz, der lange nichts mehr gegessen hatte, die Puste ausging. Wieder überfiel ihn bleierne Müdigkeit. Er schloß die Augen und schüttelte den Kopf, um die aufsteigende Übelkeit zu bekämpfen. Als er sie wieder öffnete, tauchte sein Kopf schon aus dem Schacht auf, und er erblickte ein kleines Zimmerchen, eine Art Diele. Niemand war darin. Es standen auch keine Möbel darin, nur ein großer Metallsafe.

Als Kiebitz zum Safe ging, entdeckte er, daß dieser in die Wand eingelassen war. Das Zimmerchen hatte keinerlei Ausgang, nicht einmal eine Lüftungsöffnung. Nur der Treppenschacht gähnte im Boden und ging oben, in der Decke, weiter. Kiebitz berührte den Türgriff des Safes. Er gab nicht nach. Da drückte Kiebitz stärker, und plötzlich fuhr der ganze Safe zurück, verschwand in der Wand, drehte sich um seine Achse und öffnete einen schmalen Durchlaß. Kiebitz zog die Pistole heraus und zwängte sich, sie im Anschlag haltend, in den Spalt. Auf der anderen Seite gelangte er wieder in ein Zimmer, das erheblich größer war als das erste. Der Einrichtung nach war es das Speisezimmer.

Hier befand sich ebenfalls keine Menschenseele. In der Mitte stand ein riesiger Tisch, umgeben von antiken Stühlen. Der Tisch war für ein Dutzend Personen gedeckt. Kerzen brannten in bronzenen Kerzenleuchtern, es duftete nach Wachs und wohlriechenden, unbekannten Blumen. Das Kristall glitzerte, und das Tafelsilber blinkte. In den Karaffen vibrierten verschiedenfarbige Getränke. Schüsseln mit Vorspeisen und Flaschen bedeckten in lockerer Anordnung den Tisch, wie Lanzen spitzten die Servietten aus den Gläsern. In der Mitte ragte, alles andere durch seine Größe übertreffend, ein dreistöckiger Tafelaufsatz auf, der verschiedene Sorten Kaviar enthielt. Im Kamin knisterten die Scheite.

Nachdem Kiebitz sich überzeugt hatte, daß niemand im Speisezimmer war, ging er zum Tisch und nahm sich ein paar Scheiben Schinken. Er hatte fürchterlichen Hunger. Da vernahm er Stimmen, männliche und weibliche, hinter der geschnitzten Tür, die in den Nachbarraum führte. Die Geräusche erinnerten an den Lärm im Foyer eines Theaters vor der Vorstellung. Kiebitz würgte den Schinken hinunter, lief zur Tür, legte das Ohr daran... Es war unmöglich, irgendein deutliches Wort zu verstehen. Dafür gelang es ihm, Schritte zu vernehmen, die sich der Tür von der anderen Seite näherten. Da er sich vorstellte, was diese Schritte bedeuteten, stürzte Kiebitz zum Kamin und versteckte sich in dem Verschlag zwischen diesem und der Geheimtür, die zur Wendeltreppe führte.

Das geschah gerade noch rechtzeitig. Im selben Augenblick trat jemand ins Zimmer, den Schritten nach ein Mann. Eine Tür ging auf und zu, dabei ließ sie einen Schwall des Stimmengewirrs aus dem Nachbarraum herein. Dann hörte Kiebitz, wie eine Flasche klirrend ein Glas berührte, es gluckerte, und nach einer Pause räusperte sich jemand genußvoll. Danach wurde das Glas hart auf den Tisch gestellt, und die Schritte des Mannes entfernten sich auf demselben Weg, den er gekommen war. Kiebitz zog die Lehre daraus, daß er vorsichtiger sein mußte.

Der Tür gegenüber, woher der Lärm kam, befand sich eine ebenso geschnitzte Tür. Doch hinter dieser zweiten schien es still zu sein. Kiebitz befand, daß es nicht die beste Taktik sei, in dem Verschlag zu sitzen und auf irgend etwas zu warten. Weit vernünftiger wäre es, sich im Haus umzusehen und eine sichere Position einzunehmen. Zudem mußte er den Hausherrn suchen und durfte sich nicht an einem dafür völlig ungeeigneten Ort vor ihm oder seinen Gästen verstecken. Kiebitz öffnete also vorsichtig diese zweite Tür... und schlüpfte spähend und lauschend in den entsprechenden Spalt.

Hinter der Tür war es dunkel. Kiebitz konnte nur rechts, direkt an der Wand, einen seltsamen Gegenstand ausmachen. Als er näher kam, erkannte er einen riesigen Samowar. Beim Weitergehen im Dunkeln merkte er, daß auch dieser Raum ein Durchgangszimmer war. Auf der gegenüberliegenden Seite entdeckte er wieder eine Tür. Hinter dieser befand sich eine halb beleuchtete Zimmerflucht, die im orientalischen Stil eingerichtet war. Es roch herb nach Räucherwerk. Kiebitz ging denselben

Weg, den Vera Dolskaja vor kurzem gegangen war, doch das wußte er natürlich nicht. Im Unterschied zu ihr hatte er keinen ortskundigen Führer. Deshalb umging er, als er hastig durch die Alleen der Orangerie lief, den Flaschenbaum mit seiner geheimen Bedeutung, und hatte sich kurz danach in einer Sackgasse verirrt, die an einer unscheinbaren Tür endete. Er öffnete sie. Es war ein Klo.

Nein, die Bezeichnung »Klo« paßte nicht für dieses luxuriös ausgestattete Kabinett. Man mußte es anders nennen: Toilette. Kloschüssel aus schwarzem Marmor, an den Wänden lustige Mosaikbildchen, komplizierter Mechanismus zur Wasserspülung und andere, äußerst geheimnisvolle Operationen. Ein Mosaikbild zeigte eine Frau in den Armen einer Dogge. Auf der Ablage darunter lag eine Schachtel »Chesterfield«. Ein malerischer Akkord krönte die Ausstattung des Klos: ein kompliziertes Ornament an der Decke, das ganz aus paarigen Nullen oder Eiern bestand.

Das Klo hatte zwei Türen. Durch die eine war Kiebitz hereingekommen. Die andere befand sich jenseits der Kloschüssel. In dieser Tür war ein Guckloch, das mit einer rosa Scheibe verglast war. Durch das Guckloch drang grelles Licht in die Toilette, der Lichtkringel tanzte auf dem Bidet. Verblüfft durch alles, was er bisher gesehen hatte – den Samowar, die arabische Zimmerflucht, das Aquarium und die Orangerie –, schlich sich Kiebitz zum Guckloch und schaute hinein. Er staunte noch mehr.

Das Guckloch ging in ein Schlafzimmer. An seinen Wänden hingen Bilder in schweren Rahmen, direkt vor Kiebitz offenbar ein Rubens. Sogar durch das rosa Glas konnte ein Fachmann ein Original darin vermuten. In der Mitte des Schlafzimmers, unter einem riesigen, zeltförmigen Baldachin, stand das Bett mit stuckverziertem Kopfteil, kleinen Amorfiguren und Sphinxen an den Seiten und bekrallten Löwenpranken als Füßen. Auf den Baldachin war ein erstaunlicher, dreiköpfiger Adler gestickt, der mit der Klaue in einen unbekannten Planeten eindrang, vergleichbar mit dem Treff-König. Vor dem großen, schwarzgerahmten Spiegel saß ein Mann in seltsamer Kleidung. Es war eine Art Brokatschlafrock, dessen kleine Flügelschultern bis über das Kinn hinaufreichten. Der Mann hatte einen gekringelten Bart und eine lange Mähne. Das rosa Glas hinderte Kiebitz natürlich daran, genau die Farbe festzustellen, doch er hätte schwören können, daß zumindest der Bart dunkelrot war.

In dem Schlafzimmer herrschte eine unbeschreibliche Unordnung. Als hätte man plötzlich packen oder fliehen müssen, so lag das Zeug herum. Unter den Gegenständen, deren Bestimmung manchmal unklar war, stach einer ins Auge, der scharf zu allen übrigen kontrastierte: eine zerdrückte, abgewetzte Aktentasche, deren Inneres weit offenstand. Kiebitz erkannte sie. Sie hatte einst Katja Starko gehört. Der Bärtige ergötzte sich offenbar an seinem Spiegelbild, bevor er zu den Gästen hinuntergehen wollte, und streichelte sich mit seltsamen Gebärden die Backen. Vermutlich puderte er sich.

Alles zusammen legte Kiebitz den Gedanken nahe, daß vor dem Spiegel im Schlafzimmer der Hausherr saß und sich pflegte, Iwan Wassiljewitsch Adamenko persönlich. Doch er mußte sich noch von der Richtigkeit dessen überzeugen.

Der Bärtige beendete seine Toilette, kehrte Kiebitz den Rükken zu und tat irgend etwas mit einem ovalen Spiegel, der rechts von ihm hing. Der leuchtete auf, war also ein Bildschirm. Jetzt erschien auf dem Bildschirm ein Zimmer, das Kiebitz nicht kannte, Menschen standen darin oder saßen in tiefen Sesseln. Der Bärtige nickte zufrieden und schaltete den Fernseher aus. Dann legte er den Schlafrock ab und zog statt dessen einen Smoking an, überprüfte die Revers und blies einen Fussel weg. Nachdem er sich erneut im großen Spiegel betrachtet hatte, nickte er wieder zufrieden, rieb sich die Hände und ging irgendwo zur Seite. Sein Blick glitt zu guter Letzt, wie es Kiebitz schien, direkt zu dem Guckloch in der Klotür und drückte Erstaunen aus. Kiebitz erschrak und fürchtete, entdeckt worden zu sein. Er wich von der Tür zurück und preßte sich an die Wand hinter der Kloschüssel. Seine Furcht erwies sich als unbegründet. Der Bärtige schloß einfach das Guckloch, als er bemerkt hatte, daß es nicht ordnungsgemäß verdeckt war. Auf beiden Seiten der Tür fiel ein kleines Rollo über das Guckloch herab, und man wäre nie auf die Idee gekommen, daß sich hier ein Geheimnis verbarg. Danach hörte man Schritte, Stufen knarrten... und alles war still. Der Hausherr ging offenbar zu den Gästen hinunter.

Da faßte sich Kiebitz ein Herz, öffnete die Tür einen Spalt weit und schlüpfte ins Schlafzimmer. Aus dem Augenwinkel bemerkte er, daß auch an den anderen Wänden berühmte Originale hingen, aber nicht die Malerei interessierte ihn jetzt, sondern der Bildschirm. Das Pult davor hatte viele Tasten und ein wenig abgesetzt einen einzelnen, roten Knopf. Kiebitz vermutete, daß der rote Knopf die Gegenverbindung herstellte und die Tasten die verschiedenen Zimmer des Hauses ansteuerten. Andere Versionen kamen ihm gar nicht in den Sinn. Er drückte energisch auf die erstbeste Taste. Ein Heidenlärm erdröhnte.

Kiebitz brach sofort in klebrigen Schweiß aus. Automatisch drückte er dieselbe Taste wieder... Der Lärm ebbte gleichmäßig ab. Und erst als er ganz verstummt war, erkannte Kiebitz im Hinterkopf die Stimme Oberst Lisjutkins, der irgendeine Opernarie schmetterte. Sich darüber zu wundern, war keine Zeit. Er hatte nur Zeit zu wünschen, daß niemand den Lärm gehört hatte. Kiebitz saß auf dem Sprung, bereit, sich beim ersten Knarren einer Treppenstufe ins Klo zurückzuziehen. Doch es war kein Knarren zu hören. Da holte er tief Luft und drückte die Nachbartaste.

Diesmal flammte der Bildschirm lautlos auf, es erschien eine Diele, die Kiebitz nicht kannte, wo ein schwarzgekleideter Mann auf einem Stuhl döste. Kiebitz betätigte die nächste Taste: das Speisezimmer. Dann huschten andere Räume – bekannte und unbekannte – vorüber, endlich hatte er den gesuchten Raum, den Salon. Kiebitz erblickte die Menschen in Abendkleidung und vernahm das vertraute Stimmengewirr. Aber diesmal hatten die Gäste das Gesicht dem Bildschirm zugewandt, und man konnte sie im Detail betrachten. Es war keines darunter, das Kiebitz nicht kannte.

Am Kamin saß Vera Nikolajewna Dolskaja mit übergeschlagenen Beinen, die Brauen in einer bezaubernden Grimasse leicht angehoben. In der Mitte des Zimmers unterhielt sich Belezki mit Rabin. Belezki war unverändert und strahlend wie immer. Rabins Gesicht aber wies ein neues, auffallendes Detail auf: die ungeheuerlich aufgeschwollene Nase. Der Verband um seinen Kopf war keine besondere Neuigkeit. Dafür das Jackett. An den Revers dieses nagelneuen Jacketts hielt Belezki Rabin und erklärte ihm etwas sehr vertraulich. Etwas weiter weg in der Ecke saß Marja Gawrilowna in einem tiefen Sessel und neben ihr... Sascha. Sascha sah verwirrt aus. Alle Gäste blickten zum Bildschirm, vielmehr auf den Bärtigen, der darauf erschien und sich den in der Zimmermitte Stehenden näherte. Jetzt ließ Belezki Rabins Revers los, trat ein wenig von ihm zurück und verbeugte sich. Rabin nicht.

»Guten Abend, heute haben wir wirklich einen guten Abend!« sagte der Bärtige freudig in kehligem Bariton mit einem seltsamen, scheinbar südlichen Akzent. »Heute hören alte Feindseligkeiten und Mißverständnisse auf, und Friede herrscht auf Erden, wenn auch nur für eine Weile. Frieden ist das, was wir mit aller Kraft des Herzens wünschen. Wir können ihn jedoch mit dieser Kraft nicht ein für allemal errichten, noch nicht. Ich weiß nicht, ob sich alle meine Gäste kennen... Deshalb stelle ich zunächst allen Marja Gawrilowna... Rajewskaja vor. Diese Frau, Freunde, ist weise wie die Schlange, wie Eva.«

Hier kicherte der Bärtige.

»Iwan Wassiljewitsch übertreibt«, entgegnete Marja Gawrilowna. »Meinen Mädchennamen hätte er allerdings nicht zu erwähnen brauchen. Aber gut, ich nehme seine Worte als Kompliment eines... Genossen an. Ich meinerseits stelle allen meinen Schützling vor. Sie heißt Saschenka. Wie Sie sehen, ist sie verwirrt. Doch das kommt daher, daß sie an solche Versammlungen noch nicht gewöhnt ist. In Zukunft wird sie natürlich zeigen, daß die in sie gesetzten Hoffnungen nicht unbegründet sind.«

Der Bärtige ging im Ballettschritt zu Saschenka und nahm ihre Hand in seine.

»So ein junges, frisches Wesen«, sagte er träumerisch. »Es zwitschert gewiß auch süß. Genau das hat uns noch gefehlt. Marja Gawrilowna, entschuldige, ich habe einen Fehler gemacht: Du bist weise, ja, aber nicht wie die Schlange, sondern wie die Mutter der Schlange, wie Minerva.«

Dieses seltsame Benehmen des Bärtigen machte endgültig klar, daß er der Hausherr war. Bei seinen letzten Worten hatte Vera Dolskaja ihre Brauen noch weiter gehoben. Sascha dagegen saß völlig reglos da, und wenn sie sich ein klein wenig rührte, dann wie in einem Starrkrampf, wie paralysiert. Kiebitz wurde übel. Offenbar meldete sich der Hunger wieder.

»Auch ich stelle Ihnen ein junges Wesen vor«, erklärte der Hausherr. »Ebenfalls ein neues, anderes... fast hätte ich gesagt: Kunstwerk! Wenn ich es nicht schon sagte: ein Wesen, also ein

Werk des Lebens selbst. Vera Nikolajewna Dolskaja, berühmte Reisende und liebe, zärtliche Freundin.«

Der Hausherr musterte stolz alle Anwesenden. Auf den Gesichtern der Gäste erschienen die verschiedensten Mienen, aber nach und nach verschmolzen sie zu einem Ausdruck: zu einem Lächeln. Marja Gawrilownas Lächeln bezeugte, daß sie bereit war, für ihre Kandidatin zu kämpfen. Kandidatin wofür, für welchen Posten? Kiebitz wußte nicht, was er davon halten sollte. Er bemerkte nur, daß Vera Nikolajewna betont hochmütig nickte und sich zum Kaminfeuer abwandte.

»Heute ist ein Abend der Überraschungen«, lachte der Hausherr. »Ich wage zu glauben, daß uns noch eine erwartet. Die Nachricht nämlich vom Erfolg einer weiteren Etappe unseres Unternehmens. Unser Fest ist in gewisser Weise darauf abgestimmt. Im Verlauf der nächsten Stunde werden wir die erwartete Meldung erhalten, dessen bin ich sicher. Na, aber nun bitte ich Sie zum Kaffee!«

Ein kleiner Mann kam in den Salon geflattert, derselbe, der in der Diele gedöst hatte, rollte einen Teewagen herein, auf dem Kaffeetassen standen, und flog hinaus. Der Hausherr nahm als erster seine Tasse.

»Adam!« sagte Vera Dolskaja mit rauher Stimme. »Kaffee trinkt man nach dem Essen, nicht vorher. Du bist nicht gut erzogen, das ist kein guter Ton.«

»Das ist mein Ton«, entgegnete Adamenko scharf. »Und dann... ist es ein ganz seltener Kaffee, echter Mokka. Man muß ihn trinken, solang die Geschmacksknospen noch nicht ermüdet sind. Nur die, die ihn anbauen, trinken ihn. Und natürlich ich.«

Vera Dolskajas hochmütige Grimasse verwandelte sich in eine verächtliche.

»Zivilisierte Menschen, Adam, machen es andersrum.«

Adamenko lief dunkelrot an, beherrschte sich aber und erklärte begütigend: »Na schön, keinen Skandal.«

Die Gäste warfen sich Blicke zu. Das alles hatte etwas sehr Peinliches. Kiebitz war einfach erschüttert, wie sehr die vermeintlich gefestigte Persönlichkeit dieser ihm wohlbekannten Personen sich verändert hatte. Nach kurzem Zaudern starrten Belezki und Rabin Vera Dolskaja vernichtend an. Sie bemerkte es.

»Und Sie beide... hätten sich waschen sollen. Sie sind schmutzig.«

Rabin knurrte böse etwas Unverständliches, während Belezki keck lächelte.

»Sie haben zweifellos recht, Madame! Wir sind die Ochsen.«

»Hören Sie auf, Belezki!« rief der Hausherr. »Was Jupiter darf, der erste... unter Gleichen, das darf sonst niemand.«

Das vom Hausherrn selbst ausgesprochene Wort »erster« erinnerte Kiebitz wieder an die Sache, deretwegen er in das fremde Schlafzimmer eingedrungen war. Er umklammerte den Pistolengriff. Das aufreizende und zugleich angenehme Gefühl seiner Mission war schon tot gewesen, jetzt plötzlich erwachte es aufs neue. Sein Herz schlug schneller, die Zeit paßte sich seinem Takt an und verging doppelt so schnell. Der Körper rief Kiebitz zur Tat.

Die Gesellschaft im Salon hatte sich unterdessen in Grüppchen aufgeteilt. Es war schwierig geworden, den Dialogen zu folgen. Kiebitz beugte sich zum Bildschirm vor, als er merkte, daß keiner der Gäste Kaffee trank.

Adamenko nahm Belezki am Arm und zog ihn ein wenig auf die Seite.

»Was hört man aus der Vorstadt?«

»Wir erwarten jeden Augenblick Meldung«, antwortete Belezki sachlich.

»Die Belohnung ist Ihnen sicher, wenn auch hier alles nach Plan verläuft. Die vorhergehenden Punkte sind exakt abgehakt worden. Olwiopol und Rabin sind beigetreten, Golta und Sie sind ein Organismus, Rajewskaja und Dachno halten die Vorstadt fest im Griff, hoffe ich... Also, bereiten Sie sich auf die Belohnung vor. Nur Gottesfeld... Gottesfeld ist noch nicht erobert. Weshalb nicht?«

»Das ist keineswegs so.« Belezki schlug die Hacken zusammen. »Auch dort haben wir einen Mann, einen von den Deutschen. Allerdings handelt er nicht aus ideellen Motiven, sondern für Geld. Aber das ist besser, zuverlässiger.«

»Von den Deutschen«, mümmelte Adamenko. »Ich kann mich gar nicht an die erinnern. Ist das ein nordisches Volk?«

Er wartete jedoch Belezkis Antwort nicht ab, ging aus dem Bildschirm, und diese Gruppe zerfiel.

Vor dem Kamin beugte sich Rabin zu Vera Dolskaja.

»Ich bitte um Entschuldigung«, zwitscherte er zungenfertig. »Man schaltet nicht so schnell, das Gehirn ist schon verstaubt, ja, das Alter. Ach, wenn ich noch jung wäre, ich würde auch um Sie kämpfen, Kanarienvögelchen. Jetzt ist es wohl zu spät? Oder nicht? Nichts für ungut.«

»Wieso ist Ihre Nase so... groß?«

»Ein Betriebsunfall«, meldete Rabin. »Gestatten Sie, daß ich dennoch auf die Entwicklung eines freundschaftlichen Verhältnisses zwischen uns hoffen darf. Ich werde Ihnen auch von Nutzen sein, schließlich finanziere ich das ganze Unternehmen. Mögen Sie Bankiers oder zum Beispiel Brillantkolliers?«

»Wenn Sie sich anständig benehmen«, sagte Vera Dolskaja kokett, »dann heben wir die Zinsen auf Ihre Spareinlagen an. Aber schauen Sie das Mädchen nicht so lüstern an! Das ist nicht Ihr Garten, Sie alter Bock.«

Rabin schluckte auch den Bock. Er verbeugte sich und ging von Vera Dolskaja zum freigewordenen Belezki. Adamenko erschien wieder auf dem Bildschirm, nun schon neben Marja Gawrilowna.

»Ich hoffe, Verehrteste, du langweilst dich nicht. Findest du nicht auch, daß der Buchstabe ›D‹ etwas Magisches hat? Du bist doch Lehrerin, kennst Syntax und Orthographie, findest du nichts? Hör nur: D-d-dolskaja? Schön. Oder: D-d-diana... Auch nicht schlecht. Von D-d-dämon ganz zu schweigen.«

Zu seinem Stottern bewegte Marja Gawrilowna den Kopf und ihre dürre Klaue im Takt, als ob sie dirigierte. Sascha saß weiterhin wie tot da, wie ein nicht aufgezogener künstlicher Vogel im Käfig. Adamenko bemerkte es und beugte sich zu ihr, um ihr etwas zu sagen... oder das Uhrwerk aufzuziehen.

Da kam ein verschwitzter, ruß- und lehmbedeckter Mensch in den Salon geflogen – Dachno.

»Sieg!« schrie er. »Der totale Sieg!«

Er beugte vor Adamenko das Knie und reichte ihm den blitzenden Säbel. Das Gesicht des Hausherrn wurde von diesem Blitzen erhellt, in seinen runden Augen flackerte Wetterleuchten.

»Hurra«, sagte er leise, und hatte Sascha vergessen.

»Hurra-a!« fielen Rabin und Belezki ein. Auch die Frauen schienen einzustimmen.

Kaum hatte Dachno die Nachricht überbracht, fiel er leblos

zu Boden. Wieder flatterte der papageienähnliche Mensch behend aus der Diele herein und flößte dem besinnungslosen Boten Kaffee ein. Der Unterrichtsleiter kam sofort wieder zu sich.

»Armer Kerl«, meinte Adamenko mitfühlend. »Die schwersten Aufgaben liegen auf den schwächsten Schultern. Aber es ist alles gutgegangen, wie ich sehe. Beim letzten Mal in Marathon hast du dasselbe Ende geboten. Also, berichte, Krieger.«

»Es hat alles geklappt«, krächzte Dachno und rollte die blutunterlaufenen Augen. »Die Halbnomadenstämme, welche die Gefahr des Weltchaos in sich trugen, existieren nicht mehr. Sie können sie aus Ihrer Liste streichen, aus dem Buch der Geschichte.«

»Aus der Bibel«, verbesserte Adamenko. »Ach, wie mein Herz schmerzt! Wie die Sehnsucht es quält – keine Rückkehr mehr in die Vergangenheit, nie mehr! Es war eine hinfällige und schlecht bestellte Welt, aber sehr gemütlich. Jedoch – die Prophezeiungen des Buches haben sich erfüllt. Es kann verbrannt werden. Die erste Etappe ist abgeschlossen. Aber die zweite wird etwas schwieriger als die erste werden, nicht wahr, Rabin? Sie haben doch nichts gegen die Erfüllung von Prophez. . des Buches, es ist ja auch Ihr Buch, nicht wahr?«

»Schlagt, macht alles nieder, in Gottes Namen, bitte sehr«, Rabin zuckte die Achseln. »Mein Buch ist das Kassenbuch. Da steht so etwas nicht drin, keinerlei Prophezeiungen. Außer einer, einer ganz anderen: Wer hat, dem wird gegeben, wer nichts hat, dem wird genommen.«

»Notjude!« sagte Adamenko entzückt. »Das heißt übersetzt: unser Jude. Ein Ausstellungsexemplar. Sie gehören ins Schaufenster, Bankier. Also, Dachno... Oh! Noch ein reizendes ›D‹! Also, D-d-dachno, ich befehle Ihnen: unverzüglich...«

»Zur Tafel zu schreiten«, sagte Vera Dolskaja gedehnt. »Alles andere später, Adam.«

Adamenko zuckte zusammen, als hätte er eine Ohrfeige bekommen, faßte sich aber rasch wieder und sagte: »Richtig. Gehen wir zu Tisch. Du, Dachno, warte auf deine Belohnung. Den ruhmreichen Säbel zurück an seinen alten Ehrenplatz! Bis zum nächsten Mal.«

»Er soll sich zuerst waschen«, mischte sich Vera Dolskaja wieder ein.

»Richtig, meinetwegen!« Adamenko schien mit den Zähnen zu knirschen. »Begleite den Kämpfer!«

Das schwarze Männchen hängte den Säbel über den Kamin und führte den höchlichst befremdeten Dachno fort. Dessen Befremden war durchaus verständlich: Es galt den unerklärlichen Ausfällen der ihm völlig unbekannten Vera Dolskaja, erst recht aber der für ihn absolut unfaßbaren Anwesenheit Marja Gawrilownas, dieser Spinne. Dazu kam die verblüffende Gleichgültigkeit aller übrigen Anwesenden diesen empörenden Tatsachen gegenüber. Betäubt von diesem unlösbaren, erniedrigenden Rätsel – und das nach seinem so glänzenden Sieg –, trottete Dachno gehorsam seinem Führer hinterher.

Adamenko ging unterdessen mit finsterer Miene zu Vera Dolskaja und flüsterte ihr leise ins Ohr, damit niemand es hörte: »Du untergräbst meine Autorität. Und strapazierst meine Geduld. Die ist allmählich am Ende, meine Liebe.«

Wie vermutet, hatte dies niemand gehört, Kiebitz natürlich ausgenommen. Vera Dolskaja schnalzte zur Antwort nur herausfordernd mit der Zunge. Adamenko zischte etwas Unverständliches, wandte sich dann von ihr ab, und Kiebitz sah sein Gesicht in Großaufnahme. Es hatte einen schrecklichen Ausdruck. Da jedoch kam Dachno sauber gewaschen zurück, und man konnte ins Speisezimmer gehen.

»Ich bitte zu Tisch«, verkündete Adamenko böse, er hatte den liebenswürdigen Ton noch nicht wiedergefunden.

Dennoch bot er Vera Dolskaja seinen Arm. Zugleich erdröhnte Musik. Kiebitz fuhr zusammen: Der tote Oberst Lisjutkin war wieder aus dem Sarg auferstanden, um zu Orchesterbegleitung ein Räuberlied zu singen. Auch das Orchester selbst erinnerte an jenes des Dirigenten Gorin seligen Angedenkens. Doch diesmal begriff Kiebitz rasch seinen Irrtum. Die Aufnahme war bekannt. Es war nicht Lisjutkins Baß, sondern die mit ihm fast identische Stimme Schaljapins. Und das Lied, das Lied war klassisch und allbekannt: »Waren einst zwölf Apo... Räuber und Kudejar, der Atama-an!« Die Gäste stellten sich paarweise auf wie für eine Polonaise. Rabin bot Marja Gawrilowna den Arm und Belezki Sascha. Sie gingen zu Tisch wie disziplinierte Gänse zum Wasser. Hintendrein schlurfte der entmutigte Dachno, der keine Partnerin abbekommen hatte. Auf seinem Gesicht stand Gekränktheit und auch Angst, daß man ihn prellen und ihm die versprochene Belohnung vorenthalten könnte.

Kiebitz schaltete den Monitor eilends aufs Speisezimmer um.

Das Papageienmännchen stand dort schon mit dem Rücken zum Kamin bereit. Die Gäste nahmen nach der Tischordnung Platz: Rechts von Adamenko Vera Dolskaja, links von ihm Marja Gawrilowna. Dann folgten Rabin, Sascha, Dachno und Belezki, der den Kreis schloß und somit neben Vera Dolskaja saß. Kiebitz konnte alles vorzüglich hören, der empfindliche Apparat übertrug sogar das Rascheln der Servietten ins Schlafzimmer. So vernahm er, wie Dachno Belezki zuflüsterte, während er sich setzte: »In der Vorstadt ist Kiebitz aufgetaucht.«

»Der Maler!« Belezki hob die Braue. »Na und?«

»Er versuchte, mich zu behindern«, grinste Dachno. »Schaffte es aber nicht.«

»Ausgezeichnet. Was haben Sie mit der Leiche gemacht, verbrannt?«

»Was... hätte man ihn verbrennen müssen?« fragte Dachno verwirrt. »Ich habe ihn gar nicht angerührt. Ich dachte, soll er ruhig weiterlaufen... Was ist er denn! Ein Nichts, eine Null.«

»Idiot, der hat doch immer Glück!« zischte Belezki. »Hör zu, kein Wort darüber, sonst... reiße ich dir den Kopf ab!«

»Jawohl«, murmelte Dachno verstört. Die Belohnung ließ irgendwie lange auf sich warten, auf allen Seiten.

Kiebitz hatte indes den Eindruck, als hätte die Nachricht von seinem Erscheinen am Schauplatz der Handlung keinen Ärger bei Belezki ausgelöst, sondern Befriedigung. Das Argument war schon sehr dumm: Er hat Glück. Eine dumme Kategorie, die Belezkis Professionalität überhaupt nicht entsprach. Da erhob Adamenko sein Glas und schickte sich an, einen Toast auszusprechen. Welchen Toast, konnte Kiebitz leider nicht hören. Im selben Augenblick berührte etwas seine Schulter und fragte: »Magst du Kino? Ich auch.«

Er zog den Kopf ein und schaute sich um. Ljuskas freche Visage grinste ihm breit ins Gesicht. Hinter Ljuska gähnte ein offener Schacht, darin führte eine Treppe hinunter. Das Geländer um den Schacht – wieso war ihm diese Vorrichtung bisher nicht aufgefallen? – und die Treppe selbst erinnerten an die Innenausstattung des Speisezimmers. Offenbar führte die Treppe dorthin. Folglich gab es mindestens zwei Ausgänge aus dem

Schlafzimmer und drohte von mindestens zwei Seiten Gefahr, man mußte doppelt auf der Hut sein, dreifach, wenn man auch den Weg durchs Klo dazurechnete. Kiebitz schalt sich wegen seiner Fahrlässigkeit. Jetzt sah er auch den dicken Teppich auf dem Schlafzimmerboden unter diesem Blickwinkel, unter dem Blickwinkel einer möglichen Gefahr. Der Teppich schluckte alle Geräusche, und deshalb hatte Kiebitz, ganz absorbiert von dem Schauspiel auf dem Monitor, die Schritte hinter seinem Rücken nicht gehört. Jetzt war er unangenehm überrascht, daß man ihn überrumpelt hatte. Ljuska dagegen war darüber zufrieden. Die Arme in die Seiten gestemmt, zwinkerte er dem Ertappten mit seinen spöttischen Diebesäuglein zu.

»Das Dämchen, haben Sie's bemerkt?« kicherte er. »Kommandiert schon. Die erste im Harem. Gerade erst ausgeschlüpft und schon die Obergeflügelzüchterin im Hühnerhof. Eine rasante Karriere.«

»Halt's Maul!« befahl Kiebitz. »Wieso bist du hier, was hast du mit denen zu tun?«

»Ts!« Ljuska wich zurück. »Auch ein Rasender. Nicht ich habe mit ihnen, sondern sie haben mit mir zu tun. Ich bin ein Mann, den jetzt alle brauchen. Alle, von Dachno bis zu Ihnen. Achten Sie auf das Ding, das ich Ihnen unter die Vortreppe gelegt habe!«

»Dieses Ding schlag ich dir gleich auf deinen frechen Schädel!« fuhr Kiebitz auf. »So oder so, du hast mich hier gesehen. Dann mußt du dich hier eben ausruhen. Ich kann dich jetzt nicht laufenlassen.«

»Vielleicht gebe ich Ihnen mein Wort, daß ich niemandem was von Ihnen sagen werde?« fragte Ljuska mit unverhohlenem Hohn und begleitete seine Frage mit widerlich unzüchtigen Affenbewegungen. »Ich schwöre Ihnen einen schrecklichen Eid, wollen Sie?«

»Gib die Schnur her« befahl Kiebitz und zeigte auf eine Kordel, die vom Baldachin herabhing. »Sonst... Ich habe heute dein Ding schon ausprobiert, es funktioniert einwandfrei, wie eine Nähmaschine, kapiert?«

»Väterchen, willst du mich wirklich annähen?« Ljuska fiel auf die Knie. »Laß mich, lieber Freund. Um... Christi willen, laß mich! Was habe ich dir Böses getan?«

Mit diesem widerlichen Geblödel erreichte er, was er wollte.

Kiebitz versuchte, die Szene rasch zu beenden. Er beschloß, den schlauen Burschen mit der Pistole in Schach zu halten und sich nicht auf die zeitraubende alberne Operation mit der Schnur einzulassen.

»Hör auf«, sagte er angeekelt. »Unters Bett mit dir. Halt dich still, sonst nähe ich dich wirklich an, dreh dir den Hals um wie einem Huhn.«

»O danke, Väterchen! Du hast mich aus schlimmer Not befreit, nun werde ich dir ewig unbezahlt dienen!« Ljuska höhnte immer noch, kroch dabei jedoch unters Bett und höhnte dort weiter. »Ewig und ein Jahr. Möchtest du, daß ich für immer dein Diener werde? Oder deine Köchin, vielleicht auch deine Frau? Ich kann alles, Dachno hat sich auch nie beklagt, weder über die Buletten noch über...«

»Aha, so ist das!« lachte Kiebitz. »Da ist also der Hund begraben, deshalb brauchen dich alle! Na, der Personenkreis...«

»Nä«, entgegnete Ljuska bedeutungsvoll, »der Hund ist eben noch nicht begraben...«

Kiebitz ließ diese sinnlose Antwort an sich vorbeirauschen.

»So ist das! Jetzt verstehe ich alles. Ach, du pickliges Miststück! Dann hast du mich also auch für so einen gehalten?«

»Warum nicht?« erwiderte Ljuska im Ton eines welterfahrenen Mannes. »Alle haben, was man dafür braucht. Alle, auch Adam selbst. Dachno hat mir gesagt, daß er sich für mich interessiert.«

Das Wort »selbst« erinnerte Kiebitz wieder an die Sache, derenwegen er diese ganze Schweinereien ertrug. Er befahl Ljuska, den Mund zu halten, und wandte sich dem Monitor zu.

Das Abendessen war in vollem Gang. Adamenkos Bart war etwas zerzaust, die gepflegten Schnurrbartspitzen hatten sich entkringelt, und die vor ihm stehende Flasche war fast leer. Rabin erinnerte an eine weichgekochte rote Rübe. Belezki dagegen hatte sich kein bißchen verändert, er war nur ungewöhnlich nachdenklich. Marja Gawrilowna aß viel und trank gierig, Sascha wiederum rührte das Essen nicht an. Sie war immer noch nicht aus ihrer tiefen Benommenheit erwacht. Vera Dolskaja rührte ebenfalls nichts an, sie hatte nicht einmal einen Teller vor sich. Kiebitz war rechtzeitig auf seinen Beobachterposten zurückgekehrt, wie sich herausstellte. Das schwarze Papageienteufelchen kam zu Adamenko angewieselt und flüsterte ihm etwas zu.

»Was!« brüllte Hausherr wütend los. »Wer hat das zugelassen?«

Der kleine Papagei faltete schuldbewußt die Flügel über dem winzigen Steiß und schloß halb die Augen. Adamenko stand vom Tisch auf und schaute hinter den Kamin, wo sich der Geheimgang mit dem drehbaren Safe befand. Kiebitz schlug sich an die Stirn: Natürlich, er hatte vergessen, den Safe wieder zurückzudrehen. Belezki und Rabin schlossen sich Adamenko an, zusammen untersuchten sie den Tatort. Rabin faselte ununterbrochen irgendwelchen Unsinn. Belezki schlug sich plötzlich ebenfalls an die Stirn, hielt Rabin den Mund zu und rief aus: »Ich weiß, wer es sein kann! Natürlich Kiebitz, der Maler. Niemand sonst.«

»Welcher... Maler denn?« fragte Adamenko. »Den Marja Gawrilowna ausfindig gemacht hat, der dem Juden auf dem Porträt die Nase vergrößert hat?«

»Genau der!« bestätigte Belezki sehr beunruhigt. »Wir müssen ihn fassen, sofort. Und dann in den Keller...«

»Was machen Sie denn für ein Aufheben von diesem elenden Kleckser?« Adamenko rümpfte verächtlich die Nase. »Man könnte meinen, es handle sich um Benvenuto Cellini... Marja Gawrilowna wird wieder einen anderen finden.«

»Begreifen Sie doch«, schrie Belezki, »er hat immer Glück! Nein, das könnt ihr Dilettanten nicht begreifen... Er hat ein Glück, wie es ein... normaler lebendiger Mensch nicht haben kann. Ich habe sein Dossier gründlich studiert, es stimmt. Er scheint nicht einmal in unserem Sinne des Wortes zu leben. Mit unserem Lebensstil hat er nichts gemein. Es ist, als hätte ihn keine Frau geboren, sondern irgend jemand aus Ton angemischt, ausgedacht und geformt. Ihm andere Regeln mitgegeben und ihn bei uns eingeschleust, damit er uns durch ihn heimlich beobachten kann. Drücke ich mich nebelhaft aus? Oh, noch nicht nebelhaft genug: Dieser Kiebitz ist ein einziger Nebel! Man hat ihn bei uns eingeschleust wie einen weißen Raben in den Schwarm, um uns... zu necken und zu reizen... Wir sollten ihn entweder überhaupt nicht anrühren oder auf der Stelle abmurksen. Aber das kann auch nur ein Glückspilz oder einer, der nicht aus Ton geformt ist, sondern aus Eisen.«

»Na, gut«, stimmte Adamenko zu. »Dann bin ich eben der aus Eisen. Obwohl in meinem Haus nichts zu befürchten ist und die Sicherheitsanlagen fachmännisch eingebaut sind, wollen wir trotzdem die Jagd auf ihn eröffnen, und zwar alle zusammen. Das ist immerhin eine vergnügliche Ablenkung und etwas Gymnastik. Und wenn dieser Schmierfink nicht in eine Falle geht, dann... A-ah!«

Alle zuckten zusammen. Das Gebrüll des Hausherrn war das eines verwundeten Bären.

»Tod und Teufel! Ich habe vergessen, nach dem Zwischenfall mit Vera Nikolajewna das System wieder einzuschalten! Bleibt stehen, ich komm gleich...«

Er stürzte in den Salon und dort natürlich zur Treppe in den ersten Stock.

»Na, hab ich's nicht gesagt«, kommentierte Belezki. »Der Bursche hat Glück.«

Da erwachte Sascha zur Überraschung aller aus ihrem seltsamen Schlaf, sprang auf und stürzte dem Hausherrn nach.

»Rühren Sie ihn nicht an!« schrie sie. »Boris, lauf weg!«

Kiebitz schaltete den Monitor eilends auf den Salon um. Sascha erreichte Adamenko, als dieser bereits ein paar Stufen die Treppe ins Schlafzimmer hinaufgestiegen war, und umschlang im Gehen seine Knie. Der Hausherr versuchte sich zu befreien, aber vergebens. In der Hitze des Gefechts trat er mit dem Absatz auf Saschas Stirn. Sofort erschien ein roter Fleck darauf. Kiebitz knirschte mit den Zähnen. Adamenko zappelte grotesk in Saschas Armen und brüllte: »Kaviar! Gebt ihr Kaviar, noch mehr!«

Sofort erschien der Papagei im Salon mit einem Schüsselchen, das er vom Tisch genommen hatte. Er flog zu Sascha und steckte ihr energisch einen Löffel Kaviar in den weit geöffneten Mund, als füttere er ein widerspenstiges Vogeljunges. Belezki und Rabin, die herbeigeeilt waren, hielten Saschas Kopf. Es gelang ihnen, ihr ein paar volle Löffel in den Schnabel zu stopfen, woraufhin sie ebenso plötzlich, wie sie aufgewacht war, wieder einschlief. Sie verfiel in eine fast träumerische Erstarrung. Auf ihrem rosigen Gesicht erschien ein scheinbar seliges Lächeln. Ihre Haut glättete und straffte sich, wie auf poliertem Zelluloid spielten darauf die Lichtreflexe... Es war verblüffend, wie schnell sich diese Veränderungen mit Sascha vollzogen, sowohl in die eine wie in die andere Richtung. Ihr Lächeln hatte etwas, das Kiebitz erschauern ließ: »Das werde ich mir merken«, versprach er sich.

Doch es war höchste Zeit, aus dem Schlafzimmer zu türmen. Er mußte noch ein wenig warten und das, dessentwegen er hier erschienen war, später tun, ohne Zeugen. Kiebitz schaltete den Monitor aus und kroch unters Bett, wo ihn Ljuska freudig begrüßte. Er mußte den Finger auf die Lippen legen und bedeutungsvoll auf die Pistole zeigen, sonst hätte sich das Hähnchen nicht beruhigt. Daraufhin schnitt Ljuska eine Grimasse, die sagte: Wir verstehen alles, sind ja keine kleinen Kinder mehr. Damit behielt er das letzte Wort.

Unter dem Bett war es sehr geräumig. Es roch nach Apfelsinen. Kiebitz hatte sich gerade darunter einrichten können, als Adamenko auch schon ins Schlafzimmer stürzte und zum Baldachin lief... Etwas schnackelte. Der Hausherr atmete erleichtert auf und wurde ruhig. Kiebitz lugte unter dem Bett hervor: Iwan Wassiljewitsch betrachtete sich gründlich im Spiegel. Nachdem er seinen Bart in Ordnung gebracht hatte, nahm er eine feierliche Haltung an und ging hinaus. Die Stufen knarrten.

»Haben Sie gehört, was Belezki über den Keller gesagt hat?« flüsterte Ljuska. »Vergessen Sie's nicht, es wird Ihnen nützen. Übrigens, diese Wendeltreppe da geht genau in den Keller. Ist es nicht Zeit für Sie, dorthin zu verschwinden? Da unten ist es sehr interessant!«

Er rollte widerwärtig die Augen, um seine Begeisterung über den genannten Ort auszudrücken. Kiebitz beachtete seine Blödeleien nicht weiter und kroch unter dem Bett hervor. In gewisser Weise hatte Ljuska recht. Das Bett war tatsächlich nicht das beste Versteck für einen Vogel, auf den Jagd gemacht wurde. Und für den Vogel selbst war es Zeit, die Sache anzupakken, derentwegen er hergeflogen war. Sie bestand darin, sich nicht fangen zu lassen und den Hausherrn, der die Jagd leitete, allein, ohne dessen Rächer, zu schnappen. Die Treibjagd würde wahrscheinlich durch sämtliche Zimmer gehen, wobei in jedem eine Wache aufgestellt und der Vogel in die Enge getrieben würde, ins aufgespannte Netz. Aber bis die Rächer beim Schlafzimmer ankämen, verging Zeit. Diese Zeit mußte sich Kiebitz zunutze machen. Wie? Er wußte es noch nicht.

Die Konstruktion des Hauses war nach den kärglichen Informationen, die Kiebitz bei seinem kurzen Rundgang erhalten hatte, kompliziert und sonderbar. Nahm er alles, was er bei seinem Rundgang und danach auf dem Monitor gesehen hatte, zusammen, so konnte er sich dieses Sonderbare nur mit der Vermutung erklären, daß das Erdgeschoß des Hauses zugleich auch sein erster Stock war. Das Erdgeschoß ging also allmählich und, ohne daß man es bemerkte, von Zimmer zu Zimmer in den ersten Stock über. Die Zimmer aber waren im Kreis angeordnet. Das letzte, das Schlafzimmer, lag bereits im ersten Stock, genau über dem Salon im Erdgeschoß. Kiebitz stellte sich den Grundriß als zerbrochenen Ring vor, dessen Enden sich überlappten. Mit diesem Lageplan war er zufrieden.

Der Plan erklärte, weshalb der die Zimmer durchschreitende Wanderer unvermeidlich in den ersten Stock gelangte, obwohl er keine Treppe hinaufstieg. Dafür überschritt er Schwellen. Zur Bestätigung seiner Vermutung erinnerte sich Kiebitz, wie er über zu hohe Schwellen gestolpert war, als er aus einem Zimmer ins andere ging. Die Schwellen tarnten also die verschiedenen Ebenen des Fußbodens. Die Treppen aber durchstachen das ganze Haus und verbanden den zerbrochenen Ring in der Senkrechten. Natürlich konnte man den Weg durch das Haus auf ein Minimum verkürzen, wenn man die Geheimgänge benützte. Dann mußte eine dieser Treppen die Achse des ganzen Gebäudes sein. Sein Herz und sein Halt. Es war nur die Frage, wo es sich befand, das Herz dieses Adlernestes. Kiebitz war sicher, daß er mit seinen Überlegungen ins Schwarze getroffen hatte. Schließlich verfügte er als Bühnenbildner über die erforderliche Sachkenntnis und konnte gar nicht fehlgehen.

So mußte er nun seiner Vermutung entsprechend handeln. Handlungsvarianten gab es wenig, im Grunde nur eine. Er durfte auf Adamenko nicht im Schlafzimmer warten, wo er mit seiner Eskorte erscheinen konnte, sondern mußte den Treibern folgen, seiner eigenen Verfolgungsjagd hinterhergehen. Diese Variante nahm in Kiebitzens Gedanken nicht die Gestalt von Worten an, vielmehr sah er sie in den Bildern eines Kinderreims: »Den Pudel sucht die alte Frau, doch dabei folgt ihr der Wauwau.« Er sah sich selbst als diesen Pudel, der hinter der Jagdgesellschaft herging, einen Verfolger nach dem anderen abschüttelte und glücklich alle Fallen vermied. Fallen! Ja, von denen hatte der Hausherr gesprochen, und Kiebitz hatte sie in seinen Überlegungen schlicht vergessen.

Er beugte sich zum Bett und befahl leise: »Komm raus, du sodomistisches Miststück!«

Ljuska kroch gehorsam heraus.

Man mußte die Suche im Schlafzimmer selbst beginnen. Kiebitz fand dank Adamenkos unfreiwilligem Hinweis mühelos den Hebel hinter dem Baldachin, der die Fangeisen abschaltete. Er stellte sich nämlich die geheimnisvollen Fallen als Fangeisen vor und täuschte sich nicht.

In Gedanken zog er eine Linie von allen Schlafzimmertüren zum Bett. Auf diesen Linien waren die Fallen wahrscheinlich aufgestellt. Er zwang Ljuska, die imaginären Linien entlangzugehen. Als dieser in die aus dem Teppich geschossenen eisernen Krallen getappt war – es waren dieselben, die erst vor kurzem Vera Dolskaja gepackt hatten –, tat er dasselbe, was Adamenko getan hatte: Er schaltete die Falle ab. Im Unterschied zum Hausherrn vergaß er jedoch nicht, das System wieder einzuschalten, sobald das winselnde Opfer zur Seite gekrochen war. »Gut«, dachte er.

Das Zuschnappen der Krallen war von keinem Alarmsignal begleitet worden. Kiebitz hätte die Fallen für immer abschalten können. Doch er fürchtete, daß die Sirene später losheulen und anzeigen würde, daß das System längere Zeit nicht unter Spannung stand. Sie hatte zwar nicht geheult, als der Hausherr selbst vergessen hatte, die Fallen einzuschalten, aber das bedeutete nichts. Es konnte ja einen Hebel geben, der auch diese Funktion ausschloß. Kiebitz würde zu unvorsichtig handeln, wenn er das nicht berücksichtigte. Und das hatte er nicht vor.

Unterdessen jaulte Ljuska, daß sein Fuß zweifellos gebrochen sei, daß man keine Experimente an Menschen machen dürfe und er sich bei Amnesty International beschweren werde... Kiebitz fragte nicht, woher der Drecksack diese Organisation kannte, sondern hielt ihm einfach den Mund zu. Es sah so aus, als wäre er seines Lotsen beraubt worden. Ob gespielt oder nicht, Ljuska lag auf dem Teppich, die Pfote unter sich geschoben, und stöhnte. Jetzt mußte sich Kiebitz auf eigenes Risiko den Weg bahnen.

Sein Opfer einen Lotsen zu nennen, war natürlich grausam. In der Schnelligkeit, mit der er handeln mußte, bemerkte Kiebitz seine Grausamkeit gar nicht. Das Handeln hatte bereits sein gewohntes Reflektieren außer Kraft gesetzt.

Er schaltete den Monitor ein und steuerte den Salon an. Dort mußte die Treibjagd beginnen. Auf dem Bildschirm war das Papageienmännchen deutlich zu erkennen; es saß so hinter der Treppe, daß es ein ins Zimmer tretender Fremder nicht sofort bemerkt hätte.

Kiebitz warf Ljuska einen letzten drohenden Blick zu und stieg die Treppe hinunter, so lautlos wie möglich. Die Pistole hielt er am Lauf. Er wußte nicht, ob er das, was er sich ausgedacht hatte, auch ausführen könnte, doch er hoffte es einfach. Auf der Stufe angelangt, auf deren Höhe nach seiner Berechnung der Kopf des Papageien sein mußte, lugte er durchs Geländer. Einen halben Meter vor ihm leuchtete die Glatze des Wachpostens, die mit gelben Schuppen besprenkelt war wie der Kopf eines Neugeborenen. Dicke Schweißtropfen traten darauf hervor. Ohne zu überlegen, beugte sich Kiebitz übers Geländer und hieb mit dem Pistolengriff auf die Glatze ein, als wolle er einen Nagel einschlagen. Der Papagei gab einen Laut von sich, als ob er kurz auflache, und fiel mit dem Gesicht nach unten. Kiebitz hoffte, daß der Schlag nicht zu stark gewesen war. Im übrigen fand diese Hoffnung dort ihren Platz, wo schon die andern Reflexionen waren: irgendwo am äußersten Rand seines Bewußtseins.

Das Werk war begonnen, und jetzt bitte keine Zweifel und Gewissensbisse mehr. Kiebitz hatte auch keine. »Gut«, dachte er wieder. Mutig durchquerte er den Salon und auch das Speisezimmer, nachdem er es durch den Türspalt beäugt hatte. In diesen Zimmern konnte es per definitionem keine Fallen geben. Hier durften keine sein. Im Speisezimmer war auch kein Posten. Daraufhin öffnete Kiebitz ganz vorsichtig die Tür zum nächsten Zimmer, in dem, wie er sich erinnerte, das Ungetüm von Samowar stand. Den Atem anhaltend, betrachtete er auch dieses durch den Türspalt. Das Zimmer war klein und offensichtlich leer. Verstecken konnte er sich nirgendwo. Diesmal brannte Licht darin, und Kiebitz bemerkte in der zuvor dunklen Ecke eine alte Ikonostase. Das alles war mehr als seltsam.

Aber jetzt dachte er nicht über die Schrullen des Hausherrn nach, sondern etwas ganz anderes: Vortrefflich, niemand hat hören können, was im Salon passiert ist. In der Freude über die ersten Erfolge fiel ihm ein weiterer Trick ein. Er rannte ins Schlafzimmer zurück. Ljuska lag wie vorhin auf dem Teppich und winselte leise. Kiebitz schaltete den Monitor auf das arabische Zimmer um. Auf dem Bildschirm erschienen die mit Mull bespannten Bögen und geschnitzten Türen... An eine von ihnen schmiegte sich ein verschreckter pinguinähnlicher Dickwanst, den Kiebitz überhaupt nicht kannte. Der Dickwanst hatte sich nicht getarnt, nicht in einem verborgenen Winkel versteckt und schien sich in seiner Rolle als Treiber, der ein gefährliches Wild hetzen sollte, sehr zu fürchten. Kiebitz schätzte die Entfernung vom Eingang ins arabische Zimmer bis zu dem pinguinähnlichen Dickwanst ab und ging wieder hinunter, nicht ohne Ljuska mit dem Finger gedroht zu haben. Als er durch das russische Lichtgemach schritt, nahm er den Samowar vom Tischchen und schmetterte ihn nach kurzem Zaudern auf den Boden. Danach riß er die Tür auf und stürmte in die arabische Zimmerflucht. Wie vermutet, hatte sich der dicke Hasenfuß hinter einer geschnitzten Tür versteckt, um an sicherem Orte über die Natur überraschender Geräusche und über die des Lärms als solchen nachzudenken. Während sich der Dicke aber durch die kleine Tür zwängte, während er seine Körperfülle in dem Zimmerchen unterbrachte, durchquerte Kiebitz im Laufschritt die Zimmerflucht und preßte sich an die Wand neben dem Schlupfwinkel, in dem sich der plumpe Pinguin versteckte. Der hatte sich endlich schnaufend hinter der Tür umgedreht und lugte nun nach draußen: Unter den Bögen war niemand, die gegenüberliegende Tür, hinter der der Lärm erklungen war, stand halb offen... Kiebitz wartete. Von der anhaltenden Stille beruhigt, beschloß der Pinguin, auf seinen Posten zurückzukehren, und kam aus seinem Versteck. Es mußte nur noch dieselbe Operation an ihm durchgeführt werden, die auch schon den Papagei von seiner ärgsten Krankheit geheilt hatte, der außerordentlichen Flinkheit. Sie mußte auch den zweiten Patienten, den Pinguin, von Feigheit und Neugier heilen. Der Dickwanst fiel um, ohne einen Laut von sich zu geben.

Doch der Lärm, den der Fall des pinguinähnlichen Körpers verursacht hatte, war viel lauter als der des Miniaturpapageis. Kiebitz hatte noch nicht weitergehen können, als die benachbarte geschnitzte Tür aufging und es nach süßem Parfüm und Gewürzen duftete... Er fuhr zurück: Auf der Schwelle des

Zimmerchens, das sein rosa Inneres enthüllte, stand Vera Dolskaja.

»Sie sind es also tatsächlich«, bemerkte sie ohne besonderes Erstaunen und warf einen flüchtigen Blick auf den hingestreckt daliegenden Dickwanst. »Sozusagen wieder in Aktion.«

»Ich muß Sie leider bitten«, sagte Kiebitz so höflich, wie es die Zeit und die Umstände erlaubten, »daß Sie in Ihrem... Boudoir still sitzenbleiben und den Schnabel nicht hinausstrecken. Geben Sie ja kein Signal! Ich bin bereits in der Phase, wo es kein Anhalten mehr gibt.«

»Das sieht man«, bestätigte Vera Dolskaja ruhig. »Der arme Eunuch... Wenn Sie wüßten, was der für ein harmloser, verschüchterter Wallach war!«

»Hier gibt es keine Harmlosen«, entgegnete Kiebitz. »Man soll eben nicht Wache stehen, wenn ein Mensch gefaßt werden soll. Und Sie, gehn Sie wieder rein und schweigen Sie.«

»Gut«, stimmte Vera Dolskaja zu. »Aber... machen Sie nicht wieder Fehler?«

»Fe-ehler«, zischte Kiebitz. »Ausgerechnet Sie reden von Fehlern? Ich verteidige mich, wie immer – ist das etwa mein Fehler? Das Wild wird zum Jäger, besteht darin sein Fehler? Und wenn das Wild schon weiß, wer sein Hauptpeiniger ist, wer der Chef der Jagd...«

»Sind Sie sicher, daß Sie wissen, wer es ist?« seufzte Vera Dolskaja. »Schauen Sie mal hier rein!«

Sie öffnete eine weitere geschnitzte Tür neben ihrer eigenen einen Spalt weit. Kiebitz erblickte ungereimtes Zeug: ein Rauchwölckchen über der Raucherin, einen riesigen, mehrarmigen Kerzenleuchter, eine merkwürdige Vorrichtung wie ein Pult... auf dem Pult ein aufgeschlagenes Buch, das von Hand mit einer Zierschrift vollgeschrieben war.

»Na, und was soll das bedeuten?«

»Und die Ikonen dort«, Vera Dolskaja deutete in Richtung des russischen Lichtgemachs, »haben Sie die auch gesehen?«

»Hab ich. Na und?«

»Er kapiert nicht.« Vera Dolskaja seufzte wieder. »Erklärungen nützen also nichts. Na, dann gehen Sie. Vielleicht haben Sie ja wirklich Glück? Keine Sorge, ich schlage keinen Alarm. Außerdem werde ich Ihnen die Falle in diesem Zimmer zeigen, obwohl ich nichts davon habe. Sagen wir, in gutem Andenken und aus Dankbarkeit. Wenn Sie die nächste Schwelle überschreiten, wird aus dem Türsturz eine Armbrust schießen.«

Die Tür schlug hinter Vera Dolskaja zu. Kiebitz schaute ihr ein paar Sekunden stumpfsinnig nach. Irgend etwas begann in seinem Mechanismus, der gerade in Gang gekommen war, zu klemmen. Diese Frau brachte in Kiebitzens Leben immer... was? Unsicherheit, Wankelmütigkeit, dachte Kiebitz, obwohl dieses Wort überhaupt nicht auf die Situation zutraf. Seine Begegnungen mit ihr dauerten ja keine Ewigkeit, sondern nur wenige Minuten. Endlich löste er den Blick von der Tür, zerrte den Dickwanst in die Ecke, damit er nicht sofort ins Auge fiel, und ging zur nächsten Schwelle. Im Gefühl eines Provinzschauspielers gab er ein unnatürliches Piepsen von sich, da er sich vorstellte, daß der Eunuch so mit Fistelstimme piepsen mußte. Er piepste noch einmal, jetzt etwas lauter. Diese im Grunde absurde Handlung hatte Erfolg.

Im Nachbarzimmer hörte man Schritte schlurfen, und auf der Schwelle zum arabischen Zimmer erschien Rabin. Er hielt eine Pistole in der Hand. Kiebitz hatte keine Zeit, sich sonderlich darüber zu wundern: Irgend etwas rasselte unter der Decke, ganz fein wimmerte eine Bogensehne. Rabin schnarchte kurz auf, als habe man ihn im Schlaf erstochen und nicht im Wachen, sackte zusammen und schlug auf dem Boden auf. Aus seinem Nacken ragte ein kurzer, dicker Metallpfeil.

Er hatte Kiebitz wohl kaum erkennen können. Alles war sehr schnell gegangen. Belezkis Befürchtungen waren nicht unbegründet gewesen. Kiebitz hatte Glück. Oder wirkte hier Vera Dolskajas Geleitwort? Vielleicht, es spielte keine Rolle. Kiebitz zerrte auch Rabin in die Ecke zu dem Dickwanst, aus derselben Überlegung. »Finish«, sagte er zu beiden, die jetzt einander erstaunlich ähnlich sahen, beide klein und dick. Damit beendete er das Totenamt. Eine neue Welle der Gewißheit riß ihn mit sich fort, und er stürzte dorthin, woher der Führer der Schustergilde aufgetaucht war.

Seine Füße rutschten auf dem Glas des Aquariums aus, er konnte sich nicht auf den Beinen halten, fiel hin und robbte ein Stück auf dem Bauch weiter. Auch das rettete ihn. In der Aquariumdecke klaffte ein Loch, in das er mit der Nase hineinstieß. Direkt vor ihm, etwa einen halben ausgestreckten Arm weit, wallte das von unten beleuchtete Wasser auf. Kiebitz hatte im Nu schweißnasse Achselhöhlen. Er sah deutlich, wie Raubfische mit unwahrscheinlich bösen Gesichtern auf das Loch zuschnellten. Es waren wohl Piranhas. »Nur keine Eile«, befahl er sich bewußt ruhig und langsam. »Mach es dir zur Regel, nie zu hetzen.« Er hatte vergessen, daß er sich diese Regel schon einmal gesetzt und die letzten drei Monate danach gelebt hatte. Er war so vom Handeln absorbiert, daß auch sein Gedächtnis schon gelitten hatte.

Kiebitz umging das Loch, schaute nun genau hin, um nicht in ein zweites zu geraten, und erreichte bald die Orangerie. Daran erinnerte er sich noch: Die Orangerie war das vorletzte Glied in der Zimmerkette. Danach ging es nicht direkt weiter, nur ins Klo und von dort ins Schlafzimmer. Gut möglich, daß gerade hier, im Vorfeld zum Herzen des Hauses, die perfektesten Fallen aufgestellt waren, um es zu schützen. Und die besten Treiber. Wer das sein konnte, war eindeutig: Belezki. Dachno? Der kam überhaupt nicht in Frage. Und der Hausherr? Der hatte sich zweifellos schon zum Endpunkt vorgearbeitet, zum Schlafzimmer, wohin die Treibjagd das Wild hetzen sollte.

Da sich im Schlafzimmer der Monitor befand, galt es, sich zu beeilen.

So dachte Kiebitz, und vergaß ganz die eben aufgestellte entgegengesetzte Regel.

Siebenundzwanzigstes Kapitel
Der Menschenfänger

So stand zwischen dem Oberjäger, der sich in das Wild verwandelt hatte, und Kiebitz, dem zum Jäger gewordenen Wild, nur noch ein einziger Treiber, indes ein äußerst geschickter: Belezki. Solange er existierte, war es unsinnig, den Verwandlungsprozeß für beendet zu halten, und gefährlich. Belezki hatte sich die Orangerie wahrscheinlich selbst ausgesucht. Der Ort eignete sich vorzüglich für einen Hinterhalt, aber auch dafür, daß der aufgescheuchte Vogel ebendort, zwischen den verlockenden Pflanzen, einen Schlupfwinkel suchen und sich damit selbst ans Messer liefern würde. Und weshalb hätte ein Liebhaber zauberhafter Landschaften wie Belezki nicht ein Stündchen im Freien warten können?

Der würde sich nicht wie der Dilettant Rabin auf das Opfer stürzen, solange er es nicht für seine eigenen Zwecke restlos ausgenützt hätte. Der würde auch nicht sofort schießen, denn was hätte er von einem Toten? Als Profi in Sachen Tod und Leben wußte Belezki: nichts mehr. Ein so geradliniges Vorgehen entsprach auch gar nicht seinem Charakter. Richtig, von seinem Charakter mußte man ausgehen. Andere Anhaltspunkte für Vermutungen über Belezkis mögliche Aktionen fand Kiebitz nicht.

Nun die Fallen. Alle bisher ausprobierten hatten sich voneinander unterschieden. Man hatte sich bei ihrer Aufstellung begreiflicherweise vom Prinzip der Vielfalt leiten lassen, um Langeweile zu vermeiden. Es war anzunehmen, daß es auch weiterhin so wäre. Welche Fallenarten wären wohl in der Orangerie am wahrscheinlichsten? Eine vergiftete Raupe, die einem von einem Zweig in den Nacken fiel? Ein Giftstachel, ein Schlangenbiß? Ein Fangeisenbaum, der einen mit den Zweigen packte, wenn man an ihm vorbeiging, Gras, das sich so um die Beine schlingen würde, daß man sich nie mehr befreite? »Alles

Unsinn«, dachte Kiebitz verächtlich, »das sind alles deine kläglichen Künste, du Kleckser, der Einfluß deines dummen Berufs. Du bist nicht im Theater, zwischen Pappmonstern. Das hier ist nichts aus Pappmaché und Heidelbeersaft. Das hier ist alles aus echtem Fleisch und Blut. Keine Dekoration, das nackte Leben.« Doch es fiel ihm nur solcher Unsinn ein und sonst nichts.

Was, wenn ein Mann wie Dachno käme, sagen wir mal, einer mit einem Säbel. Dann wären Zweige und Gras nur eine Verzögerung für ihn. »Künste, alles sinnlose Künste«, dachte Kiebitz, es war wie eine fixe Idee. »Der Hausherr hat aber zweifellos einen Hang zur Kunst. Ich an seiner Stelle und mit seinen Möglichkeiten würde richtig klotzen... Zum Beispiel die ganze Orangerie zur Falle machen. Sie und das gesamte Haus könnten sich um eine Achse drehen, wie eine gigantische Zentrifuge, wie so ein... Restaurant auf dem Fernsehturm. Die Achse ist eine weitere Geheimtreppe, die man gerade in der Orangerie leicht tarnen könnte. Wenn die Drehgeschwindigkeit groß ist, dann ist der unmittelbar neben der Achse stehende Treiber in Sicherheit, während das Wild, das sich an der Peripherie befindet, den Zentrifugalkräften hilflos ausgeliefert ist... völlig verrückt geworden!« Kiebitz lachte. Die Szene, die sich in seiner Phantasie abspielte, erinnerte eher an ein Rummelplatzkarussell. Es fehlte nur noch die Drehorgel und die fröhliche Kinderschar. »Aber eine hübsche Idee, bei Gott. Wenn man bedenkt, daß man aus der Orangerie keinen anderen praktischen Nutzen ziehen kann... Na schön, bleiben wir dabei, sie ist also eine einzige Falle. Dann muß ich in die Falle hineingehen, um mit dem Treiber unvermutet den Platz zu tauschen. Demnach muß ich die erste Gelegenheit nutzen, um dies zu tun. Eine zweite wird es nicht geben. Genau, das ist es.« So dachte Kiebitz, als er die Tür zur Orangerie öffnete.

Der erste Erfolg: Kein Schuß von der Decke. Kiebitz überschritt die Schwelle und tauchte in feuchtwarme Luft ein wie in Flüssigkeit. Ein Heidenlärm – Zwitschern, Kreischen, Schreien und Piepsen – gellte in seinen Ohren. Ringsum standen raublüstern wirkende Bäume und Sträucher. Über die Stämme krochen Lianen, Efeu und wilder Wein. Girlanden roter und orangefarbener Blüten hingen von den grünen Zweigen. Bunte, lustige, heisergeschriene Vögel hüpften darauf herum. Im Laub der Ölbäume zirpten die Zikaden in höchster Lautstärke. Alles zusammen erinnerte an eine vollgepferchte Straßenbahn zur Stoßzeit. Der Durchgang, ein gewundener Gartenpfad, war mit feinem, gelbem Sand bestreut.

Kiebitz, von dem Lärm betäubt, war bemüht, keine Pflanze zu streifen, und schaute deshalb aufmerksam vor seine Füße, als er tiefer in die Orangerie hineinging. Die im Grunde nutzlose Pistole versteckte er in seiner Jackentasche. Bislang hatte er nichts Verdächtiges bemerkt, doch mußte der Hinterhalt hier sein. Dessen wurde er sich immer gewisser, je tiefer er ins Dickicht eindrang. Unter dem berankten Bogengewölbe kekkerten sich unbekannte Vögel von wunderlicher Gestalt zu. Mitten auf dem Pfad stand ein Pelikan und versperrte ihm den Weg. Kiebitz kam näher. Der Pelikan trat schwer von einem Fuß auf den anderen, verließ den Pfad und zog sich geräuschvoll ins Gebüsch zurück. Aus einer riesigen Blüte flog ein grün-roter Papagei, krächzte etwas, das sich anhörte wie »Hämorrhoiden«, und flog ins Unterholz. Es war sehr heiß.

Kiebitz wischte sich den Schweiß von der Stirn und schrie: »Hören Sie, Belezki! Sie brauchen nicht mal rauszukommen! Sie sehen ja selbst, daß ich mich nicht verstecke. Lassen Sie uns miteinander reden, ich habe ein paar Fragen an Sie. Geben Sie mir nur ein Zeichen, dann stelle ich Sie Ihnen. Haben Sie keine Angst, Sie können mich ja sehen.«

»Weshalb sollten Sie sich vor mir verstecken«, entgegnete Belezki und kam hinter dem gewaltigen Flaschenbaum hervor, entfernte sich jedoch nicht weit von ihm. »Sie sind doch kein Idiot.«

»Der Meinung bin ich auch«, beantwortete Kiebitz das Kompliment mit einem Eigenkompliment und betrachtete neugierig die erstaunliche Konstruktion: den scheinbar geplatzten Baumstamm und die aus seiner Öffnung herausragenden Innereien – Stahlträger, Scharniere und die unvermeidliche Wendeltreppe.

»Deshalb wissen Sie, daß Sie nirgendwohin können«, fügte Belezki hinzu. »Stimmt's?«

Kiebitz glaubte aus seinen Worten etwas Hoffnungerweckendes herauszuhören, einen zweiten, noch unklaren Sinn.

»Ja«, nickte er und versuchte, dem Nicken einen Hauch von Trauer zu geben, dabei näherte er sich dem Baum.

»Ein kluger Mann«, lobte Belezki, jedoch in tadelndem Ton. »Und Ihre Fragen kenne ich auch schon. Was weiter mit Ihnen geschieht, nicht wahr? Ich kann Sie beruhigen: Es wird nichts geschehen. Das heißt, für Sie wird es kein ›weiter‹ geben. Keine Verträge mehr zwischen uns. Sie haben sich bei der Arbeit als absolut unzuverlässiger Mensch erwiesen. Sie können nicht in die Zukunft schauen, und deshalb haben Sie keine. Unsere Arbeit wird aber ganz und gar für die Zukunft gemacht. So bleibt Ihnen nur eins übrig: zu verschwinden. Ver-schwin-den, und zwar vollständig.«

»Wird diese Meinung von allen geteilt?« klopfte Kiebitz auf den Busch.

»Das spielt keine Rolle mehr. Es genügt, daß Adam, ich meine Adamenko, so denkt. Und wozu brauchen wir gewöhnliche kleine Lehrer, wenn sogar die Direktorin Marja Gawrilowna auf unserer Seite ist?«

»Das ist richtig.« Kiebitz nickte wieder. »Und was geschieht mit Sascha?«

»Wie, was geschieht mit ihr? Es ist schon geschehen! Sie sind zu spät gekommen, mein Lieber... Aber Sascha nicht, sie ist rechtzeitig erschienen. Und macht jetzt große Fortschritte beim... Studium. Marja Gawrilowna ist mit ihr zufrieden. Bald wird Ihre ehemalige Sascha mit vollem Einsatz arbeiten können. Die Komplexmethode... das wissen Sie ja selbst, was rackere ich mich denn so ab?!«

»Na, und womit füttert ihr sie? Wieso ist sie so bleich?«

»Mit Kaviar, womit sonst«, grinste Belezki. »Der ist sehr nahrhaft und hat viele Vitamine. Und überhaupt... der Kreislauf der Materie in der Natur.«

»Schon gut«, protestierte Kiebitz freundschaftlich. »Mir können Sie es doch offen sagen, was das für ein Kaviar ist?«

»Ihnen? Ja, das kann ich glatt. Es schaut aus wie Kaviar und schmeckt wie Kaviar. Doch das dient nur zur Appetitanregung. Innen drin sind aber keine Fischeier, nein, sondern so ein orientalisches Dings. Haben Sie schon mal was von Opium gehört? Na also, so was Ähnliches, nur viel besser. Unser Dings dringt überall ein, in den Tabak, in den Kaffee... Am besten aber, das sage ich Ihnen aus Erfahrung, bringt man das Dings im Kaviar unter. Warum? Erstens liegt der Kaviar nicht auf der Straße herum. Jeder stopft ihn sich in den Mund, sobald er ihn sieht. Zweitens kann man ihn augenfällig in drei Sorten aufteilen, sogar die Nichteingeweihten können sie unterschieden. Na, und unser Dings ist dementsprechend auch in drei Sorten vorrätig. Aber die Hauptsache ist natürlich Punkt eins: Kaviar kann man schlecht ablehnen, besonders wenn er umsonst ist, nicht wahr?«

»Füttern Sie Sascha schon lang... mit diesem Lebertran?«

»Einen Monat, vielleicht auch eineinhalb Monate... Haben Sie nichts bemerkt?«

»Doch. Aber ich dachte, ich hätte mir selbst etwas Sascha gegenüber zuschulde kommen lassen. Ich habe immer danach gesucht. Woher hätte ich wissen sollen, daß ich gar nichts damit zu tun habe?«

»In gewissem Sinne haben Sie sich auch etwas zuschulden kommen lassen! Sie hätten nicht heiraten dürfen. Ein Mann wie Sie, so ein unsteter Gesell, sollte das nicht tun. Die ganzen Marja Gawrilownas schwatzen zuviel, alle Weiber sind Kupplerinnen. Und jetzt ist es zu spät. Sich vom Kaviar zu entwöhnen, geht nicht mehr. Und vom übrigen Luxusleben auch nicht.«

»Bestie«, sagte Kiebitz. »Sie ist doch schwanger!«

»Das läßt sich einrichten«, antwortete Belezki ungerührt. »Ich sag's ja: Man soll nicht heiraten.«

»Und... essen Sie alle Kaviar, oder nur die Damen?»

»Wenn ich ehrlich sein soll, alle ein wenig. Die Damen haben nur eine besondere Vorliebe dafür und ein stärkeres Prestigebedürfnis. Kaviar ist ja in unserer Zeit leider ein Zeichen für Prestige. Eine grauenhafte, niederträchtige Zeit, finden Sie nicht auch? Das Fressen ist eine Prestigeangelegenheit! Und am meisten Prestige bekommt man, wenn man irgendwelchen Froschlaich frißt.«

»Das finde ich auch«, stimmte Kiebitz zu. »Die Zeit ist wirklich niederträchtig. Sagen Sie, Belezki, was ist das für ein Buch, na, das auf dem Pult hinter der geschnitzten Tür? Ist das auch so etwas? Daneben steht ein Räuchergefäß... Ist es der Talmud?«

»Nein, der Koran. Warum wollen Sie das wissen?«

»Weil ich das alles nicht begreifen und auf die Reihe bringen kann. Was bedeuten alle diese Spielsachen? Der Samowar, der Koran, die Ikonen... der gekringelte Bart. Was ist das für ein Spiel, etwa aus Langeweile? Als ob ein behindertes Kind mit Bilderklötzchen spiele... Ist das nicht ein Irrenhaus für einen einzigen Patienten?«

»Sie begreifen tatsächlich nichts... Bei den Patienten existiert alles nur in der kranken Phantasie. Aber hier gibt es kein wahnsinniges Projekt, keine Halluzinationen, wie Sie bemerkt haben. Alles um Sie herum ist echt, keine Dekoration, kein Wahn. Das allein müßte Sie schon von dem Gedanken abbringen, daß der Hausherr, der dies alles geschaffen hat, wahnsinnig sein könnte. Sich so etwas ausdenken, das kann jeder Irre. Aber dieses Phantasiegebilde realisieren, all das auf plattem Land, im Grunde aus dem Nichts erschaffen!... Nein, das vermag ein einfacher Geisteskranker nicht. Was Ihr Nichtbegreifenkönnen, Ihr Nicht-auf-die-Reihe-bringen-Können betrifft, Sie müssen auch gar nichts auf die Reihe bringen, wissen Sie das. Es ist zu spät, und außerdem steht es Ihnen nicht zu. Sie sind zu klein. Es kommt für Sie schon nicht mehr darauf an, irgend etwas Neues zu erfassen. Dafür ist es für uns, die wir hier weiterleben werden, wichtig, daß der Hausherr das alles erfaßt. Und er tut es auch, alles. Wie sein Haus, sein Königreich, sein Imperium, wenn Sie so wollen, alles aufnimmt. Außerdem ist er der Hausherr. Klar? Das ist die gerechte Einrichtung des Lebens, so wird das wahrhaft paradiesische Leben bestellt: Nicht aus Pappklötzchen mit den leeren Wörtern ›Freiheit, Gleichheit, Brüderlichkeit‹, sondern aus Fleisch und Blut. Glück, Herr, Imperium! Herr und Imperium sind das gemeinsame Haus für alle, die darin leben wollen, die das Glück haben, darin zu leben. Sie aber wollen nicht glücklich sein, folglich ist das alles nichts für Sie. Ist jetzt alles klar?«

»Fast. Dafür ist mir etwas anderes völlig klar. Daß Sie fast vor Glück platzen, wenn Sie darüber sprechen. Ihre Augen blitzen, Sie sind voller Stolz und voller Verachtung für uns nichtige, uneingeweihte Ameisen. Sie sind es, weil Sie diesem Haus – oder diesem Imperium und seinem Herrn – treu dienen. Und als was dienen Sie ihm? Sehr einfach: als Lakai, als Speichellecker.«

»Je primitiver, desto sicherer«, äffte Belezki ihn nach. Er war durch nichts zu erschüttern. »Sie haben gesagt, Sie seien klug. Sie sind aber dumm. Der Hausherr sollte überlegen, ob er solche wie Sie in seinem Imperium aufnehmen will. Oder ob er sie ganz verjagen soll. Weshalb haben Sie sich klug gestellt, wenn Sie sich nicht einmal verstellen können?«

»Sie haben behauptet, daß ich klug sei«, entgegnete Kiebitz.

»Und Sie haben es bestätigt!«

»Was hätte ich sonst tun sollen, streiten?«

»Ja, streiten, und für die Wahrheit kämpfen! Einer gegen alle, nur mit der Wahrheit gerüstet... Oder sind Sie kein Wahrheitskämpfer?«

»Können Sie sich einen Kämpfer vorstellen, Belezki, der zugeben würde, daß er nur ein Dummkopf ist?«

»Nein«, gab Belezki zu, »das kann ich nicht.«

»Eben«, folgerte Kiebitz. »Und jetzt konkret: Was werden Sie mit mir tun? Ihr Vorschlag, solche wie mich zu verjagen, ist selbstverständlich eine Metapher. Wenn sie besagt, daß Sie mich pfählen wollen, dann entgegne ich: Ihre orientalischen Dinger sind nicht nach meinem Geschmack. Was also? Oder müssen Sie sich erst mit Adamenko beraten?«

»Nein, wozu?« enttäuschte Belezki Kiebitz. »Das machen wir selbst. Erinnern Sie sich nicht, ich habe schon einiges ausprobiert? Die Wand im Keller, die ich gebaut habe, erinnern Sie sich daran? Das waren tatsächlich Bauklötzchen, ohne Bilder... Jetzt glaube ich, daß ich Sie vergebens geschont habe. Adamenko reicht Ihr Kopf, natürlich getrennt von allem übrigen, um zufrieden zu sein. Außerdem hätte er es wohl gern, wenn ihm seine... Salome Ihr Köpfchen darreichte. Auf einer Untertasse, zum Samowar. Den Säbel haben wir. Was braucht man noch?«

»Lassen wir die Geschichten aus der Bibel«, sagte Kiebitz. »Sie kennen Sie schlecht, wie die Erfahrung gezeigt hat. Außerdem können Sie den Säbel nicht führen, davon bin ich überzeugt.«

»Teufel!« rief Belezki aus. »Das stimmt! Daran habe ich nicht gedacht. Hören Sie, wir wollen die Sterne befragen, was Ihnen bevorsteht. Was Sie nicht vermeiden können. Ein vortrefflicher Gedanke! Marusja!«

Kiebitz zuckte zusammen: Hinter einem Busch trat eine verwirrte Marusja mit gesenkten Augen hervor. Auf ihrem Zigeunerkleid schillerten violette Blumen. Zart knisterte der um die Schultern geschlungene Seidenschal. Am Hals klirrten Ketten, im Haar leuchtete eine feuchte Rose.

»Sag uns, was ihm die Sterne prophezeien, Marusja. Na, raus mit der Sprache, Sterndeuterin!«

»Aus dieser Quelle habe ich schon einmal Wissen geschöpft«, bemerkte Kiebitz und schaute Marusja aufmerksam an.

»Eine springlebendige Quelle!« bekräftigte Belezki. »Deshalb leben Sie auch noch. Und manche leben deshalb ewig. Es kommt aber vor, daß dieselbe Quelle totes Wasser speit... Nun, meine Liebe, was ist am Himmel zu sehen?«

»Gib mir dein Händchen, mein Schöner«, murmelte Marusja, ohne die Augen zu heben, mit leisem Kratzen in der Stimme. »Die ganze Wahrheit werde ich sagen. Gib mir nur zwanzig Kopeken, damit ich Milch für meine Kinderchen kaufen kann.«

»Was sagst du da, Marusja!« schrie Kiebitz. »Du hast doch gar keine Kinder, und meine Hand hast du auch schon gesehen... Was ist los mit dir, wirst du hier auch mit Kaviar gefüttert?«

»Lassen Sie die Wortklaubereien, Verurteilter«, entgegnete Belezki. »In Ihrem Fall ist nur die Essenz wichtig. Die Frau braucht ja nicht für ihre eigenen Kinder zu sammeln, sondern kann es auch fürs Waisenhaus tun, für die Waisenkinder. Sie mögen keine Waisenkinder, Verehrter, haben kein Mitleid mit ihnen. Ihr Verstand ist nicht staatlich. Und Ihr Herz auch nicht. Zweitens können die Seher ohne Einleitung nicht wahrsagen. Das haben sie im Blut. Auch dies ist eine Tradition ihres Berufs.«

Marusja hob endlich ihre Augen und stieß ihre geweiteten blinden Pupillen in Kiebitzens Nasenwurzel. Kiebitz zuckte wieder zusammen, als hätte man ihn tatsächlich ins Gesicht geschlagen. Es waren Augen aus einer anderen, halbvergessenen Fabel, Hirths persische Augen.

»Du mühst dich umsonst, mein teurer Schöner«, murmelte Marusja. »Die Sterne sagen: Alle Mühen sind Täuschung.«

»Nicht alle«, sagte Kiebitz, »meine sind es nicht.«

»Lieber Gott, er ist ja ein Philosoph!« rief Belezki aus. »Platon! Der verehrte griechische Meister hat gesagt, daß die Philosophie die Vorbereitung auf den Tod ist. Bereiten Sie sich vor, mein Lieber... nur ein bißchen schneller. Ich verstehe Sie, Sie haben zu lang im Privatleben verweilt, das Blut ist stagniert. Sie wollen action: sich bewegen, leben. Es stimmt ja, das Privatleben ist kein Leben, sondern Nichtsein. Es ist nicht einmal Gegenstand der Geschichte. Sie hatten Sehnsucht nach lebendiger Geschichte, wollten ins öffentliche Leben zurück! Da sind Sie hierher gerast, ins Leben! Und leider in den Tod geraten. Sogar noch schlimmer: in eine philosophische Kategorie, in eine literarische Situation, in einen Groschenroman!«

Während Belezki diesen ganzen Unsinn verzapfte, entfernte

er sich keinen Schritt vom Flaschenbaum. Ja, er nahm nicht einmal die Hand von dem Knorpel an seinem Stamm und den Fuß von der inneren Stufe, von der aus die Wendeltreppe hinauf- und hinunterging. Das gab zu denken, um so mehr, als die Rinde des Baumes aus etwa fünf Zentimeter dickem Stahlblech bestand. Doch... wann hätte er denken sollen?

»O ja!« bestätigte Kiebitz unpassend Belezkis Meinung. »Aber sag, Marusja, was in den Sternen deines... Herrn steht? Was sagen die Sterne über Adamenko, wo und wann erwartet ihn der Tod?«

»Auf einer Insel ist eine Eiche, auf der Eiche eine Truhe, in der Truhe ein Hase, im Hasen eine Ente, in der Ente ein Ei. In dem Ei ist sein Tod: eine glühende Nadel«, haspelte Marusja zungenfertig herunter.

»Das nimmt er also auch in sich auf«, sagte Kiebitz traurig. »Alle Märchen, auch Großmutters Gutenachtgeschichten?«

»Auch das«, pflichtete Belezki bei. »Ich sagte doch: Er erfaßt alles. Nur ist unser Herr viel gescheiter als der, von dem das Märchen erzählt. Viel erstrangiger. Unser Herr ist der Archiprimus!«

Jetzt mußte auch einem Menschen wie Kiebitz, der sich nur mit sich selbst beschäftigte, klarwerden, daß Belezki mit seiner Betonung von Adamenkos Bedeutung übertrieb, daß er jede Möglichkeit nutzte, sogar eine unbequeme, um das Gespräch auf Ihn Selbst zu bringen und Sein Bild dem Gesprächspartner aufzuzwingen. Kiebitz überlief es kalt an den Schulterblättern: Da war die Hauptfalle, der wahre Hinterhalt! Mit aller Deutlichkeit begriff er plötzlich, daß seine ganzen letzten Handlungen, alles, was er fast stolz seine Mission genannt und als Wahrheit erkannt hatte, ihm von außen aufgezwungen war. Nein, es war wirklich eine Mission, darin hatte er sich nicht getäuscht. Aber er hatte angenommen, daß er damit das Geheiß des Schicksals erfülle, welches er entschlüsselt zu haben glaubte. In Wirklichkeit aber hatte er den Auftrag eines anderen Menschen erfüllt, auch wenn er es nicht wußte. Die Tat, die ihm vorbestimmt geschienen hatte, war von diesem gerissenen Teufel, der ihm jetzt ins Gesicht grinste, ausgeheckt worden. Er hatte jenem Willen zur Tat seinen Auftrag untergeschoben, indem er ihm das Äußere jener Mission verliehen hatte. Das war eine bittere Wahrheit: Kiebitz erwies sich erneut als der, von dessen Bild er sich schon langsam befreit zu haben glaubte. Wieder war er eine willenlose und im Grunde charakterlose Figur, die man erfunden und mit einer Rolle versehen auf die Bühne gestoßen hatte. Um ihre eigenen Wünsche und Bedürfnisse scherte sich danach niemand mehr, weder der Verfasser des Stückes noch der Regisseur, noch der letzte Feuerwehrmann im Theater. Sie taten recht daran. Worum sollten sie sich hier scheren? Um ein Nichts, um eine alles Eigenen beraubte Figur, die einfach nur von den Souffleuren *geführt* wurde?

Jetzt war dies Kiebitz, der dem gerissenen Teufel in die Augen schaute, auch ohne komplizierte Überlegungen sonnenklar. In dem Grinsen seines Gegenübers konnte er mühelos lesen, wohin er geführt wurde, zu welchem Finale.

Das Schema des Stücks war so einfach wie ein Ei. Das, welches in der Ente ist, und die Ente im ... und so weiter. Kiebitz hatte darin Adamenko zu beseitigen. Danach sollte Belezki dessen Rolle übernehmen, die des *Ersten*. Das Stück war primitiv, aber gerade das sicherte ihm den Effekt. Er konnte sich nur wundern, daß er bislang nicht begriffen hatte, was für ein Stück es war. Du liebe Zeit, wie simpel alles war! Alles: die Freilassung, das Ausreiseverbot, die Unannehmlichkeiten in der Schule, die zufällig erhaltenen Informationen, die absichtlich ungeschickt gebaute Mauer im Keller, das idiotische Fäßchen Amontillado, die falschen Attacken des Mercedes, der widerliche Ljuska, Vera Dolskaja, sogar der furchtbare Pogrom, ja selbst Sascha – all das war Kiebitz nicht gegeben, damit er zum Leben erwachte und sich mit der dort gefundenen edlen Rolle tröstete. Nein, all das waren nur Köder, waren die Schnüre und das Kreuz, an dem sie befestigt waren. Daran führte man die willenlose Marionette, die die gemeinste Rolle auf der Bühne spielte: die des gedungenen Mörders. Er war mit diesen erbärmlichen Ködern gekauft worden. Das Blut schoß Kiebitz ins Gesicht.

Sein Blick trübte sich, dunkelrote und violette Kreise tanzten vor seinen Augen und verwischten Belezkis Grinsen. In diesen tanzenden Wirbel tauchte das noch vor kurzem so klare, bestimmte und infolge seiner Bestimmtheit besänftigende Ziel ein und begann sich darin aufzulösen. Das frühere Bild des Ziels mit tiefrotem, gekringeltem Bart und wimpernlosen Lidern zitterte, zerfloß und deckte sich mit Belezkis Grinsen. Jetzt waren sie beide ein Bild. Und beide schienen Kiebitz, den das in den Kopf schießende, heiße Blut geblendet hatte, zuzuzwinkern: »Der Allerallererste ...«

»Arch, Arch! Archiprimus!« quakte ein aus dem Busch herausfliegender Papagei böse.

»Belezki!« schrie Kiebitz wütend auf. »Gut, soll es nach dir gehen ... Du bist verdammt lästig! Was mischst du dich ständig in fremde Gespräche ein?«

»Ta-ta-ta«, wunderte sich Belezki über diese Wendung. Endlich. »Am Anfang waren Sie so kultiviert.«

»Geh weg von mir, du ... du stinkst aus dem Mund!«

Marusja, die aus ihrem Halbschlaf zu erwachen schien, schaute Kiebitz beunruhigt an.

»Du bist unsere Gesellschaft leid, ich verstehe«, sagte Belezki. »Und ich bin, ehrlich gesagt, deine leid. Schon lang. Du hast recht, wir sollten uns rascher voneinander trennen. Wir haben keine Zeit zu verlieren. Du bist ein schlechter Partner. Aber es gibt schließlich noch andere Versionen.«

In seiner Hand erschien plötzlich eine kleine, vernickelte Pistole. Der entscheidende Augenblick war also da. O, schlaf nicht, schlaf nicht, gib mir noch eine Chance, flehte, nein, forderte Kiebitz. Offenbar vom Zufall, denn nur der konnte ihm helfen. Belezki war allem Anschein nach der Geschicktere bei dem, was folgen sollte. Kiebitz wartete auf die Chance und spannte die Muskeln an, als wollte er damit ihr Erscheinen beschleunigen, als könnte diese Muskelanspannung demjenigen beim Gebären helfen, der alle Chancen in sich austrug.

»Dein letzter Wunsch«, fragte Belezki höflich.

»Pinkeln«, antwortete Kiebitz grob.

»Du kannst hinterher pinkeln«, sagte Belezki plötzlich mit unverhohlenem Haß und entsicherte die Pistole.

Das leise Klicken hatte Marusja endgültig geweckt. Sie zitterte am ganzen Körper, wedelte mit dem herabgeglittenen Schal und stürzte sich wie eine riesige Fledermaus auf Belezki. Sie hängte sich an seine Hand, welche die Pistole hielt, und krallte sich daran so wütend fest, daß sich dem Diener des Imperiums ein heftiges Pferdeschnauben entrang. Er verlor das Gleichgewicht und mußte, um nicht zu fallen, die Hand von dem Knorpel am Baumstamm und den Fuß von der Stufe nehmen.

Kiebitz zog blitzartig seine Pistole aus der Tasche, doch

schießen konnte er nicht. Marusja verdeckte Belezki. Sie kämpften schweigend und verbissen. Obwohl Belezki die Waffe in Kiebitzens Hand erblickt hatte, konnte er ebenfalls keine Stellung finden, aus der er gezielt hätte schießen können. Marusja zog seine Hand zur Erde. Mit aller Kraft versuchte er sich zu befreien. Sein Fuß knickte um. Marusja nutzte das und warf den Feind zu Boden. Im Fallen preßte Belezki sie mit dem einen Arm an sich, mit der anderen langte er nach dem Knorpel am Baum und drehte fluchend an ihm, als zöge er ein Uhrwerk auf oder entsicherte noch etwas anderes.

Der Teufel fiel und geriet dabei in die Netze, die er selbst gespannt hatte. Er schlug mit dem Hinterkopf auf dem Trittbrett auf, ließ jedoch Marusja nicht aus seiner Umklammerung, da sie ihm so als Schild gegen Kiebitzens Pistole diente. Kiebitz konnte einfach keine Position finden, aus der er einen gezielten Schuß hätte abgeben können. Auch hatte Belezki bei seinem Sturz die Waffe nicht fallen lassen. Und nun geschah auch noch durch das Drehen des Knorpels etwas mit der Orangerie, was Kiebitz bei all seiner sachkundigen Phantasie nicht hatte voraussehen können.

Kaum war der Knorpel gedreht worden, da strömte aus allen Bäumen außer dem Flaschenbaum zischend Preßluft aus. Sie schwankten. Der durch sie erzeugte Wind ging rasch in einen Orkan über, und während er heulte – nur ganz kurz – schrumpften die Bäume zusammen wie durchstochene Kammern einer Luftmatratze und verwandelten sich in runzlige Pilze. Zugleich bildeten die Büsche und Blumen kompakte Haufen, wie Papierstöße auf dem Schreibtisch eines pedantischen Beamten, und die Vögel verstummten. Aus dem Augenwinkel bemerkte Kiebitz, daß sich der Pelikan, den er vor kurzem erst vom Pfad gescheucht hatte, in einen Kuhfladen verwandelt hatte. Alle Verwandlungen geschahen mit beängstigender Geschwindigkeit. Und der Zauberwind, der sie vollbracht hatte, legte sich ebenso plötzlich, wie er begonnen hatte.

Gerade dadurch, daß sie so schnell gegangen waren, wirkten die Veränderungen nur als Vorbereitung, als unbedeutendes Vorspiel zum Hauptakt der Handlung. Richtig! Kaum hatte sich der Wind gelegt, begann die Decke bedrohlich zu knirschen und sich zu senken. Sie und der Boden sowie alle Wände der Orangerie rückten unaufhaltsam aufeinander zu. Das geschah ebenfalls unglaublich schnell. Kiebitz erkannte, daß er im Herzen eines gigantischen Apparates stand, der nur eine Presse sein konnte.

»Abhauen!« flammte ein rotes Alarmlämpchen in Kiebitzens Gehirn auf, wie über den Türen des stockdunklen Theatersaals die Aufschrift »Ausgang« aufleuchtet. Er stürzte auf den im Flaschenbaum klaffenden Eingang zu und hielt sogleich wieder inne. Marusja! Die kämpfte weiter mit Belezki, beziehungsweise Belezki versuchte sich weiter von ihr zu befreien. Die Wände umringten sie bereits und verlangsamten die Bewegung, dafür kam das Gewölbe der Orangerie schneller herab und verwandelte sich im Fallen zu einer flachen Decke. Es blieb keine Zeit mehr! Die sich auf den Flaschenbaum herabsenkende Decke war schon ganz nah.

In diesem Augenblick schoß Belezki endlich. Marusja schrie kurz auf und sackte zusammen. Aus, der Schuß setzte den Punkt ans Ende des Absatzes. Hier war nichts mehr zu tun. Kiebitz sprang in den weit geöffneten Spalt im Baumstamm und preßte sich gegen die erbebende Wand. Belezki schoß noch einmal – die Kugel prallte helltönend am Stahl ab. Im nächsten Augenblick schlug der Spalt zu, und auf die Röhre ging ein Schlag mit furchtbarer Gewalt nieder. Kiebitzens vom Stahlpanzer begrenzte winzige Welt erzitterte und erdröhnte, von oben rieselte abgesprungene Farbe herab... Vorbei. Die Falle war zugeschnappt.

Kiebitz lehnte die heiße Stirn gegen das kalte Metall. Dann stieg er die Treppe hinab und vermied es, so gut es ging, sich vorzustellen, wie jetzt die Reste seiner Gesprächspartner aussahen. Jetzt, wo er sich dem Ziel nahe sah, und war es ihm auch durch Täuschung von außen aufgezwungen worden, empfand er weder Freude noch auch nur eine Spur von gehobener Stimmung, schon gar nicht das Gefühl einer erfüllten Pflicht oder Mission. Statt dessen Müdigkeit, ja sogar Langeweile, sonst nichts. Er zwang sich, am Safe innezuhalten – die Treppe führte noch tiefer hinunter – und ihn anzustoßen. Dann zwängte er sich durch den Spalt in den Salon.

Dort war alles unverändert, wenn man Dachno und das Mädchen, in dem Kiebitz die Tänzerin Dinka aus Golta erkannte, nicht als Veränderung rechnete. Sie rannten zum Ausgang des Hauses. Die Tänzerin schluchzte, über ihre Wangen rann die

Schminke. Sie wirkte halb betrunken, halb so, als hätte sie Kaviar gegessen. Von Kiebitzens plötzlichem Erscheinen kein bißchen überrascht, blieb sie kurz stehen und klagte:

»Sie hat mich rausgejagt wie eine Hündin. Nicht mal als Zimmermädchen hat sie mich genommen. Was ist sie überhaupt? Ein hirnloser Kolibri oder eine giftige Wespe? Ist das Gerechtigkeit, was sagst du, mein Hähnchen?«

»Jaja«, stimmte Dachno zu. Offenbar hatte auch er ein bißchen geweint. »Er hat mich auch rausgejagt. Das ist die Belohnung für meinen Dienst.«

»Ihr solltet gehen, solang er's sich nicht anders überlegt«, riet Kiebitz, der schon die Treppe zum Schlafzimmer hinaufging. »Sonst tut er's noch und belohnt euch mit dem Keller.«

»Ins Theater, zurück zum Einarmigen!« schrie Dinka verzweifelt. »Soll dieser wieder graben, wo schon alles gepflügt ist. Und was machst du? Schlägst immer noch Läuse tot? Alle erwischst du nicht. Reib dir die Augen, hinter wem bist du denn her?«

»Jaja«, quakte Dachno. »Ich geh auch wieder zu Petka Suworow. Ob der mich noch nimmt, was denken Sie?«

Auf dem Treppenabsatz vor dem Schlafzimmer blickte sich Kiebitz um, er tat es mechanisch. Das possierliche Pärchen war schon verschwunden. Was ging ihn dieses Pärchen jetzt noch an, wenn vor ihm die Tür sperrangelweit offenstand und dahinter, ein paar Schritte von der Schwelle entfernt, der Mann mit dem leeren, haarlosen Gesicht vor dem Spiegel saß? Auf dem Tischchen unter dem Spiegel lagen die dunkelrote Perücke und der gekringelte Bart zum Ankleben. Der Mann nahm die Schminke mit Watte ab und verzog das Gesicht. Auf der dick mit Creme eingeschmierten Haut tanzten Lichtreflexe. Im nackten, sogar unbewimperten und wie aus Plastilin geformten Gesicht fielen die noch nicht abgenommenen dichten Brauen auf und die engstehenden runden Augen ohne weißen Augapfel. Der Blick dieser Augen war eine Spur zerstreut, gerade so viel, um keine Details um sich herum zu bemerken, außer denen, die unmittelbar zum Hausherrn gehörten. Zugleich war er – ebenfalls mäßig – auf eine unveränderliche, nie nachlassende Sorge konzentriert. Wiederum um den Hausherrn. Man konnte kühn behaupten, daß dieser Ausdruck auch dann nicht aus den Augen wich, wenn der Hausherr schlief, sofern er des Schlafs überhaupt bedurfte.

Kiebitz erkannte diesen Adlerblick, den Blick von Bergesgipfeln ins Tal oder von der Staatsloge in den Theatersaal. Das war, wie er jetzt vor dem Spiegel saß, Er Selbst vor Sich Selbst, die wahre Gestalt des Hausherrn, Iwan Wassiljewitsch Adamenkos. Es war die Gestalt, in der ihn seine Mutter geboren hatte, sofern er irgendwann einmal eine Mutter gehabt hatte.

Adamenko warf die Watte weg und zog die Brauen ab. Kiebitz streckte die Hand mit der Pistole nach ihm aus.

»Schau hierher, mein Schöner.«

Adamenko wandte den Blick von seinem Spiegelbild ab und richtete ihn auf Kiebitz. Nicht der Schatten einer Frage erschien darin.

»Ich bin's, den du gesucht hast, um ihn zu töten. Einer von vielen.«

Diese seltsame knorrige Redewendung kam zustande, weil Kiebitz in diesem Augenblick nichts empfand, weder Wut noch Abscheu, noch den kalten Drang zur Wiederherstellung der Gerechtigkeit. Alles, was er sagen mußte und was er auszusprechen versuchte, war diesen Gefühlen unterworfen, die er nicht hatte. Also jenem alten, von anderen Leuten erdachten Stück, auch wenn man den wichtigsten Absatz darin gestrichen und mit Hilfe der Orangerie das Finale zerquetscht hatte.

»Und jetzt töte ich dich.«

Kiebitz setzte die Pistolenmündung an der Stelle über der Nasenwurzel des Hausherrn auf, wo eben noch die dichten, zusammengewachsenen Brauen geprangt hatten. Auf dem haarlosen Höcker tanzte jetzt der größte Lichtreflex. Adamenko aber beschädigte in keiner Weise den ewigen, scheinbar an nichts interessierten Ausdruck seiner Physiognomie, der Vera Dolskajas neuer Grimasse so ähnlich war, und spitzte die Lippen, als wolle er pfeifen. Er pfiff auch tatsächlich. Hinter dem Baldachin sprang ein riesiger Hund hervor, bellte kurz und stürzte sich auf Kiebitz. Statt auf Adamenko zu schießen, schoß Kiebitz auf den Hund. Er schoß einmal, zweimal, dreimal, ohne zu zählen. Erst nach einer ganzen Serie von Schüssen regte sich der Hund nicht mehr.

»Welche Grausamkeit«, krächzte Adamenko, ohne die Lippen zu bewegen, die Augen halb geschlossen. Dann stieß er zischend Luft aus, die Lippen gingen zu und wieder auf, und plötzlich entströmte ihnen eine salbungsvolle, gemessene, eine Spur mechanisch wirkende Rede. Nein, keine Rede, sondern die Aufzeichnung einer Rede.

»Alles vergebens. Alle deine Mühen sind vergebens. Da stehst du vor mir und denkst: ›Ich habe ihn gefangen. Nur noch ein Augenblick, ein Schritt – und er gehört mir. Eine Bewegung des Fingers, ein Knall – und er ist nicht mehr, gehört der Vergangenheit an. Die Vergangenheit aber ist tot, sie existiert nur in der Erinnerung. Sie selbst existiert nicht.‹ So denkst du. Vergebens. Mich kann man nicht fangen. Angenommen, du hättest mich dennoch gefangen und getötet. Was hätte sich geändert? Nichts. Alles bereits Existierende wäre geblieben, wie es ist. Wenn in der Gegenwart alles so bliebe, wie es ohne mich ist, was bin ich dann, wo bin ich? In der Gegenwart bin ich nicht, davon hast du dich schon überzeugt. Die Vergangenheit existiert nur in der Erinnerung, sie existiert überhaupt nicht, das weißt du selbst. Alles, was ich getan habe, habe ich für die Zukunft getan. Sie gehört mir, sie ist in mir wie alles andere. Also bin auch ich dort, in der Zukunft. Ja, nur ein Augenblick trennt mich von dir, aber dieser Augenblick ist in deiner Zukunft, und die läuft immer vor dir davon, du kannst sie nicht einholen, nicht fangen. Sie ist für dich einstweilen noch Leere. Du kannst sie nicht töten, ob du schießt oder nicht. *Die Zukunft wird unvermeidlich sein.* Du kannst das nicht begreifen. Aber du kannst es dir so sagen: Hier ist jetzt niemand, dieses Zimmer ist vollkommen leer, es ist nichts darin. Das kannst du sagen, einen Punkt setzen und ruhig von der Bühne abgehen. Ja, du kannst glauben, daß es mich hier noch nicht gibt, daß ich noch nichts bin. Kann man etwa ein Nichts packen und es töten? Nein. Deshalb sind deine Mühen vergebens. Und deine Grausamkeit ist sinnlos.«

»Oho«, stimmte Kiebitz zu. »Aber wo ein Unsinn ist, da ist auch ein anderer, Enten bilden immer ein Paar.«

Er drückte ab.

Um alles der Reihe nach zu erzählen: Er umklammerte den schweren Stahlkörper mit beiden Händen, hielt ihn Adamenko wie eine Gabe, wie ein Geschenk hin, spannte den Hahn ... und drückte ab. Hohl und schallend zugleich schlug der Schlagbolzen auf. Es fiel kein Schuß. Kiebitz brannten die Ohren. Er zog den Lauf zurück, senkte ihn und drückte wieder ab. Wieder nur ein Klicken. Adamenko beobachtete seelenruhig seine Gymnastikübungen. Kiebitz nahm den Patronenrahmen heraus und überzeugte sich davon, daß er leer war. Die Situation war lächerlich.

»Ich hab's ja gesagt, der Hund ist noch nicht vergraben«, plärrte Ljuska. Es zeigte sich, daß er immer noch auf dem Teppich hinter dem Bett lag und sein gemütliches Eckchen offenbar nicht zu verlassen gedachte.

Der Spiegel warf neben Adamenkos Profil Kiebitzens eigenes Gesicht zurück – en face. Darauf war dieselbe Grimasse erstarrt, wie sie der Hausherr hatte. Mit demselben Beigeschmack von ewiger Unveränderlichkeit, die ihren simplen Rollen und Masken eigen war. Wie sehr sich die Masken auch bemühen, böse, fröhlich oder traurig zu sein, ihre Unveränderlichkeit flößt nur Ruhe ein. Hinter ihnen verbergen sich nicht verschiedene Personen oder Charaktere, sondern nur ein und dieselbe gleichgültige Ruhe, im Grunde nur Dauer und Leere. Man kann sie von einer Person auf die andere übertragen, dabei geht nichts verloren, wird nichts gewonnen. Es bleibt dieselbe ewige Ruhe, das andauernde Nichts.

Die Masken waren nun heruntergerissen, und Kiebitzens Unternehmen war offensichtlich gescheitert, aber er hatte nichts verloren und nichts gewonnen, außer Gleichgültigkeit und Ruhe. Dazu das Bewußtsein, daß er Adamenko auf keine andere Weise würde töten können. Diesem Bewußtsein gesellte sich eine merkwürdige Erleichterung zu, als hätte er eine lange Suche mit vielen Strapazen hinter sich. Kiebitz fand in allem und vor allem darin, daß sein Unternehmen gescheitert war, eine stille Zuflucht, fast ein vertrautes Zuhause. Alles blieb hinter ihm, Wege und Weglosigkeit, Erde und Himmel, nur die wundgelaufenen Füße schmerzten. Aber – der Vorhang war gefallen und das fade Stück zu Ende. Aus der Ball.

Mit völlig neuen, wie ausgeweinten und gereinigten Augen blickte sich Kiebitz im Schlafzimmer um, als sähe er es zum erstenmal: diese Klause in der neugefundenen Herberge. Erst jetzt bemerkte er hinter dem Spiegel Marja Gawrilowna und Sascha, die dort saßen, wo sich das aschgraue Halbdunkel verdichtete. Ihre Gesichter waren ebenfalls Masken, glänzende Puppengesichter.

»Laß uns nach Hause gehen, Sascha«, sagte Kiebitz müde. Aber nicht einmal in seiner Phantasie erschien das Bild *jenes* Hauses. Sascha antwortete nicht.

»Du bittest sie vergebens«, meinte Adamenko mit leisem Mitgefühl. »Du bist zu spät gekommen, kleiner Mann. In die Küche bringst du sie jetzt nicht mehr zurück. Sie ist mein. Sie hat sich in die Weiten geschwungen. Und laß auch von der Alten die Finger. Sie ist aus meiner Rippe geschaffen. Wozu brauchst du sie? Na, wenn du sie mitnimmst, habe ich ja noch immer genug Rippen.«

Seine Weiten – das war wahrscheinlich das dunkle Loch hinter dem Spiegel. Aber Kiebitz kannte jetzt den Preis für Widerspruch: Er war nichts wert, und man hatte nichts als Leere davon. In der Leere gibt es keine Widersprüche, selbst wenn alles widersprüchlich ist. Es stimmte trotz aller Widersprüche: Alles war sein, gehörte dem Hausherrn. Vom Baldachin herab schaute Kiebitz die Dreieinigkeit, der dreiköpfige gekrönte Adler an, gleichmütig und mit leeren Augen. Im Herzen war es leer. In Kiebitzens Herz, in der stockdunklen Nacht dort drinnen, zogen sich nur endlose, öde Äcker hin. Unaufhörlicher Nieselregen tränkte sie. Dort also landen alle zurückgelegten Wege, in der Leere der Herzen.

Und auch zu Kiebitzens Füßen klaffte ein Abgrund – dieselbe Leere, das Nichts.

»Iwan Wassiljewitsch«, sagte er mit schleppender Zunge, bemüht, nicht in den Abgrund zu stürzen, sondern darüber zu balancieren. »Ihr Adler da, hat der Strahlung abbekommen, ist der mutiert? Wie kommt es, daß er so eine Mißgestalt hat?«

Kiebitz wurde rot, als er das gesagt hatte. Es war ein fauler Witz, der Witz eines Verlierers. Adamenko verzog die Mundwinkel nach unten. Er erkannte die Ursache für die Röte, die Kiebitz ins Gesicht schoß.

»Machen wir Schluß, meine Söhne«, redete er Kiebitz im Plural an, als ob er nicht nur ihn meinte. »Wir wollen glauben, daß ihr nicht hier wart. Und ihr wart es auch nicht. Lächerlich, daß ihr Nullen euch so wichtig genommen habt. Wer braucht euch schon? Ehrlich gesagt, man hätte euch gar nicht erfinden sollen... Wozu bloß? Es war doch auch ohne euch alles in Ordnung, auch ohne euch wird alles in der Chronik aufgezeichnet werden.«

»Weshalb wollten Sie mich dann mit dem Auto überfahren, wenn ich ein Niemand bin?« rief Kiebitz aus und wurde wieder rot. Er erinnerte sich, daß er diese Anschläge schon Belezki zugeschrieben hatte.

»Mit welchem Auto denn?«

»Mit Ihrem«, murmelte Kiebitz, »Ihrem Dienstwagen oder Privatauto..., das in der Garage steht.«

»Ah«, Adamenko runzelte die Stirn, »ich erinnere mich dunkel... Der Fahrer hat so etwas berichtet... Naja, niemand wollte Sie überfahren, Sie sind ihm selbst in die Quere gekommen. Warum mußten Sie auch allen vor den Füßen herumwuseln?«

Adamenko brach in ein beleidigendes Lachen aus. Sein Gesicht legte sich in Falten, über den kahlen Schädel liefen Wellen, die riesigen, schlaffen Ohrläppchen an seinen abstehenden Ohren erzitterten. Kiebitzens Herz krampfte sich zusammen, und er verstand, daß in die matschige Leere seines Herzens, wo nur unaufhörlicher Nieselregen fiel, ein neuer Inhalt einzog. Daß dieser schwarze Regen aufhörte, sich der Himmel seines Herzens aufhellte und endgültige Klarheit herannahte, durchsichtige Himmelsbläue. Und dieser neu in sein Herz einziehende Inhalt war wieder Leere, nun aber die Leere der Klarheit. Schon erstrahlte dort, im Herzvorhof, am Eingang zur Herzensnacht, über den trostlosen Äckern ein Lichtfleck – eine kleine Sonne oder ein Mond. Der kleine helle Lichtfleck tauchte auch vor Kiebitzens Augen auf und wurde immer größer. Mit einem Zwinkern befreite er sich von der Feuchtigkeit, die sich darin gesammelt hatte. Der Fleck verwandelte sich in den leuchtenden Bildschirm des Fernsehers, und darauf erschien Vera Dolskajas Gesicht in Nahaufnahme.

»Adam!« sagte sie heiser. »Schalte das Sicherheitssystem aus. Überall sprechen die Fallen an, man kommt einfach nicht zu dir durch. Dabei gibt es etwas für dich zu tun. Ich habe alles überdacht und verspüre jetzt *echtes Verlangen.*

»Vortrefflich, meine Liebe!« Adamenko wurde lebhaft und rieb sich sogar die Hände. Dann sprang er auf und betätigte den Schalthebel. »Was noch?«

»Oh!« Vera Dolskaja hob die Brauen, als sie Kiebitz und die anderen im Schlafzimmer sah, die der Körper des Hausherrn bislang vor dem Kameraauge verdeckt hatte. »Wie viele Leute bei dir sind! Schmeiß sie alle raus, Adam. Ich komme.«

Der Bildschirm verlosch.

»Alle rausschmeißen«, brummte Ljuska hinter dem Bett. »Wieder Reformen, wieder Veränderungen. Man kommt einfach nicht zur Ruhe. Eh man sich's versieht, ist man auch dran... Dinka haben sie schon rausgeschmissen. Und was war an Dinka schlecht?«

Ja, es hatte aufgeklart, die Sonne war endgültig aufgegangen, alles stand wieder an seinem Fleck. Der Kreis hatte sich geschlossen. Die zweite Umdrehung des Rades unserer Geschichte hatte den Hamster an seinen Startpunkt und den Vogel in sein natürliches Nest zurückbefördert. Alles hatte mit Dinka und dem Theater angefangen und mit Dinka und dem Theater aufgehört.

Kiebitz lachte laut auf. Adamenko blickte ihn erstaunt an.

Es war alles so einfach wie ein Abzählreim. Das Rad rollte nirgendwohin, und die Frage, ob es je irgendwohin gerollt sein würde, war eine sinnlose Frage. Die erste Speiche des Rades war auch seine letzte, wie das letzte Zimmer im Erdgeschoß von Adamenkos Haus das erste im ersten Stock war. Und natürlich stimmte das auch andersherum. Die Schlange, die sich in den eigenen Schwanz beißt, vielmehr in den eigenen Kopf.

Die Trittbretter des Rades, in dem der Hamster herumläuft, bringen ihn nirgendwohin, obwohl sie ihn führen. Ebenso führen auch die Treppenstufen in Adamenkos Haus den, der sie beschreitet, nirgendwohin, weil sie ins Nichts führen. Und wenn sie so laut knarren, als könnten sie ihn doch zu irgend etwas führen, dann nur, weil er sie ewig unter seinen Füßen hat.

Kiebitz machte »hm«, ließ die unsinnige Pistole in seine Jackentasche fallen und ging zur Wendeltreppe. Adamenko schaute interessiert zu, wie sich sein Gast auf dem Teppich über der Falle bewegte. Der Grund seines Interesses war wahrscheinlich die Vorstellung, wie der in den Metallklauen gefangene Vogel mit gebrochenem Fuß verzweifelt flattern würde, wenn der Hebel eingeschaltet gewesen wäre. Außer diesem leisen Interesse drückte das Gesicht des Hausherrn nichts aus.

Kiebitz ging in den Treppenschacht und begann seinen letzten Abstieg, den letzten vielleicht in diesem Haus.

»Geht morgen nicht zum Gericht«, rief ihm Adamenko nach, »es führt zu nichts.«

Er drehte sich wieder zum Spiegel um und betrachtete aufmerksam sein Spiegelbild.

»Naaja... Es gibt schon sehr seltsame Menschen. Und diesen wollte ich mein Porträt malen lassen!«

Kiebitz antwortete nichts. Er war so von seinem Abstieg in Anspruch genommen, wie es wohl jede tote Seele von ihrem Abstieg in die Hölle ist.

Bald hatte er den Boden des Schachtes erreicht und fand sich im Keller. Links zweigte ein Gang mit niedrigem Gewölbe ab, das von trüben Glühbirnen hinter Drahtkörben beleuchtet wurde. Der Gang endete blind und ging noch einmal nach links weiter. In dem blinden Ende schimmerte dunkel eine vergitterte Nische. Kiebitz begab sich dorthin. Er erinnerte sich an alle die Geschichten mit unterirdischen Gängen und ohne. Waren auch sie nur Trug und Nichts, so konnte er doch nicht weggehen, ohne sich mit eigenen Augen davon überzeugt zu haben.

Als er, auf alles gefaßt, zur Nische kam, zuckte er dennoch zusammen. Hinter dem Gitter saß ein Mensch. Sein Haar war überschulterlang und wirr. Der Bart reichte bis zum Gürtel, und das runzlige, kleine Gesicht, das dazwischen hervorschaute, hatte die Farbe von Kartoffelschale. Der Mann glich eher einer aus der Erde herausragenden Wurzel als einem Menschen. Kiebitz erkannte in ihm nur mühsam den Geistlichen Alexander Popow.

»Laß mich raus, Ernährer«, bat der Pope mit schwacher Stimme. Offenbar erkannte er Kiebitz nicht.

Kiebitz schwieg.

»Laß mich hier raus, führe mich vor Gericht, man läßt mich nicht vor Gericht«, bat Alexander schneller und lauter. »Ich fordere ein öffentliches Gericht über mich, im Angesicht des Volkes. Sie urteilen dort über ein Weib – wie kommt ein Weib zu diesem Privileg?«

Das Weib, welches das zweifelhafte Privileg hatte, abgeurteilt zu werden, konnte nur Katja Starko sein. Nach den endlosen Kommas konnte man also versuchen, einen Punkt zu setzen, um die sich unermüdlich drehende Handlung zu beenden. Die Müdigkeit des Motors und des Triebwerks, das war die einzige Hoffnung. Mit ihr gerüstet, konnte man versuchen, diesen sinnlosen Leerlauf anzuhalten. Ein kleines Sandkorn im Motor, ein Punkt an der richtigen Stelle der Fabel, konnte dies bewirken. Kiebitz wußte jetzt, daß er morgen zum Gericht gehen würde.

»Bring mich vor Gericht, Ernährer, und dir werden alle Sünden vergeben. Laß mich zu meinem Volk! Es wartet auf mich!«

Der wahnsinnige Alexander Popow schlug immer wieder mit dem Schädel gegen das Gitter seines Kerkers.

Kiebitz schüttelte verneinend den Kopf, wendete sich von dem Popen ab und bog links in den Gang ein.

»Nein«, sagte er schon im Gehen. »Niemand wartet irgendwo auf dich, Väterchen. Ich weiß, was ich sage, denn ich bin auch das Volk.«

Alexander heulte auf und schnappte mit zahnlosen Kiefern nach den Gitterstäben. Das gehorsame Echo trug sein grausiges Schluchzen durch den Keller. Doch bald war es, weit hinter Kiebitz zurückbleibend, verstummt. Auch das war vorbei und mit Schritten ausgemessen.

Der Gang gabelte sich. Die zu einem V gespreizten Gabelzinken führten rechts und links weiter. Wie in Kiebitzens Traum vor langer Zeit stand an der Kreuzung der unterirdischen Wege ein Wegweiser. Doch die Aufschriften auf den Zeigern lauteten anders. Auf dem einen stand Vorstadt, auf dem anderen Pjerwomaisk. Kiebitz bog entschlossen in den zweiten Gang ein und stieg allmählich zur Erdoberfläche auf. Dabei orientierte er sich an dem rötlichen Stern, der wie ein einzelnes Auge am Ende des steilen Ganges hing. Der Stern zwinkerte ihm zu und schwankte im Takt seiner Schritte. Der Herr des Auges schien Mühe zu haben, die Erde durch die vor Tagesanbruch verdichtete Finsternis zu betrachten. Sein ermüdetes Auge glotzte angestrengt, um sich ja nichts entgehen zu lassen.

Als er wieder draußen auf der Erde war, wanderte Kiebitz über die Waldwiese dorthin, wo das schwache elektrische Licht flimmerte und eine gelbe Wolke von unten beleuchtete. Auf der gegenüberliegenden Seite lichtete sich der Himmel zu einem süßlichen Blau.

Wie... war die Nacht zu Ende? Vielleicht.

Epilog

Der Tag des Gerichts

»Bürger Richter«, sprach Kiebitz, »unter den Angeklagten sehe ich nur ein bekanntes Gesicht, das Jekaterina Jurjewna Starkos. Sie beabsichtigen also, sie zur Alleinschuldigen zu erklären. Ich habe das vermutet und bin deshalb gekommen. Jekaterina Jurjewna Starko hat weniger Schuld an den Ereignissen als alle anderen, aber diese anderen sehe ich nicht auf der Anklagebank. Wo sind zum Beispiel die Obersten Lisjutkin und Kasarjan? Jekaterina Starkos Schuld ist gering, völlig unbedeutend und überhaupt nicht ihre eigene Schuld. Sie galt nämlich von Kind an als häßliches Mädchen. Ist sie daran etwa selbst schuld?«

»Bitte denken Sie daran«, bemerkte der vorsitzende Richter, »daß Sie nicht der Verteidiger der Angeklagten sind, sondern ein Zeuge. Zudem ein selbsternannter Zeuge, den man nur deshalb seine Aussagen machen läßt, weil das Gericht gerecht ist. Das gerechte Gericht hat den Oberst Kasarjan nicht vorgeladen, weil er dem Militärgericht untersteht, und Oberst Lisjutkin starb in Untersuchungshaft, weil er seine Schuld nicht ertragen konnte.«

»Gerechtigkeit ist Gleichgültigkeit«, widersprach Kiebitz. »Gerechtigkeit würde den wahren Schuldigen an den Ereignissen – denjenigen, ohne den überhaupt nichts geschähe – nur langweilen. Ich bitte das Gericht um Barmherzigkeit für Katja Starko.«

»Sprechen Sie«, gestattete der vorsitzende Richter. »Vielleicht vertreiben Ihre Aussagen ja wirklich die Langeweile. Sie sagten richtig, daß das Fehlen unterhaltsamer Details unsere ganze Sitzung sinnlos machen und uns zwingen könnte, unmittelbar das Urteil zu fällen. Sprechen Sie, niemand hindert Sie daran.«

Der vorsitzende Richter ließ seine Augen über den praktisch leeren Theatersaal wandern.

»Der Kern der Sache ist«, sagte Kiebitz, »daß ich im Mittelpunkt der Ereignisse stand. Ich, der Charakterlose, Initiativelose, Ziellose, befand mich aus irgendeinem Grund immer im Brennpunkt des Geschehens, immer vorne an der Rampe. Zugleich aber bin ich von allen Beteiligten der allerunbedeutendste. Man kann mir hundertmal auf der Straße begegnen und mich nicht erkennen, weil ich mein Gesicht verloren habe. Wenn Sie die Prozeßunterlagen aufmerksam studiert haben, muß Ihnen das klar sein. Das ist Ihnen ja auch klar, sonst säße ich auf der Anklagebank. Sie halten mich für ein völliges Nichts, das nicht einmal für das Gericht taugt, und das stimmt. Ich bin ein völliges Nichts. Meine Rolle ist also nicht die des Zweiten, wie man immer meinte. Die Rolle des Zweiten spielt auch einer, der irgend etwas bedeutet, ich aber bedeute nichts. Ist es meine Rolle, Zeuge der Ereignisse zu sein, nicht Teilnehmer daran? Hat man mich nur deshalb eingeführt, daß ich sie verfolge und der Nachwelt in einer Chronik hinterlasse? Vielleicht auch das, wenn da nicht ein interessantes Detail wäre... Sie haben die Akten studiert und es sicherlich bemerkt. *Ohne* mich ist kein Ereignis geschehen, das heißt, es genügte, daß ich irgendwo auftauchte, damit unverzüglich etwas geschah. Ich war also nicht nur unbeteiligter Zeuge und Chronist, sondern der Antrieb der ganzen Fabel, ihr Provokateur. Das war meine Rolle, und deshalb hatte ich keine eigene Persönlichkeit.«

»Wie das?« fragte der Vorsitzende ironisch. »Sie, das Nichts, der leere Fleck, das Loch im Kringel, wollen also alle Ereignisse gelenkt haben? Und die Persönlichkeiten um Sie herum, die Charakter und Kraft besaßen, sollen sich einem Gespenst, das nicht einmal ein Gesicht hatte, um es zu erkennen, der Leere und dem Nichts untergeordnet haben?«

»Ja«, fiel der Staatsanwalt ein, »etwas muß von etwas erzeugt werden, nicht von nichts. Das, was nicht ist, kann nicht das, was ist, erzeugen. Sie, Bürger Zeichenlehrer, beherrschen die Logik nicht.«

»Doch«, entgegnete Kiebitz, »meine eigene. Dafür beherrschen Sie Ihre eigene Logik nicht, sondern werden von ihr beherrscht. Sie werden das selbst sehen, wenn Sie den gewohnten Irrtum aufgeben und die Ermittlung nicht als Geschichtswissenschaftler führen, sondern als Menschen, die die Sache richtig begreifen wollen. Ihr Irrtum und der der Historiker besteht darin, daß Sie aus dem Mischmasch der vorhandenen Tatsachen eine Kette von Ursachen und Folgen zu schmieden versuchen. Das erste Glied der von Ihnen erdachten Kette nennen Sie ursprüngliches Ereignis und den Träger des ursprünglichen Grundes bezeichnen Sie als den Schuldigen. So können Sie ihn leicht verurteilen. Indessen beginnt selbst die von Ihnen erdachte Kette nicht dort, wo Sie Ihren Anfang bestimmt haben. Man kann sie noch weiterschmieden und verfolgen, wie sie immer weiter in die Vergangenheit zurückreicht... bis in den Abgrund des Nichtseins. Aber das kommt, wie ich bereits sagte, alles daher, daß Sie wie Geschichtswissenschaftler vorgehen und nicht wie echte Richter.«

»Sie haben sich doch wohl selbst noch vor kurzem einen Historiker genannt?« fragte der Staatsanwalt. »So sieht Ihre Logik aus: Sie setzen sich über das hinweg, was Sie selbst sagen. Hieraus entspringt die Abstraktheit Ihrer Ausführungen. Statt Folgerichtigkeit tragen Sie irgendwelche verschwommenen Allegorien vor, irgendwelche lustigen Gedankenspielereien. Glauben Sie, daß man das alles ins Protokoll einer Gerichtsverhandlung schreiben kann?«

»Nein, nein«, entgegnete Kiebitz. »Ich habe versucht, mich Chronist zu nennen, nicht Historiker. Das ist nicht dasselbe. Abstraktionen, Allegorien, sagen Sie? Von wegen Abstraktionen... Schauen Sie sich doch einmal ohne Ihre gewohnten Vorurteile um! Sehen Sie es? Ringsum gehen die Toten Hand in Hand mit den Lebenden. Die im Sarg liegen, sind mitnichten gestorben. Bei diesem Anblick schüttelt es vor Entsetzen nicht nur mich, sondern ganze Kontinente und reißt Abgründe in den Bergen auf! Lesen Sie etwa keine Zeitung? Überall werden Umgestaltungen durchgeführt: Meere werden ausgelassen und ausgetrocknet, Wüsten verdrängen die Wälder, die Erdhalbkugeln verschieben sich – Mittelasien zieht schon in Europa ein. Eine neue Heuschrecke wird in den Sümpfen Afrikas geboren und fliegt über die ganze Welt, verbreitet unerhörte Krankheiten. Zwei Drittel der Erde sind von Krieg erfaßt. Sind das Ihrer Meinung nach Abstraktionen oder Allegorien? Meiner Meinung nach wäre es richtiger, das für ein Mittel gegen die Langeweile zu halten, wie Sie es mit meinen Aussagen tun. Schon die alten Griechen wußten: Die Kriege der Menschen sind den Göttern angenehm. Ich füge hinzu: Wie ihnen auch die

Kämpfe der Tiere, die Vogelschlachten, Erdbeben, fallenden Meteoriten und Explosionen sterbender Sonnen angenehm sind. Und natürlich alle übrigen Reformen oder, wie Sie richtig sagten, lustigen Gedankenspielereien. Je radikaler diese vergnüglichen Reformen sind, je größer der Spaß ist, desto kleiner ist die Langeweile. Zu langes Lachen führt allerdings zu Schluckauf, zum Reformstop, zu Stagnation und Überdruß am Spaß. Aber sobald der Schluckauf vorbei ist, beginnt sich das Rad der Umgestaltungen wieder zu drehen, und man kann wieder tüchtig lachen. Wie wollen Sie diesen großen Spaß in Ursachen und Folgen unterteilen, welche von ihnen wollen Sie als die Anfangsursache bezeichnen, als die eigentlich Schuldige? Nach welchen Gesetzen werden Sie über diese Schuldige richten?«

»Nach den bestehenden«, sagte der Staatsanwalt. »Nach dem Strafgesetzbuch. Unser Strafgesetzbuch ist die Summe der menschlichen Erfahrung, die Sammlung der wahrsten Gesetze, die man aus der Vergangenheit und aus der ganzen menschlichen Geschichte ableiten kann.«

»Eben. Das Leben – und all das ist das Leben – müßten Sie aber nach den Gesetzen des Lebens beurteilen und nicht nach Gesetzen, die vom Tod abgeleitet sind. Weshalb machen die Menschen weiterhin Fehler, zum tausendsten Mal ein und dieselben Fehler, trotz der Erfahrung der Menschheit und der von Wissenschaftlern aus dieser Erfahrung abgeleiteten Gesetze? Weil sich die Menschen eben auf die Erfahrung und die Erinnerung an die Vergangenheit zu stützen versuchen. Die Vergangenheit ist aber vergangen, sie ist tot. Das Leben dagegen lebt. Und aus dem Toten kann man keine Gesetze des Lebens ableiten. Die Ursachen und Folgen, die Sie in der Vergangenheit gefunden haben, sind nicht dem Leben eigen, sondern dem Gedächtnis, also einem Depot toter Dinge, das heißt dem Friedhof. Das eben ist der Kardinalfehler aller Gesetzgeber und Wissenschaftler.«

»Ich erinnere Sie noch einmal«, unterbrach ihn der Staatsanwalt. »Sie sind kein Gesetzgeber, sondern lediglich Zeuge in einer Gerichtsverhandlung.«

»O ja, ich bin kein Gesetzgeber! Aber nach allem, was festgestellt wurde, zu sagen, ich sei lediglich Zeuge, das ist absurd! Ja, ich bin Zeuge. Ich bin, wie wir festgestellt haben, der unbedeutendste von allen Teilnehmern an der Sache, ein Nichts. Aber ich lebe zweifellos! Wo bin ich also? Die ganze Chronik, unsere ganze Vergangenheit, ist bis zum Rand mit toten Dingen, mit Leichen angefüllt, blicken Sie sich doch um! In der Zukunft aber ist noch nichts, die ist leer. Dort konnte noch nichts sterben, dort befindet sich auch das Nichts. Und der Schöpfer erschafft alles Lebendige aus diesem Nichts. Also aus meinesgleichen. Es ist zwecklos, die Ursache für die Ereignisse in der Vergangenheit zu suchen. Dort ist sie nicht. Die Ursache befindet sich außerhalb der Ereignisse, in der Zukunft, dort, wo noch nichts ist. Doch den Schöpfer selbst aus der Zukunft vor Gericht zu stellen, das steht nicht in Ihren Kräften. Das ist unrealistisch, obwohl Er sehr, sehr nahe ist: im allernächsten Augenblick der Zukunft. Ein Augenblick, ein Schritt trennt uns von Ihm. Doch Er ist Ihren Gesetzen nicht unterstellt. Dafür kann man das verurteilen, woraus Er alles erschafft. So stehe ich Ihnen zu Diensten, ich, das offensichtliche Nichts. Ihren Gesetzen bin ich unterstellt, ich, der reale Schuldige an den Ereignissen, ihr Provokateur unter der Maske des kraftlosen, untätigen Zeugen, der bei den Ereignissen zugegen war, also außerhalb von ihnen blieb. Als Provokateur und Zeuge behaupte ich: Die tatkräftige, kraftvolle Teilnehmerin an den Ereignissen, Jekaterina Starko, ist deren unfreiwilligstes Element. Sie ist unfreiwillig in sich selbst wie auch in den Ereignissen, weil sie selbst ein Ereignis ist. Sie ist daran unschuldig, weil sich, wie wir festgestellt haben, die wahre Ursache des Ereignisses außerhalb desselben befindet. Jekaterina Starko, das Ereignis selbst, kann nicht die Ursache ihrer selbst sein.«

»Das ist alles nicht zu beweisen«, sagte der Staatsanwalt.

»Weil es wahr ist!« rief Kiebitz aus. »Die echte Wahrheit verlangt wie der Geruch nicht nach Beweisen. Sie riecht nach Wahrheit, das ist auf Anhieb klar. Man braucht keine Beweise, es genügt, wenn man eine Nase hat. Beweise braucht nur eine zweifelhafte Wahrheit, also eine Lüge.«

»Den Geruch kann man aber nicht ins Protokoll aufnehmen«, entgegnete der Vorsitzende, »nur das, was Sie zweifelhaft nennen.«

»Nicht nur. Man kann zum Beispiel auch Tatsachen aufnehmen, das heißt den einzigen Beweis, den die Wahrheit anerkennen kann, ohne ihre Würde zu verlieren. Also, Katja Starko galt von Kind an als häßlich. Als erster gab ich ihr das zu verstehen, noch als kleiner Junge. Nach mir taten es andere. Das Leben selbst tat es und überzeugte sie davon. Das Leben aber lief weiter wie immer und lachte fröhlich. Und wer wird jetzt die Jungen zur Welt bringen, die kleinen Starkos? Denn dafür war die junge Katja schließlich ge- und beschaffen, oder nicht? Und wer hatte sie so beschaffen, wenn nicht der, der sie so häßlich geschaffen und davon überzeugt hatte? Ja, es war derselbe, der mich neben sie gestellt hatte, damit ich ihr dies als erster zu verstehen gab. Und ich tat es. Katja war also dafür geschaffen worden, das Geschlecht der Starkos fortzusetzen, Eier zu legen und auszubrüten, wenn Sie so wollen. Ich aber zerbrach diese Eier in einem sehr frühen Stadium, als sich die Embryonen noch kaum zu entwickeln begonnen hatten, und aus den Eiern schlüpfte die Kommission der Öffentlichen Ordnung aus. Bürger Richter, was hätten Sie mit einem Hahn getan, der sich weigerte, Ihre Hühner zu bespringen, weil das seiner Meinung nach häßlich war und ihn daran hinderte, seinen höheren Pflichten nachzukommen, nämlich in der Früh zu krähen? Sie hätten den Schelm in den Kochtopf befördert. Nun, vor Ihnen steht dieser Schelmenhahn. Er bekennt sich schuldig.«

»Endlich kann man etwas ins Protokoll aufnehmen...«, der Vorsitzende gab dem Sekretär ein Zeichen. »Zeuge gesteht Plünderung eines Hühnerstalls, erschwert durch sexuelle Perversion. Zeuge! Ihr Geständnis wird vom Verfahren abgetrennt und gesondert behandelt werden.«

Katja, die bislang dem Plädoyer ruhig zugehört hatte, wurde rot.

»Das ist alles gelogen!« schrie sie. »Er sagt, er sei schuldig, und spielt damit auf meine angebliche Liebe zu ihm an. Haben Sie verstanden? Zu ihm! Zu einem Lügner. Er sagt, er führe ein Beispiel an, in Wirklichkeit gibt er sich einfach für einen anderen aus, um geschickter lügen zu können. Er hat sich immer für andere ausgegeben: mal für einen Emissär aus dem Zentrum, mal für einen Friedensstifter, mal für das Opfer... Jetzt hat er sich für einen Hahn ausgegeben. Und Sie haben sein Geständnis ins Protokoll aufgenommen! Er hat gesagt, er habe sich geweigert, mich zu bespringen. Er lügt. Er hat mich totgetrampelt. Oh, er hat die ganze Zeit so süß von Liebe und Barmherzigkeit gekräht, weil sich darüber so schön und lukrativ lügen läßt. Er hat auch meinen armen Vater mit seinen Lügen umgarnt, und mein Vater hat sein ganzes Leben darauf verwandt, das Bildnis dieses Süßholzrasplers auf den Knien meiner verstorbenen Mutter zu malen. Und jetzt singt dieser Lügner dem gelangweilten Publikum von meiner Liebe zu ihm vor! Papa, lieber, guter Papa! Warum hast du mich verlassen... Ich bin so allein.«

Im fast leeren Saal wurde verhalten gelacht. Die Langeweile, die sich während der ungewöhnlich langen Sitzung verbreitet hatte, war wie weggeblasen.

»Ich kann ihn nicht herbeirufen... Oh!« Katjas Stimme versagte. »Jetzt lügt er, er sei ein Nichts. Es gebe ihn überhaupt nicht. Dessen bekennt er sich schuldig. Und Sie hören ihm vergnügt zu, Ihnen gefällt dieses widerwärtige Theater. Schön... Wenn er ein Nichts ist, wenn er Leere ist, dann darf auch nichts in ihm sein. Weder Fleisch noch Blut. Die Wahrheit, sagte er, brauche keine Beweise und erkenne lediglich Beispiele an? Gut. Führen wir ein Beispiel an...«

Hier geschah etwas durchaus Vorhersehbares. Katja schwang sich geschickt über die Schranke vor der Anklagebank, was mit ihrer Gestalt schwer zu vereinbaren war, stürzte zum Richtertisch, auf dem die Beweisstücke lagen – darunter ihre eigene Aktentasche und Kiebitzens Pistole, die er dem Gericht freiwillig übergeben hatte –, packte diese Pistole und setzte sie ihrem kürzlichen Besitzer auf die Brust.

»Vorsicht!« Der Vorsitzende verzog das Gesicht. »Das ist keine Nähmaschine, Fräulein Lehrerin.«

Der Staatsanwalt aber schwieg voll heimlicher Hoffnung.

Ob hoffend oder nicht, alle mögen nun schweigen. Auch wir schweigen und warten auf den Schuß. Möge wenigstens in der Zeit dieses Wartens Friede auf Erden herrschen und in den Menschen ein Wohlgefallen.

1978

Helmut Krausser

Melodien

Roman

864 Seiten, gebunden mit Schutzumschlag

Aufregend, voll faszinierender und erschreckender Geschichten – der große Roman eines jungen deutschen Autors!

»Wer beim Lesen von Helmut Kraussers musikalischem Opus nicht in die Trance verfällt, in der Palestrinas *Missa Papae Marcelli* den Ton angibt, ist gegen jede Form der Verführung immun ...
›Qualche trillo!‹ soll Monteverdi über Pasqualinis Stimme gesagt haben, welch' Künstler der Verführung sagen wir über Helmut Krausser und seine Melodien.«

Verona Auffermann, Süddeutsche Zeitung

»Ein einziger Hexentrank ... Ein faszinierend vielstimmiges Poem ist dieser Roman ...«

Dieter Borchmeyer, Frankfurter Allgemeine Zeitung

»... ein höchst anregender, phantasievoller Versuch über die Musik, über die Nachtseiten menschlicher Begabung, über die zum Wahnsinn gesteigerte Leidenschaft, ein brillantes Werk, das in der allerjüngsten Schriftsteller-generation seinesgleichen sucht.«

Lutz Hagestedt, Badische Zeitung